Ein Mann für zärtliche Stunden

Nora Roberts
Herz aus Glas

Seite 7

Julie Cohen
Hello, Kitty!

Seite 167

Suzanne Forster
Mein sexy Latin Lover

Seite 289

Anne Mather
Verzaubert auf Jacinto

Seite 407

MIRA® TASCHENBUCH
Band 20059
1. Auflage: Dezember 2015

MIRA® TASCHENBÜCHER
erscheinen in der HarperCollins Germany GmbH,
Valentinskamp 24, 20354 Hamburg
Geschäftsführer: Thomas Beckmann

Konzeption/Reihengestaltung: fredebold&partner GmbH, Köln
Umschlaggestaltung: pecher und soiron, Köln
Redaktion: Maya Gauße
Titelabbildung: Harlequin Enterprises S.A., Schweiz
Satz: GGP Media GmbH, Pößneck
Druck und Bindearbeiten: CPI books GmbH, Leck – Germany
Printed in Germany
Dieses Buch wurde auf FSC®-zertifiziertem Papier gedruckt.
ISBN 978-3-95649-254-9

www.mira-taschenbuch.de

Werden Sie Fan von MIRA Taschenbuch auf Facebook!

Nora Roberts

Herz aus Glas

Roman

Aus dem Amerikanischen von
Tatjána Lénárt-Seidnitzer

1. KAPITEL

*M*arge, das ist Ihre Chance, zehntausend Dollar zu gewinnen. Sind Sie bereit?"

Marge Whittier, achtundvierzigjährige Lehrerin und zweifache Großmutter aus Kansas City, wand sich auf ihrem Stuhl. Die Scheinwerfer strahlten sie an, die Trommeln dröhnten, und ihre Nervosität wuchs.

„Ja, ich bin bereit."

„Viel Glück, Marge. Die Uhr läuft, sobald Sie gewählt haben. Also los."

Marge schluckte schwer, erschauerte vor Aufregung und entschied sich für Nummer sechs. Die Spannung wuchs, während sie und ihre Partnerin sich den Kopf nach den richtigen Antworten zerbrachen. Sie nannten den Begründer der Psychoanalyse und die Anzahl der Yards in einer Meile, doch dann gerieten sie ins Stocken. Welches Element ist in allen organischen Verbindungen enthalten?

Marge erblasste. Ihre Lippen zitterten. Sie war Englischlehrerin und wusste einiges über Geschichte und Kinofilme, aber Naturwissenschaft war nicht ihre Stärke. Hilfesuchend blickte sie zu ihrer Partnerin, die eher für ihre Schlagfertigkeit als ihre Weisheit bekannt war. Kostbare Sekunden verstrichen. Schließlich war die Bedenkzeit vorüber. Der Summer ertönte. Zehntausend Dollar glitten Marge durch die feuchten Finger.

Die Zuschauer im Studio seufzten vor Enttäuschung.

„Wirklich schade, Marge." John Jay Johnson, der geschniegelte Moderator, legte mitfühlend eine Hand auf ihre Schulter. Seine volltönende Stimme drückte genau das richtige Maß an Enttäuschung und Aufmunterung aus. „Sie waren der Lösung so nahe. Aber mit acht richtigen Antworten haben Sie Ihren Gewinn um achthundert Dollar erhöht. Sehr beeindruckend." Er lächelte in die Kamera und zeigte dabei seine glänzenden Dreitausend-Dollar-Kronen. „Nach einer kurzen Pause verraten wir Ihnen Marges Gesamtgewinn und die korrekte Antwort auf die letzte Frage. Bleiben Sie bei uns."

Genau im richtigen Augenblick wurde Musik eingespielt. John Jay nutzte die kurze Unterbrechung für einen Annäherungsversuch bei der hübschen Schauspielerin – dem Ehrengast.

„Eingebildeter Fatzke", murrte Johanna vor sich hin. Doch sie war sich nur allzu bewusst, dass sein gepflegtes Aussehen und sein gewandtes Auftreten für hohe Einschaltquoten sorgten. Als Produzentin der Quizsendung ‚Trivia Alert‘ hatte sie gelernt, ihn als wertvollen Mitarbeiter zu schätzen. Mit einem Lächeln trat sie zu den Teilnehmern, um sie zu trösten und auf die Schlussszene vorzubereiten.

„Kamera fünf in Position", wies sie nach einem Blick auf den Sekundenzeiger ihrer Uhr an. Sie gab das Signal für Applaus und Musik. „Und abfahren!"

John Jay, einen Arm um Marge gelegt, beendete mit strahlender Miene die Show.

Kiki Wilson, der Ehrengast und gegenwärtiger Star einer populären Situationskomödie, plauderte noch eine Weile mit Marge – auf so liebenswürdige Weise, dass sie der Lehrerin noch nach Jahren in bester Erinnerung bleiben würde. Als sie sich schließlich erhob und zu John Jay trat, lächelte sie unvermindert. „Wenn Sie je wieder so etwas abziehen", sagte sie ruhig, „dann werden Sie einen Knochenflicker brauchen."

Er wusste natürlich sofort, dass sie sich auf seine rasche und – wie er meinte – geschickte Berührung während der Pause bezog. „Das gehört alles zu unserem Service", entgegnete er ungerührt. „Was den Drink angeht, Sweetheart …"

„Kiki?" Eilig trat Johanna hinzu und führte die Schauspielerin davon. „Ich möchte Ihnen noch einmal für Ihre Teilnahme danken. Ich kann mir denken, wie beschäftigt Sie sein müssen", erklärte sie in herzlichem, sanftem Ton.

Kiki entspannte sich ein wenig. „Es hat mir Spaß gemacht." Sie nahm eine Zigarette aus einem emaillierten Etui und klopfte damit zerstreut auf den Deckel. „Es ist eine nette, unterhaltsame Sendung. Und die Publicity kann weiß der Himmel nicht schaden."

Johanna rauchte zwar nicht, aber sie besaß ein kleines goldenes Feuerzeug. Sie holte es hervor und entzündete Kikis Zigarette. „Sie waren wundervoll. Ich hoffe, dass Sie uns irgendwann noch einmal beehren werden."

Kiki blies eine Rauchwolke aus, musterte Johanna und dachte dabei: Die Kleine versteht ihren Job, auch wenn sie wie ein Werbemodell für Shampoo oder Joghurt aussieht. Außerdem hatte ihr Agent ihr erzählt, dass ‚Trivia Alert‘ die erfolgversprechendste Quizsendung des Jahres sei. Daher lächelte sie und erwiderte: „Schon möglich. Sie haben ein hervorragendes Team – mit einer beachtlichen Ausnahme."

Johanna brauchte sich nicht umzudrehen, um zu wissen, auf wen Kikis abschätziger Blick gefallen war. John Jay wurde entweder Liebe oder Hass entgegengebracht, mit sehr seltenen Zwischenstufen. „Ich möchte mich für jegliche Belästigungen entschuldigen."

„Schon gut. Es gibt eine Menge Idioten in dieser Branche." Kiki musterte Johanna erneut. Ein eindrucksvolles Gesicht, entschied sie, sogar mit einem Minimum an Make-up. „Es wundert mich, dass Sie gar keine Bissspuren aufweisen."

Johanna lächelte. „Ich habe ein sehr dickes Fell."

Jeder, der Johanna Patterson kannte, hätte das bestätigen können. Sie mochte zwar sanft und zart aussehen, aber sie war zäh und energisch wie eine Amazone. Seit achtzehn Monaten schuftete sie unermüdlich dafür, dass ‚Trivia Alert' ausgestrahlt wurde. Sie war kein Neuling in der Unterhaltungsbranche, und daher wusste sie nur allzu gut, dass es sich hinter den Kulissen noch immer um eine Männerwelt handelte.

Allmählich würde sich das ändern, doch sie war nicht geduldig genug, um abzuwarten, bis sich die Türen für Frauen wie sie öffneten. Wenn sie etwas erreichen wollte, dann setzte sie sich entschlossen dafür ein und war auch zu gewissen Zugeständnissen bereit. Um ihre Sendung ins Leben rufen zu können, hatte sie ihren Stolz begraben und einige Prinzipien opfern müssen. Zum Beispiel war es nicht ihr Name, sondern das Firmenzeichen ihres Vaters, das am Ende jeder Show gewichtig eingeblendet wurde: Carl W. Patterson Productions.

Er war es, dem die hohen Tiere vom Fernsehen vertrauten, und daher benutzte sie widerstrebend seinen Namen – und gestaltete die Sendung dann nach ihren eigenen Vorstellungen.

Die Geschäftsbeziehung befand sich bereits im zweiten Jahr, doch Johanna kannte die Branche – und ihren Vater – gut genug, um sich nicht auf ein Fortbestehen zu verlassen. Daher arbeitete sie bis zur Erschöpfung. Ein Misserfolg der Sendung würde sie nicht ruinieren, weder finanziell noch beruflich, doch für sie stand viel mehr als nur Geld und Ansehen auf dem Spiel. Es ging um ihre Hoffnungen und ihre Selbstachtung.

Die Zuschauer hatten das Fernsehstudio verlassen. Nur ein paar Techniker waren noch anwesend, plauderten miteinander und erledigten die letzten Aufräumungsarbeiten. Es war acht Uhr abends durch, und Johanna befand sich fast zwölf Stunden im Einsatz.

Fünf Sendungen waren im Laufe des Tages produziert und aufgezeichnet worden. Das bedeutete fünf Garderobenwechsel für den Ehrengast – und für John Jay, der darauf bestand, sich für jede Show bis hin zur Unterwäsche umzukleiden. Seine schicken Anzüge mit den passenden Krawatten wurden anschließend zurück zu dem Schneider in Beverly Hills geschickt, der sie umsonst zur Verfügung stellte – als Gegenleistung für die Werbung, die am Ende jeder Sendung ausgestrahlt wurde.

Für John Jay war die Arbeit beendet, doch für Johanna fing sie gerade erst an. Die Aufzeichnungen mussten rezensiert, geschnitten und sorgfältig auf die richtige Länge gebracht werden. Johanna überwachte jeden einzelnen Schritt. Es waren unzählige Briefe von Fernsehzuschauern zu beantworten, die sich als Kandidaten bewarben oder mit gewissen Antworten nicht übereinstimmten. Zusammen mit ihrem wissenschaftlichen Assistenten musste sie Fakten überprüfen und neue Fragen für kommende Sendungen auswählen. Obgleich sie nicht jeden einzelnen Bewerber persönlich interviewen konnte, begutachtete sie stets die Auswahl ihrer Mitarbeiter.

Johanna achtete peinlich genau auf die Einhaltung der strengen Vorschriften für Quizsendungen. Sobald die Kandidaten im Studio eintrafen, wurden sie vom Publikum und ihrem künftigen Partner bis zu ihrem Auftritt abgeschirmt. Die Fragen lagen verschlossen in einem Safe, dessen Kombination nur Johanna und ihre persönliche Assistentin kannten.

Und natürlich mussten die Berühmtheiten versorgt werden. Sie legten Wert auf ihre Lieblingsblumen und bevorzugten Getränke in ihren Garderoben. Einige von ihnen verhielten sich liebenswürdig, doch andere machten Schwierigkeiten, nur um zu zeigen, wie wichtig sie waren. Die meisten nahmen nicht wegen des Geldes oder aus Vergnügen an den morgendlichen Unterhaltungssendungen teil, sondern wegen der Propaganda. Sie betrieben Schleichwerbung für ihre Kinofilme oder Fernsehspiele und nutzten die Gelegenheit, sich der Öffentlichkeit zu präsentieren.

Zum Glück bekam ein Teil der Ehrengäste Spaß an dem Quiz, sobald es begonnen hatte. Doch viele mussten verhätschelt, gebeten und umschmeichelt werden. Sie war bereit dazu, solange es ihr half, ihre Show im Programm zu halten.

„Johanna?"

„Ja, Beth, was gibt es denn?" Sie steckte die Filmrollen in ihre große Tasche und hängte sie sich über die Schulter, während sie auf ihre Assistentin wartete. „Mach es bitte kurz. Meine Füße bringen mich um."

Bethany Landman war jung, intelligent und tatkräftig. Ihre dunklen Locken und ihr überschwängliches Wesen bildeten einen starken Gegensatz zu Johannas kühler rotblonder Erscheinung. Übermütig tänzelte sie herbei und verkündete aufgeregt: „Wir haben ihn!"

„Wen haben wir, und was wollen wir mit ihm anfangen?"

„Sam Weaver." Bethany lächelte verklärt. „Und ich kann mir viele Dinge vorstellen, die wir mit ihm anfangen könnten."

Die Tatsache, dass Bethany noch immer so naiv war, um sich von einem harten Körper und einem markanten Gesicht beeindrucken zu lassen, erweckte in Johanna das Gefühl, sehr alt und zynisch zu sein. Sam Weaver war der Traummann fast aller Frauen. Sie leugnete keineswegs sein Talent, aber verführerische Augen und ein charmantes Lächeln ließen ihr Herz schon lange nicht mehr höherschlagen. „Wie wäre es, wenn du mir das Vernünftigste nennst?"

„Ach, Johanna, du hast keine Spur von Romantik in dir."

„Das stimmt. Können wir weitergehen, während wir reden? Ich möchte wissen, ob der Himmel noch existiert."

„Hast du gelesen, dass Sam Weaver seine erste Fernsehserie gedreht hat?"

„Eine Miniserie", entgegnete Johanna, während sie den Korridor hinabgingen.

„Die Werbung bezeichnet es nicht als Miniserie, sondern als vierstündiges Filmerlebnis."

„Ich liebe Hollywood", verkündete Johanna mit einem Seufzer.

Bethany schmunzelte. „Jedenfalls habe ich mich daraufhin gleich mit seinem Agenten in Verbindung gesetzt. Der Film wird von unserem Sendenetz ausgestrahlt."

Johanna öffnete die Studiotür und atmete tief die angenehm frische Luft ein. „Ich glaube, ich beginne zu verstehen."

„Sein Agent war recht unbestimmt, aber …"

Johanna suchte in ihrer Tasche nach dem Wagenschlüssel. „Mir scheint, dieses ‚aber' wird mir gefallen."

„Ich habe gerade einen Anruf von oben erhalten. Sie wollen, dass er teilnimmt. Wir müssen die Sendungen eine Woche vor seinem Film ausstrahlen und ihm jeden Tag Zeit geben, um dafür zu werben. Unter diesen Bedingungen garantieren sie für seine Teilnahme."

„Sam Weaver", murmelte Johanna versonnen. Seine Anziehungskraft war nicht zu leugnen. Er war groß, schlank und auf eine markante Art gut aussehend, doch es steckte noch mehr dahinter. Eine Nebenrolle in einem Spielfilm vor fünf oder sechs Jahren hatte ihm als Sprungbrett gedient. Seitdem war er heiß begehrt und hoch bezahlt. Höchstwahrscheinlich würde sich die Zusammenarbeit mit ihm als äußerst schwierig erweisen, aber womöglich war es der Mühe wert. Sie dachte an die Millionen von Fernsehgeräten im Land und die Einschaltquoten. Es war gewiss der Mühe wert. „Gute Arbeit, Beth. Sieh zu, dass wir es unter Dach und Fach bringen."

„Das ist so gut wie erledigt", versicherte Bethany. „Entlässt du mich, wenn ich ihm schöne Augen mache?"

„Auf jeden Fall." Lächelnd stieg Johanna in ihren schnittigen kleinen Mercedes und startete den Motor. „Bis morgen früh." Sie steuerte den Wagen aus der Parklücke. Sam Weaver, dachte sie, während sie das Radio einschaltete und der Wind ihr Haar zerzauste. Kein schlechter Fang, fand sie. Absolut kein schlechter Fang.

Sam fühlte sich wie ein Fisch an der Angel, und es gefiel ihm ganz und gar nicht. Er ließ sich in einen der Polstersessel im Büro seines Agenten fallen, streckte die langen Beine aus und starrte auf seine Stiefelspitzen – mit einem gequälten Ausdruck auf dem Gesicht, das die Frauen so sehr liebten. „Gütiger Himmel, Marv! Eine Quizsendung! Warum sagst du mir nicht gleich, dass ich mich als Banane verkleiden und einen Werbespot drehen soll?"

Marvin Jablonski zerkaute eine kandierte Mandel – sein derzeitiger Ersatz für Zigaretten. Er gestand ein, dreiundvierzig und somit ein Jahrzehnt älter als sein Klient zu sein. Er war gepflegt und kleidete sich mit einem subtilen Flair, das von Wohlstand und Selbstvertrauen zeugte. Er hatte sich bereits genauso gekleidet, als sein Büro noch aus einer Aktentasche und einer Telefonzelle bestanden hatte. Er wusste, wie wichtig Illusionen in dieser Stadt waren. Und er wusste ebenso, dass es wichtig war, einen Klienten bei Laune zu halten, während er ihn manipulierte. „Ich habe doch geahnt, dass es zu viel verlangt ist, Aufgeschlossenheit von dir zu erwarten."

Sam erkannte den verletzten Unterton in Marvs Stimme – der arme, sich aufopfernde Agent, der nur versuchte, seine Pflicht zu tun. Marv war keineswegs arm, und er hatte noch nie ein persönliches Opfer gebracht. Doch es funktionierte. Mit einem Seufzer stand Sam auf und schritt durch das prachtvolle Büro. „Ich habe meine Aufgeschlossenheit bewiesen, als ich mich zu der Talkshow bereit erklärt habe."

Sams volltönender Bariton kündete von seiner Herkunft aus dem ländlichen Virginia, doch sein Ruf in Los Angeles entsprach nicht dem eines Landedelmannes. Seine langen Schritte ließen den Betrachter vermuten, dass er ein Mann war, der genau wusste, wohin er wollte.

Und so war es auch. Andernfalls hätte Marv als wählerischer und sehr erfolgreicher Theateragent den am Hungertuch nagenden jungen Schauspieler vor sechs Jahren niemals übernommen. Instinkt, pflegte er zu sagen, ist genauso wichtig wie ein kräftiges Frühstück. „Die Werbung gehört zum Geschäft, Sam."

„Ja, und ich leiste meinen Beitrag. Aber eine Quizsendung? Wie könnte es die Einschaltquoten für ‚Rosen' steigern, wenn ich errate, was sich hinter Tür Nummer drei befindet?"

„Bei ‚Trivia' gibt es keine Türen."

„Dem Himmel sei Dank."

Marv ignorierte den Sarkasmus. Er war einer der wenigen in der Branche, der wusste, dass Sam mit Ausdrücken wie ‚Verantwortung' und ‚Pflicht' zu beeinflussen war. „Und es wird die Einschaltquoten steigern, weil Millionen von Menschen sich an fünf Tagen in der Woche das halbstündige Quiz ansehen. Die Leute lieben Spiele, Sam. Sie spielen gern, sie sehen gern zu, und sie mögen es, wenn andere etwas gewinnen. Ich könnte dir endlose Fakten und Zahlen vorlegen, aber das Entscheidende ist, dass überwiegend Frauen vor den Fernsehern sitzen."

Marv lächelte, und sein graumelierter Schnurrbart verzog sich. „Frauen, Sam. Sie sind diejenigen, die den Löwenanteil der Produkte kaufen, für die unsere Sponsoren die Werbetrommel rühren. Und der Limonadenhersteller, der den wichtigsten Sponsor für ‚Rosen' darstellt, kauft auch Zeit bei ‚Trivia'. Dem Sender gefällt es, wenn sozusagen alles in der Familie bleibt."

„Nun gut." Sam hakte die Daumen in die Taschen seiner Jeans. „Aber wir wissen beide, dass ich den Vertrag beim Fernsehen nicht angenommen habe, um Limonade zu verkaufen."

Marv strich sich lächelnd mit einer Hand über das Haar. Sein neues Toupet war ein Kunstwerk. „Warum hast du den Vertrag angenommen?"

„Du weißt, warum. Das Drehbuch ist hervorragend. Wir brauchen vier Stunden Spielzeit dafür. In einem zweistündigen Kinofilm wäre es zerstückelt worden."

„Du hast also das Fernsehen benutzt." Marv legte die Finger aneinander, so als würde er eine Falle schließen. „Jetzt will das Fernsehen dich benutzen. Das ist nur fair, Sam."

‚Fair' war ein weiterer Ausdruck, für den Sam eine Schwäche hatte. Schweigend starrte er aus dem Bürofenster hinab auf die Stadt. Er war noch nicht lange genug erfolgreich, um die schlechten Zeiten vergessen zu haben. Marv war ein Risiko mit ihm eingegangen. Ein kalkuliertes Risiko, aber immerhin ein Risiko. Sam legte stets Wert darauf, seine Schulden zu begleichen. Aber er hasste es, sich zum Narren zu machen. „Ich mag keine Spiele", murrte er. „Es sei denn, ich stelle die Regeln auf."

„Meinst du damit die Politik beim Sender oder das Quiz?"

„Mir scheint, das eine ist nicht vom anderen zu trennen."

Marv lächelte erneut. „Du bist ein kluger Junge, Sam."

Sam wandte sich vom Fenster ab. Seine Augen blitzten. Die Ausdruckskraft dieser Augen hatte Marv unter anderem veranlasst, den völlig unbekannten Schauspieler unter Vertrag zu nehmen. Sie waren groß und blau. Stahlblau und intensiv.

Die kalifornische Sonne hatte Sams Haut tief gebräunt und seinem schmalen, markanten Gesicht feine Linien verliehen. Interessante Linien, die von Erfahrung kündeten. Sein Gesicht hatte etwas Geheimnisvolles an sich, das Frauen gefiel, und etwas Hartes, das Männern Anerkennung entlockte. Es war nicht für ein Poster im Zimmer eines Teenagers geeignet, aber es war ein Gesicht, das Frauen in ihren geheimsten Träumen verfolgte.

„Was für eine Wahl habe ich in der Angelegenheit?", fragte Sam.

„So gut wie keine. Dein Vertrag mit dem Sender verpflichtet dich zu Arbeit in der Werbung. Wir könnten die Sache vielleicht umgehen, aber es wäre nicht gut für dich, für dieses und für künftige Projekte."

„Wann?"

„Heute in zwei Wochen. Nimm es gelassen hin, Sam. Es ist nur ein Tag aus deinem Leben."

„Ja." Ein Tag, dachte er, kann nicht so viel ausmachen. Und er hatte nicht vergessen, dass er das Angebot für eine Quizsendung noch vor zehn Jahren wie ein Geschenk des Himmels angesehen hätte. Er ging zur Tür, drehte sich dort noch einmal um. „Marv? Wenn ich mich dabei zum Narren mache, dann schütte ich Kontaktkleber auf dein Haarteil."

Es war seltsam, dass zwei Menschen, die im selben Gebäude zu tun hatten und oft sogar denselben Aufzug benutzten, sich niemals begegneten.

Sam fuhr nicht oft von Malibu zum Büro seines Agenten. Nun, da seine Karriere blühte, war er gewöhnlich mit Proben, Drehbuchbesprechungen oder Aufnahmen beschäftigt.

Und wenn er ein paar Wochen Drehpause hatte, so wie im Augenblick, dann verschwendete er seine Zeit nicht im Verkehrsgewühl von

Los Angeles oder in geschlossenen Büroräumen. Er bevorzugte die Abgeschiedenheit seiner Ranch.

Johanna hingegen fuhr täglich in ihr Büro. Seit zwei Jahren hatte sie keinen Urlaub genommen, und sie arbeitete gewöhnlich sechzig Stunden in der Woche an ihrer Sendung. Dennoch hätte sie die Bezeichnung ‚arbeitssüchtig‘ von sich gewiesen. Arbeit war für sie nicht eine Krankheit, sondern ein Mittel zum Zweck.

Ihr Erfolg rechtfertigte die langen Stunden und die Aufopferung. Niemand sollte ihr vorwerfen können, dass sie sich an Carl Pattersons Rockschöße hängte.

Die Büros der ‚Trivia‘ waren behaglich, aber schlicht eingerichtet. Johanna erschien jeden Morgen pünktlich um halb neun Uhr, legte nur in Verbindung mit einer Geschäftsbesprechung eine Mittagspause ein und arbeitete ansonsten durch bis zum Feierabend. Abgesehen von ‚Trivia‘ beschäftigte sie sich noch mit einem neuen Konzept. Es handelte sich um ein Wortspiel, das beinahe genug ausgereift war, um es dem Sender vorzustellen.

Nun hatte sie ihre Jacke über die Stuhllehne gehängt und die Nase in eine lange Aufstellung von Fragen gesteckt, die für künftige Sendungen zur Auswahl standen.

Sie musste den Text dicht vor die Augen halten, da sie sich weigerte, die benötigte Lesebrille zu tragen.

„Johanna?“

„Hm?“

Ohne aufzublicken, las Johanna weiter. „Wusstest du, dass Howdy Doody einen Zwillingsbruder hat?“

„So gut habe ich ihn nie kennengelernt“, entgegnete Bethany in entschuldigendem Ton.

„Der doppelte Doody“, verkündete Johanna mit einem bedächtigen Nicken. „Ich glaube, das ist eine gute Frage für die Geschwindigkeitsrunde. Hast du die heutige Sendung gesehen?“

„Zum größten Teil.“

„Ich finde, wir sollten wirklich versuchen, Hank Loman noch einmal zu bekommen. Helden von Familienserien sind eine große Attraktion.“

„Da wir gerade von Attraktionen reden …“ Bethany legte einen Stapel Papiere auf Johannas Schreibtisch. „Hier ist der Vertrag für Sam Weaver. Ich dachte mir, du möchtest ihn dir vielleicht ansehen, bevor ich ihn zu seinem Agenten hinaufbringe.“

„Gut." Sie zog den Vertrag zu sich heran und überflog ihn. „Wir sollten ihm auch eine Aufzeichnung der Show schicken."

„Das übliche Obst für die Garderobe?"

„Ja. Ist die Kaffeemaschine repariert?"

„Soeben."

„Gut." Johanna warf einen Blick auf ihre schlichte Uhr mit dem schwarzen Lederarmband. Die diamantenbesetzte Uhr, die die Sekretärin ihres Vaters zum letzten Geburtstag für sie ausgesucht hatte, ruhte noch immer in der Schatulle. „Geh du nur zum Essen. Ich bringe den Vertrag selbst hinauf."

„Johanna, du vergisst schon wieder zu delegieren."

„Nein, ich delegiere nur mich." Sie griff zur Fernbedienung auf dem Schreibtisch, schaltete den Fernseher ab und erhob sich. „Triffst du dich immer noch mit dem hungerleidenden Drehbuchautor?"

„Bei jeder Gelegenheit."

Mit einem Lächeln schlüpfte Johanna in ihr blassrosa Jackett. „Dann beeil dich lieber. Heute Nachmittag müssen wir das Quiz für die Fernsehzuschauer besprechen." Sie steckte den Vertrag und eine Kassette in eine Ledermappe. „Ach ja, und notiere bitte für mich, dass ich John Jay die Leviten lese. Er hat der Show wieder einmal eine Kiste Sekt in Rechnung gestellt."

„Sehr gern." Bethany schrieb es eifrig und in Großbuchstaben auf ihren Notizblock.

Schmunzelnd öffnete Johanna die Tür. „Die Frau von Randy – dem Techniker – liegt übrigens wegen eines kleinen Eingriffs im Krankenhaus – im Cedars of Lebanon. Schick ihr Blumen." Sie blickte mit einem Grinsen über die Schulter zurück. „Wer sagt, dass ich nicht delegieren kann?"

Auf dem Weg zum Fahrstuhl lächelte sie zufrieden vor sich hin. Sie konnte von Glück sagen, dass sie Beth hatte. Zusammen mit ihren übrigen jungen, dynamischen Mitarbeitern stand sie im Begriff, sich ihren Platz in der konkurrenzreichen Welt des Fernsehens zu erobern.

Sie zweifelte nicht daran, dass sie ihr neues Projekt schon bald verkaufen konnte. Anschließend wollte sie ein Fernsehspiel produzieren, mit viel Herz und ebenso viel Handlung. Das Konzept stand bereits in groben Zügen fest. Außerdem war sie fest entschlossen, eine Abendausgabe von ‚Trivia Alert' an mehrere unabhängige Sender zu verkaufen.

Sie war auf dem besten Weg, ihr Fünf-Jahres-Ziel zu erreichen und ihre eigene Produktionsgesellschaft zu gründen.

Während sie mit dem Aufzug hinauffuhr, strich Johanna sich automatisch über das Haar und zupfte das Jackett zurecht. Sie wusste, dass die äußere Erscheinung genauso wichtig war wie Talent.

Als sie den Fahrstuhl verließ, sah sie gepflegt und geschäftsmäßig aus. Sie trat durch die breite Glastür in Jablonskis Büro. Er hielt offensichtlich nichts von Schlichtheit. Riesige, leuchtend rote Vasen waren mit bunten Federn und Fächern gefüllt. Die Skulptur eines menschlichen Torsos glänzte in poliertem Messing. Der Teppich war strahlend weiß und musste äußerst schwer zu reinigen sein.

Breite Sessel in schwarzem und rotem Leder gruppierten sich um Glastische, Modemagazine und Tageszeitungen lagen stapelweise herum. Johanna schloss daraus, dass Jablonski sich nicht scheute, seine Kunden warten zu lassen.

Die Schreibtische waren ebenfalls in Rot und Schwarz gehalten. An einem saß eine attraktive Brünette, und auf der Kante hockte Sam Weaver und beugte sich dicht zu ihr vor.

Es überraschte Johanna keineswegs, dass er mit einer der Angestellten flirtete. Sie erwartete nichts anderes von ihm und seinesgleichen. Schließlich hatte ihr Vater eine Affäre mit jeder Sekretärin, Empfangsdame und Assistentin angefangen, die je für ihn gearbeitet hatte. Und auch er war ein großer, dunkler, gut aussehender Typ.

Die einzige Überraschung an Sam Weaver war für sie, dass er in Wirklichkeit noch besser aussah als auf dem Bildschirm. Die engen Jeans standen ihm gut, ebenso wie das schlichte Baumwollhemd. Kein Gold glänzte, keine Diamanten funkelten. Ein Mann, der so ausdrucksvoller Blicke fähig war, wie er sie gerade der Brünetten schenkte, brauchte keine Schmuckstücke, um Aufmerksamkeit zu erregen.

„Sie ist wundervoll, Gloria." Sam beugte sich näher zu den Schnappschüssen, die die Empfangsdame ihm zeigte. Aus Johannas Blickwinkel sah es so aus, als flüsterte er ihr Liebkosungen zu. „Du kannst dich glücklich schätzen."

„Sie ist heute sechs Monate alt geworden." Gloria lächelte das Foto von ihrer Tochter und dann Sam an. „Ich hatte Glück, dass Mr Jablonski mir einen so großzügigen Mutterschaftsurlaub gegeben hat, und es ist schön, wieder zu arbeiten, aber ich vermisse sie jetzt."

„Sie sieht genau wie du aus."

Glorias Gesicht leuchtete vor Stolz und Freude. „Findest du?"

„Natürlich. Sieh dir doch nur einmal das Kinn an." Sam tippte mit einem Finger an Glorias Kinn. Er gab sich nicht nur freundschaftlich

und interessiert. Nein, er mochte Kinder wirklich gern, schon immer.
„Ich wette, sie hält dich ganz schön in Atem."

„Du kannst dir gar nicht vorstellen …" Gloria blickte zufällig auf
und gewahrte Johanna. Verlegen schob sie die Fotos zurück in die
Schublade. Mr Jablonski hatte sich sehr großzügig und verständnisvoll
gezeigt, aber sie bezweifelte, dass er es gutheißen würde, wenn sie ihren ersten Arbeitstag mit Schwärmereien über ihre Tochter verbrachte.
„Guten Tag. Kann ich Ihnen helfen?"

Johanna nickte knapp und durchquerte den Raum. Sam drehte sich
auf der Schreibtischkante um und blickte ihr entgegen. Ihm stockte
zwar nicht der Atem, aber es fehlte nicht viel daran.

Sie war wundervoll. Er war nicht immun gegen Schönheit, obwohl
er oft davon umgeben wurde. Auf den ersten Blick wirkte sie wie eines
der schlanken, langbeinigen Girls, die überall an den Stränden Kali-
forniens und auf glänzenden Postern zu sehen waren. Das zarte Goldbraun ihrer Haut hob sich wirkungsvoll von ihren rotblonden Haaren
ab, die in weichen Locken ihr Gesicht umrahmten. Ihr Gesicht war
oval, und die klassische Form wurde durch hohe Wangenknochen und
volle Lippen unterstrichen. Ihre Augen, zartrosa umschattet, hatten
die gleiche Farbe wie ihre Haare. Sie wirkte sexy, auf eine subtile Art.
Auch das kannte er an Frauen. Vielleicht lag es an ihrem Gang, an ihrer Haltung in dem langen, losen Jackett und dem engen Rock, dass
sie ihm wie etwas Besonderes erschien. Sogar ihre schmalen, kleinen
Füße fielen ihm auf, ebenso wie die weißen, halbhohen Schuhe, in denen sie steckten.

Sie würdigte ihn keines Blickes, und er war froh darüber. Es gab ihm
Gelegenheit, sie unverhohlen zu mustern und ihren Anblick zu genießen, bevor sie ihn erkannte und den Augenblick verdarb.

„Ich habe etwas für Mr Jablonski abzugeben."

Sogar ihre Stimme ist vollkommen, dachte Sam. Sanft, weich, mit
einem Anflug von Kühle.

Gloria lächelte hilfsbereit. „Ich nehme es gern entgegen."

Johanna öffnete ihre Ledermappe und nahm den Vertrag sowie die
Kassette heraus. Sie blickte Sam noch immer nicht an, obgleich sie sich
seiner Musterung sehr bewusst war. „Das ist der Weaver-Vertrag und
eine Aufzeichnung von ‚Trivia Alert'."

„Tja, also …"

„Warum bringst du es ihm nicht hinein, Gloria?", unterbrach Sam
sie eilig. „Ich warte auf dich."

Gloria setzte zu einer Entgegnung an, räusperte sich dann und stand auf. „Na gut. Ich bin gleich wieder zurück", sagte sie zu Johanna und eilte den Korridor entlang.

„Arbeiten Sie für die Show?", fragte Sam.

„Ja." Johanna bedachte ihn mit einem vagen, bewusst desinteressierten Lächeln. „Sind Sie ein Fan, Mr …?"

Anscheinend erkannte sie ihn nicht. Sam war einen Augenblick lang überrascht und betroffen. Doch dann amüsierte es ihn, und er grinste. „Nennen Sie mich Sam." Er reichte ihr die Hand.

„Johanna", teilte sie ihm mit, um nicht unhöflich zu wirken, und akzeptierte den Händedruck. Bei seiner gelassenen Reaktion kam sie sich kleinlich vor. Sie stand bereits im Begriff, die Angelegenheit aufzuklären, als ihr bewusst wurde, dass er noch immer ihre Hand hielt. Seine war hart und stark. Wie sein Gesicht. Wie seine Stimme. Es war ihre rasche, heftige Reaktion darauf, die sie veranlasste, sich weiterhin zu verstellen. „Arbeiten Sie für Mr Jablonski?"

Sam grinste erneut. Es war ein verwegenes Grinsen, das eine Frau warnte, ihm nicht zu vertrauen. „Gewissermaßen. Was tun Sie bei der Show?"

„Ein bisschen dies, ein bisschen das", antwortete sie wahrheitsgemäß. „Aber ich will Sie nicht aufhalten."

„Es wäre mir lieber, wenn Sie es täten." Er gab ihre Hand frei, weil sie daran zog. „Möchten Sie mit mir zu Mittag essen?"

Johanna zog spöttisch eine Augenbraue hoch. Gerade eben hatte er mit der Brünetten geflirtet, und nun lud er die erstbeste Frau zum Essen ein. Typisch! „Tut mir leid. Ich bin ausgebucht."

„Für wie lange?"

„Lange genug." Sie blickte an ihm vorbei zur Rezeptionistin, die gerade zurückkehrte.

„Mr Jablonski wird den Vertrag bis morgen Nachmittag unterschrieben an Miss Patterson zurückschicken."

„Danke", sagte Johanna und wandte sich zum Gehen.

Sam legte eine Hand auf ihren Arm und wartete, bis sie sich zu ihm umdrehte. „Bis bald."

Sie lächelte ihn an, wiederum betont desinteressiert, und ging davon.

Er blickte ihr nach, bis sie um die Ecke verschwunden war. „Weißt du, Gloria", sagte er halb zu sich selbst, „ich glaube, mir wird dieses Spiel doch noch gefallen."

2. KAPITEL

*A*m Tag der Aufnahmen erschien Johanna stets um neun Uhr im Studio. Das bedeutete nicht, dass sie ihren Mitarbeitern nicht traute. Sie traute sich selbst nur mehr. Außerdem waren in der vergangenen Woche Probleme mit der Drehbühne aufgetreten. Derartige Zwischenfälle konnten die Aufnahmen erheblich verzögern. Indem sie vorher alles überprüfte, verminderte sich das Risiko.

Die Kandidaten sollten erst um ein Uhr eintreffen, doch Johanna wusste aus Erfahrung, dass die meisten wesentlich früher kamen, um dann vor Nervosität an den Nägeln zu kauen. Sie zu beruhigen war eine Aufgabe, die sie gern anderen übertrug.

John Jay traf gewöhnlich um zwei Uhr ein und beschwerte sich sogleich über die Anzüge, die für ihn ausgewählt worden waren. Dann schloss er sich in seiner Garderobe ein und schmollte, bis er zum Maskenbildner gerufen wurde. Johanna hatte gelernt, sein künstlerisches Temperament zu ignorieren. Es bestand kein Zweifel an seiner Beliebtheit, und es war hauptsächlich ihm zu verdanken, dass die Leute vor dem Studio Schlange standen, um Eintrittskarten zu ergattern.

Die Aufnahmen sollten um drei Uhr beginnen, und wenn alles gut ablief, würden sie um acht Uhr beendet sein. Zum Glück hatte der weibliche Ehrengast schon mehrere Male bei ,Trivia Alert‘ sowie anderen Quizsendungen mitgewirkt. Das bedeutete eine Sorge weniger für Johanna.

An Sam Weaver verschwendete sie keinerlei Gedanken. Zumindest redete sie es sich ein. Sie beabsichtigte, ihn und seine Gefolgschaft an Bethany zu übergeben, sobald er eintraf. Damit bereitete sie ihrer Assistentin eine Freude und hielt sich das Geschenk des Himmels an die Frauen vom Halse.

Sie hoffte nur, dass er das Quiz bewältigte. Die Fragen waren überwiegend witzig, aber nicht immer leicht zu beantworten. Sie sorgte prinzipiell für ein ausgewogenes Verhältnis zwischen einfachen, spaßigen und kniffligen Fragen. Es war nicht ihre Schuld, wenn Sam Weaver sich als Hohlkopf erweisen sollte. Und er brauchte nur zu lächeln, damit die Zuschauer ihm mögliche Bildungslücken verziehen.

Johanna erinnerte sich, wie er sie in Jablonskis Büro angelächelt hatte. Ja, mehr brauchte es nicht, um jede Frau zu Hause am Bildschirm und im Studio dahinschmelzen zu lassen – abgesehen von ihr selbst, natürlich.

„Überprüfe die Glocke", wies sie ihren Tontechniker an. Das helle, fröhliche Klingeln der Gewinnerglocke erklang. „Und jetzt den Summer." Das dumpfe Dröhnen der Verlierersirene ertönte. „Schalte die Lichter auf der Drehbühne ein." Sie nickte zufrieden, als die Scheinwerfer aufflammten. „Wie steht es mit den Kandidaten?"

Bethany warf einen Blick auf ihr Klemmbrett. „Der Wirtschaftsprüfer aus Venice von letzter Woche ist wieder da. Er ist dreifacher Gewinner. Die erste Herausforderin ist eine Hausfrau aus Ohio. Sie ist schrecklich nervös."

„Hilf Dottie bitte, sie zu beruhigen. Ich schaue inzwischen noch einmal in die Garderoben", erwiderte Johanna und eilte den Korridor entlang.

Der weibliche Ehrengast, Marsha Tuckett, war eine freundliche, mütterliche Frau, die im dritten Jahr in einer Familienserie mitwirkte. Ein netter Kontrast zu Sam Weaver, dachte Johanna. Sie überzeugte sich, dass frische Rosen auf dem Schminktisch standen und genügend Erfrischungsgetränke auf Eis lagen. Zufrieden mit der Ausstattung ging sie über den schmalen Flur zum nächsten Raum.

Da sie Rosen als unangemessen für Sam Weavers Garderobe betrachtete, hatte sie sich für einen üppigen Farn entschieden. Routinemäßig prüfte sie die Lichter, schüttelte die Kissen auf dem Sofa und überzeugte sich, dass ausreichend frische Handtücher vorhanden waren. Ein letzter kritischer Blick bestätigte ihr, dass nichts auszusetzen war. Unbekümmert nahm sie ein Pfefferminz aus der Schale auf dem Tisch, steckte es sich in den Mund und drehte sich um.

Er stand im Türrahmen. „Hallo." Er hatte längst beschlossen, sie irgendwie wiederzufinden, aber er hatte nicht erwartet, dass es ihm so bald gelingen würde. Er betrat den Raum und legte einen Kleiderbeutel über einen Stuhl.

Johanna schob das Bonbon in einen Mundwinkel. Die Garderobe war klein, aber sie konnte sich nicht erinnern, sich jemals so gefangen darin gefühlt zu haben. „Hallo, Mr Weaver." Sie legte ein dienstbeflissenes Lächeln auf und reichte ihm die Hand.

„Sie sollen mich doch Sam nennen. Erinnern Sie sich nicht?" Er nahm ihre Hand und trat gerade nahe genug, dass sie sich unbehaglich fühlte.

„Natürlich, Sam. Wir sind entzückt, dass Sie kommen konnten. Falls Sie etwas brauchen, dann lassen Sie es mich oder einen meiner Mitarbeiter wissen." Erstaunt blickte sie an ihm vorbei. „Sind Sie allein?"

„Hätte ich jemanden mitbringen sollen?"

„Nein." Wo war nur seine Sekretärin, seine derzeitige Geliebte?

„Nach meinen Instruktionen brauche ich nur fünf Garderobenwechsel. Zwanglos. Kann ich so anfangen?"

Sie musterte den marineblauen Pullover und die lohfarbene Hose. „Sie sehen gut aus."

Sie hat von Anfang an gewusst, wer ich bin, dachte Sam eher interessiert als verärgert. Und sie fühlte sich nicht besonders wohl in seiner Gegenwart. Auch das war recht interessant. Er nahm sich ebenfalls ein Pfefferminz und lehnte sich an den Frisiertisch. Dadurch rückte er ihr ein wenig näher. Ihm fiel auf, dass ihr Lippenstift abgegangen war. Ihr üppiger, ungeschminkter Mund gefiel ihm. „Ich habe mir die Aufzeichnung angesehen, die Sie geschickt haben."

„Gut. Sie werden mehr Spaß haben, wenn Sie mit dem Ablauf vertraut sind. Machen Sie es sich bequem." Sie sprach schnell, aber nicht hastig. Das war Training. Aber sie wollte verschwinden, und zwar sofort. Das war Instinkt. „Jemand wird Sie bald abholen und zum Maskenbildner bringen."

„Ich habe mir außerdem den Nachspann angesehen." Er versperrte auf lässige Art den Ausgang. „Mir fiel auf, dass eine Johanna Patterson die Produktionsleiterin ist. Sie?"

„Ja." Verflixt, er machte sie nervös. Und dabei war sie gewöhnlich sehr kühl, beherrscht und kompetent. Bedeutungsvoll blickte sie zur Uhr. „Es tut mir leid, aber ich habe keine Zeit, länger mit Ihnen zu plaudern."

Sam rührte sich nicht vom Fleck. „Die meisten Produzenten bringen die Verträge nicht persönlich."

Sie lächelte. Nach außen hin wirkte es freundlich, doch ihm entging nicht die Kühle dahinter, und er wunderte sich darüber. „Ich bin nicht wie die meisten Produzenten."

„Da kann ich nicht widersprechen." Es war inzwischen mehr als Anziehungskraft. Es war ein Rätsel, das gelöst werden musste. Es war ihm gelungen, zahlreichen Frauen zu widerstehen, aber einem Rätsel hatte er noch nie widerstehen können. „Da wir das Mittagessen versäumt haben, wie wäre es mit einem Abendessen?"

„Tut mir leid, ich bin …"

„Ausgebucht. Ja, das sagten Sie bereits." Er neigte den Kopf, wie um sie aus einem anderen Blickwinkel zu betrachten. „Sie tragen keine Ringe."

„Sehr aufmerksam."

„Sind Sie gebunden?"

„An was?"

Er musste einfach lachen. Er war nicht so eingebildet, dass er kein Nein ertragen konnte. Er zog es nur vor, den Grund zu erfahren. „Wo liegt das Problem, Johanna? Hat Ihnen mein letzter Film nicht gefallen?"

„Tut mir leid, aber ich habe ihn verpasst", log sie mit einem Lächeln. „Entschuldigen Sie mich jetzt bitte. Ich muss mich um die Show kümmern."

Er stand noch immer in der Tür, doch diesmal zwängte sie sich an ihm vorbei. Und streifte ihn. Beide zuckten unwillkürlich zusammen.

Verärgert ging Johanna weiter.

Fasziniert blickte Sam ihr nach.

Johanna musste sich eingestehen, dass Sam Weaver ein Profi war. Noch bevor die erste Show halb aufgezeichnet war, hatte er bereits ganz nebenher und sehr geschickt für seine neue Fernsehserie ‚Keine Rosen für Sarah' geworben. So wirkungsvoll, dass sogar sie gespannt darauf war. Er hatte seine Partnerin bezaubert – eine zweifache Mutter aus Columbus, die zu Beginn vor lauter Nervosität kaum mehr als ein Krächzen herausgebracht hatte. Und es war ihm sogar gelungen, ein paar Fragen richtig zu beantworten.

Es war schwer, nicht beeindruckt zu sein, obgleich Johanna sich redlich bemühte. Wenn die Scheinwerfer erstrahlten und die Kameras summten, stellte er die Verkörperung jenes allzu oft missbrauchten Wortes dar: Star. Er stellte sogar John Jay in den Hintergrund.

Nicht alle Entertainer fühlten sich wohl vor einem Live-Publikum. Er schon. Johanna fiel auf, dass er nicht nur das richtige Maß an Begeisterung zeigte, wenn die Kameras liefen, sondern die Studiogäste auch während der Drehpausen unterhielt, indem er mit seinen Gegenspielern scherzte. Und er wirkte sogar aufrichtig erfreut, als seine Partnerin in der Geschwindigkeitsrunde fünfhundert Dollar in bar gewann.

„Und jetzt wird es äußerst spannend, Leute." John Jay lächelte wichtigtuerisch in die Kameras. „Diese letzte Frage wird den heutigen Champion ermitteln, der dann in den Siegerring treten und sich um zehntausend Dollar bemühen wird." Er zog die Karte aus dem Kasten auf seinem Podium. „Die letzte Frage lautet: Wer hat den Bären Pu erschaffen?"

Die zweifache Mutter aus Columbus erblasste und blickte Sam flehend an. John Jay bat theatralisch um Ruhe im Saal.

„A. A. Milne."

„Meine Damen und Herren, wir haben einen neuen Champion!"
Als Jubelrufe ertönten und seine Partnerin die Arme um Sams Nacken schlang, fing er Johannas überraschten Blick auf. Offensichtlich hatte sie ihn nicht für einen Mann gehalten, der sich an klassische Kinderbücher erinnert.

John Jay verabschiedete den bisherigen Gewinner, den Wirtschaftsprüfer aus Venice, und ließ einen Werbespot einblenden.

Sam musste seine Partnerin beinahe in den Siegerring tragen. Nachdem sie auf den Stühlen Platz genommen hatten, hielt er ihre Hand, um sie zu beruhigen.

Als die Drehpause zu Ende war, machte John Jay die Frau noch nervöser, indem er die Spielregeln hastig herunterrasselte. Und dann lief die Zeit. Die Fragen waren gar nicht so schwer, wie Sam erkannte. Es war die Aufregung, die sie so knifflig erscheinen ließ. Auch er war nicht immun dagegen. Die Regeln besagten, dass er nur zwei Fragen für seine Partnerin beantworten durfte. Nachdem er es getan hatte, war sie praktisch auf sich selbst gestellt und umklammerte seine Hand noch fester.

Zehn Sekunden blieben noch, als John Jay mit gemessener Stimme die letzte Frage stellte. „Wo fand Napoleons endgültige Niederlage statt?"

Sie wusste es. Natürlich wusste sie es. Aber es fiel ihr nicht ein. Sam beugte sich eindringlich auf dem unbequemen Drehstuhl vor und starrte sie beschwörend an.

„Waterloo!", rief sie und kam dem Summer um den Bruchteil einer Sekunde zuvor. Über ihren Köpfen blinkte ‚10 000 Dollar' in grellroten Lichtern auf. Sie stieß einen Schrei aus, küsste Sam voll auf den Mund und schrie erneut. Als die Pause für die Werbung begann, hielt er ihren Kopf und befahl ihr eindringlich, tief durchzuatmen.

„Mrs Cook?" Johanna kniete sich neben sie und maß ihren Puls. Es geschah nicht zum ersten Mal, dass ein Kandidat so drastisch reagierte. „Geht es Ihnen jetzt wieder besser?"

„Ich habe gewonnen. Ich habe zehntausend Dollar gewonnen!"

„Herzlichen Glückwunsch. Wir werden jetzt zehn Minuten Pause machen. Möchten Sie sich etwas hinlegen?"

„Nein, danke. Es geht mir gut." Die Farbe kehrte bereits auf Mrs Cooks Wangen zurück.

„Am besten gehen Sie jetzt mit Beth. Sie wird Ihnen etwas zu trinken geben."

„Einverstanden. Aber es geht mir wirklich gut." Es gelang ihr, sich zu erheben, gestützt von Johanna auf der einen und Sam auf der anderen Seite. „Es ist nur, dass ich noch nie etwas gewonnen habe. Mein Mann ist nicht einmal gekommen. Er ist mit den Kindern an den Strand gegangen."

„Dann haben Sie ja eine wundervolle Überraschung für ihn", sagte Johanna besänftigend. „Ruhen Sie sich ein wenig aus, und dann können Sie sich überlegen, was Sie mit dem Geld anfangen werden."

„Zehntausend Dollar", sagte Mrs Cook verwundert, als Beth sich ihrer annahm.

„Kommt es oft vor, dass jemand ohnmächtig wird?", fragte Sam.

„Hin und wieder. Einmal mussten wir die Aufnahme unterbrechen, weil ein Bauarbeiter während der Geschwindigkeitsrunde glatt von seinem Stuhl gerutscht ist. Übrigens danke. Sie haben schnell gehandelt."

„Kein Problem. Ich habe einige Übung."

Sie dachte an Frauen, die ihm ohnmächtig zu Füßen fielen. „Das kann ich mir denken. In Ihrer Garderobe stehen kalte Getränke und frisches Obst bereit. Sofern Mrs Cook sich erholt, drehen wir in zehn Minuten weiter."

Sam nahm ihren Arm, bevor sie fortgehen konnte. „Wenn es nicht mein letzter Film war, was ist es dann?"

„Was ist was?"

„All die kleinen Spitzen, die ich zu spüren bekomme. Stört es Sie, dass ich hier bin?"

„Natürlich nicht. Wir sind entzückt, Sie bei uns zu haben."

„Nicht wir. Sie."

„Ich bin entzückt, Sie bei uns zu haben", korrigierte sie sich. Ihre niedrigen Absätze brachten ihre Augen auf gleiche Höhe mit seinem Mund. Sie stellte fest, dass es nicht gerade ein beruhigender Anblick war. „Diese Quizserie wird Anfang Mai ausgestrahlt, direkt vor Ihrer Fernsehserie. Was mehr könnten Sie sich wünschen?"

„Ein nettes Gespräch. Beim Abendessen."

„Sie sind sehr beharrlich, Mr Weaver."

„Ich bin verwirrt, Miss Patterson."

Um ihre Mundwinkel zuckte es beinahe. Die schleppende Art, in der er ihren Nachnamen aussprach, hatte etwas Niedliches an sich. „Ein schlichtes Nein sollte einen offensichtlich intelligenten Mann wie Sie nicht verwirren." Sie blickte zur Uhr. „Die Pause ist halb um. Sie sollten sich lieber umziehen."

Die Dreharbeiten gingen so gut voran, dass vor der Dinnerpause drei Shows aufgezeichnet werden konnten und Johanna auf einen pünktlichen Feierabend hoffte.

Das Essen war gut und reichlich. Sie hielt nichts von falscher Sparsamkeit in dieser Beziehung. Sie legte vielmehr Wert darauf, die Ehrengäste wie die Kandidaten bei Laune zu halten.

Während der Pause setzte sie sich nicht, sondern wanderte mit ihrem gefüllten Teller umher und hielt sich zur Verfügung. Die Zuschauer hatten den Saal verlassen, denn für die beiden letzten Shows sollten neue Studiogäste eingelassen werden.

Johanna musste lediglich dafür sorgen, dass keine Krisen auftraten, dass alle Teilnehmer zufrieden waren und dass John Jay keine unsittlichen Annäherungsversuche unternahm. Mit dem ersten Ziel im Sinn, behielt sie die neue Herausforderin im Auge – eine junge Frau aus Orange County, die etwa im sechsten Monat schwanger zu sein schien.

„Probleme?"

Sie hatte ihren Entschluss, Sam Weaver aus dem Weg zu gehen, völlig vergessen. Da sie die Ehrengäste jedoch bei Laune halten musste, drehte sie sich zu ihm um. „Nein. Wieso?"

Er nahm sich eine Krabbe von ihrem Teller. „Sie entspannen sich wohl nie, oder?" Ohne eine Antwort abzuwarten, fügte er hinzu: „Mir ist aufgefallen, dass Sie Audrey wie ein Adler beobachten."

Es überraschte sie nicht, dass er die werdende Mutter bereits mit Vornamen kannte. „Ich bin nur vorsichtig. Während einer der ersten Shows setzten bei einer werdenden Mutter die Wehen ein. Es ist eine Erfahrung, die man nicht so leicht vergisst."

„Was hat sie bekommen?", fragte er belustigt.

„Einen Jungen." Sie lächelte, während sich ihre Blicke trafen. Es war eine ihrer schönsten Erinnerungen. „Während sie auf dem Weg ins Krankenhaus war, schlossen wir hier im Studio Wetten ab. Ich gewann."

Sie wettete also gern. Das musste er sich merken. „Ich glaube nicht, dass Sie sich um Audrey sorgen müssen. Sie ist nicht vor Anfang August fällig. Darf ich Ihnen jetzt eine Frage stellen? Rein beruflich", fügte er hinzu, als sich ihre Miene verschloss.

„Natürlich."

„Wie oft müssen Sie John Jay zusammenstauchen?"

Johanna konnte nicht umhin zu lachen, und sie protestierte nicht, als er einen Käsewürfel von ihrem Teller stibitzte. „Er ist eigentlich harmlos. Er hält sich nur für unwiderstehlich."

„Er hat mir erzählt, Sie beide stünden auf sehr vertrautem Fuß."

„Ach ja? Dann ist er außerdem zu optimistisch."

Das freute Sam zu hören. Sehr sogar. „Nun, er leistet gute Arbeit. Irgendwie gelingt ihm genau die richtige Mischung aus Animateur und Beichtvater."

„Wir können wirklich froh sein, dass wir ihn haben. Vor etwa fünf Jahren hat er eine andere Show moderiert. Daher hat er nicht nur Erfahrung, sondern ist bei den Fernsehzuschauern auch sehr beliebt."

„Essen Sie das Sandwich?"

Ohne zu antworten, reichte Johanna ihm eine Hälfte des Roastbeef-Toasts. „Haben Sie Spaß an der Show?"

„Mehr, als ich dachte." Er biss in das Sandwich. Sie hatte offensichtlich eine Vorliebe für scharfen Senf. Auch er mochte es würzig, nicht nur in puncto Essen. „Sind Sie gekränkt, wenn ich Ihnen sage, dass ich mich zuerst geweigert habe?"

„Nein. Ich bin die Erste, die zugibt, dass die Show tatsächlich nicht besonders anspruchsvoll ist. Aber sie erfüllt ihren Zweck. Was gefällt Ihnen daran?"

Er verschwieg die nächstliegende Antwort: Sie. „Es macht mir Spaß, die Leute gewinnen zu sehen", erwiderte er ebenso wahrheitsgemäß. „Warum veranstalten Sie das Quiz?"

Sie verschwieg mehrere mögliche Antworten. „Es macht mir Spaß", erwiderte sie, ebenfalls wahrheitsgemäß. Als er ihr sein Glas Limonade reichte, nahm sie es, ohne nachzudenken. Sie fühlte sich entspannt, zuversichtlich und recht wohl in seiner Gesellschaft, ohne sich dessen bewusst zu sein.

„Es widerstrebt mir, es zu betonen, aber offensichtlich dinieren wir doch zusammen."

Abwägend musterte sie ihn. Hätte sie andere Erfahrungen gesammelt und weniger Enttäuschungen erlebt, dann hätte sie sich geschmeichelt und sehr versucht gefühlt. Er hatte eine Art, sie anzusehen, als wären sie allein, als würde er in einem Raum mit Hunderten anderer Menschen nur sie allein auswählen. Schauspielerisches Können, dachte sie zynisch und gab ihm das Glas zurück. „Wie gut, dass wir es hinter uns haben."

„Ja. Dadurch wird es leichter, es zu wiederholen."

Gelassen signalisierte sie ihren Mitarbeitern das Ende der Pause. „Ich möchte Sie nicht drängen, aber in fünfzehn Minuten drehen wir weiter."

Mit einer geschmeidigen Bewegung trat er ihr in den Weg. „Ich habe den Eindruck, dass Sie gern spielen, Johanna", verkündete er herausfordernd.

Sie begegnete seinem Blick. „Das hängt vom jeweiligen Einsatz ab", entgegnete sie kühl.

„Was halten Sie von diesem Einsatz: Wenn ich die beiden nächsten Runden gewinne, dann gehen Sie mit mir essen. Ich bestimme Ort und Zeit."

„Der Einsatz gefällt mir nicht."

„Ich bin noch nicht fertig. Wenn ich verliere, nehme ich innerhalb von sechs Monaten noch einmal am Quiz teil. Ohne Honorar." Zufrieden stellte er fest, dass ihr Interesse erwachte. Er hatte also weder ihre Hingabe für ihre Sendung noch ihre Schwäche für eine Herausforderung verkannt.

Sie musterte ihn, um abzuwägen, ob er vertrauenswürdig war. Nicht die Spur, entschied sie, in vielerlei Hinsicht. Aber sie hielt ihn für einen Mann, der zu einer Wette stand.

„Innerhalb von sechs Monaten?"

„Abgemacht?" Er reichte ihr die Hand.

Das Angebot war zu gut, um es abzulehnen. „Abgemacht." Sie legte ihre Hand flüchtig in seine und trat dann zurück. „Zehn Minuten noch, Mr Weaver."

Johanna fühlte sich sehr unbehaglich, als Sam und seine Partnerin die erste Spielrunde absolvierten. Sie wehrte sich prinzipiell dagegen, einem der Teams die Daumen zu drücken. Parteilichkeit jeglicher Art war berufswidrig, auch wenn niemand ihre Gedanken lesen konnte. Sie hatte geglaubt, dass ihr niemals ein derartiger Lapsus unterlaufen würde. Doch nun war es der Fall.

Es liegt nur daran, dass ich ihn noch einmal beim Quiz dabeihaben will, redete sie sich ein, als die letzte Aufzeichnung des Tages begann. Die Produzentin, nicht die Frau hatte die Wette abgeschlossen. Der Gedanke, dass sie vor einem Mahl mit ihm zurückschreckte, war einfach lächerlich. Das wäre nur eine kleine Unannehmlichkeit – wie ein Löffel voll bitterer Medizin.

Doch sie stand hinter Kamera zwei und jubelte insgeheim, als das gegnerische Team in Führung ging.

Sam war ein zu geschickter Schauspieler, um sich vor einer Kamera nervös zu zeigen. Doch er war es. Es geht nur ums Prinzip, redete er sich ein. Nur deshalb war er so entschlossen, zu gewinnen und Johanna den Preis zahlen zu lassen. Er war gewiss nicht vernarrt in sie. Er war zu erfahren, um sich in eine Frau zu verlieben, nur weil sie hübsch war. Und abweisend, fügte er im Stillen hinzu. Und widerspenstig und starrsinnig. Und verdammt sexy.

Er war nicht vernarrt. Nein, er hasste es nur zu verlieren.

Zu Beginn der letzten Runde lagen die beiden Teams Kopf an Kopf. Die Studiogäste waren begeistert, die Kandidaten aufgeregt. Johannas Magen krampfte sich zusammen. In beruflicher Hinsicht freute sie sich über die Spannung, die das Publikum an den Bildschirm fesseln würde. In privater Hinsicht hoffte sie auf eine himmelweite Führung, und wenn es auch noch so langweilig war.

Als die letzte Frage gestellt wurde, hielt sie den Atem an. Sam drückte den Knopf sehr schnell, doch seine Partnerin war noch schneller. Beinahe hätte er laut geflucht. Die werdende Mutter aus Orange County hatte mehr als ihr eigenes Glück in der Hand.

Er atmete erleichtert auf, als sie die richtige Antwort rief. Und als die Scheinwerfer aufflammten, nahm er ihr Gesicht zwischen beide Hände und küsste sie überschwänglich. Nachdem er sie zu ihrem Platz im Siegerring geführt hatte, schlenderte er lässig zu Johanna hinüber und beugte sich dicht an ihr Ohr. „Samstagabend. Sieben Uhr. Ich hole Sie ab."

Sie konnte nur nicken, so fest hatte sie die Zähne zusammengepresst.

Nach Beendigung der Aufnahmen fand Johanna mehrere wichtige Aufgaben zu erledigen. Entgegen ihrer Gewohnheit bedankte sie sich nicht persönlich bei den Ehrengästen, sondern überließ es Bethany. Eine gute halbe Stunde lang machte sie sich rar, um sicherzugehen, dass Sam Weaver ihr nicht mehr über den Weg lief. Bis Sonnabend.

Die Zufriedenheit, die sie sonst am Ende eines erfolgreichen Arbeitstages verspürte, wollte sich nicht einstellen. Statt sich zu entspannen, stellte sie ein umfangreiches Programm für den nächsten Tag auf, das sie von früh bis spät in Atem halten sollte.

„Es ist alles erledigt", teilte Bethany ihr mit. „Die unbenutzten Fragen liegen wieder im Safe. Die Kandidaten, die heute nicht auftreten konnten, sind bereit, nächste Woche wiederzukommen. Hier sind deine Aufzeichnungen. Es sind großartige Shows geworden. Vor allem die letzte. Sogar die Techniker sind begeistert von Sam, und das will schon etwas heißen. Na ja, immerhin ist er nicht nur charmant und sexy, sondern er hat auch Grips."

Johanna murmelte etwas vor sich hin und steckte die Filmrollen in ihre Tasche.

„Ich wollte dich eigentlich fragen, ob du das übrige Obst mit nach Hause nehmen willst. Aber mir scheint, dir wäre rohes Fleisch lieber."

„Es war ein langer Tag."

„Aha." Bethany kannte ihre Chefin besser. Johanna hatte zuvor zwei Magentabletten genommen – ein sicheres Zeichen für Probleme. „Möchtest du bei einem Drink darüber reden?"

Johanna war es nicht gewohnt, jemandem ihr Herz auszuschütten. Es hatte einfach nicht genügend Menschen in ihrem Leben gegeben, denen sie vertrauen konnte. Doch sie wusste, dass Beth vertrauenswürdig war und einer guten Freundin sehr nahe kam. „Ich verzichte auf den Drink. Aber wie wäre es, wenn du mich zu meinem Wagen begleitest?"

„Gern."

Die Sonne war noch nicht untergegangen. Das empfand Johanna als tröstlich, nachdem sie den ganzen Tag im Studio verbracht hatte. „Was hältst du von Sam Weaver?"

„Ich mag ihn", erwiderte Bethany schlicht. „Er hat keinen roten Teppich erwartet, er war nicht herablassend, und er hat sich nicht über die Kandidaten lustig gemacht."

„Das sind alles negative Tugenden", warf Johanna ein.

„Also gut. Mir hat die Art gefallen, in der er mit allen gescherzt hat. Und die Art, in der er Autogramme verteilt hat – so als wollte er es, anstatt so zu tun, als würde er Gefälligkeiten erweisen. Er ist jemand, ohne ständig daran erinnern zu müssen, wie wichtig dieser Jemand ist."

„Interessant ausgedrückt", murmelte Johanna. „Führst du eigentlich immer noch diese Liste über die Ehrengäste?"

Beth errötete ein wenig. „Ja. Sam bekommt vier Sterne."

Um Johannas Mundwinkel zuckte es ein wenig. „Aha, die Höchstnote. Das sollte mich wohl erleichtern. Ich gehe am Samstagabend nämlich mit ihm essen."

Bethany starrte sie mit offenem Mund und runden Augen an. „Das ist ja 'ne Wucht!"

„Es ist vertraulich."

„In Ordnung", versicherte Beth. „Ich weiß ja, dass du in der Branche aufgewachsen bist und dass Cary Grant dich wahrscheinlich auf den Knien gewiegt hat, aber findest du es gar nicht aufregend?"

„Nein. Ich finde es schrecklich", erklärte Johanna unverblümt, während sie ihre Wagentür öffnete. „Schauspieler sind nicht mein Typ."

„Bitte keine Verallgemeinerungen."

„Also gut. Blauäugige, schlaksige Schauspieler mit schleppender Aussprache sind nicht mein Typ."

„Du musst krank sein, Johanna. Sehr krank. Soll ich vielleicht für dich einspringen?"

Schmunzelnd stieg sie in ihren Wagen. „Nein. Mit Sam Weaver werde ich schon fertig."

„Ich will ja nicht neugierig sein …"

„Aber?"

„Merk dir die Einzelheiten, ja? Vielleicht schreibe ich einmal ein Buch oder so."

„Beherrsch dich bitte, Beth."

„Also gut. Lass mich nur wissen, ob er immer so gut riecht. Das reicht mir schon."

Kopfschüttelnd startete Johanna den Motor und fuhr aus der Parklücke. Sie hatte nicht darauf geachtet, wie Sam Weaver roch.

Männlich, teilte ihr Gedächtnis ihr mit, sehr männlich.

*E*s bestand kein Grund zur Sorge. Es handelte sich schließlich nur um ein Dinner. Vermutlich würden sie in eines der protzigen Restaurants von Los Angeles gehen, wo Sam gesehen werden konnte. Zwischen der Gänseleberpastete und der Schokoladencreme würde er mit den anderen Berühmtheiten plaudern, die solche Lokale besuchten.

Fleischhäuser hatte Johannas zweite Stiefmutter derartige Restaurants genannt. Nicht wegen der Speisekarte, sondern wegen all der entblößten Haut. Darlene war eine der ehrlichsten und am wenigsten affektierten Errungenschaften ihres Vaters gewesen.

Wenn Johanna wollte, konnte sie es als ein Geschäftsessen betrachten. Und das wollte sie. Unter diesem Aspekt konnte sie es über sich ergehen lassen, wie viele andere Mahlzeiten zuvor – als ein Teil des Spieles, das jeder erlernen musste, der im Geschäft bleiben wollte. Sie würde sich charmant und aufgeschlossen geben, ja sogar liebenswürdig, und danach die ganze Episode vergessen.

Sie mochte keine beharrlichen Männer. Sie mochte keine Männer von Ruf. Sie mochte Sam Weaver nicht ... bis die Blumen eintrafen.

Johanna verbrachte den Samstagvormittag mit Gartenarbeit und hoffte halb, dass Sam Weaver ihre Adresse nicht fand. Er hatte sie nicht angerufen, um sich danach zu erkundigen oder die Verabredung zu bestätigen. Das Warten darauf hatte sie die ganze Woche lang beunruhigt. Es war ein Verstoß mehr, den sie ihm anlasten konnte.

Gewöhnlich nahm sie ihr drahtloses Telefon mit nach draußen. Selbst an Wochenenden traten manchmal Geschäfte auf. Doch diesmal hatte sie es im Haus gelassen, und sie verbrachte ein paar sonnige, entspannte Stunden im Garten, der ihr Zufluchtsort und in gewisser Weise ihr Laster war.

Die Blumen wurden umhegt und gepflegt und dankten es ihr, indem sie sich jedes Jahr erneuerten. Ihre Beständigkeit tröstete sie. Es war etwas, das sie mit eigenen Händen erschaffen hatte. Welchen Lohn sie auch erntete, welche Fehlschläge sie auch erlitt, sie selbst war dafür verantwortlich. Die Blumen in ihrem Garten blieben. Die Menschen in ihrem Leben taten es nur selten.

Ihre Jeans waren schmuddelig an den Knien und ihre Hände mit Erde beschmutzt, als ein Lieferwagen vor dem Haus vorfuhr. Sie beschattete sich die Augen, während sie sich erhob.

„Miss Patterson?"

„Ja."

„Unterschreiben Sie hier bitte." Der Lieferant kam ihr auf halbem Wege auf dem Rasen entgegen. Er reichte ihr zuerst ein Klemmbrett und dann eine lange weiße Schachtel mit dem Namen eines Floristen und einer roten Schleife. „Einen hübschen Garten haben Sie", bemerkte er, bevor er wieder in seinen Lieferwagen stieg.

Johanna hatte eine Schwäche für Blumen. Ohne sich die Zeit zu nehmen, hineinzugehen und sich die Hände zu waschen, öffnete sie die Schachtel. Es waren Rosen. Nicht ein Dutzend rote oder zwei Dutzend rosa, sondern ein langstieliges Exemplar jeder Farbe, die sie je gesehen hatte – vom reinsten Weiß bis zum dunkelsten Rot.

Entzückt beugte sie den Kopf über die Schachtel und atmete den schweren, süßen und überaus sinnlichen Duft ein.

Es war nicht ihr Geburtstag. Außerdem war ihr Vater – oder besser gesagt die Sekretärin ihres Vaters – nicht fantasievoll genug, um sich ein so bezauberndes Geschenk einfallen zu lassen. Ungeachtet ihrer erdigen Finger öffnete sie die Karte, die bei den Rosen lag, und las: Ich kenne Ihre Lieblingsfarbe nicht. Noch nicht. Sam.

Sie wollte es mit einem Schulterzucken abtun. Liebenswürdige Gesten fielen einigen Menschen so leicht. Es brauchte nur einen beiläufigen Auftrag an eine Sekretärin, um Blumen liefern zu lassen. Sie wusste es nur zu gut.

Er hat meine Adresse also ausfindig gemacht, dachte sie, während sie zurück über den Rasen ging. Die Verabredung galt noch, und sie hatte ihren Teil zu erfüllen.

Johanna bemühte sich ernsthaft, die Rosen zu vergessen und sich wieder mit den Blumen zu beschäftigen, die sie selbst gepflanzt hatte. Doch sie brachte es einfach nicht übers Herz. Und sie wollte sich auch nicht selbst die Freude nehmen. Sie lächelte träumerisch, als sie erneut an den Rosen roch. Und sie lächelte immer noch, als sie ins Haus ging und sie in eine Vase stellte.

Schon seit langer Zeit hatte Sam sich nicht mehr so sehr auf einen Abend gefreut. Er hätte es gern als Freude über die gewonnene Wette abgetan, doch in Wahrheit konnte er es kaum erwarten, ein paar Stunden in Johanna Pattersons Gesellschaft zu verbringen.

Vielleicht war er so fasziniert, weil sie so desinteressiert war. Welcher Mann konnte einer Herausforderung schon widerstehen? Wäre sie bei ihrer ersten Begegnung auf seine Einladung eingegangen, dann hätten sie vielleicht ein angenehmes Mahl zusammen eingenommen und danach die Beziehung beendet.

Die Tatsache, dass sie immer wieder ablehnte, steigerte nur seine Entschlossenheit, sie mürbe zu machen.

Er hatte es leicht bei den Frauen. Zu leicht. Er leugnete nicht, dass er es eine Zeit lang ausgenutzt hatte. Doch dann waren seine Wertvorstellungen, die manch anderer vielleicht für verschroben und altmodisch hielt, wieder in den Vordergrund getreten.

Die Presse konnte die Trommel für seine romantischen Abenteuer rühren, so viel sie wollte. In Wirklichkeit war er ein Romantiker. Es hatte nie seinem Stil entsprochen, von einem Bett ins andere zu steigen.

Eigentlich gab es zwei Sam Weavers. Der eine war äußerst romantisch und verschlossen in Dingen wie Familie und Freundschaft – den Dingen, die wirklich zählten. Der andere war ein Schauspieler und Realist, der akzeptierte, dass öffentliches Interesse der Preis für Berühmtheit war.

Er gab bereitwillig Interviews und Autogramme, und er hatte gelernt, übertriebene oder sogar erfundene Darstellungen mit einem Schulterzucken abzutun.

Wenn er die Fakten betrachtete, die er über Johanna Pattersons Herkunft wusste, fragte er sich, welchen Sam Weaver sie bevorzugen würde.

Sie war das einzige Kind des angesehenen Produzenten Carl Patterson – das Produkt seiner ersten und angeblich stürmischsten Ehe. Ihre Mutter war nach der Scheidung verschwunden oder lebte seitdem in ,Zurückgezogenheit‘, wie manche Zeitungen es ausdrückten. Johanna war im Luxus von Beverly Hills aufgewachsen und hatte die besten Privatschulen besucht. Einigen Gerüchten zufolge betete sie ihren Vater an, andere behaupteten, dass die beiden sich nicht ausstehen konnten. Jedenfalls war sie Pattersons einziger Nachwuchs nach vier Ehen und unzähligen Affären.

Es überraschte Sam, dass sie in den Hügeln – dem Teil von Beverly Hills, der nicht ,in‘ war – wohnte. Er hatte eine schicke Eigentumswohnung in der City oder einen Flügel des väterlichen Anwesens in Beverly Hills erwartet. Die kluge, geschäftstüchtige Frau, die er kennengelernt hatte, wirkte so fern vom Trubel irgendwie fehl am Platze.

Er war noch überraschter, als er ihr Haus fand. Es war klein, wie ein Puppenhaus. Kaum mehr als eine rustikale, stabile Hütte. Das Holz war unlackiert, und die Fensterscheiben funkelten in der Abendsonne. Die

Landfläche war nicht groß. Bäume und Hügel hatten übernommen. Und das, was da war, war uneben und steinig. Aber überall gediehen Blumen, wuchs wilder Wein. Der schnittige kleine Mercedes in der Auffahrt sah aus, als wäre er irrtümlich dort gelassen worden. Die Hände in den Taschen, stand Sam neben seinem eigenen Wagen und blickte sich um. Sie hatte keine unmittelbaren Nachbarn, und die Aussicht war nicht spektakulär. Aber es schien, als hätte sie sich ein Plätzchen in den Berghang gehauen. Das gefiel ihm. Als er die Haustür erreichte, fing er den Duft von Wicken auf. Seine Mutter pflanzte sie jedes Frühjahr unter das Küchenfenster. Er lächelte, als Johanna ihm öffnete. „Fata Morgana", sagte er und beobachtete, wie ihre höfliche Miene sich in einen verwirrten Ausdruck verwandelte. „Ich habe gerade überlegt, woran Ihr Haus mich erinnert. An eine Fata Morgana. So als wäre es nur sehr selten zu sehen."

Seine entwaffnende Art ließ sie gegen ihren Willen lächeln. „Ich war mir nicht sicher, ob Sie es finden würden."

„Ich habe einen guten Orientierungssinn. Jedenfalls meistens." Er blickte zu den Blumen, die das Haus umgaben. „Es sieht ganz so aus, als wären die Rosen überflüssig."

„Nein." Johanna hielt es für kleinlich, ihre Freude darüber nicht zu zeigen. „Es war sehr lieb von Ihnen, sie zu schicken." Sie war froh, dass sie sich für ein schlichtes weißes Kleid statt für eine elegante Aufmachung entschieden hatte. Denn er trug keinen formellen Anzug, sondern ein luftiges Leinenhemd und eine karierte Hose. „Wenn Sie einen Augenblick hereinkommen möchten, dann hole ich meine Jacke."

Das Wohnzimmer war verhältnismäßig klein und gemütlich. Vor einem steinernen Kamin standen tiefe Polstersessel mit Dutzenden von Sofakissen. Unwillkürlich stellte er sich vor, wie sie sich am Ende eines Arbeitstages die Schuhe auszog und hineinkuschelte. „Es sieht anders aus, als ich erwartet hatte."

„Ja?" Sie schlüpfte in eine tomatenrote Jacke. „Mir gefällt es."

„Ich habe nicht gesagt, dass es mir nicht gefällt." Ihm fiel auf, dass seine Rosen einen Ehrenplatz auf dem Kaminsims erhalten hatten, in einer hübschen, durchsichtigen Vase. „Haben Sie eine Lieblingssorte?"

Sie musterte den Strauß. „Nein. Ich mag alle Blumen. Gehen wir?"

„Sofort." Sam trat zu ihr. Er merkte, wie sie sich versteifte, aber er nahm dennoch ihre Hand. „Sind Sie willens und bereit, diesen Abend zu genießen?"

Sie seufzte. „Ich habe darüber nachgedacht."

„Und?"

„Ich habe beschlossen, es zu versuchen."

„Haben Sie Hunger?"

„Ein wenig."

„Haben Sie etwas gegen eine kleine Autofahrt einzuwenden?" Erstaunt neigte sie den Kopf. „Nein, eigentlich nicht."

„Gut." Er behielt ihre Hand in seiner, während sie hinausgingen.

Entgegen ihrer Erwartung fuhr Sam nicht in die Stadt. Doch sie erkundigte sich nicht nach seinen Plänen. Stattdessen ließ sie das Gespräch dahinplätschern, während sie sich fragte, wie sie mit ihm umgehen sollte. Schauspieler waren recht schwer zu durchschauen. Sie verstanden es ausgezeichnet, sich in Szene zu setzen, und sie hatten für jede Situation den richtigen Text und die angemessene Mimik parat. Momentan gab er sich wie ein netter Freund, in dessen Gesellschaft sich eine Frau entspannen konnte. Doch sie traute dem Frieden nicht.

Er fuhr flott, aber sicher. Als er von der Schnellstraße in einen unbefestigten, kaum befahrbaren Weg abbog, behielt er die Geschwindigkeit bei.

„Darf ich fragen, wohin wir fahren?"

Sam nahm eine weite Kurve. Er hatte schon längst auf diese Frage gewartet. „Zum Dinner."

Johanna wandte sich ab und musterte die weitläufige, staubige Umgebung. „Findet es an einem Lagerfeuer statt?"

Er lächelte über ihren sarkastischen Ton, der ihm in zunehmendem Maße gefiel. „Nein. Ich dachte mir, wir essen bei mir zu Hause."

Die Aussicht auf ein trautes Dinner zu zweit beunruhigte sie keineswegs. Dazu vertraute sie zu sehr auf ihre Fähigkeit, jegliche Situation zu meistern. Es überraschte sie vielmehr, dass sein Zuhause so weit entfernt vom Trubel der Stadt lag. „Haben Sie eine Höhle?"

Sein Lächeln vertiefte sich, weil nun Belustigung in ihrer Stimme mitschwang. „Ganz so primitiv wohne ich nicht. Und ich esse nur in Restaurants, wenn es unbedingt nötig ist."

„Warum?"

„Weil es meistens dazu führt, dass man über geschäftliche Dinge redet oder angestarrt wird. Und heute Abend bin ich zu keinem von beiden in Stimmung." Er fuhr durch ein schlichtes Holztor und hupte zweimal, als er ein hübsches weißes Haus mit blauen Fensterläden passierte. „Hier wohnt mein Vorarbeiter mit seiner Familie. Ich gebe ihm ein Erkennungszeichen, damit er mich nicht für einen unbefugten Eindringling hält."

Sie fuhren an Ställen und Scheunen vorüber, die zu Johannas Überraschung nicht nur der Dekoration zu dienen schienen. Sie erblickte saftige Weiden und dunkle, fruchtbare Äcker. Ein paar Hunde begannen zu bellen.

Der Weg gabelte sich, und dann tauchte das Ranchhaus auf. Es war ebenfalls weiß, doch die Fensterläden waren grau, und drei Schornsteine aus Backstein, zu einem dunklen Rosa verwittert, ragten gen Himmel auf. Es war niedrig und ausgedehnt, aber trotz seiner beachtlichen Größe wirkte es nicht erdrückend. Auf der Veranda standen robuste, hölzerne Schaukelstühle, die viel benutzt zu werden schienen. In frisch gestrichenen, leuchtend roten Blumenkästen wuchsen Stiefmütterchen und buschige Rührmichnichtan. Obgleich die Luft heiß und trocken war, gediehen sie prachtvoll.

Johanna stieg aus dem Wagen und drehte sich langsam im Kreis. Es sah aus wie eine richtige Ranch, auf der gearbeitet wurde. „Ein beachtliches Anwesen."

„Mir gefällt es."

Sie lächelte flüchtig über die Wiederholung ihrer vorherigen Bemerkung. „Aber das Pendeln muss unbequem sein."

„Ich habe eine Wohnung in Los Angeles", sagte Sam so nebenher, als spräche er von einer Abstellkammer. „Das Schönste nach Beendigung eines Filmes ist für mich, herzukommen und mich eine Weile zu vergraben. Bevor ich von der Schauspielerei gepackt wurde, wollte ich immer auf einer Ranch arbeiten." Er nahm ihren Arm und führte sie die beiden Holzstufen zur Veranda empor. Sie knarrten. Aus irgendeinem Grunde empfand Johanna es als reizvoll. „Ich hatte Glück und kann beides tun."

Sie blickte zu den Stiefmütterchen mit den arroganten Köpfchen. „Züchten Sie auch Vieh?"

„Pferde." Er hatte die Haustür unverschlossen gelassen. Es war eine Gewohnheit, mit der er aufgewachsen war.

Die Holzfußböden waren auf Hochglanz poliert und mit handgeknüpften Läufern in gedämpften Pastellfarben verziert. Nahe dem Eingang stand eine Sammlung Zinngeschirr – Schüsseln, Löffel, Becher, ein verbeulter Kerzenhalter – auf einem Tisch. Die Abenddämmerung kroch zu den Fenstern herein.

Es herrschte eine angenehme, solide Atmosphäre. Johanna glaubte insgeheim daran, dass Häuser eine eigene Persönlichkeit besaßen. Sie hatte ihres gekauft, weil es Wärme und Behaglichkeit ausstrahlte. Sie hatte das Haus ihres Vaters verlassen, weil es erdrückend und unehrlich auf sie wirkte. „Haben Sie oft Gelegenheit, hier zu sein?"

„Nicht oft genug." Sam musterte die Wände, die er selbst gestrichen hatte. Das Haus, wie seine Karriere, war etwas, das er nie als gegeben hinnahm, obgleich er nie Armut kennengelernt hatte. „Möchten Sie zuerst einen Drink oder lieber gleich das Dinner?"

„Dinner", antwortete Johanna entschieden. Sie trank grundsätzlich nicht auf nüchternen Magen.

„Das hatte ich gehofft." Auf seine gelassene Art nahm er ihre Hand und führte sie über den Korridor in eine große Küche. Kupfertöpfe hingen an Haken über einer Kochinsel. An einer Wand standen Schränke, an einer anderen ein Steinofen. Eine Fensterreihe gab den Blick auf eine Terrasse und ein Schwimmbecken frei.

Sie hatte erwartet, ein paar Diener anzutreffen, die das Dinner zubereiteten. Stattdessen fand sie nur den Duft von Essen vor. „Es riecht köstlich."

„Gut." Sam nahm zwei Topflappen und beugte sich zum Backofen hinab. „Ich habe es warm gehalten." Er holte eine Kasserolle mit brodelnder Lasagne hervor.

Nahrungsmittel reizten sie gewöhnlich nicht sonderlich, doch nun zog allein das Aroma sie an seine Seite. Wie lange war es her, seit sie jemanden ein selbst gekochtes Mahl aus dem Ofen hatte holen sehen? „Es sieht auch köstlich aus."

„Meine Mutter hat immer gesagt, dass Essen besser schmeckt, wenn es gut aussieht." Er nahm einen langen Laib italienisches Brot zur Hand und begann, es zu schneiden.

„Das haben Sie doch nicht selbst zubereitet, oder?"

„Warum nicht?" Er blickte über die Schulter zurück. Sie sah so nachdenklich aus, dass er versucht war, mit einem Finger über die schwache Linie zwischen ihren Augenbrauen zu streichen. „Kochen ist leicht zu lernen, wenn man es richtig anfängt und genügend Ansporn hat."

Johanna begnügte sich für gewöhnlich mit Fertiggerichten. „Und bei Ihnen trifft beides zu?"

„Ich wollte Schauspieler werden, aber ich wollte nicht am Hungertuch nagen." Er strich Knoblauchbutter auf das Brot und schob es in den Ofen. „Als ich nach Kalifornien kam, ging ich von einer Vorsprechprobe zur nächsten und von einem billigen Fresslokal zum anderen. Nach ein paar Monaten war ich es leid. Ich rief meine Mutter an und bat sie um ein paar Rezepte. Sie ist eine großartige Köchin." Er entkorkte eine Flasche Wein. „Jedenfalls habe ich schneller gelernt, wie man Forellen dünstet, als ich brauchte, um eine nennenswerte Rolle zu bekommen."

„Und was spornt Sie jetzt noch an, nachdem Sie eine ganze Reihe nennenswerter Rollen hatten?"

„Zum Kochen?" Er zuckte die Schultern und nahm eine Schüssel mit Spinatsalat aus dem Kühlschrank. „Es macht mir einfach Spaß. Es ist alles fertig. Bringen Sie bitte den Wein mit? Ich dachte mir, dass wir draußen essen."

Das Problem an Hollywood ist, dachte Johanna auf dem Weg hinaus, dass die Dinge nie so sind, wie sie scheinen. Sie hatte geglaubt, Sam Weaver richtig eingeschätzt zu haben. Doch der Mann, für den sie ihn gehalten hatte, hätte niemals Kochrezepte von seiner Mutter übernommen. Und er hätte niemals ein bezauberndes Dinner für zwei vorbereitet – an der frischen Luft, mit hübschem blauem Geschirr und dicken gelben Kerzen. Es wirkte ebenso freundlich wie romantisch. Die Romantik hatte sie erwartet, und sie wusste sich dagegen zu wehren. Doch das Freundschaftsangebot stand auf einem ganz anderen Blatt.

„Zünden Sie bitte die Kerzen an, ja? Ich hole inzwischen den Rest."

Johanna blickte ihm nach, als er ins Haus zurückging. Sie fragte sich, ob jemand, der sich so zielstrebig und überaus männlich bewegte wie er, wirklich eigenhändig einen Spinatsalat zubereitete. Offensichtlich. Es gab gewichtigere Anlässe für Lügen.

Als sie die Kerzen entzündete, erklang gedämpfte, sanfte Musik aus dem Haus. Während sie den Wein einschenkte, brachte er das Essen heraus.

Ich hatte also den richtigen Instinkt, dachte Sam, als sie sich an den Korbtisch setzten. Er hatte im Begriff gestanden, einen Tisch in einem schicken Restaurant zu reservieren, und sich erst im letzten Augenblick anders entschlossen. Er hatte schon öfter für Frauen gekocht, aber noch nie auf seiner Ranch. Dorthin hatte er noch nie jemanden eingeladen, denn sie stellte sein Refugium dar. Bisher hatte er selbst nicht gewusst, warum er in Johannas Fall seine eigene Regel brechen wollte. Doch nun verstand er es.

Auf der Ranch war es ihm möglich, er selbst zu sein, ohne Verstellung, ohne Rollenspiel. Dort war er nur Sam Weaver aus Virginia, und dort fühlte er sich am wohlsten. Dort konnte er abschalten und sich entspannen. Und er wollte Johanna gegenüber er selbst sein.

Er musterte sie forschend und glaubte zu erkennen, dass ihre Verärgerung größtenteils verschwunden war, nicht aber ihr Misstrauen. Und er beschloss, seine Neugier zu befriedigen und den Grund dafür herauszufinden.

Vielleicht war sie von einem Mann betrogen worden, der ihr viel bedeutet und dem sie vertraut hatte. Dann war es nicht verwunderlich, dass sie einen Schutzwall errichtet hatte. Es mochte einige Zeit dauern, bis es ihm gelang, ihn zu durchdringen, aber er hatte das Gefühl, dass es der Mühe wert sei. Er begann mit dem Thema, das er für den Mittelpunkt ihres Lebens hielt: ihre Arbeit. „Sind Sie zufrieden mit den Aufzeichnungen von neulich?"

„Mehr als zufrieden." Sie war zu gerecht, um seine Leistung nicht zu würdigen. „Sie waren wirklich gut – nicht nur, was die Fragen angeht, sondern in jeder Hinsicht. Oftmals haben die Kandidaten sämtliche Antworten parat und sind trotzdem schrecklich langweilig." Sie brach ein Stück Brot ab und knabberte an der Kruste. Er hatte das richtige Thema angeschnitten. Es fiel ihr stets leicht, sich zu entspannen, wenn es um ihre Arbeit ging. „Und natürlich war es ein Volltreffer, Sie überhaupt in der Sendung zu haben."

„Ich bin geschmeichelt."

Sie musterte ihn mit kühlem Blick. „Ich bezweifle, dass es so leicht ist, Ihnen zu schmeicheln."

„Ein Schauspieler will immer begehrt sein. Jedenfalls bis zu einem gewissen Punkt", fügte er mit einem flüchtigen Grinsen hinzu. „Wissen Sie eigentlich, wie viele Quizsendungen ich in den letzten Tagen abgelehnt habe?"

Sie lächelte und nippte an ihrem Wein. „Ach, ich kann es mir vorstellen."

„Wie sind Sie darauf gekommen, Produzentin zu werden?"

„Vererbung." Einen Augenblick lang presste sie die Lippen zusammen. Nach einem zweiten Schluck stellte sie das Glas ab. „Man könnte sagen, dass ich gern der Drahtzieher bin."

„Mit Carl Patterson als Vater müssen Sie es früh gelernt haben." Sam sah es auf ihrem Gesicht – flüchtig, aber deutlich. Mehr als Groll, weniger als Schmerz. „Meiner Ansicht nach hat er einige der besten Shows und Spielfilme produziert. Ich kann mir denken, dass es eine Belastung ist, die zweite Generation zu sein."

„Man kommt darüber hinweg." Johanna konzentrierte sich auf die Lasagne, die reich gewürzt war. „Es schmeckt wundervoll. Ist das Rezept von Ihrer Mutter?"

„Mit einigen Abwandlungen." Das Thema Vater war also tabu für sie. Er akzeptierte es – vorläufig. „Wie steht es mit der Show selbst? Wie sind Sie darauf gekommen?"

„Durch eine Grippe." Johanna lächelte, nun wieder entspannt, und nahm einen weiteren Bissen.

„Würden Sie mir das bitte erklären?"

„Ich hatte eine scheußliche Grippe, vor einigen Jahren. Ich musste eine Woche lang im Bett bleiben, und da Lesen meinen Augen weh tat, sah ich stundenlang fern. Die Quizsendungen fesselten mich." Sie widersprach nicht, als er ihr Wein nachschenkte. Sie kannte ihre Grenzen, bis auf den kleinsten Schluck. „Man engagiert sich irgendwie für das Quiz und die Kandidaten. Nach einer Weile fängt man an, ihnen die Daumen zu drücken, und man freut sich automatisch, wenn jemand gewinnt. Und außerdem hat man den Vorteil, zu Hause fast immer schlauer zu sein als die Kandidaten, weil man nicht unter Druck steht. Das ist ein schönes Gefühl."

Sam beobachtete sie, während sie sprach. Sie wirkte nun animiert, genau wie während der Aufzeichnung der Sendung. „Nach Ihrem Kampf mit der Grippe haben Sie also beschlossen, selbst ein Quiz zu produzieren."

„Mehr oder weniger." Sie erinnerte sich, wie sie beim Sender gegen eine Wand geredet und sich schließlich an ihren Vater hatte wenden müssen. „Jedenfalls hatte ich das Konzept und genügend Erfahrung. Ich hatte bereits eine Reihe von Dokumentarsendungen produziert. Wir ließen ein paar Beziehungen spielen und starteten ein Versuchsprojekt. Und jetzt stehen wir fast an der Spitze der Einschaltquote. Ich warte auf grünes Licht für eine Abendausgabe."

„Und was passiert dann?"

„Der Zuschauerkreis vergrößert sich. Es kommen Jugendliche hinzu, die vormittags in der Schule sind, und Berufstätige, die sich nach Feierabend entspannen wollen. Die Gewinne werden erhöht. Es gibt mehr Bargeld und größere Autos."

Überrascht stellte Johanna fest, dass sie ihren Teller geleert hatte. Gewöhnlich aß sie nur ein paar Bissen, stocherte dann im Rest herum und wartete ungeduldig auf das Ende der Mahlzeit und des Sitzens.

„Möchten Sie noch etwas?"

„Nein, danke." Sie griff zu ihrem Weinglas, während sie Sam musterte. „Ich habe zwar die Wette verloren, aber anscheinend habe ich den besten Teil des Gewinns eingeheimst."

„Nicht von meinem Standpunkt aus." Er sah, wie ein verschlossener Ausdruck auf ihr Gesicht trat. Eine einzige Bemerkung, wie nebenhin auch immer, und schon zog sie sich wieder in ihr Schneckenhaus zurück. Er erhob sich. „Möchten Sie spazieren gehen? Der Mond scheint hell genug."

Warum unhöflich sein? sagte Johanna sich. Sie hasste es, wenn sie wegen Nebensächlichkeiten kratzbürstig wurde. „Gern. Die einzigen Ranches, die ich bisher gesehen habe, lagen auf Filmgelände."

Sam wickelte das restliche Brot ein und reichte ihr das Bündel. „Wir gehen zum Teich. Dann können Sie die Enten füttern."

„Sie haben Enten?"

„Mehrere überfütterte Enten." Er legte einen Arm um ihre Schultern, um sie zu führen. Sie roch wie der Abend, in den sie hinaustraten – dezent und vielversprechend. „Ich sehe ihnen morgens gern zu."

„Ihr Jake in ,Halbblut' hätte sie zum Frühstück verspeist."

„Dann haben Sie meinen letzten Film also doch gesehen."

„Ach, war das Ihr letzter?"

„Zu spät. Sie haben mein Selbstvertrauen bereits gestärkt."

Als Johanna ihn anblickte, lächelte er sehr reizvoll und allzu gewinnend. Er war überhaupt zu gewinnend. Als Selbstschutz blickte sie zum Haus zurück. „Von hier draußen sieht es auch sehr hübsch aus. Leben Sie ganz allein hier?"

„Hin und wieder habe ich ein bisschen Einsamkeit ganz gern. Natürlich habe ich ein paar Arbeiter, die sich um alles kümmern, während ich irgendwo einen Film drehe, und Mae kommt ein paar Mal in der Woche, um Staub zu wischen." Er ließ seine Hand zu ihrer hinabgleiten. „Außerdem kommt meine Familie einige Male im Jahr und stellt alles auf den Kopf."

„Ihre Eltern besuchen Sie hier?"

„Meine Eltern, mein Bruder, meine beiden Schwestern, ihre Familien, unzählige Cousins. Die Weavers sind ein großer, lauter Haufen."

„Ich verstehe", murmelte Johanna und beneidete ihn im Stillen. „Sie müssen sehr stolz auf sie sein."

„Sie haben mich immer unterstützt, selbst als sie mich noch für verrückt hielten."

Der Teich lag eine Viertelmeile vom Haus entfernt, doch der Weg war unbeschwerlich und offensichtlich viel begangen. Johanna nahm den Duft von Zitrus wahr, und dann den stärkeren Geruch des Wassers. Der Mond schien auf die Oberfläche und das knöcheltiefe Gras ringsumher. Mehrere braune und gesprenkelte Enten paddelten ans Ufer herüber.

„Ich bringe es nie übers Herz, mit leeren Händen herzukommen", sagte Sam. „Ich glaube, sie würden mir nach Hause folgen."

Johanna öffnete das Leinentuch und brach ein Stück Brot ab. Es traf nicht einmal bis auf das Wasser, bevor es verschlungen wurde. Sie lachte entzückt. Sogleich warf sie ein zweites Stück, diesmal weiter hinaus, und beobachtete, wie ein Erpel sich daraufstürzte.

„Ich wollte sie immer unter Wasser beobachten, um zu sehen, wie sie mit den Füßen strampeln", verkündete sie, während sie weiterhin Brot hinauswarf. Die Enten stürzten sich in Scharen darauf und stritten mit lautem Schnattern darum. „Meine Mutter und ich haben früher oft Enten gefüttert. Wir haben ihnen alberne Namen gegeben und dann versucht, sie beim nächsten Mal auseinanderzuhalten." Es wunderte sie, dass die Erinnerung zurückgekehrt war und dass sie darüber sprach. Ihre Hand schloss sich zu einer Faust um das Brot.

„Als ich noch ein Kind war, lag etwa fünf Meilen entfernt ein Teich", erzählte Sam, so als hätte er ihren Stimmungswechsel nicht bemerkt. „Wir fuhren im Sommer mit den Fahrrädern hin, nachdem wir Cracker oder Ähnliches aus der Küche stibitzt hatten. Wir warfen es den Enten und ein paar frechen Schwänen zu und fielen dabei so oft wie möglich ins Wasser." Er blickte hinaus über den Teich. „Da hat jemand eine Familie gegründet."

Johanna folgte seinem Blick und sah eine braune Ente dahingleiten, gefolgt von einem langen Schatten. Als die Entfernung geringer wurde, erkannte sie, dass es kein Schatten war, sondern eine Schar flauschiger Entlein. „Oh, wie niedlich!" Sie hockte sich ins Gras, um besser sehen zu können, und vergaß völlig ihren Rocksaum. Die Babies folgten der Mama so gradlinig wie ein Pfeil. „Ich wünschte, es wäre heller", murmelte sie.

„Kommen Sie wieder, wenn es das ist."

Sie hob den Kopf. Im Mondschein wirkte sein Gesicht markanter und attraktiver, als es ihr lieb war. Seine Augen, die Frauen so faszinierten, wirkten so dunkel wie das Wasser. Und genau wie beim Wasser wusste sie nicht, was sich hinter der Oberfläche verbarg. Sie wandte sich ab und warf wieder Brot hinaus.

Ihm gefiel die Art, in der ihr Haar ihr Gesicht umrahmte. Es war voll und fühlte sich gewiss seidig an, wie ihre Hand, die sie so selten anbot, die er aber immer wieder ergriff. Und es roch vermutlich genauso dezent.

Ihre Haut im Nacken, unter all dem dichten rotblonden Haar, war sicherlich noch zarter. Er verspürte den Drang, sie zu streicheln und zu sehen, ob sie erzitterte.

Die Enten stellten das Geschnatter ein, als das letzte Stück Brot verzehrt war. Einige Hoffnungsvolle verweilten noch eine Zeit lang am Ufer, bevor sie davonglitten. In der plötzlichen Stille ertönte der Gesang eines Nachtvogels und dann das Rascheln eines Hasen, der ins Gebüsch hoppelte.

„Es ist ein herrlicher Ort", sagte Johanna, während sie sich erhob und die Krümel von ihren Fingern wischte. „Ich kann verstehen, dass es Ihnen hier so gut gefällt."

„Ich möchte, dass Sie wiederkommen."

Er hatte es sehr schlicht gesagt, sodass es eigentlich nicht viel bedeuten sollte. Sie wich nicht zurück, denn damit hätte sie zu erkennen gegeben, dass es sie nicht unberührt ließ. Und wenn ihr Herz ein wenig schneller schlug, so überging sie es. Sie ermahnte sich, dass bei Mondschein vieles wichtiger wirkte als bei Tageslicht. „Wir hatten gewettet. Ich habe verloren", sagte sie leichthin. „Aber ich habe heute Abend dafür bezahlt."

„Es hat nichts mit Wetten oder Spielen zu tun." Sam berührte sacht ihr Haar. „Ich möchte, dass Sie wiederkommen."

Sie hätte fähig sein müssen, es abzutun und die Beziehung im Keim zu ersticken. Doch es wollte ihr nicht gelingen, kühl und achtlos abzulehnen. Stattdessen blickte sie ihn eindringlich an und fragte das Einzige, was ihr in den Sinn kam. „Warum?"

Er lächelte. „Keine Ahnung. Aber wenn Sie wiederkommen, finden wir vielleicht die Antwort. Vorerst sollten wir eine andere Frage klaren."

Er beugte sich zu ihr vor. Sie sagte sich, dass sie nicht geküsst werden wollte, dass es ihr nicht gefallen würde. Sie war kein überschwänglicher Mensch. Und obgleich sie in einer Welt aufgewachsen war, in der ein Kuss nicht mehr als ein Händedruck bedeutete – und oft zu weniger verpflichtete –, war es für sie mehr als nur eine Lippenberührung. Es bedeutete für sie Zuneigung, Vertrauen, Wärme.

Er sah den argwöhnischen Blick in ihren Augen, als er ihre Lippen mit seinen streifte. Es war ein flüchtiger, harmloser Kuss, kaum mehr als ein Friedensangebot. Sie wirkte so kühl und lieblich und so zurückhaltend, dass er nicht hatte widerstehen können. Ein gelassener Kuss. Ein freundlicher Kuss. Mehr hatte nicht daraus werden sollen.

Ein wenig unsicher wich Sam zurück. Er konnte sich selbst nicht erklären, was in ihn gefahren war. Er musterte ihr Gesicht im Mondschein, berührte ihre Wange. Sie bewegte sich nicht. Er konnte nicht wissen, dass ihre unverhoffte Reaktion sie wie angewurzelt dastehen ließ.

Er berührte sie erneut, strich mit den Fingern durch ihr Haar. Sie bewegte sich noch immer nicht. Doch als er die Lippen erneut auf ihre senkte, hart und hungrig, erwiderte sie seine Leidenschaft.

Sie hatte es nicht so gewollt. Verlangen durchströmte sie. Sein Mund wanderte über ihr Gesicht, ließ sie vor Entzücken erschauern, doch sie wandte den Kopf, bis ihre Lippen sich erneut vereinten.

Eine bislang unbekannte Sehnsucht, einen bisher verbotenen Traum – das verkörperte er für sie. Verloren in einer heftigen Woge der Erregung, schmiegte sie sich an ihn.

Er konnte nicht genug bekommen. Er bog ihren Kopf zurück und vertiefte den Kuss. Er begehrte sie. Und er verspürte den Drang, dort in dem hohen, feuchten Gras all ihre Geheimnisse zu enthüllen.

Johanna war außer Atem, als sie sich voneinander lösten. Es ängstigte sie. Vorsicht und Beherrschung waren hart erlernte Lektionen, die sie stets und ohne Ausnahme auf sämtliche Gebiete ihres Lebens anwandte. Beides hatte sie in einem einzigen Augenblick verloren.

Sie durfte nicht vergessen, wer er war: ein Künstler, sowohl im Beruf wie im Umgang mit Frauen. Vor allem durfte sie nicht vergessen, wer sie war. Es gab keinen Platz in ihrem Leben für leichtsinnige Leidenschaft im Mondschein. Er streichelte mit dem Handrücken über ihre Wange. Weil sogar diese kleine Berührung sie nicht kalt ließ, wich sie zurück.

„Das ist für uns beide keine Antwort." Der angespannte, raue Ton ihrer Stimme gefiel ihr nicht.

„Es war wesentlich mehr, als ich erwartet hatte", gestand Sam ein. Er nahm ihre Hand, bevor sie sich völlig hinter ihren Schutzwall zurückziehen konnte. „Ich habe schon etwas gefühlt, als ich dich zum ersten Mal sah. Jetzt verstehe ich, warum."

„Begierde auf den ersten Blick?" Sie bereute die zynischen Worte, sobald sie sie ausgesprochen hatte und seine düstere Miene sah. „Lass es gut sein, Sam. Ich bin ehrlich und gebe zu, dass es mehr als angenehm war, aber ich bin nicht an einer Fortsetzung interessiert."

Zorn stieg in ihm auf. Er war kein ungestümer Mann und konnte sich durchaus beherrschen. Er hatte noch nie eine Frau bedrängt. Bisher. „An was bist du dann interessiert?"

Sein Zorn erleichterte sie beinahe. Hätte er sich freundlich und einschmeichelnd verhalten, wäre sie schwach geworden. „An meiner Arbeit." Sie bemühte sich um ein Lächeln, und es gelang ihr beinahe. „Die bringt mir schon genug Komplikationen."

„Jemand, der so küssen kann wie du, beschwört Komplikationen geradezu herauf."

Sie hatte nicht gewusst, dass sie so küssen konnte und dass sie es wollte. Sie sehnte sich sogar danach, ihn erneut zu küssen. „Ich nehme an, das sollte ein Kompliment sein. Wollen wir einfach sagen, dass es ein interessanter Abend war, und es dabei belassen?"

„Nein."

„Zu mehr bin ich nicht fähig."

Sam streichelte erneut ihr Haar, diesmal in einer besitzergreifenden Geste. „Schon gut. Du wirst es noch lernen."

Er jagte ihr Angst ein. Sie fürchtete nicht, dass er sie ins Gras ziehen und beenden könnte, was sie beide begonnen hatten. Sie fürchtete vielmehr, dass er sich als willensstärker und entschlossener erweisen könnte als sie.

Geh ihm aus dem Weg, warnte sie eine innere Stimme, und zwar gleich. „Der Abend war viel zu schön, um ihn mit einem Streit zu beenden. Ich danke dir für das Essen und den Spaziergang. Aber es ist schon spät, und da uns eine lange Fahrt bevorsteht, sollten wir jetzt aufbrechen."

„In Ordnung." Sam war viel zu verärgert, um ihr zu widersprechen. Er zog es vor, sich ihren Wünschen zu fügen und die Situation später zu überdenken. Er wandte sich dem Haus zu und nahm ihren Arm, um sie auf dem unebenen Weg zu führen. Als sie unter seiner Berührung zusammenzuckte, lachelte er wieder, und seine Verärgerung verflog beinahe völlig.

*W*ie viele Kästen Diätlimonade haben wir noch?", fragte Johanna und wartete, dass Bethany in ihrer Bestandliste nachsah.

„Hundertfünfzig ungefähr, wenn nicht mehr als sonst stibitzt worden sind. Die Bestände an Geschenkurkunden und Enzyklopädien sind in Ordnung." Bethany fand es seltsam, dass Johanna aus dem Fenster starrte, anstatt ihre eigene Liste zu prüfen, aber sie äußerte sich nicht dazu. „Wie steht es mit dem Quiz für die Fernsehzuschauer?"

„Hmm?"

„Das Quiz für die Fernsehzuschauer!"

„Oh." Entschieden löste Johanna den Blick vom Fenster und die Gedanken von Sam Weaver. Tagträume waren immer eine Zeitverschwendung und sogar eine Sünde während der Arbeitszeit. Sie öffnete die oberste Schublade ihres Schreibtisches und zog eine Akte hervor. „Ich habe eine Menge möglicher Fragen. John Jay soll jeden Tag eine andere stellen, irgendwann im Laufe der Sendung, jeweils zu verschiedenen Zeiten. Die Leute sollen sich die ganze Woche über die gesamte Sendung ansehen. Ist der Handel mit dem Wagen abgeschlossen?"

„Beinahe."

„Gut. Aber ich will zwei."

„Zwei was?"

„Zwei Wagen, Beth. Nach dem Motto: ‚Gewinnen Sie mit Trivia Alert!'" Johanna lächelte und klopfte mit dem Bleistift auf die Tischplatte. „Zwei Luxuswagen. Einer sollte ein Cabrio sein, Leute aus Omaha mit zwei Kindern leisten sich gewöhnlich kein Cabrio. Nehmen wir einen roten für die Reklame. In der Sendung fahren wir einen weißen auf, und John Jay trägt einen blauen Anzug."

„Willst du die Zuschauer durch Patriotismus überwältigen?"

„So ähnlich. Sieh zu, ob wir den Gesamtwert auf fünfzigtausend bringen können."

„In Ordnung." Bethany blies sich die Haare aus der Stirn. „Ich werde meinen Charme einsetzen."

„Benutz lieber die Einschaltquoten", schlug Johanna vor. „Ich will eine große Anzeige in Schwarz-Weiß im TV-Führer und eine in Farbe in der Sonntagsbeilage." Sie wartete, bis Bethany es sich notiert hatte. „Der Werbespot für zehn Uhr ist schon entworfen. Wir nehmen ihn auf, sobald die Wagen geliefert werden."

Sie reichte Bethany eine Kopie der Fragenliste. „Wir müssen fünf davon aussuchen."

Bethany überflog die Fragen. „Wo lernte Betty den Leader kennen?" Mit geschürzten Lippen blickte sie auf. „Welche Betty?"

„Denk an weibliche Musikgruppen. Anfang der sechziger Jahre. Rock 'n' Roll."

Bethany zog eine Grimasse. „Diese Fragen sind ziemlich schwer."

Genau das hatte Johanna hören wollen. „Sie sind ja auch fünfzigtausend wert."

Bethany murmelte zustimmend und wandte sich einer anderen Frage zu. „Johanna, woher soll irgendjemand wissen, wie viele Hexen in Salem verbrannt wurden?"

„Keine." Johanna lehnte sich auf ihrem Stuhl zurück. „Sie wurden gehängt."

„Oh." Sie konzentrierte sich wieder auf die Fragen, als Johannas Telefon klingelte.

„Mr Weaver ist am Apparat, Miss Patterson", verkündete die Telefonistin.

Johanna öffnete den Mund, doch es kam kein Laut heraus.

„Miss Patterson?"

„Ja? Oh, sagen Sie Mr Weaver, dass ich in einer Besprechung bin."

Als sie den Hörer auflegte, blickte Bethany sie an. „Es hätte mir nichts ausgemacht, einen Augenblick zu warten."

„Ich bezweifele, dass er aus geschäftlichen Gründen angerufen hat." Johanna griff zu ihrer Liste. „Was hältst du von Nummer sechs?"

„Die Antwort weiß ich auch nicht. Johanna? Ist neulich Abend alles glatt gelaufen?"

„Ja. Es war ein sehr angenehmer Abend. Ich bin für Nummer eins, vier, sechs, neun und dreizehn."

Bethany las die entsprechenden Fragen und nickte dann „Einverstanden." Sie gab Johanna die Liste zurück. „Können wir nicht so tun, als wären wir zu Hause, hätten die Füße hochgelegt und eine gute Flasche Wein schon halb ausgetrunken?"

Johanna schloss die Listen im Schreibtisch ein und steckte den Schlüssel in die Tasche. „Hast du Probleme, Beth?"

„Nein. Aber ich könnte wetten, dass du eins hast."

„Mir geht es gut. Wir haben eine angenehme Unterhaltung bei gutem Essen geführt, und das war alles. Ich habe keine Ahnung, warum Sam mich im Büro anruft, aber ich habe keine Zeit, mit ihm zu plaudern."

„Ich habe nicht von Sam gesprochen, nur von einem Problem", betonte Bethany. „Aber ich habe das Gefühl, es ist ein und dasselbe."

Johanna stand auf und trat ans Fenster, die Hände tief in den Rocktaschen vergraben. „Es geht ihm einfach nicht in den Kopf, dass ich nicht interessiert bin."

„Bist du es? Ich meine, nicht interessiert?"

„Ich will es nicht sein, und das ist dasselbe."

„Das stimmt nicht. Wenn du nicht interessiert wärest, könntest du ihm mit einem Lächeln auf die Schulter klopfen und ‚nein, danke' sagen. Aber da du es nur nicht sein willst, drückst du dich davor, indem du Anrufe meidest und Ausflüchte suchst."

Johanna drückte einen Finger in den Geranientopf, der am Fenster hing. Die Erde war feucht. Sie hatte die Blumen erst am Morgen gegossen. „Wieso kennst du dich so gut aus?"

„Leider mehr durch Beobachtung als eigene Erfahrung. Er scheint ein netter Mann zu sein, Johanna."

„Vielleicht. Aber ich habe zurzeit keinen Platz für Männer, und schon gar nicht für Schauspieler."

„Das ist ein harter Ausspruch."

„Es ist eine harte Stadt."

Da war Bethany ganz anderer Ansicht. Sie lebte seit drei Jahren in Los Angeles und fand es nach wie vor faszinierend. Für sie blieb es die Stadt, in der Träume wahr werden konnten. „Ich hoffe, du wirst mir nicht das Herz brechen und sagen, dass er ein Schuft ist."

Mit einem widerstrebenden Lächeln wandte Johanna sich vom Fenster ab. „Nein, er ist kein Schuft. Er ist sogar sehr nett, charmant und unterhaltsam … für einen Schauspieler."

„Er macht mich ganz kribbelig", gestand Bethany ein.

Mich auch, dachte Johanna. Und genau deshalb wollte sie ihn nicht wiedersehen. „Du solltest dich auf deinen Drehbuchautor konzentrieren", empfahl sie und wunderte sich über Bethanys seltsame Miene. „Probleme?"

„Es ist aus." Sie zuckte unbeteiligt die Schultern. Aber Johanna brauchte ihr nur in die Augen zu sehen, um zu wissen, wie weh es Beth tat. „Es ist nicht weiter schlimm. Es war nichts Ernstes."

Vielleicht nicht für ihn, dachte Johanna mit einer Mischung aus Mitgefühl und Resignation.

„Es war ein bisschen mehr. Aber es ist wirklich besser so. Ich dachte, er wäre an mir interessiert, aber dann stellte sich heraus, dass es nur meine Position war …" Sie hielt inne, fluchte leise vor sich hin, lächelte dann. „Was soll's? Er war halt einer der vielen Frösche, die man ausprobieren muss, bevor man den Prinzen findet."

„Was ist mit deiner Position? Wollte er, dass du ein Drehbuch von ihm verkaufst?"

„Er kam auf die Idee, ich könnte dich beeinflussen, deinen Vater zu beeinflussen, sein Stück zu produzieren. Als ich ihm sagte, dass es nicht klappen würde, wurde er böse. Dann wurde ich böse, und ein Wort gab das andere."

„Ich verstehe. Es tut mir leid, Beth."

„Wunden heilen wieder", sagte Bethany leichthin, obwohl sie wusste, dass es eine lange Zeit brauchen würde. „Außerdem habe ich die Genugtuung, dass er in den nächsten zehn oder zwanzig Jahren wahrscheinlich nichts als Werbesprüche verkaufen wird."

„Tu dir selbst einen Gefallen", riet Johanna. „Verlieb dich in einen Versicherungsvertreter." Sie blickte zur Tür, als ihre Sekretärin hereinschaute.

„Telegramm, Miss Patterson."

Johanna murmelte ein Dankeschön und nahm es entgegen. Ihre Finger zitterten. Dabei waren bereits fünfundzwanzig Jahre vergangen, seit sie das herzzerreißende Telegramm von ihrer Mutter erhalten hatte. Sie war damals nicht alt genug gewesen, um es selbst lesen zu können. Sie verdrängte entschieden die Erinnerung und riss den Umschlag auf.

Ich kann genauso starrsinnig sein wie du.

Mit finsterer Miene las Johanna die Zeile noch einmal. Dann knüllte sie das Telegramm zusammen. Doch sie warf es nicht in den Papierkorb, sondern steckte es in ihre Tasche.

„Schlechte Nachrichten?", fragte Bethany.

„Eine schwache Drohung." Johanna griff zur Fernbedienung. „Die Show fängt an."

Sam striegelte die Stute, die wenige Stunden zuvor von seinem preisgekrönten Hengst gedeckt worden war. Sie war noch immer unruhig und ein wenig bissig. Sie erinnerte ihn an Johanna, und darüber musste er lächeln, wenn auch ein bisschen grimmig. Er bezweifelte, dass Johanna es begrüßen würde, mit einem Pferd verglichen zu werden, auch wenn es reinrassig war.

Sie hatte nicht einen einzigen seiner Anrufe beantwortet. Miss Patterson ist nicht zu erreichen, wurde ihm immer wieder mitgeteilt. Oder: Miss Patterson ist in einer Besprechung.

Miss Patterson mied ihn wie die Pest. Er fühlte sich allmählich wie ein linkischer Teenager, der sich in die Klassenschönste verknallt hat. Mehr als einmal hatte er sich vorgenommen, sie zu vergessen und sich eine unkompliziertere Frau zu suchen, um mit ihr einen netten Abend zu verbringen.

Die Stute wandte den Kopf und schnappte nach seiner Schulter. Sam wich aus ihrer Reichweite zurück und striegelte sie weiter. Er wollte den Abend nicht mit einer unkomplizierten Frau verbringen, sondern mit Johanna. Nur um zu testen, ob sich das Ereignis am Teich wiederholen würde.

Und wenn ja, was sollte er dann unternehmen? Es war besser für ihn, sie nicht wiederzusehen. Ein Mann konnte sich mehr Freiheit bewahren, wenn er sich mit vielen Frauen umgab, statt sich auf eine einzige zu konzentrieren.

Aber er konzentrierte sich gar nicht auf sie. Er konnte sie sich einfach nicht aus dem Kopf schlagen. Er musste die Geheimnisse ergründen, die sie tief in ihrem Innern verbarg.

Als sie ihn geküsst hatte, da hatten keine Geheimnisse existiert. Sie war offen, leidenschaftlich und aufrichtig gewesen. Es hatte sich nicht um einen gewöhnlichen Kuss gehandelt. Er wusste, wie es war, eine Frau zum Vergnügen zu küssen – oder aus Verpflichtung – oder weil das Drehbuch es vorschrieb. Jener Augenblick mit Johanna hatte weder Vergnügen noch Verpflichtung bedeutet. Und die Reaktion – ihre und seine – stand in keinem Drehbuch.

Es hatte sie so überrascht wie ihn – und genauso aufgewühlt. Wollte sie es gar nicht ergründen?

Egal, was sie will, entschied Sam, während er die Stalltür schloss. Er musste es ergründen, ob es ihr nun gefiel oder nicht.

Johanna war erschöpft. Sie schluckte zwei Aspirin am Spülstein und aß einen Joghurt. Den ganzen Nachmittag über hatte sie harte Besprechungen geführt, und obgleich sie den Verkauf von ‚Trivia Alert‘ als Abendsendung hätte feiern sollen, hatte sie sich für einen geruhsamen Abend zu Hause entschieden. In der folgenden Woche wollte sie eine Party für ihre Mitarbeiter veranstalten. Sie hatten es verdient. Doch nun wollte sie nicht mehr an berufliche Dinge denken. Ihre Blumen brauchten Pflege.

Die Sonne schien ihr warm auf Gesicht und Arme, als sie in den Garten hinausging. Die Kletterrosen an der Hauswand mussten gestutzt werden. Löwenmaul und Malven mussten von Unkraut befreit werden.

Und einige der größeren Pflanzen mussten gestützt werden. Entzückt von Duft und Farbenpracht der Blüten, begab sie sich ans Werk.

Sie hatte viele ruhige Nachmittage mit dem Gärtner auf dem Besitz ihres Vaters verbracht. Er hatte ihr die Namen der Pflanzen und die richtige Pflege beigebracht. Er hatte ihr ein eigenes Fleckchen überlassen und ihr gezeigt, wie man umgräbt, sät, an den Wurzeln teilt und beschneidet. Von ihm hatte sie gelernt, Blumen nach Farbe, Struktur, Höhe und Blütezeit zusammenzustellen. An regnerischen oder kalten Tagen hatte er sie das Gewächshaus erforschen lassen, in dem zarte Setzlinge gehegt und durch exotisches Licht frühe Blüten erzwungen wurden.

Der Blütenduft, die feuchtwarme Luft, der modrige Geruch nach bewässerter Erde waren ihr in Erinnerung geblieben. Er war ein freundlicher Mann gewesen, mit leicht gebeugtem Rücken und etwas dicklicher Taille. Sie hatte nicht gewusst, dass sie ihm leid tat, bis sie ihn eines Tages mit einem anderen Hausangestellten hatte reden hören.

Alle Diener hatten Mitleid mit ihr empfunden – dem kleinen Mädchen, das nach Lust und Laune seines Vaters zur Schau gestellt wurde. Sie hatte ein dreistöckiges Puppenhaus, ein Teeservice aus englischem Porzellan und einen weißen Fellmantel besessen. Sie hatte Ballettunterricht, Klavierstunden und Französischunterricht von einem Privatlehrer erhalten. Andere kleine Mädchen konnten nur von dem träumen, wofür Johanna nur einen Finger heben musste.

Mit sechs Jahren war ihr Foto in der gesamten Presse erschienen. Sie hatte ein rotes Samtkleid und ein winziges Diadem aus Diamanten getragen – als Streukind bei der zweiten Hochzeit ihres Vaters. Eine kleine Hollywood-Prinzessin.

Die Braut, eine italienische Schauspielerin, hatte liebend gern Wutanfälle bekommen. Carl Patterson hatte während der zweijährigen Ehe überwiegend an der italienischen Riviera gelebt. Johanna hatte die meiste Zeit in den Gärten seines Anwesens in Beverly Hills verbracht.

Es war zu einer skandalösen Scheidung gekommen. Die Schauspielerin hatte die Villa in Italien behalten, und Carl hatte eine glühende Affäre mit der Hauptdarstellerin seiner nächsten Produktion begonnen. Im Alter von acht Jahren hatte Johanna bereits eine nüchterne und allzu erwachsene Einstellung zu Beziehungen entwickelt.

Sie bevorzugte ihre Blumen. Sie trug keine Handschuhe bei der Gartenarbeit, denn mit bloßen Händen hatte sie ein besseres Gefühl für die Erde und die zarten Wurzeln. Wenn sie zur Maniküre ging, wurde sie gewöhnlich mit Entsetzen empfangen. Sie hielt die Fingernägel stets kurz und verzichtete auf Nagellack.

Unweiblich. So hatte Lydia sie genannt. Lydia, von zarter Schönheit und unablässiger Selbstsucht, war eins der länger andauernden Verhältnisse von Carl Patterson gewesen. Zum Glück hatte sie ihn genauso wenig heiraten wollen wie er sie.

Schick das Mädchen in eine Klosterschule in der Schweiz, hatte sie ihn gedrängt. Es gibt nichts Besseres als Nonnen, um einem Mädchen Weiblichkeit und Grazie beizubringen.

Mit zwölf Jahren hatte Johanna in der Angst gelebt, fortgeschickt zu werden. Doch Lydia war ersetzt worden, bevor sie sich bei Carl hatte durchsetzen können.

Unweiblich. Von Zeit zu Zeit kam ihr dieses Wort immer noch in den Sinn. Gewöhnlich ignorierte sie es. Sie hatte ihre eigene Art der Weiblichkeit gefunden. Doch hin und wieder, wie eine alte Narbe, juckte es sie.

Auf Händen und Knien rutschte Johanna zwischen den Dahlien hindurch zu den Fresien, die in wenigen Wochen erblühen würden. Sorgfältig zupfte sie jegliches Unkraut heraus.

Sie hörte den Wagen, aber sie blickte nicht auf, weil sie erwartete, dass er vorüberfuhr. Als er anhielt, drehte sie sich um und sah Sam gerade noch aussteigen. Sprachlos blieb sie auf den Knien hocken.

Er war wütend. Die lange Fahrt von seiner Ranch hatte ihm genügend Zeit gelassen, um sich in seinen Zorn hineinzusteigern.

Die Dämmerung hatte eingesetzt. Das Licht war weich und schwach. Johanna kniete vor einem Blumenbeet wie eine heidnische Gottesanbeterin. Sie rührte sich nicht.

„Warum zum Teufel hast du eine Sekretärin und einen Anrufbeantworter, wenn du nicht die Absicht hast, mich zurückzurufen?"

„Ich war beschäftigt."

„Du bist unhöflich."

„Es tut mir leid." Sie lächelte kühl. „Das Quiz wird ins Abendprogramm aufgenommen, und ich war mit Besprechungen und Papierkram beschäftigt. Gibt es etwas Wichtiges?"

„Du weißt verdammt gut, dass es wichtig ist."

Sorgfältig wischte Johanna die Erde von ihren Händen an den Jeans ab und starrte auf Sams Stiefel. „Wenn es ein Problem mit deinem Vertrag gibt ..."

„Hör auf, Johanna. Den geschäftlichen Teil haben wir erledigt."

Sie blickte zu ihm auf. „Ja, das stimmt."

„Ich mag es nicht, wenn ich mir wie ein Idiot vorkomme."

„Das kann ich mir denken." Sie erhob sich. „Ich möchte das letzte Licht noch nutzen, Sam. Wenn sonst nichts mehr anliegt …" Sie verstummte, als er ihren Arm packte.

„Weise mich nicht noch mal ab", sagte er ruhig. Viel zu ruhig. „Ich habe mich immer für recht ausgeglichen gehalten. Aber anscheinend habe ich mich geirrt."

„Deine Ausgeglichenheit ist nicht mein Problem."

„Ach, nein?" Um ihr das Gegenteil zu beweisen, riss er sie an sich. Automatisch hob sie die Hände, um ihn abzuwehren. Doch schon senkte er den Mund auf ihren.

Diesmal war es kein sanfter, freundschaftlicher Kuss, sondern ein Ausbruch der Leidenschaft, die ihn seit Tagen quälte. Sie wehrte sich nicht. Stattdessen stand sie ganz still, und einen Augenblick lang glaubten sie beide beinahe, dass es sie unberührt ließe. Doch dann seufzte sie und schlang die Arme um ihn.

Die Dämmerung verstärkte sich. Die Luft wurde kühler, aber Johanna spürte nur die Wärme seines Körpers, als sie sich an ihn schmiegte. Er roch nach Pferden und Leder. Unwillkürlich dachte sie an einen Ritter auf weißem Ross. Aber sie wollte nicht gerettet werden. Wie ein Dummkopf hatte sie geglaubt, entfliehen zu können, vor ihm, vor sich selbst. Doch dieser Augenblick zeigte ihr, wie sehr sie bereits verstrickt war.

Sam ließ die Lippen über ihr Gesicht wandern, genoss ihren Geschmack, ihre zarte Haut. Er zog sie fester an sich. Nie zuvor hatte er sich so sehr nach einer Frau verzehrt. Je mehr er sie berührte, desto mehr ersehnte er sie. „Ich will dich, Johanna." Er vergrub die Hände in ihrem Haar. „Seit Tagen kann ich nicht aufhören, an dich zu denken. Ich will mit dir zusammen sein. Jetzt."

Auch sie wollte es. Ein Schauer durchlief sie, als sie sich an ihn klammerte. Sie begehrte ihn. Sie wollte ihre Beherrschung, ihre Bedachtsamkeit aufgeben und nur noch fühlen. Sie ahnte, dass er ihr Gefühle vermitteln konnte, an die sie nie geglaubt hatte. Und danach wäre sie nie wieder dieselbe.

Einen Augenblick länger schmiegte sie sich an ihn. Ein starkes Bedauern ersetzte ihr Verlangen, als sie zurückwich. Nur mit Mühe gelang ihr ein Lächeln, als sie auf die Flecken an seinen Schultern blickte. „Meine Hände waren schmutzig."

Er nahm beide in seine. „Lass uns hineingehen."

„Nein." Sanft entzog sie ihm die Hände. „Es würde nicht klappen, Sam."

„Warum nicht?"

„Weil ich es nicht will. Ich würde es nicht klappen lassen."

Er nahm ihr Kinn in die Hand. „Unsinn."

Sie schlang die Finger um sein Handgelenk. Sein Puls pochte schnell, so schnell wie ihrer. „Ich leugne nicht, dass ich mich zu dir hingezogen fühle. Aber es kann zu nichts führen."

„Das hat es bereits."

„Dann kann es zu nichts Weiterem führen. Glaube mir, dass es mir leidtut, aber es ist für uns beide besser, wenn wir uns jetzt damit abfinden."

„Mir tut es auch leid, aber ich kann es nicht akzeptieren." In einer zärtlichen Geste legte er die Hände an ihre Wangen. „Wenn du erwartest, dass ich weggehe und dich in Ruhe lasse, dann muss ich dich enttäuschen."

Johanna holte tief Luft und blickte ihn unverwandt an. „Ich werde nicht mit dir schlafen."

„Jetzt nicht – oder niemals?"

Unwillkürlich lächelte sie. „Gute Nacht, Sam."

„Warte. Das Thema ist noch nicht beendet." Er deutete zu den Stufen vor der Haustür. „Warum setzen wir uns nicht? Es ist ein schöner Abend." Als sie zögerte, hob er die Hände. „Keine Berührung."

„Also gut. Möchtest du etwas trinken?"

„Was hast du denn zu bieten?"

„Kaffee von heute Morgen."

„Danke, ich verzichte." Er setzte sich neben sie. „Dein Haus gefällt mir, Johanna. Es ist so ruhig, abgeschieden und gepflegt. Wie lange hast du es schon?"

„Etwa fünf Jahre."

„Hast du das alles gepflanzt?"

„Ja."

„Wie heißen die dort drüben?"

Sie blickte hinüber zum Rand eines Beetes. „Seifenkraut."

„Ein hässlicher Name für eine so hübsche Blume." Die kleinen rosa Blüten sahen zart aus, aber das Kraut breitete sich aus, wie es wollte.

„Weißt du, mir scheint, dass wir uns nicht gut kennen." Er lehnte sich zurück gegen die höhere Stufe und streckte die Beine aus. Er schien sich wie zu Hause zu fühlen.

„Nein, wahrscheinlich nicht."

„Was hältst du davon, miteinander zu gehen?"

Sie schlang die Hände um die Knie und lächelte. „Es ist eine nette Beschäftigung für Teenager."

„Die meisten Leute, die ich kenne, haben Liebhaber, nicht Freunde."

„Und du hast keins von beidem."

„Mir gefällt es so."

Johannas Antwort ließ Sam wieder zu den kleinen rosa Blüten blicken. „Warum einigen wir uns nicht auf einen anderen Ausdruck, zum Beispiel Begleiter? Das bedeutet eine unkomplizierte Beziehung, ohne Verpflichtungen."

„Ich habe ernst gemeint, was ich vorhin gesagt habe."

„Davon bin ich überzeugt. Deshalb dachte ich, dass du keine Angst davor hättest, mich besser kennenzulernen."

„Ich habe keine Angst", sagte sie schnell. Zu schnell.

„Gut. Am Freitagabend findet eine Wohltätigkeitsveranstaltung im Beverly Wilshire statt. Ich hole dich um sieben ab."

„Ich habe nicht …"

„Du unterstützt doch Sammlungen für wohnungslose Menschen, die auf der Straße leben – oder?"

„Natürlich, aber …"

„Und da du keine Angst hast, sollte es dich nicht beunruhigen, mich zu begleiten. Es ist ein formeller Anlass. Ich mag solche Veranstaltungen auch nicht sehr gern, aber es dient einem guten Zweck."

„Ich weiß die Einladung zu schätzen, aber ich kann es unmöglich schaffen, von der Arbeit nach Hause zu fahren und mich bis um sieben für eine formelle Veranstaltung umzuziehen."

„Gut. Dann ziehst du dich im Büro um, und ich hole dich dort ab. Um halb acht."

Johanna atmete tief durch, drehte sich zu ihm um und blickte ihm direkt ins Gesicht. „Sam, warum versuchst du, mich derart zu dirigieren?"

Er nahm ihre Hand und küsste schnell ihre Finger, bevor sie widersprechen konnte. „Ich könnte dich viel besser dirigieren."

„Darauf wette ich."

Er grinste. „Ich liebe es, wenn du diesen Ton benutzt. Es klingt so anständig."

„Du hast meine Frage nicht beantwortet."

„Welche? Ach so, die Frage. Ich versuche nicht, dich zu dirigieren. Ich versuche, eine Verabredung mit dir zu treffen. Nein, keine Verabredung", korrigierte er sich. „Besprechung können wir es auch nicht nennen. Das klingt zu geschäftsmäßig. Wie wäre es mit Begegnung. Gefällt dir Begegnung?"

„Ich glaube nicht."

„Etwas habe ich schon über dich herausgefunden, Johanna. Es ist sehr schwer, dich zufriedenzustellen." Mit einem Seufzer streckte er sich. „Aber das macht nichts. Ich kann hier sitzen, bis dir der richtige Ausdruck einfällt. Die Sterne gehen auf."

Unwillkürlich blickte sie hinauf. Sie saß abends oft draußen. Bisher war sie zufrieden gewesen, die Sterne allein zu betrachten. Mit Sam an ihrer Seite erschien ihr die Nacht irgendwie reizvoller, und das beunruhigte sie. Es war ein großer Fehler, die Zufriedenheit von jemand anderem abhängig zu machen. „Es wird kühl", murmelte sie.

„Bittest du mich ins Haus?"

Sie lächelte und stützte die Ellbogen auf die Knie. „So kühl ist es nicht." Einen Augenblick schwiegen beide. Dann wurde die Stille von einem Nachtvogel durchbrochen. „Warum bist du nicht unten in der Stadt und zeigst dich mit einer vielversprechenden Schauspielerin mit perfekten Zähnen?"

Er gab vor, es zu überdenken. „Ich weiß nicht. Warum bist du nicht unten in der Stadt und zeigst dich mit einem tollen Regisseur mit perfekter Sonnenbräune?"

„Ich habe zuerst gefragt."

„Ich liebe die Schauspielerei", erwiderte Sam ruhig und so ernst, dass sie ihn anblickte. „Und ich habe nichts dagegen, gut dafür bezahlt zu werden. In ein paar Wochen fangen wir wieder mit Dreharbeiten an. Dann kommen eine Menge sehr langer und sehr anstrengender Tage auf mich zu. Die wenige Freizeit, die mir bleibt, will ich nicht im Rummel der Stadt vergeuden." Er streichelte ihr Haar. Beide erinnerten sich an sein Versprechen, sie nicht zu berühren, doch sie protestierte nicht. „Wirst du mich noch einmal besuchen und meine Enten füttern, Johanna?"

Es ist ein Fehler, sagte sie sich, als sie ihn anlächelte. Ein dummer Fehler. Aber zumindest beging sie ihn mit offenen Augen. „Am Freitagabend ginge es, wenn wir die Veranstaltung frühzeitig verlassen."

„Also um halb acht in deinem Büro?"

„Gut. Keine Verpflichtungen?"

„Abgemacht."

Sie hielt eine Hand hoch, als er sich vorbeugte. „Küss mich nicht, Sam."

Er wich zurück. „Jetzt nicht, oder niemals?"

Sie stand auf und wischte sich die Jeans ab. „Zumindest jetzt nicht. Bis morgen."

„Johanna?" Sie blieb auf der obersten Stufe stehen und drehte sich zu ihm um. „Nichts weiter", sagte er. „Ich wollte dich nur noch einmal ansehen. Gute Nacht."

„Fahr vorsichtig. Es ist ein langer Weg."

Sam lächelte. „Er wird jedes Mal kürzer."

5. KAPITEL

*A*m Freitagabend um halb sechs war es in den Büroräumen wie ausgestorben. Johanna freute sich über die ungestörte Stunde, die ihr zum Aufarbeiten all des liegen gebliebenen Papierkrams blieb.

Die Fragen für die Aufzeichnungen am Montag waren geprüft und ausgewählt worden, doch sie nahm sich die Zeit, sie noch einmal persönlich durchzugehen und sich zu vergewissern, dass sie unterhaltsam wie lehrreich waren.

Sie beantwortete einen Stapel Memos, las und unterzeichnete Briefe und billigte einen Stoß Rechnungen. Das Schöne an Quizsendungen sind die niedrigen Produktionskosten, dachte sie. In einer Woche konnte sie fünfzigtausend Dollar vergeben und die Kosten dennoch wesentlich niedriger halten als für eine halbstündige Situationskomödie.

Sie war nach wie vor entschlossen, ihr neues Konzept durchzusetzen. Wenn alles klappte, konnte die Show zum ersten Mal im Herbst ausgestrahlt werden. Und es wird klappen, schwor sie sich. Noch ein solider Erfolg, und sie konnte ihre eigene Produktionsfirma gründen.

Sie sah das Firmenzeichen bereits vor sich: Garden Variety Productions. Innerhalb von zwei Jahren würden auch andere es sehen – und in Erinnerung behalten.

Sobald der Schreibtisch abgeräumt war, holte Johanna ihr Geheimnis hervor. Sie hatte die Tüte in der untersten Schublade versteckt, hinter dem Briefpapier. Es hatte schon genug Aufsehen erregt, dass sie ein Abendkleid mit ins Büro gebracht hatte.

Sie holte die Schachtel aus der Tüte, öffnete sie und las die Gebrauchsanweisung zweimal durch. Es war anscheinend gar nicht so kompliziert. Sie nahm den ersten falschen Fingernagel und begann, ihn zurechtzufeilen. Sie prüfte ihn mehrmals, legte ihn auf ihren kurzen, unlackierten Daumennagel, bis sie schließlich mit der Länge zufrieden war.

Jetzt sind es nur noch neun, dachte sie und nahm den nächsten in Angriff. Sie schlüpfte aus den Schuhen und zog die Füße unter sich. Wäre jemand im Büro gewesen, hätte sie sich diese Position niemals gestattet. Doch da sie allein war, tat sie es, ohne nachzudenken.

Sobald sie zehn Nägel auf eine einheitliche Länge zurechtgefeilt hatte, nahm sie den nächsten Schritt in Angriff. Den Instruktionen zufolge war es leicht, schnell und sauber. Sie zog einen Klebestreifen vom Papier ab und drückte ihn auf ihren Nagel. Mit einer Pinzette hob sie vorsichtig die Ecke des rückwärtigen Papiers an und zog es ab. Der Klebestreifen löste sich und rollte sich zusammen. Geduldig entfernte sie ihn und versuchte es erneut. Beim dritten Anlauf klappte es. Erleichtert nahm sie den ersten falschen Nagel und drückte ihn sorgfältig auf ihren eigenen.

Es sah nicht wie ihr Daumen aus, aber es wirkte recht elegant. Wenn sie erst einmal den pinkfarbenen Nagellack aufgetragen hatte, würde es täuschend echt aussehen.

Johanna brauchte zwanzig Minuten für die erste Hand, und sie musste auf ihre Lesebrille zurückgreifen – noch etwas, das sie sich nie gestattete, wenn sie nicht allein war.

Sie verwünschte die Verkäuferin der Parfümerie, sich selbst und den Hersteller falscher Nägel, als das Telefon klingelte. Sie drückte auf den Knopf für Leitung eins. Der Nagel sprang von ihrem Zeigefinger. „Johanna Patterson", stieß sie zwischen zusammengebissenen Zähnen hervor.

„Hier ist John Jay, Honey. Ich bin ja so froh, dass du arbeitssüchtig bist."

Sie starrte auf ihren nackten Zeigefinger. „Was gibt's denn?"

„Ich habe ein kleines Problem, Sweetheart. Du musst mich retten." Er räusperte sich. „Meiner Kreditkarte sind anscheinend Grenzen gesetzt, und ich bin in einer peinlichen Lage. Würdest du bitte mit dem Geschäftsführer hier bei Chasen sprechen? Er sagt, er kennt dich."

„Gib ihn mir." Resigniert strich sie sich mit der Hand durch das Haar. Ein zweiter Nagel sprang ab. Kaum zwei Minuten später hatte sie John Jay aus der Verlegenheit befreit und legte den Hörer auf. Enttäuscht musterte sie ihre Hand. Mit einem tiefen Seufzer entfernte sie die restlichen drei Nägel.

Du bist eine intelligente, kompetente Frau, sagte sie sich. Sie war beinahe dreißig und hielt eine anspruchsvolle, fordernde Position inne. Und sie war vermutlich die einzige Frau im ganzen Land, die nicht mit falschen Fingernägeln umgehen konnte.

Zum Teufel damit, dachte sie und warf alles, einschließlich der Flasche Nagellack, in den Papierkorb.

Im Waschraum gab sie sich besondere Mühe mit ihrer Frisur. Und weil sie sich unweiblich und linkisch fühlte, legte sie mehr Make-up als gewöhnlich auf. Dann holte sie das Abendkleid aus dem Plastikbeutel.

Sie hatte es nur einmal getragen, vor einem Jahr. Es war schulterfrei und anschmiegsam, und es wich erheblich von ihrem gewöhnlichen Stil ab. Sie schlüpfte hinein und mühte sich mit dem Reißverschluss am Rücken ab. Verärgert fragte sie sich, warum sie sich überhaupt hatte überreden lassen, die Veranstaltung zu besuchen.

Ein kritischer Blick in den Spiegel bewies ihr, dass ihr das Kleid ausgezeichnet stand. Und die Farbe – die genau zum Nagellack im Papierkorb gepasst hätte, wie sie sich grimmig in Erinnerung rief – schmeichelte ihr. Der Saum umspielte vorn ihre Knie, wurde an den Seiten allmählich länger und reichte hinten bis zu den Knöcheln. Sie vertauschte ihre alltäglichen Ohrringe mit Diamantsteckern und legte einen dazu passenden Halsreif an.

Schließlich steckte Johanna die Bürokleidung in den Beutel, legte ihn sich über den Arm und begab sich auf den Weg in ihr Büro. Sie hielt es für sehr klug, dass Sam sie dort abholte. Dadurch wirkte es weniger wie ein Rendezvous, und außerdem musste er sie anschließend im Parkhaus absetzen, damit sie mit ihrem eigenen Wagen nach Hause fahren konnte.

Auf die feige Art, dachte sie und ging verärgert weiter. Nein, auf die sichere Art, korrigierte sie sich. Was immer sie für Sam empfand, war zu schnell und zu intensiv erwacht. Eine Affäre passte weder in ihre beruflichen noch in ihre privaten Pläne. Dazu hatte sie einfach zu viele bei ihrem Vater miterlebt.

Sie wollte niemals so leben wie er. Und was Sam Weaver anging, war sie fest entschlossen, vernünftig und vorsichtig zu bleiben.

Sam Weaver sah blendend aus. Er stand am Fenster in ihrem Büro, die Hände in die Taschen des Smokings gesteckt und in Gedanken versunken. Freude durchströmte sie bei seinem Anblick. Hätte sie an Happy Ends geglaubt, dann hätte sie auch an ihn geglaubt.

Er hörte sie nicht kommen. Aber er dachte so intensiv an sie, dass er augenblicklich ihre Nähe spürte. Er drehte sich um, und seine Vorstellung von ihr löste sich auf und bildete sich neu.

Sie sah so zerbrechlich aus, mit den hochgesteckten Haaren und bloßen Schultern. Das nüchtern eingerichtete Büro passte zu der Frau, als die sie ihm beim ersten Mal begegnet war. Der hübsche Garten und das abgeschiedene Haus passten zu der Frau, mit der er am Ententeich gelacht hatte. Doch nun stand eine neue Johanna vor ihm, die zu zart wirkte, um sie zu berühren. Es erschien ihm lächerlich, aber ihm stockte der Atem. „Ich dachte, du wärst mir entwischt."

„Nein. Ich habe mich nur umgezogen." Sie ging zum Schrank und hängte den Kleiderbeutel hinein. „Tut mir leid, dass ich zu spät dran bin. Ich habe gearbeitet und die Zeit vergessen." Mit einem hastigen Blick vergewisserte sie sich, dass von den falschen Fingernägeln keine Spur mehr zu sehen war.

„Du siehst wundervoll aus, Johanna."

„Danke. Du auch. Wenn du willst, können wir gehen."

„Einen Moment noch." Sam trat zu ihr, sah den erstaunten Blick in ihren Augen, bevor er die Hände auf ihre Schultern legte und sie küsste. Er bemühte sich, sanft und zurückhaltend zu bleiben. „Ich wollte mich nur überzeugen, dass du wirklich bist", murmelte er.

Sie war so wirklich, dass ihr Herz schneller klopfte. „Wir sollten jetzt gehen."

„Ich würde lieber bleiben und schmusen." Er sah ihren abweisenden Blick und fügte hinzu: „Na ja, vielleicht ein andermal." Er nahm ihre Hand und ging mit ihr zum Fahrstuhl. „Falls es langweilig wird, können wir ja früh gehen und spazieren fahren."

„Galas in Hollywood sind nie langweilig", entgegnete Johanna trocken.

„Du magst sie nicht?"

„Ich halte es nicht oft für nötig, sie zu besuchen." Sie betraten den Fahrstuhl, als sich die Tür öffnete.

„Es ist schwer, in einer Welt zu leben und sie gleichzeitig zu ignorieren."

„Das finde ich nicht." Sie tat es bereits seit Jahren. „Einige Leute sind besser hinter den Kulissen aufgehoben." Bevor er nachhaken konnte, wechselte sie schnell das Thema. „Ich habe eine Reklame für deine Fernsehserie gesehen. Sie erweckt einen guten Eindruck. Sehr anspruchsvoll. Sehr erotisch."

„Das liegt nur an der Werbung", entgegnete Sam abwehrend, als der Fahrstuhl die Tiefgarage erreichte. „Sie ist eigentlich nicht erotisch, sondern romantisch. Das ist etwas anderes."

Das war es allerdings, aber es wunderte Johanna, dass er den Unterschied kannte. „Wenn du das Hemd ausziehst und deine Brust glänzt, dann denken die Leute an Sex."

„So einfach ist das?" Er öffnete die Beifahrertür. „Ich kann diesen Kummerbund in weniger als fünf Sekunden ablegen."

Johanna stieg in den Wagen. „Danke, aber ich habe deine Brust bereits gesehen. Warum ausgerechnet das Fernsehen?", fragte sie, als er ebenfalls einstieg. „Ich meine, auf diesem Stand deiner Karriere?"

„Weil die meisten Leute nicht vier Stunden lang in einem Kino still sitzen wollen, und mir lag sehr viel an diesem Film. Der Bildschirm zu Hause ist persönlicher, intimer, und das passt zum Drehbuch." Das Motorgeräusch hallte durch die leere Garage, als er hinausfuhr. „Sarah ist ein so zarter, tragischer Charakter. Sie ist durch und durch vertrauensselig und naiv. Ich finde es überwältigend, wie überzeugend es Lauren gelungen ist, diese Unschuld zu verkörpern."

Und der Presse zufolge hatten Sam und Lauren ebenso viele Liebesszenen im Privatleben veranstaltet wie vor der Kamera. Johanna hielt es für ratsam, das nicht zu vergessen. „Es ist ungewöhnlich, einen Schauspieler über eine andere Rolle als seine eigene reden zu hören."

„Luke ist ein Schuft", entgegnete Sam. „Ein Opportunist, ein Frauenheld und ein Lump. Allerdings ein sehr charmanter."

„Ist es dir gelungen, sein Wesen zu verkörpern?"

Sam hielt an einer roten Ampel und blickte Johanna eindringlich an. „Sieh dir die Serie an, und sag du es mir dann."

Sie wandte sich ab. „Was steht als Nächstes auf dem Programm?"

„Eine Komödie."

„Ich wusste gar nicht, dass du auch Komödien spielst."

„Demnach hast du meine Glanzleistung als Rosinenfresser vor ein paar Jahren nicht gesehen."

Sie schmunzelte. „Leider nein."

„Schon gut. Leider habe ich es gesehen. Gleich danach kam der Werbespot für Mano-Rasierwasser. ‚Welche Frau kann einem Mann widerstehen, der wie ein Mann riecht?'"

Sie hätte erneut geschmunzelt, wenn sie sich nicht an ihre eigene Reaktion auf ihn und seinen Duft erinnert hätte. „Tja, niemand kann sagen, dass du deine Pflicht nicht erfüllt hättest."

„Ich möchte gern glauben, dass ich es habe. Und ich bin mir bewusst, dass der Werbespot für Mano mir die Rolle in ‚Undercover' eingebracht hat."

Davon war sie überzeugt. Sie kannte die Rasierwasser-Reklame, in der Sam aufregend sexy, unglaublich männlich und äußerst selbstbewusst wirkte. Seine Rolle in ‚Undercover' sah genauso aus, doch sie wies eine Tiefgründigkeit auf, die sowohl die Zuschauer wie auch die Kritiker überrascht hatte. „Ein derartiger Durchbruch gelingt nur selten. Wenn es der Fall ist, dann ist es meistens verdient."

„Tja … Mir scheint, das war ein Kompliment."

„Ich habe nie gesagt, dass du in deinem Metier nicht gut bist."

„Vielleicht könnten wir das umdrehen und sagen, dass das Problem von Anfang an darin lag, dass ich es bin."

Sie erwiderte nichts, doch das war ihm Antwort genug.

Johanna runzelte ein wenig die Stirn, als Sam vor dem hellerleuchteten Beverly Wilshire vorfuhr und sie die unzähligen Limousinen erblickte. „Sieht sehr gut besucht aus."

„Wir können ja in dein Büro zurückfahren und schmusen."

Sie warf ihm einen flüchtigen, ausdruckslosen Blick zu, als ein uniformierter Portier ihr die Tür öffnete. Sobald sie auf den Bürgersteig trat, entflammten Scheinwerfer und Blitzlichter.

Sie hasste es mehr, als sie in Worte fassen konnte. Mit einer Geste, die für Unnahbarkeit statt für Panik gehalten werden konnte, wandte sie sich von den Reportern ab. Sam legte einen Arm um sie und verursachte damit das erneute Aufblitzen der Kameras.

„Sie belästigen dich weniger, wenn du lächelst und mitspielst", flüsterte er ihr ins Ohr.

„Mr Weaver! Mr Weaver, was können Sie uns zu Ihrer bevorstehenden Fernsehserie sagen?"

Sam blickte zu der Reportermenge hinüber und lächelte, während er weiterging. „Das hervorragende Drehbuch und die Besetzung, die Lauren Spencer einschließt, sprechen wohl für sich selbst."

„Ist Ihre Verlobung mit Miss Spencer gelöst?"

„Sie hat nie stattgefunden."

Einer der Reporter näherte sich und ergriff Johannas Arm. „Würden Sie uns bitte Ihren Namen nennen, Miss?"

„Patterson", sagte sie und schüttelte seine Hand ab.

„Das ist Carl Pattersons Tochter!", rief jemand aus der Menge. „Miss Patterson, stimmt es, dass die erneute Ehe Ihres Vaters in die Brüche gegangen ist? Wie stehen Sie dazu, dass er mit einer Frau in Verbindung gebracht wird, die halb so alt ist wie er?"

Schweigend eilte Johanna in die Eingangshalle.

Sam hielt den Arm um sie gelegt. Er spürte, dass sie ein wenig zitterte. Vor Verärgerung, wie er meinte. „Es tut mir leid."

„Du kannst ja nichts dafür." Ja, sie war ärgerlich. Aber außerdem verspürte sie diesen tiefen Kummer, der sie stets befiel, wenn sie von Reportern umringt und mit Fragen nach ihrem Vater bombardiert wurde.

„Möchtest du in die Bar gehen und etwas trinken? Einen Augenblick in einer stillen Ecke sitzen?"

„Nein. Wirklich nicht. Mir geht es gut." Allmählich wich die Spannung von ihr, und sie lächelte zu ihm auf. „Es wäre schrecklich für mich, wenn ich diesen Trubel so oft durchstehen müsste wie du."

„Es gehört nun einmal zu meinem Job." Sam hob ihr Kinn mit einem Finger. „Geht es dir wirklich gut?"

„Natürlich. Ich gehe nur schnell …" Sie verstummte und verwarf den Gedanken an eine kurze Flucht in den Waschraum, als mehrere Leute zu ihnen traten, um Sam zu begrüßen.

Johanna kannte sie, einige persönlich, andere vom Hörensagen. Sams Partnerin aus seinem letzten Kinofilm war in Begleitung ihres Mannes und ging mit ihrem ersten Kind schwanger. Die Elite der Presse, der Einlass gewährt worden war, nutzte eifrig die Gelegenheit für Fotos.

Während sie sich einen Weg zum Ballsaal bahnten, kamen andere, um die Bekanntschaft aufzufrischen oder vorgestellt zu werden. Durch ihren Vater kannte Johanna viele von ihnen. Sie hatte Hände zu schütteln, Umarmungen zu erwidern, Wangen zu küssen.

Ein alternder Schauspieler mit dichtem silbernem Haar, dessen Gesicht noch immer Reklametafeln zierte, drückte sie herzlich an sich. Mit einer Zuneigung, die sie nur für wenige Menschen empfand, umarmte sie ihn ebenfalls. Sie hatte nie vergessen, dass er vor langer Zeit, während einer der Parties ihres Vaters, in ihr Zimmer gekommen war und sie mit Geschichten unterhalten hatte.

„Onkel Max, du siehst besser aus denn je."

Sein Lachen klang tief und rau. „Wenn ich dich ansehe, Jo-Jo, fühle ich mich alt."

„Du wirst niemals alt."

„Mary wird dich begrüßen wollen", sagte er und meinte seine langjährige, einzige Ehefrau. „Sie ist mit einer ganzen Horde in der Garderobe verschwunden." Er küsste sie erneut auf die Wange und blickte dann zu Sam. „Du hast dich also endlich überwunden und einen Schauspieler aufgegabelt. Jedenfalls hast du dir einen guten ausgesucht. Ich bewundere Ihre Arbeit, Sam."

„Danke. Es ist mir eine Ehre, Sie kennenzulernen, Mr Heddison", sagte Sam, und er meinte es ernst. „Ich habe alles gesehen, was Sie je gedreht haben."

„Die kleine Jo-Jo hatte schon immer Geschmack. Ich würde gern einmal mit Ihnen zusammenarbeiten, und das kann ich nicht zu vielen Ihrer Generation sagen."

„Sagen Sie mir nur, wann und wo."

Max nickte bedächtig. „Ich habe da ein Drehbuch, das ich in Betracht ziehe. Vielleicht schicke ich es Ihnen, damit Sie es sich ansehen können. Jo-Jo, ich möchte dein hübsches Gesicht gern öfter sehen." Er küsste sie erneut und begab sich dann auf die Suche nach seiner Frau.

„Ich glaube, du bist sprachlos", bemerkte Johanna, als Sam stehenblieb und Max nachblickte.

„Es gibt keinen anderen lebenden Schauspieler, den ich so bewundere wie Max Heddison. Er lässt sich nicht oft bei gesellschaftlichen Anlässen blicken, und die wenigen Male, die ich ihn gesehen habe, hatte ich nicht den Mut, mich vorstellen zu lassen."

„Du und schüchtern?"

„Das ist gelinde ausgedrückt."

Gerührt nahm Johanna seine Hand. „Er ist der netteste Mensch, den ich kenne. Einmal hat er mir zum Geburtstag einen Welpen geschenkt. Mein Vater war wütend. Er hasst Hunde, aber er konnte nichts sagen, weil es ein Geschenk von Onkel Max war."

„Jo-Jo?"

Sie warf ihm einen vernichtenden Blick zu. „Onkel Max ist der Einzige, der mich so nennen darf."

„Es gefällt mir." Sam strich mit einem Finger über ihre Nase. „Es lässt mich daran denken, wie du wohl mit Rattenschwänzen und einem Strohhut ausgesehen haben magst." Plötzlich wechselte seine Miene von Belustigung zu Resignation. „Oh, Himmel", murmelte er, und dann wurde er von schlanken Armen umfangen.

„Sam! Es ist kaum zu fassen, wie lange wir uns nicht gesehen haben!" Die Frau mit den üppigen roten Locken drehte das Gesicht ein wenig, damit die Kameras sie von der besten Seite einfangen konnten. „Darling, wo hast du dich nur versteckt?"

„Hier und da." Mit beachtlicher Geschicklichkeit gelang es Sam, sich von ihr zu lösen. „Wie geht es dir, Toni?"

„Siehst du das nicht?" Sie warf den Kopf zurück und lachte. Ihr Kleid wies einen beinahe unverschämt tiefen Ausschnitt auf. „Ich war in letzter Zeit so schrecklich beschäftigt. Ich habe gerade mit Dreharbeiten begonnen und konnte kaum dieses kleine Ereignis in meinen Zeitplan einschieben. Es ist so langweilig, wenn man seine Freunde nicht öfter sehen kann."

„Johanna Patterson, Toni DuMonde."

„Es freut mich, Sie kennenzulernen." Johanna kannte Tonis Ruf als mittelmäßige Schauspielerin, die eher auf Sex-Appeal als auf Talent setzte. Sie hatte zweimal gut geheiratet, und beide Ehemänner hatten ihre Karriere unterstützt.

„Jede Freundin von Sam ...", begann sie und hielt dann inne. „Sind Sie etwa Carls Tochter?" Ohne eine Antwort abzuwarten, warf sie erneut den Kopf zurück, sodass ihre Locken aufreizend tanzten, und lachte herzhaft. „Darling, ich habe darauf gebrannt, Sie endlich kennenzulernen." Sie legte eine Hand auf Johannas Schulter und ließ den Blick durch den Raum wandern. Ihre scharfen blauen Augen sahen über weniger Berühmte hinweg, strahlten gewichtige Persönlichkeiten an und verengten sich beim Anblick von Rivalen. Als sie die gesuchte Person fand, setzte sie ein bezauberndes Lächeln auf. Der große Diamant an ihrer linken Hand funkelte, als sie winkte.

„Welch ein glücklicher Zufall", fuhr Toni fort. „Sie werden gewiss verstehen, wie entzückt ich bin. Sweetheart, sieh mal, wen ich getroffen habe."

Johanna blickte ihren Vater an, als Toni sich an ihn schmiegte und erneut den Diamanten funkeln ließ.

„Johanna, ich wusste gar nicht, dass du auch kommst." Carl legte flüchtig seine Wange an ihre, wie er es bei jedem seiner unzähligen Bekannten getan hätte.

Er war ein großer Mann mit breiten Schultern und flachem Bauch. Er hatte sein Gesicht faltig werden lassen, weil er sich vor Operationen fürchtete, selbst zu kosmetischen Zwecken. Aber er hatte seinen Körper nicht abschlaffen lassen. Mit fünfundfünfzig war Carl Patterson in den besten Jahren. Er zog die Frauen an wie dreißig Jahre zuvor. Vielleicht sogar noch mehr, da Macht seinen Reiz erhöhte.

„Du siehst gut aus", sagte Johanna. Sam fiel auf, dass die Wärme in ihrer Stimme, mit der sie Max Heddison begrüßt hatte, nun fehlte. „Carl Patterson, Sam Weaver."

„Es ist mir ein Vergnügen." Carl gab Sam seine kräftige, gepflegte Hand. „Ich habe Ihre Karriere verfolgt und gehört, dass Sie bald einen Film mit Berlitz drehen werden. Wir kennen uns sehr gut."

„Ich freue mich darauf."

„Ist es nicht schön, dass wir vier uns so zufällig getroffen haben?", warf Toni ein und schob ihren freien Arm unter Sams. „Wir müssen uns zusammen einen Tisch nehmen, nicht wahr, Carl? Ich möchte deine Tochter doch kennenlernen, wo wir nun eine Familie werden."

Johanna erstarrte nicht. Sie reagierte gar nicht. Inzwischen konnte ihr Vater sie nicht mehr überraschen. „Meinen Glückwunsch." Sie zuckte kaum zusammen, als eine Kamera aufblitzte und die vier zusammen einfing.

„Wir haben noch keinen Termin festgelegt." Toni strahlte Carl an.

„Aber wir beabsichtigen, es bald zu tun – sobald ein paar Kleinigkeiten erledigt sind."

Womit die legale Abschaffung seiner vierten Frau gemeint ist, vermutete Johanna. Zum Glück berührten sie die Launen oder die häufigen Wechsel von Stiefmüttern nicht länger. „Ihr werdet bestimmt sehr glücklich."

„Das haben wir vor." Carl tätschelte Tonis Hand und blickte sie statt seiner Tochter an.

„Lass uns an einen Tisch gehen, Carl, und etwas zur Feier des Tages trinken."

Sam löste sich von ihrem Arm und nahm Johannas Hand, die kalt und starr war. „Es tut mir leid, aber wir können nicht lange bleiben." Er lächelte charmant und leicht entschuldigend.

„Aber ihr habt doch bestimmt Zeit für einen schnellen Drink, bevor sich dieses Lokal in einen Zoo verwandelt." Toni ließ die Finger an Carls Arm hinaufwandern. „Du musst darauf bestehen, Darling."

„Das ist nicht nötig", warf Johanna ruhig ein. Sie lächelte nicht, als sie ihren Vater anblickte. „Das Mindeste, was ich tun kann, ist, auf euer Glück zu trinken."

„Wundervoll." Toni fand es mehr als wundervoll, gleichzeitig mit einem so wichtigen Mann wie Carl und einem so attraktiven Mann wie Sam gesehen zu werden.

„Johanna, Darling, Sie dürfen all die hässlichen Dinge nicht glauben, die Sie über Sam und mich gelesen haben müssen. Sie wissen doch, wie gern die Leute in dieser Stadt reden." Mit einem Blick, der Johanna riet, jedes Wort zu glauben, wandte sie sich ab, um sich in den Saal führen zu lassen.

„Warum zum Teufel tust du das?", fragte Sam.

„Weil es den Spielregeln entspricht." Mit hocherhobenem Kopf betrat Johanna den Ballsaal.

Lautes Stimmengewirr erfüllte den Raum, der so glitzerte, wie es der Anlass gebot. Die Veranstaltung würde eine Menge Geld einbringen, hundert-, vielleicht sogar hundertfünfzigtausend Dollar, während der Abend den Preis des üppigen Essens wert war.

Johanna aß nicht. Sie merkte kaum, was ihr serviert wurde, obgleich Toni bei jedem Gang schwärmte und sich zu den Kalorien äußerte. Der Ring an ihrem Finger glitzerte triumphierend, wann immer sie die Hand bewegte. Sie bemerkte kokett, dass Sam sich wie ein Gentleman gegenüber Johanna benahm, kicherte entzückt darüber, dass sie eine Stieftochter im selben Alter wie sie selbst bekommen würde, und drückte Carl Küsse auf die Wange, wenn sie nicht gerade mit jemand anderem flirtete.

Johanna nippte Sekt und beobachtete, wie ihr Vater sich brüstete, wann immer die Rothaarige ihm Beachtung schenkte. Er war verblendet, und das hatte sie noch nie bei ihm erlebt. Sie kannte ihn begehrlich oder verärgert gegenüber Frauen, aber nicht verblendet.

„Nur noch einen winzigen Schluck", sagte Toni, als Carl ihr Sekt nachschenkte. „Du weißt doch, wie albern ich werde, wenn ich zu viel trinke." Sie warf ihm einen intimen Blick zu, der versprach, dass sie mehr als albern werden konnte. Fröhlich winkte sie jemandem an einem anderen Tisch zu. „Was für ein scheußliches Kleid! All die Diamanten können einen schlechten Geschmack nicht übertönen, stimmt's? Sam, Darling, wie ich hörte, ist Lauren mit einem französischen Rennfahrer liiert. Hat sie dir das Herz gebrochen?"

„Nein", sagte er mit ausdrucksloser Stimme und wich zur Seite, als sie sein Knie tätschelte.

„Weil du es bist, der allen die Herzen bricht. Seien Sie sehr vorsichtig mit diesem Mann, Johanna. Schon ganz andere Frauen als ich haben ihm nachgeweint."

„Davon bin ich überzeugt", erwiderte Johanna und nippte am Sekt.

„Warum haben Sie sich von Ihrem Daddy nicht beim Film unterbringen lassen?" Toni warf ihr einen abschätzigen Blick von Frau zu Frau zu.

„Ich bin keine Schauspielerin."

„Was tun Sie dann?"

„Johanna produziert Tagessendungen fürs Fernsehen", warf Carl ein. „Die letzten Berichte, die über meinen Schreibtisch gingen, waren übrigens ausgezeichnet."

„Danke."

„Geht es mit dem Abendprogramm voran?"

„Ja, wir haben es gerade zum Abschluss gebracht. Ich hätte dir ein Memo geschickt, aber ich wusste nicht, dass du in der Stadt bist."

„Wir haben gerade zwei Wochen an einem scheußlichen Drehort in Arizona verbracht. Zum Glück war Carl da und hat dafür gesorgt, dass ich nicht völlig am Boden zerstört war." Toni tätschelte Carls Hand. „Sam, ich habe die wundervollsten Dinge über deine Fernsehserie gehört. Sie wird in ein paar Wochen ausgestrahlt, nicht wahr?"

Er lächelte und nickte. Er wusste, dass sie sich für die Rolle der Sarah beworben und ihm noch nicht verziehen hatte, dass er sich nicht für sie eingesetzt hatte.

„Wir sollten zusammen einen Film drehen, mit Carl als Produzent."

Wenn die Hölle kalt wird, dachte Sam. „Es tut mir sehr leid, dass ich das Gespräch abbrechen muss, aber Johanna und ich sind schon spät dran." Er erhob sich. „Es war mir ein Vergnügen, Mr Patterson." Er nahm Johanna bei der Hand und grinste Toni an. „Bleib, wie du bist, Darling."

„Gute Nacht", sagte Johanna zu ihrem Vater. „Meine besten Wünsche." Sie wehrte sich nicht gegen Sams stützenden Arm, als er sie aus dem Ballsaal führte. „Du hättest den Abend meinetwegen nicht beenden müssen."

„Ich habe ihn nicht beendet, und ich gehe nicht nur deinetwegen. Ich verkehre nicht gern mit Piranhas wie Toni. Außerdem siehst du so aus, als könntest du frische Luft gebrauchen."

„Ich bin nicht betrunken."

„Nein, aber es hätte nicht viel gefehlt."

„Ich betrinke mich nie, weil es mir nicht gefällt, die Kontrolle zu verlieren."

Davon war Sam überzeugt. „Gut. Aber ich besorge dir trotzdem etwas zu essen." Er gab dem Portier, der seinen Wagen brachte, einen Zwanziger, und half Johanna selbst hinein. „Wie wäre es mit einem Hamburger?"

„Ich habe keinen Hunger."

„Aber ich will einen Hamburger."

Sie setzte zu einer heftigen Entgegnung an und erkannte gerade noch rechtzeitig, dass sie sich abscheulich verhielt. „Sam, ich weiß es zu schätzen, aber ich möchte wirklich nichts. Warum setzt du mich nicht einfach ab, damit ich meinen Wagen nehmen kann?"

„Du hast fünf Gläser Sekt getrunken. Ich habe mitgezählt. Ich fahre dich nach Hause – nachdem wir gegessen haben."

„Ich kann meinen Wagen nicht in der Stadt lassen."

„Ich lasse ihn dir morgen bringen."

„Das ist zu viel Aufwand. Ich kann …"

„Johanna …" Er hielt am Kantstein an und wartete, bis sie ihn anblickte. „Lass mich dein Freund sein, ja?"

Sie schloss die Augen und verspürte den heftigen Drang, etwas zu tun, das sie sich ebenfalls nie gestattete. Zu weinen, heftig und lange und ohne Grund. „Danke. Ich glaube, ich könnte etwas zu essen und frische Luft gebrauchen."

Im Smoking lief Sam in eine hellerleuchtete Imbisstube, bestellte Hamburger, Pommes frites und Kaffee, signierte ein halbes Dutzend Autogramme und lief zum Wagen zurück. „Das Leben wird immer schwerer", sagte er zu Johanna, während er die Tüte zwischen ihre Füße stellte. „Das Mädchen hinter der Theke wollte das Essen bezahlen, und ich weiß genau, dass sie ihre Telefonnummer in die Tüte gesteckt hat. Dabei ist sie höchstens siebzehn."

„Du hättest mich hineingehen lassen sollen."

„Jeder von uns hat sein Kreuz zu tragen." Er fuhr aus der Stadt hinaus. „Johanna, normalerweise achte ich nicht auf das, was die Presse über mich schreibt – es sei denn, es handelt sich um Filmkritiken –, aber ich möchte eine Ausnahme machen und dir sagen, dass Toni und ich nie zusammen waren."

„Sam, das geht mich nichts an."

„Trotzdem möchte ich, dass du mir glaubst. Wenn du mich mit ihr in Verbindung gebracht hast, ist es schon schlimm genug. Wenn du dazu die Tatsache nimmst, dass sie offensichtlich deinen Vater heiraten wird, ist es einfach grotesk."

Johanna wandte den Kopf und musterte ihn. Zuvor war es ihr nicht aufgefallen. Sie hatte sich sehr mit ihren eigenen Gedanken und Gefühlen beschäftigt. Doch nun merkte sie es. „Sie hat dich in Verlegenheit gebracht. Es tut mir leid."

„Mir hat es einfach nicht gepasst, dass sie angedeutet hat …" Angedeutet? Himmel, sie hatte es förmlich an die große Glocke gehängt. „Mir wäre wohler, wenn du verstehst, dass nie etwas zwischen uns war." Er hätte gern mehr gesagt, aber es fiel ihm schwer, seine Ansicht über die Frau zum Ausdruck zu bringen, die ein Mitglied von Johannas Familie werden sollte. „Jedenfalls war der Abend nicht so, wie ich es mir vorgestellt hatte."

Eine Weile später hielt Sam auf dem Gipfel eines Hügels an. Unterhalb erstrahlte das Lichtermeer von Los Angeles. Er klappte das Verdeck hinunter. In der Ferne erklang der Ruf eines Kojoten.

„Wir sind nicht für Hamburger gekleidet, aber ich habe reichlich Servietten mitgebracht." Er griff nach der Tüte und streifte Johannas Bein mit dem Handrücken. „Ich muss dir etwas sagen."

„Was?"

„Du hast unglaubliche Beine."

„Gib mir einen Hamburger, Sam", entgegnete sie.

„Die riechen besser als das Kalbsmedaillon."

„War es das, was wir gegessen haben?"

„Nein. Das, was du nicht gegessen hast. Hier ist der Ketchup." Er reichte ihr kleine Plastiktüten und wartete, bis sie zu essen begann.

Wenn er jemals jemanden gesehen hatte, der sich miserabler gefühlt hatte als Johanna an dem eleganten, blumengeschmückten Tisch, dann hatte er es vergessen. Und vor allem hatte sie sich so sehr bemüht, tapfer zu sein. „Möchtest du darüber reden?" Als sie nur die Schultern zuckte, fügte er hinzu: „Ich nehme an, du wusstest nicht, dass dein Vater wieder heiraten will."

„Ich wusste nicht, dass er sich wieder scheiden lassen will. Er bespricht solche Dinge nicht mit mir."

„Magst du deine derzeitige Stiefmutter?"

„Die derzeitige Frau meines Vaters", korrigierte sie automatisch. „Ich weiß nicht. Ich habe sie nur ein paar Mal getroffen. Ich glaube, sie ist vor einigen Wochen nach New York zurückgezogen. Ich war nur überrascht, weil er gewöhnlich nicht eine Ehe direkt nach der anderen eingeht. Im Allgemeinen liegt eine Spanne von einem Jahr oder zweien dazwischen."

„Ihm bleiben ein paar Monate, um Toni besser kennenzulernen. Vielleicht überlegt er es sich noch anders."

„Ich bin sicher, dass er genau weiß, wie sie ist. Carl ist nicht dumm."

„Manchmal hilft es, wenn man jemandem sagt, dass man böse auf ihn ist."

„Ich bin eigentlich nicht böse auf ihn."

Sam streichelte mit dem Handrücken über ihre Wange. „Verletzt?"

Sie schüttelte den Kopf. „Er führt sein eigenes Leben. Das hat er immer getan. Und das erleichtert es mir, meins zu führen."

„Ich hatte einige richtig harte Auseinandersetzungen mit meinem Vater." Sam schüttelte die Tüte mit den Pommes frites und hielt sie ihr hin.

„Wirklich?"

„Und was für welche!" Er lachte und nippte an seinem Kaffee. „Die Weavers neigen zu Wutanfällen. Wir schreien gern. Zwischen fünfzehn und zwanzig habe ich mich ständig mit meinem alten Herrn angelegt. Ich meine, nur weil ich den Wagen in Greenleys Zaun gefahren habe, war das noch lange kein Grund, mir für sechs Wochen den Führerschein wegzunehmen."

„Greenley war vermutlich anderer Ansicht. Hast du dich je gegen deinen Vater durchsetzen können?"

„In etwa fünfundzwanzig Prozent der Fälle. Wahrscheinlich ist es mir nur so oft gelungen, weil er gerade beschäftigt war, meinen Bruder oder meine Schwestern anzuschreien."

„Es muss anders sein, wenn man eine große Familie hat. Ich habe mir oft ausgemalt …"

„Was?"

Es musste am Sekt liegen, dass Johanna sich traute, es in Worte zu fassen. „Als ich klein war, habe ich manchmal gedacht, dass es schön wäre, Brüder und Schwestern zu haben. Natürlich hatte ich von Zeit zu Zeit Stiefgeschwister. Aber bevor wir uns richtig kennenlernen konnten, war schon wieder alles vorbei."

„Komm her." Sam drehte sich um, sodass er den Arm um sie legen konnte. „Besser so?"

„Wesentlich." Sie seufzte und lehnte den Kopf an seine Schulter.

Ihr Haar roch wie die Luft, frisch und sauber. Ohne nachzudenken, gab er dem Drang nach, das Gesicht darin zu verbergen. „Ich wünschte, du hättest nicht so viel Sekt getrunken."

„Warum?"

„Dann würde es nicht gegen die Regeln verstoßen, dich zu verführen."

Sie überraschte sich selbst, indem sie ihm das Gesicht zuwandte. Das Wort ‚verführen' gefiel ihr nicht. Es bedeutete einen Mangel an Willen. Doch im Augenblick erschien es ihr sehr verlockend. „Lebst du nach den Regeln?"

„Nach einigen wenigen." Er hob eine Hand zu ihren Haaren. „Ich möchte mit dir schlafen, Johanna, aber wenn ich es tue, dann sollst du nüchtern sein. Deshalb gebe ich mich jetzt mit weniger zufrieden."

Sanft küsste er ihre Lippen. Sie hätte zurückweichen können. Sie wusste, dass er sie nicht bedrängt hätte. Diesmal nicht. Es würde andere

Male geben. Das hatte sie bereits akzeptiert. In einer anderen Nacht, wenn die Sterne ebenso funkelten und eine kühle Brise wehte, würde er sie ebenso liebkosen, und seine Stimmung wäre nicht so geduldig. Und genauso wenig ihre, befürchtete sie. Irgendetwas hatte Wurzeln geschlagen, sosehr sie sich auch bemühte, es zu ersticken. Mit einem kleinen Seufzer schmiegte sie eine Hand an seine Wange.

Es war eine Qual, aber er streichelte ihre nackten Schultern. Er wollte die Erinnerung daran, wie sie sich anfühlte, ebenso wie ihren Duft und Geschmack mit sich auf den langen, einsamen Heimweg nehmen.

„Wenn ich nur wüsste, was ich fühle", murmelte Johanna. Ihre Lippen waren weich. Ihre Augen wirkten verklärt, ein wenig benommen. Und es lag nicht am Sekt.

Sam blickte sie an und erkannte, dass er sie haben konnte. Er brauchte nur ein klein wenig nachzuhelfen, und sie wären Geliebte. Doch er erinnerte sich der Regeln. „Wir werden darüber reden müssen." Er küsste sie erneut, sehr flüchtig. „Dann werden wir etwas unternehmen müssen. Aber jetzt bringe ich dich erst einmal nach Hause."

6. KAPITEL

Für Johanna war der Sonnabend geschaffen worden, um all die Dinge nachzuholen, die während der Woche unerledigt geblieben waren. Es war kein freier Tag für sie, und er war nicht zum Ausschlafen gedacht, sondern zur Erledigung privater Korrespondenz und Buchhaltung.

Ihre Samstage, wie alle anderen Tage, wiesen eine Routine auf, die sie höchst selten abänderte. Denn ein gut organisiertes Leben bedeutete für sie ein sicheres Leben.

Sie begann mit dem Hausputz. Obwohl sie sich nicht für besonders hausfraulich hielt, hatte sie nie in Erwägung gezogen, eine Putzfrau einzustellen. Das Haus war ihr Privatleben, und sie zog es vor, sich selbst darum zu kümmern. Ihr Eigentum verdiente ihre Aufmerksamkeit, und sie reinigte und pflegte es mit der gleichen Hingabe, mit der sie ihrem Beruf nachging.

Johanna ließ das Radio gern laut spielen, damit sie es in jedem Winkel des Hauses hören konnte. Der Sonnabend war ein Tag der Produktivität und des Alleinseins. Beides war für sie sehr wichtig geworden.

Sie dachte an ihren Wagen, und damit dachte sie automatisch auch an Sam. Sie hoffte, dass er sein Versprechen einhielt und ihn ihr vorbeibringen ließ. Wenn nicht, dann musste sie eben auf den Wocheneinkauf verzichten und sich am Montagmorgen von Bethany abholen lassen. Sie verließ sich nie auf Versprechungen oder anderer Leute Gedächtnis.

Aber sie dachte an Sam. Sie konnte nicht vergessen, dass er sich sehr nett und sanfter als erwartet verhalten hatte. Sie erinnerte sich ein wenig zu gut, wie sie sich bei seinem Kuss gefühlt hatte. Erregt und versucht. Mit jedem Zusammensein war sie ein klein wenig mehr versucht, den Pakt zu lösen, den sie vor Jahren mit sich selbst geschlossen hatte. Dieser Pakt besagte: Keine Beziehungen, die sie nicht von Anfang an kontrollieren konnte, keine Abhängigkeit, keine Versprechungen.

Es war ein vernünftiger Pakt – ungeschrieben, aber bindend. Die Tatsache, dass Sam sie beinahe dazu gebracht hatte, ihn zu vergessen, beunruhigte sie. Und vor allem verwunderte es sie.

Was war es an ihm, das sie bei jeder Begegnung ein wenig mehr den Boden verlieren ließ? An seinem Aussehen lag es nicht, sosehr es ihr auch gefiel. Sie hielt sehr wenig von Frauen, die Beziehungen auf Äußerlichkeiten wie ein markantes Gesicht oder einen muskulösen Körper aufbauten.

Sein Ruf ist es auch nicht, dachte Johanna, während sie mit dem Mopp den Küchenfußboden aufzuwischen begann. Der sprach sogar gegen ihn. Es gefiel ihr nicht, dass er Schauspieler war. Und es gefiel ihr noch weniger, dass er ein Schauspieler mit dem Ruf eines Frauenhelden war.

Sie wusste natürlich, dass derartige Pressemeldungen gewöhnlich übertrieben und oftmals erlogen waren. Doch manchmal gelang es den Medien nicht einmal annähernd, Gerüchte so haarsträubend zu gestalten wie die Wahrheit. Die Presse hatte niemals ihre Wahrheit erfahren. Die Wahrheit ihrer Mutter. Mit einer Entschlossenheit, die auf Erfahrung beruhte, verdrängte sie diesen Gedanken.

Es lag also nicht an Sams Aussehen und nicht an seinem Ruf. Ganz gewiss lag es auch nicht an seinem Ruhm. Johanna hatte ihr Leben lang mittelbaren Ruhm ertragen müssen. Es lag auch nicht an seinem Talent, obgleich sie es anerkannte. Sie wusste, dass Talent und Macht auf viele Menschen anziehend wirkten. Ihr Vater und der Schwarm Frauen in seinem Leben bewiesen es. Auch Reichtum und Position anderer konnten sie nicht beeindrucken. Dazu war sie zu ehrgeizig und hatte zu lange versucht, ihre eigenen Fähigkeiten zu vervollkommnen.

Wenn es also nicht an diesen Attributen lag, mit denen er so reichlich ausgestattet war, was ließ sie dann an ihn denken, obwohl sie es nicht sollte? Es hatte nicht mit dem ersten Kuss begonnen, und es beruhte nicht auf sexueller Anziehung. Bereits bei der ersten Begegnung war etwas aufgekeimt. Andernfalls hätte sie sich nicht so sehr bemüht, ihn abzuweisen, um sich zu schützen.

Natürlich besaß er Charme. Keinen stilvollen, vorsätzlichen Charme. Dagegen hätte sie sich wehren können. Es war ein natürlicher, entwaffnender, liebenswürdiger Charme. Die Rosen hatten den Schlüssel in einem alten, wohlbehüteten Schloss gedreht. Der Kuss hatte die Tür gerade so lange geöffnet, um Grund zur Beunruhigung zu geben.

Beunruhigung. Ja, diese Empfindung überlagerte alle anderen Gefühle, die er in ihr erweckte. Da sie es nun erkannt hatte, musste sie überlegen, was dagegen zu unternehmen war.

Sie konnte ihn ignorieren. Aber sie glaubte nicht, dass es viel nützte. Sie konnte auf seinen Vorschlag eingehen, sich besser kennenzulernen.

Langsam. Und sie konnte Vorsicht walten lassen und sich auf nichts weiter als eine zurückhaltende Freundschaft einlassen. In dieser Richtung musste die Lösung liegen. Bei der nächsten Begegnung wollte sie darauf vorbereitet sein.

Sam stand in der Küchentür und beobachtete, wie Johanna den Fußboden wischte. Er hatte geklopft, aber die dröhnende Musik aus dem Nebenzimmer hatte es übertönt. Da die Eingangstür unverschlossen war, war er einfach hineinspaziert und durch das Haus gewandert, bis er sie gefunden hatte.

Johanna Patterson. Bei jeder Begegnung wirkte sie ein klein wenig anders. Niveauvoll in einem Augenblick, wundervoll einfach im nächsten. Reizend, dann kühl. Nervös, dann selbstsicher. Vermutlich dauerte es Jahre, um all ihre Gesichter kennenzulernen.

Sie trug eine verblichene Baumwollhose mit hochgekrempeltem Saum und ein großes Männerhemd, die Ärmel bis zu den Ellbogen hochgerollt. Ihre Füße waren nackt und ihre Haare unordentlich hochgesteckt. Sie schwang den Mopp mit gleichmäßigen, flüssigen Bewegungen, weder nachlässig noch widerwillig. Offensichtlich erledigte sie Dinge wie Hausarbeit mit demselben Elan, mit dem sie alles andere anpackte. Das gefiel ihm an ihr. Er wusste genau, warum er sich zu ihr hingezogen fühlte. Sie war hübsch, aber das hätte nicht gereicht. Sie war klug. Aber obgleich er einen scharfen Verstand respektierte, hätte das allein ihn nicht immer wieder zu ihr geführt. Sie war verletzlich. Normalerweise hätte ihn das zu einem Schritt zurück anstatt zu beständigen Schritten nach vorn veranlasst. Sie besaß einen Anflug von Härte, der sich in einigen Jahren vielleicht allzu sehr ausprägen würde. Doch zurzeit war sie einfach eine vorsichtige Frau, die sich nicht durch Prestige beeindrucken ließ. Die Kombination all dieser Eigenschaften war mehr als ausreichend, um ihn anzuziehen.

Und das passt ihr nicht, dachte Sam. Zumindest nach außen hin hätte sie es vorgezogen, dass er aus ihrem Leben verschwand. Doch er glaubte, dass sie tief im Innern nach jemandem wie ihm suchte.

Er blieb im Türrahmen stehen, während sie sich rückwärts näherte. Als sie mit ihm zusammenstieß, ergriff er ihren Arm, um sie zu stützen.

Johanna wirbelte herum und hielt den Mopp automatisch wie eine Waffe vor sich. Die Erleichterung bei seinem Anblick verwandelte sich rasch in Verärgerung. „Wie zum Teufel bist du hereingekommen?"

„Durch die Tür", antwortete er gelassen. „Sie war nicht verschlossen. Ich habe geklopft. Du hast es wohl nicht gehört."

„Nein." Sie schrie, um die Musik zu übertönen. „Anscheinend hast du es als Einladung aufgefasst."

„Ich habe es als Zeichen dafür aufgefasst, dass du mich nicht gehört hast." Er hielt die Wagenschlüssel hoch, die sie ihm am vergangenen Abend gegeben hatte. „Ich dachte, du wolltest ihn wiederhaben."

„Danke." Johanna steckte den Schlüssel in die Tasche. Sie war weniger verärgert als verlegen. Es gefiel ihr nicht, derart überrascht zu werden.

„Gern geschehen." Sam reichte ihr einen Strauß Gänseblümchen und Löwenmaul. Wie erwartet, besänftigte sich ihre Miene. „Ich habe sie aus Maes Garten stibitzt."

„Sie sind hübsch." Mit einem Seufzer nahm sie den Strauß entgegen. Sie bemühte sich, nicht schwach zu werden. „Ich danke dir, dass du mir den Wagen gebracht hast, aber du hast einen schlechten Zeitpunkt erwischt. Ich kann dir nichts zu trinken anbieten, weil der Fußboden noch nass ist, und ich bin sehr beschäftigt."

„Ich lade dich zu einem Drink ein. Noch besser, zum Mittagessen."

„Ich kann nicht. Ich bin hier erst halb fertig, und ich bin nicht zum Ausgehen angezogen. Außerdem …"

„Du siehst gut aus. Stell die Blumen lieber ins Wasser. Sie lassen schon die Köpfe hängen."

Sie hätte unhöflich sein können. Sie war durchaus dazu fähig. Aber sie brachte es nicht über sich. Schweigend nahm sie eine Vase von einem Regal und ging ins Badezimmer, um Wasser zu holen. Sie hörte, dass die Musik um einiges leiser wurde.

Sam stand im Wohnzimmer und musterte ihre antike Glassammlung, als sie zurückkehrte. „Meine Mutter hatte ein paar Teller aus diesem grünen Glas. Es stammt aus der Depression, nicht wahr?"

„Ja."

„Ich dachte immer, es bedeutet, dass es sie traurig macht. Ich konnte nie begreifen, warum sie es aufbewahrt hat."

Johanna zwang sich, nicht zu lachen. „Sam, du solltest denjenigen, der mit dir hergefahren ist, nicht warten lassen."

„Es ist niemand mitgekommen."

„Dann soll ich dich wohl nach Hause fahren."

„Früher oder später."

„Ich rufe dir ein Taxi", sagte sie und wandte sich zum Telefon. „Ich bezahle es auch."

Er legte eine Hand über ihre auf dem Hörer. „Johanna, du bist wieder einmal unfreundlich."

„Und du bist aufdringlich."

„Die zurückhaltende Art wirkt bei dir ja nicht." Er steckte ihr eine Locke hoch, die sich gelöst hatte, obgleich er viel lieber sämtliche Haarnadeln entfernt hätte. Doch er übte sich in Geduld. „Wie steht's also mit einem Mittagessen?"

„Ich habe keinen Hunger."

„Dann fahren wir eben vorher spazieren." Sam ließ die Hand von ihrem Haar zu ihrer Wange gleiten. „Das sollten wir wirklich tun. Wenn wir noch länger hier drinnen bleiben, werde ich mit dir schlafen wollen, und da ich annehme, dass du nicht bereit dazu bist, ist eine Spazierfahrt vorzuziehen."

Johanna räusperte sich. „Deine Logik ist sehr beeindruckend, aber ich habe auch dazu keine Zeit."

„Hast du eine Verabredung?"

„Nein. Das heißt, ich …"

„Du hast schon Nein gesagt." Er beobachtete, wie ihre Miene sich verfinsterte, und dachte, dass sie verärgert beinahe genauso hübsch aussah wie belustigt. „Der Tag ist zu schön, um drinnen zu bleiben und ein Haus zu säubern, das schon sauber genug ist."

„Das ist meine Sache."

„Gut. Dann warte ich, bis du fertig bist."

„Sam …"

„Ich bin beharrlich, Johanna. Das hast du selbst gesagt."

„Ich fahre dich nach Hause", sagte sie resigniert.

„Das reicht mir nicht." Sam legte die Hände auf ihre Schultern. Seine Miene veränderte sich und erweckte einen Anflug von Unbehagen in ihr. Er wirkte nicht länger belustigt, aber auch nicht verärgert. Angesichts von Verärgerung hätte sie sich nicht unbehaglich gefühlt. Er war vielmehr entschlossen, fest und unerbittlich. „Ich möchte den Tag mit dir verbringen. Du weißt verdammt gut, dass ich auch die Nacht mit dir verbringen möchte, aber ich gebe mich mit dem Tag zufrieden. Nenne mir fünf Gründe, die dagegen sprechen, und ich gehe zur Schnellstraße und fahre per Anhalter."

„Weil ich nicht will."

„Das ist eine Feststellung, keine Begründung. Außerdem nehme ich es dir nicht ab."

„Dein Stolz will es nicht hinnehmen."

„Wie du meinst." Er setzte sich auf die Lehne der Couch, nahm gedankenverloren ein Kissen und knuffte es. „Ich habe Zeit. Es stört mich nicht, hier herumzusitzen, bis du mit deinem imaginären Staub fertig bist. Ich würde dir sogar helfen, aber dann müssen wir schnell von hier verschwinden, denn es ist nicht leicht, längere Zeit mit dir allein zu sein. Ich möchte dich anfassen, Johanna, an allen interessanten Stellen."

„Wir gehen aus", sagte sie hastig, bevor sie eingestehen konnte, dass sie es ebenfalls wollte.

„Gute Idee. Lass mich fahren, ja?"

Sie setzte zu einem Protest an – einfach aus Prinzip. Doch dann entschied sie, dass er sie eher in Ruhe ließ, wenn er sich auf das Fahren konzentrieren musste. „Gut." Sie gab ihm den Schlüssel zurück. „Ich brauche nur einen Moment, um mich umzuziehen."

„Du siehst hübsch aus", sagte er und nahm ihre Hand. „Ich mag diese Johanna genauso wie all die anderen, die ich in den vergangenen Wochen kennengelernt habe."

Sie fragte lieber nicht, was er damit meinte. „Dann muss es ein sehr zwangloses Mittagessen werden."

„Das wird es." Er öffnete ihr die Wagentür. „Das verspreche ich."

Senf tropfte vom Hotdog. Der Geräuschpegel war enorm. Johanna saß im Halbschatten und beobachtete die rosa Elefanten, die über ihrem Kopf kreisten. Es war kein Traum. Es war keine Halluzination. Es war Disneyland.

„Ich kann es nicht fassen." Sie biss erneut in ihren Hotdog, als ein Junge mit Mauseohren vorbeistürmte und seine Eltern drängte, sich zu beeilen. „Kommst du oft zum Mittagessen her?"

„Die Hotdogs sind großartig hier." Sam trug eine Sonnenbrille und einen Cowboy-Hut, der ihm ausnehmend gut stand – ebenso wie die Bermuda-Shorts und das bunte T-Shirt. Es war keine sehr einfallsreiche Verkleidung, und bei näherem Hinsehen hätte ihn jeder erkannt. Doch er wusste aus Erfahrung, dass es in einer riesigen Menschenmenge recht leicht war, anonym zu bleiben. „Außerdem hänge ich an der Geister-bahn. Sie ist großartig, findest du nicht?"

„Ich weiß nicht. Ich war noch nie hier."

„Noch nie?", hakte er erstaunt nach. Er schob seine Sonnenbrille hinunter und musterte Johanna über den Rand hinweg. „Du bist doch in Süd-Kalifornien aufgewachsen, oder?"

Sie zuckte nur mit den Schultern. Ja, sie war sogar in der Nähe von Anaheim, wo Disneyland lag, aufgewachsen, aber weder ihr Vater noch die Serie von Stiefmüttern oder ‚Tanten‘, wie sie die anderen Frauen in seinem Leben hatte nennen sollen, waren geneigt gewesen, einen Tag mit ihr in einem Vergnügungspark zu verbringen.

„Willst du etwa damit sagen, dass du überhaupt noch nie im Disneyland warst?"

„Es ist keine Notwendigkeit."

Sam erinnerte sich an den unpersönlichen, lediglich angedeuteten Kuss, den ihr Vater ihr am vergangenen Abend gegeben hatte. In seiner Familie hingegen wurden Gefühle stets sehr überschwänglich zum Ausdruck gebracht. Nein, Disneyland war keine Notwendigkeit, ebenso wenig wie andere Vergnügungen. Aber es hätte eine sein sollen. Er schob sich die Sonnenbrille wieder hoch und stand auf. „Komm. Wir wollen deine Bildungslücke schließen."

„Wohin gehen wir?"

„Karussell fahren. Es wird dir gefallen."

Zu ihrer Überraschung hatte er recht. Sie jauchzte und kicherte, als der Wagen durch kurvenreiche Tunnels sauste. Kaum waren sie ausgestiegen, als Sam sie schon zur nächsten Bahn zog.

Sie fuhren in einem Floß einen Berg hinunter, und sie schrie auf, als sie am Schluss einen Wasserfall passierten. Nass und atemlos ließ sie sich weiterziehen.

Nachdem sie das Fantasieland zu seiner Zufriedenheit erforscht hatten, kaufte Sam ihr Mauseohren mit ihrem Namen darauf und befestigte sie mit ihren eigenen Haarnadeln.

„Sieht niedlich aus", entschied er und küsste Johanna. Sie war sich dessen vielleicht nicht bewusst, aber sie war entspannter, als er sie je erlebt hatte. „Ich glaube, du bist jetzt reif für die Geisterbahn."

„Dreht sie sich?"

„Nein. Sie versetzt dich in panische Angst. Deswegen wirst du dich an mich klammern und mir das Gefühl geben, dass ich sehr mutig bin." Er legte einen Arm um ihre Schultern und führte sie weiter.

Johanna hatte bereits bemerkt, dass er den Park sehr gut kannte. „Du kommst sehr oft hierher, nicht wahr?"

„Als ich hier in Kalifornien ankam, hatte ich zwei Ziele. Eine Rolle zu bekommen und ins Disneyland zu gehen. Wenn meine Familie zu Besuch hier ist, verbringen wir immer mindestens einen Tag hier." Unverzagt stellte er sich an der schier endlosen Schlange vor der Geisterbahn an. „Und sechs Wochen lang war ich Pluto."

„Pluto?"

„Der Hund, nicht der Planet."

„Ich weiß, wer Pluto ist", murmelte Johanna. Geistesabwesend rückte sie ihre Mauseohren zurecht. „Du hast sogar hier gearbeitet?"

„In einem Hundekostüm. Einem sehr heißen Kostüm – und das ist nicht zweideutig gemeint. Es hat mir die erste Monatsmiete eingebracht."

Die Schlange schob sich voran. „Und was musstest du dafür tun?"

„In den Paraden mitmarschieren, für Fotos posieren, den Leuten zuwinken und viel schwitzen. Eigentlich wollte ich Captain Hook sein, weil er mit dem Schwert kämpfen darf und böse aussieht, aber nur Pluto war zu vergeben."

„Ich fand ihn schon immer niedlich."

„Ich war ein toller Pluto. Sehr liebenswürdig und loyal. Ich habe nur damit aufgehört, weil Marv es mir nahegelegt hat."

„Marv? Ach so, dein Agent?"

„Er meinte, es schade meinem Image, einen Hund zu spielen."

Während Johanna noch darüber nachdachte, erreichten sie den Eingang und nahmen in der Bahn Platz. Die Bilder an den Wänden wechselten. Der Raum schrumpfte, die Lichter erloschen. Die Fahrt begann. Es gab kein Zurück mehr. Die Produzentin in ihr war beeindruckt von der Vorstellung. Dreidimensionale Bilder, schaurige Musik und verschiedenste Requisiten riefen Gänsehaut und nervöses Gekicher hervor. Es war nicht so furchterregend, dass die Kinder Albträume bekommen würden, aber unheimlich genug, sodass die Erwachsenen sich nicht um den Eintrittspreis betrogen fühlten.

Sie brauchte nicht zu weiteren Unternehmungen angespornt zu werden, weder zur Besichtigung einer Piratenhöhle noch zu einer Kreuzfahrt auf dem Amazonas oder zu einer Bahnfahrt durch Indianergebiet. Sie beobachtete mechanische Tanzbären, schleckte tropfende Eiscreme und vergaß, dass sie eine erwachsene Frau war, die Paris kannte und in eleganten Restaurants dinierte – aber nie zuvor das Disneyland besucht hatte.

Als sie zum Wagen zurückkehrten, war Johanna erschöpft, aber auf eine höchst angenehme Art. „Ich habe überhaupt nicht geschrien", beharrte sie und nahm den kleinen Plüschhund Pluto, den Sam ihr an einer Bude gekauft hatte, auf den anderen Arm.

„Du hast ununterbrochen geschrien", korrigierte er. „Von dem Moment an, als die Weltraumkapsel sich in Bewegung gesetzt hat, bis sie wieder stehen geblieben ist. Du hast ausgezeichnete Lungen."

„Alle anderen haben geschrien", wandte Johanna ein. In Wahrheit wusste sie nicht, ob sie geschrien hatte oder nicht. Die Kapsel hatte zum Sturzflug angesetzt, und Planeten waren auf sie zugerast. Da hatte sie einfach die Augen zugekniffen und sich festgeklammert.

„Wollen wir zurückgehen und noch einmal einsteigen?"

„Nein. Einmal reicht mir völlig."

Sam öffnete die Wagentür, doch bevor sie einsteigen konnte, drehte er sich zu ihr um. „Magst du keine Aufregungen?"

„Hier und da."

„Wie wäre es mit hier?" Er schmiegte die Hände um ihr Gesicht. „Und da später." Er küsste sie, wie er es sich schon ersehnte, seit er sie am Morgen den Fußboden hatte wischen sehen. Ihre Lippen waren warm, wie erwartet, aber wesentlich weicher, als er sie in Erinnerung hatte. Daher küsste er sie länger, als er beabsichtigt hatte, und begehrte mehr, als klug war. Als sie zurückweichen wollte, zog er sie näher an sich und nahm mehr, als beide erwartet hatten.

Es sollte nicht so sein, sagte Johanna sich, noch während sie aufhörte, sich gegen ihn und sich selbst zu wehren. Sie hätte stark sein sollen, beherrscht und nur erreichbar, wann und falls sie es wollte. Doch er brauchte sie nur zu berühren … Nein, er brauchte sie nur anzusehen, und schon begann sie, schwach zu werden. Ihr Verstand sagte Nein, doch ihr Herz sagte Ja.

„Ich möchte allein mit dir sein, Johanna", flüsterte er, während er Küsse auf ihre Wange hauchte. „Es ist mir nicht gelungen, es mir aus dem Kopf zu schlagen."

„Ich glaube nicht, dass du es versucht hast."

„Da irrst du dich." Er küsste sie erneut und spürte, wie ihr erneuter Widerstand in Leidenschaft umschlug. Das war das Aufregendste, das Unwiderstehlichste an ihr – die Art, wie sie wollte, zurückschreckte und erneut wollte. „Ich habe es sogar mit aller Macht versucht. Ich habe mir immer wieder gesagt, dass du zu kompliziert und zu verklemmt bist. Aber dann suche ich immer nach einem Vorwand, um dich wiederzusehen."

„Ich bin nicht verklemmt." Verärgert riss sie ihm den Schlüssel aus der Hand.

Gelassen stieg Sam ein und streckte die Beine aus. „Fährst du mich nach Hause?"

Sie war sehr versucht, ihn hinauszuwerfen und direkt unter Donald Ducks fröhlichem Schnabel stehen zu lassen. Doch sie beherrschte sich. „Natürlich." Vorsichtig fuhr sie vom Parkplatz hinunter, der voller Fußgänger war. Doch als sie den Freeway erreichte, lenkte sie den Wagen auf die Überholspur und trat das Gaspedal durch.

Ihr Fahrstil verriet Sam, dass sie sehr verärgert war, doch er sagte nichts. Sie fuhr schnell, aber sicher. Und vielleicht gelang es ihr ja, sich abzureagieren.

Das Schlimmste für Johanna war, dass er recht hatte. Sie wusste sehr gut, dass sie voller Ängste, Komplexe und Unsicherheiten steckte. Verbrachte sie nicht die meiste Zeit damit, sie zu überwinden oder zu überspielen?

Als sie sich vor einigen Jahren sehr bewusst entschlossen hatte, mit einem Kommilitonen ins Bett zu gehen, hatte auch er sie als verklemmt bezeichnet. „Lass dich gehen", hatte sein kluger Rat gelautet. Es war ihr nicht gelungen. Nicht mit ihm, den sie gemocht hatte, und nicht mit irgendeinem der anderen Männer, mit denen sie vorsichtige Beziehungen eingegangen war. Daher hatte sie aufgehört, es zu versuchen.

Sie hasste die Männer nicht. Das wäre absurd gewesen. Sie wollte nur nicht von jemandem abhängig sein, weder gefühlsmäßig noch sexuell. Ihr waren sehr früh die Augen geöffnet worden. Vielleicht war sie wirklich verklemmt, obwohl sie das Wort hasste. Aber immer noch besser, als sich wirklich gehen zu lassen und wegen hübscher blauer Augen oder einer guten Figur mit jemandem ins Bett zu gehen.

Wahnsinnig sauer, dachte Sam. Es war ihm recht. Er zog starke Gefühle vor. Und was Johanna anging, war ihm jedes Gefühl recht. Es störte ihn nicht, dass sie zornig auf ihn war, denn dann dachte sie wenigstens an ihn. Der Himmel wusste, dass er unablässig an sie dachte. „Wie wäre es mit Dinner nächste Woche?", fragte er so gelassen, als hätte der Zwischenfall auf dem Parkplatz gar nicht stattgefunden. Als sie schwieg, unterdrückte er ein Grinsen. „Mittwoch passt mir gut. Ich kann dich im Büro abholen."

„Ich bin nächste Woche beschäftigt."

„Du musst essen. Sagen wir um sechs?"

Johanna schaltete vor einer Kurve hinunter. „Du wirst lernen müssen, ein Nein als Antwort zu akzeptieren."

„Das glaube ich nicht. Du musst links abbiegen."

„Ich weiß", behauptete sie, obwohl sie es vergessen hatte. Schweigend fuhr sie weiter.

Als sie das Tor zu seiner Ranch passierte, beugte Sam sich lässig hinüber und drückte auf die Hupe. Als sie vor seinem Haus anhielt, blieb er eine Weile nachdenklich sitzen. „Möchtest du hereinkommen?"

„Nein."

„Möchtest du streiten?"

Sie wollte sich nicht belustigen oder besänftigen lassen.

„Nein."

„Gut, dann streiten wir ein andermal. Möchtest du eine Theorie von mir hören?" Ohne ihre Antwort abzuwarten, fuhr er fort: „Meiner Ansieht nach gibt es drei Stadien in einer Beziehung. Zuerst gefällt dir jemand. Dann, wenn alles klappt, fängt man an, sich zu mögen. Und schließlich verliebt man sich."

Ihre Hände auf dem Lenkrad wurden plötzlich feucht. „Eine interessante Theorie. Aber in Wirklichkeit läuft es nicht so glatt."

„Ich glaube schon – wenn man es nur zulässt. Jedenfalls befinde ich mich bereits im zweiten Stadium. Eine Frau wie du will eine Begründung wissen, aber ich habe noch keine parat."

Ihre Hände waren nicht länger feucht, sondern kalt wie Eis, obwohl die Sonne durch die Windschutzscheibe brannte. „Sam, ich habe dir schon einmal gesagt, dass ich es nicht für eine gute Idee halte. Ich glaube es immer noch."

„Nein. Du willst es immer noch glauben." Er wartete geduldig, bis sie ihn anblickte. „Das ist ein großer Unterschied. Ich mag dich, und ich hielt es für besser, es dich wissen zu lassen." Er beugte sich zu ihr und küsste sie sanft. „Du hast bis Mittwoch Zeit, darüber nachzudenken." Er stieg aus, beugte sich dann zum Fenster hinein. „Fahr vorsichtig, ja? Du kannst immer noch nach etwas treten, wenn du zu Hause ankommst und dann noch sauer bist."

7. KAPITEL

*E*s war ein langer, anstrengender Tag. Und es war nicht der erste. Johanna begrüßte es. Die viele Arbeit und einige Probleme, die aufgetreten waren, hatten ihre Gedanken von ihrem Privatleben abgelenkt.

Ausgerechnet am Montag, dem Aufnahmetag, war ihr Beleuchter an Blinddarmentzündung erkrankt. Sie hatte ihm Blumen geschickt und eine rasche Genesung gewünscht – nicht nur aus uneigennützigen Motiven. John Jay hatte während wichtiger Vertragsverhandlungen beschlossen, eine Kehlkopfentzündung zu haben. Sie hatte ihn umschmeicheln und verhätscheln – und einige versteckte Drohungen einsetzen müssen, um eine augenblickliche und wundersame Heilung zu erwirken. Der assistierende Beleuchter hatte sich als kompetent und unerschütterlich erwiesen, selbst nach drei technischen Störungen. Dennoch war der Arbeitstag um zwei Stunden länger geworden.

Der Dienstag hatte sich noch länger ausgedehnt wegen langwieriger Besprechungen über die Aufmachung der Reklamefotos und die letzten Vorbereitungen für den Wettbewerb der folgenden Woche. Die Sicherheitsmaßnahmen waren für jene Fragen verschärft worden. Ein Spezialsafe war angeschafft worden, und nur Johanna kannte die Kombination. Nur sie und Bethany kannten die fünf Fragen, die darin verschlossen waren. Sie fühlte sich allmählich wie die Leiterin der CIA.

Eine Besprechung mit ihrem Vater hatte sich als erschöpfend und schwierig erwiesen. Sie hatten sich beide sehr geschäftsmäßig gegeben, während sie den Stand der Sendung und Pläne für eine Expansion ausdiskutiert hatten. Er hatte nebenbei eine Verlobungsparty erwähnt und ihr gesagt, dass seine Sekretärin sich melden würde.

Und natürlich sah Johanna sich jeden Vormittag ‚Trivia Alert‘ an, weil es zu ihrem Job gehörte. Es war nur eine Laune des Schicksals, dass Sams Auftritt ausgerechnet in dieser Woche ausgestrahlt wurde. Es war ohnehin schwer genug, nicht an ihn zu denken, und geradezu unmöglich, wenn sie gezwungen war, ihn jeden Tag auf dem Bildschirm zu sehen. Am Mittwoch traf bereits Post von begeisterten Zuschauern ein.

Mittwoch. Er hatte ihr bis Mittwoch Zeit gegeben, darüber nachzudenken. Über ihn. Über sie beide. Ich hatte einfach keine Zeit, sagte sie sich, als sie den Fernseher einschaltete. Hätte sie darüber nachgedacht, dann wäre ihr gewiss etwas eingefallen, um auf höfliche Weise das Dinner abzusagen, dem sie gar nicht zugestimmt hatte.

Die fröhliche Eröffnungsmelodie erklang. Die Lichter flammten auf. Die beiden Ehrengäste traten durch den Torbogen, blieben dann zur Begrüßung stehen, bevor sie ihre Plätze einnahmen.

Johanna bemühte sich, das Gesamtbild zu betrachten, doch ihr Blick blieb nur auf ihm haften. Er sah so entspannt, so selbstbewusst aus wie immer. Sie konnte nicht umhin, es zu bewundern. Er war unbefangen und nahm seiner Partnerin die Befangenheit, und dennoch wirkte er so überlebensgroß, wie die Leute es von einem Star erwarteten.

Er ist eben gut in seinem Metier, sagte Johanna sich, als sie während eines Werbespots im Raum umherlief. Das bedeutete nicht, dass sie in ihn vernarrt war.

Als das Quiz weiterging, setzte sie sich wieder auf ihren Platz und sah zu. Es ist meine Aufgabe, sagte sie sich. Aber sie verlor den Überblick über das Quiz, weil sie Sam beobachtete. Und sie erinnerte sich allzu deutlich, dass sie nach der Aufzeichnung dieser Sendung das erste richtige Gespräch mit ihm geführt hatte. Und seitdem war nichts mehr so wie früher.

Sie wollte, dass es wieder so wie früher war, als ihr Leben sich nur um ihren Beruf gedreht hatte. Damals hatte es keine schlaflosen Nächte für sie gegeben. Spannungen und Selbstzweifel vielleicht, aber keine schlaflosen Nächte.

Und es hat auch keine Bergabfahrten in einem Floß gegeben, rief eine innere Stimme ihr ins Gedächtnis.

Aber die brauchte sie auch nicht. Sam konnte seinen Nervenkitzel für sich behalten. Sie wollte nur ihren Seelenfrieden.

Er stand im Siegerring und genoss die totale Unterstützung des Publikums. Johanna erinnerte sich, dass sein flüchtiges Grinsen ihr gegolten hatte. Sobald der beglückwünschende Applaus erklang, schaltete sie den Fernseher ab.

Impulsiv ging sie zum Telefon. Sie wählte selbst, statt ihre Sekretärin zu beauftragen. Da bereits ein Foto von ihr und Sam in der Zeitung erschienen war, wurden schon Spekulationen über sie als Paar angestellt. Und sie wollte die Gerüchte nicht noch unterstützen, die bereits durch das Büro gingen.

Ich bin ganz ruhig, sagte sie sich, während sie sich die Telefonschnur um den Finger wickelte. Ich bin auch nicht starrsinnig oder gehässig, sondern nur vorsichtig.

Eine Frauenstimme antwortete, und das lieferte Johanna genau die Rechtfertigung, die sie brauchte. Ein Mann wie Sam war natürlich ständig von Frauen umgeben. Und ein Mann wie er war genau das, was sie meiden wollte. „Ich möchte Mr Weaver sprechen. Ich bin Johanna Patterson."

„Sam ist nicht da. Ich richte ihm gern die Nachricht aus." Mae griff nach dem Notizblock, den sie stets in ihrer Schürzentasche trug. „Patterson?", hakte sie nach. „Sam hat von Ihnen gesprochen. Sie produzieren ‚Trivia Alert‘, stimmt’s?"

Johanna missfiel die Vorstellung, dass Sam mit einer seiner Frauen über sie sprach. „Ja, das stimmt. Würden Sie bitte …"

„Ich lasse mir die Sendung nie entgehen", fuhr Mae fort. „Ich lasse sie immer eingeschaltet, wenn ich saubermache. Und abends beim Essen teste ich dann, ob Joe welche von den Fragen beantworten kann. Joe ist mein Mann. Ich bin Mae Block."

Das war also Mae, die Staub wischte und Löwenmaul züchtete. Johannas Vision von einer hübschen morgendlichen Besucherin schwand dahin und hinterließ ein Gefühl der Beschämung. „Es freut mich, dass Ihnen die Sendung gefällt."

„Ich bin ganz verrückt danach. Ich habe sie mir übrigens gerade angesehen. Es hat mich richtig aufgeregt, dass unser Sam dabei war. Er hat seine Sache richtig gut gemacht. Ich habe es sogar auf Video aufgenommen, damit Joe es sich heute Abend ansehen kann. Wir sind alle ganz begeistert von Sam. Er spricht sehr nett von Ihnen. Haben Ihnen die Blumen gefallen?"

„Die Blumen?", hakte Johanna nach.

„Sam glaubt, ich hätte nicht gesehen, wie er sie stibitzt hat."

„Ach, die Blumen. Sie waren wunderschön. Ich hoffe, Sie sind nicht böse."

„Es sind noch genug davon da. Blumen sind meiner Meinung dazu da, Freude zu bereiten. Finden Sie nicht?"

„Ja, Mrs Block …"

„Nur Mae, bitte."

„Mae, würden Sie Sam bitte sagen, dass ich angerufen habe und dass …"

„Sie können es ihm selbst sagen. Er kommt gerade rein. Einen Moment." Dann rief Mae: „Sam, die Lady, von der du ständig schwärmst, ist am Telefon. Und ich möchte wissen, was dir eigentlich einfällt, ein weißes Hemd für den Pferdestall anzuziehen. Wie soll ich die Flecken je wieder rauskriegen? Hast du dir die Füße abgeputzt? Ich habe gerade die Küche gewischt."

„Ja, Ma'am, habe ich. Und das Hemd ist alt", entgegnete er in entschuldigendem Ton, den Johanna sogar durch das Telefon heraushörte.

„Alt oder nicht, jetzt ist es nur noch ein Lumpen. Ein Junge in deinem Alter sollte es besser wissen. Lass deine Lady nicht den ganzen Tag warten. Ich mache dir ein Sandwich."

„Danke. Hallo, Johanna."

Mae hatte ihren Namen nicht erwähnt. Die Lady, von der du ständig schwärmst, hatte sie lediglich gesagt. Darüber musste Johanna später nachdenken. „Es tut mir leid, dass ich dich mitten am Tag störe. Du musst beschäftigt sein."

„Ja, ich lasse mir die Leviten lesen. Ich bin froh, dass du anrufst. Ich habe an dich gedacht."

„Tja, nun …" Wo waren all die Ausflüchte, die sie sich zurechtgelegt hatte? „Wegen heute Abend …"

„Ja?"

Sehr sorgfältig wickelte Johanna die Telefonschnur von ihrem Finger. „Na ja, ich habe eine späte Besprechung, und ich weiß nicht, wann ich fertig sein werde. Deshalb …"

„Dann komm doch einfach her, wenn du fertig bist. Du kennst ja inzwischen den Weg."

„Ja, aber es könnte sehr spät werden. Ich möchte dir nicht den Abend verderben."

„Du verdirbst ihn mir nur, wenn du nicht kommst."

„Ich habe eigentlich nicht zugesagt. Warum verschieben wir es nicht auf ein andermal?"

„Johanna, du willst doch nicht, dass ich vor deiner Haustür kampiere, oder?", entgegnete Sam sehr geduldig.

„Ich halte es nur für besser …"

„Für sicherer."

„Für besser", beharrte sie.

„Wie auch immer. Wenn du um acht Uhr nicht hier bist, dann hole ich dich. Du hast die Wahl."

„Ich mag keine Ultimaten."

„Das ist schade. Wir sehen uns also bei mir. Arbeite nicht zu hart."

Johannas Miene verfinsterte sich, als es in der Leitung knackte. Mit einem Seufzer ließ sie den Hörer auf die Gabel fallen. Sie war fest entschlossen, nicht hinzufahren.

Natürlich fuhr Johanna doch zur Ranch hinaus. Nur um sich zu beweisen, dass sie kein Feigling war, wie sie sich einredete. Es half ohnehin nichts, einem Problem aus dem Weg zu gehen.

Es bedeutete lediglich einen Aufschub, und davon hielt sie grundsätzlich nichts.

Außerdem gefiel ihr Sams Gesellschaft. Also bestand kein Grund, darauf zu verzichten. Abgesehen von der Tatsache, dass er sie wieder einmal dirigiert hatte.

Aber nein, diesmal hatte sie es selbst getan, wie sie sich eingestehen musste. Hätte sie ihn nicht sehen wollen, dann hätte sie gar nicht erst angerufen, um abzusagen.

Ein schlichtes Dinner unter Freunden, nahm sie sich vor. Inzwischen konnten sie sich als Freunde bezeichnen. Ein kleines Gespräch konnte nicht schaden, vor allem nicht zwischen zwei Personen aus derselben Branche. Quizsendungen oder Spielfilme, es lief beides auf Unterhaltung hinaus. Zumindest hatte sie diesmal ihr eigenes Transportmittel bei sich. Sie konnte gehen, wann immer ihr danach war. Das vermittelte ihr ein Gefühl der Sicherheit.

Als sie das Tor zur Ranch passierte, nahm sie sich vor, den Abend als ein harmloses Treffen unter Freunden zu genießen.

Sie hielt vor dem Haus an und stieg aus, ohne in den Rückspiegel zu blicken. Sie wollte kein Aufhebens um ihr Make-up machen, genauso wenig wie sie es um ihre Kleidung gemacht hatte. Das graue Kostüm war chic, aber geschäftsmäßig. Die halbhohen Pumps waren modern, aber hauptsächlich bequem.

Sie blickte zur Uhr. Genau richtig. Nicht so früh, dass es den Eindruck erwecken könnte, sie hätte sich einschüchtern lassen. Nicht so spät, dass sie trotzig gewirkt hätte.

Sie sieht genauso aus wie beim ersten Mal, dachte Sam. Beherrscht, kühl, auf eine subtile Art sexy. Und seine Reaktion auf sie war genauso wie bei jener ersten Begegnung. Augenblickliche Faszination. Er trat hinaus auf die Veranda und lächelte sie an. „Hallo."

„Hallo." Sie erwiderte sein Lächeln, wenn auch zurückhaltend, und erklomm die Stufen.

Völlig unerwartet legte er eine Hand um ihren Nacken und küsste sie – nicht leidenschaftlich, nicht fordernd, aber mit einer gewissen Vertraulichkeit. Willkommen daheim, schien es zu besagen, und es verschlug ihr die Sprache.

„Mir gefällt deine Art, ein Kostüm zu tragen, Johanna."

„Ich hatte keine Zeit, mich umzuziehen."

„Das freut mich." Er blickte an ihr vorbei, als das Geräusch eines Lieferwagens nahte. Mit einem kleinen Lächeln beschattete er die Augen. „Du hast vergessen, am Tor zu hupen."

Am Steuer des Lieferwagens saß ein Mann um die Fünfzig, mit Schultern wie ein Holzfäller. „Ist hier alles in Ordnung, Sam?"

„Alles bestens." Sam legte einen Arm um Johannas Taille.

Der Mann im Wagen schmunzelte. „Das sehe ich. Gute Nacht." Er wendete und fuhr davon.

„Das war Joe", erklärte Sam. „Er und Mae kümmern sich um die Ranch. Und um mich."

„Das habe ich gemerkt." Es war allzu schön, in seinen Armen auf der Veranda zu stehen, während die Sonne unterging. Automatisch wich sie zurück. „Deine Haushälterin hat mir erzählt, dass sie ,Trivia' sieht." Insgeheim fügte sie hinzu: Sie hat außerdem gesagt, dass du von mir schwärmst. Doch das behielt sie für sich. Es war natürlich lächerlich. Männer wie er schwärmten von niemandem.

„Andächtig", murmelte er, während er sie musterte. Sie war nervös. Er wusste nicht, ob er es als gutes oder schlechtes Zeichen auffassen sollte. Er hatte geglaubt, sie hätten dieses Stadium inzwischen überwunden. „Mae sieht meinen Auftritt in dieser Woche sogar als den Höhepunkt meiner Karriere an."

Johanna lächelte und löste den festen Griff um das Treppengeländer.

„Ist das ein Grinsen?"

„Ich grinse nie, und schon gar nicht über meine Sendung. Übrigens haben wir schon bergeweise Post bekommen. ,Sam Weaver ist das niedlichste Wesen auf zwei Beinen'", zitierte sie und amüsierte sich, als er eine Grimasse zog. „Das stammt von einer siebzigjährigen Dame aus Tucson."

„Aha." Er nahm ihre Hand und zog sie ins Haus. „Wenn du mit Grinsen fertig bist …"

„Ich habe doch gesagt, dass ich nie grinse."

„Stimmt ja. Also, wenn du damit fertig bist, können wir uns ums

Dinner kümmern. Ich dachte mir, dass wir grillen sollten, da ich nicht wusste, wie lange diese Besprechung dauern würde."

„Besprechung?" Johanna hatte ihre Ausrede völlig vergessen. Sie errötete ein wenig, was ihr noch nie passiert war, soweit sie sich erinnern konnte. „Ach ja, sie ging schneller voran, als ich erwartet hatte."

„Zum Glück für uns beide. Du könntest schon mal den Wein einschenken, während ich den Grill anheize. Es gibt Schwertfisch."

„Gut." Die Flasche war bereits geöffnet. Johanna füllte die beiden Gläser, die auf dem Küchentisch standen, während er zur Hintertür hinausging.

Sie seufzte, nippte an ihrem Glas und seufzte erneut. Er wusste also, dass die Besprechung nur eine Ausrede gewesen war. Und er ging darüber hinweg, um sie nicht in Verlegenheit zu bringen. Das verstärkte nur noch ihr schlechtes Gewissen und ließ sie den Entschluss fassen, ihm wenigstens für den restlichen Abend eine angenehme Gesellschaft zu sein.

Der Pool sah herrlich kühl und einladend aus. Schwimmen hatte zu ihren täglichen Gewohnheiten gehört, als sie noch im Haus ihres Vaters gelebt hatte. Doch nun fand sie einfach keine Zeit mehr für das Fitness-Center, dem sie pflichtbewusst beigetreten war. Sie ging um das Becken herum zu Sam, der an dem steinernen Grillplatz stand, und blickte dabei sehnsüchtig auf das Wasser.

„Möchtest du vor dem Essen noch schwimmen?", fragte er.

Es war sehr verlockend. Johanna war in seiner Nähe allzu oft versucht. „Nein, danke."

„Dann vielleicht nachher." Er legte zwei Fischfilets auf den Rost, nahm ihr sein Glas aus der Hand und stieß mit ihr an. „Setz dich doch. Es wird nicht lange dauern."

Stattdessen ging sie ein Stück weiter und betrachtete sein Land mit den gepflegten Nebengebäuden. Er schien sich so wohlzufühlen in dieser Abgeschiedenheit, dass er ein ganz gewöhnlicher Mensch hätte sein können. Doch ihr fiel ein, was sie erst am Morgen über ihn gelesen hatte. „Im TV-Führer steht eine sehr positive Kritik über ‚Keine Rosen für Sarah'."

„Ich habe es gesehen." Sam sah außerdem, wie sich die untergehende Sonne im Wasser spiegelte und auf Johannas Haut tanzte, sodass sie wie ein Trugbild wirkte. Das graue Kostüm ließ ihn nicht an Büros oder Sitzungen denken, sondern an geruhsame Feierabende.

„‚Variety' war genauso enthusiastisch. ‚Ergreifend, nicht zu versäumen' und so weiter." Mit einem kleinen Lächeln drehte sie sich zu ihm um. „Wie wurde deine Darstellung noch genannt?" Sie gab vor zu überlegen, obgleich sich ihr der genaue Wortlaut eingeprägt hatte. „Glänzend, oder?"

Sam drehte den Fisch um. Es zischte, und Rauch stieg auf. „Feurig", korrigierte er.

„Ach ja, feurig. ‚Eine feurige Darstellung als Herumtreiber, der Sarah und die Zuschauer mit gleichem Elan verführt'. ‚Elan'", wiederholte sie. „Das klingt wirklich verlockend."

„Ich wusste gar nicht, dass du so zynisch bist, Johanna."

Sie lachte und trat zu ihm. „Nichts könnte mich am Sonntagabend vom Bildschirm fernhalten, wenn der erste Teil gesendet wird."

„Und am Montag?"

„Das hängt davon ab, wie ‚feurig' du am Sonntag bist."

Sam lächelte, so als hegte er keinerlei Zweifel daran, wo sie sich am Montagabend um neun Uhr aufhalten würde. „Achte bitte auf den Fisch, ja? Ich bin gleich zurück."

Johanna streckte sich und lockerte ihre Rückenmuskeln. Die Besprechung war eine Lüge gewesen, aber sie hatte einen langen Tag hinter sich. Sehnsüchtig blickte sie zum Pool. Das Wasser war wirklich sehr verlockend.

Wenn sie einfach irgendjemand wäre, wenn er einfach irgendjemand wäre, könnten sie nach einem lockeren Gespräch während des Essens, während der Wein noch kühl und die Luft noch warm war, zusammen ins Wasser gleiten und sich entspannen. Einfach zwei Menschen, die gemeinsam einen beschaulichen Abend genossen.

Später, wenn der Mond aufging, würden sie im Wasser bleiben, sich ruhig unterhalten, sich berühren und allmählich zu einer vertraulichen Art der Entspannung übergehen, während die Kerzen auf dem Tisch allmählich herunterbrannten.

Johanna schreckte aus ihrer Träumerei auf, als etwas ihr Bein streifte, und schüttete dabei Wein über ihre Hand. Sie blickte hinab und sah einen dicken grauen Kater. Er rieb sich erneut an ihrer Wade, und sie beugte sich hinab und kraulte ihn. „Wo kommst du denn her?"

„Aus der Scheune", antwortete Sam, der gerade zurückkehrte. „Silas ist einer der Hofkater. Wahrscheinlich hat er den Fisch gerochen und ist gekommen, um uns etwas abzulocken."

Sie blickte nicht Sam, sondern den Kater an. Ihr Tagtraum war noch zu frisch in ihrem Gedächtnis. „Ich dachte immer, Hofkatzen seien dünn und schnell."

„Nicht, wenn sie immer wieder Leckerbissen bekommen", erwiderte er schuldbewusst. Er stellte eine Schüssel Salat auf den Tisch und zog einen Stuhl für Johanna heran. „Silas kann sehr gut betteln."

„Silas ist ziemlich groß."

„Magst du keine Katzen?"

„Doch. Ich habe sogar schon daran gedacht, mir eine anzuschaffen. Warum heißt er Silas?"

„Silas Marner. Du weißt doch, wie er Gold gehortet hat. Dieser Silas hortet Mäuse."

„Oh."

Sam lachte über ihre Miene und schenkte ihr Wein nach. „Wann fängst du eigentlich mit der Abendsendung an?"

„In zwei Wochen beginnen die Aufzeichnungen."

„Stellst du dafür mehr Leute ein?"

„Ein paar. Es bedeutet hauptsächlich, dass wir an zwei Tagen pro Woche drehen statt an einem. Bist du an einem weiteren Auftritt interessiert?"

„Ich werde in nächster Zeit ziemlich ausgebucht sein."

„Der neue Film?" Sie entspannte sich ein wenig. So hatte sie sich den Abend vorgestellt. Fachsimpelei, nichts weiter. „Wann fangen die Dreharbeiten an?"

„In ein bis zwei Wochen. Wir drehen zuerst hier im Studio und dann etwa drei Wochen lang in Maryland, in und um Baltimore. Wie ist dein Fisch?"

„Hervorragend." Wieder einmal hatte sie ihren Teller fast geleert, ohne es zu merken. „Ich habe mir vor ein paar Monaten einen Grill gekauft, aber bisher ist mir alles verbrannt, was ich draufgelegt habe."

„Es erfordert eine niedrige Flamme", sagte Sam und nahm ihre Hand, „sorgfältige Beobachtung und Geduld."

„Ich …" Er führte ihre Hand an die Lippen und beobachtete sie, während er ihre Finger küsste. „Ich werde es noch einmal versuchen müssen."

„Deine Haut duftet immer so, als wärst du im Regen spazieren gegangen. Auch wenn du nicht hier bist, muss ich daran denken."

„Wir sollten …" Uns nicht länger verstellen, dachte sie. Uns fügen. Uns nehmen, was wir wollen. „… einen Spaziergang machen", vollendete sie den Satz. „Ich möchte deinen Teich noch einmal sehen."

„Gut." Geduld, sagte Sam sich. Doch die Flamme war nicht mehr so niedrig wie zuvor. „Warte einen Augenblick." Er warf einige Happen auf das Gras, bevor er die Teller einsammelte.

Johanna wusste, dass sie ihm ihre Hilfe hätte anbieten sollen. Aber sie brauchte dringend einen Augenblick für sich allein. Sie beobachtete, wie Silas zu den Fischhappen hinüberschlenderte – so selbstbewusst, als hätte er die ganze Zeit gewusst, dass er bekommen würde, was er haben wollte. Sam hat den gleichen Gang, dachte sie, und plötzlich fröstelte sie.

Sie hatte keine Angst vor ihm. Sie hatte Angst vor sich selbst. Sie selbst hatte sich hierher dirigiert, nicht er. Sie war hier, weil ein Teil von ihr bei ihm sein wollte. Ein Teil von ihr, der allmählich die Oberhand gewann, der genau wusste, was sie wollte. Wen sie wollte. Der Teil von ihr, der bereits einen großen Fehler begangen und sich in Sam verliebt hatte.

Bevor Johanna Zeit hatte, diese überwältigende Erkenntnis zu verkraften, kehrte Sam mit einer Tüte Crackern zurück. „Die Enten erwarten …" Ihm fiel auf, wie blass sie war, wie riesig ihre Augen wirkten. „Fühlst du dich nicht wohl?"

„Doch, es geht mir gut." Zum Glück klang ihre Stimme ruhig. „Deine Tiere haben dich unter ihrer Fuchtel, nicht wahr?"

Er nickte. „Es sieht so aus." Er berührte ihre Wange. Sie zuckte nicht zurück, aber ihre Kinnmuskeln spannten sich. „Du siehst ein bisschen benommen aus, Johanna."

Erschrocken wäre das richtige Wort, dachte sie. Verliebt, korrigierte eine innere Stimme. Gütiger Himmel, wann, wie und vor allem warum? „Es liegt wahrscheinlich am Wein."

Er wusste, dass es nicht der Wein war, aber er schwieg. Er nahm ihre Hand und führte sie den Weg hinab. „Nächstes Mal solltest du dich entsprechend anziehen. So vernünftig deine Schuhe auch sind, Stiefel oder Turnschuhe wären besser für diesen Weg."

Stirnrunzelnd blickte Johanna zu ihren schicken, halbhohen italienischen Pumps hinab. Sie waren wirklich vernünftig. Wie sie selbst. Sie unterdrückte ein Seufzen. „Ich habe dir doch gesagt, dass ich keine Zeit zum Umziehen hatte."

„Schon gut. Ich kann dich ja tragen."

„Das wird nicht nötig sein."

Da war er wieder, ihr kühler Ton, und Sam musste einfach darüber lächeln.

Die Sonne war beinahe untergegangen, und das Licht war weich und gedämpft. Wildblumen waren am Wegesrand erblüht. Sam vermutete, dass Johanna ihm die Namen nennen konnte, doch er zog es vor, sie anonym wuchern zu lassen.

Er roch das Wasser und hörte das leise Plätschern der Wellen. In den vergangenen Wochen hatte er stets an Johanna denken müssen, wenn er diesen Weg gegangen war. Die Vögel waren inzwischen verstummt, und die Nachttiere regten sich noch nicht. Er mochte die Stille der Dämmerung, die Einsamkeit, und fragte sich, ob Johanna genauso empfand. Er erinnerte sich, wie sie bei Sonnenuntergang vor dem Blumenbeet gekniet hatte, und vermutete, dass es ihr wie ihm erging.

Das Wasser des Teichs verdunkelte sich, wie der Himmel. Die Bäume warfen lange, schwache Schatten darauf. Johanna lächelte, als die Enten erwartungsvoll herbeiglitten. „Ich nehme an, Silas und seine Kumpane belästigen sie nicht, oder?"

„Es ist ihnen zu mühsam, so weit zu laufen und nass zu werden. Hier." Sam reichte ihr die Tüte.

Erneut lachte Johanna über die Possen der Enten, während sie sie fütterte. „Wenn du weg bist, verwöhnt sie wohl niemand so."

„Doch. Mae tut es, aber sie würde es nie zugeben."

„Oh, den Erpel habe ich noch gar nicht aus der Nähe gesehen." Sie warf ihm einen Cracker zu. „Er ist prachtvoll. Und die Kleinen sind unheimlich gewachsen." Sie streute die letzten Krümel auf das Wasser und steckte die Tüte gedankenlos in ihre Tasche. „Es ist so schön hier", murmelte sie. „Nur Wasser und Gras." Und du, dachte sie, aber sie blickte ihn nicht an, bis er eine Hand auf ihre Wange legte.

Es war genau wie beim ersten Mal. Und doch ganz anders. Diesmal wusste sie genau, was sie empfinden würde, wenn er sie küsste. Sie wusste, dass er ihr Haar berühren würde, bevor er sie an sich zog. Sie wusste, dass ihr Herzschlag sich beschleunigen würde. Sie wusste es, und dennoch verblüffte es sie.

Er hatte das Gefühl, schon ewig gewartet zu haben. Es war nicht erst einige Wochen her, nicht erst seit ihrer ersten Begegnung. Er hatte auf sie gewartet, solange er denken konnte. Ein Traum war in Erfüllung gegangen, als er sie zum ersten Mal erblickt hatte.

Sie war sich immer noch nicht sicher. Er spürte ihr Zögern und gleichzeitig ihr Verlangen. Aber er war sicher genug für sie beide.

Es hatte an diesem Ort geschehen sollen, an dem in beiden zum ersten Mal Verlangen erwacht war. Es hatte in dem Augenblick geschehen sollen, vor Einbruch der Nacht.

Johanna umfasste seine Schultern, hielt ihn fest, hielt ihn zurück. Sie wusste, dass sie bald nicht mehr klar denken konnte. Es wäre klug, in diesem Moment zurückzuweichen. Doch seine Lippen verführten sie zu verharren. Zu vertrauen.

Er streifte ihr die Jacke von den Schultern. Sie versteifte sich ein wenig. Doch dann ließ er ihr Zeit, viel Zeit, aber keine Wahl. Langsam, verheißungsvoll öffnete er die Knöpfe am Rücken ihrer Bluse. Als seine Finger ihre nackte Haut streichelten, erschauerte sie und suchte nach dem Willen, es zu beenden.

Doch seine Lippen wanderten über ihre Kehle, während er ihr die Bluse abstreifte. Johanna war hilflos, doch das Gefühl war nicht länger beängstigend.

Sam musste sich eisern beherrschen, um sie nicht zu bedrängen. Er wusste, dass sie Zeit brauchte. Gemächlich streifte er ihr den Rock über die Hüften.

Die Sonne war untergegangen, aber er konnte Johannas Gesicht sehen. Ihre Augen wirkten groß und unsicher. Er küsste sie erneut, während er sich das Hemd auszog. Er sah, wie sie die Hand nach ihm ausstreckte und dann zögerte. Er nahm ihre Hand und führte sie an seine Lippen.

Er senkte sie hinab auf das Gras. Es war kühl, weich und feucht vom Tau des frühen Abends. Johanna wusste, dass sie sich von nun an immer daran erinnern würde. Jetzt war er über ihr. Sie konnte nur sein Gesicht sehen, und dann nur noch seine Augen. Sie hörte den ersten Ruf eines Käuzchens, bevor er sich über sie beugte. Und dann gab es nur noch ihn.

Er streichelte. Sie erschauerte, nicht länger aus Angst oder Unsicherheit, sondern vor Entzücken. Er kostete. Sie wurde schwach, nicht länger hilflos, sondern willig. Und als sie ihn näher an sich zog, vergaßen sie beide die Welt um sich her.

Sie war so zärtlich, so freigiebig. Es überraschte Sam erneut, wie viele Gesichter sie hatte. Wenn ihre Liebkosungen auch ein wenig schüchtern wirkten, so reizte es ihn nur um so mehr.

Verlangen durchströmte ihn, heftig und fordernd. Er unterdrückte es. Er wollte, dass sie es so lange genoss, wie beide es ertragen konnten. Es sollte unvergesslich schön für sie werden. Sehr langsam und behutsam streifte er ihr die Unterwäsche ab.

Sie vergrub die Finger im Gras, als seine Lippen über ihren Körper wanderten. Ihre Haut prickelte, wo immer er sie berührte. Ihr Verlangen wuchs ins Unermessliche, und sie rief seinen Namen und bog sich ihm entgegen.

Die ersten Sterne blinkten am Himmel. Sam kam zu ihr, und sie umklammerte seine Schultern. Sein Atem ging rasch. Nun war er hilflos und sein Körper mehr ihr Gefangener, als sie je seine gewesen war. Nur noch sie existierte für ihn.

Sam wusste, dass er sein Gewicht von ihr nehmen sollte, doch er konnte es nicht ertragen, die Verbindung zu lösen. Was immer es gewesen sein mochte – Leidenschaft, Verlangen oder eine chemische Reaktion –, es hatte ein Band zwischen ihnen geknüpft.

Über ihnen gingen noch immer die Sterne auf. Johanna konnte sie nun sehen, aber sie dachte nur daran, wie Sams Herz immer noch an ihrem raste. Sein Körper war warm, im Gegensatz zum kühlen Gras, das sie umgab. Das Wasser, vom Abendwind getrieben, plätscherte nur wenige Meter entfernt.

Sie hatte nicht gewusst, dass sie fähig war, solche Freude zu geben und zu empfangen. Es überraschte sie, dass sie überhaupt so intensive Gefühle hegen konnte, aber vor allem hatte sie seine Augen gesehen, seinen Körper erschauern gespürt und zum ersten Mal im Leben erkannt, dass sie geben konnte.

Beinahe unbewusst hob sie eine Hand und streichelte sein Haar. Ihm wurde sehr bewusst, dass sie ihn zum ersten Mal berührte, ohne in die Enge getrieben worden zu sein. Er schloss die Augen und hielt an diesem Gedanken fest. Was ihm einmal unwichtig erschienen wäre, wurde nun sehr bedeutungsvoll. Er war beinahe unmerklich in das dritte Stadium, in die Liebe, hineingeglitten.

„Johanna", murmelte er. Weil er sie sehen wollte, fand er die Kraft, sich auf die Ellbogen zu stützen. Ihr Haar lag auf dem Gras ausgebreitet. Ihre Augen waren halb geschlossen, aber er sah, dass sie noch immer verklärt vor Entzücken dreinblickte. „Du bist so wundervoll."

Sie schmiegte die Hand an seine Wange. „Ich hätte nicht gedacht, dass es passieren würde. Ich habe es nicht für möglich gehalten."

„Ich habe es mir vorgestellt. Hier. Genau so." Er senkte den Kopf und küsste ihre Lippen. „Aber meine Fantasie war mit der Wirklichkeit nicht einmal annähernd zu vergleichen. Nichts war es jemals." Er spürte, wie sie sich ein klein wenig zurückzog, und nahm ihr Gesicht zwischen die Hände. „Nichts und niemand, Johanna."

Seine Augen drängten sie, ihm zu glauben, und sie wollte es auch, aber ihre innere Abwehr war zu groß, um es zu ermöglichen. „Ich wollte dich." Zumindest konnte sie ehrlich zu ihm wie zu sich selbst sein. „Ich kann mir nicht denken, was als Nächstes passiert."

„Wir werden es beide müssen. Ich habe nicht die Absicht, dich gehen zu lassen." Sie öffnete den Mund, um zu protestieren, um Ausflüchte zu machen, und konnte nur aufstöhnen, als sie ihn in sich hart werden fühlte. „Auf keinen Fall", murmelte er, bevor das Verlangen seine Sinne völlig betörte.

Als Johanna wieder denken konnte, versuchte sie, sich zurückzuziehen. Sie brauchte Zeit, um es in die richtige Perspektive zu rücken, um die nächsten Schritte auszuarbeiten. Der erste bestand darin, sich wie eine Erwachsene zu verhalten und nichts zu erwarten.

Sie hatten etwas gemeinsam erlebt. Vielleicht war es nicht unbedeutend für sie, aber sie hatte immer gedacht, dass jeder Beziehung Grenzen gesetzt waren. Es war besser, sich daran zu erinnern und es von Anfang an zu akzeptieren. Sie mochte Sam zu sehr für ihren eigenen Seelenfrieden, aber sie wusste es besser, als sich an seine Seite zu schmiegen und an ein gemeinsames Morgen zu denken. „Es ist spät." Sie strich sich mit den Händen durch das Haar, während sie sich aufsetzte. „Ich muss gehen."

„Wohin?"

„Nach Hause." Sie griff nach ihrem Hemdhöschen, verfehlte es aber nur um einen Zentimeter, als Sam ihr Handgelenk umfasste.

„Wenn du erwartest, dass ich dich heute Abend irgendwohin gehen lasse, dann bist du verrückt."

„Ich weiß gar nicht, wovon du redest." Ihre Stimme klang belustigt. Sie entzog ihm die Hand. „Erstens geht es nicht darum, ob du mich lässt." Sie hob ihre Unterwäsche auf und schüttelte sie aus. „Und zweitens kann ich wohl kaum die ganz Nacht im Gras schlafen."

„Da hast du völlig recht." Wäre sie nicht so entspannt gewesen, dann hätte sie gemerkt, dass er viel zu schnell nachgab. „Hier, nimm mein Hemd. Im Haus kannst du dich leichter anziehen."

Weil es vernünftig klang, ließ Johanna sich darin einhüllen. Es roch nach ihm. Unbewusst rieb sie die Wange am Kragen, während Sam sich Jeans anzog.

„Lass mich dir helfen." Er nahm ihre inzwischen zusammengefaltete Kleidung und hängte sie sich über den Arm. „Lass mich lieber vorgehen. Es ist nicht sehr hell heute Abend."

Johanna folgte ihm den Pfad entlang und hoffte, dass sie so gelassen und ruhig wirkte wie er. Was am Teich geschehen war, vor einigen Wochen und an diesem Abend, war wundervoll gewesen. Sie wollte die Wichtigkeit nicht schmälern. Aber sie wollte die Wichtigkeit auch nicht übertreiben. Nichts und niemand.

Nein, es wäre dumm von ihr, es zu glauben … darauf zu hoffen. Sam mochte es in jenem Moment, als er es gesagt hatte, ernst gemeint haben. Das konnte sie glauben, weil sie inzwischen begriffen hatte, dass er kein Typ für Lügen war, nicht einmal für wohlmeinende. Sie konnte auch glauben, dass er sie mochte – wiederum momentan.

Intensive Gefühle hielten nur selten an, und all die Hoffnungen und Versprechungen, die auf jene Gefühle aufgebaut wurden, gerieten schließlich ins Wanken. Daher gestattete sie sich nicht, zu hoffen, und weigerte sich, Versprechungen zu machen.

Wir sind noch weit vom Ziel entfernt, dachte Sam. Sie war nicht bereit zu nehmen, was er zu geben bereit war. Das Problem war, dass er nun, da er seine Liebe zu ihr entdeckt hatte, nicht mehr so geduldig sein konnte. Sie würde einfach mit ihm Schritt halten müssen.

Als sie die Terrasse betraten, legte er ihre Kleider ordentlich auf den Tisch. Sie runzelte die Stirn, als er sich gelassen die Jeans abstreifte.

„Was hast du vor?"

Er stand vor ihr, unleugbar wundervoll im Schein des Mondes. Mit einem Lächeln, das sie einen Moment zu spät warnte, zog er sie in die Arme. „Die Frage ist, was wir vorhaben", entgegnete er schlicht und sprang in den Pool.

Das Wasser war mehrere Grad wärmer als die Nachtluft, aber es war dennoch ein Schock. Bevor es über ihrem Kopf zusammenschlug, blieb ihr Zeit für einen erschrockenen Aufschrei. Ihre Beine verfingen sich mit seinen, als der Sprung sie trennte und das Hemd sich um ihren Kopf bauschte. Dann berührten ihre Füße den Grund, und sie stieß sich instinktiv ab. Prustend kam sie an die Oberfläche und blinzelte das Wasser aus den Augen.

„Verdammt!" Sie zog den Arm durch das Wasser, mit geballter Faust, und schoss ihm einen Strahl in das lachende Gesicht.

„Es gibt nichts Schöneres als ein mitternächtliches Bad, nicht wahr, Jo-Jo?"

„Nenn mich nicht so. Du musst verrückt sein."

„Verrückt nach dir", teilte er ihr mit und sandte einen unliebsamen Spritzer in ihre Richtung.

Johanna wich ihm knapp aus und sagte sich, dass sie nicht belustigt war. „Was zum Teufel hättest du getan, wenn ich nicht schwimmen könnte?"

„Dich gerettet." Mühelos trat er Wasser. „Ich bin zum Helden geboren."

„Zum Blödmann", korrigierte sie. Dann wandte sie sich ab und schwamm mit zwei Zügen zum Rand. Bevor sie sich hinausziehen konnte, umfasste Sam ihre Taille.

„Wenn du aufhörst, sauer zu sein, wirst du zugeben, dass es dir gefällt." Er streichelte ihren Nacken mit den Lippen. „Willst du um die Wette schwimmen?"

„Was ich will, ist …" Sie drehte sich um – eine weitere Fehlkalkulation. Seine Hände glitten an ihrer nassen Haut hinauf zu ihren Brüsten, während sein Mund zu ihrer Kehle wanderte.

„Ich auch", murmelte er.

Sie hob eine Hand zu seiner Schulter und strich über kühle Haut, die sich gerade zu erwärmen begann. „Sam, ich kann nicht."

„Schon gut. Ich kann." Er glitt in sie.

8. KAPITEL

*J*ohanna erwachte mit einem leisen Stöhnen und versuchte, sich umzudrehen. Es dauerte einige verwirrende Sekunden, bis sie erkannte, dass Sams Arm sie festhielt. Sie blieb still liegen, drehte nur vorsichtig den Kopf, um ihn anzusehen.

Er ruhte mehr auf ihrem Kissen als auf seinem. Nein, es waren beides seine Kissen, wie sie sich in Erinnerung rief. Sein Bett, sein Haus. Würde er sie für dumm oder für anormal halten, wenn sie ihm erzählte, dass sie zum ersten Mal im Bett eines Mannes erwachte? Es war nicht wichtig. Sie wollte es ihm nicht sagen. Wie hätte sie ihm sagen können, dass er der erste Mann war, den sie genügend mochte, dem sie genügend vertraute, um diese persönliche Wehrlosigkeit, genannt Schlaf, mit ihm zu teilen?

Sie wusste immer noch nicht recht, wie es ihm gelungen war, sie dazu zu bringen. In einem Augenblick hatte sie noch am Beckenrand gestanden, nackt und tropfnass, und im nächsten … Sie hatten sich nicht einmal mehr geliebt, sondern waren einfach wie zwei erschöpfte Kinder ins Bett gefallen.

Er hatte sie auch zum Lachen gebracht, und er hatte ganz unbewusst ihren süßen Tagtraum wahr werden lassen.

Nun war der Morgen angebrochen, und sie musste sich erneut in Erinnerung rufen, dass sie erwachsen war. Sie hatten sich begehrt, Gefallen aneinander gefunden. Es war wichtig, diese schlichte Tatsache nicht zu komplizieren. Sie wollte nicht bereuen. Reue bedeutete gewöhnlich Vorwurf, und auch das wollte sie nicht. Klug oder nicht, sie hatte eine Entscheidung getroffen.

Diese Entscheidung hatte zu Intimitäten mit Sam geführt. Sie wollte das Wort ‚Affäre‘ nicht benutzen.

Sie musste realistisch sein. Diese Intensität, diese Flut von Gefühl, würde verebben, und wenn das geschah, würden sie leiden. Sie konnte es nicht vermeiden, sondern sich nur darauf vorbereiten.

Ihre Gefühle waren bereits außer Kontrolle geraten, aber sie besaß noch ihre Willenskraft und ihre Vernunft. Keine Verpflichtungen. Er hatte es gesagt. Sie hatte es ernst gemeint.

Dennoch hob sie einen Finger, um ihm das Haar aus der Stirn zu streichen. Oh, Himmel, ich bin so verliebt in ihn, durchfuhr es sie. So lächerlich verliebt, und ich werde mich zwangsläufig zum Narren machen.

Doch es kümmerte sie nicht länger, als er die Augen öffnete, diese ausdrucksvollen, leuchtenden Augen.

„Hallo."

Verlegen, weil er sie bei der Liebkosung ertappt hatte, senkte sie die Hand. „Guten Morgen."

Es war da, selbst nach der unglaublichen gemeinsamen Nacht. Dieses Zeichen von Schüchternheit, das er so reizvoll fand. So aufregend. Weil er ihr keine Zeit lassen wollte, es durch Fassung zu überdecken, rollte er sich auf sie.

„Sam …"

„Mir fällt auf", begann er und küsste sie gemächlich, „dass wir uns noch nie im Bett geliebt haben." Er ließ die Hand über ihren Körper wandern, von der Schulter zur Hüfte, von der Hüfte zum Schenkel. „Ich fühle mich traditionell heute morgen."

Sie hatte keine Zeit zu analysieren, was sie fühlte. Während sie versuchte, erneut seinen Namen zu sagen, stockte ihr der Atem. An diesem Morgen war er nicht so geduldig … oder vielleicht war sie einfühlsamer durch das Wissen, was sein konnte.

Sie schlang ihre Arme um ihn und ließ ihren Gefühlen freien Lauf.

Die Zeit war ihr entronnen. Alles ist mir entronnen, korrigierte Johanna, während sie aus der Dusche stieg und sich hastig abtrocknete. Wenn sie sich die Kleider überwarf, die Haare an der Luft auf dem Weg zur Arbeit trocknen ließ und die Geschwindigkeitsbegrenzung überschritt, konnte sie es vielleicht gerade noch schaffen.

Sie nahm ein paar elementare Kosmetika aus ihrer Handtasche und schminkte sich nur flüchtig, denn mehr konnte sie sich nicht leisten. Im Schlafzimmer riss sie die Plastikhülle von dem erstbesten Kostüm, das Sam ihr aus dem Wagen heraufgebracht hatte. Die Bluse vom Vortag musste es noch einmal tun.

Sie verwünschte sich für ihre mangelnde Voraussicht, während sie den Reißverschluss des Rockes schloss. Mit den Schuhen in der Hand rannte sie den Korridor entlang.

„Wo brennt's denn?", fragte Sam, als sie sich mit einer Hand an der Wand abstützte und sich in die Schuhe zwängte.

„Ich bin spät dran."

Er zog eine Augenbraue hoch. „Bekommst du Minuspunkte, wenn du dich verspätest?"

„Ich verspäte mich nie."

„Gut. Dann kannst du es dir ja heute leisten. Trink einen Kaffee."

Sie nahm die Tasse, die er ihr reichte. „Danke. Ich muss mich wirklich beeilen."

„Du hast nichts gegessen."

„Ich frühstücke nie."

„Heute tust du es." Er nahm ihren Arm. Um nicht den Kaffee auf ihr frisch gereinigtes Kostüm zu verschütten, ließ sie es geschehen. „Fünf Minuten, Johanna. Verschnaufe einen Moment, trink den Kaffee. Wenn du widersprichst, wird es zehn dauern."

Sie seufzte, aber sie nahm noch einen Schluck, während er sie in die Küche zog.

„Sam, du hast Urlaub, aber ich nicht. Ich habe einen ausgefüllten Tag vor mir, der – wenn ich Glück habe – um sechs Uhr endet."

„Umso mehr Grund für ein anständiges Frühstück." Er konnte sich nicht erinnern, sich jemals an einem Morgen besser gefühlt zu haben, lebendiger oder energiegeladener. Flüchtig wünschte er sich, inmitten von Dreharbeiten zu stecken, um einen Teil dieser Energie in eine Rolle fließen zu lassen. „Setz dich. Ich brate dir zwei Eier."

Weil sie die Beherrschung zu verlieren drohte, nahm sie noch einen Schluck Kaffee. „Sam, ich weiß es zu schätzen, wirklich, aber ich habe keine Zeit. Wir nehmen heute die Reklamefotos für den Zuschauerwettbewerb auf, und ich bin die Einzige, die mit John Jay umgehen kann."

„Ein zweifelhaftes Talent." Das Rosinenbrötchen, das er in den Toaster gesteckt hatte, sprang heraus. „Iss wenigstens das."

Verärgert entriss sie es ihm, ignorierte die Butter und die Marmelade auf dem Tisch und biss hinein. „So", sagte sie und schluckte. „Zufrieden?"

Das Haar hing ihr noch immer feucht ins Gesicht, und sie hatte ihren Lippenstift vergessen. Sie starrte ihn an, mit umschatteten Augen von der langen Nacht. Er grinste und schnippte einen Krümel von ihrem Kinn. „Ich liebe dich, Johanna."

Sie hätte nicht schockierter sein können, wenn er ihr einen Kinnhaken verpasst hätte. Sie starrte ihn an, während das Rosinenbrötchen aus ihren kraftlosen Fingern auf den Tisch fiel. Ihr Schritt zurück war instinktiv, defensiv.

Sam zog nur eine Augenbraue hoch.

„Sag mir das nicht", brachte sie schließlich hervor. „Ich muss es nicht hören. Ich will es nicht hören."

Und ob sie es hören muss, dachte er. Vielleicht wollte sie es nicht, aber sie brauchte es. Er wollte dafür sorgen, dass sie es hörte, in regel-

mäßigen Abständen. Doch momentan war sie erblasst. „Also gut",
sagte er gedehnt. „Aber so oder so, es ändert nichts an den Tatsachen."

„Ich … ich muss gehen." Beinahe verzweifelt kramte sie in ihrer
Handtasche nach dem Wagenschlüssel. „Ich bin wirklich sehr spät
dran." Was sollte sie sagen? Was sollte am Morgen nach der Nacht
gesagt werden? Mit dem Schlüssel in der Hand blickte sie auf. „Leb
wohl."

„Ich bringe dich hinaus." Er legte einen Arm um ihre Schultern. Sie
versuchte, nicht zu erstarren. Sie versuchte, sich nicht an ihn zu lehnen.
„Ich möchte dir etwas sagen, Johanna."

„Bitte, das ist nicht nötig. Wir sind schon vor … vor gestern Nacht
übereingekommen, dass es keine Versprechungen geben wird."

„Wirklich?" Er konnte sich beim besten Willen nicht daran erinnern.
Aber wenn er zugestimmt hatte, dann musste dieses eine Abkommen
gebrochen werden. Er öffnete die Haustür und trat auf die Veranda
hinaus, bevor er Johanna zu sich umdrehte. „Darüber werden wir reden müssen."

„In Ordnung." Sie hätte beinahe allem zugestimmt, solange es dazu
führte, dass er sie fortließ.

Weil sie bleiben wollte. Mehr als alles andere je zuvor wollte sie den
Schlüssel wegwerfen, sich in Sams Arme stürzen und bleiben, solange
er sie haben wollte.

„In der Zwischenzeit möchte ich dich wissen lassen, dass ich nie
eine andere Frau in diesem Bett hatte." Er sah den Zweifel in ihren
Augen aufblitzen, bevor sie ihn maskieren konnte. Und bevor er sich
beherrschen konnte, zog er sie an den Jackenaufschlägen an sich heran.
„Mit der Zeit wird es verdammt lästig, dass du alles, was man sagt, mit
deinem Verstand sezierst. Ich habe nicht gesagt, dass es keine anderen
Frauen gegeben hat, Johanna, aber es ist nie eine andere Frau hier gewesen. Weil dieser Ort etwas Besonderes für mich ist. Er ist mir wichtig.
Und das bist du auch." Er ließ sie los. „Lass dir das eine Weile durch
den Kopf gehen."

Johanna drückte eine weitere Magentablette aus der Rolle. Sie hatte
nicht übertrieben, als sie Sam gesagt hatte, dass nur sie mit John Jay umzugehen wusste. Doch zufällig gelang es ihr an diesem Tag nicht besonders gut. Die Fotoaufnahmen dauerten bereits drei statt zwei Stunden
an, und wenn sie die Mannschaft, die Ausrüstung und die beiden Wagen
nicht innerhalb von fünfundvierzig Minuten aus dem Studio schaffte,
würde ihr der Produzent von ‚Mittag mit Nina' an die Kehle gehen.

Resigniert kaute sie das säurebindende Medikament und betete, dass es bessere Dienste leisten würde als sie selbst. Sie gab ein Zeichen für eine Unterbrechung und hoffte, dass die fünfminütige Pause den Fotografen davon abhalten würde, ihren Showmaster zu erwürgen.

„John Jay?" Johanna zwang ein Lächeln auf ihre Lippen, während sie zu ihm hinüberging. „Einen Moment bitte." Ihre Stimme klang ruhig und ihre Berührung wirkte freundlich, als sie seinen Arm nahm, um ihn in eine Ecke zu führen. „Solche Sitzungen wie diese sind ja so lästig, nicht wahr?"

Er stürzte sich förmlich auf ihr Mitgefühl. „Du kannst es dir gar nicht vorstellen, Johanna. Du weißt, dass ich das Beste für die Sendung will, Darling, aber dieser Mensch ..."

Verächtlich blickte er zum Fotografen hinüber. „Er hat ja keine Ahnung von Atmosphäre oder Blickwinkel."

‚Dieser Mensch' war einer der Besten in seiner Branche und wurde nach unglaublich teuren Stunden bezahlt. Johanna unterdrückte eine Verwünschung gerade noch rechtzeitig, sodass nur ein Seufzer daraus wurde. „Ich weiß, aber leider müssen wir mit ihm arbeiten. Wir haben den Termin bereits überschritten, und ich möchte wirklich nicht, dass er nur die Autos fotografiert."

Sie wartete, bis die versteckte Drohung eingesunken war. „Schließlich haben wir drei Stars hier. Die Autos, die Show und natürlich dich. Die Probeaufnahmen sind übrigens gut geworden."

„Da war ich auch noch frisch." Er fummelte am Knoten seiner Krawatte herum.

„Das verstehe ich vollkommen. Aber ich muss dich bitten, deine Energie noch für ein paar Minuten aufrechtzuerhalten. Der Anzug steht dir sehr gut, John Jay."

„Ja, nicht wahr?" Er hob eine Hand und musterte den Ärmel.

„Diese Fotos werden sehr aussagekräftig sein." Wenn sie ihn nicht vorher eigenhändig erwürgte. „Ich möchte nur von dir, dass du zwischen den beiden Autos stehst und das Lächeln zeigst, das Amerika liebt."

„Für dich, Darling." Er drückte ihre Hand. „Weißt du, du siehst ein bisschen ausgelaugt aus."

Ihr Lächeln schwand nicht, es erstarrte nur. „Ein Glück, dass ich nicht fotografiert werde."

„Allerdings", pflichtete er ihr bei und klopfte ihr auf die Schulter. Er wusste längst, dass sie außer sich geriet, wenn er sie irgendwo sonst berührte. „Du musst versuchen, dich mehr zu entspannen, Johanna, und diese Vitamine nehmen, von denen ich dir erzählt habe. Der Himmel weiß, dass ich keinen Tag ohne sie überstehen würde." Er beobachtete den Fotografen, der zu seiner Kamera zurückging. Mit einem Seufzer winkte er den Maskenbildner heran.

„Johanna, es geht übrigens das Gerücht um, dass du mit Sam Weaver liiert bist."

„Ach ja?" Johanna biss die Zähne zusammen, während John Jay gepudert wurde. „Es ist erstaunlich, wie solches Gerede entsteht."

„Welch eine Stadt!"

Zufrieden mit seinem Äußeren, schlenderte John Jay davon, um seine Pflicht zu erfüllen.

Es dauerte nur noch zwanzig Minuten länger. Sobald John Jay sich verabschiedet hatte, entschuldigte Johanna sich bei dem Fotografen, lud ihn und seinen Assistenten zum Lunch ein und übergab ihnen Eintrittskarten für die Quizaufzeichnung am Montagabend.

Als Johanna vom Studio in Burbank zu ihrem Büro in Century City fuhr, war sie zwei Stunden hinter ihrem Zeitplan zurück und hatte beinahe eine halbe Rolle Magentabletten konsumiert.

Sobald sie das Büro betrat, teilte Bethany ihr mit: „Du hast ein halbes Dutzend Nachrichten bekommen. Nur zwei davon hätten schon gestern beantwortet werden sollen. Ich habe mich mit Tom Bradleys Agenten in Verbindung gesetzt. Er ist daran interessiert, das Pilotprojekt zu übernehmen."

„Gut." Johanna stellte ihren Aktenkoffer ab, nahm eine Tasse Kaffee von Bethany entgegen und hockte sich auf die Schreibtischkante. „Mir sind siebenundzwanzig Arten eingefallen, John Jay Johnson erfolgreich zu ermorden."

„Soll ich sie für dich abtippen?"

„Noch nicht. Ich möchte warten, bis ich auf runde dreißig komme." Johanna nippte an ihrem Kaffee und wünschte sich fünf Minuten für sich ganz allein. Volle fünf Minuten, um die Schuhe auszuziehen, die Füße hochlegen und die Augen schließen zu können.

„Bradley hat den Ruf, sehr professionell zu sein."

„Ein Veteran. Hat '72 seine erste Show gemacht, als er noch feucht hinter den Ohren war. Die Show lief fünf Jahre, und anschließend verlegte er sich direkt auf den Klassiker ‚Wörter-Bingo'. Der wurde von '77 bis '85 gesendet. Recht erstaunlich. Er hat sich gewissermaßen als eine Art Guru der Quizsendungen zurückgezogen, aber sein Gesicht ist noch durch gelegentliche Auftritte bei anderen Tages-Shows bekannt. Ihn in den Schoß der Gemeinde zurückzulocken wäre keine geringe Leistung."

Sie hielt inne, weil Johanna Kaffee trank und aus dem Fenster starrte – mit Schatten unter den Augen und einem eindeutig melancholischen Ausdruck in ihnen.

„Johanna, du siehst schrecklich aus."

Mit einem Seufzer stellte Johanna die Tasse ab. „Das hat man mir bereits gesagt."

„Ist alles in Ordnung?"

„Alles bestens." Abgesehen davon, dass Sam gesagt hatte, dass er sie liebte, und dass sie so verängstigt war, dass sie am liebsten in den Wagen gestiegen und ans Ende der Welt gefahren wäre. Sie holte die Rolle Tabletten hervor.

Bethany musterte sie stirnrunzelnd. „War das heute morgen eine unangebrochene Rolle?"

„Ja – bevor ich den Vormittag mit John Jay verbracht habe."

„Hast du überhaupt Lunch gegessen?"

„Frag nicht."

„Johanna, warum nimmst du dir den Rest des Tages nicht frei, gehst nach Hause und ruhst dich aus?"

Mit einem kleinen Lächeln stand Johanna auf und trat hinter den Schreibtisch. „Ich muss diese Nachrichten von gestern beantworten. Beth, sieh zu, ob wir das Pilotprojekt für übernächste Woche anberaumen können. Und denk daran, Patterson Productions zu informieren."

Bethany zuckte die Schultern und stand auf. „Wie du meinst. Du bist der Boss."

Stimmt genau, dachte Johanna, als sie allein im Raum zurückblieb. Ich bin der Boss. Sie rieb sich die schmerzenden Schläfen und fragte sich, warum sie sich so fühlte, als wäre jemand anders derjenige, der die Fäden in der Hand hatte.

Er wusste nicht, warum er wie ein liebeskranker Teenager auf ihrer Türschwelle saß. Weil du liebeskrank bist, sagte Sam sich und schlug die gestiefelten Füße übereinander.

Er war sich nicht mehr so albern wegen einer Frau vorgekommen, seit er sich Hals über Kopf in Mary Alice Reeder verknallt hatte. Als kluge, anspruchsvolle Sechzehnjährige hatte sie sich, wie die meisten Mädchen ihres Alters, nicht besonders für eine vierzehnjährige

Nervensäge wie ihn interessiert. Aber er hatte die hübsche kleine Mary Alice mit einer verehrenden Hingabe geliebt, die beinahe neun Monate lang gewährt hatte.

Schafsliebe, hatte seine Mutter es nicht unfreundlich genannt.

Seitdem war er bei eine Reihe von Frauen ins zweite Stadium geraten, das Gernhaben-Stadium. Aber er hatte niemanden mehr geliebt, seit Mary Alice Reeder. Bis auf Johanna.

Er wünschte fast, er könnte zu jener Schafsliebe zurückkehren. So schmerzlich sie auch war, sie verging und hinterließ süße und recht zarte Erinnerungen. Wie verstohlen in einen Baumstamm geritzte Herzen und Initialen, wie Tagträume, in denen er sein Mädchen aus irgendeinem Unheil errettete und ihr somit die Augen für seinen Charme und Mut öffnete.

Sam lachte über sich selbst und betrachtete eine spitzblättrige blaue Blume, die gerade in Johannas Garten erblühte. Die Zeiten änderten sich.

Mary Alice war ihm durch die zittrigen Finger geglitten. Doch er war nicht mehr vierzehn, und Johanna ließ er sich nicht entgehen, ob es ihr gefiel oder nicht.

Er wollte sie. Während er nun vor ihrem stillen, leeren Haus saß, neben sich einen Korb und die Blumen, die in der Abendsonne schliefen, wollte er sie. Für immer.

Es war keine bewusste Entscheidung, auch wenn sie es denken mochte. Es war etwas, das ihm einfach passiert war, und zwar auf eine Art, die ihm nicht sonderlich gefiel.

Seine bisherigen Pläne hatten sich nur auf seine Karriere bezogen. Hätte er wählen können, dann wäre er noch ein paar Monate, ein Jahr, vielleicht sogar zehn Jahre herumgestreift. Die Zeit hatte nichts damit zu tun. Er hatte sie angesehen, er hatte sie berührt, und die Entscheidung war ihm abgenommen worden.

Hatte er nicht vor gar nicht langer Zeit genau dort auf der Treppe gesessen und ihr gesagt, sie sollten sich besser kennenlernen? Begleiter, ohne Verpflichtungen.

Er hatte es ernst gemeint, genauso ernst, wie er es gemeint hatte, als er ihr gesagt hatte, dass er sie liebte.

Ersteres hatte sie akzeptiert – argwöhnisch zwar, aber sie hatte es akzeptiert. Auf das Zweite hatte sie mit purer Panik reagiert.

Was war es, das Johanna so scheu machte? Ein anderer Mann? Sie hatte niemals einen erwähnt, nicht einmal andeutungsweise. Wenn er nicht völlig beschränkt war, dann war die Frau, mit der er geschlafen hatte, beinahe erschreckend unschuldig. Wenn sie verletzt worden war, dann musste es tief in der Vergangenheit begraben sein, und es wurde Zeit, dass sie es überwand.

Zeit. Davon habe ich nicht viel, dachte Sam, während er den Deckel vom Korb nahm und nach seinem Geschenk sah. Jeden Tag konnte der Anruf kommen, der ihn dreitausend Meilen weit fortschickte. Es würde Wochen dauern, bis er wieder bei ihr sein konnte. Das konnte er verkraften, aber nur, wenn sie ihm etwas gab, das er mit sich nehmen konnte.

Als er den Wagen hörte, deckte er sorgfältig den Korb wieder zu. Liebeskrank, dachte er, als sich sein Magen verkrampfte und seine Nerven spannten. Es war ein sehr angemessener Ausdruck. Johanna hielt hinter seinem Wagen an und fragte sich, was sie nur tun sollte. Sie hatte sich so darauf gefreut, nach Hause zu kommen, sich einzuschließen, vielleicht ins Bett zu gehen und stundenlang zu schlafen, ohne zu denken. Aber da war er, drang in ihre Privatsphäre ein, stahl ihr die stillen Stunden. Das Schlimmste daran war, dass sie glücklich, so glücklich war, ihn zu sehen.

„Du hast lange gearbeitet." Er erhob sich, ging ihr aber nicht entgegen.

„Eine Menge Dinge haben sich auf einmal zugespitzt."

Sam wartete, bis sie vor ihm stand. „Ich weiß, was du meinst." Nun berührte er sie, nur ein Streicheln über ihre Wange. „Du siehst müde aus."

„Das hat man mir bereits gesagt, in regelmäßigen Abständen."

„Lässt du mich reinkommen?"

„Gut." Er hatte sie nicht geküsst. Johanna hatte es diesmal erwartet, war darauf vorbereitet. Während sie sich zum Haus wandte, vermutete sie, dass er es gerade deshalb nicht getan hatte. Sie sah den Korb und blieb stehen, als er ihn aufhob. „Hast du dir Verpflegung mitgebracht für den Fall, dass ich noch später gekommen wäre?"

„Eigentlich nicht." Er folgte ihr hinein. Es war genau wie beim letzten Mal, sauber, heimelig, nach einer dezenten Duftmischung und frischen Blumen riechend. Diesmal waren es Pfingstrosen, üppige rote Blüten in einem dunkelblauen Krug.

Johanna begann, sich die Schuhe auszuziehen, besann sich und stellte ihre Aktentasche ab. „Kann ich dir etwas zu trinken holen?"

„Warum setzt du dich nicht hin, und ich hole dir etwas?" Er stellte den Korb neben dem Blumenkrug ab. „Ich habe schließlich Urlaub, weißt du noch?"

„Normalerweise trinke ich nur Kaffee, aber ..."

„Gut. Ich koche welchen."

„Aber ..."

„Entspanne dich, Johanna. Es dauert nur einen Augenblick."

Er ging davon, während sie auf der Stelle stehenblieb. Soweit sie sich erinnern konnte, hatte noch niemand sie so oft unterbrochen. Nun, er hat sich selbst eingeladen, dachte sie.

Er konnte ebenso gut den Kaffee kochen wie sie. Und sie wollte sich wirklich setzen.

Sie wählte die Sofaecke und beschloss, die Augen zu schonen, bis sie Sam zurückkehren hörte. Sie unterdrückte ein Gähnen, schloss die Augen und war innerhalb von Sekunden eingeschlafen.

Johanna erwachte ebenso plötzlich. Irgendwie hatte sie sich auf das Sofa gekuschelt und sich eine Decke bis zum Kinn hochgezogen. Sie setzte sich auf und fuhr sich mit der Hand durch das Haar, bevor sie Sam gegenübersitzen und Kaffee trinken sah. „Es tut mir leid." Sie räusperte sich. „Ich muss eingedöst sein."

Sie hatte eine halbe Stunde lang wie ein Murmeltier geschlafen. Er selbst hatte sie zugedeckt. „Wie fühlst du dich?"

„Verlegen."

Er lächelte und ging zur Kaffeekanne, die er auf ein Stövchen gestellt hatte. „Möchtest du jetzt welchen?"

„Ja, danke."

„Du hast letzte Nacht nicht viel geschlafen."

„Nein." Sie nahm den Kaffee und musterte die kleine, bemalte Tasse, so als wäre sie fasziniert davon. „Du auch nicht."

„Ich habe auch nicht zehn Stunden gearbeitet." Er setzte sich neben sie.

Sie sprang auf. „Ich bin am Verhungern", sagte sie hastig. „Ich habe nicht viel im Haus, aber ich kann ein paar Sandwiches herrichten."

„Ich helfe dir."

Während er aufstand, schlüpfte sie aus dem Jackett. „Schon gut, es macht keine Mühe." Nervös drehte sie die Jacke um und verstreute den Tascheninhalt auf dem Boden.

Sam bückte sich und hob Wechselgeld, eine Haarnadel und den Rest der Rolle Magentabletten auf. „Wozu brauchst du die?"

„Zum Überleben." Sie nahm ihm alles ab und legte es auf den Tisch.

„Du setzt dich zu starkem Druck aus. Wie viele von diesen nimmst du?"

„Herrje, Sam, das sind eher Bonbons als Medizin."

Ihr defensiver Ton ließ ihn vermuten, dass sie zu viele nahm. „Ich bin berechtigt, mich um dich zu sorgen." Als sie den Kopf zu schütteln begann, nahm er ihr Kinn in die Hand. „Doch, das bin ich. Ich liebe dich, Johanna, ob du das schon verkraften kannst oder nicht."

„Du drängst mich zu schnell."

„Ich habe noch nicht einmal angefangen, dich zu drängen."

Ihr Gesicht noch immer in der Hand gefangen, küsste er sie. Seine Lippen verlangten eine Reaktion, nichts Schüchternes, nichts Kühles. Sie spürte den Anflug von Zorn auf ihnen, die Spur von Verzweiflung. Verlangen, von anderen Gefühlen angestachelt, übernahm die Macht. Wäre es möglich gewesen, wäre sie zurückgewichen, hätte es auf der Stelle beendet. Aber es war nicht möglich.

Sie berührte seine Wange, ohne sich bewusst zu sein, dass sie zu besänftigen suchte. Als sich der Kuss vertiefte, ließ sie die Hand in sein Haar hinaufgleiten.

Sein Name klang wie ein Seufzer an seinen Lippen.

Es war erneut wie ein Wirbelsturm, schnell und heftig. Diesmal war sie es, die an seinem Hemd zerrte, die den Kontakt, das intime, geheimnisvolle Gefühl von Haut an Haut wollte. Ihr Verlangen war das Sprungbrett für seines. Umschlungen stolperten sie auf die Couch.

Selbst in der vergangenen Nacht, beim ersten Aufkeimen der Leidenschaft, war sie nicht so gewesen. Sie zitterte wie zuvor, aber diesmal war es Vorfreude, ja sogar Ungeduld, die sie durchströmte. Mitgerissen zu werden war nicht das, was sie nun suchte. Genommen zu werden war nicht genug. Sie hatte nur eine Nacht gebraucht, um ihre Macht zu erkennen. Nun wurde sie getrieben, sie erneut zu erproben.

Sam bemühte sich, sanft zu bleiben, während ihre Beharrlichkeit sein Verlangen anstachelte. Ihr Mund, offen und hungrig, kostete seine Brust, Schultern, Kehle, während sie am Verschluss seiner Jeans zerrte und seine Bauchmuskeln hüpfen ließ.

„Johanna." Ebenso zu ihrem Schutz wie zu seinem versuchte er, das Tempo zu verlangsamen. Dann war ihr Mund wieder auf seinem, brachte ihn zum Schweigen, raubte ihm den letzten Rest Beherrschung.

Das letzte Licht des Tages strömte zu den Fenstern eines Raumes, der nach Blumen duftete, in einem Haus, das fast geheim in den Hügeln lag. Solange er lebte, würde er so an sie denken – in sanftem Licht, in frischen Düften, allein.

Sie hatte nicht gewusst, dass sie so sein konnte, so voller Verlangen, so verzweifelt nach Erfüllung. Leichtsinnig, gewagt, impulsiv. Sie spürte das Hemdhöschen, das er ihr am vergangenen Abend so behutsam ausgezogen hatte, zerreißen, als er die Barriere beseitigte.

Dann nahm sie ihn gefangen, zog ihn hinein, bäumte sich auf, als Entzücken sie durchströmte. Schnell, dann noch schneller, trieb sie beide in einem Spurt um jene letzte, blendende Erlösung.

Er hielt sie fest, selbst nachdem ihr Körper sich entspannt hatte, nachdem sein eigener sich geleert hatte. Ihre Schüchternheit hatte ihn entzückt, ihn gereizt, doch diese Johanna, die vor Leidenschaft erglühte, konnte ihn zu einem Sklaven machen. Er war sich nicht sicher, was er getan hatte. Er erinnerte sich nur an den ergreifenden, gigantischen Sturz in den Sinnestaumel. „Habe ich dir weh getan?", murmelte er.

„Nein." Sie war zu verblüfft über ihr eigenes Verhalten, um irgendwelche Schmerzen zu spüren. „Habe ich dir weh getan?"

Er grinste. „Wenn ja, dann habe ich es nicht gemerkt." Er versuchte, sie in eine bequemere Position zu bringen, und entdeckte das Hemdhöschen auf dem Boden. „Ich schulde dir neue Unterwäsche", murmelte er und hob es auf.

Johanna musterte den losen Träger und den aufgerissenen Saum. Abrupt lachte sie. Sie fühlte sich genauso, aufgerissen, und der Himmel allein wusste, was durch die Löcher eindringen würde. „Ich habe vorher noch nie einen Mann attackiert", brachte sie hervor.

„Du kannst jederzeit an mir üben. Hier." Er hob sein Hemd auf und hängte es ihr über die Schultern. „Ich scheine dir immer ein Hemd zu leihen. Johanna, ich möchte, dass du mir sagst, was du fühlst. Ich muss es wissen."

Langsam, in der Hoffnung, ihre verstreuten Sinne zu sammeln, knöpfte sie das Hemd zu. „Es gibt Gründe … Ich kann nicht über sie reden, Sam, aber es gibt Gründe, warum ich nicht will, dass es ernst wird."

„Es ist schon ernst."

Er hatte recht. Sie wusste, dass er recht hatte, noch bevor sie in seine Augen blickte und es spürte. „Wie ernst?"

„Ich glaube, du weißt es. Ich bin bereit, es dir noch einmal zu erklären."

Sie war nicht fair. Es war so wichtig und manchmal so unmöglich, fair zu sein. Es gab zu vieles, das sie ihm nicht sagen konnte. Zu vieles, das er nie verstehen würde, selbst wenn sie es könnte. „Ich brauche Zeit."

„Ich habe ein paar Stunden."

„Bitte."

„Also gut." Es war nicht leicht, aber er schwor sich, ihr Zeit zu lassen, obwohl er spürte, wie die Zeit ihm entrann. Er zog sich die Jeans an, erinnerte sich dann an den Korb. „Ich hätte es fast vergessen. Ich habe dir ein Geschenk mitgebracht." Er nahm den Korb auf und stellte ihn ihr in den Schoß.

Er bedrängte sie nicht. Sie warf ihm einen schnellen, dankbaren Blick zu, fügte dann ein Lächeln hinzu. „Was denn? Ein Picknick?" Sie schlug den Deckel zurück, doch statt kalten Hähnchens sah sie ein kleines, schlummerndes Kätzchen. Sie nahm es heraus und war augenblicklich verliebt. „O Sam, es ist entzückend." Das Kätzchen miaute verschlafen und rieb das rostbraune Fell an ihrer Wange.

„Blanche hat letzten Monat geworfen." Er kraulte die Ohren des Kätzchens.

„Blanche? Wie Blanche Dubois aus ,Endstation Sehnsucht'?"

„Du hast es erfasst. Sie ist gewissermaßen eine verblichene Schönheit, die gern die Kater gegeneinander ausspielt."

Das Kätzchen kletterte an dem Hemd hinab und begann, mit einem Knopf zu kämpfen. Johanna drehte sich zu Sam um, während er das Kätzchen streichelte. „Danke." Zum ersten Mal schlang sie die Arme um seinen Nacken und drückte ihn.

9. KAPITEL

*E*r wusste, dass er nicht nervös zu sein brauchte. Es war eine ausgezeichnete Produktion, mit einem hervorragenden Drehbuch, einer Spitzenbesetzung und einem talentierten Regisseur. Er hatte bereits die erste Kopie und die Vorschau gesehen. Er wusste, dass er gute Arbeit geleistet hatte. Dennoch lief er umher und beobachtete die Uhr und wünschte, es wäre schon neun. Nein, er wünschte, es wäre elf und das verdammte Ding wäre vorüber.

Es war schlimmer, weil Johanna sich in das Drehbuch vertieft hatte, das Max Heddison ihm geschickt hatte. Daher blieb Sam nichts anderes übrig, als sich zu sorgen, den Brandy zu trinken, nach dem ihn nicht verlangte, und im Wohnzimmer umherzuwandern. Sogar das rostbraune Kätzchen, das Johanna Lucy getauft hatte, war zu beschäftigt, um sich um ihn zu kümmern. Es kämpfte mit einem Wollknäuel zu Johannas Füßen.

Sam setzte sich, blätterte in der Sonntagszeitung, stand wieder auf.

„Du könntest als Abwechslung draußen etwas spazieren gehen", schlug Johanna vor.

„Sie hat gesprochen! Johanna, warum fahren wir nicht irgendwo hin?"

„Ich muss das hier zu Ende lesen. Sam, Michael ist eine wundervolle Rolle für dich, eine wirklich wundervolle Rolle."

Das hatte er bereits entschieden, aber es war Luke, der in einer halben Stunde Millionen von Augen präsentiert wurde, der ihm Sorgen bereitete. Wenn er Michael übernahm, wäre es eine andere Sorge zu einem anderen Zeitpunkt. „Ja. Johanna, es ist schlecht für die Augen, den Text so nahe zu halten."

Automatisch hielt sie den Text weiter ab. Doch kaum eine Minute später hatte sie ihn wieder direkt vor der Nase. „Es ist wundervoll, wirklich wundervoll. Du wirst annehmen, oder?"

„Für die Chance, mit Max Heddison zu arbeiten, würde ich auch annehmen, wenn es Schund wäre."

„Dann hast du Glück, dass es brillant ist. Diese Szene hier, die am Heiligabend ist, ist einfach hinreißend."

Er blieb lange genug stehen, um sie anzusehen. Sie las die Szene noch einmal, genauso gefesselt wie beim ersten Mal. Und der Text war einen Zentimeter von ihrem Gesicht entfernt. „Wenn du so weitermachst, wirst du bald eine Brille brauchen." Er sah ihr flüchtiges Stirnrunzeln und vergaß seine Unruhe so weit, um zu lächeln. „Es sei denn, du brauchst schon eine."

Ohne aufzublicken, blätterte sie eine Seite um. „Sei still, Sam. Du störst meine Konzentration."

Doch er zog den Text fort und hielt ihn in vernünftigem Abstand. „Lies mir etwas vor."

„Du weißt doch schon, was drinsteht." Sie griff nach dem Text, doch er zog ihn zurück.

„Du kannst es nicht, oder? Wo ist deine Brille, Johanna?"

„Ich brauche keine Brille."

„Dann lies mir etwas vor."

Sie kniff die Augen zusammen, doch die Worte verschwammen. „Meine Augen sind nur müde."

„Unsinn." Er legte den Text nieder und ergriff ihre Hände. „Sag mir bloß nicht, dass meine vernünftige Johanna zu eitel ist, um eine Lesebrille zu tragen."

„Ich bin nicht eitel, und ich brauche keine Brille."

„Du würdest niedlich damit aussehen." Als sie ihm ihre Hände entzog, formte er zwei Kreise mit Daumen und Zeigefingern und hielt sie vor ihre Augen. „Gewissenhaft sexy. Ein dunkler Rahmen – ja, das wäre am besten. Sehr konservativ. Ich würde gern mit dir ins Bett gehen, wenn du sie trägst."

„Ich trage sie nie."

„Aha, also hast du eine. Wo?"

Sie wollte nach dem Text greifen, doch er hielt sie zurück. „Du versuchst nur, dich abzulenken."

„Du hast recht, Johanna. Ich werde verrückt hier drinnen."

Sie wurde weich genug, um sein Gesicht zu berühren. Es war etwas, das sie noch immer selten tat. Automatisch legte er eine Hand auf ihre und hielt sie fest. „Die Kritiken hätten nicht besser ausfallen können, Sam. Amerika wartet mit angehaltenem Atem auf neun Uhr."

„Und Amerika könnte um Viertel nach neun schnarchen."

„Auf keinen Fall." Sie griff zur Fernbedienung, um das Gerät einzuschalten. „Setz dich. Wir sehen uns etwas anderes an, bis es anfängt."

Er glitt zu ihr in den Sessel, rückte sie zurecht, bis sie auf seinem Schoß ruhte. „Ich möchte lieber an deinem Ohr knabbern, bis es anfängt."

„Dann würden wir die erste Szene verpassen." Zufrieden bettete sie den Kopf an seine Schulter.

Es ist ein seltsames Wochenende, dachte Johanna. Er war bei ihr geblieben. Nach anfänglichem Unbehagen waren sie in eine schlichte Routine verfallen, die gar keine Routine war. Liebesspiele, Schlaf, Spaziergänge, die kleinen erforderlichen Haushaltspflichten, sogar eine Fahrt zum Markt, mit viel Aufhebens um frisches Gemüse.

Seit achtundvierzig Stunden fühlte sie sich nicht wie eine Produzentin, noch dachte sie von Sam als Schauspieler. Oder als Berühmtheit. Er war ihr Liebhaber – oder, wie er es einmal ausgedrückt hatte, ihr Begleiter. Wie schön wäre das Leben, wenn es so einfach wäre. Es fiel ihr schwer, sogar diese zwei kurzen Tage lang, so zu tun, als könnte es sein. Es fiel ihr wesentlich weniger schwer, es sich zu wünschen.

Sie hatte sein Leben verändert. Er wusste nicht, wie er es ihr hätte erklären können, aber sie hatte sein Leben verändert. Das wusste er mit Sicherheit, seit er das Drehbuch bekommen hatte.

Max Heddison hatte Wort gehalten. Sam hatte sich wie ein Schauspielschüler im ersten Jahr gefühlt, dem eine Hauptrolle in einer Sommeraufführung angeboten wird. Natürlich hatte Marv es ihm geschickt, zusammen mit dessen Meinung über das Potenzial, die alte Schule und die neue, die Gewinnanteile. Sam hatte all das beachtet. Es war klug, nie zu vergessen, dass das Show-Geschäft ein Geschäft blieb. Dann hatte er das Drehbuch verschlungen.

Die Gestalt des Michael war komplex, verwirrt und verzweifelt bemüht, das Geheimnis seines viel geliebten, viel gehassten Vaters zu enthüllen. Er konnte sich Max Heddison lebhaft in der Rolle vorstellen. Langsam hatte er das Drehbuch noch einmal gelesen und dabei versucht, es als Einheit zu beurteilen. Und er hatte erkannt, dass er es spielen wollte. Spielen musste.

Doch statt zum Hörer zu greifen, Marv anzurufen und ihm seine Einwilligung zu geben, hatte er das Drehbuch eingesammelt und zu Johanna gebracht. Es war ihm wichtig, dass sie es las. Er brauchte ihre Meinung, obgleich er sich seine ganze Karriere hindurch stets nach seinem eigenen Instinkt gerichtet hatte. Agent oder nicht, die letzte Entscheidung hatte er stets selbst getroffen. Nun war das anders.

Innerhalb weniger Wochen war sie ein Bestandteil seines Lebens, seiner Gedanken, seiner Motive geworden. Er war nicht länger allein. Nun war sie da, um mit ihm teilzuhaben – an den großen Dingen wie dem Drehbuch, und an den kleinen wie einem Wurf Kätzchen. Sie war zwar noch immer zurückhaltend, aber in den letzten zwei Tagen hatte sie sich mehr entspannt. Sie schien sich sogar beinahe daran gewöhnt zu haben, neben ihm aufzuwachen.

Ich lasse ihr Zeit, dachte Sam, während er mit den Lippen über ihr Haar streichelte. Aber gleichzeitig näherte er sich seinem Ziel.

„Jetzt kommt der Vorspann", murmelte Johanna und riss ihn damit zurück in die Wirklichkeit.

Sein Magen verkrampfte sich, obwohl er es zu verhindern suchte, so wie jedes Mal, wenn er sich darauf vorbereitete, sich selbst auf dem Bildschirm zu beobachten. Er wurde eingeblendet, nur in seinen verwaschenen Jeans, mit einem verbeulten Panamahut auf dem Kopf und einem Grinsen auf dem Gesicht.

„Eine hübsche Brust." Sie lächelte und küsste ihn auf die Wange.

„Sie haben mich andauernd eingesprüht, damit sie so schön glänzt. Fahren Frauen wirklich auf eine schweißnasse Brust ab?"

„Darauf kannst du wetten." Sie kuschelte sich zurecht und starrte auf den Bildschirm.

Sie war gefesselt, noch bevor die ersten fünf Minuten vorüber waren. Luke tauchte in der Stadt auf, mit zwei Dollar in der Tasche, einem zweifelhaften Ruf und einem Blick für Frauen. Sie wusste, dass es Sam war, der seine künstlerischen Fähigkeiten mit denen des Autors verschmelzen ließ, aber es wirkte echt. Fast konnte man den Schweiß und die Langeweile der verschlafenen Kleinstadt in Georgia riechen.

Während der ersten Werbepause glitt er auf den Fußboden, um ihr den Sessel zu überlassen. Er wollte sie jetzt nicht fragen, wollte ihre Konzentration nicht stören. Aber er legte eine Hand auf ihre Wade.

Zwei Stunden lang sagten sie nichts. Sie stand einmal auf und kehrte mit kühlen Getränken zurück, aber sie wechselten kein Wort. Auf dem Bildschirm beobachtete sie den Mann, mit dem sie schlief, den sie liebte, wie er eine andere Frau verführte. Sie sah ihn eine Schlägerei umgehen und eine andere beginnen. Er betrank sich. Er blutete. Er log.

Aber sie sah ihn nicht länger als Sam. Der Mann, den sie beobachtete, war Luke. Sie spürte den leichten Druck von Sams Fingern auf ihrem Bein und hielt den Blick auf Luke geheftet.

Er war unwiderstehlich. Er war unverzeihlich.

Am Ende des ersten Teils war sie völlig hingerissen.

Sam sagte immer noch nichts. Sein Instinkt verriet ihm, dass es gut war. Es war mehr als gut. Es war das Beste, was er je geleistet hatte. Alles passte zusammen – die Darstellung, die Atmosphäre, der zweideutige

Text, der von Anfang an seine Fantasie und seinen Ehrgeiz angeregt hatte. Aber er wollte es von ihr hören.

Er stand auf und setzte sich auf die Sessellehne. Johanna, seine Johanna, starrte noch immer stirnrunzelnd auf den Bildschirm. „Wie konnte er ihr das antun?", wollte sie wissen. „Wie konnte er sie derart ausnutzen?"

Sam zögerte einen Moment. „Er ist eben so. Er hat nichts anderes gelernt."

„Aber sie vertraut ihm. Sie weiß, dass er gelogen und betrogen hat, trotzdem vertraut sie ihm. Und er ist …"

„Was?"

„Er ist ein Schuft, aber … Verdammt, er hat etwas Zwingendes an sich, etwas Liebenswertes. Man will einfach glauben, dass er sich ändern könnte, dass sie ihn ändern könnte." Aufgewühlt, bewegt blickte sie zu ihm auf. „Wieso grinst du?"

„Es hat geklappt." Er zog sie zu sich hinauf und küsste sie. „Es hat geklappt, Johanna."

Sie wich ein wenig zurück, um Luft holen zu können. „Ich habe dir nicht gesagt, wie gut ich dich finde."

„Du hast es soeben getan." Er küsste sie erneut und begann, ihre Bluse hochzuziehen.

„Sam …"

„Ich fühle mich plötzlich so energiegeladen – unglaublich energiegeladen. Lass es mich dir zeigen." Er glitt hinab in den Sessel und zog sie mit sich.

„Moment." Sie lachte und stöhnte dann, als seine Hände auf Wanderschaft gingen. „Sam, gib mir eine Minute."

„Ich habe Stunden für dich. Stunden und Stunden."

„Sam!" Lachend schob sie ihn zurück. „Ich will mit dir reden."

„Wird es lange dauern?" Er zog am Verschluss ihrer Hose.

„Nein." Um ihn zurückzuhalten, umrahmte sie sein Gesicht mit den Händen. „Ich will dir sagen, wie außergewöhnlich du warst. Ich habe einmal behauptet, dass ich deine Filme nicht gesehen hätte, aber ich habe sie gesehen. Und du warst noch nie so gut wie heute Abend."

„Danke. Von dir bedeutet es mir sehr viel."

Sie holte tief Luft und drückte sich aus dem Sessel hoch. „Du hast sehr viel in diese Rolle hineingesteckt."

Sie wollte auf etwas hinaus. Obwohl er nicht sicher war, ob ihm die Richtung gefiel, ließ er sie gewähren. „Eine Rolle ist nichts wert, wenn man es nicht tut. Gar nichts ist es."

„Ich … ich vergesse beinahe, wer du bist, wenn wir so zusammen sind. In den letzten Wochen, hier und auf der Ranch, bist du mir nicht wie der berühmte Sam Weaver vorgekommen."

Verwirrt erhob er sich ebenfalls. „Johanna, du willst doch wohl nicht sagen, dass Schauspieler dich einschüchtern? Du hattest doch dein Leben lang mit dieser Branche zu tun."

„Mein Leben lang", murmelte sie nachdenklich. Sie wollte Sam nicht lieben. Sie wollte niemanden lieben, aber vor allem nicht einen Schauspieler, einen Filmstar, ein Idol. Das Problem war, dass sie es bereits tat. „Es geht nicht darum, eingeschüchtert zu sein, sondern darum, dass ich so leicht vergesse, dass du nicht ein gewöhnlicher Mann bist, dem ich zufällig begegnet bin und den ich inzwischen gern habe."

„Gern habe", wiederholte er gedehnt. „Nun, wir bessern uns." Er hielt sie an den Schultern fest. Seine gemächliche Sprechweise konnte vergessen lassen, wie schnell er war. „Ich weiß nicht, was das alles soll, aber das werden wir gleich klären. Jetzt möchte ich erst einmal, dass du mich ansiehst. Sieh mich richtig an, Johanna", verlangte er und schüttelte sie sacht. „Und sag mir, ob du mich liebst."

„Ich habe nie gesagt …"

„Niemand weiß besser als ich, was du nie gesagt hast." Er zog sie etwas näher an sich heran und bestand darauf, dass sie seinem Blick standhielt. „Ich will es jetzt hören, und es hat nichts damit zu tun, wie ich meinen Lebensunterhalt verdiene, was die Kritiker sagen oder wie viel ich an der Kinokasse wert bin. Liebst du mich?"

Sie wollte den Kopf schütteln, aber sie konnte den Kopf einfach nicht zwingen, sich zu bewegen. Wie konnte sie lügen, wenn Sam sie ansah, wenn er sie berührte? Sie holte tief Luft, um sicherzugehen, dass ihre Stimme ruhig klang. „Ja."

Er wollte sie einfach an sich ziehen und festhalten. Aber er wusste, dass er nicht nur die Worte hören musste, sondern dass sie es aussprechen musste. „Ja was?"

„Ja, ich liebe dich."

Lange Zeit blickte er sie an. Sie zitterte ein wenig, daher senkte er den Kopf und drückte die Lippen auf ihre Stirn. Er wusste nicht, warum es so schwer für sie war, es zu sagen. Noch nicht. Aber er war entschlossen, es herauszufinden. „Das sollte die Situation erleichtern."

„Aber das tut es nicht", murmelte sie. „Es ändert nichts."

„Wir müssen darüber reden. Setzen wir uns."

Sie nickte. Sie wusste nicht, was es zu sagen gab, aber es musste etwas geben. Um sich gelassen zu zeigen, wollte sie zur Haustür gehen und sie für die Nacht verschließen. Da hörte sie den kurzen Bericht in den Abendnachrichten.

„Wie wir soeben erfuhren, erlitt Carl W. Patterson, der bekannte Produzent, heute Abend einen Herzanfall. Ein Krankenwagen wurde zu seinem Anwesen in Beverly Hills gerufen, das er mit seiner Verlobten Toni DuMonde teilt. Sein Zustand ist zu dieser Stunde weiterhin kritisch."

„Johanna." Sam legte eine Hand auf ihren Arm. Sie hatte nicht um Atem gerungen oder aufgeschrien. Es standen keine Tränen in ihren Augen. Sie war einfach abrupt stehen geblieben, so als wäre sie gegen eine Wand gelaufen. „Hol deine Tasche. Ich fahre dich ins Krankenhaus."

„Was?"

„Ich fahre dich hin." Er stellte den Fernseher ab und holte selbst ihre Tasche. „Komm."

Sie nickte nur und ließ sich hinausführen.

Niemand hatte Johanna benachrichtigt. Das fiel Sam als seltsam auf, während sie mit dem Fahrstuhl zur Intensivstation hinauffuhren. Ihr Vater hatte einen Herzinfarkt erlitten, und sie war nicht benachrichtigt worden.

Im vergangenen Jahr, als seine Mutter sich bei einem bösen Sturz auf dem Eis einen Knöchel gebrochen hatte, war er innerhalb weniger Stunden dreimal angerufen worden. Von seiner Schwester, von seinem Vater und dann von seiner Mutter, die ihm gesagt hatte, dass seine Schwester und sein Vater Wichtigtuer seien.

Dennoch hatte ihn der Knöchel so sehr beunruhigt, dass er hastig einige Termine verschoben hatte, um nach Hause fahren zu können. Er hatte nur sechsunddreißig Stunden Zeit gehabt, aber das hatte gereicht, um selbst nach seiner Mutter zu sehen, ihren Gipsverband zu signieren und sich zu beruhigen.

Und ein gebrochener Knöchel war etwas ganz anderes als ein Herzanfall.

Johanna war Pattersons einziges Kind, dennoch hatte sie in den Elf-Uhr-Nachrichten von der Krankheit ihres Vaters erfahren müssen. Selbst wenn sie sich nicht sehr nahestanden, wie er bereits gefolgert hatte, waren sie dennoch eine Familie. Nach seiner Erfahrung hielten Familien in Krisenzeiten zusammen.

Sie hatte kaum ein Wort gesagt seit dem Verlassen des Hauses. Er hatte versucht, sie zu trösten, ihr Hoffnung zu geben, aber sie war nicht darauf eingegangen. Ihm schien, dass sie sich völlig mechanisch verhielt, blass, ein bisschen benommen, aber mit der automatischen Beherrschung, die sie mühelos wiedergewonnen hatte. Er beobachtete, wie sie sich der Nachtschwester näherte. Ihre Hände zitterten nicht. Ihre Stimme klang ruhig und fest, als sie sprach.

„Carl Patterson wurde heute Abend eingeliefert. Man hat mir unten gesagt, dass er hier ist."

Die Schwester – stämmig, Mitte Vierzig und an Nachtschicht gewöhnt – blickte kaum auf. „Es tut mir leid, aber wir dürfen keine Auskünfte über Patienten geben."

„Er ist mein Vater", sagte Johanna tonlos.

Die Schwester sah sie an. Reporter und Neugierige benutzten jegliche Art von Tricks, um Informationen über Berühmtheiten zu erlangen. Sie hatte an diesem Abend bereits einige von ihnen abgewehrt. Sie hielt die Frau ihr gegenüber nicht für eine Reporterin – und sie durfte sich ihres Gespürs dafür rühmen –, aber ihr war auch nicht gesagt worden, dass Familienmitglieder erwartet wurden.

Johanna erkannte die Zweifel und legte ihren Ausweis vor. „Ich möchte ihn sehen und mit dem behandelnden Arzt sprechen."

Die Schwester verspürte einen Anflug von Mitgefühl. Ihr Blick glitt zu Sam hinüber. Sie erkannte ihn, und obwohl sie ihrem Mann am Frühstückstisch von der Begegnung erzählen würde, war sie nicht sonderlich beeindruckt. Nach zwanzig Jahren als Krankenschwester in Beverly Hills war sie es gewohnt, Berühmtheiten zu sehen, oftmals krank, nackt und hilflos. Aber sie erinnerte sich, gelesen zu haben, dass Sam Weaver eine Affäre mit Carl Pattersons Tochter haben sollte.

„Ich werde gleich nach dem Arzt schicken, Miss Patterson. Den Korridor hinunter auf der linken Seite befindet sich ein Warteraum. Miss DuMonde ist bereits dort."

„Danke." Johanna wandte sich ab. Sie weigerte sich, über den Augenblick hinaus zu denken. Die Panik war verschwunden, dieser erste Anfall von Panik, der sie überfallen hatte, als sie die Nachricht gehört hatte. An deren Stelle war das Wissen getreten, dass sie einen Fuß vor den anderen setzen, dass sie tun musste, was immer zu tun war. Sie war es gewohnt, derartige Dinge allein zu meistern. „Sam, ich habe keine Ahnung, wie lange es dauern kann. Warum fährst du nicht nach Hause? Ich kann mir ein Taxi nehmen, wenn ich so weit bin."

„Sei nicht albern", sagte er nur.

Sie wollte sich zu ihm umdrehen, das Gesicht an seiner Brust bergen, sich festhalten lassen, passiv sein und ihn erledigen lassen, was immer getan werden musste. Stattdessen betrat sie den Warteraum.

„Sam!" Tonis Augen, bereits feucht, strömten über. Sie sprang vom Stuhl auf und warf sich in seine Arme. „Oh, Sam, ich bin ja so froh, dass du da bist! Es ist ein Albtraum. Ich bin ganz krank vor Sorge. Ich weiß nicht, was ich tun soll, wenn Carl stirbt."

„Reiß dich zusammen." Sam führte sie zum Stuhl zurück, entzündete dann eine der Zigaretten, die sie auf dem Tisch verstreut hatte. Er steckte sie ihr zwischen die Finger. „Was hat der Arzt gesagt?"

„Ich weiß nicht. Er hat so viele Fachausdrücke benutzt." Sie deutete auf einen blonden Mann in einem Dinnerjackett. „Ich hätte es nie ohne Jack überlebt. Hallo, Johanna." Sie schniefte in ein Spitzentaschentuch.

„Sam." Jack Vandear nickte ihm zu, während er Tonis Hand tätschelte. Er hatte bei zwei Patterson-Produktionen Regie geführt und war Sam mindestens ein halbes Dutzend Male auf Parties begegnet.

„Das ist Pattersons Tochter."

„Oh." Jack erhob sich und reichte Johanna die Hand.

„Ich möchte wissen, was passiert ist."

„Es war furchtbar." Toni blickte Johanna durch einen attraktiven Tränenschleier an. „Einfach furchtbar."

„Wir hatten eine kleine Dinnerparty", erklärte Jack. „Carl sah ein bisschen müde aus, aber ich dachte, er hätte nur zu viel gearbeitet, wie gewöhnlich. Dann schien er plötzlich nicht mehr atmen zu können. Er brach auf einem Stuhl zusammen. Er klagte über Schmerzen in der Brust und im Arm. Wir riefen einen Krankenwagen. Der Arzt sagt, dass es ein schwerer Herzinfarkt ist."

Toni stieß einen leisen, herzzerbrechenden Schluchzer aus und wurde ignoriert.

Johannas Beine zitterten. Sie konnte ihre Hände ruhig und ihre Miene unbewegt halten, aber sie konnte nicht verhindern, dass ihre Beine zitterten. Ein schwerer Herzinfarkt. Darlene, Carls geistreiche dritte Frau, hätte gesagt, dass er nie etwas halbherzig tat. „Hat er gesagt, wie die Chancen stehen?"

„Man hat uns überhaupt nicht viel gesagt."

„Wir warten schon ewig." Toni betupfte sich die Augen und zog dann an ihrer Zigarette. Auf ihre Art mochte sie Carl. Sie wollte ihn heiraten, obwohl sie wusste, dass sie am Ende des Regenbogens die

Scheidung erwartete. Scheidung war nicht so schlimm. Tod war etwas ganz anderes. „Die Presse kam fünf Minuten nach uns an. Ich wusste, wie sehr Carl es hassen würde, wenn darüber berichtet wird."

Johanna setzte sich und sah die Verlobte ihres Vaters zum ersten Mal richtig an. Was immer sie war, sie kannte Carl offensichtlich sehr gut.

Der Herzanfall war eine Schwäche, und er würde es nicht öffentlich bekannt geben wollen. „Ich kümmere mich um die Presse. Vielleicht wäre es am besten, wenn Sie beide", sagte sie zu Toni und Jack, „so wenig wie möglich mitteilen. Haben Sie ihn gesehen?"

„Nicht, seit er eingeliefert wurde." Toni drückte die Zigarette aus. „Ich hasse Krankenhäuser." Sie knetete ihr Taschentuch. Die Silberpailletten auf ihrem Abendkleid funkelten prunkvoll im schlichten Warteraum. „Wir wollten nächste Woche nach Monaco fahren. Carl hat dort geschäftlich zu tun, aber vor allem sollte es eine Art vorgezogene Hochzeitsreise sein. Er wirkte so ... so kraftvoll."

„Miss DuMonde?" Der Arzt betrat den Warteraum.

Sie sprang auf und ergriff seine Hände – der Inbegriff der verzweifelten Geliebten am Rande einer Hysterie. Es überraschte Toni selbst, dass es nur halb gespielt war. „Sagen Sie mir, dass Carl wieder gesund wird", flehte sie.

„Sein Zustand hat sich stabilisiert. Wir machen Tests, um das Ausmaß der Beschädigung festzustellen. Er ist ein starker Mann, Miss DuMonde." Er blickte Johanna an. „Sind Sie seine Tochter?"

Sie erhob sich. „Ja. Wie ernst ist sein Zustand?"

„Sehr ernst, muss ich leider sagen. Aber er bekommt die beste Fürsorge."

„Ich möchte ihn sehen."

„Nur für einen Augenblick. Miss DuMonde, kommen Sie mit?"

„Er würde nicht wollen, dass ich ihn so sehe."

„Er hat ein Beruhigungsmittel bekommen", sagte der Arzt, als Johanna ihm hinausfolgte. „Die nächsten vierundzwanzig Stunden sind kritisch, aber Ihr Vater ist noch relativ jung, Miss Patterson. Ein Zwischenfall wie dieser dient oft als Warnung, etwas kürzerzutreten."

„Wird er sterben?"

„Nicht, wenn wir es verhindern können." Der Arzt öffnete eine Glastür.

Da lag ihr Vater. Sie hatte in seinem Haus gelebt, an seinem Tisch gegessen, seine Vorschriften befolgt. Und sie kannte ihn kaum. Die Apparate, die seine Atmung unterstützten und seine Lebenszeichen abhörten, summten leise. Seine Augen waren geschlossen, seine Wangen bleich unter der Sonnenbräune. Er sah alt aus. Ihr fiel auf, dass sie ihn nie als alt angesehen hatte, nicht einmal als Kind, sondern als gut aussehend, jugendlich, kraftvoll.

Sie erinnerte sich, dass Toni dieses Wort benutzt hatte. Kraftvoll. Das war ihm so wichtig. Er hatte stets so ungehalten auf Schwächen, Ausflüchte, Krankheiten reagiert. Vielleicht war das der Grund, warum die Frauen ab der Mitte seines Lebens immer jünger geworden waren.

Er war ein harter Mann, sogar ein kalter Mann, aber er hatte immer voller Leben gesteckt. Er war ein Genie, das sie ebenso bewunderte wie fürchtete. Er war ein ehrlicher Mann, der zu seinem Wort stand, aber niemals mehr gab, als er selbst wollte.

Sie berührte ihn einmal, legte nur eine Hand auf seine. Es war eine Geste, die sie niemals vollzogen hätte, wäre er wach gewesen. „Wird es wieder passieren?"

„Die Chancen zu einer vollständigen Genesung stehen sehr gut, wenn er die Zigaretten wegwirft, den Alkoholkonsum einschränkt und weniger arbeitet. Und natürlich muss er seine Diät einhalten."

Johanna schüttelte den Kopf. „Ich kann mir nicht vorstellen, dass er auch nur eines dieser Dinge befolgt."

„Die meisten Menschen tun Dinge, die andere sich nicht vorstellen können, wenn sie erst einmal auf der Intensivstation gelegen haben", entgegnete der Arzt. „Es ist natürlich seine Entscheidung, aber er ist kein dummer Mann."

„Nein, das ist er nicht." Sie zog ihre Hand zurück. „Wann wird er aufwachen?"

„Morgen früh können Sie wahrscheinlich mit ihm sprechen."

„Ich wäre sehr dankbar für einen Anruf, falls sich sein Zustand zwischenzeitlich verändert. Ich hinterlasse meine Telefonnummer bei der Nachtschwester."

„Morgen früh werde ich Ihnen mehr sagen können." Der Arzt öffnete die Tür. „Sie sollten sich auch etwas ausruhen. Ein genesender Herzpatient kann anstrengend sein."

„Danke." Allein ging Johanna den Korridor entlang. Aus Selbstschutz verdrängte sie das Bild ihres Vaters in einem Krankenhausbett. Sobald sie das Wartezimmer betrat, stürmte Toni zu ihr und ergriff ihre Hände.

„Wie geht es ihm, Johanna? Sagen Sie mir die Wahrheit!"

„Er ruht. Der Arzt ist recht optimistisch."

„Dem Himmel sei Dank."

„Carl wird sein Leben ändern müssen – Diät, weniger Arbeit und so weiter. Sie werden ihn morgen besuchen können."

„Oh, ich muss schrecklich aussehen." Toni griff bereits nach ihrer Puderdose. „Ich muss etwas dagegen unternehmen. Ich möchte nicht, dass er mich mit roten Augen und unordentlicher Frisur sieht."

Johanna unterdrückte eine sarkastische Bemerkung. „Er wird nicht vor morgen früh aufwachen. Ich werde mich um die Presse kümmern und veranlassen, dass sein Publizist eine Meldung aufsetzt. Es könnte ein paar Tage dauern, bis Carl in der Lage ist, solche Entscheidungen zu treffen." Sie zögerte einen Moment. Es fiel ihr schwer, sich ihren Vater als entscheidungsunfähig vorzustellen. „Das Wichtigste ist für Sie, dass Sie ihn beruhigen. Gehen Sie nach Hause und schlafen Sie. Das Krankenhaus wird anrufen, falls sich sein Zustand ändert."

„Wie steht es mit dir?", fragte Sam, als Jack und Toni gegangen waren. „Wie fühlst du dich?"

„Mir geht es gut."

Um es selbst zu beurteilen, nahm er ihr Kinn in die Hand. Da stimmt etwas nicht mit ihren Augen, dachte er. Es war mehr als Schreck, etwas anderes als Trauer. Große Geheimnisse, entschied er. Große Ängste. „Sprich mit mir, Johanna."

„Ich habe dir alles gesagt."

„Ja, über den Zustand deines Vaters." Obwohl sie zurückweichen wollte, hielt er sie fest. „Ich will über deinen Bescheid wissen."

„Ich bin ein bisschen müde. Ich möchte nach Hause gehen."

„Gut. Wir fahren zurück. Aber ich bleibe bei dir."

„Sam, das ist nicht nötig."

„Es ist dringend nötig. Komm, gehen wir heim."

10. KAPITEL

Es war ein Uhr morgens durch, als sie Johannas Haus erreichten, aber sie ging schnurstracks zum Telefon. Mit einem Bleistift in der Hand blätterte sie in ihrem Adressbuch. „Es wird nicht lange dauern", sagte sie zu Sam, „aber du brauchst nicht aufzubleiben."

„Ich warte." Es gab einiges, was gesagt werden musste, und er wollte es gesagt wissen, bevor sie wieder ihre Barrikaden errichten konnte.

Es gab wenig genug, was sie tun konnte. Sie war sicher, dass ihr Vater höchstens eine geringfügige Einmischung von ihr duldete, aber gewiss wollte er seine Leute informiert wissen. Sie unterrichtete seinen Publizisten und entwarf dann eine schlichte, kurze Pressemitteilung.

Während sie Carls Assistenten beruhigte und Anweisungen gab, reichte Sam ihr einen Becher. Dankbar nippte sie daran. Sie hatte Kaffee erwartet, doch sie schmeckte den entspannenden Kräutertee, den sie sich gelegentlich nach einem besonders langen Tag aufbrühte.

„Morgen werde ich Ihnen mehr sagen können, Whitfield. Nein, was immer Sie oder einer der anderen Mitarbeiter nicht erledigen kann, muss gestrichen werden. Das scheint mir Ihr Problem zu sein, oder?"

Sam konnte nicht umhin, über ihren Ton zu lächeln. Von einem Produzenten hatte er nie etwas Besseres gehört.

„Wo ist Loman? Nun, dann rufen Sie ihn zurück." Sie machte hastig eine Notiz auf einem Block. „Ja, das stimmt. In ein paar Tagen wird Carl Ihnen bestimmt selbst Instruktionen geben können, aber ich glaube nicht, dass Sie in den nächsten achtundvierzig Stunden mit ihm darüber oder über etwas anderes sprechen können." Ihr Ton wurde kühl. „Darum geht es hier nicht, Whitfield. Sie werden Carl bis auf Weiteres als unerreichbar betrachten müssen. Nein, nicht ich werde die Verantwortung übernehmen, sondern Sie. Dafür werden Sie schließlich bezahlt."

Sie legte den Hörer auf. „Idiot", murmelte sie, während sie nach ihrem Tee griff. „Seine Hauptsorge ist, dass Carl darauf bestanden hat, den Schnitt von ‚Felder des Feuers' zu beaufsichtigen, und dass der Herzinfarkt das Projekt verzögert."

„Bist du fertig?"

Stirnrunzelnd überflog sie ihre Notizen. „Ich glaube nicht, dass ich noch mehr tun kann."

„Dann komm und setz dich." Er wartete, bis sie bei ihm auf dem Sofa saß, schenkte ihr dann Tee aus der Kanne nach. Er spürte ihre Verspannung, noch bevor er sie berührte, und massierte ihre Schultern. „Es ist schwer, wenn man nur warten kann."

„Ja"

„Du hältst dich sehr gut, Johanna."

Sie nippte Tee und starrte vor sich hin. „Ich hatte einen guten Lehrer."

„Erzähl mir von deinem Vater."

„Ich habe dir alles gesagt, was mir der Arzt gesagt hat."

„Das meine ich nicht." Sie verspannte sich erneut, noch während er sie massierte. „Erzähl mir von ihm, von dir und ihm."

„Es gibt eigentlich nichts zu erzählen. Wir standen uns nie besonders nahe."

„Wegen deiner Mutter?"

Sie erstarrte. „Was hat meine Mutter damit zu tun?"

„Ich weiß nicht. Sag du es mir. Johanna, man muss kein Klatsch-Fan sein, um zu wissen, dass deine Eltern sich scheiden ließen, als du wie alt warst – vier?"

„Ich war gerade fünf geworden." Es schmerzte noch immer. „Das gehört der Vergangenheit an, Sam."

Er war anderer Ansicht. Sein Instinkt sagte ihm, dass es ebenso zur Gegenwart gehörte wie er. „Sie ging zurück nach England, und dein Vater behielt das Sorgerecht für dich."

„Ihm blieb kaum eine andere Wahl." Die alte Bitterkeit kam wieder durch. Sie zwang sich mühsam, sie zu begraben. „Es ist wirklich nicht wichtig."

„Ich bin nicht Whitfield, Johanna", murmelte er. „Lass mir meinen Willen."

Sie schwieg so lange, dass er schon glaubte, eine andere Taktik anwenden zu müssen. Dann seufzte sie und sagte: „Meine Mutter ging zurück nach England, um zu versuchen, ihre Bühnenkarriere wieder aufzunehmen, die sie mit der Heirat geopfert hatte. Dort war kein Platz für mich."

„Du musst sie vermisst haben."

„Ich habe es überwunden."

Das glaubte er nicht. „Ich glaube nicht, dass eine Scheidung jemals leicht für ein Kind ist, aber es muss schlimmer sein, wenn ein Elternteil mehrere tausend Meilen entfernt lebt."

„Es war besser so, für alle. Sie stritten immer entsetzlich. Keiner von beiden war glücklich in der Ehe oder …" Sie brach ab, bevor sie aussprechen konnte, was sie dachte: mit mir. Keiner von beiden wollte mich. „Mit der Situation", schloss sie.

„Du warst noch ziemlich jung, um das schon zu verstehen."

„Man muss nicht sehr alt sein, um Tumult zu erkennen. Außerdem erklärte meine Mutter es mir. Sie schickte mir ein Telegramm vom Flughafen." Der Tee war erkaltet, aber sie nippte automatisch daran.

Ein Telegramm ist genau wie ein Brief, hatte die hübsche junge Zofe ihr erklärt. Wäre sie nicht neu im Haushalt gewesen, wäre das Telegramm Carl übergeben worden. Aber die Zofe war neugierig auf den Inhalt und mehr als bereit gewesen, Johanna beim Lesen zu helfen.

Mein kleiner Liebling, ich bedaure es sehr, Dich so zu verlassen, aber ich habe keine Wahl. Meine Situation, mein Leben, ist unerträglich geworden, Glaube mir, ich habe mich bemüht, aber ich bin zu der Einsicht gelangt, dass eine Scheidung, eine völlige Trennung von dem, was einmal war, die einzige Überlebensmöglichkeit für mich ist. Ich verachte mich selbst, weil ich Dich in den Händen Deines Vaters zurücklasse, aber meine sind zu schwach geworden. Eines Tages wirst Du es verstehen und mir verzeihen. In Liebe, Deine Mutter

Johanna erinnerte sich noch immer, Wort für Wort, obwohl sie damals lediglich verstanden hatte, dass ihre Mutter sie verließ, weil sie nicht glücklich war.

Sam starrte sie an. „Sie hat dir ein Telegramm geschickt?"

„Ja. Ich war nicht alt genug, um alles zu verstehen, aber ich habe begriffen, dass sie schrecklich unglücklich war und verzweifelt einen Ausweg suchte."

Miststück. Das Wort durchfuhr ihn hitzig. Er konnte sich nicht vorstellen, dass irgendjemand so selbstsüchtig war und sich vom einzigen Kind per Telegramm verabschiedete. Er erinnerte sich, dass Johanna ihm erzählt hatte, wie ihre Mutter mit ihr Enten fütterte. Doch er konnte diese beiden Handlungen nicht mit derselben Frau in Einklang bringen. „Es muss hart für dich gewesen sein." Er legte einen Arm um sie, so als könnte er sie vor dem schützen, was bereits geschehen war.

„Kinder sind widerstandsfähig." Sie erhob sich. Wenn er ihr Trost bot, würde sie zusammenbrechen. Sie war seit über zwanzig Jahren nicht zusammengebrochen. „Sie hat getan, was sie tun musste. Aber ich glaube nicht, dass sie jemals glücklich war. Sie starb vor zehn Jahren."

Selbstmord. Er verwünschte sich, weil es ihm nicht früher eingefallen war. Glenna Howard, Johannas unglückliche Mutter, hatte nie das erstrebte Comeback erreicht. Sie hatte ihre Enttäuschung mit Tabletten und Alkohol gelindert und schließlich vorsätzlich eine Überdosis von beidem genommen. „Es tut mir leid, Johanna. Es muss schrecklich für dich gewesen sein, sie zweimal zu verlieren."

„Ich kannte sie nie so gut." Erneut griff sie nach dem Tee, um ihre Hände zu beschäftigen. „Und es ist lange her."

Sam trat zu ihr, obgleich sie sich abwandte. Geduldig, aber entschlossen zog er sie an sich. „Ich glaube nicht, dass solche Dinge jemals aufhören, weh zu tun. Schließ mich nicht aus."

„Es hat keinen Sinn, das alles wieder aufzuwühlen."

„Ich glaube doch." Er nahm ihre Schultern. „Ich frage mich schon andauernd, warum du so abweisend bist. Zuerst dachte ich, es sei wegen einer schlechten Erfahrung mit einem anderen Mann. Aber es geht viel weiter zurück – und viel tiefer."

Sie schaute ihn an, mit beherrschter Miene, aber verzweifeltem Blick. Sie hatte zu viel gesagt, mehr als je zuvor, und dadurch waren die Erinnerungen allzu deutlich zurückgekehrt. „Ich bin nicht wie meine Mutter."

„Nein." Er streichelte ihr über das Haar. „Und du bist auch nicht wie dein Vater."

„Ich weiß nicht einmal, ob er überhaupt mein Vater ist." Sie erblasste, sobald sie es ausgesprochen hatte. Nicht ein einziges Mal in ihrem Leben hatte sie es laut gesagt, obwohl sie die Zweifel stets in sich getragen hatte.

„Johanna, wovon redest du?"

„Nichts. Gar nichts. Ich bin aufgebracht. Ich bin müde. Morgen wird ein schwerer Tag, Sam. Ich brauche Schlaf."

„Wir wissen beide, dass du zu aufgewühlt bist, um schlafen zu können." Er spürte sie heftig erschauern. „Und du wirst es sein, bis du nicht den Rest gesagt hast. Erzähl mir von deinem Vater, Johanna. Von Carl."

„Würdest du mich bitte in Ruhe lassen?" Ihre Stimme klang tränenerstickt. „Herrje, merkst du nicht, dass ich nicht mehr kann? Ich will nicht über meine Mutter sprechen. Ich will nicht über ihn sprechen. Er könnte sterben." Die Tränen ergossen sich, und sie wusste, dass sie verloren hatte. „Er könnte sterben, und ich müsste etwas fühlen. Aber ich fühle nichts. Ich weiß nicht einmal, wer er ist. Ich weiß nicht, wer ich bin."

Sie wehrte sich gegen Sam, drückte ihn fort, als er sie an sich zog, verfluchte ihn, als er sie festhielt. Dann brach sie in einen Weinkrampf aus.

Er bot ihr keine tröstenden Worte. Er hatte keine Ahnung, welche er hätte auswählen sollen. Stattdessen hob er sie auf die Arme. Er setzte sich, schmiegte sie an sich, streichelte ihr Haar und ließ sie weinen. Er hatte es nicht für möglich gehalten, dass jemand so viele Tränen in sich bergen konnte.

Sie fühlte sich krank. Ihre Kehle und ihre Augen brannten. Selbst als ihre Tränen versiegten, blieb das Gefühl der Übelkeit. Ihre Kraft war aufgezehrt, so als hätte jemand einen Stecker herausgezogen und sie dahinschwinden lassen. Sie widersprach nicht, als Sam sie von seinem Schoß hob und aufstand. Er ging fort. Sie akzeptierte es wortlos, obwohl ihr Herz einen weiteren Sprung zu erleiden schien.

Einen Augenblick später saß Sam wieder neben ihr und drückte ihr ein Glas in die Hand. „Vielleicht hilft es dir", murmelte er. „Trink langsam."

Hätte sie noch Tränen gehabt, wären weitere gefallen. Sie nickte und nippte an dem Brandy. „Ich hatte immer Ehrfurcht vor ihm", begann sie, ohne aufzublicken. „Ich weiß nicht einmal, ob ich ihn als Kind geliebt habe, aber er war immer der wichtigste Mensch in meinem Leben. Als meine Mutter fortging …" Sie nippte erneut an dem Glas. „Als meine Mutter fortging, hatte ich Angst, dass er mich auch verlassen würde, oder dass er mich fortschicken würde. Damals wusste ich nicht, wie wichtig es ihm war, sein Privatleben geheim zu halten. Die Öffentlichkeit konnte seine Romanzen und Ehen akzeptieren, aber wenn er sein einziges Kind fortgeschickt hätte, hätte es seinem Ansehen geschadet. Niemand vergaß, dass er mit Glenna Howard verheiratet gewesen war und dass sie ein Kind von ihm bekommen hatte. Niemand außer ihm selbst."

Wie konnte sie erklären, wie verlassen sie sich gefühlt hatte? „Es war schrecklich, als er wieder heiratete. Es war eine riesige, prunkvolle Hochzeit, mit vielen Fotografen, Mikrofonen, Fremden. Ich wurde herausgeputzt und sollte lächeln. Es war schrecklich. All die neugierigen Blicke und die Anspielungen auf meine Mutter. Er konnte es ignorieren, aber ich konnte nur denken, dass meine Mutter durch jemand anders ersetzt wurde, den ich nicht einmal kannte. Und ich musste lächeln."

Gefühllose, selbstsüchtige Idioten, dachte Sam, und verstärkte den Druck seines Armes um sie. „War sonst niemand da? Keine Familie?"

„Seine Eltern waren Jahre zuvor gestorben. Er ist bei seiner Großmutter aufgewachsen. Zu dem Zeitpunkt war sie auch schon tot. Ich habe sie nie gesehen. Ich hatte eine sogenannte Gouvernante, die für meinen Vater praktisch das Leben gelassen hätte. Die Frauen reagieren immer so auf ihn. Es war nicht zu verhindern. Meine Anwesenheit bei der Hochzeit war wichtig, wegen der Presse. Anschließend sah ich ihn drei Monate lang nicht. Er verbrachte viel Zeit in Italien."

„Du wurdest zurückgelassen."

„Ich ging zur Schule. Es war völlig legitim für ihn, mich bei meinen Erziehern zurückzulassen. Außerdem hatte seine zweite Frau nicht viel für Kinder übrig. Die wenigsten seiner Liaisons hatten es." Weil sie sein Mitgefühl spürte, schüttelte sie den Kopf. „Ich war glücklicher hier. Ich verbrachte viel Zeit bei den Heddisons. Sie waren wundervoll zu mir."

„Das freut mich." Er nahm ihre Hand. „Fahr fort."

„Es war nach seiner zweiten Scheidung, als er mit … mit irgendjemandem liiert war. Jedenfalls hatte ich keine Schule und tat mir selbst leid. Ich ging hinauf in sein Zimmer. Ich weiß nicht, warum, außer um dort zu sein, um zu versuchen, das Geheimnis meines Vaters zu lüften. Ich habe mich ihm gegenüber immer unzulänglich gefühlt. Ich schien irgendeinen Makel zu haben, der ihn davon abhielt, mich so zu lieben, wie es hätte sein sollen. Er hatte einen wundervollen alten Schreibtisch, mit unzähligen faszinierenden Fächern. Er war wieder einmal fort, und deshalb brauchte ich nicht zu befürchten, beim Schnüffeln ertappt zu werden. Ich fand Briefe. Einige waren von seinen Frauen, und ich war alt genug, um verlegen zu werden. Deshalb legte ich sie wieder fort."

Johanna holte tief Atem. „Dann fand ich einen von meiner Mutter. Einen alten, den sie gleich nach ihrer Rückkehr nach England geschrieben hatte. Manchmal hatte ich mich nicht mehr richtig an ihr Gesicht erinnern können, aber als ich den Brief fand, sah ich sie deutlich vor mir. Sie war so schön, so zart und geheimnisvoll. Ich konnte sogar ihre Stimme hören, diese geschulte, außergewöhnliche Stimme. Ich hatte sie so sehr geliebt."

Sam nahm ihr das Glas aus der Hand und stellte es auf den Tisch. „Du hast den Brief gelesen?"

„Ich wünsche aus tiefstem Herzen, ich hätte es nicht getan." Einen Moment lang schloss sie fest die Augen. „Sie muss wütend gewesen sein, als sie ihn schrieb. All der Zorn, die Bitterkeit, der Drang zu bestrafen, kamen zum Ausdruck. Ich wusste sogar schon als Kind, dass ihre Ehe nicht gut ging. Aber bis dahin hatte ich keine Ahnung, wie viel Hass sich zwischen ihnen aufgestaut hatte."

„Unter solchen Umständen sagt man oft Dinge, die man nicht wirklich meint."

„Nun, sie ist fort, und wir werden nie erfahren, ob sie es wirklich gemeint hat. Weder ich noch mein Vater ... oder besser: Carl." Ihre Kehle war wie ausgedörrt, aber sie mochte keinen Brandy mehr. „Sie brachte jeden Streit, jedes gebrochene Versprechen, jede wirkliche oder eingebildete Untreue zur Sprache. Dann fuhr sie wirklich schwere Geschütze auf. Der schlimmste Racheakt, den sie sich ausdenken konnte, war, dass sie ihm ein Kind aufbürdete, das nicht einmal von ihm sei. Nicht, dass sie den Namen des wirklichen Vaters verraten hätte, und es bestünde durchaus die Möglichkeit, dass es doch von ihm wäre, aber ... Sie wünschte ihm ein Leben lang voll höllischer Zweifel. Und weil ich den Brief gelesen habe, gab sie mir dasselbe."

Sam starrte lange Zeit aus dem Fenster in die Dunkelheit. Der Zorn war so stark, so dicht an der Oberfläche, dass er nicht zu sprechen wagte. Sie war ein Kind gewesen, unschuldig und hilflos. Und niemanden hatte es gekümmert. „Hast du je mit ihm darüber gesprochen?"

„Nein, es gab keinen Grund. Er hat sich mir gegenüber nicht verändert. Ich wurde gut versorgt, gut ausgebildet und durfte meine Interessen verfolgen, solange ich ihn nicht in Verlegenheit brachte."

„Sie haben dich nicht verdient. Keiner von beiden."

„Es ist nicht wichtig", sagte sie müde. „Ich bin kein Kind mehr." Von dem Augenblick an nicht mehr, als sie den Brief gelesen hatte.

„Mir ist es wichtig." Er nahm ihr Gesicht zwischen die Hände. „Du bist mir wichtig, Johanna."

„Ich wollte es dir nie sagen und auch niemandem sonst. Aber jetzt, da ich es getan habe, musst du verstehen, warum ich es mit uns nicht zu weit gehen lassen darf."

„Nein."

„Sam ..."

„Ich verstehe nur, dass du eine lausige Kindheit hattest, und dass Narben zurückgeblieben sein müssen."

Sie lachte trocken auf, während sie sich erhob. „Verstehst du denn nicht, dass meine Mutter krank war? Oh, es wurde vor der Presse verborgen, aber ich habe es herausgefunden. In den letzten Jahren ihres Lebens kam sie immer wieder in Sanatorien. Manische Depression,

Labilität, Alkoholsucht. Und Drogen …" Johanna presste die Finger auf die geschlossenen Augen und versuchte, sich zu beherrschen. „Sie hat mich nicht aufgezogen, aber sie war meine Mutter. Ich darf nicht vergessen, was ich von ihr geerbt haben könnte."

Langsam stand Sam auf. Sein erster Instinkt riet ihm, sie behutsam zu behandeln, doch dann erkannte er, dass es falsch wäre. Sie musste zur Vernunft gebracht werden. „Es sieht dir gar nicht ähnlich, so melodramatisch zu sein, Johanna."

Seine Worte hatten genau die beabsichtigte Wirkung. Zorn blitzte aus ihren Augen und brachte Farbe zurück auf ihre Wangen. „Wie kannst du es wagen, mir das zu sagen?"

„Wie kannst du es wagen, unzulängliche Ausflüchte zu machen, warum du dich nicht an mich binden kannst?"

„Es sind keine Ausflüchte, es sind Tatsachen."

„Mir ist völlig egal, wer deine Mutter war oder wer dein Vater ist. Ich liebe dich, Johanna. Früher oder später wirst du das akzeptieren und den nächsten Schritt wagen müssen."

„Ich habe dir von Anfang an gesagt, dass es zu nichts führen kann. Jetzt habe ich dir gesagt, warum nicht. Und das war nur die Hälfte. Meine Hälfte."

„Da ist also noch mehr?" Er hakte die Daumen in den Bund seiner Jeans. „Also gut, sag mir den Rest."

„Du bist Schauspieler."

„Da hast du recht, aber das ist keine vernünftige Antwort."

„Ich war mein Leben lang von Schauspielern umgeben", erklärte sie mit mühsamer Geduld. „Ich habe Verständnis für den Stress und die hohen Anforderungen des Berufs und für die Unmöglichkeit, ein wirkliches Privatleben zu führen. Und ich weiß, dass trotz bester Absicht und Mühe die Beziehungen darunter leiden. Wenn ich an die Ehe glaube – was ich nicht tue –, dann würde ich trotzdem nicht an eine Ehe mit einem Schauspieler glauben."

„Ich verstehe." Es war schwer, ihr nicht böse zu sein, und es war unmöglich, den Menschen nicht zu zürnen, die für ihre Ansichten verantwortlich waren. „Du sagst also, dass ich ein zu großes Risiko bin, weil ich Schauspieler … schlimmer noch, weil ich ein erfolgreicher Schauspieler bin."

„Ich sage, dass das, was zwischen uns ist, nicht weitergehen kann." Sie hielt inne, rang um Stärke. „Und dass ich es verstehe, wenn du mich nicht mehr sehen willst."

„Wirklich?" Einen Moment lang musterte er sie, so als würde er es in Erwägung ziehen.

Johanna wappnete sich. Sie hatte gewusst, dass es schmerzen würde, wenn es endete, aber selbst ihre schlimmsten Befürchtungen hatten nicht an die Wirklichkeit herangereicht. Als er zu ihr trat, zwang sie sich, ihn anzusehen. Seine Augen verrieten ihr nichts.

„Du bist ein Dummkopf, Johanna." Er riss sie so hart an sich, dass ihr der Atem verging. „Glaubst du wirklich, dass ich meine Gefühle für dich an- und abschalten kann? Verdammt, du glaubst es. Ich sehe es an deinem Gesicht. Nun, ich werde nicht aus deinem Leben verschwinden, und wenn du glaubst, dass du mich vertreiben kannst, dann muss ich dich enttäuschen."

„Ich möchte nicht, dass du gehst." Tränen verschleierten ihre Augen. „Ich denke nur einfach nicht, dass …"

„Dann denke nicht." Er hob sie auf die Arme. „Du denkst viel zu viel." Sie protestierte nicht, als er sie die Treppe hinauftrug. Sie hatte genug von Reibereien, von Ausflüchten, von Begründungen. Vielleicht war es eine Schwäche, dass sie umsorgt werden wollte, aber sie fand an diesem Abend nicht die Kraft, auf eigenen Füßen zu stehen. Sie wollte nicht denken während der restlichen Stunden der Nacht. Ausnahmsweise bereiteten Gefühle keine Mühe, und sie konnte sich von ihnen dominieren lassen.

Es war dunkel im Schlafzimmer, aber Sam schaltete kein Licht ein. Die Nachtluft wehte die Düfte aus ihrem Garten zum Fenster hinein. Schweigend legte er Johanna auf das Bett und setzte sich zu ihr.

Es gab zu viel zu sagen, um überhaupt zu sprechen. Er hatte sie einmal für kühl, hart und selbstgenügsam gehalten. Es hatte ihn angezogen und fasziniert. Genug fasziniert, um weiterzuforschen. Und je mehr er über sie erfuhr, desto vielseitiger erschien sie ihm.

Sie war hart, im positiven Sinn des Wortes. Sie hatte Nackenschläge und Enttäuschungen verkraftet, an denen viele andere Menschen zerbrochen wären.

Unter der harten Schale hatte er Leidenschaft gefunden. Durch Schicksal, Glück oder Geschick hatte er den Schlüssel gefunden, der diese Leidenschaft entfesselte. Er würde nicht zulassen, dass sie wieder eingeschlossen wurde oder dass irgendjemand anderes außer ihm sie öffnete.

Unter der Leidenschaft verbarg sich eine rührende Schüchternheit. Eine Lieblichkeit, die in sich ein Wunder bedeutete, in Anbetracht ihrer Kindheit und der frühen Enttäuschungen.

Nun, unter allem anderen, hatte er einen weichen, zerbrechlichen Kern gefunden. Er war entschlossen, diese Verletzlichkeit zu beschützen. Und die zerbrechliche Johanna wollte er in dieser Nacht lieben. Aus Freundlichkeit wie aus Liebe. Aus Mitgefühl wie aus Verlangen.

Sanft, mit federleichter Berührung, strich er ihr das Haar aus dem Gesicht. Mit den Fingerspitzen wischte er die verbleibenden Tränen von ihren Wangen. Er würde nicht verhindern können, dass noch mehr flössen, aber er würde tun, was er nur konnte, damit sie sie nicht allein vergoss.

Zärtlich küsste er die restlichen Tränenspuren fort. Die Schatten der Nacht fielen auf ihr Gesicht, aber er konnte ihre Augen sehen – halb geschlossen vor Müdigkeit, aber sehr wachsam, als sie ihn betrachtete. „Möchtest du schlafen?"

„Nein, ich möchte nicht schlafen." Sie legte eine Hand auf seine. „Und ich möchte nicht, dass du gehst."

„Dann entspanne dich." Er führte ihre Hand an die Lippen. „Und lass mich dich lieben."

Sie hatte nicht gewusst, dass Liebe so tröstend sein konnte. Er hatte es ihr zuvor nicht gezeigt. Nun, da ihre Gefühle verletzt und ihre Selbstachtung ganz niedrig waren, zeigte er ihr eine andere Seite des Verlangens. Ein Verlangen, zu erfreuen und zu verwöhnen und zu heilen.

Er zog sie aus, langsam und behutsam, so als würde sie schlafen und er sie nicht wecken wollen. Die Zärtlichkeit erweckte ein seltsames Sehnen in ihr. Obgleich sie völlig nackt und hingebungsvoll war, gab er sich mit langen, gemächlichen Küssen zufrieden.

Ihre Haut wirkte so hell auf der dunklen Bettdecke. Er ließ eine Hand über ihren Arm gleiten und beobachtete die Bewegung. Der Mond hatte zu einer schmalen Sichel abgenommen und spendete wenig Licht, aber Sam kannte Johanna bereits so gut. Dennoch zeichnete er mit den Fingerspitzen jede Kontur ihres Gesichtes nach.

Nie zuvor hatte er sie so behandelt. Johanna schloss die Augen, als Zufriedenheit in ihr aufstieg. Selbst in Augenblicken höchster Leidenschaft hatte er sich unerwartet zärtlich verhalten. Doch nun verwöhnte er sie geradezu. Und es ließ ihre Augen feucht werden, weil es so schön war.

Er fühlte sich irgendwie stärker, indem er sanft war. Er hatte sie nie mehr begehrt als in diesem Moment, und dennoch hatte es ihn niemals weniger zur Eile gedrängt. Die Leidenschaft wuchs, doch sie war verbunden mit dem Wunsch zu trösten.

Die Zeit verging unmerklich, unbeachtet. In den dunkelsten Stunden der Nacht führte er sie sanft in höhere Gefilde.

Ihr Herz schlug unter seinen Lippen, schnell und unregelmäßig, aber noch nicht verzweifelt. Ihre Arme hielten ihn umschlungen, aber ohne Drängen, ohne Druck. Sie bewegte sich mit ihm, ließ ihn das Tempo bestimmen, war ihm dankbar, dass er ihr Bedürfnis nach Fürsorge eher erkannt hatte als sie selbst.

Hatte sie je zuvor bemerkt, wie stark er war? Wie sich die Muskeln seiner Schultern und seines Rückens bei jeder Bewegung spannten? Sie hatte ihn zuvor berührt, ihn ebenso gehalten wie nun, aber jedes Mal hatte sie sich dicht am Rande der Ekstase befunden. Nun fühlte sie sich, als würde sie gemächlich auf einem Floß über ein stilles Gewässer gleiten.

Von Liebe inspiriert, strebte sie danach, ihm die gleiche Zärtlichkeit zu zeigen wie er ihr. Ihre Berührungen waren leicht, ihre Forderungen gering. Sie hörte am Murmeln ihres Namens, dass er genauso empfand wie sie. Vielleicht würden sie nie wieder so vollkommen, so selbstlos zueinanderfinden.

Ihr Seufzer war leise, als sie sich ihm öffnete. Sie vereinigten sich ohne Hitze, aber mit sehr viel Wärme.

Später, viel später, lag sie schlaflos neben ihm, während der Himmel hell wurde.

Er hätte sie erwürgen können. Als Sam erwachte, fand er sich allein im Bett wieder, und das Haus war leer. Im Badezimmer hing ihr feuchtes Handtuch ordentlich auf der Stange. Der Raum barg, sehr schwach, ihren Duft. Die Kleider, die er ihr in der vergangenen Nacht ausgezogen hatte, waren fortgeräumt. Unten sah er, dass ihr Aktenkoffer verschwunden war und frische Blumen in der Vase standen. Der Anrufbeantworter war eingeschaltet.

Sogar in Krisenzeiten war Johanna ordentlich und beherrscht. Er war sicher, dass er sie erwürgen würde.

In der Küche fand er die Gläser vom vergangenen Abend gewissenhaft gespült und im Abtropfen begriffen. An der Kaffeekanne lehnte eine Nachricht in Johannas Handschrift.

Ich wollte dich nicht wecken. Ich muss früh ins Krankenhaus und dann ins Studio. Der Kaffee ist frisch.

Sie hatte etwas hinzugefügt, es dann durchgestrichen und einfach mit ihrem Namen unterzeichnet.

Meine Mutter hätte es geschrieben haben können, dachte Sam, während er es ein zweites Mal las. Nur hätte sie hinzugefügt: Hinterlasse die Küche, wie du sie vorgefunden hast. Verdammt, Johanna!

Er warf den Zettel auf den Tisch zurück. Niemand hätte Johanna vorwerfen können, dass sie nicht mit beiden Beinen auf dem Boden stand. Doch manchmal war es besser, sogar notwendig, an der Seite eines anderen zu stehen. Sie musste erst noch lernen, dass er dieser andere war. Er hatte geglaubt, zu ihr durchgedrungen zu sein, aber er hatte vergessen, wie starrsinnig sie sein konnte.

Gedankenverloren bückte er sich und hob das Kätzchen auf, das sich um seine Beine schlängelte. Es war nicht hungrig. Johanna hatte es ausreichend mit Futter versorgt. Es wollte nur etwas Zuneigung. Wie die meisten Geschöpfe, ging es ihm durch den Sinn, während er das weiche Fell streichelte. Doch offensichtlich war Zärtlichkeit nicht genug, damit Johanna sich zufrieden in seine Arme kuschelte.

Es schien, als stünde ihm noch ein harter Kampf bevor. Er kraulte das Kätzchen ein letztes Mal, bevor er es absetzte. Auch er konnte starrsinnig sein.

11. KAPITEL

*J*ohanna dachte an Sam. Es hätte ihn überrascht, wie lange und schwer sie mit den wenigen Zeilen gekämpft hatte, die sie ihm hinterlassen hatten. Sie wollte ihm dafür danken, dass er bei ihr geblieben war, und sagen, wie viel ihr sein Verständnis und seine Gefälligkeit in jener Krisensituation bedeuteten. Sie wollte ihm sagen, dass sie ihn liebte, wie sie nie zuvor und niemals wieder lieben würde. Aber die Worte hatten so leer und unangemessen auf dem Papier gewirkt.

Es war schwer, jemanden zu brauchen, ihn wirklich zu brauchen, nachdem sie ihr ganzes Leben lang alles allein bewältigt hatte. Beinahe hätte sie ihn geweckt und gebeten, sie zu begleiten, weil ihr davor graute, diesen Tag allein durchzustehen. Doch sie hatte nicht darum bitten können, genauso wenig wie sie vergessen konnte, dass sie nun keinerlei Geheimnisse mehr vor ihm hatte. Sie musste diesen Tag allein überstehen, wenn sie jemals einen anderen Tag ohne ihn ertragen wollte.

Die diensthabende Schwester an diesem Morgen war jünger und freundlicher als die Nachtwache. Sie sagte Johanna, dass ihr Vater ruhig schlafe, und bat sie dann, Platz zu nehmen, bis Dr. Merritt lokalisiert werden konnte. Johanna betrat das Wartezimmer. Ein Fernseher, an der Wand aufgehängt, brachte eine morgendliche Unterhaltungssendung. Sie ging zu dem Tisch, auf dem Kannen mit Kaffee und heißem Wasser für Tee standen. Sie schenkte sich einen Becher Kaffee ein, schwarz und ungesüßt. Als sie den ersten Schluck nahm, begannen die Lokalnachrichten im Fernsehen.

Carl W. Patterson stellte das wichtigste Thema dar. Objektiv lauschte sie der Presseerklärung, die sie und der Publizist am vergangenen Abend telefonisch aufgesetzt hatten. Sie gab wesentlich mehr Informationen über Carls Karriere als über seine Krankheit her, und sie wusste, dass er sein Einverständnis dazu gegeben hätte. Der Bericht endete mit der Erklärung, dass Toni DuMonde, Pattersons Verlobte, nicht für Kommentare zu erreichen sei.

Zumindest ist die Frau nicht dumm, dachte Johanna, während sie sich setzte. Es gab Personen, die der Presse ihr Herz ausgeschüttet und das Melodrama genossen hätten. Und wenn Toni es getan hätte, vermutete Johanna, würde Carl jegliche Beziehung abbrechen, sobald er dazu in der Lage sein würde.

„Miss Patterson?" Johanna erhob sich automatisch. Sobald sie den Arzt erblickte, schwand ihre Ruhe dahin. Sie unterdrückte den Anflug von Angst und gab ihm die Hand. „Dr. Merritt, ich hoffe, ich komme nicht zu früh." Oder zu spät.

„Nein. Ihr Vater ist aufgewacht, und sein Zustand hat sich stabilisiert. Als Vorsichtsmaßnahme behalten wir ihn noch vierundzwanzig Stunden auf der Intensivstation. Wenn er weitere Fortschritte macht, kann er dann in ein Privatzimmer verlegt werden."

„Die Prognose?"

„Die Prognose ist gut, wenn er mithilft. Eine geringere Arbeitslast ist unumgänglich. Wie viel Einfluss haben Sie auf ihn?"

Ihr Lächeln war beinahe belustigt. „Keinen."

„Nun, dann wird er ein paar Tage länger im Krankenhaus bleiben müssen, als er glaubt." Dr. Merritt nahm die Brille ab und putzte sie am Saum seines Kittels. „Gewisse Einschränkungen sind unabdingbar, wie ich Ihnen gestern Nacht schon sagte. Mr Patterson wird einsehen müssen, dass ihm, wie uns allen, gewisse Grenzen gesetzt sind."

„Ich verstehe. Und ich hoffe, dass Sie es ihm genauso verständlich machen können."

„Ich habe bereits kurz mit ihm gesprochen." Er setzte die Brille wieder auf und lächelte flüchtig. „Im Moment ist es wichtiger, ihm Mut zu geben. Wir werden früh genug über künftige Maßnahmen sprechen. Er möchte Miss DuMonde und jemanden namens Whitfield sehen. Es mag gut für ihn sein, wenn seine Verlobte ihn besucht, aber …"

„Sorgen Sie sich nicht wegen Whitfield. Ich regle das."

Merritt nickte nur. Er hatte bereits entschieden, dass Pattersons Tochter eine kluge Person war. „Wenn Ihr Vater vernünftig ist, besteht kein Grund, warum er nicht ein ausgefülltes und produktives Leben führen sollte."

„Kann ich ihn sehen?"

„Nur funfzehn Minuten. Er braucht viel Ruhe."

Wie in der Nacht zuvor lag Carl mit geschlossenen Augen da, an Apparate angeschlossen. Doch seine Gesichtsfarbe war frischer. Johanna stand am Bett, musterte ihn, bis er die Augen aufschlug.

Es dauerte einen Moment, bis er sie erkannte. Ihr ging durch den Kopf, dass es der längste Blickkontakt war, der je zwischen ihnen stattgefunden hatte. Sie beugte sich hinab und berührte seine Wange mit ihrer.

„Guten Morgen", sagte sie betont neutral. „Du hast uns einen Schrecken eingejagt."

„Johanna." Er nahm ihre Hand und überraschte sie damit. „Was hat man dir gesagt?"

Er hat Angst, dachte sie und verspürte einen Anflug von Mitgefühl. Sie hatte nie gedacht, dass er Angst haben könnte. „Dass die Welt noch eine Menge Produktionen von Carl W. Patterson zu sehen bekommt, wenn du vernünftig bist."

Es waren genau die richtigen Worte. Sie hatte nicht gewusst, dass sie ihn so gut kannte. „Verdammt ungünstiger Zeitpunkt für meinen Körper, mir eine solche Falle zu stellen." Er blickte sich im Raum um, und der Moment der Nähe verging.

„Das Krankenhaus setzt sich mit Toni in Verbindung. Sie wird bestimmt bald kommen."

Zufrieden blickte Carl wieder seine Tochter an. „Man hat mir gesagt, dass sie mich noch einen Tag hier angebunden behalten wollen."

„Ja. Länger, wenn du Theater machst."

„Ich habe Aufgaben zu erfüllen, die nicht von einem Krankenhausbett aus erledigt werden können."

„Gut. Ich werde anweisen, dass du entlassen wirst. Vielleicht kannst du ,Felder des Feuers' herausbringen, bevor du wieder zusammenbrichst."

Auf seinem Gesicht spiegelte sich Ungehaltenheit, dann Erstaunen und schließlich etwas, das er selten ihr gegenüber gezeigt hatte – Belustigung. „Ich nehme an, ich kann ein paar Tage erübrigen. Aber ich will nicht, dass dieser Whitfield den Film in seine ungeschickten Finger bekommt."

„Ich habe nach Loman schicken lassen." Seine Miene verfinsterte sich sogleich, und er wurde wieder zu dem kalten, missbilligenden Menschen, den sie ihr Leben lang kannte. „Es tut mir leid, wenn ich meine Befugnisse überschritten habe, aber als ich gestern mit Whitfield sprach, dachte ich mir, dass dir Loman lieber wäre."

„Schon gut, schon gut. Loman ist mir wirklich lieber. Whitfield hat seinen Platz, aber weiß der Himmel nicht am Schneidetisch. Was ist mit der Presse?"

Er hat seine Angst vergessen, dachte Johanna und unterdrückte ein Seufzen. Es ging wieder um Geschäfte, wie gewöhnlich. „Unter Kontrolle. Dein Publizist hat heute morgen eine Erklärung abgegeben."

„Gut, gut. Ich werde mich heute Nachmittag mit Loman treffen. Leite das für mich in die Wege, Johanna."

„Nein."

Die Anstrengung des Pläneschmiedens hatte seine Kraft bereits angegriffen, und das machte ihn nur um so wütender. „Nein? Was zum Teufel soll das heißen?"

„Es kommt nicht infrage." Ihre Stimme klang ruhig, was sie erfreute. Es hatte Zeiten gegeben, als dieser Ton von ihm sie hatte erzittern lassen. „In einigen Tagen dürfte es möglich sein, wenn du in einem Privatraum und kräftiger bist."

„Ich führe mein eigenes Leben."

„Niemand weiß das besser als ich."

„Wenn du die Absicht hast, die Leitung zu übernehmen, während ich krank ..."

Zorn blitzte aus ihren Augen und ließ ihn verstummen. Nie zuvor hatte er diesen Blick an ihr gesehen, und auch nicht die Kraft dahinter. „Ich will gar nichts von dir. Früher einmal wollte ich es, aber ich habe gelernt, darauf zu verzichten. Wenn du mich jetzt bitte entschuldigst, ich habe meine eigene Sendung zu produzieren."

„Johanna."

Sie war schon auf dem Weg zur Tür, doch das Zittern in seiner Stimme veranlasste sie stehen zu bleiben. – „Ja?"

„Ich entschuldige mich."

Wiederum ein erstes Mal, dachte sie und drehte sich um. „Schon gut. Der Arzt hat mich gebeten, nicht lange zu bleiben, und ich habe dich wahrscheinlich überanstrengt."

„Ich wäre beinahe gestorben."

Er sagte es wie ein alter Mann, wie ein alter, verängstigter Mann. „Du wirst wieder gesund."

„Ich wäre beinahe gestorben", wiederholte er. „Und obwohl ich nicht sagen kann, dass mein ganzes Leben vor meinen Augen abgelaufen ist, habe ich ein paar Szenen noch einmal vor mir gesehen." Er schloss die Augen. Es erzürnte ihn, dass er innehalten musste, um Kraft zum Sprechen zu sammeln. „Ich erinnere mich, wie ich in die Limousine stieg – auf dem Weg zum Flughafen, glaube ich. Du standest auf der Treppe mit dem Hund, den Max mir aufzwang. Du sahst so aus, als wolltest du mich zurückrufen."

Johanna erinnerte sich nicht an diesen bestimmten Zwischenfall, weil es so viele dieser Art gegeben hatte. „Wärst du geblieben, wenn ich es getan hätte?"

„Nein." Er seufzte, nicht aus Bedauern, sondern aus Einsicht.

„Meine Arbeit ging immer vor. Ich konnte nie eine Ehe so zustande bringen wie einen Film. Deine Mutter ...“

„Ich will nicht über meine Mutter sprechen.“

Carl öffnete die Augen. „Sie hätte dich mehr lieben können, wenn sie mich weniger gehasst hätte.“

Es tat weh. Obwohl sie es all die Jahre gewusst hatte, tat es weh, es zu hören. „Und du?“

„Die Arbeit ging immer vor“, wiederholte er. Er war müde, viel zu müde für Reue oder Entschuldigungen. „Wirst du wiederkommen?“

„Ja. Ich komme nach der Aufzeichnung zurück.“

Er war eingeschlafen, noch bevor sie die Tür hinter sich schloss.

Max Heddisons Anwesen war so distinguiert und gepflegt wie er selbst. Das Dreißig-Zimmer-Haus befand sich seit einem Vierteljahrhundert in seinem Besitz. Auf der Terrasse standen dick gepolsterte Liegen und ein halbes Dutzend Korbstühle, die Besucher einluden, es sich bequem zu machen. Ein alternder, goldbrauner Apportierhund lag zusammengekuschelt auf einem Korbstuhl und schnarchte.

Im funkelnden, L-förmigen Schwimmbecken hinter der Terrasse absolvierte Max Heddison seine täglichen Bahnen. Jenseits des hangförmigen Rasens, teilweise von Hecken verborgen, lagen Tennisplätze. An der Ostseite, nur durch eine ferne Fahne zu erkennen, befand sich ein kleiner Golfplatz.

Ein Boy in makellos weißem Jackett bot Sam eine Auswahl an Sitzplätzen. Sonne oder Schatten. Sam entschied sich für die Sonne. Er beobachtete Max und zählte zehn Bahnen, kraftvoll und sauber geschwommen. Er fragte sich, wie viele es wohl vor seiner Ankunft schon gewesen sein mochten. Offiziell galt Max als siebzigjährig. Fünfzehn Jahre weniger hätte man ihm ebenso geglaubt.

Sam nahm eine Tasse Kaffee an und wartete, bis Max sich aus dem Becken hievte.

„Schön, Sie wiederzusehen.“ Max fuhr sich mit einem Handtuch über das Haar, bevor er in einen Bademantel schlüpfte.

„Ich danke Ihnen, dass Sie mich haben vorbeikommen lassen.“ Sam hatte sich automatisch erhoben.

„Setzen Sie sich, Junge. Sonst fühle ich mich wie ein König, der entthront werden soll. Haben Sie schon gefrühstückt?“

„Ja, danke.“

Sobald Max Platz genommen hatte, erschien der Boy mit einem Tablett Frischobst und Toast. „Danke, Jose. Bring Mr Weaver einen Saft. Eigene Ernte", teilte er Sam mit. „Ich glaube, er kostet mich nur drei Dollar pro Glas." Mit einem Grinsen begann er zu essen. „Meine Frau ist eine Gesundheitsfanatikerin. Keine Zusätze, keine Konservierungsmittel. Es reicht, um einen Mann zum Trinken zu treiben. Sie besucht ihren Vormittagskurs, sodass ich heimlich eine Zigarette rauchen kann, bevor sie zurückkommt."

Der Saft wurde in geschliffenem Kristall serviert. Sam nippte daran und ließ Max über Gartenpflege plaudern.

„Nun, ich glaube nicht, dass Sie gekommen sind, um über Dünger zu reden." Max schob das Tablett beiseite und holte eine Schachtel filterlose Zigaretten aus der Tasche. „Wie gefällt Ihnen das Drehbuch?"

„Wen muss ich umbringen, um die Rolle zu bekommen?"

Max schmunzelte und inhalierte genüsslich den Rauch. „Wissen Sie, ich gebe nicht viel auf die heutigen Filmemacher – Geldmacher, sollte ich sagen. In alten Zeiten mögen Leute wie Meyer zwar Despoten gewesen sein, aber sie verstanden es, Filme zu machen. Heutzutage sind es nichts weiter als Buchhalter, die mit Hauptbüchern und roten Bleistiften herumrennen, eher am Profit als an der Unterhaltung interessiert. Aber mein Instinkt sagt mir, dass wir mit diesem Drehbuch beides erreichen können."

„Es lässt mir die Hände feucht werden", sagte Sam schlicht.

„Ich kenne das Gefühl. Ich habe schon Filme gedreht, bevor Sie geboren wurden. Über achtzig, und nur eine Handvoll hat das Gefühl in mir ausgelöst."

„Ich möchte Ihnen danken, dass Sie an mich gedacht haben."

„Keine Ursache. Nach zehn Seiten kam mir Ihr Name in den Sinn. Er war immer noch da, als ich das Ende las." Seufzend drückte er die Zigarette aus. „Und natürlich ging ich sofort zu meinem Berater – meiner Frau." Er grinste, nahm einen Schluck Kaffee und hielt es für schade, dass seine Frau koffeinfreien angeordnet hatte. „Seit über vierzig Jahren verlasse ich mich schon auf ihre Meinung."

Sam dachte daran, wie wichtig es ihm gewesen war, Johannas Ansicht zu hören.

„Sie las das Drehbuch, gab es mir zurück und sagte, ich wäre verrückt, wenn ich die Rolle nicht annähme. Dann sagte sie mir, ich sollte den jungen Sam Weaver dazu bringen, den Michael zu spielen. Übrigens bewundert sie Ihren … Körperbau. Meine geheiligte Frau ist sehr weltlich."

Sam schmunzelte. „Ich würde sie gern kennenlernen."

„Wir werden es arrangieren. Habe ich erwähnt, dass Kincaid Regie führen wird?"

„Nein." Sams Interesse wuchs. „Es gibt kaum einen besseren Regisseur."

„Das meine ich auch." Max musterte ihn nachdenklich unter seinen buschigen weißen Brauen. „Patterson produziert." Er sah, wie Sams Blick hart wurde. „Probleme?"

„Möglicherweise." Er wollte die Rolle, mehr als jede andere zuvor. Aber nicht auf Kosten seiner noch immer ungefestigten Beziehung zu Johanna.

„Dass Sie sich wegen Jo-Jo sorgen, halte ich nicht für nötig. Unsere Jo-Jo ist die geborene Professionelle. Und sie respektiert die Arbeit ihres Vaters." Max sah den dumpfen Zorn in Sams Augen und nickte bedächtig. „Ich war nicht sicher, ob Johanna sich jemals jemandem so weit anvertrauen würde."

„Es war weniger eine Frage der Wahl als die Umstände." Sam war nicht nur gekommen, um über das Drehbuch zu sprechen. Er hatte die Verabredung bereits in der Absicht getroffen, so viel wie möglich von Max zu erfahren. „Ich nehme an, Sie wissen noch nicht, dass Patterson gestern Nacht einen Herzanfall hatte."

„Nein. Ich habe heute noch keine Nachrichten gehört." Die Besorgnis kam automatisch. Die Freundschaft reichte ein Vierteljahrhundert zurück. „Wie schlimm?"

„Schlimm genug. Soweit ich weiß, ist er inzwischen außer Gefahr. Johanna ist heute morgen wieder ins Krankenhaus gefahren."

„Er lebt hart. Er konnte sich nie lange genug ausruhen, um zu genießen, wofür er gearbeitet hat. Ich hoffe, er bekommt noch die Chance dazu." Max lehnte sich zurück und blickte über sein Grundstück. „Wissen Sie, ich habe drei Kinder und fünf Enkelkinder, und der erste Urenkel ist unterwegs. Es gab Zeiten, in denen ich nicht für sie da war, und das werde ich immer bereuen. Eine Familie und eine Karriere in dieser Branche zu vereinbaren ist wie mit Eiern jonglieren. Es gibt immer Bruch."

„Einige Leute jonglieren besser als andere."

„Das stimmt. Es braucht viel Mühe und viele Zugeständnisse, damit es klappt."

„Mir scheint, dass in Johannas Fall sie sämtliche Zugeständnisse gemacht hat."

Max schwieg einen Moment. Er erwog, noch eine Zigarette zu rauchen, doch kam zum Schluss, dass die empfindliche Nase seiner Frau ihm auf die Schliche kommen würde. „Ich hasse alte Männer, die sich in Angelegenheiten junger Leute einmischen. Ich sollte Schach spielen oder Tauben füttern gehen. Aber – wie ernst ist es Ihnen mit Jo-Jo?"

„Wir werden heiraten", hörte Sam sich zu seiner eigenen Verblüffung sagen. „Sobald ich sie dazu überredet habe."

„Viel Glück. Und das kommt von Herzen. Ich habe das Mädchen immer sehr gern gehabt." Max schenkte sich Kaffee nach. Er wusste, dass er noch lange nicht bereit war, Tauben zu füttern. „Wie viel hat sie Ihnen erzählt?"

„Genug, um mich erkennen zu lassen, dass mir ein harter Kampf bevorsteht."

„Und wie sehr lieben Sie sie?"

„Genug, um den Kampf fortzusetzen."

Max beschloss, eine zweite Zigarette zu riskieren. Falls seine Frau etwas roch, konnte er Sam die Schuld zuschieben. Er entzündete sie langsam, genoss den Geschmack. „Ich kannte ihre Mutter gut. Eine wundervolle Frau. Ein schönes Gesicht. Johanna ähnelt ihr, aber nur äußerlich. Ich habe nie eine Frau kennengelernt, die so sehr ihre eigenen Wege geht wie Johanna."

„Ich auch nicht", murmelte Sam. „Das macht es nicht immer leicht."

„Sie sind zu jung, um es leicht zu wollen. Wenn etwas leicht kommt, lässt man es gewöhnlich genauso leicht gehen. Jedenfalls war Glenna selbstsüchtig. Sie heiratete Carl nach einer kurzen und stürmischen Affäre. Vor dreißig Jahren waren die Affären genauso stürmisch wie heute, nur ein bisschen diskreter. Sie waren ein schönes Paar. Carl war dunkel, markant, breitschultrig, und Glenna war beinahe feenhaft, blass, zerbrechlich. Sie veranstalteten unglaubliche Parties und unglaubliche Wutanfälle. Ehrlich gesagt, genoss ich beides. Vielleicht haben Sie gehört, dass ich in meiner Jugend ein Teufelskerl war."

„Ich habe davon gehört. Aber ich habe nicht gehört, dass es der Vergangenheit angehört."

„Wir werden gut zusammenarbeiten", erklärte Max. Er nahm einen letzten Zug, bevor er die Zigarette ausdrückte. „Als Glenna schwanger wurde, gab sie Tausende für die Dekoration des Kinderzimmers aus. Dann verlor sie ihre Figur und begann zu toben. Sie konnte wie eine

Madonna für einen Fotografen sitzen, dann einen Scotch hinunterkippen und wie ein Seemann fluchen. Sie kannte kein Mittelmaß."

„Johanna hat mir erzählt, dass sie manisch-depressiv war."

„Mag sein. Ich weiß nichts von Psychiatrie. Sagen wir, dass sie schwach war – nicht geistig, sondern seelisch – und gequält von der Tatsache, dass sie nie so erfolgreich war, wie sie sein wollte. Sie besaß wahres Talent, aber nicht den Elan, um an der Spitze zu bleiben. Zuerst gab sie Carl und der Ehe die Schuld, dann dem Kind. Nach Johannas Geburt durchlebte Glenna Phasen, in denen sie eine aufopfernde Mutter war und dann wiederum unerhört nachlässig. Die Ehe begann zu scheitern. Carl hatte Affären, sie hatte Affären, und keinem kam es in den Sinn, zuerst an das Kind zu denken."

Als Max den Zorn in Sams Augen sah, fügte er hinzu: „Es lag einfach nicht in ihrer Natur. Das ist keine Entschuldigung, aber eine Erklärung. Als die Trennung schließlich kam, benutzte Glenna das Kind als Waffe. Ich will Carl nicht zum Helden machen, aber er hat Johanna zumindest nie benutzt. Leider war sie ihm auch nie so wichtig."

„Ist er ihr Vater?"

Max zog die Brauen hoch. „Warum fragen Sie das?"

Nicht seinetwegen. Ihm war ihre Herkunft gleichgültig. Aber er wusste, dass die Wahrheit für Johanna sehr wichtig war. „Als Kind fand sie einen Brief, den ihre Mutter gleich nach der Rückkehr nach England an Patterson schrieb. Darin stand, dass sie nicht mit Sicherheit wüsste, wer Johannas Vater sei."

„Gütiger Himmel." Max strich sich mit der Hand über das Gesicht. „Ich hatte keine Ahnung davon. Es ist ein Wunder, dass es Johanna nicht zerstört hat."

„Nein, es hat sie nicht zerstört, aber es hat viel Schaden angerichtet."

„Arme kleine Jo-Jo. Sie war immer ein so einsames Kind. Verbrachte mehr Zeit mit dem Gärtner als mit jedem anderen. Ich wünschte, sie wäre damit zu mir gekommen."

„Ich glaube nicht, dass sie es außer mir jemals jemandem erzählt hat."

„Lassen Sie sie lieber nicht im Stich."

„Das habe ich nicht vor."

Max schwieg lange Zeit gedankenverloren. Johannas Eltern waren seine Freunde gewesen. Er hatte sie so akzeptiert, wie sie waren, aber stets das Kind bedauert. „Ich würde sagen, der Brief war reiner Unsinn. Wenn ein anderer Johannas Vater wäre, hätte Glenna es lange vor der Trennung ausgeplappert. Sie konnte ein Geheimnis nie länger als zwei Stunden für sich behalten. Nach einem Drink nicht länger als zwei Minuten. Carl weiß das." Seine Miene verfinsterte sich. „Leider muss ich sagen, dass er Johanna nicht unter seinem Dach behalten hätte, wenn er bezweifelt hätte, dass sie sein Fleisch und Blut ist. Er hätte sie ins nächste Flugzeug gesetzt und zu ihrer Mutter geschickt, ohne einen Blick zurück."

„Das macht ihn nicht gerade zu einem Heiligen."

„Nein, aber es macht ihn zu Johannas Vater."

Johanna blickte zur Uhr und fragte sich, wie sie zwei weitere Aufzeichnungen überstehen sollte. Der Zeitplan war bereits überschritten, weil ein Studiogast die Antworten der Geschwindigkeitsrunde ausposaunt hatte. Sie hatten die Aufnahmen unterbrechen, den Kandidaten beruhigen und die Runde mit neuen Fragen noch einmal drehen müssen. Normalerweise trug sie derartige Zwischenfälle mit Fassung, aber irgendwie hatte sie diesmal die Fassung verloren.

Als die Aufzeichnung endete, seufzte sie erleichtert. Ihr blieben fünfzehn Minuten, bevor es weiterging. „Beth, ich muss telefonieren. Ich bin im Büro, falls eine Krise auftritt."

Sie eilte in den kleinen Raum am Ende des Korridors, der nur einen Schreibtisch, einen Stuhl und ein Telefon enthielt. Sie benutzte alle drei. Sie rief das Krankenhaus an und erfuhr, dass Carls Zustand von kritisch auf ernst herabgestuft worden war. Sie rieb sich die Augen und dachte an eine weitere Tasse Kaffee, als sich die Tür öffnete. „Beth, wenn es nicht um Leben oder Tod geht, dann …"

„Es könnte sein."

Johanna richtete sich beim Klang von Sams Stimme sofort auf. „Hallo. Ich habe dich nicht erwartet."

„Du erwartest mich längst nicht oft genug." Er schloss die Tür hinter sich. „Wie geht es dir?"

„Nicht schlecht."

„Und deinem Vater?"

„Besser. Er wird morgen aus der Intensivstation verlegt."

„Gut." Sam trat zum Schreibtisch, setzte sich auf die Kante und musterte sie eingehend. „Du bist völlig erledigt, Johanna. Lass mich dich nach Hause bringen."

„Wir sind hier noch nicht fertig, und ich habe versprochen, anschließend noch einmal ins Krankenhaus zu fahren."

„Gut, ich begleite dich."

„Nein, bitte. Das ist nicht nötig, und ich wäre heute eine lausige Gesellschaft."

Er blickte hinab auf ihre Hände. Sie waren fest miteinander verschränkt. Er nahm sie in seine und trennte sie. „Versuchst du, dich zurückzuziehen, Johanna?"

„Nein. Ich weiß nicht." Sie holte tief Luft. „Sam, ich bin dir unbeschreiblich dankbar für das, was du gestern Nacht für mich getan hast …, dass du mir zugehört und mich nicht verurteilt hast. Du warst für mich da, als ich dich brauchte, und das werde ich dir nie vergessen."

„Das klingt wie ein Abschied", murmelte er.

„Nein, das ist es natürlich nicht. Aber du solltest jetzt verstehen, warum aus unserer Beziehung nichts werden kann."

„Ich muss ziemlich dumm sein, denn ich verstehe es nicht. Ich verstehe allerdings, warum du Angst hast. Johanna, wir müssen miteinander reden."

„Ich muss zurück ins Studio. Die Pause ist gleich zu Ende."

„Bleib sitzen", sagte er, als sie sich erheben wollte, und sein Blick ließ sie gehorchen. „Ich versuche, mich kurz zu fassen. Ich muss übermorgen nach Maryland fliegen. Die Dreharbeiten beginnen."

„Oh." Sie rang um ein Lächeln. „Nun, das ist schön. Ich weiß, wie sehr du dich danach gesehnt hast."

„Ich werde drei Wochen fort sein, vielleicht länger. Ich kann es nicht aufschieben."

„Natürlich nicht. Ich hoffe … nun, ich hoffe, du lässt mich wissen, wie es vorangeht."

„Johanna, ich möchte, dass du mitkommst."

„Wie bitte?"

„Ich möchte, dass du mitkommst."

„Ich … ich kann nicht. Ich habe meinen Beruf, und …"

„Ich bitte dich nicht, zwischen deinem Beruf und mir zu wählen. Genauso wenig, wie ich annehme, dass du mich darum bitten würdest."

„Nein, natürlich nicht."

Er blickte sie forschend an. „Das Drehbuch, das Max mir geschickt hat – ich möchte es annehmen."

„Das solltest du auch. Die Rolle ist perfekt für dich."

„Vielleicht, aber ich möchte wissen, ob es perfekt für dich ist. Dein Vater ist der Produzent, Johanna."

„Oh." Sie blickte hinab auf ihre Hände in seinen. „Dann hast du den besten."

„Ich will wissen, wie du dazu stehst. Was du wirklich fühlst."

„Es geht eher darum, wie du dazu stehst."

„Diesmal nicht."

„Sam, deine beruflichen Entscheidungen musst du selbst treffen. Aber meiner Ansicht nach wärst du dumm, die Chance nicht zu ergreifen, mit Max und Patterson Productions zu arbeiten. Das Drehbuch hätte für dich geschrieben sein können, und ich wäre enttäuscht, dich nicht in der Rolle zu sehen."

„Immer so vernünftig."

„Das hoffe ich."

„Dann sei auch jetzt vernünftig. Nimm dir ein paar Tage frei, und komm mit mir." Bevor sie protestieren konnte, fuhr er fort: „Du hast eine ausgezeichnete Belegschaft. Du weißt, dass sie ein paar Wochen lang ohne dich zurechtkommen."

„Wahrscheinlich, aber nicht ohne Vorankündigung. Und dann mein Vater …"

„Also gut. Nimm dir eine Woche, um dich zu überzeugen, dass deine Belegschaft zurechtkommt und dein Vater sich erholt. Und dann komm nach."

„Warum?"

„Endlich fragst du." Sam holte eine Schachtel aus seiner Tasche, öffnete sie und legte sie ihr auf die Handfläche. „Ich möchte, dass du mich heiratest."

Sie starrte auf den makellosen Diamanten. Er war schlicht und sehr klassisch. Die Art Ring, dachte Johanna, an den Mädchen denken, wenn sie von weißen Rössern und Luftschlössern träumen. „Ich kann nicht."

„Was kannst du nicht?"

„Ich kann dich nicht heiraten. Das weißt du doch. Ich hatte keine Ahnung, dass du überhaupt daran denkst."

„Das hatte ich auch nicht. Bis heute." Er berührte sacht ihr Haar. „Aber ich bin mir ganz sicher, Johanna."

„Es tut mir leid." Sie hielt ihm die Schachtel hin und legte sie auf den Tisch, als er sie nicht nahm. „Ich will dir nicht wehtun. Das weißt du. Deswegen kann ich nicht."

Sam stand auf und zog sie mit sich hoch. „Du glaubst vielleicht, dass du mir einen Gefallen tust, wenn du mich abweist. Aber da irrst du dich. Ganz gewaltig sogar."

Seine Finger verfingen sich in ihrem Haar, als er sie küsste. Unfähig, ihn zu verleugnen – oder sich selbst –, schlang sie die Arme um seinen Nacken und hielt ihn fest, obgleich unzählige Zweifel sie bestürmten.

„Glaubst du mir, dass ich dich liebe?"

„Ja." Sie drückte ihn fester an sich, barg das Gesicht an seiner Schulter. „Sam, ich will nicht, dass du gehst. Ich weiß, dass du musst, und ich weiß, wie sehr ich dich vermissen werde, aber ich kann dir nicht geben, was du willst. Wenn ich es könnte, dann wärst du der Einzige, dem ich es geben würde."

Er hatte nicht einmal so viel erwartet. Ein anderer Mann hätte vielleicht enttäuscht reagiert, aber er war im Laufe seines Lebens schon zu oft gegen eine Wand gerannt, um sich von einer weiteren entmutigen zu lassen. Besonders, da er die feste Absicht hegte, diese Mauer niederzureißen, Stein um Stein.

Er drückte einen Kuss auf ihre Schläfe. „Ich weiß bereits, was ich brauche und was ich will." Er hielt sie von sich ab, bis sich ihre Blicke begegneten. „Du solltest lieber anfangen, an dich selbst zu denken, Johanna. An das, was du willst, was du brauchst. Nur du. Ich halte dich für klug genug, um bald eine Antwort zu finden." Er küsste sie erneut, bis ihr der Atem verging. „Melde dich."

Sie hatte nicht die Kraft, etwas anderes zu tun, als auf den Stuhl zu sinken, nachdem Sam gegangen war. Die Dreharbeiten gingen weiter, doch sie blieb sitzen und starrte auf den Ring, den er auf dem Tisch zurückgelassen hatte.

Zwei Wochen war Sam fort, und sie hatte nicht einen einzigen Anruf von ihm erhalten. Aber jeden Abend kamen Blumen. Einmal waren es schwarzfleckige Lilien, ein andermal weiße Orchideen. Sie konnte kein Zimmer ihres Hauses betreten, ohne an ihn zu denken. Nach Ablauf der ersten Woche waren sie in ihr Büro geliefert worden – ein kleines Bouquet Veilchen, ein riesiger Strauß Teerosen. Selbst dort konnte sie ihm nicht entfliehen.

Er spielte offensichtlich, und er spielte nicht fair.

Natürlich würde sie ihn nicht heiraten. Sie glaubte nicht daran, dass zwei Menschen sich ein Leben lang lieben und ehren konnten. Es tat ihr leid, aber sie hatte nicht die Absicht, ihre Einstellung zu ändern.

Johanna trug seinen Ring zwar bei sich – zur sicheren Verwahrung, aber sie hatte ihn nicht aus der Schachtel genommen. Zumindest nicht öfter als einige Male.

Sie war froh, dass sich die berufliche Belastung verstärkt hatte, sodass sie unablässig beschäftigt war. Ihr blieb wenig Zeit, zu grübeln und ihn zu vermissen. Abgesehen von den langen, einsamen Nächten, in denen sie vergeblich dem Telefon lauschte.

Er hatte ihr gesagt, dass sie sich melden sollte, aber er hatte ihr nicht gesagt, wo er sich aufhielt. Einige diskrete Erkundigungen hatten ihr zwar Namen und Adresse seines Hotels eingebracht, aber das bedeutete nicht, dass sie ihn anrufen wollte. Wenn sie es täte, würde er wissen, dass sie sich einige Mühe gegeben hatte, ihn ausfindig zu machen. Und dann würde er wissen, dass sie nicht nur angebissen, sondern den Köder ganz verschluckt hatte.

Am Ende der zweiten Woche war sie wütend auf ihn. Er hatte sie in die Enge getrieben und sie dann in der Falle sitzen lassen. Es gehörte sich einfach nicht, eine Frau um die Ehe zu bitten, ihr einen Ring in die Hand zu drücken und dann zu verschwinden.

Am fünfzehnten Tag, um drei Uhr morgens, als Johanna sich schlaflos im Bett hin und her warf, beschloss sie, ihm den Ring zurückzuschicken, sobald das Postamt öffnete. Sie hätte es auch getan. Aber am Morgen war sie ein paar Minuten zu spät dran, und den ganzen Tag über war sie einfach unabkömmlich im Büro.

Sie entschied sich gegen eine Versendung per Post. Es erschien ihr höflicher, ihm den Ring vor die Füße zu werfen, wenn er in die Stadt zurückkehrte. Es war nur Pech, dass er ihr an diesem Tag ausgerechnet Vergissmeinnicht schickte. Zufällig war es eine ihrer Lieblingsblumen.

Mitte der dritten Woche war Johanna ein nervliches Wrack. Sie wusste, dass sie die missbilligenden Blicke ihrer Mitarbeiter verdient hatte. Dennoch knurrte sie über jede Unterbrechung der Aufzeichnungen am Montag – mit der Ausrede, dass sie ihrem Vater zugesagt habe, am Abend Kopien zu bringen.

Sie wusste, dass er sich nicht sonderlich für die Sendung interessierte, aber sein Genesungsurlaub war schwer für ihn zu ertragen. Er hing genug am Leben, um die Anweisungen des Arztes zu befolgen, doch das bedeutete nicht, dass er nicht sämtliche Sendungen überwachen konnte, die von Patterson Productions stammten.

Johanna wartete ungeduldig auf die Kopien, wanderte auf und ab und spielte mit der Ringschachtel in ihrer Tasche.

„Hier hast du sie." Mit einem übertriebenen Lächeln reichte Bethany ihr die Bänder.

Johanna steckte sie in ihre Tasche. „Sei bitte morgen pünktlich um neun Uhr im Büro."

„Wie du meinst", erwiderte Bethany in übertrieben sanftem Ton.

„Was ist? Hast du irgendetwas?"

„Ich? Aber nein", wehrte Bethany mit Unschuldsmiene ab. „Es ist nur mein Rücken."

„Was ist mit deinem Rücken?"

„Eigentlich nichts. Er tut nur immer ein bisschen weh, wenn ich geprügelt werde."

„Es tut mir leid. Ich war wohl ein bisschen gereizt."

„Nur ein kleines bisschen. Komisch, wenn mir jemand wochenlang jeden Tag Blumen schickte, wäre ich etwas fröhlicher."

„Er glaubt, mehr braucht es nicht, um mich um den kleinen Finger wickeln zu können."

„Vermisst du ihn?"

„Ja, ich vermisse ihn. Und das weiß er genau."

„Weißt du, Johanna, die Entfernung vom Westen zur Ostküste ist genauso groß wie umgekehrt."

Sie hatte bereits mit dem Gedanken gespielt, zu ihm zu fahren. „Nein, ich kann nicht." Sie tastete nach der Schachtel in ihrer Tasche. „Es wäre nicht fair ihm gegenüber."

„Weil?"

„Weil … ich nicht kann …“ Impulsiv holte Johanna die Schachtel hervor und öffnete sie. „Deshalb.“

„Oho“, murmelte Bethany und seufzte. „Meine besten Wünsche und gute Reise.“

„Ich habe Nein gesagt.“

„Warum hast du den Ring dann noch?“

„Er hat ihn mir einfach in die Hand gedrückt und ist verschwunden.“

„Also hast du beschlossen, ihn ein paar Tage lang in der Tasche mit dir herumzutragen.“

„Nein, ich … Ich wollte ihn nur zur Hand haben, damit ich ihn zurückgeben kann.“

Nachdenklich neigte Bethany den Kopf zur Seite. „Ich glaube, das ist die erste Lüge, die ich von dir gehört habe.“

„Ich weiß nicht, warum ich den Ring noch habe.“ Johanna ließ den Deckel zuschnappen und steckte die Schachtel in die Tasche zurück. „Es ist nicht wichtig.“

„Natürlich nicht. Ich finde Heiratsanträge auch überhaupt nicht aufregend“, bemerkte Bethany sarkastisch.

„Ich glaube nicht an die Ehe.“

„Das ist, als ob man nicht an den Weihnachtsmann glaubt.“ Bethany schüttelte den Kopf. „Johanna, sag mir bloß nicht, dass du auch nicht an Sam glaubst? Er mag zwar ein bisschen wie ein Traum sein, aber er ist schon eine ganze Weile da, und er wird bleiben.“

„Lass uns ein andermal darüber reden. Ich muss diese Bänder abgeben.“ Mit Bethany an ihrer Seite verließ sie das Studio. „Glaubst du eigentlich an die Ehe?“

„Ja, ich glaube an die Ehe, solange zwei Menschen bereit sind, ihr Bestes zu geben. Du solltest es dir überlegen, Johanna. Wir sehen uns morgen.“

„Gute Nacht, Beth“, murmelte Johanna nachdenklich.

Die Zufahrt zum Haus ihres Vaters erweckte keine kindlichen Erinnerungen in Johanna. Sie sah das Anwesen mit den Augen einer Erwachsenen. Vielleicht hatte sie es schon immer getan. Die weißen Säulen, die Terrassen und Balkone erweckten einen stattlichen Eindruck und hatten sich seit ihrer frühesten Erinnerung kaum verändert.

Innen hatte das Haus gewaltige Veränderungen erlebt, entsprechend seiner jeweiligen Herrin. Ihre Mutter hatte einen weiblichen, zierlichen Stil bevorzugt. Darlene hatte eine supermoderne Einrichtung gewählt. Die letzte Herrin hatte für prunkvolle Eleganz gesorgt. Es würde gewiss nicht lange dauern, bis Toni dem Haus ihren Stempel aufdrückte.

Eine Hausangestellte in grauer Uniform öffnete Johanna die Tür. „Guten Abend, Miss Patterson."

„Guten Abend. Erwartet Mr Patterson mich?"

„Er und Miss DuMonde sind im Salon."

„Danke." Johanna durchquerte die Eingangshalle und trat ein. Ihr Vater, in einer dunkelblauen Smokingjacke, sah gut, aber ungehalten aus. Toni lag lässig auf dem Sofa, nippte Wein und blätterte in einem Magazin – in einem Einrichtungsmagazin, wie Johanna mit einem verstohlenen Lächeln feststellte.

„Ich habe dich schon vor einer Stunde erwartet", sagte Carl ohne Vorrede.

„Die Aufnahmen haben sich verzögert." Sie legte die Bänder neben ihn auf den Tisch. „Du siehst gut aus."

„Mir fehlt ja auch nichts."

„Carl ist ein bisschen gelangweilt." Toni erhob sich. Sie trug einen pfirsichfarbenen Seidenanzug, zu dem ihr Schmollmund hervorragend passte. „Vielleicht können Sie ihn besser unterhalten als ich", sagte sie und stolzierte aus dem Raum.

„Komme ich ungelegen?"

„Nein." Carl stand auf und ging zur Bar. Sie unterdrückte einen Protest und war erleichtert, als er sich Soda einschenkte. „Möchtest du etwas?"

„Nein, danke. Ich kann nicht bleiben."

„Ich dachte, du würdest bleiben, bis ich mir die Bänder angesehen habe."

Da sie sich erinnerte, wie einsam er im Krankenhaus gewirkt hatte, gab sie nach. „Also gut. Ich bleibe, bis du den ersten Teil gesehen hast, falls du irgendwelche Fragen hast."

„Ich kenne das Quiz, Johanna. Ich bezweifle, dass ich Fragen zu meiner eigenen Sendung habe."

Sie nahm ihre Tasche. „Dann ist ja alles klar."

„Johanna?" Er räusperte sich und setzte sich wieder. „Du hast gute Arbeit geleistet."

Sie zog die Augenbrauen hoch. „Danke." Sie stellte ihre Tasche wieder ab und blickte zur Uhr.

„Wenn du eine verdammte Verabredung hast, dann geh nur."

„Nein, ich wollte mir nur die Uhrzeit merken. Da es das erste Mal in meinem Leben ist, dass du mich wegen etwas lobst, will ich mich erinnern können, wann es passiert ist."

„Es besteht kein Grund, sarkastisch zu werden."

„Vielleicht nicht." Sie durchquerte den Raum und setzte sich auf eine Sesselkante. Sie hatte sich nie wohl in diesem Haus gefühlt. „Ich bin froh, dass es dir so gut geht. Wenn du willst, kann ich dir morgen die Aufzeichnungen der Abendsendung bringen. Wir vergeben eine Reise für zwei Personen nach Puerto Vallarta für die Geschwindigkeitsrunde. Und wenn ein Kandidat alle Fragen ohne Hilfe von seinem Partner beantworten kann, gewinnt er einen Wagen. Diese Woche ist es ein Sedan. Viertürig."

„Die Preise interessieren mich nicht."

„Das dachte ich mir. Aber vielleicht findest du irgendeinen Mangel, wenn du dir die Aufzeichnungen ansiehst. Du kannst hier zu Hause mehr leisten als manch anderer im Büro."

„Ich werde nicht ewig hier herumsitzen."

„Daran besteht kein Zweifel." Nein, er würde sehr bald wieder voll auf seinem Posten sein. Vielleicht war nun der richtige Augenblick, der einzige Augenblick gekommen. „Bevor ich gehe, möchte ich dich etwas fragen."

„Wenn es um das Pilotprojekt geht, das habe ich schon gesehen und gebilligt."

„Nein, es ist persönlich."

Er nickte nur.

„Warum willst du Toni DuMonde heiraten?"

„Ich würde sagen, das geht nur Toni und mich etwas an. Wenn dich der Altersunterschied stört …"

„Es würde mich nicht stören, wenn der Unterschied doppelt so groß wäre", warf Johanna ein. „Ich bin nur neugierig."

„Ich werde sie heiraten, weil ich es will."

„Und beabsichtigst du, mit ihr verheiratet zu bleiben?"

„Solange es uns beiden gefällt, ja."

Johanna lächelte ein wenig und nickte bedächtig. „Warum hast du meine Mutter geheiratet?"

Sprachlos starrte Carl sie an und registrierte die Ähnlichkeit, die er stets ignoriert hatte. Doch ihr Gesicht kündete von mehr Charakter, mehr Mut. „Warum bringst du das jetzt zur Sprache? Du hast bisher nie nach ihr gefragt."

„Vielleicht hätte ich es tun sollen. Ich habe nämlich eine Entscheidung zu treffen, und das kann ich erst, wenn ich es besser verstehe. Hast du sie geliebt?"

„Natürlich. Sie war wundervoll, faszinierend, jedenfalls am Anfang ihrer Karriere. Kein Mann, der sie damals kennenlernte, hat sie nicht geliebt."

„Aber du bist der Einzige, der sie geheiratet hat. Und der sich von ihr hat scheiden lassen."

„Die Ehe war ein Fehler. Wir erkannten es beide vor Ablauf des ersten Jahres. Nicht, dass wir uns nicht mochten. Wie gesagt, sie war schön und sehr zart. Du ähnelst ihr." Er hielt abrupt inne, als er Johannas Miene sah. Vielleicht war er nie ein liebevoller Vater gewesen, aber er war ein scharfsinniger Mann. „Wenn du dich wegen ihres Gesundheitszustandes sorgst, kann ich dich beruhigen. Glenna war immer unberechenbar, und durch den Alkohol verstärkte sich das. Aber bei dir habe ich nichts davon bemerken können. Und ich habe darauf geachtet, das kannst du mir glauben."

„Wirklich?", murmelte Johanna.

„Du hast nie zu Extremen geneigt. Offensichtlich hast du genug von mir geerbt."

„Meinst du? Ich habe mich immer gefragt, ob ich überhaupt etwas von dir geerbt habe."

„Du bist schließlich eine Produzentin, und zwar eine gute. Das sollte etwas heißen. Die Pattersons waren immer starke, praktisch veranlagte Menschen. Ehrgeizig. Wenn ich es mir überlege, würde ich sagen, dass du nach meiner Großmutter kommst. Sie war sehr willensstark und legte nie die Hände in den Schoß." Zum ersten Mal seit Jahren musterte er seine Tochter richtig gründlich. „Du hast auch das Haar von ihr geerbt."

Verwundert berührte Johanna ihr Haar. „Von deiner Großmutter?"

„Von deiner Mutter hast du es nicht", sagte er mit einem säuerlichen Lächeln. „Ihre Farbe stammte vom Friseur. Das war eines ihrer bestgehüteten Geheimnisse. Ihre waren braun, mausbraun. Und der Himmel weiß, dass du den Elan nicht von ihr hast. Das ist die Patterson in dir." Er sagte es nicht mit Stolz, er stellte es nur fest.

Also war er doch ihr Vater. Sie saß da, wartete auf eine Flut von Gefühlen. Als sie nichts spürte, seufzte sie. Eigentlich hatte sich nichts geändert. Dann lächelte sie. Vielleicht hatte sich sogar alles verändert. „Ich möchte gelegentlich mehr hören. Über deine Großmutter – meine Urgroßmutter." Sie blickte zur Uhr und erhob sich. „Ich muss jetzt wirklich gehen. Ich werde verreisen. Ein paar Tage lang wird es auch ohne mich klappen."

„Verreisen? Wann?"

„Heute Abend."

Johanna erwischte gerade noch das letzte Flugzeug, nachdem sie Bethany angerufen und ihr Anweisungen für den folgenden Arbeitstag und die Pflege ihres Kätzchens gegeben hatte.

Sie beobachtete, wie Los Angeles und die Entschlüsse, mit denen sie ihr ganzes Leben lang gelebt hatte, allmählich entglitten. Sie hatte den größten Schritt ihres Lebens gewagt, ohne sich sicher zu sein, ob sie auf festem Boden landen würde.

Irgendwo über Nevada schlummerte sie ein, erwachte dann über New Mexico in einem Anfall von blinder Panik. Was war nur in sie gefahren, dass sie Tausende von Meilen reiste, ohne auch nur eine Zahnbürste bei sich zu haben? Es sah ihr gar nicht ähnlich, keine Pläne zu schmieden, keine Listen anzufertigen. Am folgenden Tag wurde gedreht. Wer sollte sich um all die Einzelheiten kümmern? Wer sollte John Jay bei Laune halten?

Irgendjemand anders, sagte sie sich. Ausnahmsweise musste es jemand anders sein.

Sie flog von einer Küste zur anderen, schlief unruhig und fragte sich immer wieder, ob sie den Verstand verloren hatte. Bei der Zwischenlandung in Houston verlor sie beinahe auch den Mut. Doch sie bestieg das nächste Flugzeug. Vielleicht verhielt sie sich nicht klug oder vernünftig, aber jeder hatte das Recht, einmal im Leben etwas Impulsives zu tun.

Im Morgengrauen landete Johanna in Baltimore. Es war kühl in Maryland, und sie war froh über ihre Kostümjacke. Dieselbe Jacke, rief sie sich in Erinnerung, die sie am Morgen zuvor in Los Angeles angezogen hatte, als sie noch bei klarem Verstand gewesen war. Der Himmel hing voller Regenwolken, als sie in ein Taxi stieg und dem Fahrer den Namen von Sams Hotel nannte.

Es half ihr ein wenig, die Augen zu schließen und die fremde Umgebung zu ignorieren. Dadurch vergaß sie fast, dass sie sich am anderen Ende des Kontinents befand. In Los Angeles drehten sich die Leute gerade in ihren Betten um, um noch ein paar Stunden zu schlafen. Hier erwachten sie und bereiteten sich auf den neuen Tag vor.

Der Regen setzte ein, als das Taxi vor dem Hotel hielt. Sie entlohnte den Fahrer und betrat die Eingangshalle. Suite 621. Zumindest wusste sie die Nummer. Das ersparte ihr die Unannehmlichkeit, die Rezeption zu fragen und davon zu überzeugen, dass sie nicht ein Fan von Sam Weaver war. Sie fuhr zum sechsten Stock hinauf. Es fiel ihr nicht schwer, den Fahrstuhl zu verlassen. Sie schaffte es sogar, den Korridor entlang zu seiner Tür zu gehen. Doch dort blieb sie unsicher stehen.

Wenn er sie nun nicht wollte? Wenn er nicht allein war? Schließlich hatte sie keinen Anspruch auf ihn, hatte ihm nichts versprochen. Und sie hatte sich geweigert, seine Versprechungen zu akzeptieren. Er war frei. Er konnte tun, was immer er wollte, mit wem er wollte. Sie wandte sich ab und entfernte sich zwei Schritte.

Sei nicht albern, sagte sie sich. Sie war Tausende von Meilen gereist. Sie straffte die Schultern und streckte das Kinn vor. Sie klopfte. Als sich ihr Magen meldete, griff sie automatisch in ihre Tasche nach den Tabletten. Ihre Finger schlossen sich um die Samtschachtel. Sie nahm ihren Mut beisammen und klopfte erneut.

Sam erwachte fluchend. Sie hatten bis um zwei Uhr morgens gearbeitet, und er hatte kaum die Energie zum Ausziehen aufgebracht, bevor er ins Bett gefallen war. Jetzt hämmerte dieser verdammte Regieassistent an die Tür. Dabei hätte jeder Idiot wissen müssen, dass sie bei Regen keine der geplanten Szenen abdrehen konnten.

Verschlafen und voller Rachsucht zerrte Sam das Laken vom Bett und wickelte es um sich. Er stolperte über den Saum, fluchte erneut und riss die Tür auf. „Verdammt, es …" Es verschlug ihm die Sprache. Er musste träumen. Johanna war doch einen Kontinent entfernt und schlief.

„Es tut mir leid, dass ich dich geweckt habe", murmelte sie dann. „Ich hätte warten sollen. Oder anrufen." Oder wegbleiben, dachte sie verzweifelt.

Dann dachte sie gar nichts mehr, weil Sam sie hineinzog. Die Tür schlug zu, und sie wurde dagegen gepresst und ihr Mund gefangen genommen.

„Sag nichts", befahl er, als sie nach Atem rang. „Kein Wort. Noch nicht."

Sie hätte gar nicht sprechen können. Während er sie durch das Wohnzimmer zog, streifte er ihr die Jacke ab, kämpfte mit den Knöpfen ihrer Bluse. Mit einem kehligen Lachen zog sie an dem Laken. Es fiel zu Boden, während sie sich ins Schlafzimmer begaben.

Ihr Rock rutschte über ihre Hüften hinab, und er hob sie hinaus. Während seine Hände über sie glitten, schlüpfte sie aus einem Schuh. Sie hatten beinahe die Schlafzimmertür erreicht, bevor sie den zweiten abstreifen konnte.

Sam war noch nicht einmal richtig wach, als sie auf das Bett fielen. Sie war da. Traum oder Wirklichkeit, sie war da. Ihre Haut war genauso zart, genauso duftend. Ihre Lippen, die sich für seine öffneten, waren genauso weich, wie er es in Erinnerung hatte. Als sie seufzte, als sie die Arme um ihn schlang, da wusste er, dass es kein Traum war.

Überschwänglich rollten sie über das bereits zerwühlte Bett, während der Regen zunahm und an den Fenstern hinabbrann.

Es war richtig, dass sie gekommen war. Was immer zuvor geschehen war, was immer danach geschah, es war richtig, diesen Moment zu nehmen. Und ihm diese Zeit zu geben. Es würde keine Fragen, keinen Grund für Erklärungen oder Ausflüchte geben, sondern nur Freude, die sich immer mehr zu einem betörenden Entzücken steigerte.

In Harmonie, des Körpers und des Geistes, kamen sie zusammen, brachten dieses Entzücken auf den Höhepunkt.

Der Donner setzte ein, als er sie erneut an sich schmiegte. Oder vielleicht hatten sie das Unwetter zuvor nur nicht gehört. Nun, als der Sturm über die Stadt fegte, waren sie zusammen und allein und verliebt. Manchmal war das wirklich alles, was zählte.

Sie behielt die Hand auf seinem Herzen und den Kopf an seiner Schulter, als sie in die Wirklichkeit zurückschwebten. Es blieb düster im Raum, doch für Johanna hatte es nie einen schöneren Morgen gegeben.

„Bist du nur auf der Durchreise?", murmelte er.

Sie spreizte die Finger auf seiner Brust. „Ich hatte ein dringendes und unerwartetes Geschäft an der Ostküste."

„Ich verstehe. Bist du auf Kandidatensuche?"

„Nicht direkt. Ich nehme an, du hast heute früh keine Dreharbeiten?"

„Wenn der Regen anhält, und ich bete darum, habe ich heute gar keine." Langsam, als hätte er alle Zeit der Welt, streckte er sich. „Wir wollten heute unten am Hafen drehen. Ein toller Ort. Die besten Krabben, die ich je gegessen habe." Er malte sich bereits aus, mit ihr hinzugehen. „Sobald das abgedreht ist, sind wir hier fertig."

Ein Schmollen trat auf ihre Lippen, was sie sich sonst nie gestattete. „Du hast deine drei Wochen etwas überzogen."

Er hoffte, dass es Verärgerung war, was er in ihrer Stimme entdeckte. „Ein bisschen."

„Ich nehme an, du warst zu beschäftigt, um mich anzurufen und mich wissen zu lassen, wie es läuft."

„Nein."

„Nein?" Sie stützte sich auf einen Ellbogen und blickte ihn finster an.

„Nein, ich war nicht zu beschäftigt. Ich wollte nicht anrufen."

„Aha, ich verstehe." Sie wollte aufstehen, fand sich aber flach auf dem Rücken wieder, mit Sam über sie gebeugt.

„Ich hoffe, du hast nicht vor, diesen Raum zu verlassen."

„Ich sagte doch, dass ich Geschäfte habe."

„Das sagtest du. Ist es ein Zufall, dass du Geschäfte in Baltimore hast und dich im selben Hotel aufhältst – offensichtlich in meinem Zimmer?"

„Ich habe nicht die Absicht, mich länger hier aufzuhalten."

Er knabberte sanft an ihrem Kinn. „Warum bist du gekommen, Johanna?"

„Ich möchte lieber nicht darüber reden. Ich möchte meine Kleider", sagte sie steif.

„Gewiss. Ich hole sie dir." Er ging hinaus und ließ Johanna mit der zweifelhaften Bedeckung eines Kopfkissens zurück.

Sie wollte aufstehen, als er mit ihrem Kostüm über dem Arm zurückkehrte. Dann konnte sie nur noch nach Luft schnappen, als er das Fenster öffnete und ihre Kleider hinauswarf.

„Was zum Teufel tust du denn da?" Sie sprang auf und stürmte zum Fenster. „Du hast meine Kleider aus dem Fenster geworfen!" Entsetzt starrte sie ihn an.

„Sieht ganz so aus."

„Bist du verrückt? Ich bin nur mit den Sachen hergeflogen, die ich auf dem Leib hatte, und jetzt liegen sie sechs Stockwerke tiefer und sind klitschnass. Ich habe nur noch meine Schuhe hier."

„Damit habe ich gerechnet. Schien mir der beste Weg, um sicherzugehen, dass du bleibst."

„Du bist wirklich verrückt." Sie begann, sich aus dem Fenster zu beugen, erinnerte sich dann, dass sie nackt war, und sank auf das Bett. „Was soll ich jetzt bloß tun?"

„Dir wieder mal ein Hemd von mir leihen, nehme ich an. Bedien dich." Er deutete zum Schrank. „Du kannst mir dabei gleich ein Paar Jeans geben. Es fällt mir schwer, mich vernünftig mit dir zu unterhalten, wenn wir nichts als ein Lächeln zur Schau tragen."

„Ich lächle nicht", stieß sie zwischen den Zähnen hervor, während sie ihm seine Jeans zuwarf. „Das war eins meiner besten Kostüme, und ich …" Ihre Finger erstarrten auf dem Knopf des Hemdes, das sie angezogen hatte. „Oh, Himmel, die Jacke! Ich habe ihn in der Jacke!" Das Hemd erst halb zugeknöpft, stürmte sie zur Tür.

Sam war gerade schnell genug, um ihr den Ausgang zu versperren. „Ich glaube nicht, dass du für einen Spaziergang angezogen bist, Johanna. Nicht, dass du nicht großartig aussiehst. Du siehst sogar so umwerfend aus, dass ich dich am liebsten bitten würde, mir mein Hemd zurückzugeben."

„Würdest du bitte mit dem Unsinn aufhören?" Sie versuchte, ihn zur Seite zu schieben, stieß aber auf soliden Widerstand. „Du hast ihn aus dem Fenster geworfen! Ich kann es kaum fassen, was für ein Idiot du bist. Du hast meinen Ring aus dem Fenster geworfen."

„Wessen Ring?"

„Meinen Ring, den von dir." Sie tauchte unter seinem Arm hindurch und rannte zum Fenster zurück. „Jemand wird es mitnehmen."

„Dein Kostüm?"

„Ja, aber das Kostüm interessiert mich nicht. Zum Teufel mit dem Kostüm. Ich will meinen Ring."

„Na gut. Hier." Sam zog ihn von seinem kleinen Finger und hielt ihn ihr hin. „Die Schachtel muss aus deiner Tasche gefallen sein, als … als ich dich begrüßt habe."

Johanna stieß einen erleichterten Ruf aus und griff danach, bevor ihr bewusst wurde, dass er sie an der Nase herumgeführt hatte. „Verdammt, Sam, du hattest ihn die ganze Zeit und hast mich glauben lassen, er wäre weg!"

„Es war schön zu erfahren, dass er dir wichtig ist." Er hielt ihn zwischen zwei Fingern hoch. „Darf ich ihn dir anstecken?"

„Du kannst ihn nehmen und …"

„Ich bin jeglichen Vorstellungen gegenüber zugänglich." Dann lächelte er auf eine Art, die sie als höchst unfair empfand.

„Ich muss mich einen Moment setzen." Sie sank auf das Bett. Die Erleichterung war vergangen, ebenso der Zorn. Sie war in einer bestimmten Absicht gekommen, und es wurde Zeit, sie zu verfolgen. „Ich bin gekommen, um dich zu sehen."

„Nein! Wirklich?"

„Mach dich nicht über mich lustig."

„Also gut." Sam setzte sich neben sie und legte einen Arm um ihre Schultern. „Dann kann ich dir wohl verraten, dass ich zurückgekommen wäre, wenn du nicht gekommen wärst oder in den nächsten vierundzwanzig Stunden nicht angerufen hättest. Ich hätte den Film sausen lassen."

„Du hast mich nicht angerufen."

„Nein. Weil ich dachte, wir wüssten beide, dass du den nächsten Schritt machen musstest. Und ich hoffe, du hast genauso gelitten wie ich." Er presste die Lippen auf ihr Haar. „Was soll also werden?"

„Ich habe gestern Abend mit meinem Vater gesprochen." Sie neigte den Kopf, sodass sie Sam ansehen konnte. „Er ist mein Vater."

Sanft strich er ihr eine Locke aus dem Gesicht. „Ist alles in Ordnung?"

„Es ist nicht wie ein Happy End in einem Märchen, aber es ist alles klar. Wir werden uns wohl nie sehr nahestehen, und das kann ich jetzt akzeptieren. Ich bin nicht wie er und auch nicht wie meine Mutter. Ich habe all die Zeit gebraucht, um zu erkennen, dass es gut so ist."

Er küsste erneut ihr Haar, genoss den vertrauten Duft. „Das hätte ich dir auch sagen können, wenn du mir zugehört hättest."

„Jetzt kann ich dir zuhören, nachdem ich es mir selbst gesagt habe." Johanna holte tief Luft und nahm seine Hand. „Ich muss dich etwas fragen, Sam. Man könnte fast sagen, es ist die Preisfrage."

„Ich funktioniere am besten unter Druck."

Doch ihre Augen blieben ernst. „Warum willst du mich heiraten?"

„Das ist die Frage?" Er zog die Brauen hoch, und dann lachte er und drückte sie an sich. „Ich dachte schon, du würdest mich etwas Schweres fragen. Ich will dich heiraten, weil ich dich liebe und dich brauche. Du hast mein Leben verändert."

„Und morgen?"

„Eine zweiteilige Frage", murmelte er und küsste ihre Wange, ihre Stirn, dann ihre Lippen. „Ich wünschte, es gäbe eine Garantie, aber es gibt keine. Ich kann dir nur sagen, dass ich an dich denke, wenn ich an morgen denke. Wenn ich an morgen in zehn Jahren denke, denke ich an dich. Ich denke an uns."

Er hätte es nicht besser sagen können, dachte sie, während sie zärtlich sein Gesicht berührte. Nein, es gab keine Garantie, aber sie hatten eine Chance. Eine sehr gute. „Darf ich dich noch etwas fragen?"

„Solange ich irgendwann eine Antwort bekomme."

„Glaubst du an den Weihnachtsmann?"

Er zögerte nicht einmal. „Natürlich. Tut das nicht jeder?"

Nun lächelte sie, auch mit den Augen. „Ich liebe dich, Sam."

„Das ist die Antwort, die ich hören wollte."

„Sieht so aus, als hättest du gewonnen." Johanna hielt ihm die Hand hin, damit er ihr den Ring an den Finger stecken konnte. Er fühlte sich an, als ob er dorthin gehörte, und so fühlte sie sich ebenfalls. „Sieht so aus, als hätten wir beide gewonnen."

– ENDE –

Julie Cohen

Hello, Kitty!

Roman

Aus dem Amerikanischen von
Tina Beckmann

Jack Taylor hatte Sex mit der schönsten Frau auf Erden.

Er konnte sie nicht wirklich sehen, aber das brauchte er auch nicht. Seine Hände strichen über ihre makellose samtene Haut. Seine Fingerspitzen fuhren zärtlich ihr Rückgrat hinauf. Er erkundete die perfekte Kurve ihrer Taille, zeichnete die Einbuchtungen ihrer Rippenbögen nach. Als er ihre Brüste umfasste, schnappte sie leise nach Luft und stöhnte dann auf, als er die harten Knospen reizte.

Die Art, wie sie wortlos ihrer Lust Ausdruck gab, brachte sein Blut zum Brodeln und ließ seinen Puls schneller schlagen. Das Tempo seines Herzschlages passte sich ihrem an, den er an der sanften Rundung ihrer Brust fühlte.

Noch nie war er so erregt gewesen. Niemals.

Und Jack Taylor konnte auf eine Menge Erfahrung zurückblicken.

Jetzt drehte sie ihm das Gesicht zu, er fühlte ihr seidiges Haar an seiner Wange. Er schmeckte ihren Mund und ihre Lippen, so süß, als hätte sie gerade erst Konfekt genascht. Doch Jack wusste, dieser Geschmack gehörte zu ihr, war Teil von ihr. Genauso wie ihr Haar, ihre Stimme und ihr wunderbarer Körper. Das Gefühl, das sie ihm verlieh, war ebenso Teil von ihr – endlos erregend, einzigartig süß.

„Ich will dich", flüsterte sie. „Jetzt." Und Hitze lief durch seinen ganzen Körper.

„Ich begehre dich, mehr, als ich je jemanden begehrt habe. Mehr, als ich je etwas gewollt habe." Er sprach es laut aus und wusste, ihm war noch nie etwas so ernst gewesen.

Sie nahm seine Hand und führte sie an ihren Mund. Sacht zeichnete er das Lächeln auf ihren Lippen nach. Sie begann sich unter ihm zu bewegen, so langsam, so verführerisch, dass Jack jedes Gefühl für Zeit verlor. Er nahm ihre Finger, um ihr das eigene Lächeln zu zeigen, knabberte an jeder ihrer Fingerspitzen.

Außer ihnen beiden existierte nichts mehr. Die Bewegungen wurden begieriger, und er drang tiefer in sie ein. Himmel, nichts hatte sich je so gut angefühlt! Das Beste überhaupt. Er konnte fühlen, wie sie ihn willkommen hieß, und spürte die Welle heranrollen, die ihn mitreißen wollte. Doch da gab es noch etwas, worauf er achten wollte, bevor er sich über die Klippe stürzte …

„Jack!", stöhnte sie auf. Ihr lustvoller Seufzer hallte in seinen Ohren. Und so folgte er ihr, sein ganzes Wesen überwältigt wie nie zuvor.

Völlig enthemmt schrie er die eigene Lust heraus, und dann plötzlich sah er ihre Augen.

Sie waren grün. So grün wie Frühling und Sommer zusammen. So grün wie das ewige Versprechen des Lebens. Sie blickten direkt in seine und entlockten ihm den letzten Schauer weltbewegender Ekstase.

Und dann wurde alles schwarz.

Jack setzte sich keuchend auf. Das zerwühlte Laken hatte sich um seine Hüften gewickelt.

Er fuhr sich mit den Fingern durch das schweißnasse Haar. „Wow."

Die Sterne am Nachthimmel funkelten durch das offen stehende Fenster in sein Schlafzimmer, gaben genügend Licht, um die Schemen klar zu erkennen. Dennoch streckte Jack den Arm aus und tastete über die Matratze, nur um sicherzustellen, dass der Platz neben ihm wirklich kalt und leer war.

Er stand auf und ging über den Korridor zum Bad. Das elektrische Licht war erbarmungslos, und der Spiegel über dem Waschbecken, als er sich kaltes Wasser ins Gesicht spritzte, zeigte ihm klar alle Anzeichen. Seine Wangen waren gerötet, seine Augen verhangen und seine Pupillen geweitet. In seinen Mundwinkeln stand ein kleines zufriedenes Lächeln.

Er sah aus wie ein Mann, der soeben den besten Sex aller Zeiten gehabt hatte.

In gewisser Hinsicht stimmte das auch.

Das Grinsen wurde breiter. Aber dann schwand es prompt.

Er hatte die intensivste sexuelle Erfahrung seines Lebens gehabt ... und es war nur ein Traum gewesen?!

Abrupt drehte er sich um und rannte die Treppe hinunter. Nackt, wie er war, lief er in das dunkle Wohnzimmer. Er kannte hier jeden Zentimeter, brauchte kein Licht einzuschalten. Er nahm Zunder und Holz aus den Kisten und entzündete ein Feuer im offenen Kamin.

Während er darauf wartete, dass die Flammen höher leckten, erinnerte er sich an den Geschmack seiner Traumfrau und wie sie sich um ihn geschlungen hatte. Dachte an die Hitze, die ihre Körper entfacht hatten.

Als das Feuer knisternd brannte, richtete er sich auf und ging zu seinem Schreibtisch hinüber. Er fasste in die Schublade und zog das handgroße Adressbuch hervor. Im orangefarbenen Schein kniete er sich damit vor das Kaminfeuer.

Er konnte noch immer ihren Geschmack auf seinen Lippen schmecken. Was natürlich unsinnig war. Sie war ein Fantasiebild. Und doch realer als alles, was er erlebt hatte.

Eine nach der anderen, riss Jack Taylor die Seiten aus seinem Adressbuch und überließ die Namen und Telefonnummern der Frauen, die er kannte, den Flammen.

1. KAPITEL

lso wie viel würden Sie für meinen Mercedes bezahlen?", fragte Kitty Giroux Clifford ohne Umschweife.

Der Gebrauchtwagenhändler rieb sich bedächtig das feiste Kinn. „Nun ja, der Wagen ist zwar erst ein Jahr alt, aber dafür hat er schon ziemlich viele Kilometer runter. Außerdem ist in dieser Gegend die Nachfrage nach Cabrios nicht sehr groß. Die Winter hier in Maine sind ziemlich kalt, verstehen Sie?"

Kitty straffte die Schultern und sah dem Mann direkt in die Augen. Sie brauchte jeden Cent, den sie für den Wagen bekommen konnte, um ihre Schulden zu bezahlen und ihr Geschäft am Laufen zu halten, aber sie wollte sich ihre verzweifelte Lage auf keinen Fall anmerken lassen.

„Vielleicht sind in Scarborough Cabrios ja gefragter", sagte sie kühl und griff entschlossen nach der Jacke ihres eleganten Designerkostüms.

Ihre Taktik funktionierte. Als Kitty Anstalten machte aufzustehen, hielt der Händler sie mit einer einlenkenden Handbewegung zurück.

„Ich bin sicher, wir werden uns einigen, Mrs Clifford."

Na bitte, dachte Kitty triumphierend und ließ sich mit einem liebenswürdigen Lächeln zurück auf ihren Stuhl sinken. Als in diesem Augenblick ihr Handy klingelte, schlug ihr Herz unwillkürlich schneller. Vielleicht war *das* ja der entscheidende Anruf, der endlich die ersehnte berufliche Wende brachte. Doch zu ihrer Enttäuschung sah sie nur die Nummer ihrer Mutter auf dem Display.

„Entschuldigen Sie, aber ich muss dieses Gespräch annehmen", sagte sie in geschäftsmäßigem Tonfall und stand erneut auf. Schließlich konnte es nicht schaden, wenn der Händler den Eindruck bekam, dass ihre Zeit kostbar war. Im Hinausgehen drückte sie die Verbindungstaste.

„Katherine Clifford", meldete sie sich kurz angebunden, als sie vor die Tür trat.

„Stell dir vor, Kitty", ertönte am anderen Ende die aufgeregte Stimme ihrer Mutter, „mich hat gerade jemand angerufen, der einen Auftrag für dich hat. Und jetzt rate mal, wer es war?"

Kitty spürte den Adrenalinstoß bis in die Fingerspitzen. Seit sie vor sechs Monaten ihr Studio für Inneneinrichtungen in Maine eröffnet hatte, war dies das erste Zeichen von Interesse. „Nun sag es schon endlich, Mum", drängte sie ungeduldig.

„Du wirst begeistert sein, Schatz. Es war der neue Besitzer des *Delphi*, und er hat vor, es von Grund auf zu restaurieren."

Kitty blieb unvermittelt stehen und biss sich auf die Lippe, um einen lauten Triumphschrei zu unterdrücken. Das Delphi war das schönste Gebäude in ganz Portland. Sie war zwar nie ein Filmfan gewesen, aber das verlassene Kino, das an einen heruntergekommenen Palast erinnerte, liebte sie, seit sie ein kleines Mädchen war. Selbst die jahrelange Vernachlässigung hatte der Schönheit seiner Art-déco-Linien nichts anhaben können. Es zu restaurieren, war der Traum jedes Innenarchitekten.

Vielleicht ging ja zu guter Letzt doch noch ihr Glücksstern auf!

„Er sagte, er sei heute Nachmittag dort, falls du vorbeikommen willst", fuhr ihre Mutter fort. „Aber vorsichtshalber habe ich mir seine Telefonnummer geben lassen."

„Fantastisch, Mum. Wie heißt er denn?"

„Taylor."

Kitty, die den großen Parkplatz vor dem Bürogebäude bereits zur Hälfte durchquert hatte, blieb abrupt stehen. „Und sein Vorname?", erkundigte sie sich ahnungsvoll.

„Danach habe ich ihn nicht gefragt. Aber er klang sehr nett."

Bitte, lass es nicht Jack Taylor sein! flehte Kitty im Stillen. Er war auf der Highschool ihre große Liebe gewesen und hatte sie auf ihrem Abschlussball vor der gesamten Schule zutiefst gedemütigt. Wenn es einen Menschen auf der Welt gab, dem sie nie wieder begegnen wollte, dann war er es.

Andererseits war es höchst unwahrscheinlich, dass es je dazu kam. Vermutlich lebte er inzwischen längst woanders. Portland war eine kleine Stadt und das Angebot an Frauen zu gering, um einen Jack Taylor zufriedenzustellen, der Freundinnen verbrauchte wie andere Leute Papiertaschentücher.

Jedenfalls war es damals so gewesen, und Kitty glaubte nicht, dass er sich in dieser Beziehung verändert hatte. Und warum sollte er auch? Schließlich war er reich, sah toll aus und hatte schon früher einen so unwiderstehlichen Charme gehabt, dass ihm die Mädchenherzen nur so zugeflogen waren.

Vor dreizehn Jahren war sie, Kitty, eines von ihnen gewesen …

„Möchtest du dir seine Nummer notieren, Liebes?"

Die Stimme ihrer Mutter brachte Kitty umgehend in die Gegenwart zurück.

„Hör zu, Mum, mein Terminplaner liegt in meinem Auto. Ich muss noch kurz mit jemandem sprechen, dann melde ich mich wegen der Telefonnummer bei dir, okay?"

Kitty schob das Handy in ihre Handtasche und kehrte ins Büro des Gebrauchtwagenhändlers zurück.

„Ich habe beschlossen, meinen Wagen doch nicht zu verkaufen", verkündete sie und griff nach ihren Autoschlüsseln, die noch auf dem Schreibtisch lagen. „Danke, dass Sie mir Ihre Zeit geopfert haben."

Bevor der verblüffte Mann etwas erwidern konnte, war sie schon wieder draußen und eilte beschwingt zu ihrem Wagen.

Das Delphi – *wow!* Sollte dieser Auftrag tatsächlich zustande kommen, hätte ihre Pechsträhne, die schon viel zu lange anhielt, endlich ein Ende.

Es musste einfach klappen! Nicht nur wegen des Geldes, sondern auch, um ihr angeschlagenes Selbstwertgefühl wieder aufzubauen. Sie hatte in Kalifornien zwar einen gut bezahlten Job gehabt, aber ihre Ehe mit Sam war gescheitert, und sie hatte mit ihrer Rückkehr nach Maine beweisen wollen, dass sie auch allein erfolgreich sein konnte. Aber bisher hatte es nicht funktioniert, und mittlerweile waren ihre Ersparnisse auf knapp zweihundert Dollar zusammengeschrumpft.

Die Restaurierung des Delphi wäre ein glänzendes Vorzeigeprojekt. Die perfekte Möglichkeit, um zu zeigen, was sie konnte. Und es würde zu weiteren Aufträgen führen, da war sie ganz sicher.

Als Kitty ihr Cabrio erreichte und den Reißverschluss ihrer Tasche aufziehen wollte, stellte sie fest, dass er bereits aufgezogen war. Ihr Siegerlächeln verschwand, als sie hineingriff und ins Leere fasste.

„O nein!", stöhnte sie auf, als sie einen Blick zurückwarf. Der gesamte Inhalt ihrer Tasche lag in einer verstreuten Spur auf dem Asphalt – Autoschlüssel, Puderdose, Lippenstift, ihre Brieftasche, mehrere Kugelschreiber … und ihr extraflaches, sündhaft teures Handy.

Verärgert über ihre Gedankenlosigkeit, ging sie zurück, um ihre Habseligkeiten wieder aufzulesen, als ein durchdringendes Hupen hinter ihr sie erschrocken zur Seite springen ließ. Hilflos musste sie mit ansehen, wie ein roter Lexus mit der Aufschrift *Machen Sie eine Testfahrt mit mir!* ihr Handy überrollte und in ein trauriges Häuflein aus Chrom- und Kunststoffsplittern verwandelte.

„Hey, Sie da, halten Sie an!" Wutentbrannt rannte Kitty dem davonfahrenden Wagen nach und schwenkte drohend ihre leere Handtasche in der Luft. „Sie haben gerade mein Telefon zermalmt, Sie Idiot!"

Doch der Fahrer brauste ungerührt weiter, und schließlich gab Kitty atemlos auf.

„Ich hoffe, du kaufst den Wagen, und er stellt sich als Schrottkiste heraus", murmelte sie erbittert, während sie sich daranmachte, den Rest ihrer verstreuten Besitztümer einzusammeln, die zum Glück unversehrt geblieben waren.

Als Kitty endlich alles beisammen hatte, war sie schon wieder etwas gefasster. Okay, ihr Handy war beim Teufel, und momentan konnte sie es sich nicht leisten, es zu ersetzen. Aber im Augenblick musste sie sich auf wichtigere Dinge konzentrieren. Zum Beispiel darauf, diesen Auftrag unter Dach und Fach zu bringen.

Sie würde also direkt zum Delphi fahren und mit diesem Mr Taylor sprechen. Zum Glück hatte sie in letzter Zeit immer ihre Mappe mit Arbeitsproben dabei. Außerdem hatte sie ihr bestes Kostüm aus elfenbeinfarbener Seide angezogen, um den Autohändler zu beeindrucken. Und nachdem sie am Morgen etwa eine Stunde lang mit ihrer rebellischen Haarmähne gekämpft hatte, sah sie selbst nach ihren strengen Maßstäben einigermaßen repräsentativ aus.

Wenn man zu den Siegern gehören wollte, musste man auch so aussehen, das hatte Kitty inzwischen begriffen. Nur leider hatte es bei ihr bis jetzt nicht funktioniert. Weder ihr schicker Wagen noch ihre Designeroutfits hatten ihre Ehe zu einem Erfolg machen können, und seit sie wieder in Maine war, hatte sich auch beruflich nichts getan.

Aber jetzt wird alles anders, schwor sich Kitty, als sie in ihren Mercedes stieg. Und sollte sich herausstellen, dass der neue Besitzer des Delphi tatsächlich *dieser* Jack Taylor war, dann würde sie eben damit leben.

Aber er war es bestimmt nicht. Es gab Taylors wie Sand am Meer, da wäre es schon ein unglaublicher Zufall, wenn es sich ausgerechnet bei ihm um ihre große Jugendliebe handelte.

So viel Pech konnte nicht einmal sie haben.

„Hast du dich eigentlich schon mal gefragt, ob du dich mit diesem aufwendigen Bauprojekt nicht nur von deiner sexuellen Frustration ablenken willst?"

Mit einem kräftigen Ruck löste Jack die letzte Ecke des halb vermoderten Teppichbodens und begann, ihn zusammenzurollen. „Da liegst du völlig daneben, Oz. Hast du vergessen, dass wir schon als Jugendliche ständig hier vorbeigefahren sind und uns vorgestellt haben, wie das Delphi in seiner Glanzzeit ausgesehen hat?"

„*Du* hast es dir vorgestellt", korrigierte Oz seinen Freund. „Ich habe immer nur gedacht: *Was für eine Müllhalde!*"

Jack ignorierte seinen Einwurf. „Und erinnere dich bitte daran, was ich damals unter der Rubrik ,Mein wichtigstes Ziel' in unser Jahrbuch geschrieben habe: *Kinobesitzer werden und aus meinem Leben einen Film machen.* Den ersten Teil habe ich erfüllt. Jetzt muss nur noch ein genialer Regisseur einen Blockbuster über meinen Kampf mit diesem stinkenden Teppich drehen, und ich habe mein Lebensziel erreicht."

„Bestimmt wird der Streifen ein Horrorklassiker", murmelte Oz, während er kritisch den Parkettboden begutachtete, der unter dem Teppich zum Vorschein gekommen war.

„Ganz abgesehen davon", fuhr Jack unbeirrt fort, „beinhaltet sexuelle Frustration, dass man keinen Sex bekommen kann, was bei mir nicht der Fall ist. Erst gestern Abend bin ich Sally McKenna über den Weg gelaufen, und sie schien sehr interessiert daran zu sein, die alten Zeiten mit mir wieder aufleben zu lassen."

„Sally will wieder mit dir schlafen, und du hast sie abgewiesen?" Oz schüttelte ungläubig den Kopf. „Ich hoffe, du hast ihr wenigstens meine Telefonnummer gegeben."

„Besorg dir deine Bettgespielinnen gefälligst selbst, Oscar Strummer. Ich wollte damit nur sagen, dass ich Sex haben könnte, wenn ich wollte. Aber ich habe beschlossen, darauf zu verzichten, bis der richtige Zeitpunkt gekommen ist."

Oz fuhr mit seiner Hand über das Parkett und drückte vorsichtig darauf. „Wie lange dauert dein selbst verordnetes Zölibat jetzt eigentlich schon?"

„Elf Monate, sechs Tage und acht Stunden." Mit einer kraftvollen Bewegung stemmte Jack die Teppichrolle gegen die Wand und ging auf seinen Freund zu. „Was, wie gesagt, keineswegs bedeutet, dass meine Manneskraft …"

Der Rest des Satzes ging in einem langgezogenen Schrei unter, als urplötzlich der Boden unter Jack nachgab und er gute zwei Meter tief ins Dunkle stürzte.

Mit einem Satz war Oz bei dem klaffenden Loch und spähte besorgt hinunter. „Alles in Ordnung mit dir, Kumpel?"

„Ja, ich … war nur etwas überrascht."

Zum Glück war Jack auf einem Haufen schmutziger Lumpen gelandet, die seinen Sturz abgefedert hatten. Während Oz die zersplitterten Ränder der quadratischen Öffnung untersuchte, kam Jack auf die Füße und schüttelte sich mit beiden Händen Staubflocken und Holzspäne aus dem schwarzen Haar.

„Eine Falltür", stellte Oz lakonisch fest. „Sieht so aus, als hätte dein Gewicht die Scharniere aus dem morschen Holz gerissen."

„Wenigstens wissen wir jetzt, wie wir am schnellsten in den Keller kommen. Los, komm schon, zieh mich hoch."

„Immer mit der Ruhe." Oz übersah geflissentlich Jacks ausgestreckte Hand. „Ehrlich gesagt, betrachte ich es als Glücksfall, dass du jetzt gezwungen bist, mir zuzuhören, denn ich mache mir ernsthaft Sorgen um dich. Der größte Frauenheld von ganz Portland beschließt von einem Tag auf den anderen, wie ein Mönch zu leben, nur weil er einen erotischen Traum hatte. Findest du das nicht selbst ziemlich abgedreht?"

„Das war nicht irgendein Traum, sondern eine eindeutige Botschaft. Der Sex, den ich in diesem Traum hatte, war die unglaublichste Erfahrung, die ich je gemacht habe, Oz! Ich weiß jetzt, was mir die ganze Zeit über entgangen ist, und bevor ich nicht genau das in der Realität erleben kann, halte ich jede Aktivität in dieser Richtung für Zeitverschwendung."

„Jack, es ist das Wesen von Träumen, dass die Realität nicht mit ihnen mithalten kann."

„Mag sein, aber *dieser* Traum wird sich erfüllen, das spüre ich in allen Knochen."

„Na schön." Unversehens war Oz in die Rolle des geduldigen Psychologen geschlüpft, der er ja auch tatsächlich war. „Gehen wir davon aus, dass dieser Traum dir gezeigt hat, wie großartig Sex sein kann. Aber wie willst du die Frau erkennen, die dir zu diesem fantastischen Erlebnis verholfen hat?"

„Ich *werde* sie erkennen."

„Und von da an nur noch mir ihr schlafen? Siehst du, genau das beunruhigt mich. Du bist in deinem ganzen Leben noch keine einzige Verpflichtung eingegangen. Und jetzt lädst du dir mit diesem Kino eine Riesenverantwortung auf und willst dich an eine Frau binden, von der du nicht einmal weißt, ob sie überhaupt existiert. Nimm es mir nicht übel, mein Freund, aber das bist einfach nicht du."

„Vielen Dank für die Analyse, Dr. Strummer. Deine Fürsorge rührt mich, aber wenn du wirklich etwas für mich tun willst, dann hilf mir endlich aus diesem verdammten Loch heraus."

„Na schön, aber dass mir hinterher keine Klagen kommen." Oz wollte sich gerade vorbeugen, um Jack die Hand zu reichen, als er ein

Klopfen vom Haupteingang hörte. „Tut mir leid, Kumpel, aber ich glaube, da ist jemand an der Tür. Ich bin gleich wieder zurück.“

„He, du kannst mich doch nicht einfach ...“, setzte Jack an, aber Oz war schon verschwunden.

Allein mit seinem Schicksal, versuchte Jack, sich in dem dunklen, gewölbeartigen Raum zu orientieren, der sich in alle Richtungen ausdehnte. Auf einem Haufen Bauschutt fand er ein paar Ziegelsteine, die er unter dem Loch aufstapelte. Als er hinaufstieg, stellte er jedoch fest, dass er noch immer nicht über den Rand der Öffnung blicken konnte.

„Mist!“, murmelte er frustriert und fragte sich, wann Oz sich wohl endlich bequemen würde, ihn aus seiner misslichen Lage zu befreien. In diesem Augenblick hörte er Schritte im Foyer. Kurz darauf drang eine weibliche Stimme an sein Ohr.

„... hätte ich vorher angerufen. Aber dummerweise habe ich mein Handy bei einem Kunden vergessen. Ich bin Katherine Clifford und würde gern mit Mr Taylor sprechen.“

Katherine Clifford? Das war doch der Name der Innenarchitektin, deren Nummer er aus dem Branchenbuch herausgesucht hatte. Ihre volle, leicht heisere Stimme bewirkte, dass sich Jacks Puls rapide beschleunigte. Wenn sie genauso sexy aussah, wie sie sich anhörte, war sie so gut wie engagiert.

Und Oz, dieser attraktive, *bindungswillige* Mistkerl, besaß ihre ungeteilte Aufmerksamkeit!

„Mr Taylor steckt momentan gewissermaßen fest“, hörte Jack ihn über sich flöten. „Aber vielleicht kann ich Ihnen ja in der Zwischenzeit behilflich sein. Hören Sie, ich weiß, es klingt fürchterlich abgedroschen, aber irgendwie kommen Sie mir bekannt vor.“

Um den dilettantischen Flirtversuchen seines Freundes ein Ende zu setzen, wollte Jack sich gerade lautstark bemerkbar machen, doch aus einem unerklärlichen Impuls heraus beschloss er, lieber noch eine Weile dem Gespräch zu lauschen.

„Nicht dass ich wüsste, Mr ...?“, sagte Miss Goldkehlchen gerade.

„Oh, entschuldigen Sie, ich habe mich noch gar nicht vorgestellt. Mein Name ist Oscar Strummer.“

„Oscar Strummer ...?“ Einen Augenblick herrschte Schweigen, dann lachte sie plötzlich auf. „Das gibt es doch gar nicht! Du bist Oz?“

„Stimmt genau, aber ...“

„Wir sind zusammen zur Highschool gegangen, erinnerst du dich nicht mehr? Ich war damals eine Klasse unter dir.“

„Aber klar, natürlich! Ich hätte dich gleich an deinem Haar erkennen müssen, aber der Name Clifford hat mich auf die falsche Spur gebracht."

Jack fiel es immer schwerer, seine Neugier zu bezähmen. Wer war diese Frau? Er konnte sich an keine Katherine aus der Highschool erinnern. Und was, zum Teufel, war mit ihrem Haar?

„Schon gut, ich habe dich ja auch nicht erkannt. Du warst damals so … wie soll ich sagen …"

Oz lachte. „Ich war ein kleiner, pickliger Streber", kam er ihr zur Hilfe. „Aber zum Glück habe ich in letzter Minute noch einen Wachstumsschub bekommen."

„Ja, das ist nicht zu übersehen." Nach einem kurzen Schweigen fügte sie zögernd hinzu: „Hör zu, Oz, die Nachricht, die ich bekommen habe, kam von einem Mr Taylor. Handelt es sich dabei um …"

„… meinen alten Kumpel Jack? Du hast es erfasst. Er ist jetzt der stolze Besitzer des Delphi, während ich ihm in meiner Freizeit als bescheidener Handlanger diene. Aber nun musst du mir unbedingt erzählen, wie es dir …"

Die Schritte der beiden entfernten sich, sodass Jack der Unterhaltung nicht mehr folgen konnte. Aber er hätte es ohnehin keine Sekunde länger ausgehalten, untätig hier unten herumzustehen und nicht zu wissen, wer diese ehemalige Mitschülerin mit der aufregenden Stimme war.

Erneut machte er sich auf die Suche nach einem Gegenstand, der hoch genug war, um ihm zur Freiheit zu verhelfen. Endlich entdeckte er in einer Ecke einen wackligen Stuhl. Er zog ihn unter die Öffnung, und unter Aufbietung all seiner Kräfte gelang es ihm schließlich, sich nach oben zu hieven.

Sobald er wieder einigermaßen zu Atem gekommen war, ließ er den Blick durch das weitläufige Foyer schweifen. Am entgegengesetzten Ende stand Oz und sprach mit gedämpfter Stimme auf eine schlanke Frau ein. Sie wandte Jack den Rücken zu, aber der Anblick ihres leuchtend roten Haars, das im Nacken zu einem kunstvollen Knoten geschlungen war, brachte irgendeine Saite in ihm zum Klingen.

Mit ausgreifenden Schritten ging er auf die beiden zu. Die Frau drehte sich zu ihm um und … Jack erstarrte mitten in der Bewegung.

O ja, er kannte sie!

Sie war der vermutlich einzige Mensch auf der Welt, der ihn je wirklich gehasst hatte.

itty Giroux ... ", stieß Jack fassungslos hervor.

„Ich heiße jetzt Katherine Clifford", unterrichtete Kitty ihn steif und musterte mit ausdrucksloser Miene seine abenteuerliche Erscheinung. In seinem Haar hingen Spinnwebreste und Holzspäne, das ehemals weiße T-Shirt war mit bräunlichen Schmutzstreifen übersät, und an seiner Jeans klaffte in Kniehöhe ein breiter Riss. „Anscheinend hast du an einem ziemlich verwahrlosten Ort festgesteckt", fügte sie trocken hinzu.

Ihre Stimme klang nicht mehr warm und verlockend wie gerade eben, als sie noch mit Oz geredet hatte, sondern ausgesprochen kühl. Jack fragte sich, ob sie wegen dieses Vorfalls in der Highschool immer noch sauer auf ihn war. Aber das war jetzt zehn Jahre her.

Um die angespannte Stimmung zu entschärfen, schlug er einen lockeren Tonfall an. „Wie schön, dich nach all der Zeit wiederzusehen, Kitty. Als ich in deinem Büro anrief, hatte ich nicht die leiseste Ahnung, dass *du* Katherine Clifford bist, aber die Vorstellung, mit dir zusammenzuarbeiten, begeistert mich geradezu." Er hielt kurz inne, bevor er mit einem jungenhaften Grinsen hinzufügte: „Das heißt, falls du noch an dem Job interessiert bist, nachdem du jetzt weißt, wer der Auftraggeber ist."

„Natürlich", erwiderte sie sachlich. „Schließlich ist es ein sehr interessantes Projekt." Sie deutete auf die große Ledermappe, die sie unter dem Arm trug. „Ich habe einige Arbeitsproben mitgebracht. Vielleicht möchtest du sie dir ansehen, bevor du entscheidest, ob du mich engagieren willst oder nicht."

„Warum machen wir nicht zuerst einen kleinen Rundgang?" Jack brauchte keine Arbeitsproben zu sehen, um zu wissen, dass er sie und keine andere für diesen Auftrag wollte.

Vielleicht lag es daran, dass er fast ein Jahr lang wie ein Mönch gelebt hatte, aber in diesem Moment erschien ihm Kitty Giroux als die schönste Frau, die er je gesehen hatte. Vor allem ihr Haar war ein Traum! Einige rebellische Locken hatten sich aus dem eleganten Knoten gelöst und umspielten ihr herzförmiges Gesicht und den zarten Nacken. Und dann ihre Figur! Ihr seidenes Businesskostüm saß wie angegossen und betonte überaus reizvoll ihre Rundungen, die genau an den richtigen Stellen saßen. Sie war schon damals ein hübsches Mädchen gewesen, aber jetzt war sie eine atemberaubend attraktive Frau.

Sie sieht aus wie Nicole Kidman, ging es Jack durch den Kopf. Etwas weniger ätherisch vielleicht, aber dafür umso sinnlicher.

„Lass mich deine Mappe für dich tragen", riss Oz' Stimme ihn unvermittelt aus seinen Betrachtungen. „Die sieht ziemlich schwer aus."

Verdammt, warum habe *ich* nicht daran gedacht, schalt Jack sich verärgert, als Kitty seinem Freund mit einem dankbaren Lächeln ihr Portfolio überreichte. Offenbar hatte die Zeit der Enthaltsamkeit seine Manieren einrosten lassen.

„Also …", begann er seine Führung. „Das Delphi ist 1926 erbaut worden. Ursprünglich war es ein Varietétheater, aber in den Dreißigerjahren wurde es zum Lichtspielhaus umgewandelt. 1996 wurde es dann geschlossen und war von 1999 bis vor zwei Jahren Portlands größtes nicht jugendfreies Kino. Ich habe das ganze Gebäude nach Relikten aus dieser Zeit abgesucht, aber bis jetzt nichts gefunden."

Oz kicherte verhalten, während Kitty seinen Scherz mit eisigem Schweigen quittierte. Jack versuchte, lässig darüber hinwegzugehen, kam sich jedoch plötzlich ziemlich albern vor.

Während sie das weitläufige Foyer durchschritten, machte er Kitty auf verschiedene architektonische Besonderheiten aufmerksam, einschließlich der defekten Falltür, mit der er gerade nähere Bekanntschaft geschlossen hatte. Die ganze Zeit über brachte er seinen geballten Charme zum Einsatz, doch es gelang ihm nicht, ihr auch nur ein einziges Lächeln zu entlocken. Ihre Miene blieb ausdruckslos, und sie vermied jeden direkten Blickkontakt mit ihm.

„Und das ist die Lichtschleuse." Jack stieß eine breite, hölzerne Flügeltür auf, die zu einem schwach beleuchteten Gang führte, an dessen Ende sich eine weitere Doppeltür befand. „Sie verhindert, dass die Vorführung durch zu spät kommende Zuschauer gestört wird." Er öffnete die zweite Tür, und sie betraten den dunklen Zuschauerraum.

Als Jack die Deckenbeleuchtung einschaltete, lag ein siegesgewisses Lächeln auf seinen Lippen. Mochte Kitty Giroux noch so unbeeindruckt von ihm sein – *das hier* konnte sie unmöglich kaltlassen.

Er hatte richtig vermutet. Kaum war das Licht aufgeflammt, schnappte Kitty buchstäblich nach Luft. Zahllose, zur Bühne hin abfallende Stuhlreihen bildeten ein verschachteltes Muster, das an die Schuppen eines gigantischen Fisches aus Samt erinnerte. Die riesige weiße Leinwand, die den gesamten Hintergrund der Bühne einnahm, wurde von vergoldeten Säulen flankiert. Kunstvoll miteinander verflochtene Blätter, Früchte und Blumen rankten sich an den Wänden hoch bis zu der gewölbten, mitternachtsblauen Decke, an der Tausende von silbernen Sternen schimmerten.

Ein Tempel der Illusionen.

Ein Palast der Träume.

Für Jack war es der schönste Ort auf der Welt, und Kitty schien es in diesem Moment genauso zu empfinden. Mit leuchtenden Augen nahm sie jede Einzelheit in sich auf, während sie mit einer unbewussten Geste die Hand über den samtigen Rücken eines Stuhls gleiten ließ. „Es ist ... überwältigend", flüsterte sie andächtig.

Jack, der sie keine Sekunde lang aus den Augen gelassen hatte, sah die Sinnlichkeit, die in ihrer Berührung lag, und stellte sich vor, wie diese schlanken Finger *ihn* berührten ...

„Hast du nicht auch das Gefühl, als könnten hier all deine Träume wahr werden?", raunte er ihr zu und umfasste dabei leicht ihren Ellbogen.

Kitty versteifte sich und entzog sich seinem Griff. „Ich habe eher das Gefühl, dass hier noch jede Menge Arbeit zu tun ist."

Ihr sachlicher Tonfall ernüchterte Jack schlagartig. Plötzlich sah er wieder die Risse an den Wänden, die Feuchtigkeitsflecken, die schadhaften Stellen in den Samtüberzügen der Stühle. Er roch den Schimmel und hörte die kratzenden Geräusche hinter den goldenen Säulen, die vermuten ließen, dass es hier Mäuse gab, wenn nicht sogar Ratten.

Und was Kitty Giroux betraf, so war sie zwar hinreißend attraktiv, aber nicht die Frau aus seinem Traum. Sie war eine alte Freundin von der Highschool, und als er die Schule verließ, waren sie nicht einmal mehr Freunde gewesen.

„Ja", bestätigte er. „Eine Menge Arbeit. Also wie ist es, Kitty? Bist du an dem Job interessiert?"

„Es wäre mir lieber, wenn du mich jetzt Katherine nennen würdest." Sie ging zur Tür und kehrte, gefolgt von Jack und Oz, ins Foyer zurück. „Wenn ich dich vorhin richtig verstanden habe, willst du also so viel wie möglich von dem ursprünglichen Zustand erhalten und das Mobiliar und die Einbauten stilistisch darauf abstimmen."

„Das ist korrekt", bestätigte Jack. Ihr unterkühltes Verhalten ihm gegenüber kränkte ihn zwar, aber da sie nicht die Frau aus seinem Traum war, kam sie für ihn ohnehin nicht infrage.

Kitty schien noch zu zögern. „Das ist eine ziemliche Herausforderung", gab sie zu bedenken. „Aber wenn du keinen Aufwand scheust und bereit bist, sehr viel Geld auszugeben, könnte das Ergebnis spektakulär werden."

„Ich bin zu allem bereit, und die Finanzierung ist kein Problem."

Endlich schenkte sie Jack ein vorsichtiges Lächeln. „Wenn das so ist, werde ich den Auftrag mit Freuden annehmen."

„Großartig!" Jack fand es extrem bedauerlich, dass sie nicht die Frau aus seinem Traum war, aber immerhin wollte sie ihm helfen, das Delphi in neuer Schönheit wiederauferstehen zu lassen. Und vielleicht konnten sie ja sogar wieder Freunde werden. „Dann also auf gute Zusammenarbeit", sagte er und streckte ihr spontan die Hand entgegen.

„Auf gute Zusammenarbeit." Kitty schlug ein und sah ihm zum ersten Mal direkt in die Augen.

Jack starrte sie an, als hätte ihn aus heiterem Himmel ein Blitz getroffen. Ihre Augen waren so grün wie Frühling und Sommer zusammen. So grün wie das ewige Versprechen des Lebens. So grün wie die Augen seiner Traumfrau.

Sie war es!

Wie in Trance trat er einen Schritt näher. Sie erwiderte wie hypnotisiert seinen Blick und öffnete leicht die Lippen. Noch eine winzige Bewegung, ein leichtes Neigen des Kopfes, und er würde im Himmel sein …

Dann war der Moment vorbei.

Abrupt entzog Kitty ihm ihre Hand und wich zurück. „Ich … muss jetzt gehen", brachte sie leicht atemlos hervor.

„Aber wir müssen doch noch so viel …"

„Ich habe noch eine andere Verabredung", unterbrach sie ihn hastig. „Mit einem … Kunden. Aber ich freue mich schon sehr darauf, an diesem Projekt zu arbeiten. Ich meine, dieses Gebäude ist absolut fantastisch und es wird …" Sie verstummte und rieb sich geistesabwesend die Stirn. „Ich rufe dich morgen an", murmelte sie, bevor sie sich umdrehte und fluchtartig zum Ausgang eilte.

„Hey, Kitty, deine Unterlagen!"

Oz, dessen Anwesenheit Jack völlig vergessen hatte, lief ihr nach und reichte ihr die große Ledermappe. Kitty nahm sie mit einem eilig gemurmelten Dank entgegen und schlüpfte durch die Tür, ohne sich noch einmal umzudrehen.

„Was, zum Teufel, ist denn hier gerade passiert?", wollte Oz wissen, als er zu Jack zurückkehrte, der noch immer wie benommen am selben Fleck stand.

„Ich bin gerade der Frau aus meinem Traum begegnet."

„Kitty ist also deine Traumfrau?" Oz klopfte ihm anerkennend auf die Schulter. „Ich beglückwünsche dich zu deiner hervorragenden Wahl, mein Freund."

„Leider gibt es da ein kleines Problem", erwiderte Jack mit finsterer Miene. „Ich habe ihr vor zehn Jahren das Herz gebrochen, und offensichtlich hat sie mir das bis heute nicht verziehen."

Als Kitty ihren Mercedes erreichte, lagen ihre Nerven blank. Dabei hatte alles so gut angefangen.

Auf der Fahrt zum Delphi hatte sie sich ganz auf ihre innere Stärke besonnen und sich immer wieder vor Augen gehalten, wie lächerlich es war, sich wegen einer zehn Jahre zurückliegenden Schwärmerei verrückt zu machen. Als ihr dann dieser blonde Hüne mit den riesigen Händen und dem breiten Lächeln die Tür geöffnet hatte, war sie sicher gewesen, dass ihre Befürchtungen unbegründet waren und alles ganz unkompliziert ablaufen würde.

Bis er ihr seinen Namen nannte. Oscar Strummer und Jack waren damals unzertrennliche Freunde gewesen, und das konnte nur bedeuten, dass Jack tatsächlich der neue Besitzer des Delphi war. Was Oz ihr dann auch kurz darauf bestätigte.

Verlier jetzt bloß nicht die Nerven, hatte Kitty sich streng ermahnt. Du bist eine erwachsene Frau, und was damals in der Highschool passiert ist, ist Schnee von gestern.

Doch ein einziger Blick auf Jack hatte genügt, um sie eines Besseren zu belehren. Er hatte noch dieselben lebhaften braunen Augen, die ständig in Bewegung zu sein schienen, dieselbe entschlossene Kinnpartie, denselben sinnlichen Mund. Seine Züge waren zwar etwas markanter geworden, aber das machte ihn nur noch attraktiver. Und *männlicher*.

Bei seinem Anblick wäre Kitty fast das Herz stehen geblieben, doch es war ihr gelungen, cool zu bleiben. So cool, dass sie es selbst kaum glauben konnte. Dummerweise hatte sie dann den Fehler gemacht, ihm in die Augen zu schauen, und damit alles vermasselt. Als wäre sie plötzlich wieder vierzehn, waren ihr die Knie weich geworden, und es war ihr unmöglich gewesen, einen klaren Gedanken zu fassen, geschweige denn, einen zusammenhängenden Satz zu artikulieren.

„Wieso kann er nicht fett sein oder irgendeine Hautkrankheit haben?", stieß Kitty erbittert hervor und kickte mit der Schuhspitze einen

Stein weg. Gleichzeitig wusste sie, dass es in Wahrheit etwas anderes war, das ihr Angst machte.

In diesem magischen Moment, als ihre Blicke sich begegneten, war etwas zwischen ihnen geschehen, das nichts mit der Vergangenheit zu tun hatte. Sie waren jetzt beide erwachsen, und die Signale, die zwischen ihnen hin und her gegangen waren, hatten ebenfalls nichts mit pubertärer Schwärmerei zu tun gehabt. Sie hatten einander nur angesehen, doch die Spannung zwischen ihnen war so intensiv gewesen, als hätte Jack mitten im Foyer dieses heruntergekommenen, wunderschönen Kinos Liebe mit ihr gemacht. Sie hatte seine Hände auf ihrem Körper spüren können, seine Lippen auf ihren …

Und sie spürte sie noch!

Kitty schloss die Augen und legte den Kopf in den Nacken. Hitze durchströmte sie, und ihr enges Kostüm rieb sich auf eine Art und Weise an ihrer Haut, die sie nie zuvor bemerkt hatte. Ihr ganzer Körper schien eine einzige erogene Zone zu sein, die nach Befriedigung lechzte. Wenn Jack ihr noch etwas näher gekommen wäre und sie tatsächlich geküsst hätte – was zweifellos seine Absicht gewesen war –, hätte sie für nichts mehr garantieren können.

Plötzlich ernüchtert, öffnete Kitty die Augen und strich sich peinlich berührt den Rock glatt. „Ich bin ein hoffnungsloser Fall", teilte sie dem leeren Parkplatz mit. Dann schloss sie ihren Wagen auf und glitt hinters Steuer.

Wie soll es jetzt bloß weitergehen? fragte sie sich verzagt. Heute hatte sie es noch mit knapper Not geschafft, die Flucht anzutreten, bevor sie sich ein zweites Mal vor Jack Taylor bloßstellte. Die große Frage war nur, ob es ihr auch in Zukunft gelingen würde.

Aber welche Alternative hatte sie? Dieser Auftrag war die größte berufliche Chance, die sich ihr je geboten hatte. Es wäre Wahnsinn, darauf zu verzichten, nur weil sie gerade festgestellt hatte, dass sie den großen Schwarm ihrer Teenagerzeit immer noch attraktiv fand. Sie war jetzt siebenundzwanzig Jahre alt, da wäre es doch gelacht, wenn es ihr nicht gelänge, ihre spätpubertären Emotionen in den Griff zu bekommen.

Wenn du dich da mal nicht täuschst, Kitty, spottete eine innere Stimme. Wenn es um Jack Taylor geht, bist du immer noch keinen Tag älter als vierzehn.

3. KAPITEL

ein wichtigstes Ziel: Kinobesitzer werden und aus meinem Leben einen Film machen.

Kitty betrachtete das geöffnete Jahrbuch auf ihrem Schoß. Jack lächelte ihr von seinem Foto mit einem Selbstbewusstsein entgegen, als könne er die ganze Welt erobern. Ihre beste Freundin Marie hatte um die Aufnahme ein Herz gemalt und Jacks Zielsetzung eine weitere hinzugefügt: *Kitty Giroux heiraten und für immer glücklich mit ihr leben.*

Kitty schnitt ein Gesicht und blätterte zurück, bis sie ihr eigenes Foto fand. Ihr Lächeln darauf wirkte ziemlich verkrampft, da sie die Lippen fest geschlossen hielt, um ihre Zahnspange zu verbergen. Ihr widerspenstiges Haar kräuselte sich um die mageren Schultern, und irgendein Witzbold hatte mit orangefarbenem Textmarker „Karotte" daneben geschrieben.

Sanft fuhr Kitty mit der Fingerspitze über das Foto. Wie ängstlich und unsicher ich damals ausgesehen habe, dachte sie gerührt. Sie beugte sich über das schmale Bett und nahm das Jahrbuch ihres letzten Schuljahres aus dem Regal. Die Aufnahme, die darin von ihr zu sehen war, zeigte eine ganz andere Kitty. Nachdem sie ihr Haar vor dem Fototermin mit einer halben Tube Gel bearbeitet und straff nach hinten gekämmt hatte, glänzte es wie poliertes Kupfer. In ihren Augen lag ein erwartungsvoller Glanz, und auch die hässliche Zahnspange war verschwunden. Stattdessen blitzte, umrahmt von vollen roten Lippen, eine perfekte Reihe weißer Zähne auf.

Jeder Außenstehende hätte auf dem Foto ein selbstbewusstes, glückliches Mädchen gesehen, das eine vielversprechende Zukunft vor sich hatte. Kitty dagegen wusste, was es wirklich zeigte. Das gestylte Haar, das strahlende Lächeln, das erhobene Kinn – all das sollte eine einzige Botschaft verkunden: *Ich werde es schaffen! Trotz meiner roten Haare und meiner Sommersprossen. Trotz der Tatsache, dass mein Vater sich einfach aus dem Staub gemacht und Jack Taylor mich auf meinem Abschlussball dem Gespött der ganzen Schule preisgegeben hat.*

Unter „Zielsetzung" hatte sie in jenem Jahr schlicht geschrieben: *Die Beste sein.*

Seufzend streckte Kitty sich auf dem Bett aus und ließ den Blick über ihre alten Stofftiere und die Madonna-Poster an den Wänden schweifen. Diese Reise in die Vergangenheit tat ihr ebenso wenig gut wie der erzwungene Aufenthalt in ihrem früheren Zuhause. Sobald sie wieder etwas Geld hatte, würde sie sich umgehend eine eigene Bleibe suchen.

„Kitty!", rief ihre Mutter von unten. „Du hast Besuch."

Kittys Miene hellte sich auf. Das war bestimmt ihre Cousine Paula mit den Kindern. Genau die Ablenkung, die sie jetzt brauchte. Sie sprang vom Bett und lief schwungvoll die Treppe hinunter. Die letzten drei Stufen nahm sie wie in alten Zeiten mit einem Satz, schlitterte auf ihren Socken durch die geöffnete Küchentür und landete … direkt in Jack Taylors Armen.

„Was für ein stürmischer Empfang!", bemerkte er amüsiert. „Ich mochte es schon immer, wenn sich mir die Frauen an den Hals geworfen haben."

„Was willst *du* denn hier?", fuhr Kitty ihn an und befreite sich gereizt aus seinem Griff. Sie wollte nicht bemerken, wie gut sein Aftershave roch, und schon gar nicht, wie gut er sich anfühlte.

Er hatte sich in der Zwischenzeit geduscht und umgezogen. Statt der zerrissenen Jeans trug er jetzt eine lässige Cargohose und dazu ein weißes Baumwollhemd, das einen aufregenden Kontrast zu seiner gebräunten Haut und seinem schwarzen Haar bildete. Er sah einfach göttlich aus, und in diesem Moment hasste Kitty ihn dafür aus tiefster Seele.

„Oz sagte, du hättest ihm erzählt, dass deine Mutter noch hier wohnt", informierte Jack sie freundlich. „Und da ich dich unbedingt heute noch sprechen wollte, bin ich vorbeigekommen, um sie nach deiner Adresse zu fragen."

„Ist es nicht ein unglaublicher Zufall, dass der neue Besitzer des Delphi ein alter Schulkamerad von dir ist?" Sue Giroux, die Jacks Charme offenbar bereits erlegen war, strahlte übers ganze Gesicht. „Bestimmt hast du dich riesig gefreut, ihn nach all den Jahren wiederzusehen."

Kitty murmelte etwas Unverständliches, bevor sie sich wieder Jack zuwandte. „Und was gibt es so Dringendes?", fragte sie eisig.

„Ich wollte meine Pläne für das Delphi mit dir durchgehen", erwiderte er mit Unschuldsmiene. „Leider sind wir ja heute Nachmittag nicht mehr dazu gekommen, und da dachte ich, wir gehen irgendwo zusammen essen und holen es nach."

„Danke, aber wie du siehst, besuche ich gerade meine Mutter." Sie musste ihn unbedingt abwimmeln, bevor er herausbekam, dass sie wieder hier wohnte. „Warum treffen wir uns nicht morgen Vormittag im Delphi?", schlug sie angespannt vor.

„Ich wollte gerade anfangen zu kochen", verkündete Sue fröhlich. „Wollen Sie nicht hier zu Abend essen und mit Kitty über das Kino sprechen, Jack? Es macht wirklich keine Umstände, noch eine Portion mehr zu machen."

Jack schenkte ihr ein hinreißendes Lächeln. „Vielen Dank, Mrs Giroux. Ich würde liebend gern zum Essen bleiben."

O nein, nur das nicht!

„Das ist lieb von dir, Mum", griff Kitty eilig ein, „aber Jack und ich haben eine Menge zu bereden, und du würdest dich bestimmt nur langweilen. Ich bin sicher, dieses Gespräch kann bis morgen warten."

„Leider gibt es da einige Punkte, die schnellstmöglich geklärt werden müssen." Jacks Tonfall machte deutlich, dass er nicht die Absicht hatte, sich so leicht abspeisen zu lassen. „Also wie sieht es aus? Gehen wir in ein Restaurant, oder wollen wir lieber die Kochkünste deiner Mutter genießen?"

Kitty bedachte ihn mit einem vernichtenden Blick. Mit ihm auszugehen war alles andere als eine gute Idee, aber noch viel weniger wollte sie riskieren, dass ihre schwatzhafte Mutter die ganze beschämende Wahrheit vor ihm ausplauderte. Dass sich das Büro von *Clifford Interior Design* zurzeit in Sues Nähzimmer befand, zum Beispiel. Oder dass die Inhaberin aus purer Geldnot in ihrem ehemaligen Kinderzimmer unterkriechen musste. Ganz zu schweigen von der Gefahr, dass er im Laufe des Abends womöglich noch den schäbigen Rest des Hauses zu sehen bekam.

„Ich ziehe mir nur schnell meine Schuhe an", informierte sie Jack mit grimmiger Miene.

Sue folgte ihrer Tochter in den Flur. „Er sieht fantastisch aus", flüsterte sie aufgeregt. „Und ich habe den Eindruck, dass er sehr interessiert an dir ist."

Kitty schlüpfte in ihre Sneakers und nahm ihre Tasche vom Garderobenhaken. „Es ist eine rein berufliche Besprechung, Mum. Ich bin sicher bald wieder zurück."

„Bleib, solange du möchtest, Liebes. Du hattest kein einziges Rendezvous, seit du wieder hier bist. Es ist höchste Zeit, dass du mal wieder ein bisschen Spaß hast."

Kitty rang sich ein gequältes Lächeln ab und gab ihrer Mutter einen Kuss auf die Wange. Dann ging sie zu Jack in die Küche zurück und öffnete die Hintertür. „Lass uns gehen", forderte sie ihn kurz angebunden auf.

Ihr Cabrio war direkt neben dem angeschlagenen Subaru ihrer Mutter geparkt.

„Netter Schlitten", bemerkte Jack anerkennend. „Gehört er dir?"

„Der Mercedes, ja."

Jedenfalls noch.

Mit einem Anflug von Wehmut ließ Kitty den Blick über die elegante silbergraue Karosserie schweifen. Wie optimistisch sie darin vor sechs Monaten nach Portland gekommen war – das ärmlich gekleidete, vaterlose Kind, das in einem teuren Auto und mit einem Koffer voller Designeroutfits in seine Heimatstadt zurückkehrte.

Jack führte sie zu seinem roten Landrover. Kitty war nicht überrascht, dass es sich dabei um das diesjährige Modell handelte. Seine Familie hatte Geld wie Heu und bewohnte ein fantastisches Haus auf Peak's Island. In dieser Welt war ein neues Auto nichts Besonderes.

„Magst du Fisch?", erkundigte er sich gut gelaunt, als er ihr die Beifahrertür aufhielt.

Kitty zuckte desinteressiert die Schultern. „Ich bin aus Maine, was glaubst du wohl?"

„Großartig, dann kenne ich genau das richtige Restaurant."

Es war ein wunderschöner, warmer Maiabend. Eine erste Ahnung von Sommer lag in der Luft, aber Kitty war viel zu angespannt, um es zu genießen. In brütendes Schweigen gehüllt, blickte sie starr durch die Windschutzscheibe, während sie durch die langsam einsetzende Dämmerung fuhren.

„Es ist wirklich schön, dich wiederzusehen, Kitty", sagte Jack nach einigen Minuten in die Stille hinein.

„Es wäre mir lieber, du würdest mich Katherine nennen."

„Aus dem alten Spitznamen herausgewachsen, was? Na ja, erwachsen geworden bist du jedenfalls definitiv."

Seine Stimme war so verführerisch wie der süße Fliederduft, der durch die geöffneten Wagenfenster drang. Unwillkürlich presste Kitty die Oberschenkel zusammen und verschränkte die Arme vor der Brust. „Das ist nach zehn Jahren doch wohl kaum ein Wunder, oder?"

„Ja, aber dir ist es ganz besonders gut gelungen. Erzähl mir, was du in all der Zeit gemacht hast."

„Da gibt es nicht viel zu erzählen. Ich hatte einen Job bei einem Studio für Inneneinrichtungen in Los Angeles und bin vor sechs Monaten nach Maine zurückgekommen, um mich selbstständig zu machen."

„L. A. ist eine großartige Stadt. Ich habe dort als Kind gelebt, bevor ich mit meinen Eltern nach Maine gezogen bin."

Als ob sie das nicht wüsste! Schließlich war sie hauptsächlich aus diesem Grund dorthin gezogen. Eine peinliche Tatsache, an die Kitty ebenso ungern dachte wie an die anderen lebensverändernden Entscheidungen, die – bewusst oder unbewusst – durch Jack Taylor beeinflusst worden waren.

Zum Beispiel ihre Ehe.

Sam hatte viele Gemeinsamkeiten mit Jack. Er war charmant, wohlhabend und attraktiv und als Anwalt sogar in der Filmindustrie beschäftigt. Nur hatte Kitty in seiner Nähe nie den Drang verspürt, die Oberschenkel zusammenzupressen, und auch nie das Gefühl gehabt, am Rande eines gefährlichen Abgrunds zu wandeln, wie es gerade jetzt der Fall war. Dafür hatte er ihr von Anfang an ein wohltuendes Gefühl der Sicherheit vermittelt, was auch einer der Hauptgründe gewesen war, warum Kitty ihn geheiratet hatte.

Aber letztendlich war sie auch für Sam nicht gut genug gewesen. So, wie sie nicht gut genug für Jack gewesen war. Oder gut genug, um ihren Vater davon abzuhalten, sie zu verlassen.

„Und gibt es zu der bezaubernden Katherine Clifford auch einen *Mister* Clifford?"

Konnte dieser Mann etwa Gedanken lesen?

„Ich bin geschieden", teilte Kitty ihm spröde mit.

Jack atmete hörbar auf. „Gut. Ich meine, natürlich ist es *nicht* gut. Eine Scheidung ist sicher eine traurige Angelegenheit, aber es ist gut für *mich*, denn ich möchte wirklich nicht, dass du verheiratet bist."

Wider Willen musste Kitty lachen. Natürlich war alles nur Theater. Teil des erprobten Jack-Taylor-Zaubers, aber es war … nun ja, *bezaubernd*.

Und genau da liegt die Gefahr, Kitty! Er hat jede Menge Charme, aber kein Herz.

„Jack, ich wüsste nicht, was mein Familienstand mit dem Delphi zu tun hat. Ich bin mit dir gekommen, um mit dir über diesen Auftrag zu reden, und das ist alles. Hör also auf, mit mir zu flirten."

„Tut mir leid, wenn ich dir zu nahe getreten bin."

„Schon gut."

Es folgte ein längeres, spannungsgeladenes Schweigen.

„Hör zu, Kit… *Katherine*", ergriff Jack schließlich das Wort. „Ich weiß, dass wir nicht gerade als Freunde auseinandergegangen sind, aber ich hoffe, dass wir das hinter uns lassen können."

Genau das war auch ihr Wunsch.

„Du hast recht", stimmte sie ihm zu. „Lassen wir die Vergangenheit ruhen und uns lieber auf das Delphi konzentrieren."

Als sie kurz darauf das Restaurant betraten und Kitty die feudale Einrichtung und die elegant gekleideten Gäste sah, kam sie sich in ihren Jeans und dem schlichten weißen T-Shirt ziemlich deplatziert vor.

„Bin ich überhaupt passend angezogen?", flüsterte sie Jack zu.

„Du siehst perfekt aus", versicherte er ihr mit einem Blick, der Kitty das Blut in die Wangen trieb. Doch bevor sie ihn erneut auffordern konnte, nicht mit ihr zu flirten, steuerte eine attraktive Blondine auf ihn zu.

„Hi, Jack", begrüßte sie ihn sichtlich erfreut. „Wie schön, dass du dich mal wieder bei uns sehen lässt."

Jack erwiderte ihr strahlendes Lächeln. „Hi, Anna. Hättest du zufällig noch einen freien Tisch, an dem man ungestört reden kann?"

„Für dich doch immer." Die Blondine führte sie zu einer ruhigen Nische im hinteren Teil des Speisesaals und reichte ihnen die Speisekarten. Jack bestellte eine Flasche Chardonnay und Dorade nach Art des Hauses, Kitty entschied sich für gegrillten Lachs. Nachdem Anna den Wein gebracht und sie miteinander angestoßen hatten, schob Jack die Gläser und die Blumendekoration beiseite und legte den umfangreichen Aktenordner auf den Tisch, den er beim Aussteigen vom Rücksitz seines Wagens genommen hatte.

Kitty hörte ihm aufmerksam zu, als er begann, ihr seine Pläne für das Delphi zu erläutern. Aus beruflicher Erfahrung wusste sie, wie wichtig es war, erst einmal die emotionale Grundhaltung zu kennen, die ein Auftraggeber zu seinem Projekt hatte. Farbkataloge und Stoffmuster waren zwar wertvolle Orientierungshilfen, aber nicht genug, um einen Kunden wirklich zufriedenzustellen.

„Du möchtest also, dass das Delphi so etwas wie ein wahr gewordener Traum wird", fasste sie schließlich zusammen. „Ein Ort jenseits der Grenzen des Alltags, an dem die Menschen sich selbst vergessen können."

Jack nickte heftig. „Genau das meinte ich." Er nahm einen Umschlag mit Fotos aus dem Ordner, um ihr zu zeigen, welche Elemente er erhalten und wo er Veränderungen vornehmen wollte. Dabei zog er immer wieder seine ausführlichen Notizen hinzu. Er hatte wirklich an alles gedacht, von der Beleuchtung bis zur Popcornmaschine. Und die ganze Zeit über sprach er mit dieser überschäumenden Energie und Vitalität, die einen Teil seiner ganz speziellen Anziehungskraft ausmachten.

Das Essen kam, doch obwohl der Fisch ganz hervorragend war, nahm Kitty den Geschmack kaum wahr. Ihre ganze Aufmerksamkeit war bei Jack und den Bildern, die seine Beschreibungen vor ihrem inneren Auge entstehen ließen.

„Bevor die Decke neu gegipst und verkabelt wird, sollten wir sie unbedingt flächendeckend fotografieren, damit wir die Sterne später exakt reproduzieren können", gab sie zu bedenken. „Die Sterne sind ungeheuer wichtig, weil ..."

„... sie Teil der Illusion sind", ergänzte Jack lebhaft. „Wollen wir dafür silberne Farbe benutzen, oder ..."

„Auf jeden Fall Blattsilber", entschied Kitty resolut. „Selbst aus der Höhe wird es viel satter aussehen als Farbe. Ich vermute, dass ursprünglich ebenfalls echtes Silber verwendet worden ist."

„Ausgezeichnet." Jack fuhr sich mit allen zehn Fingern durch sein bereits zerzaustes Haar. „Und was ist mit dem ..." Während er nach dem passenden Wort suchte, beschrieb er mit der Hand einen Bogen.

„... Bühnenportal?", schlug Kitty vor.

Er schnipste mit den Fingern. „Genau das meinte ich. Was sollen wir damit machen?"

Kitty schob ihren Teller beiseite und rückte mit ihrem Stuhl an Jacks Tischseite. Dann zog sie einen Stift aus ihrer Tasche und drehte eins von Jacks Notizblättern um.

„So sieht es jetzt aus", sagte sie, während sie mit raschen Strichen zu zeichnen begann. „Als ob der obere Teil erst später hinzugefügt worden wäre."

„Ja, das stimmt", bestätigte Jack. „Er ist in den Achtzigerjahren heruntergebrochen und durch diese kitschigen Schnörkel ersetzt worden. Leider weiß ich nicht, wie es im Original ausgesehen hat."

„Ich nehme an, dass dort das Rankenmotiv der Säulen fortgesetzt wurde. Wir könnten ein entsprechendes Versatzstück anfertigen lassen und dahinter eine Reihe von Spots integrieren, um die Decke zu beleuchten." Während Kitty sprach, baute sie ihre Ideen in die Skizze ein. „Die Wirkung würde an einen Tempel erinnern, allerdings im reinen Art-déco-Stil."

Jack blickte von der Zeichnung zu ihrem Gesicht auf, und plötzlich wurde Kitty bewusst, wie dicht sie beieinandersaßen. Ihre Schultern und Hände berührten sich fast, und Jacks breiter, sinnlicher Mund war ihrem beunruhigend nah.

„Du *siehst* es", sagte er beinah ehrfürchtig. „Genau so habe ich es mir vorgestellt." Er hob sanft ihr Kinn an, und ihre Blicke trafen sich. „Siehst du *mich*, Katherine?"

Kitty versank in den dunklen, warmen Tiefen seiner braunen Augen. Sie spürte, wie er mit dem Daumen über ihren leicht geöffneten Mund strich, und ehe ihr bewusst wurde, was sie tat, berührte sie ihn mit der Zungenspitze, worauf Jack ihn sanft zwischen ihre Lippen schob. Selbstvergessen schloss Kitty die Augen und glaubte, die köstlichste Frucht zu schmecken, die sie je gekostet hatte.

„Kitty …", murmelte Jack heiser. „Seit ich dich wiedergesehen habe, bin ich verrückt nach dir. Ich kann kaum glauben, dass *du* es bist …"

Langsam öffnete sie die Augen und begegnete seinem Blick, in dem pures Verlangen brannte. In ihrem Kopf drehte sich alles, ihr ganzer Körper vibrierte, als stünde sie unter Strom.

„Ich … bitte entschuldige mich für einen Moment …", brachte sie mühsam hervor und stand abrupt auf. „Ich bin gleich wieder zurück."

Mit weichen Knien durchquerte Kitty das Restaurant und ging die Treppe hinunter, die zu den Toiletten führte. Mit einem leisen Aufstöhnen lehnte sie sich gegen die Wand und versuchte, wieder einigermaßen normal zu atmen.

Hatte sie gerade tatsächlich Jacks Daumen in den Mund genommen und sich dabei gefühlt, als hätte sie *wirklichen Sex* mit ihm gehabt? Und das, nachdem sie ihn unmissverständlich aufgefordert hatte, nicht mit ihr zu flirten?

Sie musste den Verstand verloren haben. Jack Taylor war ein notorischer Herzensbrecher, für den das ganze Leben eine einzige Party war. Das müsste *sie* eigentlich am besten wissen.

Aber vielleicht hat er sich ja inzwischen geändert, wandte eine kleine Stimme in ihrem Kopf ein. Das Delphi liegt ihm wirklich am Herzen, und das bedeutet doch, dass er durchaus fähig ist, sich ernsthaft auf etwas einzulassen, oder nicht?

„Ich brauche nicht noch einen Mann, der nicht zu mir passt!"

Überlaut hallte Kittys Stimme in dem leeren Korridor wider und brachte die kleine Stimme in ihrem Kopf zum Schweigen.

Beinah jedenfalls.

Als sie an ihren Tisch zurückkehrte, sprang Jack auf und griff nach ihrer Hand. „Lass uns von hier verschwinden und zu mir gehen, Kitty", bat er sie leise und sah ihr dabei tief in die Augen.

Die erotische Spannung, die plötzlich in der Luft lag, war fast mit Händen zu greifen. Kitty schlug das Herz bis zum Hals. Noch nie hatte sie sich etwas so heftig gewünscht, wie Jack Taylor nach Hause zu begleiten. Sie war kurz davor, alle Vernunft in den Wind zu schlagen und auf sein Angebot einzugehen, als eine vollbusige, brünette Kellnerin an ihnen vorbeiging.

„Hi, Jack", sagte sie leise und streifte dabei wie zufällig seinen Arm. „Du hast dich ja lange nicht mehr blicken lassen."

„Hi, Brigid, wie geht's?" Jack lächelte ihr flüchtig zu, bevor er seine Aufmerksamkeit wieder Kitty zuwandte.

Die Episode hatte nur wenige Sekunden gedauert, doch sie hatte genügt, um Kitty wieder auf den Boden der Tatsachen zurückzuholen.

„Ich nehme an, du hast diese Frau auch mit zu dir nach Hause genommen", stellte sie kühl fest. „Und die Empfangsdame vermutlich ebenfalls."

Jack wirkte nicht im Mindesten verlegen. „Nicht gleichzeitig", erwiderte er mit einem jungenhaften Grinsen.

Das Ausmaß seiner Dreistigkeit verschlug Kitty die Sprache. Sekundenlang konnte sie nur schweigend seinen Blick erwidern. Dann drehte sie sich auf dem Absatz um und rauschte hoch erhobenen Hauptes auf den Ausgang zu.

„Kitty, warte!", rief er ihr nach. „Es tut mir leid, wenn ich ..."

Den Rest hörte sie nicht mehr. Als sie auf die Straße trat, empfing sie eine frische Brise, die zwar ihre glühenden Wangen kühlte, aber nicht ihren kochenden Zorn. Wie hatte sie nur so dumm sein und sich einbilden können, Jack Taylor hätte sich in irgendeiner Weise verändert?

Sie konnte sich lebhaft vorstellen, was er in diesem Augenblick tat. Nachdem er seine Unterlagen zusammengepackt und die Rechnung beglichen hatte, würde er sich herzlich von der schönen Brigid verabschieden und auf dem Weg hinaus noch kurz bei Anna haltmachen, um sie in den Genuss seines unwiderstehlichen Lächelns zu bringen. Vielleicht würde er sich noch rasch mit einer von ihnen für morgen Abend verabreden, bevor er ihr, Kitty, folgte und sich mit irgendeiner aalglatten Phrase bei ihr entschuldigte.

Und genau so kam es auch.

„Es tut mir leid, Kitty", stieß er atemlos hervor, als er sie schließlich eingeholt hatte. „Ich weiß selbst nicht, was ich mir bei dieser blöden Bemerkung gedacht habe, aber du musst mir glauben, dass das mit Brigid und Anna schon lange …"

„Hi, Jack."

Kitty blickte zur anderen Straßenseite hinüber. Eine junge Frau mit langen, kastanienbraunen Locken, die sich bei einem bullig wirkenden Mann vom Typ hirnloser Footballspieler eingehängt hatte, winkte Jack begeistert zu, was ihren Begleiter wenig zu erfreuen schien.

„Noch eine von deinen Eroberungen, Jack?", erkundigte Kitty sich spitz.

Sein Schweigen war ihr Antwort genug.

„Bring mich nach Hause", bat sie ihn in eisigem Tonfall.

Eine hätte Zufall sein können. Mit viel gutem Willen vielleicht auch noch zwei. Aber an einem Abend gleich dreien von Jacks Exfreundinnen über den Weg zu laufen, war eine unmissverständliche Botschaft.

Anscheinend hatte ihr bisher wenig aktiver Schutzengel sich schließlich doch noch entschlossen, seinen Pflichten nachzukommen.

*U*nd?", erkundigte Oz sich erwartungsvoll, als Jack mit mürrischer Miene das Foyer des Delphi betrat. „Wie ist es gestern mit deiner Traumfrau gelaufen?"

„Meine Traumfrau hasst mich."

„Das überrascht mich nicht. Liebe und Hass sind im Grunde dieselbe Emotion."

„Hat hier irgendjemand von Liebe geredet?", fuhr Jack ihn gereizt an. „Ich will nur, dass sie ihren Hass auf mich lange genug aufgibt, um mit mir zu schlafen."

Oz strich sich nachdenklich über die blonden Bartstoppeln auf seinem Kinn. Dann fragte er unvermittelt: „Wie lange sind deine Eltern jetzt eigentlich schon glücklich verheiratet?"

„Letzten Monat dreißig Jahre, aber ich wüsste nicht, was …"

„Beneidest du sie nicht manchmal um ihr Glück?"

„Ja … das heißt *Nein!* Ach, zum Teufel, ich weiß es nicht. Vielleicht." Jack stieß langsam die Luft aus und schüttelte dabei ratlos den Kopf. „Offen gestanden, bin ich so scharf auf diese Frau, dass ich nicht mehr klar denken kann." Um seiner Frustration Luft zu machen, versetzte er der Wand, gegen die er sich gelehnt hatte, einen kräftigen Fußtritt. „Du hättest Kitty erleben sollen, als ich sie gestern Abend nach Hause gefahren habe", fügte er mit finsterer Miene hinzu. „Zum Glück hatte sie kein Messer dabei, sonst würde ich jetzt nicht vor dir stehen."

„Was ist passiert?", hakte Oz ruhig nach.

„Wir haben Anna getroffen."

„Aha."

„Und Brigid."

„Verstehe."

„Und zu guter Letzt auch noch Treena."

Oz gelang es nicht, ein Grinsen zu unterdrücken. „Tja, mein Freund, sieht ganz so aus, als würden sich jetzt die Sünden der Vergangenheit rächen. Ich bin ehrlich gespannt, wie die Sache weitergeht."

„Das ist nicht witzig, Oz."

„Ach, komm schon, Kumpel, du wusstest doch, dass du bei Kitty nicht so leichtes Spiel haben würdest. Du hast sie vor der ganzen Schule blamiert, weil du auf diesem berüchtigten Abschlussball unbedingt Melissa Beauchamp küssen musstest. So etwas vergisst eine Frau nicht so schnell."

Jack verdrehte die Augen. „Das ist jetzt über zehn Jahre her, und außerdem hat Melissa *mich* geküsst."

„Wie auch immer", meinte Oz ungerührt, „deine Vergangenheit holt dich jetzt ein, ob es dir nun gefällt oder nicht."

„Halt den Mund, Oz."

„Das sagst du immer, wenn du weißt, dass ich recht habe."

Jack liebte Oz. Sie waren seit ihrer Kindheit unzertrennliche Freunde. Aber manchmal wünschte er, er würde endlich aufhören, sein schlechtes Gewissen zu spielen.

„Ich streite ja gar nicht ab, dass es nicht in Ordnung war, was ich mit Kitty gemacht habe", räumte er ein. „Aber ich habe versucht, mich bei ihr zu entschuldigen, und außerdem … ich meine, sieh sie dir doch an: Sie ist erfolgreich, fährt ein tolles Auto und sieht hinreißend aus. Offensichtlich habe ich ihr Leben nicht ruiniert."

Oz verschränkte die Arme vor der Brust und schüttelte den Kopf. „Deine Fähigkeit, alles Unangenehme zu verdrängen, erstaunt mich immer wieder, Jack."

„Was soll denn das schon wieder heißen? Willst du etwa …"

„Ich hoffe, ich störe nicht."

Jack wirbelte herum und spürte einen heftigen Adrenalinstoß, als er Kitty in der geöffneten Tür stehen sah. Sie trug ein tailliertes rehbraunes Kostüm, das ganz wunderbar zu ihren üppigen roten Locken passte, die sie mit einer Spange im Nacken zusammengefasst hatte. Der Rock endete knapp über dem Knie, was ihm einen höchst erfreulichen Blick auf ihre schlanken, wohlgeformten Beine gewährte. Sie sah einfach perfekt aus.

Und unbeschreiblich sinnlich.

„Bis später dann, Oz", raunte Jack seinem Freund zu.

„Alles klar." Oz, der den Wink mit dem Zaunpfahl verstanden hatte, griff nach seinem Werkzeugkasten. „Mir fällt gerade ein, dass ich noch einige dringende Reparaturarbeiten erledigen muss", teilte er Kitty im Hinausgehen mit. „Wir sehen uns später."

Kitty antwortete ihm mit einem Lächeln, das augenblicklich wieder verschwand, als sie sich Jack zuwandte. „Ich bin eigentlich nur gekommen, um etwas klarzustellen", kam sie sofort zur Sache. „Was mich betrifft, würde ich diesen Auftrag nach wie vor gern übernehmen, solange wir alles Persönliche aus unserer Beziehung heraushalten. Falls du nach dem gestrigen Abend kein Interesse mehr an einer Zusammenarbeit hast, steht es dir natürlich frei, dich nach einem anderen Innenarchitekten umzusehen. Aber es wäre schön, wenn du dir vorher diese Zeichnungen ansehen würdest. Ich habe sie gestern Nacht gemacht und dabei versucht, einige deiner Ideen umzusetzen."

Mechanisch nahm Jack die Mappe entgegen, die sie ihm reichte. Ein anderer Innenarchitekt? Was redete sie da? Er konnte nur noch an Kitty denken, und daran, wie er es mit ihr tat – in seinem Bett, auf dem Küchentisch, mitten im Foyer dieses Kinos, vor der Leinwand im Zuschauerraum …

„Ruf mich an und teile mir deine Entscheidung mit, sobald du die Zeit gefunden hast, dir die Entwürfe anzusehen."

Dann war sie weg und hinterließ einen schwachen Duft nach Vanille, ihre Zeichnungen und einen Jack, der vor unerfüllter Begierde allmählich den Verstand verlor.

Völlig versunken betrachtete Jack eine Detailskizze des Getränkestandes, auf der die teilweise defekten dunkelblauen Kacheln ersetzt waren. Die Vorderfront des Tresens war mit gebürstetem Edelstahl ausgekleidet, und darüber hing – statt der nackten Glühbirne, die sich augenblicklich dort befand – eine minimalistische Leuchtkonstruktion.

Alles war genau so, wie er es sich vorgestellt hatte. Er nahm eine weitere Zeichnung zur Hand und dann noch eine. Diese Frau war unglaublich. Ein echter Glücksfall, dass er sie gefunden hatte. Oder vielleicht auch nicht. Denn in seinem momentanen Zustand hätte Jack wirklich nicht sagen können, ob die Befriedigung, dass sein Traum vom Delphi endlich Wirklichkeit wurde, die unmenschliche Folter aufwog, Kitty nicht berühren zu dürfen.

Während sein Blick den Linien und Kurven ihrer Skizzen folgte, fing er allmählich an, *sie* darin zu sehen. Die langen, eleganten Linien der Säulen links und rechts der Bühne wurden zu ihren Beinen. Die goldenen Früchte, die die Wände des Zuschauerraums schmückten, zu ihren Brusten. Es war, als würde jeder Teil des Delphi, den sie gezeichnet hatte, auf eine magische Weise zu ihr selbst.

Beinah konnte Jack sie vor sich sehen, wie sie beim Zeichnen konzentriert die grünen Augen zusammenkniff. Wie sie sich das flammend rote Haar aus dem Gesicht strich und nachdenklich die Spitze ihres Stiftes in den Mund nahm – so wie vor zwei Tagen seinen Daumen! Noch immer konnte er die verführerische Berührung ihrer Zungenspitze auf seiner Haut spüren, die Weichheit ihrer Lippen, die ihn sanft umschlossen …

Mit einem lauten Aufstöhnen ließ Jack den Kopf auf die Schreibtischplatte sinken. So konnte es einfach nicht weitergehen! Wenn er nicht schleunigst etwas unternahm, würde er tatsächlich noch zu einem Fall für den Psychiater werden. Mit Charme und Flirten war er nicht weitergekommen, also würde er es jetzt mit Professionalität und Distanz versuchen. Vielleicht funktionierte es ja. Immerhin hatte Kitty selbst gesagt, dass sie genau das wollte.

Und wenn auch das nichts fruchtete, würde er sich eben eine neue Strategie ausdenken. Schließlich hatte er jede Menge Erfahrung mit dem weiblichen Geschlecht. Seit seinem vierzehnten Lebensjahr, als diese anstrengenden, ständig kichernden Geschöpfe plötzlich anfingen, eine ungeheure Faszination auf ihn auszuüben, hatte er geredet und gelacht, geküsst, berührt und erforscht. Inzwischen war er ziemlich gut darin geworden.

Er wusste zwar nicht, wie lange es dauern würde, aber früher oder später würde er Kitty dazu bringen, mit ihm ins Bett zu gehen. Und um seiner geistigen und körperlichen Gesundheit willen konnte er nur hoffen, dass es möglichst bald geschah.

Die äußere Tür des Delphi fiel knarrend hinter Kitty zu. Beklommen betrat sie das Foyer und tat ihr Bestes, nicht wie eine Frau auszusehen, deren berufliche Zukunft auf Messers Schneide stand. Aber wenn sie ganz ehrlich mit sich war, musste sie sich eingestehen, dass die Besorgnis um ihre Karriere nur teilweise für ihre innere Anspannung verantwortlich war.

Zum Teufel mit ihren Gefühlen für Jack Taylor!

Sie brauchte Geld und vor allem ein Vorzeigeprojekt, mit dem sie ihre Fähigkeiten unter Beweis stellen konnte. Der Delphi-Auftrag konnte ihr beides verschaffen, und es wäre eine unverzeihliche Dummheit, sich diese Chance durch die Lappen gehen zu lassen, nur weil der größte Don Juan von Portland ihre Hormone in Aufruhr versetzte.

„Hallo, Katherine."

Kitty wirbelte herum und sah Jack in der geöffneten Tür zur Lichtschleuse stehen. Ein Blick auf ihn genügte, um ihr klarzumachen, dass es kein Kinderspiel werden würde, seinem umwerfenden Sex-Appeal zu widerstehen.

„Ich freue mich, dass du so kurzfristig kommen konntest." Sein Lächeln wirkte unverbindlich, und seine Stimme klang neutral. „Lass uns in mein Büro gehen und dort reden, einverstanden?"

Erleichtert und zugleich etwas verunsichert nahm Kitty zur Kenntnis, dass er sich ihre Bitte, künftig einen rein geschäftlichen Umgang miteinander zu pflegen, offenbar zu Herzen genommen hatte.

„Tut mir leid, dass es hier so schmutzig ist", entschuldigte er sich, während er sie eine steile Treppe hinaufführte, „aber ich glaube, seit den Siebzigerjahren ist hier nicht mehr geputzt worden."

Oben angekommen, dirigierte er Kitty durch einen schmalen, fensterlosen Gang, an dessen Ende sich Jacks provisorisch eingerichtetes Büro befand. Er öffnete die Tür und trat beiseite, um ihr den Vortritt zu lassen.

„Bitte nimm Platz." Er wartete höflich, bis sie sich hingesetzt hatte, bevor er um seinen Schreibtisch herumging und sich auf seinem klapprigen Drehstuhl niederließ.

Die gesamte Arbeitsplatte war mit Kittys Zeichnungen übersät. Ganz oben lag ihr Entwurf für den Getränkestand. Als sie ihn gemacht hatte, hatte er ihr gefallen, aber jetzt fand sie ihn plötzlich amateurhaft und nichtssagend.

„Also, Katherine", eröffnete Jack mit undurchdringlicher Miene das Gespräch. „Wie du siehst, habe ich mir deine Zeichnungen inzwischen gründlich angesehen."

Kitty spürte, wie sich ihr Magen vor Nervosität zusammenkrampfte. Falls sein Urteil über ihre Arbeit so vernichtend war, wie sie inzwischen befürchtete, wollte sie es so schnell wie möglich wissen. „Und zu welchem Ergebnis bist du gekommen?", fragte sie ihn daher ohne Umschweife. „Möchtest du, dass ich für dich arbeite, oder nicht?"

Als Jack nicht sofort antwortete, spürte Kitty, wie sich das vertraute Gefühl der Demütigung in ihr ausbreitete. Sie hatte es also vermasselt.

„Natürlich will ich, dass du für mich arbeitest!", erklärte er schließlich in einem Tonfall, als sei es das Selbstverständlichste auf der Welt. „Du hast genau begriffen, was ich erreichen möchte, und deine Ideen sind einfach genial."

Die Erleichterung war so groß, dass es Kitty nur mit größter Mühe gelang, ihre gelassene Fassade aufrechtzuerhalten. „Gut", sagte sie nur. „Dann würde ich jetzt gern einige Fotos machen und verschiedene Fragen mit dir klären. Danach kann ich anfangen, ein etwas detaillierteres Konzept auszuarbeiten."

„Okay, lass uns loslegen."

Sie gingen wieder hinunter, und Kitty begann, ihre Aufnahmen zu machen. „Wie sieht eigentlich dein Zeitplan für die Sanierung aus?", erkundigte sie sich, als sie mit dem Foyer fertig war.

„Gute Frage." Jack begann, die noch anstehenden Arbeiten an den Fingern abzuzählen. „Als Erstes muss die Stabilität der Böden geprüft werden. Danach werden neue Wasser- und Stromleitungen verlegt und die Heizung installiert. Wir brauchen Telefon- und Internetanschlüsse, eine neue Leinwand und einen Projektor, und natürlich müssen die Sitze erneuert werden. Die Sanitäranlagen müssen dem Hygienestandard des einundzwanzigsten Jahrhunderts entsprechen, und ich muss feststellen lassen, ob es hier Ratten gibt."

Als Jack bei seinem letzten Finger angekommen war, fing er wieder von vorn an: „Dann kommen die Mal- und Lackierarbeiten. Mit dem Dach habe ich mich noch nicht näher beschäftigt, aber ich befürchte, dass es da ein paar undichte Stellen gibt. Ach ja, die Notausgänge müssen noch in einen ordnungsgemäßen Zustand versetzt werden, bevor das Kino der Öffentlichkeit zugänglich gemacht wird. Rein rechnerisch gesehen, dürften wir etwa 2030 fertig sein, aber ich hoffe trotzdem, es in einem Jahr zu schaffen."

Unter anderen Umständen hätte Kitty über seinen komisch-verzweifelten Gesichtsausdruck gelacht. In ihrem angespannten Zustand brachte sie jedoch nur ein gezwungenes Lächeln und ein gekünstelt munteres „Na dann viel Glück" zustande, bevor sie durch die Lichtschleuse in den Zuschauerraum ging.

Sofort wurde ihr wieder bewusst, was für ein einzigartiger Ort das Delphi war. Die Decke war fast doppelt so hoch wie im Foyer, und die blass schimmernden Sterne schufen die Illusion eines endlosen Nachthimmels. Der ganze Raum strahlte fühlbar Geschichte und Tradition aus, und selbst die modrige Luft schmeckte nach der Erfüllung wundervoller Träume.

Kitty hob ihre Kamera an die Augen und begann erneut zu fotografieren. Ganz zum Schluss machte sie noch eine Aufnahme von Jack, wie er mit seinem draufgängerischen Lächeln neben der letzten Sitzreihe stand. In dem schwarzen T-Shirt, das seine breiten Schultern und den durchtrainierten Oberkörper betonte, und den ausgebleichten Jeans, die lässig auf seinen schmalen Hüften saßen, sah er so umwerfend sexy aus, dass trotz aller guten Vorsätze tausend verbotene Wünsche in Kitty erwachten.

Um ihrer zunehmenden Befangenheit Herr zu werden, wandte sie Jack den Rücken zu und tat so, als würde sie eingehend den Zustand der Bestuhlung untersuchen. „Willst du die Sitze ganz erneuern oder nur neu beziehen lassen?", erkundigte sie sich in gespielt beiläufigem Tonfall.

Sie musste unbedingt aufhören, an Jack Taylors Körper zu denken. Denn wenn sie nur noch eine Sekunde darüber nachdachte, würden ihre Sehnsüchte über ihren gesunden Menschenverstand siegen und dann …

An diesem Punkt ihrer Überlegungen spürte sie zu ihrem Entsetzen, wie Jack von hinten ihre Schultern umfasste. Ihr Herz hämmerte wie wild, als er sie langsam zu sich herumdrehte und seinen Blick in ihren versenkte.

„Es tut mir leid", sagte er heiser, „aber ich kann meine Gefühle für dich einfach nicht ignorieren."

Als Kitty seine Lippen auf ihren spürte, überlegte sie etwa zwei Sekunden lang fieberhaft, was, in aller Welt, sie jetzt tun sollte. Dann hörte alles Denken auf. Mit einem leisen Seufzer schmiegte sie sich an ihn und erwiderte vorbehaltlos seinen Kuss. Eine süße Schwäche durchströmte ihre Glieder, während sie das erotische Spiel seiner Zunge genoss, seinen Geschmack und das berauschende Glücksgefühl, von seinen starken Armen gehalten zu werden.

„Ich brauche dich", murmelte Jack rau an ihrem Mund. „Ich kann einfach nicht aufhören, an dich zu denken, von dir zu träumen …"

Als er ihr sanft ins Ohrläppchen biss, durchrieselte Kitty ein köstlicher Schauer. Seine Hände schienen überall zu sein. Auf ihrem Rücken, ihren Schultern, ihren Hüften, ihrem Po …

„Du bist so wunderschön, und ich möchte dich überall berühren. Willst du es auch, Kitty?"

Um ihm zu zeigen, wie sehr sie es wollte, schob Kitty ihre Finger in sein Haar und suchte erneut seinen Mund. Während sie sich immer heißer und leidenschaftlicher küssten, verlor sie jedes Gefühl für Zeit und Raum. Jede Faser ihres Körpers war ganz auf die himmlischen Gefühle konzentriert, die Jacks erfahrene Liebkosungen in ihr auslösten.

Erfahren, genau!

Plötzlich begann Kittys Verstand wieder zu arbeiten. Mit aller Kraft presste sie ihre Handflächen gegen Jacks Oberkörper und schob ihn heftig von sich.

„Was ist denn jetzt los …?" Ihr plötzlicher Stimmungswechsel hatte Jack sichtlich aus dem Konzept gebracht.

„Du bist ein extrem guter Küsser."

„Und?" Er zog fragend die Brauen hoch. „Ist das ein Problem?"

Kitty trat einen Schritt zurück und lehnte sich gegen die nächstbeste Stuhllehne. Ihr Puls jagte wie verrückt, und ihre Knie fühlten sich wie Watte an. „Wie viele Frauen hast du schon geküsst, Jack? Hundert? Zweihundert? Tausend?"

„Keine Ahnung", erwiderte er verblüfft. „Außerdem spielt das doch überhaupt keine Rolle."

„Es spielt sehr wohl eine Rolle", widersprach Kitty entschieden. „Denn ich bin auch eine von den Frauen, die du geküsst hast und von denen du Sex wolltest. Eine weitere Eroberung, die du deiner langen Liste hinzufügen konntest, bevor du die nächste in Angriff genommen hast." Ohne Jacks Antwort abzuwarten, drehte sie sich um und ging zielstrebig auf den Ausgang zu.

„He, Moment mal, das ist nicht fair!" Mit wenigen Schritten hatte er sie eingeholt und hielt sie am Handgelenk fest. „Gib mir doch wenigstens eine Chance, Kitty."

„Noch eine?" Sie lachte bitter auf. „Wie viele Chancen hattest du denn schon, Jack? Und wie oft hast du sie genutzt und dich gefragt, wer die Frau, die du geküsst hast, wirklich war, oder wie sie sich gefühlt hat oder was du ihr bedeutet hast?" Sie schluckte trocken, um die aufsteigenden Tränen zu unterdrücken, und befreite sich ungeduldig aus seinem Griff. „Tut mir leid, aber du verdienst keine weitere Chance."

Dicht gefolgt von Jack, eilte sie durch die Lichtschleuse und durchquerte das Foyer.

„Kitty, warum lässt du mich nicht wenigstens …"

„Nenn mich Katherine!", fuhr sie ihn wütend an. „Wir arbeiten zusammen, und das ist alles."

Nun wurde auch Jack ärgerlich. „Das ist doch absurd!", hielt er ihr ungehalten entgegen. „Du willst mich genauso wie ich dich, es wäre lächerlich, es zu leugnen. Außerdem täuschst du dich in mir. Ich bin nicht mehr derselbe, der ich damals auf der Highschool war."

Fest entschlossen, sich nicht von ihm einwickeln zu lassen, zog Kitty die schwere Holztür auf, die nach draußen führte. Mit aller Kraft blinzelte sie die Tränen zurück, die erneut in ihren Augen brannten. Dann atmete sie tief durch und drehte sich noch einmal zu ihm um. Er wirkte immer noch verärgert, was nur verständlich war. Vermutlich erlebte er es nicht oft, dass eine Frau ihn zurückwies.

„Nein, Jack, ich täusche mich nicht in dir", sagte sie leise. „Du bist genauso, wie du immer warst. Und damit es ein für alle Mal klar ist: Eher friert die Hölle ein, als dass ich mit dir schlafe!"

Erst als Kitty ihren Wagen erreicht hatte, ließ sie ihren Tränen freien Lauf. Das war's dann wohl mit dem glanzvollen Delphi-Job, sagte sie sich deprimiert. Sie hatte keine Ahnung, wie es jetzt weitergehen sollte, aber lieber würde sie für den Rest ihres Lebens Fußböden schrubben, als sich ein weiteres Mal vor Jack Taylor lächerlich zu machen.

*K*ittys Zorn war noch immer nicht verraucht, als sie am nächsten Morgen mit der Post ihren letzten Kontoauszug erhielt.

Wie erschlagen stand sie in ihrem geblümten Bademantel auf der abgewetzten Flurmatte und blickte starr auf den Papierstreifen, der ihr sagte, dass ihre Ersparnisse endgültig aufgebraucht waren.

Was sollte sie jetzt bloß tun? Sie könnte einen Geschäftskredit beantragen, aber ohne Einkommen war es höchst unwahrscheinlich, dass ihre Bank darauf einging. Und wenn sie sich irgendeinen Job suchte, um sich über Wasser zu halten, hätte sie keine Zeit mehr, ihre am Boden liegende Firma wieder auf die Beine zu bringen. Blieb noch ihr Auto, aber wenn sie es verkaufte, käme es dem endgültigen Eingeständnis gleich, wieder einmal versagt zu haben. Und das könnte sie im Moment einfach nicht ertragen.

Im Grunde hatte sie nur eine Wahl.

Wie ein Schaf auf dem Weg zur Schlachtbank schlich Kitty nach oben und holte das taubenblaue Leinenkostüm von Gucci aus ihrem wackligen Kleiderschrank.

Vor dem Delphi, dessen Türen weit offen standen, hatten zwei große Laster geparkt. Eine Schar von Arbeitern trug alte Waschbecken, verrottete Bretter und Teppichrollen aus dem Haus und lud sie in einen der Wagen. Aus dem anderen wuchtete ein weiterer Trupp Kartons, Rohrleitungen und Kabelrollen und schleppte sie ins Gebäude hinein.

Im Foyer wimmelte es von Menschen, aber natürlich fiel Kittys Blick zielsicher auf Jack, der gerade heftig gestikulierend auf einen der Handwerker einredete. Als hätte er ihre Gegenwart gespürt, drehte er sich unvermittelt um und fing ihren Blick auf.

Kitty ignorierte ihr rasendes Herzklopfen und nickte ihm mit ausdrucksloser Miene zu. Dann ging sie so gelassen wie möglich durch die beiden Doppeltüren in den Zuschauerraum, wo es deutlich ruhiger zuging. Außer zwei Elektrikern, die die Lichtanschlüsse im Bühnenbereich inspizierten, war niemand da.

Kitty öffnete den Reißverschluss ihrer Zeichenmappe und nahm ein Skizzenblatt und einen Stift heraus. Auf der Fahrt hierher hatte sie sich noch einmal einer eingehenden Selbstprüfung unterzogen und war zu dem Schluss gelangt, dass es nicht nur aus beruflichen Gründen wichtig für sie war, diesen Auftrag durchzuziehen. Denn wenn sie jetzt aufgäbe, würde sie damit nur unter Beweis stellen, dass sie sich seit ihrem vierzehnten Lebensjahr nicht weiterentwickelt hatte, was für ihr Selbstwertgefühl der endgültige Tiefschlag wäre.

Was auch immer sich unterschwellig zwischen ihr und Jack abspielen mochte – sie war fest entschlossen, sich dadurch nicht in ihrer Arbeit an diesem Projekt behindern zu lassen. Vorausgesetzt natürlich, dass er keinen weiteren Versuch unternahm, sie in sein Bett zu locken. Bei nächster Gelegenheit würde sie ihm ruhig und sachlich die Grundregeln für ihren künftigen Umgang miteinander mitteilen. Danach konnte sie nur hoffen, dass Jack sich auch daran hielt, da sie andernfalls tatsächlich keine andere Wahl hätte, als diesen Job aufzugeben.

Sie machte sich gerade einige Notizen zur Farbgestaltung des Zuschauerraums, als sie aus dem Augenwinkel eine Bewegung wahrnahm. Auch ohne aufzublicken, wusste sie, dass es Jack war.

„Meiner Meinung nach ist der Farbton der Bezüge eine Spur zu blass." Kitty schob ihren Stift zwischen die dichten Locken und wandte Jack ruhig das Gesicht zu. „Ich würde gern ein etwas kräftigeres Scharlachrot für die Sitze und Vorhänge verwenden, um die Wirkung der Vergoldungen zu verstärken. Falls du damit einverstanden bist, bestelle ich heute Nachmittag das Material."

Befriedigt registrierte Kitty, dass ihre Stimme genauso klang, wie sie es beabsichtigt hatte: kühl, professionell und völlig emotionslos.

„Natürlich", antwortete Jack mechanisch und betrachtete sie einen langen Augenblick mit unergründlicher Miene.

Kitty spürte ihre Gelassenheit rapide dahinschwinden. „Hast du eine ungefähre Vorstellung, wann wir mit dem Aufpolstern anfangen können?", fragte sie ein wenig zu hastig. Wenn er sie weiter so ansah, würde sie noch rot werden wie ein albernes Schulmädchen, und diesen Triumph wollte sie ihm auf keinen Fall gönnen.

„Sobald der Bauingenieur im Foyer fertig ist, kommt er hierher. Falls er keine Trockenfäule entdeckt, kann mit den Gips- und Malerarbeiten sofort begonnen werden. Danach hast du dann freie Bahn. Hör zu, Katherine, wir müssen unbedingt miteinander reden."

Bei seinen letzten Worten schoss eine jähe Hitzewelle durch Kittys Körper, doch zum Glück gelang es ihr rasch, die Fassung wiederzugewinnen. „Ich denke auch, dass wir das tun sollten", stimmte sie ihm zu. „Denn wenn wir weiter zusammenarbeiten wollen …"

„… müssen wir aufhören, uns zu streiten", beendete Jack den Satz für sie. „Da bin ich ganz deiner Meinung."

„Es ist etwas komplizierter, Jack. Du musst ein für alle Mal akzeptieren, dass ich keine sexuelle Beziehung mit dir haben möchte."

Jack verschränkte die Arme vor der Brust und lehnte sich gegen einen der Sitze. „Es ist sogar noch komplizierter, Kitty. Denn in Wahrheit willst du sehr wohl eine sexuelle Beziehung mit mir haben."

Ehe sie Gelegenheit hatte, ihm zu widersprechen, fuhr er fort: „Du kannst es tausend Mal bestreiten, aber unser Kuss gestern hat mir eine andere Botschaft vermittelt. Ebenso wie dein Verhalten neulich im Restaurant. Ich weiß, dass du mich für ein gewissenloses Charakterschwein hältst, aber das ändert nichts daran, dass du mich genauso begehrst wie ich dich."

Kitty presste die Lippen zusammen und erwiderte trotzig seinen Blick.

„Gib es doch um Himmels willen zu, Kitty", beschwor er sie. „Und sei es auch nur, damit ich nicht länger an meiner Wahrnehmungsfähigkeit zweifeln muss. Bitte sag, dass ich recht habe."

Kitty sah nervös zu den Elektrikern hinüber, aber die waren völlig in ihre Arbeit vertieft und schienen nicht einmal zu bemerken, dass sie und Jack überhaupt da waren. „Denk von mir aus, was du willst", erwiderte sie mit gedämpfter Stimme. „Aber ich werde garantiert nicht mit dir schlafen."

„Aber du willst es."

Sie wollte es so sehr, dass es sie in Panik versetzte. Doch vor allem wollte sie von ihm geliebt werden, und das würde Jack Taylor ihr niemals bieten können.

„Meine persönlichen Wünsche spielen für unsere Zusammenarbeit keine Rolle", erklärte sie steif.

„Aber für mich. Bitte gib es zu, Kitty, dann lasse ich dich in Ruhe. Ich werde dich weder küssen noch berühren. Ich will es einfach nur wissen."

Er schien wirklich zu meinen, was er sagte. Der Ausdruck in seinen Augen wirkte beinah verzweifelt, aber wenn sie jetzt ernsthaft auf ihn einging, säße er wieder am längeren Hebel, und das durfte sie nicht zulassen.

„Ich bin eine Frau, Jack", erinnerte sie ihn daher spöttisch. „Natürlich möchte ich Sex mit dir haben, denn das wollen doch alle, oder?"

Jack zuckte unmerklich zusammen und bedachte sie mit einem weiteren forschenden Blick. „Eine direktere Antwort werde ich vermutlich nicht bekommen?"

„Nein."

Nach einer längeren Pause nickte er. „Dann muss ich mich wohl damit zufriedengeben. Aber ich hoffe doch, dass wir wenigstens Freunde sein können ... so wie früher, bevor alles schiefgelaufen ist."

Bevor alles schiefgelaufen ist? Eine nette Formulierung. Er hätte besser sagen sollen: *Bevor ich dich vor der versammelten Schule zu einer lächerlichen Witzfigur gemacht habe.* Aber er hatte recht. Vor diesem Vorfall waren sie tatsächlich Freunde gewesen.

„Einverstanden", stimmte Kitty schließlich zu. „Wenn es wirklich bei der Freundschaft bleibt, habe ich nichts dagegen."

Jacks Miene hellte sich schlagartig auf. „Wunderbar, großartig! Wir werden Freunde sein und nach getaner Arbeit irgendwo einen freundschaftlichen Drink nehmen, oder auch zwei. Anschließend begleitest du mich zu einem freundschaftlichen Abendessen zu mir nach Hause, und dann beschließen wir den Abend, indem wir in aller Freundschaft unglaublichen Sex miteinander haben."

Ehe Kitty zu einer empörten Erwiderung ansetzen konnte, hob er beschwichtigend die Hände. „Das war nur ein Scherz", versicherte er ihr mit todernster Miene. „Ich schwöre hoch und heilig, dass ich ab sofort gebührenden Abstand wahren werde."

Während Kitty noch einzuschätzen versuchte, ob sie sich auch wirklich darauf verlassen konnte, betraten zwei Männer den Zuschauerraum.

Jack winkte sie zu sich, um sie mit Kitty bekannt zu machen. „Stuart, Dave, ich möchte euch Katherine Clifford vorstellen. Sie ist für die gesamte Innenausstattung des Delphi zuständig. Kitty, das sind Stuart, unser Ingenieur, und Dave, der Vorarbeiter des Bauteams."

Die beiden Männer begrüßten Kitty mit einem zünftigen Handschlag.

„Ich möchte, dass ihr euch bei sämtlichen Fragen, die in Katherines Bereich fallen, direkt an sie wendet", teilte Jack ihnen mit. „Sie ist eine fantastische Innenarchitektin, und ich habe ihr volle Entscheidungsfreiheit gewährt. Mit anderen Worten: Ich bin der Geldgeber, aber Katherine ist der Boss."

Bei seinen Worten wurde Kitty ganz warm ums Herz. Sie wusste, dass seine kleine Ansprache eine klare Botschaft an sie gewesen war.

Ich vertraue in deine Fähigkeiten, hatte er ihr damit sagen wollen. Und ich bin bereit, die Grenzen zu respektieren, die du mir gesetzt hast.

Jetzt musste sie sich nur noch um die Frage sorgen, inwieweit sie sich selbst trauen konnte.

Der *Kleine Wagen* war fertig. Das nächste Sternbild sah aus wie … ja genau, das musste *Kassiopeia* sein.

Kitty warf einen prüfenden Blick auf die Detailaufnahme von der Originaldecke, um sicherzugehen, dass sie die richtige Stelle für den nächsten Stern gewählt hatte. „Bist du eigentlich in Astronomie bewandert?", fragte sie Jack, der etwa zwei Meter entfernt von ihr auf dem Gerüst stand und den noch ungestrichenen Streifen zwischen Decke und Zierkante mit mitternachtsblauer Farbe ausfüllte.

„Ich weiß nur das, was ich aus Science-Fiction-Filmen gelernt habe", erwiderte er, ohne den Blick von seiner Arbeit zu lösen. „Warum fragst du?"

„Weil ich mir nicht sicher bin, ob die Sternkonstellationen auf der Decke dem tatsächlichen Nachthimmel entsprechen."

„Ich glaube nicht, dass das eine Rolle spielt", meinte Jack. „Die Leute gehen schließlich nicht ins Kino, um das wirkliche Leben zu sehen. Sie wollen träumen und etwas erleben, das schöner ist als die schnöde Realität."

„Das klingt, als ob du aus eigener Erfahrung sprichst."

Er warf ihr einen raschen Seitenblick zu. „Stimmt genau", bestätigte er. „Von Träumen verstehe ich eine Menge. Einige davon würde ich sogar als schicksalhaft bezeichnen."

„Zum Beispiel den Traum, das Delphi zu kaufen?"

Um seine Lippen spielte ein unergründliches Lächeln. „Ja sicher, der gehört auf jeden Fall auch dazu."

Behutsam nahm Kitty eins der hauchdünnen Silberblätter mit den Fingerspitzen auf und drückte es vorsichtig gegen die Schablone, die sie vorher an der Decke angebracht hatte. Mit einer weichen Bürste bearbeitete sie die Oberfläche, dann zog sie die Schablone ab und polierte den fertigen Stern mit einem weichen Seidentuch, bis er funkelte.

Vor fast acht Wochen waren sie übereingekommen, einfach nur Freunde zu sein. Kitty hätte nicht genau sagen können, wann, aber irgendwann während dieser Zeit hatte sie aufgehört, innerlich sofort in Habachtstellung zu gehen, sobald Jack in ihrer Nähe auftauchte.

Mittlerweile fühlte sie sich in seiner Gegenwart völlig entspannt. Jedenfalls meistens. Ebenso wie die Maurer, Elektriker und Tischler, mit denen er ständig herumalberte, ließ sie sich von seiner guten Laune und seinem Enthusiasmus anstecken und zu Höchstleistungen anspornen. Jeder, der an diesem Projekt beteiligt war, nahm seine Aufgabe ausgesprochen ernst, aber für niemanden fühlte es sich wirklich wie Arbeit an. Es war, als würden sie alle gemeinsam etwas Wundervolles kreieren. Und zusammen mit den frisch gegipsten Wänden, der neuen Beleuchtung und den strahlend weißen Fliesen in den Waschräumen war zwischen Kitty und Jack so etwas wie eine neue Kameradschaft entstanden.

Es ist beinah wie damals im Kunstunterricht, ging es Kitty durch den Kopf, während sie sich über den nachtblauen Himmel allmählich in Jacks Richtung vorarbeitete, der hingebungsvoll um die vergoldeten Stuckrosen der Zierleiste herummalte.

„Und was ist mit dir?", fragte er sie. „Hast du nie einen ganz großen Traum gehabt?"

Außer dem Traum, mit dir zusammen zu sein?

„Als Teenager wollte ich Künstlerin werden." Ein wehmütiges Lächeln huschte über Kittys Gesicht. „Ich war damals geradezu besessen von dem Wunsch, etwas zu schaffen, das sowohl schön wie auch bedeutungsvoll ist."

„So etwas wie diese Sterne?"

„Ja", sagte sie leise. „Etwas in der Art."

Als sich in diesem Moment ihre Blicke trafen, stürmten unvermittelt die widersprüchlichsten Gefühle auf Kitty ein. Zuneigung und Misstrauen. Freude und Angst. Und ein so tiefes Verlangen, dass es ihr einen Moment lang den Atem raubte. Aber dieses Verlangen war mehr als nur sexuelles Begehren. Es hatte damit zu tun, mit Jack zu reden und zu arbeiten, mit ihm zu lachen und ein Stück Vergangenheit mit ihm zu teilen.

Mit einiger Mühe riss Kitty den Blick von ihm los. „Ich denke, du solltest ein paar von diesen Sternen selbst anbringen", schlug sie ihm aus einem plötzlichen Impuls heraus vor.

„Ich finde, du machst deine Sache ganz hervorragend."

„Aber es ist *dein* Traum, Jack! *Deine* Sterne! Du kannst dein künstlerisches Talent nicht die ganze Zeit mit stumpfsinnigem Herumpinseln vergeuden."

„Kitty, ich besitze kein künstlerisches Talent, hast du das vergessen?"

Er tauchte erneut seinen Pinsel in die tiefblaue Farbe. „Lieb von dir, dass du daran gedacht hast, aber ich mache besser hier weiter."

Doch so leicht gab Kitty nicht auf. „Komm schon", drängte sie und hielt ihm eine Schablone hin. „Ich überlasse dir *Perseus*."

„Na schön", gab er sich endlich geschlagen. Er legte seinen Pinsel hin und kam zu ihr herüber. „Aber ich werde es garantiert vermasseln, und dann musst du alles noch mal machen."

„Diese Decke ist fast elf Meter hoch, Jack", hielt Kitty ihm vor Augen. „Kein Mensch würde es bemerken, falls du einen Fehler machst. Also, der erste Stern kommt hierher ..."

Amüsiert beobachtete sie, wie Jack mit akribischer Genauigkeit die Schablone an der von ihr bezeichneten Stelle anbrachte. Sie berührten einander nicht. Aber er war ihr so nah, dass sie seinen Atem hören und seine Körperwärme spüren konnte.

„Jetzt trag eine dünne Schicht von dem Leim auf." Sie hielt ihm den Behälter hin, und als er danach griff, berührten sich kurz ihre Fingerspitzen. In den vielen Stunden, die Kitty schon auf diesem Gerüst verbracht hatte, war ihr nie wirklich bewusst gewesen, in welcher Höhe sie sich befand. Doch nun hatte sie auf einmal das Gefühl, am Rande einer steilen Klippe zu balancieren, während der Abgrund unter ihr sie unwiderstehlich anzog.

„Nächsten Montag ist Memorial Day", bemerkte sie beiläufig, um ihre plötzliche Befangenheit zu kaschieren. „Hast du schon irgendwelche Pläne für das lange Wochenende?"

Vorsichtig strich Jack den Leim über die Schablone. „Falls das Wetter mitspielt, mache ich eine Radtour die Küste entlang. Unterwegs wollte ich in irgendeinem Dorfgasthof übernachten." Er neigte den Kopf zur Seite und begutachtete mit zusammengekniffenen Augen sein Werk. „Hättest du nicht Lust mitzukommen?"

Sein Vorschlag warf Kitty ziemlich aus der Bahn, doch es gelang ihr, sich nichts anmerken zu lassen. „Danke für das Angebot, aber ich kann nicht. Meine Mutter gibt am Samstagnachmittag eine große Grillparty, und wir erwarten etwa eine Million Verwandte. So, jetzt kannst du das Blattsilber über die Schablone legen. Aber pass auf, du musst es ganz behutsam an den Ecken anfassen."

„Lieber nicht", wehrte Jack ab, als Kitty ihm den Block mit den Silberfolien reichte. „Das sieht mir viel zu empfindlich aus."

„Sei einfach vorsichtig und versuche, möglichst flach zu atmen, damit die Folie nicht wegfliegt." Kitty hielt ebenfalls den Atem an, als

Jack sich vorbeugte und eins der kostbaren Blätter mit den Fingerspitzen hochhob.

„Und?", murmelte er, wobei er versuchte, die Lippen möglichst wenig zu bewegen. „Wie mache ich mich?"

Beide wussten, dass er nicht über das Blattsilber sprach, sondern über etwas anderes, das ebenso empfindlich und noch viel kostbarer war.

Kitty legte den Zeigefinger an ihre Lippen und zeigte ihm stumm, wie er die Folie an den Leim anlegen sollte. Als das hauchfeine Material trotz aller Sorgfalt ein wenig verknickte, warf Jack ihr einen frustrierten Blick zu.

„Ich hab dir ja gesagt, dass ich in so etwas nicht gut bin", raunte er ihr zu, aber Kitty schüttelte nur den Kopf und reichte ihm die Bürste, mit der er die Folie auf die Schablone pressen sollte.

Nach kurzem Zögern legte sie leicht ihre Hand auf seine, um seine Bewegungen zu führen. Es war schließlich nichts dabei, ihm ein wenig zu helfen. „Sei einfach vorsichtig, dann klappt es auch", flüsterte sie.

„Zeig mir, wie ich es machen soll …"

Die Luft zwischen ihnen knisterte förmlich vor Spannung, und Kitty spürte, wie sich die feinen Härchen in ihrem Nacken aufrichteten. Sie hatten einander seit Wochen nicht berührt – was auch gut war, denn nur so konnten sie Freunde bleiben –, aber als sie nun Jacks warme, glatte Haut unter ihrer Handfläche spürte, wurde ihr klar, wie sehr sie sich danach gesehnt hatte.

„Mr Taylor?", ertönte von unten eine weibliche Stimme.

Einen Moment lang erstarrten sie beide wie Kinder, die beim unerlaubten Griff in Mutters Keksdose erwischt worden waren. Dann traten sie an den Rand des Gerüsts und spähten hinunter. In dem Gang, der die Sitzreihen in zwei Blöcke aufteilte, stand eine schlanke Blondine und blickte zu ihnen hinauf.

„Hi", rief Jack ihr zu. „Was kann ich für Sie tun?"

„Ich bin Lily Grace von der *Portland Times*", stellte die junge Frau sich vor. „Ich hatte mit Ihnen einen Interviewtermin bezüglich der Restaurierung des Delphi vereinbart."

„Ach ja, natürlich! Schön, dass Sie da sind. Ich bin sofort bei Ihnen." Mit einem bedauernden Lächeln gab Jack Kitty die Bürste zurück. „Wirklich schade, dass wir unterbrochen wurden. Jetzt musst du *Perseus* doch allein vollenden."

Ob es ihm wohl wirklich leidtut? überlegte Kitty, während sie beobachtete, wie er mit geschmeidigen Bewegungen die Leiter hinunterkletterte. Soweit sie es aus der Entfernung beurteilen konnte, war diese Lily Grace ziemlich attraktiv.

„Gehen wir am besten zur Bühne, Miss Grace", hörte Kitty ihn sagen, als er unten angekommen war. „Dort muss es irgendwo noch einen saubereren Stuhl für Sie geben."

„Nennen Sie mich Lily", war das Letzte, was Kitty verstehen konnte, bevor die beiden Seite an Seite den Gang hinunterschritten.

Entschlossen machte sie sich wieder an die Arbeit und versuchte, den feinen Stich in ihrer Brust zu ignorieren. Was als Nächstes kommen würde, war nicht schwer zu erraten. Wenn Jack Taylor, der Weltmeister im Flirten, in Aktion trat, war keine Vertreterin des weiblichen Geschlechts vor ihm sicher.

Drei Sterne später riskierte Kitty einen weiteren Blick über das Gerüst. Jack thronte im Schneidersitz auf der Bühne und redete mit lebhaften Handbewegungen auf die blonde Lily ein, die vor ihm auf einem Metallklappstuhl saß und sich eifrig Notizen machte. Sie saßen zu weit voneinander entfernt, um sich zu berühren, und es schien auch kein längerer Augenkontakt zwischen ihnen stattzufinden.

Aber Jack brauchte weder Blicke noch Berührungen, um einer Frau den Kopf zu verdrehen. Manchmal genügte es schon, dass er einfach nur ein Blatt Silberfolie in die Hand nahm, um …

Hör sofort auf damit, Kitty!

Etwa fünf Minuten lang schaffte sie es, sich ganz auf die Decke zu konzentrieren, bevor sie erneut hinunterspähte. Die Situation wirkte immer noch harmlos. Kitty zwang sich, ihre Hand ruhig zu halten, während sie eine neue Folie gegen die Schablone drückte. Ihre Nerven lagen blank, und ihr Hormonhaushalt spielte verrückt. Aber die Sterne würden perfekt werden.

„Es hat mich sehr gefreut, Sie kennenzulernen, Jack. Hier ist meine Karte, falls Sie mich erreichen möchten. Meine Privatnummer steht auf der Rückseite."

„Danke, Lily." Jack schob die Visitenkarte in die hintere Tasche seiner Jeans, ohne einen Blick darauf zu werfen. „Ich freue mich schon sehr auf Ihren Artikel." Er schloss die Tür hinter ihr und lehnte mit einem tiefen Aufstöhnen die Stirn gegen das dunkle Holz.

„Was ist los, Kumpel?", erkundigte sich Oz, der unbemerkt hinter ihn getreten war. „Du siehst aus, als könntest du eine kleine Aufmunterung gebrauchen."

„Mit einer kleinen Aufmunterung ist mir nicht geholfen", murmelte Jack. „Falls es nicht irgendein Mittel gibt, das umgekehrt wie Viagra wirkt, brauche ich mindestens ein Wunder."

Oz nickte verständnisvoll. „Ich verstehe, was du meinst. Diese Journalistin war eine echt heiße Nummer."

„Sie gefällt dir? Dann ruf sie an." Ohne sich umzudrehen, zog Jack Lilys Visitenkarte wieder heraus und hielt sie Oz hin. „Ich habe gerade über Kitty gesprochen."

„Wo liegt denn das Problem?" Oz nahm ihm die Karte aus der Hand und betrachtete sie eingehend, bevor er sie sorgfältig in seiner Brieftasche verstaute. „Du hast doch erst neulich gesagt, dass mit Kitty alles gut läuft."

Endlich drehte Jack sich zu seinem Freund um. „Ich meinte, den Umständen entsprechend gut. Ich habe mich auf diesen Freundschaftsdeal mit ihr eingelassen, damit sie aufhört, mich zu hassen, und ich denke, das hat auch geklappt. Aber das genügt mir einfach nicht mehr, Oz. Ich kann nur noch daran denken, wie es wäre, mit ihr zu schlafen, und vergesse dabei die banalsten Sachen. Ständig verliere ich meine Schlüssel oder suche stundenlang nach meinem Handy, weil ich mich nicht mehr erinnern kann, wo ich es zuletzt hatte. Ich glaube, ich werde allmählich wahnsinnig."

„Nun übertreib mal nicht", zog Oz ihn gutmütig auf. „Man wird nicht gleich wahnsinnig, nur weil man ab und zu mal sein Handy verlegt."

Jack warf ihm einen düsteren Blick zu. „Ich meine es ernst, Oz. Jedes Mal, wenn ich mit Kitty zusammen bin, komme ich mir vor wie eine tickende Zeitbombe. Jede Kleinigkeit, die sie tut, törnt mich wie verrückt an, und ich darf es mir nicht anmerken lassen. Erinnerst du dich noch an den Typen, den John Cusack in *Der Volltreffer* spielt? Er musste mit diesem Mädchen, auf das er unglaublich scharf war, quer durch Amerika trampen und sich nachts ein Bett mit ihr teilen, ohne sie auch nur berühren zu dürfen. Genauso geht es mir jetzt."

„Das ist mehr, als ein Mann ertragen kann", gab Oz zu.

„Oder die Rolle, die John Cusack in *Ein Mann, ein Mord* spielt", fuhr Jack mit Grabesstimme fort. „Jahrelang träumt er von seiner großen Liebe, die er auf dem Abschlussball versetzt hat, um heimlich die Stadt zu verlassen. Und als er sie dann nach Jahren endlich wiedersieht, muss er die Finger von ihr lassen, weil er ein Berufskiller ist."

„Ich verstehe, was du meinst. Aber du bist weder ein trampender Berufskiller noch John Cusack."

Jack quittierte Oz' nüchternen Einwand mit einem vernichtenden Blick. „Vielen Dank für diese hilfreiche Feststellung."

„Gern geschehen. Und jetzt möchte ich dir etwas zeigen, das deine Stimmung garantiert heben wird."

Oz führte ihn ins Untergeschoss, wo sich die Waschräume befanden. Als er die Tür zur Herrentoilette öffnete, blitzte es übermütig in seinen Augen auf: „Mein ganz persönlicher Vertrauensbeweis, dass sich deine Beziehung zu Kitty so entwickelt, wie du es dir wünschst."

Beim Anblick des nagelneuen, knallroten Kondomautomaten ging ein breites Grinsen über Jacks Gesicht.

„Frisch gefüllt mit sämtlichen Sorten!", verkündete Oz triumphierend. „Da ist garantiert für jeden Geschmack etwas dabei."

„Dein Vertrauen rührt mich, mein Lieber", spöttelte Jack, der insgeheim tatsächlich ein wenig gerührt war. „Ich bin dir zu ewigem Dank verpflichtet."

„Kein Problem. Ich erwarte allerdings von dir, dass du mir für jedes Exemplar, das du selbst benutzt, ein Bier ausgibst."

Sie besiegelten den Handel mit einem feierlichen Händedruck.

„Ich befürchte allerdings, dass du noch eine ganze Weile durstig bleiben musst", warnte Jack ihn. „Es sei denn …"

„Ja …?", hakte Oz nach, als Jack keine Anstalten machte, den angefangenen Satz zu beenden.

„Kitty hat heute erwähnt, dass ihre Familie am Samstag eine große Grillparty gibt. Was hältst du davon, wenn ich ganz spontan dort auftauche, um Hallo zu sagen? Vielleicht kommen wir uns ja näher, wenn ich erst ihre Familie kennengelernt habe."

Oz machte ein skeptisches Gesicht. „Offen gestanden, finde ich die Idee nicht so brillant. Kitty scheint sehr viel Wert auf ihre Privatsphäre zu legen. Ich kann mir nicht vorstellen, dass es sie begeistert, wenn du plötzlich uneingeladen vor der Tür stehst."

„Ich habe ihr bewiesen, dass ich mit ihr zusammenarbeiten kann, ohne sie anzumachen", hielt Jack dagegen. „Jetzt will ich ihr zeigen, dass ich sie besser kennenlernen möchte. Wenn sie weiß, dass ich nicht nur Sex mit ihr haben will, wird sie umso schneller bereit sein, Sex mit mir zu haben. Oder siehst du das anders?"

„Irgendwie überzeugt mich deine Logik nicht wirklich."

„Keine Sorge." Jack klopfte Oz vergnügt auf die Schulter. „Ich habe ein gutes Gefühl dabei."

6. KAPITEL

*M*um sagt, du hättest einen neuen Freund, Kit."

„So ein Unsinn!" Energisch stellte Kitty die Barbecue-Sauce, die sie ihrem Bruder gebracht hatte, neben den Grill. „Vielleicht sind Mums Wunschvorstellungen mit ihr durchgegangen, aber ich habe ganz sicher keinen neuen Freund."

„Und wer ist dann der Typ, mit dem sie gerade redet?"

Kitty folgte Nicks Blick und glaubte ihren Augen nicht zu trauen. Braungebrannt und unverschämt gut aussehend, kam Jack Taylor, der lässig sein Fahrrad neben sich herschob, an der Seite ihrer Mutter auf sie zu.

„Das darf doch wohl nicht wahr sein!", stieß sie entgeistert hervor.

„Sieht so aus, als hoffte er auf eine Einladung zum Essen", meinte Nick trocken, während er begann, die Hähnchenschenkel mit der Barbecue-Sauce einzupinseln.

„Darauf kann er lange warten." Kitty straffte die Schultern und ging den beiden mit grimmiger Miene entgegen.

„Hi, Kitty", begrüßte Jack sie fröhlich.

„Hallo, Jack", sagte sie, ohne sein Lächeln zu erwidern. „Darf ich fragen, was dich hierherführt?"

„Jack macht eine Radtour und kam zufällig hier vorbei", antwortete Sue Giroux an seiner Stelle. „Ich habe ihm gerade gesagt, dass er unbedingt zum Essen bleiben muss. Schließlich haben wir genug davon, um eine ganze Armee zu verkösten."

„Jack hat sicher schon etwas anderes vor, Mum."

„Keineswegs." Jack hielt für einen Moment Kittys Blick fest, bevor er sich wieder Sue zuwandte. „Ich habe für heute noch keine Pläne gemacht, und diese Hähnchen riechen wirklich köstlich, Mrs Giroux."

„Könnte ich dich mal kurz unter vier Augen sprechen, Mum?"

Bevor Sue Zeit hatte, etwas zu sagen, nahm Kitty sie beim Arm und zog sie über den Rasen, bis sie außer Hörweite waren. „Hör zu, Mum, ich will auf keinen Fall, dass Jack hierbleibt", erklärte sie entschieden.

„Aber warum denn nicht, Liebes? Du brauchst endlich wieder einen neuen Mann in deinem Leben und …"

„Nicht *diesen* Mann, Mum!"

Sue Giroux tätschelte ihrer Tochter begütigend den Arm. „Ich verstehe ja, dass es dir schwerfällt, über Sam hinwegzukommen, aber eure

Ehe hat nun mal nicht funktioniert. Außerdem fand ich ihn ehrlich gesagt schon immer etwas langweilig. Jack dagegen scheint mir ein weit interessanterer Mann zu sein, und es ist offensichtlich, dass er einen Narren an dir gefressen hat. Hast du nicht bemerkt, wie er dich vorhin angestrahlt hat?"

„Du verstehst das nicht. Ich … er darf auf keinen Fall herausfinden, dass ich wieder hier wohne und mein Büro aufgeben musste und dass ich außer dem Delphi keine anderen Aufträge habe …" Nervös blickte Kitty zu Jack herüber, der sein Fahrrad gegen einen Baum gelehnt hatte und gerade ihren Cousin Raymond mit Handschlag begrüßte. Wie es aussah, hatte Raymond schon einige Biere intus und konnte jede Sekunde alle möglichen Familiengeheimnisse ausplaudern.

Sue zog verwirrt die Stirn kraus. „Warum soll er denn nichts davon wissen?"

„Weil ich will, dass er mich für erfolgreich hält."

„Aber du *bist* doch erfolgreich, Liebes! Schließlich sagst du mir jeden Tag, wie gut es mit dem Delphi läuft."

„Ja, aber abgesehen davon läuft gar nichts."

Sue schob Kitty mit einer mütterlichen Geste eine Haarsträhne hinters Ohr. „Du solltest mehr Vertrauen zu den Menschen haben, Kind. Das ist die grundlegende Basis für eine Beziehung."

„Jack und ich haben keine Beziehung, Mum."

Statt einer Antwort machte sie Anstalten, zu Jack zurückzugehen. Kitty folgte ihr eilig und zerrte im Gehen die Haarsträhne wieder hinter ihrem Ohr hervor.

„Vielleicht habt ihr jetzt noch keine Beziehung", räumte Sue ein, „aber es knistert zwischen euch, das kann sogar ein Blinder sehen. Seit Jack hier aufgetaucht ist, bist du wie verwandelt. Ich habe dich noch nie so … *lebendig* gesehen."

Kitty blieb abrupt stehen, als sie erkannte, dass ihre Mutter recht hatte. Seit Jacks ungebetenem Erscheinen schienen alle Farben leuchtender zu sein, alle Gerüche intensiver. Jeder Nerv in ihrem Körper vibrierte, und sie konnte jede seiner Bewegungen spüren, ohne ihn dabei ansehen zu müssen.

Zur Hölle mit ihm!

„Ich muss Ihnen gestehen, dass ich doch nicht ganz zufällig hier vorbeigekommen bin, Mrs Giroux", sagte er gerade, als Kitty zu ihnen trat. Er ging zu seinem Fahrrad und holte ein Exemplar der *Portland Times* aus einer der Satteltaschen. „Hier ist ein Artikel, der Sie bestimmt interessiert." Er schlug die Zeitung auf der zweiten Seite auf und reichte sie Sue.

Das Delphi erhebt sich in neuem Glanz aus der Asche, las Kitty über die Schulter ihrer Mutter hinweg. Der Artikel nahm die ganze Seite ein und enthielt zwei große Farbfotos. Eins davon zeigte Jack, wie er auf einer Leiter stand und eine Glühbirne in das *Delphi*-Logo über dem Eingang schraubte. Auf dem anderen war die mitternachtsblaue Decke mit Kittys glänzenden Silbersternen zu sehen.

Demnächst wird in Portland ein neuer Stern aufgehen, wenn der visionäre Unternehmer Jack Taylor die Türen zu seinem aufwendig sanierten Delphi-Theater öffnet,

las Sue laut vor. „Dieser Absatz hier ist ganz besonders interessant." Jack zwinkerte Kitty unmerklich zu, als Sue begann, an der von ihm bezeichneten Stelle weiterzulesen:

Mit sichtlichem Stolz wies Taylor auf die detailgetreue Restaurierung der historischen Elemente des Delphi hin, die er mit modernster Technik kombiniert hat. „Ich arbeite mit der Innenarchitektin Katherine Clifford zusammen", erklärte er während des Interviews. „Sie hat sich erst vor Kurzem in Portland niedergelassen, und ich betrachte die Zusammenarbeit mit ihr als absoluten Glücksfall." Besonders begeistert ist er von ihrem ausgeklügelten Beleuchtungskonzept, das die prachtvollen Artdéco-Ornamente rund um die Bühne faszinierend zur Geltung bringt.

Keine Frage, dieses Kino ist ein beeindruckendes Zeugnis von Taylors und Cliffords Liebe zum Detail und in jeder Hinsicht ein Gewinn für die Stadt.

Sue ließ die Zeitung sinken und drehte sich mit leuchtenden Augen zu Kitty um. „O Liebling, ist das nicht wundervoll?"

„Ja, das ist es", murmelte sie beschämt. Am liebsten hätte sie sich in irgendeinem Mauseloch verkrochen. Während sie Jack unterstellt hatte, dass er mit der Journalistin flirtete, hatte er stattdessen ein Loblied auf sie, Kitty, gesungen. Zögernd hob sie den Kopf und begegnete dem Blick seiner warmen, braunen Augen. „Danke", sagte sie leise.

„Ich habe nur die Fakten genannt", wehrte Jack bescheiden ab. „Das Delphi ist unser gemeinsames Werk, und ich finde, wir haben etwas wirklich Einzigartiges zustande gebracht."

„Dieser Artikel wird deiner Karriere mächtig Auftrieb geben", frohlockte Sue. „Ich wette, von jetzt an wirst du dich vor neuen Aufträgen nicht mehr retten können."

Kitty warf ihrer Mutter einen warnenden Blick zu. „Publicity ist immer willkommen", stellte sie sachlich fest.

„Genau", stimmte Jack ihr zu. „Und da wir uns kaum eine bessere hätten wünschen können, sollten wir jetzt alle darauf anstoßen." Er ging erneut zu seinem Fahrrad und beförderte aus der zweiten Satteltasche eine Magnum-Flasche Champagner hervor.

Sue klatschte vor Begeisterung in die Hände. „Was für eine schöne Idee, Jack! Kommen Sie, da drüben stehen die Gläser."

Sie gingen zu dem mit einem weißen Bettlaken bedeckten Tapeziertisch, der mit Salaten, Mixed Pickles, Erfrischungsgetränken und Geschirr beladen war. Als Jack den Korken knallen ließ, gesellten sich die bereits eingetroffenen Verwandten zu ihnen und wollten wissen, was es denn zu feiern gab.

Während die Zeitung von Hand zu Hand ging, schenkte Jack den Champagner in die mit Comicfiguren bedruckten Gläser, die Sue ihm reichte. Kitty erinnerte sich dunkel, dass ihre Mutter sie in den Neunzigerjahren an einer Tankstelle als Werbegeschenk bekommen hatte.

Unwillkürlich musste sie an die handgeschliffenen Champagnerflöten denken, die sie und Sam zur Hochzeit geschenkt bekommen hatten. Sie waren ebenso edel gewesen wie ihr gemeinsames Haus, das von Kitty mit großer Sorgfalt eingerichtet worden war. Alles darin hatte genauso ausgesehen, wie sie es sich als Teenager erträumt hatte: elegant, kultiviert und geschmackvoll. Das genaue Gegenteil zu den abgenutzten Tapeten und den schäbigen, nur noch mit Isolierband zusammengehaltenen Möbeln, zwischen denen sie aufgewachsen war.

Plötzlich schämte Kitty sich ihrer Gedanken. Weder ihre italienische Couchgarnitur noch ihre weißen Veloursteppiche hatten ihre Ehe vor dem Scheitern retten können. Und das Haus ihrer Mutter wurde nicht nur durch Isolierband, sondern vor allem durch Liebe zusammengehalten.

„Auf eine weitere beflügelnde Zusammenarbeit, Katherine Clifford."

Jack reichte ihr das Glas mit dem *Roadrunner*. Auf seinem eigenen prangte *Fritz the Cat*. Sie stießen miteinander an, und der Champagner schmeckte nach Erfolg.

„Willst du mich nicht vorstellen, Schwesterherz?"

Unversehens war Nick vor ihnen aufgetaucht. Als Kitty ihn mit Jack bekannt machte, nahm sie zum ersten Mal bewusst wahr, dass er das Ebenbild seines Vaters war. Die breiten Schultern, das dichte braune Haar, das herausfordernde Funkeln in den stahlblauen Augen ...

Genauso hat Dad ausgesehen, als ich ihn zum letzten Mal gesehen habe.

„Ich erinnere mich an dich", sagte Nick mit grimmiger Miene, worauf Jack überrascht die Brauen hochzog.

„Wirklich? Ich wüsste nicht, wo wir uns schon einmal begegnet wären."

Nick erwiderte feindselig seinen Blick. „Das sind wir auch nicht, aber das liegt nur daran, dass Kitty mich damals förmlich angefleht hat, dich in Ruhe zu lassen. Andernfalls hätte ich dir für das, was du ihr angetan hast, sämtliche Zähne ausgeschlagen."

„Ich glaube, du musst dringend mal nach dem Grill sehen, Nick", schaltete Kitty sich eilig ein. An Jack gewandt, fügte sie hinzu: „Ich brauche unbedingt etwas Bewegung. Gehen wir doch eine Runde um den Block, okay?"

Sie hastete so schnell davon, dass Jack sie erst einholte, als sie bereits auf der Straße war. „Dein Bruder hatte ja einen richtig mordlüsternen Ausdruck in den Augen", bemerkte er amüsiert. „Hast du deswegen so panisch versucht, uns zu trennen?"

Kitty zuckte die Schultern. „Ich wollte es nicht darauf ankommen lassen."

„Das hättest du ruhig tun können. Wenn ich ihm erklärt hätte ..."

„*Was* wolltest du ihm erklaren?", schnitt sie ihm verargert das Wort ab. „Dass er keinen Grund gehabt hätte, dich zu verprügeln? Glaub mir, ich habe ihn damals nur deswegen davon abgehalten, weil er erst vierzehn und bedeutend schwächer war als du. Nicht, weil du es nicht verdient hättest!"

Jack warf ihr einen ungläubigen Blick zu. „Ich dachte, wir hätten diesen Vorfall längst abgehakt, aber offensichtlich habe ich mich getäuscht. Ist das der Grund, warum du nicht mit mir schlafen willst?"

„Ich will nicht mit dir schlafen, weil ich keine Lust habe, dir zu einer weiteren Kerbe an deinem Bettpfosten zu verhelfen", erwiderte sie scharf.

„Was macht dich so sicher, dass ich Kerben in meinen Bettpfosten ritze? Weil ich damals eine Menge Freundinnen hatte?"

„Sei doch ehrlich, Jack. Was das angeht, dürfte sich kaum etwas verändert haben."

„Na schön, du hast recht. Ich mag Frauen, und ich mag Sex. Aber der Grund, warum du so tust, als wäre ich ein gefährlicher Schwerverbrecher, geht auf diesen verdammten Abschlussball vor mehr als zehn Jahren zurück. Findest du es nicht selbst etwas übertrieben, so ein Drama daraus zu machen?"

Noch vor wenigen Minuten war Kitty wild entschlossen gewesen, alles, was mit ihrem persönlichen Leben zu tun hatte, vor Jack zu verbergen. Nun wollte sie unbedingt, dass er verstand, wie sehr er sie damals verletzt hatte. Doch dazu musste er ihre Vergangenheit kennen.

„Setzen wir uns für einen Moment da drüben hin." Sie deutete auf eine von einem Baum beschattete Bank am Ende der Straße. „Ich finde, wir müssen endlich darüber reden, da du diese Geschichte offenbar anders in Erinnerung hast als ich."

„Okay, Kitty, dann frisch mein Gedächtnis auf", forderte Jack sie auf, sobald sie die Bank erreicht und sich hingesetzt hatten.

„Als ich dreizehn war, hat mein Vater uns verlassen", eröffnete sie ihm ohne Einleitung. „Er ist zu einem Angelwochenende losgezogen und nie zurückgekommen. Irgendwann hat er dann aus New Hampshire angerufen und uns mitgeteilt, dass es ihm gut ginge. Danach hat er noch hin und wieder eine Postkarte geschickt, aber wir haben ihn nie wiedergesehen."

Jack runzelte die Stirn. „Das war sicher sehr hart für dich und deine Familie, aber ich verstehe nicht ganz, was das mit mir zu tun hat."

„Es hat insoweit mit dir zu tun, dass ich mich damals verzweifelt nach jemandem gesehnt habe, den ich lieben konnte. Und dieser Jemand warst du."

Bis zu diesem Augenblick wäre Kitty eher gestorben, als Jack ein solches Geständnis zu machen. Aber sie musste es tun, damit er nachvollziehen konnte, welchen Einfluss sein gedankenloses Verhalten auf ihr ganzes späteres Leben gehabt hatte.

„Ich war seit meinem ersten Schultag in der Highschool in dich verliebt", fuhr sie leise fort. „Wir hatten gerade Mittagspause und ich stand in der Schlange vor der Essensausgabe hinter dir. Du hattest Jeans und ein rotes T-Shirt an und hast zwei Stücke Pizza, grüne Bohnen und drei Tüten Milch bestellt. Ich habe nur ein Joghurt genommen, weil am Vortag meine Zahnspange enger gestellt worden war und mir der ganze Mund wehtat. Aber ich habe nicht einmal das gegessen, weil ich einfach nicht aufhören konnte, dich anzusehen."

„Wow! Ich kann nicht glauben, dass du dich an all das noch erinnerst." Jack wirkte ehrlich beeindruckt.

„Ich nehme an, das liegt daran, dass du noch nie wirklich verliebt warst."

Er schwieg eine Weile, bevor er nachdenklich erwiderte: „Nein, ich glaube nicht, dass ich das bis jetzt je gewesen bin."

Es war das erste Mal, dass Kitty ihn so ruhig und ernsthaft erlebte. Sie wusste nicht recht, was sie davon halten sollte, und beschloss sicherheitshalber, nicht allzu viel darauf zu geben.

„Drei Jahre lang war ich total in dich verknallt, obwohl wir nie ein Wort miteinander gewechselt haben", setzte sie ihre Beichte fort. „Dann waren wir für ein Semester in derselben Kunstklasse, aber ich hatte immer noch nicht den Mut, mit dir zu reden. Bis du eines Tages plötzlich hinter mir standest und gesehen hast, dass ich ein Porträt von dir zeichnete."

„Ja, richtig …" Bei der Erinnerung lachte Jack leise auf. „Ich weiß noch, dass es ein gutes Porträt war und ich mich ziemlich geschmeichelt gefühlt habe."

„Ich wäre in dem Moment am liebsten gestorben, aber du warst … richtig nett. Du hast mich gefragt, ob ich dir nicht beim Zeichnen helfen könnte, woraufhin ich mir unglaublich wichtig vorkam."

„Du *warst* unglaublich wichtig. Ich war in Kunst immer eine Niete, und ohne deine Hilfe hätte ich den Kurs nie bestanden. Außerdem hatten wir jede Menge Spaß zusammen."

„Du hast dich ständig über mich lustig gemacht, weil ich keine Filme kannte."

„Woran sich leider bis heute nichts geändert hat."

Sein Lächeln ließ in Kitty Gefühle aufkommen, die sie auf keinen Fall zulassen wollte. Rasch wandte sie den Blick ab und betrachtete stattdessen einen Baum auf der gegenüberliegenden Straßenseite.

„Eines Tages kamen wir aus irgendeinem Grund auf den Abschlussball zu sprechen", fuhr sie nach einem längeren Schweigen fort. „Ich fragte dich, wer deine Partnerin sein würde, und als du sagtest, du hättest noch gar nicht darüber nachgedacht, bin ich einfach mit der Frage herausgeplatzt, ob du nicht mit mir hingehen wolltest."

Unvermittelt drehte sie sich zu ihm und sah ihm offen ins Gesicht. „Warum hast du Ja gesagt? Du hättest mit jedem Mädchen der Schule hingehen können."

Jack zuckte die Schultern. „Du warst süß, und ich mochte dich." Mit einem übermütigen Grinsen fügte er hinzu: „Ich dachte, es würde lustig werden, aber da wusste ich ja auch noch nicht, dass ich zehn Jahre später noch immer dafür würde büßen müssen."

Ihre Geschichte amüsierte ihn nur, aber was hatte sie erwartet? Vorhin hatte sie für einen Moment fast geglaubt, er würde ernsthaft auf sie eingehen, aber das war natürlich nur Show gewesen. Um seiner Nähe zu entrinnen, sprang Kitty von der Bank auf und begann, ruhelos vor ihm auf und ab zu laufen.

„Du bist aus einer spontanen Laune heraus mit mir dorthin gegangen, aber für mich war es das bedeutendste Ereignis meines Lebens. Es hat ewig gedauert, bis ich das perfekte Kleid gefunden habe, und es hat mich fast die ganzen Ersparnisse von meinem Job bei *Safeway* gekostet."

Kitty hatte an jenem Abend auf Wolken geschwebt. Die Turnhalle, in der der Ball stattfand, hatte nach altem Gummi und verschwitzten Sportsachen gerochen, aber für sie hatte es keine Rolle gespielt. Drei Jahre lang hatte sie sich nach Jack verzehrt, und hier stand sie nun – am Arm des begehrtesten Jungen der ganzen Schule.

Als *seine* Partnerin!

„Dann kam ein langsamer Tanz, und du hast mich geküsst", sagte sie leise.

„Ja, ich habe meine Ballpartnerin geküsst, weil *ich* es wollte." In Jacks Stimme schwang eine Spur von Gereiztheit. „Und dann hast du ein Glas Punsch geholt, und als du wiederkamst, habe ich gerade Melissa Beauchamp geküsst, weil *sie* es wollte."

„Ja …"

Kitty sah die Szene so deutlich vor sich, als wäre es erst gestern gewesen. Melissa in ihrem viel zu engen hellgrünen Kleid, unter dem sich überdeutlich ihre üppigen Brüste abzeichneten. Das herausfordernde Lächeln, mit dem sie zielbewusst auf Jack zusteuerte …

Vergiss es, hatte Kitty gedacht, als Melissa sich auf die Zehenspitzen gestellt und die Hände in seinem Nacken verschränkt hatte. *Jack ist mit mir hier. Er will dich nicht.* Doch anstatt sie von sich zu schieben, hatte er ihr die Arme um die Taille gelegt und vor aller Augen genüsslich ihren Kuss erwidert.

„Du bist mit mir zu diesem Ball gegangen und hast mich wegen des billigsten Mädchens der ganzen Schule kalt lächelnd stehen lassen. Hat es sich denn wenigstens gelohnt?" Kittys Stimme bebte bedenklich. „Habt ihr danach Sex gehabt?"

„Nein, hatten wir nicht."

Sie wusste selbst, dass es lächerlich war, aber bei seiner Antwort fiel ihr ein Stein vom Herzen. Damals hatte sie sich wochenlang mit den wildesten Fantasien von Jack und Melissa im Bett verrückt gemacht.

„Warum hast du sie geküsst?"

Jack stieß genervt die Luft aus. „Himmel noch mal, es ist einfach passiert! Sie hat sich mir an den Hals geworfen, und dann haben wir uns eben geküsst. Was willst du noch von mir hören?"

Kitty schluckte hart. „Dass es dir leidtut, zum Beispiel. Immerhin hast du dich nicht gerade wie ein Märchenprinz verhalten, oder siehst du das anders?"

„Ich war damals gerade mal achtzehn, Kitty. Außerdem habe ich später mehrmals versucht, mich bei dir zu entschuldigen, aber du wolltest mir ja nicht einmal zuhören."

„Weil ich erst siebzehn war und es nicht gerade erhebend fand, dass die ganze Schule über mich gelacht hat!"

Ihre Stimme klang selbst in Kittys Ohren schrill und überlaut. Für einen Moment sah sie die Episode mit den Augen eines Außenstehenden und erkannte plötzlich die Unangemessenheit ihrer Gefühle. Vermutlich hielt Jack sie jetzt für eine durchgeknallte Neurotikerin, weil sie ihm wegen eines im Grunde trivialen Vorfalls, der noch dazu eine Ewigkeit zurücklag, eine derartige Szene machte.

„Findest du es nicht etwas extrem, mich deswegen immer noch zu hassen?", sprach er prompt ihre Gedanken aus.

Nüchtern betrachtet, hatte er natürlich recht. Das Problem war nur, dass damals etwas begonnen hatte, was Kitty bis heute verfolgte. Als sie in Kalifornien gelebt und gearbeitet hatte und ihre Ehe mit Sam noch in Ordnung gewesen war, hatte sie geglaubt, sie wäre dem Gefühl, nicht gut genug zu sein, endgültig entkommen. Doch dann war ihre Ehe gescheitert, und ihre Hoffnung, wenigstens beruflich erfolgreich zu sein, hatte sich ebenfalls nicht erfüllt. Als sie sechs Monate später auf dem Höhepunkt ihrer Verzweiflung und Verletzlichkeit Jack Taylor begegnete, war es, als hätte es die dazwischenliegenden zehn Jahre nie gegeben.

Sie war wieder Kitty Giroux, die ewige Pechmarie, die krampfhaft zwei Pappbecher mit Punsch in der Hand hielt und hilflos mitansehen musste, wie der Junge, den sie mehr liebte als alles andere, ihre Sehnsüchte und Hoffnungen mit Füßen trat.

Aber es wäre zwecklos, das Jack erklären zu wollen. Er saß mit seinem sorglosen Lächeln auf der Bank vor ihr und betrachtete sie mit einer Mischung aus Nachsicht und Belustigung. Über ein solches Eingeständnis würde er nur lachen, und das würde ihr den Rest geben.

„Nein", beantwortete sie seine Frage. „Es ist nicht extrem. Denn du hast dich seit damals in keiner Weise verändert."

Sein Lächeln verschwand, und eine Weile erwiderte er schweigend ihren Blick. Dann stand er ebenfalls auf und legte ihr die Hände auf die Schultern. „Das stimmt nicht, Kitty", widersprach er ihr. „Ich habe mich verändert, und du ebenfalls. Wir sind jetzt beide erwachsen. Wir können tun, was immer wir möchten, und niemand braucht dabei verletzt zu werden."

Gleich wird er mich küssen, dachte Kitty, als er langsam den Kopf neigte. Sie wusste, dass es sich wundervoll anfühlen würde. Sie wollte die Arme um ihn legen, sich an ihn schmiegen, seine Wärme spüren …

Da tauchte plötzlich das Foto aus ihrem letzten Jahrbuch vor ihrem inneren Auge auf. Und der Satz, den sie als Motto für ihr zukünftiges Leben darunter geschrieben hatte: *Die Beste sein.* Sie wollte es nach wie vor mehr als alles andere, doch für Jack wäre sie nur eine unter vielen. Und das war ihr einfach nicht genug.

„Dein Körper mag erwachsen geworden sein", sagte sie kühl, als sie sich entschlossen aus seinem Griff löste, „aber ansonsten ist alles beim Alten geblieben. Du bist immer noch süchtig danach zu beweisen, dass du jede herumkriegen kannst. Bei mir wirst du da allerdings auf Granit beißen, denn ich werde ebenso wenig Sex mit dir haben wie Melissa Beauchamp."

7. KAPITEL

*D*u willst also wirklich übers Wochenende nach Providence fahren?"

„Ja." Kitty stellte ihre Reisetasche auf dem Küchenfußboden ab. „Du hattest recht, Mum. Ich brauche dringend ein bisschen Spaß, und niemand kann so tolle Partys geben wie Marie." Gespielt munter fügte sie hinzu: „Ich wette, sie hat jede Menge Single-Männer eingeladen."

Ihre Mutter wirkte wenig begeistert. „Und was ist mit Jack?"

„Ich bin nicht an ihm interessiert. Außerdem habe ich Marie schon fest versprochen, dass ich komme."

Das war eine glatte Lüge. Kitty hatte seit Wochen nicht mehr mit Marie gesprochen. Es gab nur einen Grund, warum sie die Stadt verließ, und der hieß Jack Taylor. Schon der bloße Gedanke, er könnte an diesem Wochenende ein weiteres Mal unangekündigt auftauchen, erweckte in ihr den Wunsch, Tausende von Meilen von ihm entfernt zu sein. Gleichzeitig hoffte sie insgeheim, er würde genau das tun, obwohl sie ihn erst vor zwei Stunden ziemlich rüde aufgefordert hatte zu verschwinden.

Mit anderen Worten: Portland war einfach nicht groß genug für sie beide.

Als sie in ihr Cabrio stieg, fragte sie sich bedrückt, was sie mit dieser überstürzten Aktion eigentlich erreichen wollte. Am Dienstag würde die Realität sie ja doch wieder einholen. Sie würde ins Delphi zurückkehren und mit Jack und ihren widersprüchlichen Gefühlen für ihn klarkommen müssen, ob es ihr nun gefiel oder nicht.

Aber bis dahin sind es noch fast drei Tage, sagte Kitty sich. Und Marie war genau der Mensch, den sie jetzt brauchte. Sie kannte Jack fast ebenso gut wie sie selbst und würde sie mit ihrem unverwüstlichen Humor dazu bringen, über die ganze Situation zu lachen. Sie würden bei einer Flasche Wein alte Erinnerungen austauschen und auf den glücklichen Umstand anstoßen, dass es außer Jack Taylor noch jede Menge andere Männer gab.

Sobald sie das bescheidene Wohnviertel hinter sich gelassen hatte und auf die belebte Hauptstraße einbog, die zum Stadtzentrum führte, wurde Kitty leichter ums Herz. Dieser Besuch würde ihr sicher guttun. Vielleicht schaffte sie es ja sogar, bis Dienstag den Entwurf für den Ticketschalter fertigzustellen, um den Dave, der Vorarbeiter des Bauteams, sie gebeten hatte. Sie verlangsamte das Tempo und setzte den Blinker, um in die Zubringerspur zur Autobahn einzuscheren, als ihr plötzlich einfiel, dass ihre Zeichenmappe noch im Delphi lag.

Wo hast du bloß deinen Kopf gehabt, schalt sie sich verärgert. Jetzt würde sie das ganze Wochenende nicht arbeiten können, denn in der Zeichenmappe befand sich auch der Grundriss des Eingangsbereichs, ohne den es unmöglich war, eine maßstabgerechte Skizze anzufertigen. Hoffentlich fiel ihr irgendeine plausible Ausrede ein, mit der sie Dave …

Nein!

Energisch trat Kitty aufs Gaspedal und fuhr geradeaus weiter, wobei sie um ein Haar einen Auffahrunfall verursacht hätte. Sie hatte sich schon zu oft wegen Jack wie ein albernes Kind benommen. Wenn sie ihre Unterlagen brauchte, würde sie sie sich eben holen, wie es jeder normale Erwachsene tun würde.

Danach würde sie nach Providence fahren und Marie besuchen. Sie würden in irgendeine angesagte Bar gehen, und sie würde mit jedem alleinstehenden Mann flirten, dem sie begegnete.

Kitty spürte ein nervöses Flattern im Magen, als sie feststellte, dass die Außentür des Delphi nicht abgeschlossen war. Das konnte nur bedeuten, dass Jack sich irgendwo im Gebäude befand, aber mit etwas Glück war er oben in seinem Büro und würde ihre Stippvisite gar nicht bemerken.

Sie durchquerte den Vorraum und zog leise die Tür hinter sich zu, die zum Foyer führte. Ein verlockender Duft lag in der Luft, der sie unwillkürlich an ihren letzten Kinobesuch vor etwa zwei Jahren erinnerte. Auf dem Tresen des Getränkestandes entdeckte sie eine Maschine aus glänzendem Edelstahl. Sie umschloss einen großen, von innen beleuchteten Glasbehälter, der etwa zu einem Drittel mit einer duftigen Wolke frisch zubereiteten Popcorns gefüllt war. Jacks Fahrrad lehnte an der Wand neben dem Stand. Von ihm selbst war jedoch keine Spur zu sehen.

Auf Zehenspitzen schlich Kitty zur Lichtschleuse und machte dabei wie immer einen Bogen um die Falltür. Oz hatte sie zwar inzwischen repariert, aber in Anbetracht ihres legendären Pechs zog Kitty es vor, auf Nummer sicher zu gehen.

Angespannt lauschte sie in die Stille hinein, die nur hin und wieder durch das gedämpfte Geräusch der aufplatzenden Maiskörner unterbrochen wurde. Noch ein paar Meter bis zum Zuschauerraum. Sie würde sich ihre Zeichenmappe schnappen und dann so schnell wie möglich wieder …

„Möchtest du vielleicht etwas Popcorn?"

Erschrocken wirbelte Kitty herum und sah Jacks Kopf hinter dem Tresen des Getränkestandes hervorlugen.

Du bist eine ganz normale Erwachsene und wirst dich auch so verhalten!

„Nein, vielen Dank." Angesichts ihres rasenden Herzklopfens klang ihre Stimme erstaunlich gelassen.

Jack richtete sich auf und zog fragend die Brauen hoch. „Wolltest du dich bei mir entschuldigen, weil du mich von eurer Grillparty verjagt hast, oder ist dir inzwischen klar geworden, dass du doch Sex mit mir haben willst?"

Lass ihn einfach reden, und kümmere dich nicht darum.

„Ich wollte nur meine Zeichenmappe holen, die ich hier vergessen habe." Zielstrebig marschierte Kitty durch die Lichtschleuse in den Zuschauerraum. Sie entdeckte ihre Mappe auf einem der hinteren Sitze, nahm sie an sich und kehrte ins Foyer zurück. Ohne Jack zu beachten, der jede ihrer Bewegungen verfolgte, steuerte sie auf die Tür zu, die in den Vorraum führte. Ihre Handflächen waren feucht vor Nervosität, als sie den Türknauf umschloss. Sie drehte ihn ein Stück nach rechts, zog daran und … hielt ihn plötzlich in der Hand.

Kitty Giroux, die Pechmarie!

Es hatte sich nichts geändert.

Komm schon, Kitty, flipp jetzt bloß nicht aus, ermahnte sie sich. Vermutlich hatte der Griff sich einfach nur gelockert. Sie schob den Metallbolzen, der aus der Rückseite herausragte, in die Öffnung zurück und atmete erleichtert auf, als der Knauf wieder an seinen Platz glitt. Als sie jedoch erneut versuchte, ihn zu drehen, fiel er in ihre Hand zurück. Sie kniete sich hin und spähte in die Öffnung.

„Mist!", fluchte sie leise, als sie das Metallstück entdeckte, das noch darin steckte. Der verdammte Griff war tatsächlich abgebrochen. Kitty stützte den Kopf in die Hände und stöhnte verzweifelt auf.

„Was ist los?", wollte Jack wissen, der plötzlich neben ihr stand.

„Der Griff ist abgebrochen", teilte sie ihm mit und hielt den Knauf hoch.

Als Jack ihn ihr aus der Hand nahm und die ganze Prozedur wiederholte, verdrehte Kitty genervt die Augen. Typisch Mann! Natürlich musste er es selbst versuchen, bevor er ihr glaubte.

„Was hast du damit gemacht?", wollte er wissen, nachdem erwartungsgemäß auch seine Bemühungen erfolglos geblieben waren.

Entrüstet sprang Kitty auf die Füße. „Ich habe gar nichts *gemacht!* Ich habe den Griff nur gedreht, und plötzlich hielt ich ihn in der Hand."

Jack betrachtete den abgebrochenen Bolzen. „Dann musst du aber ziemlich heftig gedreht haben. Das Metall ist über einen Zentimeter dick."

„Ich habe ganz normal versucht, die Tür aufzumachen, so wie immer", entgegnete sie gereizt. „Es ist nicht meine Schuld, dass dieses Haus ein einziger Schrotthaufen ist."

„Was meinst du mit ‚wie immer'? Diese Tür ist nie geschlossen, das muss dir in den letzten zwei Monaten doch aufgefallen sein. Wieso hast du sie überhaupt hinter dir zugezogen?"

Seine aufreizende Gelassenheit gab Kitty den Rest. „Weil ich nicht darüber nachgedacht habe!", schrie sie ihn an. „Weil ich schon ein Nervenbündel war, als ich hierherkam, und du mit deiner blöden Bemerkung über Sex meine schlimmsten Befürchtungen bestätigt hast! Ich habe sie einfach zugemacht, okay?"

Die Stille, die auf ihren Temperamentsausbruch folgte, war so spannungsgeladen, dass Kitty es kaum wagte zu atmen. Jack kam nicht näher. Er sah sie einfach nur an, aber es genügte, um ihr wieder einmal das Gefühl zu geben, am Rande eines gefährlichen Abgrunds zu wandeln.

Ich hätte jetzt schon längst auf dem Weg nach Providence sein sollen!

„Du schaffst es sicher, das zu reparieren", sagte sie so ruhig, wie es ihr in ihrem aufgewühlten Zustand möglich war. „Ich werde jetzt einen der Notausgänge nehmen und …"

„Die sind abgeschlossen", informierte Jack sie. „Und da ich nur hergekommen bin, um die Popcornmaschine aufzustellen, habe ich lediglich den Schlüssel für den Haupteingang dabei, der an meinem normalen Schlüsselbund hängt."

Kitty schloss kurz die Augen und drängte die aufsteigende Panik zurück. „Was ist mit den Oberlichtern im ersten Stockwerk?"

„Die sind vergittert." Jack drückte seine Schulter an die Tür und stemmte sich mit aller Kraft dagegen, doch sie gab keinen Millimeter nach.

„Gibt es keinen Schacht für die Klimaanlage, durch den wir nach draußen kommen könnten?"

Er schüttelte den Kopf und versuchte es noch einmal.

Nichts geschah.

„Und wie sollen wir jetzt hier herauskommen?"

„Keine Ahnung", stieß er atemlos hervor. „Vielleicht hilft es ja, wenn du auch mithilfst."

„Ja, natürlich." Kitty stellte sich neben ihn und legte ihre Handflächen neben Jacks Schulter.

„Bei drei, okay? Eins … zwei … und … *DREI!*"

Komm schon, beweg dich! flehte Kitty inbrünstig, während sie drückte und presste, bis ihre Muskeln protestierten und zu zittern begannen. Dicht an ihrem Ohr hörte sie, wie Jack mit zusammengebissenen Zähnen die Luft ausstieß, aber die Tür blieb geschlossen.

Erschöpft ließ sie sich zu Boden sinken. „Bitte sag nicht, dass die Telefonleitungen noch nicht installiert sind", keuchte sie.

„Die Leute von der beauftragten Telefongesellschaft kommen am Donnerstag."

„Und dein Handy?"

„Das kann ich seit zwei Tagen nicht finden. Wahrscheinlich liegt es irgendwo bei mir zu Hause." Mit zusammengekniffenen Augen betrachtete Jack die Tür. „Verdammt!", murmelte er frustriert. „Die Scharniere befinden sich auf der anderen Seite, sonst hätte ich versucht, sie irgendwie herauszubekommen. Komm, lass es uns ein letztes Mal versuchen und diesmal wirklich alles geben, okay?"

Schicksalsergeben rappelte Kitty sich wieder hoch. Als Jack „*Drei!*" rief, mobilisierten sie ihre letzten Reserven und warfen sich mit vereinter Kraft gegen das massive Holz, aber die Tür zitterte nicht einmal.

Beide traten zurück und rieben sich die schmerzenden Schultern. In Kittys Arm pochte es heftig, als sie erneut zu Boden glitt und sich völlig entkräftet gegen die Wand lehnte.

Jack setzte sich ihr mit überkreuzten Beinen gegenüber. „Wenigstens ist die Außentür unverschlossen, und der Griff auf der anderen Seite ist wahrscheinlich noch intakt. Also müssen wir nur warten, bis jemand kommt und uns befreit."

Bei dieser Aussicht hellte Kittys Stimmung sich etwas auf. „Bestimmt kommt Steve vorbei. Oder Dave."

„Kann ich mir nicht vorstellen. Montag ist Memorial Day, also wird vor Dienstag vermutlich keiner von ihnen auftauchen. Ich bin ja selbst nur gekommen, weil ich wissen wollte, ob die Popcornmaschine funktioniert."

„Aber es wird sich doch irgendjemand Sorgen machen, wenn du plötzlich wie vom Erdboden verschluckt bist, und nach dir suchen."

Verärgert registrierte Kitty, dass ihre Stimme so piepsig klang wie die einer Fünfjährigen.

Jack schüttelte den Kopf. „Meine Eltern denken, dass ich eine Radtour mache, was ich ja eigentlich auch vorhatte. Was ist mit deiner Familie?"

„Ich wollte nach Providence fahren und bis Montagabend bei Marie bleiben."

„Dann ruft sie bestimmt bei deiner Mutter an, wenn du dort nicht ankommst."

Kitty biss sich auf die Unterlippe. „Marie weiß gar nicht, dass ich komme. Ich habe erst heute Nachmittag beschlossen, zu ihr zu fahren."

„Nachdem wir unsere Auseinandersetzung hatten?" Jack betrachtete sie forschend. „Konntest du es nicht ertragen, mit mir in derselben Stadt zu sein?"

„Genau."

„Und nun sitzt du hier mit mir fest." Er warf einen Blick auf seine Armbanduhr. „Es ist jetzt halb acht am Samstagabend, und niemand erwartet uns vor Montagabend."

Verzweiflung stieg in Kitty auf, aber sie war noch nicht bereit, sich in ihr Schicksal zu fügen. Es musste doch irgendjemanden geben, der hier etwas zu tun hatte. „Was ist mit Oz?", fragte sie hoffnungsvoll.

„Der ist übers Wochenende zu einem Psychologenkongress nach Montreal geflogen." Jack stieß langsam die Luft aus und fuhr sich mit beiden Händen durchs Haar. „Wir müssen den Tatsachen ins Auge sehen. Wir sitzen hier fest, und wahrscheinlich wird vor Dienstag niemand vorbeikommen."

Bei dieser Aussicht verlor Kitty endgültig die Nerven. Sie sprang auf und hämmerte mit beiden Fäusten gegen die Tür. „Hilfe!", schrie sie aus Leibeskräften. „Hört uns denn niemand?" Sie hämmerte und hämmerte, bis ihre Hände sich wie betäubt anfühlten und ihre Stimme versagte.

„Ist es denn wirklich so schlimm, hier mit mir eingeschlossen zu sein?"

Kitty lag bereits eine bissige Antwort auf der Zunge, doch als sie sich zu Jack umdrehte, fiel ihr plötzlich nicht mehr ein, was sie hatte sagen wollen. In seinen braunen Augen tanzten goldene Lichter. Das schwarze Haar fiel ihm verwegen in die Stirn, und die leichten Bartschatten auf Kinn und Wangen ließen seine markanten Züge noch männlicher wirken.

Rasch wandte sie den Blick ab. „Ich könnte mir eine entspannendere Wochenendbeschäftigung vorstellen", murmelte sie undeutlich und ging zum Getränkestand, wo Jacks Neuanschaffung weiter Popcorn produzierte, als wäre nichts geschehen. Sie griff nach einem der gelben Kartons, die hinter dem Tresen aufgestapelt waren. Das Etikett verriet ihr, dass es sich um Rosinen mit Schokoladenüberzug handelte.

Kitty stellte den Karton auf dem Tresen ab und ging zu Jack zurück. „Lass mich zusammenfassen", sagte sie mit einem Anflug von Galgenhumor. „Wir sind in einem Kino mit der dicksten Tür der Welt gefangen. Die Notausgänge sind verschlossen, es gibt kein Telefon, aber du hast eine Popcornmaschine und einen Zehnjahresvorrat an Schokorosinen. Kannst du vielleicht mit noch mehr überflüssigen Artikeln aufwarten?"

Ein breites Grinsen ging über Jacks Gesicht. „Ich weiß nicht, was du unter überflüssig verstehst, aber ich hätte noch etwa einen Zentner Kondome im Angebot."

„Na, großartig! Wenn wir Langeweile haben, können wir sie ja mit Wasser füllen und uns damit eine Schlacht liefern."

„Keine schlechte Idee", meinte er anerkennend. „Aber vielleicht fallen uns ja noch andere Verwendungsmöglichkeiten ein."

„Ganz bestimmt. Ich könnte dir zum Beispiel eins über den Kopf streifen, um dir dein loses Mundwerk zu stopfen."

Einige Sekunden lang erwiderte er mit ausdrucksloser Miene Kittys Blick. Dann legte er den Kopf in den Nacken und begann schallend zu lachen. Er lachte und lachte, bis ihm die Tränen kamen und er kaum noch Luft bekam.

Kitty sah ihm eine Weile verständnislos zu, dann erkannte auch sie die Komik der Situation und prustete ebenfalls los.

Als sie sich wieder halbwegs beruhigt hatten, wischte Jack sich mit dem Handrücken die Lachtränen aus den Augen. „Tut mir leid, dass ich dir unterstellt habe, du hättest die Tür kaputt gemacht", brachte er atemlos hervor. „Es war nicht dein Fehler."

„Schon gut", erwiderte Kitty versöhnlich. „Mir tut es leid, dass ich dein Kino als Schrotthaufen bezeichnet habe."

„Und mir tut es leid, dass ich dir in der Highschool das Herz gebrochen habe."

Augenblicklich ging Kitty wieder in Alarmstellung. „Warum hast du das gesagt?", fragte sie misstrauisch.

Jack zuckte die Schultern. „Weil es die Wahrheit ist. Es war ziemlich übel, was ich damals mit dir gemacht habe, und eigentlich hätte ich mich schon heute Nachmittag dafür entschuldigen sollen. Aber ich war total überrumpelt, als du mich plötzlich so heftig wegen etwas angegriffen hast, das schon so lange her ist." Nach kurzem Zögern fügte er hinzu: „Für mich ist die Gegenwart wichtig, Kitty, und es kommt mir so unsinnig vor, dass meine idiotische Aktion von damals jede nähere Beziehung zwischen uns unmöglich macht."

„Es liegt nicht an der Vergangenheit", sagte sie leise, „sondern daran, dass für dich Beziehung gleichbedeutend ist mit regelmäßigem Sex."

„Woher willst du das wissen? Ich habe dir bereits gesagt, dass die Frauen, mit denen ich zusammen war, mir nichts bedeutet haben."

„Und genau das ist der springende Punkt", hielt Kitty ihm entgegen. „Du hast mit diesen Frauen etwas unglaublich Intimes geteilt, aber sie waren dir nicht wichtig. Sie waren nur Körper für dich, keine Menschen mit Gefühlen."

Jack ließ sich Zeit, bevor er antwortete.

„Ich kann nachvollziehen, dass du zu dieser Schlussfolgerung gekommen bist", räumte er schließlich ein. „Du denkst, ich habe eine Spur gebrochener Herzen hinter mir gelassen, aber das stimmt nicht. Es ist nicht mein Stil, Frauen zu verletzen. Wenn sie sich mit mir einlassen, kennen sie die Regeln. Sie wissen, dass ich nicht an einer festen Bindung interessiert bin, sondern einfach eine gute Zeit haben möchte, und so ist es auch bei ihnen."

„Und du hast nie eine von ihnen verletzt, weil sie mehr wollte?"

„Nicht seit dir."

„Woher willst du das wissen?"

Jack gab einen langen Seufzer von sich. „Ich glaube, ich brauche eine Portion Popcorn, um dieses Gespräch weiterzuführen. Willst du auch welches?"

Bei dem Wort „Popcorn" knurrte prompt Kittys Magen. „Gibt es auch Butter dazu?"

„Selbstverständlich." Jack ging zum Getränkestand und füllte zwei große Pappbecher mit Popcorn. Anschließend pumpte er aus dem an der Seite der Maschine angebrachten Behälter großzügig die heiße, goldgelbe Butter darüber. „Setzen wir uns in den Zuschauerraum", schlug er vor. „Dort ist es etwas bequemer als hier."

„Wieso habe ich das Gefühl, dass ich gleich etwas zu hören bekomme, das mir nicht gefällt?", murmelte Kitty, während sie ihm durch die Lichtschleuse folgte.

„Wahrscheinlich, weil es dir wirklich nicht gefallen wird. Nach unserem Gespräch heute Nachmittag habe ich lange darüber nachgedacht, was tatsächlich auf diesem Abschlussball passiert ist. Und ich glaube, ich schulde dir die Wahrheit."

Sie setzten sich in die vorderste Reihe. In der Hoffnung, es würde gegen ihre plötzliche Nervosität helfen, schob Kitty sich eine Handvoll Popcorn in den Mund, was sie jedoch gleich darauf bereute. Es kam ihr vor, als würde sie auf Pappe beißen, und ihr Mund war so trocken, dass sie Mühe hatte, es herunterzuschlucken.

„Ich wollte nichts von Melissa Beauchamp", eröffnete Jack ihr ohne Umschweife. „Sie war gerade da, aber es hätte auch jede andere sein können. Ich habe sie nur deshalb geküsst, weil ich wollte, dass du es siehst."

„Aber … warum?", flüsterte Kitty, obwohl sie die Antwort bereits kannte. Er hatte es getan, weil sie nicht attraktiv genug gewesen war. Weil sie nicht das richtige Kleid angehabt hatte. Weil sie nicht interessant, nicht sexy genug gewesen war.

Kurz gesagt: Weil er sie nur als zweite Wahl betrachtet hatte.

„Du hast das Ganze zu wichtig genommen." Jack hielt kurz inne und sah ihr offen in die Augen. „Bis zu diesem Abend hatte ich keine Ahnung, was mit dir los war. Du warst immer nett und freundlich, aber ich wäre nie auf die Idee gekommen, du könntest in mich verliebt sein. Ich habe es erst gemerkt, als wir uns geküsst haben. In dem Moment ist mir klar geworden, dass die ganze Sache eine Riesenbedeutung für dich hat."

Er verstummte erneut und rieb sich unbehaglich die Stirn. „Ich mochte dich, Kitty. Sehr sogar. Du warst hübsch und witzig, und wir haben uns super verstanden. Aber als du so inbrünstig meinen Kuss erwidert hast, hatte ich auf einmal das Gefühl, für dein Glück verantwortlich zu sein, und das war mir einfach zu viel. Wäre ich erwachsen genug dazu gewesen, hätte ich dir gesagt, dass ich mit deinen Gefühlen für mich nicht umgehen konnte. Aber ich war damals ein ignoranter Halbwüchsiger, der unbedingt cool sein wollte, und da habe ich es dir eben auf die harte Tour klargemacht."

Kitty stellte ihren Popcornbecher auf den Boden. Die Kehle war ihr plötzlich wie zugeschnürt, und sie hatte das Gefühl, sich gleich übergeben zu müssen.

„Als ich dann diesen tödlich verletzten Ausdruck auf deinem Gesicht gesehen habe, kam ich mir vor wie der gemeinste Mistkerl auf diesem Planeten." Bei der Erinnerung verzog Jack reumütig die Lippen. „Und da ich nie wieder in so eine Situation kommen wollte, habe ich von da an jedem Mädchen, mit dem etwas lief, gleich als Erstes gesagt, dass ich keine feste Beziehung will."

Er nahm Kittys Hand in seine und sah sie eindringlich an. „Ich behandle Frauen nicht wie Wegwerfware, Kitty. Sie wissen genau, was Sache ist, bevor es beginnt und auch die ganze Zeit über, die es dauert. Und wenn es doch einmal vorkommt, dass eine von ihnen ihr Herz an mich hängt, dann beende ich es, indem ich in Ruhe mit ihr darüber rede. Und danach bleiben wir Freunde."

Kitty entzog ihm ungehalten ihre Hand. „Dann bin ich also der Grund dafür, dass du ein wahrer Meister der Kommunikation geworden bist und dadurch jede Menge unverbindlichen Sex bekommst?", erkundigte sie sich sarkastisch.

„Nicht du bist der Grund dafür, sondern das, was ich bin und was ich möchte", stellte Jack mit einem Anflug von Ärger richtig. „Nach meiner Auffassung ist das ehrlicher, als eine Beziehung zu führen, zu der ich nicht stehen kann, nur weil ich niemanden enttäuschen will. Oder mir vorzumachen, dass ich verliebt bin, obwohl meine Gefühle nicht über Freundschaft hinausgehen. Mag sein, dass ich bindungsscheu und vergnügungssüchtig bin, aber wenigstens ist es bei mir nie zu einer Scheidung gekommen."

Kitty sprang von ihrem Sitz hoch und funkelte ihn kampflustig an. „Du meinst, wie bei mir und Sam? Herzlichen Dank für die wertvolle Belehrung!"

Damit drehte sie sich um und hetzte den Gang zwischen den Sitzreihen hoch, ohne zu wissen, wo sie eigentlich hinwollte. Sie wollte nur weg, um Jack Taylor und seiner Ehrlichkeit zu entkommen.

Bevor sie die Tür erreichte, holte Jack sie ein und verstellte ihr den Weg. „Kitty ...", setzte er in einlenkendem Tonfall an, aber sie ließ ihn nicht zu Wort kommen.

„Was macht dich eigentlich zu einem solchen Experten in Beziehungsfragen?", fuhr sie ihn aufgebracht an. „Du hattest doch nie eine. Du warst nie verliebt und bist auch nie verlassen worden. Außer dir selbst war dir nie jemand wichtig, also nimm es mir bitte nicht übel, wenn ich nicht in der Stimmung bin, mir deine großartigen Theorien über die Vorzüge der offenen Kommunikation anzuhören."

Er hob beschwichtigend die Hände. „Okay, vielleicht sollte ich mich zu diesem Thema besser nicht äußern. Aber du kannst mir nicht für sämtliche Enttäuschungen in deinem Leben die Schuld in die Schuhe schieben, nur weil ich mich damals wie ein Idiot benommen habe. Korrigier mich, wenn ich mich täusche, aber ich habe den Eindruck, dass du genau das tust."

Sekundenlang maßen sie einander schweigend mit Blicken.

„Du hast recht", gab Kitty schließlich zu. Ihre Wut war verflogen und einem deprimierenden Gefühl der Leere gewichen. „Für meine Enttäuschungen bin allein ich verantwortlich. Und es ist auch nicht deine Schuld, dass du nicht der Mensch sein kannst, als den ich dich sehen möchte."

Jack runzelte die Stirn. „Und wie möchtest du mich sehen?"

Sie schüttelte den Kopf. „Vergiss es", sagte sie müde. „Lass uns einfach aufhören, miteinander zu kämpfen, okay?"

Jack legte ihr eine Hand auf die Schulter und strich ihr mit der anderen sacht über die Wange. „Das würde ich auch sehr gern."

Seine behutsame Geste brachte Kitty erneut aus dem Gleichgewicht. Sie wusste, dass sie sich ihm entziehen sollte, aber es fühlte sich so gut an, von ihm berührt zu werden …

„Sag es mir, Kitty", forderte er sie sanft auf. „Wie möchtest du mich gern sehen?"

Kitty schluckte die aufsteigenden Tränen herunter. „Das spielt doch keine Rolle."

„Ich denke schon." Er hob ihr Kinn an und küsste ihre Stirn. „Sag mir, was du willst."

„Ich …"

Es folgte ein federleichter Kuss auf ihre linke Schläfe, dann auf die rechte. „Was möchtest du … *Katherine*?"

Langsam neigte Jack den Kopf und berührte vorsichtig ihren Mund mit seinen Lippen. Obwohl Kitty wusste, dass es falsch war, ließ sie ihn gewähren. Sie hob die Hand und berührte die rauen Bartstoppeln an seiner Wange. Falls man sie tatsächlich erst am Dienstag entdeckte, wurden sie sich bis dahin bestimmt ganz weich anfühlen.

Drei Nächte allein mit Jack!

Wie, in aller Welt, sollte sie sich bloß vor ihm schützen?

„Bitte bring mich nicht dazu, etwas zu tun, das ich hinterher bereue", bat sie ihn leise. „Ich bin hier mit dir eingeschlossen, und wenn du mich weiter berührst, werde ich Sex mit dir haben. Aber ich weiß, dass es mich nur unglücklich machen würde."

„Was soll ich tun?", fragte er, ohne sie aus den Augen zu lassen.

„Aufhören, mich zu berühren."

„Bist du sicher, dass es das ist, was du willst?"

Absolut nicht. Aber es ist das einzig Vernünftige.

„Ja."

Als Jack die Hand von ihrer Schulter nahm und einen Schritt zurücktrat, blinzelte Kitty überrascht. Dass er ihrer Aufforderung so widerspruchslos nachkommen würde, hatte sie nicht erwartet.

„Danke", murmelte sie und hielt sich erneut vor Augen, dass es so am besten war.

„Kein Problem." Jack fuhr sich mit beiden Händen durchs Haar und schnitt ein Gesicht. „Obwohl ich zugeben muss, dass es nicht ganz einfach war."

„Dann danke ich dir ganz besonders."

Eine Weile standen sie einander gegenüber und sahen sich einfach nur an. Die Luft zwischen ihnen schien plötzlich mit elektrischer Spannung aufgeladen zu sein.

„Was wollen wir als Nächstes machen?", brach Jack schließlich das Schweigen.

Kitty warf einen Blick auf ihre Armbanduhr. „Es ist noch ziemlich früh, aber ich denke, wir sollten trotzdem versuchen zu schlafen. Vielleicht fällt uns ja morgen eine Möglichkeit ein, hier herauszukommen."

„Einverstanden." Jack ließ den Blick durch den Raum schweifen. „Am besten, wir schlagen unser Lager hier auf. Im Foyer ist es zu kalt, und außerdem gibt es dort keinen Teppichboden."

Mit gemischten Gefühlen folgte Kitty ihm den Gang hinunter. Jack schwang sich auf die Bühne und öffnete einen der großen Pappkartons, die an der Seite standen.

„Na, was sagst du?", rief er ihr zu, als er triumphierend ein Stück roten Samt hervorzog. „Die perfekte Bettdecke!"

„Aber das sind doch die neuen Vorhänge für die Bühne!", protestierte Kitty. „Wir werden sie ruinieren, wenn wir sie benutzen."

„Dann lassen wir sie eben hinterher reinigen." Unbeirrt zog Jack einen Meter nach dem anderen aus dem Karton. „Außerdem werden wir ohnehin nur einen brauchen. Dieses Ungetüm ist groß genug, um eine ganze Fußballmannschaft darunter verschwinden zu lassen."

Bei der Vorstellung, mit dem begehrenswertesten Mann, den sie kannte, die Nacht unter einem blutroten Samtvorhang zu verbringen, wurde Kitty abwechselnd heiß und kalt. Aber da sie mit keinem besseren Vorschlag aufwarten konnte, half sie Jack, die schweren Stoffbahnen aus dem Karton zu befreien.

Weich und kühl glitt der Samt durch ihre Finger. Der satte Farbton war genauso, wie Kitty ihn sich vorgestellt hatte – wenn auch für einen anderen Zweck. Als sie ihn auf dem Boden ausbreiteten, nahm er fast die gesamte Breite der ersten Sitzreihe ein.

„Ich nehme die rechte Seite und du die linke", entschied Jack. Er zog sich sein graues Sweatshirt über den Kopf und reichte es Kitty. „Hier, zieh das an. In dem dünnen T-Shirt wirst du dich bestimmt erkälten."

„Nein danke, es geht schon", wehrte sie ab. Mit ihm unter einer Decke zu schlafen, war Herausforderung genug. Sie wollte nicht auch noch die ganze Nacht seinen unverwechselbaren Geruch einatmen.

„Keine Widerrede. Die Heizung ist noch nicht in Betrieb, und im Mai kann es nachts noch empfindlich kalt werden."

Widerstrebend gab Kitty nach und zog sich das Sweatshirt über. Dann streifte sie rasch ihre Schuhe ab, legte sich mit dem Rücken zu Jack auf ihre Seite des Vorhangs und wickelte sich darin ein.

Die Augen fest geschlossen, hörte sie, wie Jack ebenfalls seine Schuhe auszog. Kurz darauf drang ein metallisches Klicken an ihr Ohr, welches ihr verriet, dass er gerade den Gürtel seiner Jeans öffnete. *Hatte er nicht gesagt, dass es in der Nacht empfindlich kalt werden könnte?*

Reglos und mit wild pochendem Herzen lag Kitty da und lauschte auf das Geräusch seiner nackten Füße, als er zum Lichtschalter ging. Die Ereignisse dieses Tages hatten sie restlos erschöpft, aber sie bezweifelte, dass sie in dieser Nacht viel Schlaf finden würde.

Jack blickte starr in die Dunkelheit.

Verliebt!

Immer wieder hallte dieses Wort in seinem Kopf wider. Bisher kannte er es nur vom Hörensagen, doch nun musste er sich eingestehen, dass er sich im Alter von achtundzwanzig Jahren bis über beide Ohren in Katherine Giroux Clifford verliebt hatte.

Es war ihm in dem Augenblick klar geworden, als Kitty ihm erzählte, was er an jenem Tag in seinem zweiten Highschool-Jahr zum Lunch gegessen hatte. Ohne sich dessen bewusst zu sein, hatte sie ihm damit die Erklärung dafür geliefert, warum er sich seit ihrem Wiedersehen vor gut zwei Monaten an jede Bewegung, jedes Wort, jedes Lächeln von ihr erinnern konnte.

Als sie in diesem Moment leise seufzte, sah Jack augenblicklich ihre weichen, vollen Lippen vor sich.

„Schläfst du schon, Kitty?", flüsterte er.

„Nein."

„Hast du deinen Mann eigentlich wirklich geliebt, oder war es mehr eine Verliebtheit?"

Jack dachte schon, sie würde nicht antworten, doch nach einer Weile erwiderte sie leise: „Sam hat mir viel bedeutet. Er war ein guter Mann, und ich dachte, wir könnten es miteinander schaffen."

„Warum hat es nicht funktioniert?"

„Er konnte seine erste Frau nicht vergessen und hat sich schließlich entschieden, zu ihr zurückzugehen."

Also noch jemand, der ihr am Herzen gelegen und sie dann schnöde im Stich gelassen hatte. Während Jack sich noch fragte, warum der Gedanke daran ihm so unter die Haut ging, kannte er bereits die Antwort. Zum ersten Mal in seinem Leben konnte er sich vorstellen, wie es sich anfühlen musste, verlassen zu werden.

„Warum fragst du danach?", drang Kittys Stimme zu ihm. „Du sagtest doch, für dich würde nur die Gegenwart zählen."

„Keine Ahnung", log er. „Ich wollte es nur wissen."

Bisher hatte Jack sich so gut wie nie mit der Vergangenheit beschäftigt. Dass er es jetzt tat, lag nur daran, dass er verliebt war, und in diesem Zustand verhielten die Menschen sich eben merkwürdig.

Kitty war das beste Beispiel dafür. Sie war drei Jahre lang in ihn verliebt gewesen, ohne ein einziges Wort darüber fallen zu lassen. Und das war nun wirklich merkwürdig.

Süß, aber merkwürdig.

Noch seltsamer war es allerdings, dass er, Jack, aufgehört hatte, Kitty zu berühren, als sie ihm sagte, dass sie Sex mit ihm haben würde, falls er es nicht täte.

Er könnte in diesem Moment Sex mit ihr haben, wenn er nicht aufgehört hätte.

Keine Frage, wenn man verliebt war, handelte man … dumm.

Dennoch sah er keinen Anlass, sich ernsthaft Sorgen zu machen. Er war einfach nur verliebt. Und zwischen Verliebtheit und Liebe bestand immerhin ein erheblicher Unterschied.

So hieß es jedenfalls.

Jack schloss die Augen. Nachdem er nun wusste, warum er so von Kitty besessen war, könnte er vielleicht sogar einschlafen. Doch noch während er es dachte, wusste er bereits, dass nichts daraus werden würde.

8. KAPITEL

Kitty wachte vom Duft frisch gebrühten Kaffees auf. Als sie die Augen aufschlug, erblickte sie Jack, der einen guten Meter entfernt von ihr im Schein einer Taschenlampe auf dem Samtvorhang saß. Er hielt einen Aluminiumbecher zwischen den Händen und schien mit seinen Gedanken weit weg zu sein.

„Wie spät ist es?", fragte sie ihn und versuchte zu ignorieren, dass er nichts weiter anhatte als sein blaues T-Shirt und weiße Boxershorts.

Beim Klang ihrer Stimme hob er den Kopf und lächelte ihr zu. „Etwa sechs Uhr morgens. Wie hast du geschlafen?"

„Ganz gut", behauptete sie.

In Wahrheit hatte sie die halbe Nacht wach gelegen und mit überscharfen Sinnen jede seiner Bewegungen registriert. Irgendwann war sie dann vor lauter Erschöpfung eingeschlafen, doch ihre Träume – die natürlich ausnahmslos von Jack gehandelt hatten – waren alles andere als erholsam gewesen.

Aus einem war sie atemlos und völlig verschwitzt hochgeschreckt. Weil ihr so heiß gewesen war, hatte sie sich die Jeans ausgezogen und als provisorisches Kopfkissen unter den Nacken geschoben. Doch es hatte lange gedauert, bis sich ihre aufgeheizten Fantasien wieder beruhigt hatten und sie erneut in einen unruhigen Schlaf gefallen war.

Nun brannten ihr die Augen, und sie fühlte sich wie gerädert.

„Möchtest du Kaffee? Zum Glück hatte ich einen Wasserkocher in meinem Büro, aber leider gibt es nur einen Becher und weder Milch noch Zucker."

„Kein Problem. Hauptsache, er ist stark und heiß."

Kitty setzte sich auf und griff dankbar nach dem dampfenden Becher, den Jack ihr reichte. Dabei achtete sie sorgfältig darauf, dass ihre nackten Beine unter dem Vorhang verborgen blieben.

„Ich habe so gut wie kein Auge zubekommen, weil ich die ganze Nacht an dich denken musste."

Kitty verschluckte sich fast an ihrem Kaffee. „Wirklich?", fragte sie etwas einfältig, aber eine geistreichere Bemerkung fiel ihr beim besten Willen nicht ein.

Das Licht der Taschenlampe warf harte Schatten auf Jacks Gesicht und verlieh seinen Zügen etwas Wildes, Ungezähmtes. Kitty betrachtete ihn fasziniert und spürte, wie ihr Puls sich rapide beschleunigte.

„Ich weiß nicht, ob es Verliebtheit oder Besessenheit ist", fügte er mit grüblerischer Miene hinzu. „Ich weiß nur, dass ich noch nie so etwas empfunden habe."

Als ihre Blicke sich begegneten, setzte Kittys Herz einen Schlag lang aus. Das beinah verzweifelte Verlangen, das sie in Jacks Augen las, ließ sie von Kopf bis Fuß erschauern. Mochte er noch so viele Frauen gehabt haben – in diesem Moment wollte er sie mehr als alles andere.

Was sie in gewisser Weise zur Nummer eins machte.

Zur Besten.

Vergiss die Vergangenheit und die Zukunft, Kitty! Jetzt kannst du haben, was du immer wolltest. Du musst dich nur trauen, es dir zu nehmen ...

Bedächtig setzte sie den Becher auf dem Boden ab. Dann beugte sie sich langsam zu Jack vor, der ihr auf halbem Weg entgegenkam.

Als ihre Lippen sich berührten, spürte Kitty dieselbe Magie wie an jenem Abend vor zehn Jahren, als sie sich in Jacks Armen zu einem langsamen Blues gedreht hatte. Aber diesmal kam das Begehren einer erwachsenen Frau hinzu.

Jack überließ ihr die Führung. Er reagierte auf ihre Signale, drängte sie aber nicht zu mehr.

Allmählich wurde ihr Kuss immer fordernder. Kitty umfasste mit beiden Händen Jacks muskulöse Schultern. Durch den dünnen Stoff seines T-Shirts hindurch konnte sie die Hitze spüren, die von ihm ausging, doch er machte noch immer keine Anstalten, sie in den Arm zu nehmen.

Für einen Moment löste sie sich von seinen Lippen. „Warum berührst du mich nicht?", fragte sie ihn verunsichert.

„Du hast mich gestern darum gebeten, es nicht zu tun. Also warte ich auf deine Erlaubnis."

Du hast meine Erlaubnis, also tu es endlich! schrie es in Kitty auf, aber sie hielt es für klüger, es nicht laut auszusprechen. Zum einen bewies seine Reaktion, dass er anscheinend doch nicht so skrupellos war, wie sie angenommen hatte. Zum anderen war ihr soeben eine Idee gekommen, wie sie ihr Verlangen nach ihm stillen konnte, ohne sich dabei völlig auszuliefern.

„Wir werden Sex miteinander haben, Jack Taylor", sagte sie und fuhr sacht mit der Fingerspitze über die steile Falte, die sich zwischen seinen Brauen gebildet hatte. „Aber ich stelle die Bedingung, dass die Kontrolle über die Situation allein bei mir liegt."

„Und das bedeutet, dass ich dich nicht berühren darf?" Es war mehr eine Feststellung als eine Frage.

Kitty nickte. „Das ist die Regel Nummer eins: Behalte deine Hände bei dir und beweise mir, dass du etwas tun kannst, nur weil ich dich darum bitte. Kannst du dich darauf einlassen?"

Der Blick, mit dem Jack sie betrachtete, war schwer zu deuten. Kitty wusste nicht recht, ob sie Überraschung, Verwirrung oder Begierde darin lesen sollte. Vermutlich war es eine Mischung aus allem.

„Ich denke schon", antwortete er schließlich.

Sie musterte ihn prüfend. „Bist du sicher?"

„Kitty, ich wäre bereit, so ziemlich alles zu tun, worum du mich bittest, wenn du nur mit mir schläfst. Ist das deutlich genug?"

Einen Moment lang zögerte sie noch, dann nickte sie. „Okay", fuhr sie fort, „Regel Nummer zwei lautet: Was immer hier zwischen uns geschieht, beschränkt sich ausschließlich auf diese Situation. Sobald wir gerettet sind, ist es vorbei, und wir kehren zu unserer Geschäftsbeziehung zurück."

Jack schluckte. „Na schön", stimmte er wenig begeistert zu. „Aber dann lass uns wenigstens keine Zeit mehr verlieren. Ich habe nämlich einiges an sexuellem Frust aufzuarbeiten."

Jetzt, da es ernst wurde, bekam Kitty plötzlich Angst vor ihrer eigenen Courage. „Wo sind eigentlich die vielen Kondome, von denen du gesprochen hast?", erkundigte sie sich betont forsch.

„Im Automaten in der Herrentoilette. Hast du Kleingeld dabei? Ich habe nämlich nur meine Kreditkarte und einen Zwanzigdollarschein mitgenommen."

„Keine Ahnung, da müsste ich erst mal nachsehen."

Wer hätte gedacht, dass ihr Sexleben einmal von Kleingeld abhängen würde?

Kitty stand auf und ging mit der Taschenlampe ins Foyer. Als Jack, der ihr gefolgt war, die Oberlichter einschaltete, kniff sie vor der plötzlichen Helligkeit die Augen zusammen.

„Du bist so schön …" Bewundernd ließ Jack den Blick über ihre zerzausten Locken und ihre nackten Beine schweifen.

Kitty war sich durchaus bewusst, dass sie – ungewaschen und nur mit Jacks zerdrücktem Sweatshirt und ihrer Unterwäsche bekleidet – nicht gerade wie die Königin von Saba aussah. Aber der Ausdruck in seinen Augen gab ihr das Gefühl, die begehrenswerteste und aufregendste Frau zu sein, die je auf Erden gewandelt war.

„Verdammt, Kitty, ich werde noch verrückt, wenn ich dich nicht bald berühren darf!" Mit ausgestreckten Händen kam Jack auf sie zu, doch sie schüttelte entschieden den Kopf.

„Erst, wenn du mir bewiesen hast, dass du meine Bedingungen ernst nimmst." Für den Moment genügte es ihr, von ihm mit Blicken verschlungen zu werden. Sie griff in ihre Tasche, die neben Jacks Fahrrad stand, und warf einen Blick in ihr Portemonnaie. „Tut mir leid, aber ich kann leider nur 30 Cent beisteuern."

„Dann muss es eben anders gehen."

Kurz entschlossen nahm Jack das schwere Metallschloss von seinem Fahrrad ab und steuerte zielstrebig auf die Treppe zu, die zu den Waschräumen führte. Während Kitty ihm folgte, hatte sie reichlich Gelegenheit, seine gebräunten, muskulösen Beine zu bewundern.

„Was hast du vor?", erkundigte sie sich neugierig, als er die Tür zur Herrentoilette öffnete und das Licht einschaltete.

Statt einer Antwort schwang Jack das schwere, wie ein langgezogenes D geformte Schloss wie ein Kriegsbeil über seinem Kopf. „Sorry, Oz", murmelte er, bevor er es mit aller Kraft gegen die Seitenkante des brandneuen Automaten donnern ließ.

Dem ersten Versuch widerstand das Gehäuse noch, aber unter dem zweiten Schlag löste sich die Vorderfront mit einem knirschenden Geräusch aus ihrer Verankerung und polterte krachend zu Boden. Ein Strom glitzernder Cellophanpäckchen ergoss sich raschelnd über die schwarz-weißen Bodenfliesen.

Während Kitty sprachlos die bunte Mischung betrachtete, beobachtete Jack sie amüsiert. „Na, was meinst du?", zog er sie auf. „Ob wir es wohl schaffen, sie bis Montagabend alle aufzubrauchen?"

Kitty hob eins der Päckchen auf. *Mit Piña-Colada-Geschmack,* las sie. *Garantiert gefühlsecht.* „Traust du dir überhaupt so viel Durchhaltevermögen zu?", konterte sie lässig, wobei sie es geflissentlich vermied, seinem Blick zu begegnen.

„Mit deiner Unterstützung bin ich da sehr optimistisch." Jack griff sich eine Handvoll Kondome und deutete mit dem Kopf zur Tür. „Aber vorher sollten wir vielleicht einen etwas romantischeren Ort aufsuchen."

Zurück im Zuschauerraum, ließ Kitty langsam den Blick über die vergoldeten Säulen, die sternenübersäte Decke und ihr improvisiertes Nachtlager schweifen. Das Wissen, dass dies der Ort war, an dem sie endlich mit Jack Taylor Liebe machen würde, verlieh dem an sich schon magisch anmutenden Raum noch einen zusätzlichen Zauber.

„Du bist die erotischste Frau, der ich je begegnet bin ..." Beim Klang von Jacks heiserer Stimme begannen tausend Schmetterlinge in ihrem Bauch zu tanzen. „Bitte lass uns endlich anfangen, denn wenn ich dich nicht bald berühren kann, verliere ich noch den Verstand."

Kitty schob sich das üppige Haar aus dem Gesicht und drehte sich zu ihm um. *„Ich* werde anfangen", korrigierte sie ihn streng. „Und ich erwarte, dass du unsere Vereinbarung strikt einhältst. Heb die Arme hoch."

Jack tat, was sie sagte.

Mit einer entschlossenen Bewegung zog Kitty ihm das T-Shirt über den Kopf und ließ es achtlos zu Boden fallen. Um sich für den nächsten Schritt Mut zu machen, atmete sie tief ein, dann schob sie die Finger unter den Bund seiner Boxershorts und streifte sie ihm bis zu den Knöcheln herunter.

Während Jack aus seinen Shorts stieg, richtete Kitty sich wieder auf und trat zurück, um ihn in seiner vollen männlichen Pracht zu bewundern.

Bei seinem Anblick stockte ihr der Atem.

Er war vollkommen.

Ein anderes Wort gab es einfach nicht, um die Schönheit seines kraftvollen Körpers zu beschreiben. Die wenigen Liebhaber, die Kitty bisher gehabt hatte, waren zwar ebenfalls attraktiv gewesen, aber keiner von ihnen hätte einem Vergleich mit Jack standgehalten.

Seine breiten Schultern, die muskulöse Brust, die schmalen Hüften ließen sie unwillkürlich an die klassischen Marmorskulpturen griechischer Athleten denken. Mit dem kleinen Unterschied allerdings, dass der Mann, der vor ihr stand, ausgesprochen lebendig war. Ihr Blick glitt über sein dunkles Brusthaar, das in Höhe des Bauchnabels zu einer schmalen Linie auslief, um dann, wieder dichter werdend, seine voll erregte Männlichkeit zu umgeben.

All das war für sie!

Ein unbändiges Verlangen, ihn zu berühren, erfasste Kitty, doch als sie gerade die Hand nach ihm ausstrecken wollte, überfielen sie urplötzlich Zweifel. Sie wollte Jack so sehr und schon so lange, aber mit dem vertrauten Gefühl der Sehnsucht war auch ihr Misstrauen wieder erwacht. Er hatte sie schon einmal bis ins Mark verletzt. Wer garantierte ihr, dass er es nicht wieder tat?

Er kann es nur dann tun, wenn du ihm die Gelegenheit dazu gibst, Kitty. Solange du die Situation im Griff behältst, bist du sicher.

Bevor sie es sich anders überlegen konnte, streifte sie sich Jacks Sweatshirt über den Kopf und ließ eilig ihre Unterwäsche folgen. Dann trat sie zu ihm, legte ihm die Hände auf die Schultern und küsste ihn langsam und aufreizend.

Wie oft hatte sie sich in ihrer Fantasie diese Situation ausgemalt!

Genüsslich strich Kitty mit den Handflächen über die harten Muskeln unter seiner glatten Haut, während eine fast schmerzhafte Sehnsucht sie erfüllte, diesen Augenblick für immer in ihr Gedächtnis einzuprägen. Es war einfach himmlisch, Jacks warme, feste Lippen auf ihren zu spüren. Seine Brustbehaarung fühlte sich rau an ihren aufgerichteten Knospen an, und sie konnte deutlich seine Erregung an ihrem Bauchnabel spüren.

Als Kitty sich kurz von seinem Mund löste, um Luft zu holen, nutzte Jack die Gelegenheit, ihr Gesicht und ihren Hals mit kleinen, heißen Küssen zu bedecken. „Bitte lass mich zu dir kommen", raunte er dicht an ihren Lippen. „Du bist so schön, dass ich es kaum noch aushalte …"

Eine Weile stand Kitty ganz still da, um das köstliche Gefühl seiner nackten Haut an ihrer auszukosten. Dann flüsterte sie ihm zu: „Und jetzt leg dich hin."

Jack ergriff noch einmal leidenschaftlich von ihren Lippen Besitz, bevor er ihrem Befehl Folge leistete und sich auf dem roten Samt ausstreckte. Kitty kniete sich neben ihn und griff nach einem der Kondompäckchen, die er mit nach oben genommen hatte.

„Bist du bereit?", fragte sie ihn heiser.

Jack gab einen undefinierbaren Laut von sich. „Das soll wohl ein Scherz sein! Seit ich dich wiedergesehen habe, bin ich so bereit, wie ein Mann überhaupt nur sein kann."

Kitty lächelte fein. „Diesen Zustand kennen nicht nur Männer", versicherte sie ihm und riss die Cellophanhülle mit den Zähnen auf. Das eine Knie aufgestellt, das andere an seine Hüfte gepresst, streifte sie ihm das Kondom über. Dann stützte sie ihre Hände links und rechts von seinem Kopf auf und kniete sich rittlings über ihn, wobei sie sorgfältig darauf achtete, dass sie sich an den entscheidenden Stellen nicht berührten.

„Kitty!" Jack verzog das Gesicht, als litte er körperliche Schmerzen. „Bitte …"

Sie schüttelte bedauernd den Kopf und legte ihre Hände auf seine Brust, ohne dabei ihre Position zu verändern. Nachdem sie so lange auf ihn hatte warten müssen, konnte es nicht schaden, ihn noch ein wenig schmoren zu lassen. Während sie seinen hämmernden Herzschlag unter ihren Handflächen spürte, schloss sie die Augen und bereitete sich innerlich auf den großen Moment vor.

„Jetzt!", verkündete sie schließlich und registrierte triumphierend Jacks tiefes Aufstöhnen, als sie langsam ihre Hüften auf seine senkte. Das Gefühl war unbeschreiblich. Mit jedem Zentimeter füllte er sie mehr aus, und als Kitty ihn endlich ganz in sich spürte, öffnete sie wieder die Augen, um ihn anzusehen.

In seinen ausdrucksvollen Zügen schien sich jede ihrer Empfindungen widerzuspiegeln. Seine fest in den Samt verkrallten Hände verrieten ihr, wie schwer es ihm fiel, sich an sein Versprechen zu halten.

„Du fühlst dich unglaublich an", brachte er atemlos hervor, und das Lächeln, das er ihr dabei schenkte, war so unwiderstehlich, dass Kitty nicht anders konnte, als ihn zu küssen. Gleichzeitig hob sie ihre Hüften, bis er nur noch ganz knapp in ihr war. Dann verlagerte sie ihr Gewicht wieder nach unten, um ihn erneut in sich aufzunehmen.

„Bin ich dir zu langsam?", erkundigte sie sich gespielt besorgt, wobei sie sich provozierend an ihm rieb, um die Empfindung noch zu verstärken.

„Ich … ja … das heißt *Nein!*" Jacks ganzer Körper stand unter Hochspannung, auf seiner Stirn glänzten feine Schweißperlen.

„Du sagtest doch, ich soll mich beeilen, damit du mich danach berühren kannst", erinnerte sie ihn und bewegte sich ein wenig schneller.

Jack biss sich auf die Lippe. „Ich habe mich geirrt", keuchte er. „O Kitty, das fühlt sich so gut an …"

Um sein Verlangen noch zu steigern, beugte sie sich vor, bis die Spitzen ihrer Brüste sein Gesicht streiften, und zog das Tempo weiter an. Noch nie zuvor hatte sie auf diese Weise beim Sex die Führung übernommen, und sie stellte fest, dass es eine unerwartet lustvolle Erfahrung war.

Als Jack den Kopf hob und ihre aufgerichteten Knospen nacheinander mit der Zungenspitze umkreiste, schloss Kitty die Augen und legte den Kopf in den Nacken, um seine sinnlichen Liebkosungen ganz auszukosten. Während sie sich immer schneller auf ihm bewegte, bauten sich allmählich heiße Wellen der Lust in ihr auf.

„Davon habe ich geträumt", stöhnte Jack, der sich zunehmend unruhig unter ihr bewegte. „Nur, dass wir in meinem Bett lagen und ich dich überall berührt habe ..."

Wie von fern drangen seine Worte an Kittys Ohr. Die Spannung in ihr erreichte einen Punkt beinah unerträglicher Intensität. Was immer in der Vergangenheit zwischen ihnen schiefgelaufen sein mochte – dies hier war richtig und wunderbar und absolut vollkommen.

„Es hat sich so unbeschreiblich gut angefühlt, und als du dann gekommen bist, hast du ..."

„*Jack ...!*"

Kittys Schrei klang wie der heisere Klagelaut eines Vogels, als das heiße Pulsieren in ihrem Innern in einem berauschenden Höhepunkt gipfelte. Während ihre Muskeln sich eng um Jack schlossen, löste sich die Welt um sie her in einem leuchtenden Farbenmeer auf, vor dem selbst die funkelnden Sterne über ihr verblassten.

Mit einem kraftvollen Stoß seiner Hüften kam Jack ihr entgegen. Es folgte ein weiterer, und noch einer ... dann erreichte auch er den Gipfel der Lust. Immer wieder stieß er rau ihren Namen hervor, während ein heftiges Beben seinen Körper durchlief.

Als er sich schließlich atemlos und erschöpft in den blutroten Samt zurücksinken ließ, öffnete Kitty langsam die Augen und betrachtete beinah andächtig seine männlich schönen, von den Nachwirkungen der Lust noch immer angespannten Züge.

In diesem Moment gehörte er endlich, endlich ihr.

„Kitty, das war ... das Großartigste, was ich je erlebt habe", gestand Jack ihr heiser, als sie sich genüsslich auf ihm ausstreckte und den Kopf an seine breite Brust schmiegte.

Sie lächelte und kuschelte sich noch enger an ihn. „Und jetzt", sagte sie, bevor sie selig in den Schlaf driftete, der ihr in der Nacht versagt geblieben war, „möchte ich, dass du mich in den Arm nimmst."

9. KAPITEL

*D*as Erste, was Jack beim Aufwachen erblickte, war Kittys wundervolles Haar, das sich wie ein prächtiger Fächer auf seiner Brust ausbreitete. Er stützte sich auf dem Ellbogen auf und betrachtete ihr zartes Gesicht, das vertrauensvoll an seine Schulter geschmiegt war. Ihre blasse Haut bildete einen aufregenden Kontrast zu seinem sonnengebräunten Körper, und unversehens spürte er, wie seine Lust erneut erwachte.

In diesem Moment hörte er ein gedämpftes Geräusch, das wie das Läuten eines Telefons klang.

Vorsichtig, um sie nicht aufzuwecken, löste Jack sich von Kitty und stand auf, um festzustellen, aus welcher Richtung der Ton kam. Während er barfuß den Gang hinauftappte, kam es ihm vor, als würde er etwas lauter, doch als er die Lichtschleuse durchquert hatte und das Foyer betrat, war es plötzlich wieder still.

Vermutlich ist es aus einem der Nebengebäude gekommen, sagte er sich, doch einen Augenblick später setzte das Klingeln wieder ein. Jack folgte dem Geräusch, bis er am Rand der Falltür stand.

Keine Frage, es kam definitiv von da unten.

Er öffnete die Klappe und stieg die Trittleiter hinunter, die dort stand, seit Oz die durchgebrochenen Holzteile ausgetauscht und neue Scharniere eingesetzt hatte. Auf einem Stapel verstaubter Kartons lag Jacks vermisstes Handy. Er musste es dort liegen gelassen haben, als er sich vor zwei Tagen noch einmal hier umgesehen hatte.

„Hallo?", meldete er sich mit gedämpfter Stimme, nachdem er die grüne Empfangstaste gedrückt hatte.

„Hi, Jack", ertönte am anderen Ende die tiefe Stimme seines Vaters. „Wie läuft es mit deiner Radtour?"

Sekundenlang herrschte in Jacks Kopf völlige Leere. „Äh … ganz gut", brachte er schließlich etwas lahm hervor.

„Ist das Wetter nicht einfach grandios?"

Jack blickte sich in dem staubigen, luftlosen Gelass um. „Ja, wirklich klasse." *Sag mal, könntest du nicht schnell herüberkommen und Kitty und mich hier rausholen?*

Er sagte es nicht.

„Ich wollte dich nur wissen lassen, dass wir unheimlich stolz auf dich sind", fuhr Gene Taylor gut gelaunt fort. „Gestern hatten wir unseren Bridgeabend, und deine Mutter hat allen gleich als Erstes diesen fantastischen Artikel über das Delphi vorgelesen."

Apropos Delphi – Ich bin seit gestern Abend hier eingeschlossen.

„Freut mich, dass er euch gefallen hat."

„Das hat er, mein Junge, aber ich wusste ja immer, dass du eines Tages etwas Herausragendes leisten würdest, wenn du nur mit ganzem Herzen dabei bist."

„Dad, ich ..."

„Ja?"

Jack rieb sich mit der Hand über die Stirn. „Hör zu, es klingt vielleicht etwas merkwürdig, aber ich ..." *stecke hier fest*, wollte er sagen, aber er brachte die Worte einfach nicht über die Lippen. Kitty hatte gesagt, dass ihre Beziehung nur so lange dauern würde, wie sie hier gefangen waren. Wenn er jetzt seinen Vater um Hilfe bat, würde er sie verlieren, sobald sich die Türen des Delphi öffneten.

„Ich freue mich, dass ihr stolz auf mich seid", sagte er daher nur.

„Du verdienst es, mein Sohn", versicherte Gene ihm mit Wärme. „Aber jetzt will ich dich nicht länger aufhalten. Komm doch morgen zum Abendessen vorbei, falls du rechtzeitig zurück bist. Deine Mutter würde sich riesig freuen."

Jack murmelte etwas Unverbindliches und beendete das Gespräch. Obwohl das Handy schon seit zwei Tagen hier unten lag, zeigte die Akkuanzeige noch eine geringe Ladung. Er könnte jetzt die Polizei anrufen. Oder einen Schlosser. Oder seinen Vater, um ihm doch noch die Wahrheit zu sagen.

Es wäre das einzig Anständige.

Und er war anständig, auch wenn Kitty es bezweifelte.

Einen Moment lang kämpfte Jack noch mit seinem Gewissen, dann stieg er die Leiter hinauf und kehrte in den Zuschauerraum zurück. Der Liebesakt mit Kitty war die erregendste Erfahrung gewesen, die er je gemacht hatte, doch noch immer hatte er sie nicht so berühren können, wie er es sich wünschte. Er würde anrufen. Aber vorher wollte er sie wenigstens ein einziges Mal ohne Einschränkungen lieben.

Er legte sein Handy auf einen der Sitze und kniete sich neben Kitty, die noch immer tief und fest schlief. Vorsichtig streckte er die Hand aus und ließ sie etwa einen Zentimeter über ihrer Hüfte schweben. Langsam folgten seine Finger der geschwungenen Linie, während ihn eine seltsame Wärme durchströmte, die allein von der Nähe zu ihr herrührte.

Es war ... erstaunlich. Noch nie hatte Jack etwas Vergleichbares empfunden.

Während er seine Erkundung fortsetzte, lernte er Kittys Körper auf eine Weise kennen, die ihm bisher völlig fremd gewesen war. Ihre schmalen, feingliedrigen Hände, die so mühelos seine Fantasien zu Papier bringen konnten. Ihre wohlgeformten, wie blasser Marmor schimmernden Arme. Den langen, schlanken Hals ... Er wandte sich ihrem Gesicht zu und bewunderte den feinen Bogen ihrer Augenbrauen, die zierliche, gerade Nase. Wieso hatte er eigentlich noch nie die winzige Narbe darauf bemerkt?

Als Jack bei ihrem Haar angelangt war, konnte er sich nicht länger zurückhalten. Er schob die Finger in die dichte Fülle und beugte sich darüber, um den schwachen Duft nach Vanille einzuatmen.

In diesem Moment wachte Kitty auf.

„Hallo ...", flüsterte sie mit schlaftrunkener Stimme.

Er hob den Kopf und blickte ihr lächelnd in die grünen Augen. „Hallo, meine Schöne."

„Sind wir schon gerettet?"

„Leider noch nicht." Jack verdrängte seine Schuldgefühle und küsste sie zart auf den Mund. Nach kurzem Zögern fragte er sie: „Ist es okay, wenn ich dich jetzt berühre?"

Kitty nickte stumm, wich dabei jedoch seinem Blick aus.

„Du bereust doch nicht, was wir getan haben?" Er sah sie eindringlich an. „Bitte tu das nicht, Kitty! Es war mit Abstand das ..."

„Ich bereue es nicht." Sie streckte die Hand aus und strich sanft über das dunkle Haar auf seiner Brust. „Ich habe schon so lange davon geträumt, obwohl ...", in ihren Augen blitzte es übermütig auf, „... meine Träume damals natürlich noch nicht so detailliert waren."

Jack lachte. „Meine schon. Allerdings war es besser als jeder Traum, den ich bisher hatte." *Sogar besser als* dieser *Traum.*

„Inwiefern?", wollte Kitty wissen.

Jack antwortete nicht sofort. „Es ist schwer, das zu erklären", meinte er schließlich. „Es war komplizierter, und dadurch war es ... eben besser. Vielleicht, weil es real war."

„Ich dachte, deine Träume erfüllen sich immer", zog sie ihn auf.

„Nicht immer, aber einer davon könnte in diesem Moment wahr werden. Das heißt, falls ich immer noch deine Erlaubnis habe, dich zu berühren."

„Ich bitte darum." Kitty drehte sich auf den Rücken und rekelte sich genüsslich auf dem Samt, worauf Jack augenblicklich der Mund trocken wurde.

„Ich weiß nicht, wo ich anfangen soll", gestand er ihr ungewohnt schüchtern.

„Dann muss ich dir wohl eine kleine Starthilfe geben." Sie nahm seine Hand, führte sie über ihre Wange und den Hals zu ihrem Schlüsselbein und ließ sie dort ruhen. „So, von hier ab musst du dich allein zurechtfinden", teilte sie ihm mit, bevor sie eine höchst verführerische Position einnahm und erwartungsvoll zu ihm aufblickte.

In diesem Augenblick hätte Jack sich am liebsten in zwei Personen aufgeteilt. Er konnte sich nicht sattsehen an ihr und wollte im selben Moment die Augen schließen und sie einfach nur spüren. Der Drang, sie ihn die Arme zu nehmen, war überwältigend, aber gleichzeitig wollte er sich jede Einzelheit ihres hinreißenden Körpers einprägen, um sich später, wenn alles vorbei war, daran erinnern zu können.

„Ich dachte, du würdest förmlich darauf brennen, mich zu berühren."

Bei ihren Worten wurde Jack bewusst, dass seine Hand sich noch keinen Zentimeter bewegt hatte. „Das tue ich auch", versicherte er ihr heiser, „aber ich glaube, dies ist das erste Mal in meinem Leben, dass ich nicht recht weiß, was ich mit einer Frau tun soll."

Kitty schnitt ein Gesicht. „Sollte das jetzt ein Kompliment sein?"

„Allerdings!" Sanft strich er mit dem Zeigefinger über die kleine Mulde an ihrem Schlüsselbein. „Glaub mir, das ist es wirklich …"

Und dann gab es plötzlich kein Halten mehr für ihn. Er beugte sich über sie und atmete begierig ihren süßen Duft ein, während er ihre verführerisch gerundeten Hüften streichelte und die Lippen über die samtweiche Haut auf ihrem Bauch gleiten ließ.

„Ich kann kaum glauben, wie schön du bist", murmelte er und küsste nacheinander die zarten Bögen ihrer Rippen. Dabei blickte er seiner Hand nach, wie sie sich langsam nach oben arbeitete und schließlich eine ihrer Brüste umschloss.

Als er begann, die rosige Spitze mit dem Daumen zu umkreisen, seufzte Kitty lustvoll auf. „Danach habe ich mich gesehnt, seit ich dich wiedergesehen habe", gestand sie ihm. „Immer wenn du mich angesehen hast, hatte ich das Gefühl, deine Hände auf mir zu spüren."

„Ich weiß genau, was du meinst." Jack schob sich ein Stück höher und berührte die aufgerichtete Knospe mit der Zungenspitze. „Du würdest nicht glauben, was ich in Gedanken schon alles mit dir angestellt habe."

„Ich kann es mir ziemlich gut vorstellen."

„Unmöglich." Er hob den Kopf und blickte mit einem jungenhaften Grinsen zu ihr auf. „Du hättest mir dafür eine saftige Ohrfeige verpasst."

„Ich war schon einige Male kurz davor."

„Ja, ich weiß ..." Erneut beugte Jack sich über sie und setzte seine Entdeckungsreise fort.

„Hast du dir *das* auch vorgestellt?" Aufreizend ließ er die Zunge um ihren Bauchnabel kreisen und genoss das feine Beben, das er damit auslöste.

„O ja."

Er küsste das seidige Dreieck zwischen ihren Schenkeln. „Und das?"

Kitty stöhnte leise auf. „Ganz besonders das."

„Dann werde ich dir jetzt in allen Einzelheiten demonstrieren, was in deinem Kopf vorgegangen ist", murmelte er heiser und barg das Gesicht zwischen ihren Beinen.

Während Jack hingebungsvoll das Zentrum ihrer Lust erforschte, dachte er, dass dies der wundervollste Geschmack war, den er je gekostet hatte. Er hatte dasselbe auch schon mit anderen Frauen getan, aber dieses Mal war es anders. Es war, als würde er Kitty ein Geschenk machen. Ein berauschendes Hochgefühl ergriff ihn, prickelnder als Champagner, sodass er nicht anders konnte als zu lächeln.

Er war glücklich.

Schlicht und einfach glücklich.

Als er spürte, dass Kitty kurz vor dem Höhepunkt war, küsste Jack sich langsam wieder an ihr herauf, wobei er an den besonders verführerischen Stellen etwas länger verweilte. Schließlich hob er den Kopf, um sie zu betrachten. Er wollte ihr in die Augen sehen, wenn sie kam, wollte sehen, wie das leuchtende Grün dunkler wurde und ihr Blick sich vor Lust verschleierte.

„Hör bitte nicht auf, Jack", bat sie ihn atemlos.

„Ich werde nie aufhören, Liebling", antwortete er, ohne nachzudenken. Er spürte ihr Beben, ihre Sehnsucht nach Erlösung; mit jeder Faser seines Seins wollte er sie ihr schenken. Während seine Hand da weitermachte, wo sein Mund aufgehört hatte, wurde sein Verlangen nach ihr immer heftiger, doch er war fest entschlossen, sich zurückzuhalten, bis er ihr das Paradies gezeigt hatte.

Wie gebannt beobachtete Jack ihr bezauberndes Gesicht. Ihre Augen waren geschlossen, ihre Züge wirkten angespannt, als würde sie sich ganz auf die Empfindungen konzentrieren, die seine Liebkosungen in ihr auslösten. Immer unruhiger wand sie sich unter ihm, jede Zelle ihres Körpers schien auf seine Berührungen zu reagieren.

Und dann öffnete sie die Augen, umklammerte seine Schultern mit beiden Händen und hob ihm ihre Hüften entgegen. Ihr ganzer Körper bäumte sich auf, als sie mit einem heiseren Aufschrei den Gipfel der Lust erreichte.

Jack hielt ihren Blick fest, der außer ihm nichts wahrzunehmen schien. Auf diesen Moment hatte er – ja, wie lange eigentlich? – gewartet.

Allmählich beruhigte sich Kittys Atem, und ihr Blick wurde wieder klarer. Dann lächelte sie Jack an. Sie strahlte förmlich vor Freude, und auf diesen Moment hatte er ebenfalls gewartet.

„Na, was meinst du", neckte er sie, „verdiene ich dafür eine Ohrfeige?"

Kitty zog die Stirn kraus und tat so, als würde sie angestrengt über seine Frage nachdenken. „Nein", antwortete sie schließlich, bevor sie ihn neben sich zog und mit sanfter Gewalt auf den Rücken drehte. „Ich werde dir zeigen, was du dafür verdienst."

Jack schloss die Augen und stöhnte tief auf, als Kitty langsam an ihm herabglitt. Nicht in tausend Jahren werde ich einer Frau begegnen, die mit Kitty Giroux Clifford mithalten kann, ging es ihm durch den Kopf, bevor sie ihn mit ihren Lippen umschloss und allen weiteren Überlegungen ein Ende setzte.

„Du hast *Kassiopeia* auf der Schulter", stellte Jack fest, während er fasziniert die kleine Gruppe w-förmig angeordneter Sommersprossen betrachtete.

Kitty, die sich wie eine satte, zufriedene Katze in seine Arme gekuschelt hatte, hob den Kopf und blickte belustigt zu ihm auf. „Das ist mit Abstand das Eigenartigste, was man mir je nach dem Liebesakt gesagt hat."

„Umso besser." Jack strich ihr eine zerzauste Locke aus der feuchten Stirn und küsste sie auf die Nasenspitze. „Auf diese Weise bleibe ich dir wenigstens dauerhaft in Erinnerung."

„Das wirst du", versicherte Kitty ihm. „Und ganz sicher nicht nur deswegen."

Jack zog sie wieder an sich und barg das Gesicht in ihrem herrlichen Haar. War er je so wunschlos glücklich gewesen? Er hatte das Gefühl, als würde er auf einer flammend roten, nach Vanille und Seligkeit duftenden Wolke schweben.

Es durfte einfach nicht enden!

Nicht, nachdem er erkannt hatte, wie glücklich Kitty ihn machen konnte.

Schließlich hatte es doch gerade erst angefangen!

Als er Kittys Magen leise knurren hörte, nutzte er die Gelegenheit, um den Stier bei den Hörnern zu packen. „Hast du Hunger?", fragte er sie so unbefangen wie möglich.

„Und wie! Ich könnte jetzt einen ganzen Karton Schokorosinen verschlingen."

„Bei *Bob's Diner* gibt es das beste Frühstück in ganz Portland."

Kitty stöhnte auf. „Hör auf, mich zu quälen."

Langsam umkreiste Jack mit dem Zeigefinger ihren Bauchnabel. „Sobald man uns hier herausgeholt hat, gehe ich mit dir dorthin. Und nachdem wir ein gigantisches XXL-Frühstück mit allem Drum und Dran verspeist haben, gehen wir zu mir. Wir nehmen eine lange, heiße Dusche, und dann zeige ich dir, was ich noch alles mit dir tun möchte."

Mit einem leisen Seufzer schloss Kitty die Augen und schmiegte sich noch enger an ihn. Die Vorstellung war so verlockend, dass sie kurz davor war, Ja zu sagen.

Jack, der instinktiv spürte, was in ihr vorging, überlegte bereits, ob er den Schlüsseldienst oder doch lieber seinen Vater anrufen sollte.

Doch dann löste Kitty sich aus seinen Armen und sah ihm offen in die Augen. „Das Angebot ist sehr verführerisch, Jack, aber leider muss ich es trotzdem ablehnen", sagte sie fest. „Ich habe mich unter klaren Bedingungen auf diese Situation eingelassen, und dabei möchte ich auch bleiben."

„Aber wir …"

Sie brachte ihn zum Schweigen, indem sie ihm lächelnd einen Finger auf die Lippen legte. „Bitte verdirb es nicht durch eine Diskussion, die ohnehin keinen Sinn hätte", bat sie ihn. „Lass es uns einfach genießen, solange es dauert, okay?"

Solange es dauert?

Das wäre ungefähr eine halbe Stunde, wenn er jetzt Hilfe holen würde.

Oder sechsunddreißig Stunden, falls er Kitty nichts von dem Handy sagte und stattdessen abwartete, bis Oz aus Kanada zurück war oder Kittys Mutter die Polizei verständigt hatte.

In sechsunddreißig Stunden konnte viel geschehen.

Er könnte Kitty noch viele Male lieben. Mit ihr reden. Sie besser kennenlernen. Ihr beweisen, dass er sie ebenso glücklich machen konnte wie sie ihn.

„Ich hole die Schokorosinen", sagte er und gab ihr einen Kuss auf die Wange.

Auf dem Weg ins Foyer nahm Jack unauffällig sein Handy von dem Sitz, auf dem er es abgelegt hatte. Wenige Minuten später befand es sich wieder da, wo er es gefunden hatte. Mit einem letzten Blick vergewisserte er sich, dass er es auch wirklich abgeschaltet hatte, und bedeckte es mit einem staubigen Lumpen. Dann kletterte er wieder nach oben und schloss die Klappe.

Eines Tages würden Kitty und er darüber lachen, da war er sich sicher.

Jedenfalls beinah.

*E*rzähl mir von dir." Jack verschränkte die Arme hinter dem Kopf und sah Kitty erwartungsvoll an. „Aber wage es nicht, etwas auszulassen. Ich will absolut alles wissen."

„Das würde aber ein ziemlich langweiliger Vortrag werden", warnte sie ihn.

„Nichts, was dich betrifft, könnte mich je langweilen", behauptete er im Brustton der Überzeugung.

„Da wäre ich mir an deiner Stelle nicht so sicher." Kitty nahm eine Schokorosine aus dem Karton, der zwischen ihnen stand, und schob sie Jack in den Mund. „Außerdem würde ich für einen kompletten Lebensbericht eine entsprechende Gegenleistung von dir erwarten."

„Du meinst, du willst dann auch alles über mich wissen?" Er schnitt ein Gesicht. „Aber das tust du doch bereits. Wie du weißt, bin ich ein nichtsnutziger Traumtänzer, der ununterbrochen an Sex denkt und nicht einmal weiß, wie man das Wort ‚Verpflichtung' buchstabiert."

„Eigentlich wollte ich dich bitten, mir für eine Zeichnung Modell zu sitzen."

„Du willst mich *zeichnen*?" Jacks Überraschung war nicht zu übersehen. „Ich meine, ich habe nichts dagegen, aber … warum?"

Eine gute Frage. Kitty wusste es selbst nicht so recht, vermutete jedoch, dass der uneingestandene Wunsch dahintersteckte, etwas mehr über sein Innenleben zu erfahren. Vielleicht würde sie ja, indem sie seinen Körper auf Papier bannte, Seiten an ihm entdecken, die ihr bisher verborgen geblieben waren.

Und natürlich würde die Zeichnung eine bleibende Erinnerung an ihre gemeinsame Zeit hier sein.

Das einzige Dauerhafte, das aus dieser Affäre entstehen würde.

Doch Kitty hatte nicht vor, ihm das zu sagen, denn ihr war klar, dass sie dadurch weit mehr über ihre eigenen Gefühle verraten würde, als ihr lieb war.

„Beruflicher Ehrgeiz", erwiderte sie daher nur. „Seit ich dich das letzte Mal gezeichnet habe, bin ich nämlich viel besser geworden."

Jack zog die Brauen hoch. „Wer hätte gedacht, dass hinter dieser bescheidenen Fassade ein riesiges Ego lauert", neckte er sie.

Kitty versetzte ihm einen spielerischen Schlag vor die Brust. „Werd bloß nicht frech, mein Freund, sonst erfährst du gar nichts von mir." Sie stand auf und streifte sich ihren Slip und Jacks Sweatshirt über. „Such dir schon mal einen Platz aus, an dem du dich wohlfühlst. Ich hole nur schnell meinen Skizzenblock."

Während sie ins Foyer hinüberlief, gingen ihr noch einmal Jacks Worte durch den Kopf. Sie bezweifelte, dass sie bereits alles über ihn wusste, aber immerhin kannte sie ihn genug, um sich ein einigermaßen realistisches Bild von ihm zu machen. Er war ein wundervoller Liebhaber – leidenschaftlich, intensiv und fantasievoll. Er war geistreich und zärtlich. Charmant und großzügig. Zuversichtlich und visionär.

Und was seine Einstellung zu langfristigen Verbindlichkeiten betraf, so hatte er ihr gerade selbst die perfekte Definition geliefert.

Als Kitty zurückkam, hatte Jack sich aufgesetzt und mit dem Rücken gegen die Bühnenrampe gelehnt, ein Bein lässig ausgestreckt, das andere angewinkelt. In dieser Position kam sein kraftvoller Oberkörper wundervoll zur Geltung … und auch ein anderer Körperteil, dessen Anblick sofort ein sehnsüchtiges Ziehen in ihrem Schoß auslöste.

Entschlossen verdrängte sie die unerwünschte Anwandlung und breitete ihre Utensilien auf einem Sessel in der vordersten Sitzreihe aus. Zuerst kam die Zeichnung, alles andere würde bis später warten müssen.

„Moment mal, das war aber nicht abgemacht", protestierte Jack, als sie ihre zerknüllte Jeans vom Boden aufhob und sich überzog. „Wenn ich gewusst hätte, dass du dich vorher komplett anziehst, hätte ich nie zugestimmt, dir Modell zu sitzen."

„Und was ist, wenn plötzlich jemand hereinkommt?", wandte Kitty ein. „In dem Fall wäre es mir lieber, etwas anzuhaben."

„Und ich darf ruhig splitternackt hier sitzen?", erkundigte Jack sich trocken.

Kitty zuckte gleichmütig die Schultern. „Da dich vermutlich bereits die Hälfte von Portlands Bevölkerung nackt gesehen hat, hast du schließlich nicht viel zu verlieren."

Er stieß resigniert die Luft aus. „Es schmeichelt mir, dass du mich für einen Sexgott hältst, aber ich fürchte, du überschätzt mich. Was soll ich tun, während du mich zeichnest?"

„Nichts Besonderes." Kitty setzte sich und öffnete ihren Skizzenblock. „Entspann dich einfach und versuch, dich möglichst wenig zu bewegen."

„Kannst du zeichnen und gleichzeitig dabei reden?"

„Ja, sicher."

„Wunderbar! Dann kannst du mich ja jetzt mit deiner ungeschminkten Lebensbeichte unterhalten."

Eine Weile fixierte Kitty ihn mit zusammengekniffenen Augen, dann beugte sie sich über ihren Block und warf einen ersten groben Umriss aufs Papier. „Was soll ich dir erzählen? Ich bin in Portland aufgewachsen, habe in L. A. studiert und gearbeitet, und bin vor acht Monaten wieder hierhergezogen. Ich habe einen jüngeren Bruder, eine wunderbare Mutter und einen Vater, den ich seit fast fünfzehn Jahren nicht gesehen habe."

Sie hob kurz den Kopf, um zu überprüfen, ob sie die Proportionen richtig getroffen hatte, bevor sie sich wieder ihrer Skizze zuwandte. „Meine Lieblingsfarbe ist Pink, aber die kann ich nicht tragen, weil ich rotes Haar habe", fügte sie in abschließendem Tonfall hinzu. „Mit anderen Worten: Es gibt absolut nichts Interessantes über mich zu erfahren."

„Ich glaube doch. Und ich werde es auch noch aus dir herausholen, Katherine Giroux Clifford, denn ich bin extrem neugierig auf dich."

Allmählich nahmen Jacks rechte Schulter und sein Hals Konturen an. Kitty blickte erneut zu ihm auf und studierte die Vertiefung in der Mitte seines Schlüsselbeins. „Und worauf genau bist du neugierig?", wollte sie wissen, während sie rasch weiterzeichnete.

Jack machte eine unbestimmte Handbewegung. „Auf vieles. Zum Beispiel wüsste ich gern, warum du drei Jahre lang in mich verliebt warst, ohne es mir gegenüber auch nur ein einziges Mal anzudeuten. Dafür kann doch nicht nur Schüchternheit der Grund gewesen sein."

„Das war es auch nicht", gab Kitty offen zu. „Du warst einfach unerreichbar für mich, Jack. Allein das traumhafte Haus, in dem du gelebt hast, hat mir klargemacht, dass du in einer völlig anderen Liga spielst als ich."

Sie korrigierte den Umriss seiner Kinnpartie und machte ihn etwas kräftiger. „Du hast selbst gesehen, wo ich groß geworden bin. Solange ich zurückdenken kann, ging ständig etwas in unserem Haus kaputt. Und da wir nie das Geld hatten, es zu ersetzen, haben wir einmal im Monat die Rolle mit Isolierband herausgeholt und alles wieder zusammengeklebt: Das Sofa, den Linoleumboden in der Küche, die zerbrochene Fensterscheibe im Zimmer meines Bruders. Mum nannte es immer die ,Isoband-Party' und tat so, als wäre es ein besonderes Ereignis."

„Ich habe nichts bemerkt, was an dem Haus auszusetzen wäre", stellte Jack sachlich fest.

Kitty gab ein humorloses Lachen von sich. „Weil du nur in der Küche warst, und die habe ich zum letzten Geburtstag meiner Mutter renovieren lassen. Ihr Gehalt als Sprechstundenhilfe bei einem Tierarzt hat immer nur für das Nötigste gereicht, aber nachdem mein Bruder und ich aus dem Haus waren, hätte sie alles ordentlich reparieren lassen können. Weiß der Himmel, warum sie es nie getan hat."

Eine Weile schien Kitty sich ganz auf ihre Zeichnung zu konzentrieren, dann fragte sie unvermittelt: „Was macht eigentlich deine Mutter?"

Jack streckte kurz sein rechtes Bein aus und lockerte die verspannten Muskeln, bevor er es wieder in seine ursprüngliche Position zurückbrachte. „Sie arbeitet nicht, ist aber sehr aktiv in verschiedenen Wohltätigkeitsprojekten engagiert."

„Ich habe sie einmal gesehen, als sie dich von der Schule abgeholt hat", sagte Kitty, ohne dabei aufzublicken. „Ich war unglaublich beeindruckt von ihrer eleganten Erscheinung, und danach habe ich mich dir gegenüber noch unterlegener gefühlt."

„Aber wenn du so verliebt in mich warst, wie du sagst, verstehe ich nicht, wieso unser Haus oder die eleganten Kleider meiner Mutter eine derart große Rolle für dich gespielt haben."

„Wenn du nie etwas von alldem gehabt hättest, würdest du es verstehen."

„Und spielt es immer noch eine Rolle?", fragte Jack sie leise.

Kitty dachte eine Weile über seine Frage nach. „Weniger als früher", antwortete sie schließlich. „Heute bin ich stolz auf das, was meine Mutter ohne jede Hilfe von außen geleistet hat. Aber die Selbstverständlichkeit, mit der du davon ausgehst, dass Geld einfach da ist, empfinde ich manchmal immer noch als einschüchternd."

„Aber dir scheint es doch ebenfalls sehr gut zu gehen", wandte Jack ein. „Immerhin fährst du einen brandneuen Mercedes, und deine Garderobe stammt offensichtlich auch nicht von irgendeinem Schnäppchentisch. Geld und Erfolg sollten zwischen uns wirklich kein Thema mehr sein."

Kitty atmete tief durch. „Mein Geschäft liegt am Boden, Jack", eröffnete sie ihm. „Das Delphi ist mein erster und bisher einziger Auftrag, seit ich wieder in Maine bin. Das Auto und meine Garderobe stammen noch aus der Zeit in Kalifornien, als ich ziemlich gut verdient habe und Sam darauf bestand, dass ich mein Gehalt allein für mich ausgebe. Anfangs hatte ich noch ein Büro und eine eigene Wohnung, aber als dann keine Aufträge kamen und meine Ersparnisse immer mehr zusammenschrumpften, musste ich beides aufgeben und zu meiner Mutter ziehen. Im Moment leite ich meine Firma von ihrem Nähzimmer aus."

Mit wenigen starken Strichen verlieh sie Jacks Augen und seinem Mund Konturen. „Wäre das Delphi nicht gekommen, hätte ich mein Auto verkaufen müssen. Als Nächstes hätte ich mich dann von meinem Traum von der Selbstständigkeit verabschiedet und irgendwo einen Job angenommen. Du siehst also, das Thema Geld und Erfolg spielt sehr wohl noch eine Rolle."

Kitty hob den Kopf und sah Jack offen ins Gesicht, wobei sie sich sehr verletzbar und paradoxerweise gleichzeitig stark fühlte. „Das ist auch einer der Gründe dafür, warum ich nach diesem Wochenende zu einer rein geschäftlichen Beziehung zurückkehren möchte", setzte sie hinzu. „Die Restaurierung des Delphi bedeutet beruflich einfach zu viel für mich, als dass ich für eine Affäre mit dem Besitzer alles aufs Spiel setzen würde, verstehst du das?"

Ehe Kitty wusste, wie ihr geschah, kniete Jack vor ihr, nahm ihr sanft den Stift aus der Hand und legte ihn zusammen mit ihrem Skizzenblock auf den Boden. „Jetzt hör mir mal gut zu", sagte er ernst. „Nichts, was sich privat zwischen uns abspielt, wird sich jemals auf deine Arbeit am Delphi auswirken, das verspreche ich dir hiermit feierlich. Schon als ich deine ersten Entwürfe gesehen habe, wusste ich, dass du die Idealbesetzung für diesen Auftrag bist. Und die Tatsache, dass ich dich darüber hinaus auch als Frau begehre, wird daran nichts ändern."

Mit einem gewissen Sicherheitsabstand zu ihm hatte Kitty die Situation einigermaßen im Griff gehabt. Aber nun war er ihr so nah, dass sie nur die Hand auszustrecken brauchte, um seinen wunderschönen nackten Körper zu berühren. Er wirkte völlig aufrichtig, und sie hatte bereits festgestellt, dass Jack Taylor ein einmal gegebenes Versprechen einhalten konnte.

„Ich habe bedingungsloses Vertrauen in deine Fähigkeiten", fuhr er eindringlich fort. „Du hast mit wenigen Strichen meine Vision vom Delphi eingefangen und …" Er verstummte abrupt, als sein Blick auf Kittys Zeichnung fiel.

„… und offensichtlich ist dir das auch mit mir gelungen", stellte er fest, während er mit einem unergründlichen Lächeln die halb fertige Skizze betrachtete. „Allmählich bekomme ich sogar den Eindruck, dass du mich in mancher Hinsicht besser kennst als ich selbst."

Unwillkürlich beschleunigte sich Kittys Herzschlag. „Und in welcher Hinsicht?", hakte sie so beiläufig wie möglich nach.

„Zum Beispiel, was die Tatsache betrifft, dass mir bisher alles in den Schoß gefallen ist. Dass ich mit allen möglichen Dingen Erfolg hatte, ohne mich wirklich dafür anstrengen zu müssen. Für einen Außenstehenden muss mein Leben wohl tatsächlich beneidenswert perfekt aussehen, aber bis heute habe ich noch nie darüber nachgedacht."

„Du meinst, du bist so vom Glück verwöhnt, dass es dir nicht einmal bewusst ist?" Kitty gab einen wehmütigen Seufzer von sich. „Ich wünschte, ich hätte auch einmal dieses Problem. Mich verfolgt das Pech wie ein lästiger Hautausschlag, den man nicht wieder loswird."

Langsam ließ Jack sich auf den Sitz neben ihr gleiten. „Wie meinst du das?"

Um seinem forschenden Blick zu entgehen, betrachtete Kitty interessiert einen kleinen Fleck auf ihrer Jeans. „Wie es angefangen hat, weißt du ja", begann sie leise. „Ich habe mich in den unerreichbarsten Jungen der ganzen Schule verliebt, der mich dann auf meinem Abschlussball vor aller Augen gedemütigt hat. Danach wollte ich wenigstens als Jahrgangsbeste meinen Abschluss machen, aber obwohl ich wie verrückt für mein Examen gebüffelt habe, habe ich es wegen zwei lächerlichen Punkten nicht geschafft."

Bevor Jack etwas einwenden konnte, fuhr sie mit ausdrucksloser Stimme fort: „Ich konnte nicht an die Uni meiner ersten Wahl gehen, weil meine Bewerbung auf dem Postweg verloren ging. Mir ist ein Superjob bei der renommiertesten Designfirma in L. A. durch die Lappen gegangen, weil am Tag des Vorstellungsgesprächs mein Wagen nicht ansprang und nirgendwo ein Taxi zu bekommen war. Ich habe einen Mann geheiratet, der geschworen hat, mich ewig zu lieben, und nach einem Jahr hat er mich wegen seiner ersten Frau verlassen." Kitty hob den Kopf und sah Jack herausfordernd in die Augen. „Und jetzt sag mir nicht, dass du da kein Muster erkennst."

„Aber das sind doch voneinander völlig unabhängige Ereignisse", hielt er ihr vor Augen. „Kein Mensch würde auf die Idee kommen, sie miteinander in Verbindung zu bringen."

„Ich schon", beharrte sie trotzig. „Von dem Augenblick an, als ich sah, wie du Melissa Beauchamp geküsst hast, war ich dazu verdammt, nie das zu bekommen, was ich mir wünschte. Ich habe es immer wieder versucht, aber es hat nie geklappt …" Kittys Stimme schwankte bedenklich, und um die Tränen zu verbergen, die ihr plötzlich in die Augen schossen, senkte sie den Kopf, sodass ihr langes Haar wie ein Vorhang vor ihr Gesicht fiel.

Dabei war ihr schmerzlich bewusst, dass sie nicht über die Vergangenheit trauerte, sondern über das, was in diesem Moment geschah. Endlich fühlte sie sich einem Menschen nah genug, um ihm all die beschämenden Fehlschläge ihres Lebens zu gestehen. Aber diese Nähe würde nur noch wenige Stunden bestehen. Wenn es hoch kam, einen Tag.

Wortlos klappte Jack die Armlehne zwischen ihnen hoch und zog Kitty auf seinen Schoß. „Es tut mir so leid", murmelte er, während er ihr sanft den Rücken streichelte.

„Sag das nicht, Jack." Eine einsame Träne rollte über ihre Wange und fiel auf seine nackte Brust. „Du hattest recht. Nichts von alledem ist deine Schuld. Ich habe einfach nach einem Sündenbock für mein ständiges Versagen gesucht, und es war leichter, dich dafür verantwortlich zu machen als mich selbst."

Energisch fuhr sie sich mit der Hand über die Augen und hob den Kopf, um Jack anzusehen. „Ich habe manchmal einfach unglaubliches Pech", stellte sie mit einem etwas halbherzigen Lächeln fest. „So wie am Samstag, als ich diesen verdammten Türgriff abgebrochen und uns für drei Tage in diesem Kino eingesperrt habe."

Jack erwiderte ihr Lächeln, und Kitty dachte einmal mehr, dass er der attraktivste Mann war, dem sie je begegnet war.

„Das war der größte Glücksfall, der mir in meinem ganzen Leben passiert ist", versicherte er ihr, bevor er sie mit atemberaubender Leidenschaft und zugleich unendlich zärtlich küsste.

Kitty wünschte inständig, sie könnte es auch so sehen, doch während sie beinah verzweifelt Jacks Kuss erwiderte, flüsterte eine kleine Stimme ihr zu: *Mach dir nichts vor, Kitty. Dieser angebliche ‚Glücksfall' wird dich noch teuer zu stehen kommen.*

Sie ignorierte den boshaften Kommentar und gab sich ganz dem köstlichen Gefühl hin, in den Armen dieses wundervollen, nackten Mannes zu liegen, der seit über dreizehn Jahren die Erfüllung all ihrer Träume verkörperte.

„Bleib bei mir, Kitty", raunte er dicht an ihren Lippen. „Gib mir eine Chance, dir zu beweisen, dass ich dich glücklich machen kann. Auch außerhalb des Delphi …"

Seine Stimme klang verführerisch und sehr überzeugend. Sie würde ihren Job nicht verlieren, in diesem Punkt hatte Kitty keinen Zweifel. Aber sie konnte sehr wohl ihr Herz verlieren, und Jack Taylor war nicht der Mann, der Herzen mit Samthandschuhen anfasste. Nicht, weil er grausam oder gefühllos gewesen wäre. Er wusste einfach nicht, was es bedeutete, einen geliebten Menschen zu verlieren, und daraus konnte sie ihm nicht einmal einen Vorwurf machen.

Er würde eine gute Zeit mit ihr haben, sich nach ein paar Monaten oder einem Jahr in aller Freundschaft von ihr verabschieden und sich sorglos in sein nächstes Abenteuer stürzen, während sie selbst sich nie wieder von diesem Schlag erholen würde.

Es lag allein bei ihr, dafür zu sorgen, dass es nie dazu kam.

„Lass uns diesen Augenblick genießen", flüsterte Kitty, während sie langsam die Hände über Jacks Brust gleiten ließ und dann tiefer, bis sie sein drängendes Begehren spürte. „Liebe mich, als wäre es das letzte Mal …"

Jack stöhnte auf. Und tat, worum sie ihn bat.

„… und dann gehen sie im Regen die Rollbahn hinunter, einem neuen Leben entgegen."

Jack schlug den Kragen seines imaginären Trenchcoats hoch und zog sich den ebenso unsichtbaren Hut tief in die Stirn. „Allmählich entfernt sich die Kamera von ihnen, und während die französische Nationalhymne einsetzt, wird eine Karte von Afrika eingeblendet, über der das Wort *Ende* erscheint."

Einige Sekunden lang stand Jack noch reglos da, dann schwang er sich von der Bühne und sah Kitty erwartungsvoll an. „Und?", fragte er gespannt. „Wie hat es dir gefallen?"

„Du hättest mir sagen müssen, dass es so traurig enden würde", schniefte sie und wischte sich mit dem Ärmel die Tränen aus den Augen. „Ich dachte immer, alle Hollywoodfilme hätten ein Happy End, aber dass er sie mit ihrem Mann nach Amerika schickt, obwohl er sie liebt und sie ihn auch …"

„Er musste es tun", erklärte Jack, als er sich neben sie setzte. „Eine andere Entscheidung hätte er nicht mit seinen moralischen Prinzipien vereinbaren können."

„Das mag ja sein, aber könntest du mir jetzt nicht einen Film mit Happy End zeigen?"

Mit einem lauten Aufstöhnen ließ er sich in seinen Sitz zurückfallen. „Hör zu, ich habe dir gerade eine komplette *Casablanca*-Vorstellung geliefert, einschließlich des Einmarsches der Deutschen in Paris und einer genialen Interpretation von *As Time goes by.* Ich brauche dringend eine Pause."

„Die du dir auch redlich verdient hast." Kitty nahm seine Hand und verschränkte ihre Finger mit seinen. „Du warst ein großartiger Humphrey Bogart und eine wundervolle Ingrid Bergman", versicherte sie ihm lachelnd. „Wenn du gewollt hättest, wärst du bestimmt ein toller Schauspieler geworden."

Jack schüttelte entschieden den Kopf. „Auf keinen Fall. Es wäre zu viel harte Arbeit gewesen, und außerdem hätte ich vermutlich jede Menge Fehlschläge einstecken müssen."

Kaum waren die Worte heraus, trat ein verblüffter Ausdruck in sein Gesicht. „Verflixt, das ist es!", stieß er hervor, als hätte er soeben eine unglaubliche Entdeckung gemacht. „Ich wollte nie hart für etwas arbeiten und dann versagen. Deswegen habe ich es auch nie versucht."

Seine beinah kindliche Reaktion über diese plötzliche Selbsterkenntnis entbehrte nicht der Komik, aber sie hatte auch etwas Anrührendes.

„Du arbeitest hart für das Delphi und nimmst durchaus das Risiko eines Fehlschlags in Kauf", hielt Kitty ihm vor Augen. „Das beweist doch, dass du dich für etwas einsetzen kannst, wenn du es wirklich willst."

„Oz meint, meine Leidenschaft für das Kino käme daher, dass ich über eine maximale Aufmerksamkeitsspanne von zwei Stunden verfüge."

„Und hat er recht?"

„Ich weiß es selbst nicht so genau", erwiderte Jack nachdenklich. „Bis vor Kurzem hätte ich die Frage noch mit Ja beantwortet, aber jetzt …" Er umfasste Kittys Gesicht mit beiden Händen und zeichnete langsam mit dem Daumen die Konturen ihrer Lippen nach. „In diesem Fall hält sie jedenfalls schon ziemlich lange an …"

Sein Kuss war sanft, innig und zugleich unglaublich erregend. Als er sich endlich von Kittys Lippen löste, um sie anzusehen, entdeckte sie einen Ausdruck in seinen Augen, der es ihr schwer machte, ruhig weiterzuatmen.

„Vielleicht ja sogar für immer", fügte er langsam hinzu.

Kitty spürte ein elektrisierendes Kribbeln im Bauch. Das Herz klopfte ihr zum Zerspringen.

„Hältst du das denn für möglich?", flüsterte er, ohne den Blick von ihr zu lösen. „Glaubst du, dass solche Dinge geschehen können?"

Meinte er wirklich, was er sagte? Sie wünschte es sich mehr als alles andere, hielt jedoch nach wie vor Vorsicht für geboten.

„Sie geschehen … in Filmen", antwortete sie zögernd.

„Dann werde ich dir jetzt zeigen, wie es ist, in einem Film zu sein."

Widerstandslos ließ Kitty sich von Jack auf die Bühne führen. Als sie der riesigen Leinwand den Rücken zuwandte und in den Zuschauerraum blickte, wurde sie vom gleißenden Licht des Projektors geblendet, den Jack zur Untermalung seiner *Casablanca*-Vorstellung eingeschaltet hatte.

„Sieh nicht dorthin", instruierte er sie. „Schau *mich* an und denk dabei an den letzten Liebesfilm, den du gesehen hast. Weißt du noch, wie es sich angefühlt hat, wenn der Held am Schluss die Heldin küsst und ihre Gesichter dabei in Großaufnahme zu sehen sind?"

„Du weißt doch, dass ich es nicht so mit Filmen habe", erinnerte Kitty ihn.

„Okay, dann schau einfach auf die Leinwand."

Kitty sah ihre durch den Projektor gigantisch vergrößerten Silhouetten. Ihr langes Haar, das ihr über den Rücken fiel. Jacks kraftvolle Gestalt, die über ihr aufragte, als er sie in seine Arme zog. Seine breiten Schultern, die sich beschützend über sie beugten.

Unfassbar! Es war tatsächlich, als befänden sie sich in einem Film.

Ohne die Leinwand aus den Augen zu lassen, half sie Jack dabei, ihr Sweatshirt loszuwerden, bevor sie ihm seins auszog. Wie gebannt beobachtete sie, wie sein ausdrucksvolles Profil sich ihren Brüsten näherte, wie er die aufgerichteten Knospen nacheinander mit den Lippen umschloss. Als sie ekstatisch den Kopf in den Nacken legte, um das himmlische Gefühl noch mehr auszukosten, registrierte ihr Künstlerauge die dramatische Linie ihres zurückgebogenen Halses.

„Das ist einfach unglaublich", flüsterte sie hingerissen.

„Sieh weiter hin", forderte Jack sie auf.

Atemlos verfolgte Kitty, wie Jacks Schatten langsam vor ihrem in die Knie ging. Wie er ihre Jeans öffnete und sie ihr langsam abstreifte. Wie er aufstand und sie anschließend das Gleiche mit ihm tat. Es folgte der spärliche Rest ihrer Kleidung, dann standen sie sekundenlang bewegungslos da und betrachteten ehrfürchtig die überlebensgroße Projektion ihrer nackten Körper auf der Leinwand neben sich.

Wie auf ein geheimes Signal hin wandten sie sich im selben Moment von der Leinwand ab und sahen einander in die Augen. Jack umfasste Kittys Taille und ließ sacht die Hände an ihren Seiten hinaufgleiten. Eine langsame, behutsame Liebkosung, die sie bis in die Haarspitzen erschauern ließ.

„Ich habe keine Ahnung, wie es sich anfühlt zu lieben", gestand er ihr. „Bisher kannte ich diesen Zustand nur aus Filmen, aber jetzt würde ich viel darum geben zu wissen, wie es im wirklichen Leben ist."

Genauso wie jetzt, Jack. Es ist genau das, was in diesem Augenblick geschieht.

Er hob ihr Kinn an, um ihr in die Augen zu sehen. „Hast du für Sam Liebe empfunden?"

Diese Frage hatte er ihr schon einmal gestellt. Beim letzten Mal hatte Kitty ihm eine ausweichende Antwort gegeben, aber dieses Mal würde sie ihm die Wahrheit sagen. Sein ernsthafter Tonfall und die Eindringlichkeit, mit der er sie ansah, zwangen sie förmlich dazu.

„Nein, es war keine Liebe", sagte sie leise. „Aber ich mochte ihn, und wir standen uns sehr nahe. Daher dachte ich, ich könnte in einer Ehe mit ihm glücklich werden."

„Er war ein Dummkopf, dass er dich verlassen hat." Langsam ließ Jack den Blick über sie schweifen, als würde er etwas unendlich Kostbares betrachten. „Du bist wie das Delphi: ein Traum der Wirklichkeit geworden ist …"

Als er Kitty in seine Arme zog, schloss sie die Augen und genoss in vollen Zügen seine Nähe. Sie wollte nicht, dass er aufhörte zu reden. Sie wollte mehr hören und dabei jedes einzelne Wort glauben, das er sagte. Aber noch mehr sehnte sie sich danach, dass er seine Gefühle für sie auf die Art ausdrückte, die er eindeutig am besten beherrschte.

Also suchte sie seinen Mund und küsste ihn. Wieder und immer wieder, und mit einer fast verzweifelten Leidenschaft, bis sie beide zu Boden sanken und jedes Gefühl für Zeit und Raum verloren.

„Könntest du dir vorstellen, dass unter geeigneten Umständen sogar ich zu echter Liebe fähig wäre?", murmelte Jack dicht an ihren Lippen.

„Ja", hörte Kitty sich sagen.

Noch vor zwei Tagen wäre ihre Antwort ein verächtliches Lachen gewesen, doch inzwischen war sie davon überzeugt, dass Jack keineswegs nur der charmante, aber herzlose Playboy war, für den sie ihn bisher gehalten hatte. Genau gesagt, schien er in jeder Hinsicht der Mann zu sein, auf den sie ihr ganzes Leben gewartet hatte.

Der Jack, als den sie ihn immer hatte sehen wollen.

„Dann gib mir eine Chance, dir zu beweisen, dass du mir vertrauen kannst." Er strich ihr das Haar zurück und küsste sie sanft auf die Stirn. „Lass es uns miteinander versuchen, wenn wir hier heraus sind, einverstanden?"

Ja. Ja. JA!

Die Sehnsucht, sein verführerisches Angebot anzunehmen, war so stark, dass es beinah körperlich schmerzte. Die Stimme der Vernunft riet Kitty jedoch, sich jetzt nicht von ihren Emotionen hinreißen zu lassen, sondern stattdessen in aller Ruhe zu überlegen, ob sie wirklich bereit war, diesen Schritt zu wagen.

„Habe ich irgendetwas Falsches gesagt?" Jack sah sie überrascht und auch ein wenig verletzt an, als sie sich aus seinen Armen löste und aufstand, ohne auf seine Frage einzugehen.

„Nein, es ist alles okay", beteuerte sie lächelnd. „Ich will uns nur etwas Popcorn holen. Es muss schon bald Mitternacht sein, und wir haben seit einer Ewigkeit nichts mehr gegessen. Außerdem muss ich ein paar Minuten allein sein, um über deinen Vorschlag nachzudenken. Wenn ich zurückkomme, teile ich dir meine Entscheidung mit."

Jack musterte sie sekundenlang aufmerksam. „Okay", sagte er schließlich. „Aber bleib nicht zu lange weg."

„Nein, bestimmt nicht."

Als Kitty durch die Lichtschleuse schritt, fühlte sie sich so beschwingt, dass sie am liebsten laut gesungen hätte.

Jack wollte sie wirklich. Nicht nur ihren Körper, sondern *sie* als Person.

Er wollte – Wunder über Wunder – tatsächlich eine *Beziehung* mit ihr haben!

Worüber muss ich eigentlich noch nachdenken? fragte sie sich, als sie mit einem verklärten Lächeln auf den Getränkestand zuschwebte.

Doch dann kehrten plötzlich mit aller Macht ihre Zweifel zurück.

In diesem Moment mochte sie alles für Jack bedeuten, aber andererseits gab es hier ja auch niemanden sonst. Die entscheidende Frage war, ob er auch noch so von ihr fasziniert sein würde, wenn sie das Delphi verlassen hatten und er wieder jede Frau haben konnte, die er wollte.

Und diese Frage jagte ihr eine höllische Angst ein.

Mach dir doch nichts vor, Kitty! Ob du nun Angst hast oder nicht – es ist inzwischen viel zu spät, um noch einen Rückzieher zu machen, und das weißt du auch genau.

Die Erkenntnis traf sie wie ein Blitzschlag, doch anstatt wie erwartet in Panik zu verfallen, fühlte Kitty sich plötzlich wie befreit. Entschlossen griff sie nach einem der extragroßen Pappbecher, füllte ihn randvoll mit Popcorn und pumpte eine reichliche Portion flüssige Butter darüber.

Ihre Entscheidung stand fest. Sie würde Jack mitteilen, dass ihre Antwort Ja lautete. Dass sie eine Beziehung mit ihm haben wollte, egal wie lange sie dauerte oder welche Konsequenzen es für sie haben würde.

Und ein Happy End war immerhin nicht völlig auszuschließen.

Kitty straffte die Schultern und machte sich auf den Weg zurück in den Zuschauerraum. Mit jedem Schritt wuchs ihre Bereitschaft, ihr Schicksal anzunehmen, was immer es auch für sie bereithalten mochte.

Dann gab plötzlich der Boden unter ihren nackten Füßen nach.

Sie hörte ein quietschendes Geräusch, das Splittern von Holz und ihren eigenen schrillen Aufschrei, als sie zusammen mit einem Schauer von Popcorn ins Nichts fiel.

12. KAPITEL

Jack saß mit finsterer Miene auf dem Bühnenrand und pendelte unruhig mit den Beinen. Jedes Mal, wenn seine Fersen gegen das Holz schlugen, ertönte ein dumpfer Laut, der wie durch eine Nebelwand an sein Ohr drang.

Worüber muss sie bloß so lange nachdenken? fragte er sich. Falls sie auch nur ansatzweise seine Gefühle erwiderte, wüsste er nicht, was es da noch zu überlegen gab.

Mittlerweile war Jack sich sicher, dass er Kitty liebte. Es musste so sein, denn wenn nicht, war jeder Film, den er je gesehen, jedes Lied, das er je gehört, jedes Buch, das er je gelesen hatte, eine Lüge. Andererseits … Woher sollte er wissen, dass sie genauso empfand? Weil sie in der Highschool in ihn verliebt gewesen war? Weil sie ihn attraktiv fand und ihn begehrte? Wenn sie ihn ebenfalls lieben würde, wäre sie doch schon längst wieder zurück, oder?

Mit jeder Minute, die Jack darüber nachdachte, wuchs seine Unsicherheit. Hatte er vielleicht, ohne es zu wissen, irgendetwas gesagt oder getan, das sie …

Ein plötzlicher Schrei riss ihn jäh aus seinen Grübeleien. Für den Bruchteil einer Sekunde war er wie gelähmt, dann sprang er mit einem Satz von der Bühne, raste den Gang hoch und stürzte durch die Lichtschleuse. Als er das Foyer betrat, sah er, was passiert war: Wo vorher die geschlossene Falltür gewesen war, klaffte jetzt ein hässliches Loch.

„Bist du okay, Kitty?"

Mit zusammengekniffenen Augen versuchte er, durch den aufgewirbelten Staub hindurch etwas zu erkennen. Zum Glück stand die Trittleiter noch. Wenige Sekunden später kauerte Jack neben der reglos daliegenden Kitty und schob ihr mit zitternden Fingern das zerzauste Haar aus dem Gesicht. „Kitty, um Himmels willen, sag doch etwas", flüsterte er panisch.

Als sie mit einem leisen Stöhnen die Augen öffnete und benommen zu ihm aufblickte, war er so erleichtert, dass er fast in Tränen ausgebrochen wäre.

„Jack … was ist … passiert?"

„Die verdammte Falltür ist wieder aus den Angeln gerissen." Soweit Jack es auf die Schnelle beurteilen konnte, hatte Kitty außer einigen blutigen Kratzern an Armen und Beinen keine sichtbaren Verletzungen davongetragen. „Hast du Schmerzen?", fragte er sie heiser. „Kannst du dich bewegen?"

Sie stützte sich auf dem Ellbogen ab, doch als sie versuchte, sich aufzusetzen, schrie sie vor Schmerz auf und ließ sich kreidebleich wieder zurücksinken. „Mein Knöchel", stieß sie mit verzerrtem Gesicht hervor.

Jack blickte zu ihren Füßen und sah, dass der linke in einem unnatürlichen Winkel verdreht war. „Sieht so aus, als wäre er gebrochen", murmelte er und tastete Kitty mit bebenden Händen ab, um festzustellen, ob sie noch weitere Verletzungen hatte. „Was tut dir sonst noch weh, Liebling? Hast du dir den Kopf gestoßen? Kannst du normal atmen?"

„Ja … ich meine, ich kann atmen. Ich wollte gerade zu dir zurückgehen, aber dann …" Unvermittelt hielt Kitty inne und blickte an sich herab. „Sieh mal, ich bin ganz mit Popcorn eingeschneit", teilte sie Jack mit und begann, hysterisch zu kichern. Wenige Sekunden später verstummte sie abrupt und sah ihn verzagt an. „Was sollen wir denn jetzt bloß machen?"

Jack küsste sie auf die Stirn, die mit einem feinen Schweißfilm bedeckt war. „Ganz ruhig, mein Engel. Ich decke dich nur schnell zu, dann hole ich Hilfe."

„Aber … wie denn?"

Er zog den Staubschutz von einem der herumstehenden Stühle, schüttelte ihn aus, so gut es ging, und wickelte Kitty darin ein, wobei er sorgfältig darauf achtete, den verletzten Knöchel freizulassen, der schon merklich angeschwollen war.

„Bleib einfach nur liegen und versuche, ruhig zu atmen", wies er sie sanft an. „Du wirst sehen, ehe du dich versiehst, bist du hier heraus."

Er holte das Handy unter dem Lumpen hervor, schaltete es ein und wählte den Notruf. Die Leitung war frei, und zu seiner Erleichterung nahm schon nach dem ersten Klingeln jemand ab. „Bitte einen Krankenwagen zum Delphi Theater in der Congress Street", sagte er angespannt. „Eine junge Frau ist durch eine Falltür im Foyer gestürzt und hat sich dabei vermutlich den Knöchel gebrochen. Die innere Eingangstür ist defekt, vielleicht muss sie mit Gewalt geöffnet werden. Also wird vielleicht auch die Feuerwehr gebraucht. Wann können Sie hier sein? … Gut, bis dann."

Sobald Jack das Gespräch beendet hatte, drehte er sich zu Kitty um, um ihr die frohe Botschaft mitzuteilen, dass in zehn Minuten Hilfe da sein würde. Doch ein Blick in ihr Gesicht genügte, und sein zuversichtliches Lächeln verschwand.

Sie hatte sich trotz der Schmerzen, die es ihr verursachen musste, kerzengerade aufgesetzt. Ihre grünen, fiebrig glänzenden Augen wirkten unnatürlich groß, und die Botschaft, die Jack darin las, traf ihn mitten ins Herz.

Gemeiner Verräter! Du hast mit meinen Gefühlen gespielt und mein Vertrauen missbraucht. Was habe ich dir getan, dass du so etwas mit mir machst?

Er hatte diesen Gesichtsausdruck schon einmal gesehen. Damals, vor mehr als zehn Jahren, als er über Melissa Beauchamps Schulter hinweg Kittys fassungslosem Blick begegnet war.

„Du hast die ganze Zeit über ein Telefon gehabt und mir nichts davon gesagt."

Es war keine Anklage, sondern eine nüchterne Feststellung, doch es war schlimmer, als wenn sie ihn mit bitteren Vorwürfen überhäuft hätte.

Jack öffnete den Mund, um etwas zu erwidern, aber die Kehle war ihm wie zugeschnürt. Sein Herz hämmerte so heftig, als wollte es ihm aus der Brust springen.

„Du wolltest eine gute Zeit haben, und es war dir völlig egal, was ich fühlte. Du hast mich nur benutzt, so wie all die anderen Frauen vor mir."

„Das ist nicht wahr, Kitty", versuchte er sich zu rechtfertigen. „Ich habe das Handy erst heute Morgen entdeckt, nachdem wir schon zusammen geschlafen hatten. Ich wollte es dir sofort sagen, aber ich habe mich so danach gesehnt, dich zu berühren, und dann …"

„Vielleicht solltest du dir etwas überziehen, bevor der Krankenwagen kommt."

Erst jetzt wurde Jack bewusst, dass er noch immer nackt war, aber das war im Augenblick sein geringstes Problem. „Kitty, ich …"

„Geh einfach weg, okay?"

„Aber ich will dich hier nicht allein lassen."

Als er zögernd die Hand nach ihr ausstreckte, rötete sich ihr gespenstisch blasses Gesicht vor Zorn. „Wag es nicht, mich anzufassen!", fuhr sie ihn scharf an. „Verschwinde einfach und zieh dir um Himmels willen endlich etwas an."

Langsam zog Jack seine Hand zurück. Er wollte irgendetwas tun, um sie zu besänftigen, aber ihm war klar, dass er die Situation dadurch nur verschärft hätte. Also tat er widerstrebend, was Kitty ihm gesagt hatte.

Als er fünf Minuten später aus dem Zuschauerraum ins Foyer zurückeilte, sah er einen Feuerwehrmann und zwei Sanitäter mit einer Krankentrage in der offenen Tür zum Vorraum stehen.

„Sie ist hier", rief Jack ihnen zu und führte sie zu der klaffenden Öffnung.

Nachdem einer der Sanitäter die Trittleiter hinuntergestiegen war, reichte der andere ihm die zusammengefaltete Trage. „Wie ist ihr Name?", wollte er wissen, bevor er seinem Kollegen folgte.

„Kitty."

Zur Tatenlosigkeit verdammt, blieb Jack neben dem Loch stehen und verfolgte mit zusammengepressten Lippen die Rettungsaktion.

„Gehört Ihnen dieses Kino?"

Jack riss seinen Blick von Kitty los, die gerade auf der Trage festgeschnallt wurde, und wandte sich dem Feuerwehrmann zu, der neben ihm stand. „Ja, ich habe es vor knapp drei Monaten gekauft."

„Ist Ihnen klar, was für ein Sicherheitsrisiko diese morsche Falltür ist?"

„Sie ist gerade repariert worden. Aber ich habe sie heute geöffnet und danach vermutlich die Klappe nicht korrekt verschlossen."

„Sie sagten, Sie seien hier eingesperrt gewesen. Was ist mit den Notausgängen?"

„Die sind abgeschlossen."

Der Feuerwehrmann schüttelte missbilligend den Kopf. „Dies ist ein öffentliches Gebäude. Ohne einen von beiden Seiten zugänglichen Fluchtweg dürfte sich niemand hier aufhalten. In einem Brandfall hätten Sie beide ihr Leben verlieren können."

Jedes seiner Worte unterstrich, was seine Miene bereits deutlich verriet: *Was, zum Teufel, haben Sie verantwortungsloser Idiot sich eigentlich dabei gedacht?*

Jack, der sich innerlich vor Schuldgefühlen krümmte, konnte nur stumm nicken.

„Kann uns mal jemand mit der Trage helfen?", rief einer der Sanitäter von unten.

Jack wollte schon an die Öffnung treten, als der Feuerwehrmann ihn mit einem vernichtenden Blick beiseiteschob und selbst hinunterstieg. So konnte er nur hilflos danebenstehen, als sie Kitty nach oben hievten. Ihre Augen waren geschlossen und ihr Gesicht schmerzverzerrt.

„Kitty", sagte er flehend und wollte ihre Hand nehmen, doch kaum hatte er sie berührt, zuckte sie zurück, als hätte sie sich verbrannt.

Jack folgte ihnen auf dem Weg nach draußen. „Wie sind Sie überhaupt hereingekommen?", wollte er wissen.

Der Feuerwehrmann zuckte die Schultern. „Wir haben einfach die Tür aufgemacht. Sie war nicht einmal verschlossen."

Die Luft war kühl, und es regnete. Die roten und blauen Lichter der Rettungsfahrzeuge tauchten die Straße in ein unwirkliches Licht, aber der Himmel über ihnen war schwarz und leer.

Keine Sterne.

Als Jack versuchte, hinter der Trage in den Krankenwagen zu klettern, öffnete Kitty die Augen und sah ihn feindselig an. „Nein", sagte sie kalt. „Ich will dich nicht in meiner Nähe haben."

Ihre Wangen waren feucht, aber Jack hätte nicht sagen können, ob es Tränen oder Regentropfen waren. Der eine Sanitäter zuckte die Schultern, und Jack trat wieder auf die Straße.

Mit versteinerter Miene sah er zu, wie der Feuerwehrmann die Tür schloss und die Ambulanz mit heulenden Sirenen davonfuhr. Dabei hatte er das sichere Gefühl, soeben das Wertvollste verloren zu haben, was er je besessen hatte.

Eine Viertelstunde nachdem Kitty in die Notaufnahme gebracht worden war, stürzte Jack durch den Haupteingang des Krankenhauses. Unfähig, einfach zurückzubleiben, ohne zu wissen, was mit Kitty war, hatte er sich kurzerhand auf sein Fahrrad geschwungen und war in halsbrecherischem Tempo der Ambulanz gefolgt.

Während er im Laufschritt auf die Rezeption zustürmte, trat eine Krankenschwester aus dem Aufzug, deren Haar ihn unwillkürlich an das von Kitty erinnerte, nur dass es einige Nuancen dunkler war. Erst auf den zweiten Blick erkannte Jack die junge Frau.

„Treena", rief er ihr atemlos zu. „Du musst mir helfen!"

Seine Exfreundin musterte ihn von Kopf bis Fuß. „Du siehst aus wie eine halb ertrunkene Ratte", stellte sie trocken fest.

Jack strich sich mit beiden Händen das nasse Haar aus dem Gesicht. „Ratte" war eine hervorragende Beschreibung dafür, wie er sich gerade fühlte.

„Hör zu, Treena, vor etwa fünfzehn Minuten ist eine Frau mit einem gebrochenen Knöchel eingeliefert worden. Ihr Name ist Katherine Giroux Clifford. Kannst du herausfinden, wie es ihr geht? Ich muss unbedingt wissen, ob sie okay ist."

Treena zog die Brauen hoch und erwiderte schweigend seinen Blick.

Dann nickte sie kurz und verschwand hinter der Tür, die zur Notaufnahme führte. Als sie wenige Minuten später zurückkehrte, sprang Jack förmlich auf sie zu.

„Und?", fragte er sie angespannt. „Wie geht es ihr?"

„Alles in allem ganz gut. Sie hat einige tiefe Kratzwunden und Prellungen, und der Bruch ist recht kompliziert, aber der Arzt sagt, dass er wieder völlig verheilen wird. Im Moment wird sie gerade geröntgt."

Jack stieß erleichtert die Luft aus und ließ sich in den nächstbesten Stuhl fallen. „Danke, Treena, du bist ein Engel."

„Kein Problem." Nach kurzem Zögern fügte sie hinzu: „Diesmal scheint es dich ja ziemlich erwischt zu haben. Wie ist es denn so, wenn man sich plötzlich selbst in den Fängen der Liebe wiederfindet?"

„Ich habe mich noch nie so miserabel gefühlt", murmelte er düster.

Treena nickte langsam. „Das dachte ich mir. Als ich ihr sagte, dass du wissen wolltest, wie es ihr ginge, wäre sie mir fast an die Kehle gesprungen. Sie meinte, ich könne dich mit Kusshand zurückhaben, falls ich tatsächlich so dumm sei, es zu wollen."

Jack erinnerte sich an seine letzte Begegnung mit Treena vor dem Restaurant und fühlte sich noch miserabler. Wie es aussah, hatte er die falsche Person gebeten, sich nach Kittys Befinden zu erkundigen.

„Wie geht es deinem Freund?", erkundigte er sich pflichtschuldig, obwohl es ihn nicht im Mindesten interessierte.

„Verlobten", korrigierte Treena ihn. „Wir heiraten in einem Monat." Sie blickte auf ihre Uhr. „Hör zu, Jack, ich muss wieder an die Arbeit. Warum gehst du nicht nach Hause und ziehst dir etwas Trockenes an, bevor du noch eine Lungenentzündung bekommst? Sie will dich nicht sehen, und gleich wird ihre Mutter hier sein und sich um sie kümmern. Sie ist gut versorgt, und du kannst ohnehin nichts machen."

Er gab einen tiefen Seufzer von sich, dann nickte er und stand auf. Treena hatte recht. Wenn Kitty ihn nicht sehen wollte, gab es hier nichts weiter für ihn zu tun.

Jack saß reglos im Dunkeln. In der Hand hielt er eine Flasche Bier, von dem er hin und wieder einen Schluck trank. Als er hörte, wie die Eingangstür aufgeschlossen wurde, und kurz darauf im Flur das Licht aufflammte, hob er den Kopf.

„Hi, Oz", sagte er, als sein Freund in der geöffneten Wohnzimmertür erschien.

Oz stellte seine Reisetasche und den Laptop ab. „Darf ich fragen, was du auf meinem Sofa verloren hast?", erkundigte er sich trocken.

„Ich habe mich mit dem Reserveschlüssel hereingelassen, den du bei mir deponiert hattest."

„Aha." Oz knipste die Stehlampe neben dem Fernseher an und betrachtete Jack mit zusammengekniffenen Augen. „Und wieso sitzt du hier im Stockfinstern herum, anstatt deiner Traumfrau den Hof zu machen?"

Als Jack darauf nichts erwiderte, ließ sein Freund sich in einen Sessel fallen und nahm sich eine Flasche Bier aus dem angebrochenen Sixpack. „Hattest du wenigstens ein nettes Wochenende?", fragte er beiläufig, während er geschickt den Kronkorken an der Tischkante abschlug.

Jack zuckte die Schultern. „Wie man's nimmt. Ich war ungefähr dreißig Stunden mit Kitty im Delphi eingeschlossen."

„Und ist das eine gute Nachricht?"

„Das kommt darauf an, wie man ‚gut' definiert. Das Positive ist, dass ich jetzt weiß, dass ich sie liebe. Das Negative ist, dass sie mich seit heute Nacht noch mehr hasst als früher."

„Na, das klingt doch ziemlich ausgeglichen." Oz trank einen großen Schluck Bier, bevor er nachdenklich die Flasche in seiner Hand betrachtete. „Hör zu, Jack, ich weiß nicht, wie ich es taktvoll formulieren soll, also frage ich dich ganz direkt: Sind das die Biere, die du mir neulich in Aussicht gestellt hast?"

„Ja. Allerdings ohne das, das ich gerade trinke."

Oz schnalzte anerkennend mit der Zunge. „Kein schlechter Schnitt für nicht einmal zwei Tage."

Jack vergrub das Gesicht in den Händen und stöhnte verzweifelt auf. „Oz, sie ist die unglaublichste Frau, der ich in meinem ganzen Leben begegnet bin. Ich weiß nicht, wie ich es beschreiben soll, aber sie … sie löst Gefühle in mir aus, von denen ich nicht einmal wusste, dass sie überhaupt existieren. Wenn ich in ihrer Nähe bin, erscheint es mir unmöglich, mich je wieder von ihr zu trennen. Es ist, als ob ihre Gegenwart die Welt einfach … besser macht." Er hielt inne und schüttelte resigniert den Kopf. „Und ich verdammter Trottel habe es total versiebt."

„Wieso?"

„Sie sagte, dass sie nur so lange eine Affäre mit mir haben wollte, wie wir im Delphi sind, und dass es vorbei wäre, sobald man uns dort herausholt. Und dann habe ich mein Handy im Keller gefunden."

„Lass mich raten", sagte Oz. „Du hast es ihr verschwiegen, weil du nicht wolltest, dass die Affäre endet."

Jack hob den Kopf und nickte. „Ich habe versucht, sie davon zu überzeugen, die Sache auch außerhalb des Delphi weiterzuführen, und beinah hätte ich es auch geschafft. Aber dann hat sie das mit dem Telefon herausgefunden."

Eine Weile versanken beide in nachdenkliches Schweigen.

„Ich nehme an, die meisten Männer hätten an deiner Stelle genauso gehandelt", meinte Oz schließlich. „Aber das ändert nichts daran, dass es ausgesprochen unklug war. Zumal die Vertrauensfrage ohnehin schon ein Riesenproblem zwischen euch war."

„Das Schlimmste daran ist, dass sie auch noch durch die Falltür gestürzt ist und sich dabei den Knöchel gebrochen hat." Jack setzte die halb volle Flasche an die Lippen und trank sie mit einem Zug leer. „Und das nur, weil ich vorher unten war, um das Handy zu verstecken, und danach die Klappe nicht richtig verschlossen habe."

Als er dem wissenden Blick seines Freundes begegnete, machte er eine abwehrende Handbewegung. „Sag es nicht, Oz", bat er ihn. „Ich glaube, ich könnte deine psychologischen Weisheiten jetzt nicht ertragen."

Oz beugte sich vor und legte ihm die Hand auf die Schulter. „Eigentlich wollte ich nur vorschlagen, dass wir jetzt zu dir fahren und nachsehen, ob du irgendwo ein Paar Knieschützer herumliegen hast. Ich glaube nämlich, dass du einiges abzubüßen hast, wenn du Kitty zurückhaben willst."

13. KAPITEL

*D*u wirst sehen, in Null Komma nichts bist du diesen dummen Gips wieder los", versicherte Sue ihrer Tochter. „Die Giroux verfügen über fantastische Selbstheilungskräfte. Einmal hat dein Dad sich aus Versehen in den Fuß geschossen, und am nächsten Wochenende ist er schon wieder auf die Jagd gegangen."

Kitty warf ihrer Mutter, die gerade einen vor ihnen dahinschleichenden Ford Escort überholte, einen genervten Blick zu. Sues gnadenlose Fröhlichkeit machte sie ebenso verrückt wie der hartnäckige Juckreiz unter dem neuen Gips, den der Arzt ihr vor einer halben Stunde angelegt hatte.

„Allerdings bezweifle ich, dass es dir schon gut genug geht, um die lange Fahrt nach New York zu unternehmen."

„Der Mercedes ist ein Automatik, Mum. Es wird schon gehen."

Sue seufzte. „Ehrlich gesagt, verstehe ich nicht, warum du diesen Job überhaupt annehmen willst. Als du wieder nach Maine gekommen bist, warst du so begeistert davon, dich selbstständig zu machen, und jetzt gibst du einfach auf."

Kitty presste die Lippen zusammen. „Ich gebe nicht auf, Mum, ich habe keine andere Wahl. Dieser Job ist vielleicht nicht das Nonplusultra, aber ich habe sonst keine Arbeit, und von irgendetwas muss ich schließlich leben, oder?"

Gleich nachdem sie aus der Notaufnahme entlassen worden war, hatte Kitty einem ihrer früheren Kollegen eine E-Mail geschickt und angefragt, ob in seiner New Yorker Firma noch ein Job frei wäre. Er hatte ihr geantwortet, dass einer der Chefdesigner eine Assistentin suche, woraufhin sie sofort zugesagt hatte.

Die Vorstellung, Portland und Jack hinter sich zu lassen, tat ihr in der Seele weh, aber wenn sie hierbliebe, würde es nur noch schlimmer werden. Zumal Jack mindestens einmal am Tag vor der Tür stand und sie den demütigenden Zustand, sich ständig vor ihm verstecken zu müssen, so schnell wie möglich beenden wollte.

Ihre Mutter stoppte vor einer roten Ampel und wandte ihr das Gesicht zu. „Du hast Arbeit, Kitty", stellte sie sachlich fest. „Seit einer Woche versucht Jack verzweifelt, mit dir in Kontakt zu treten, um dich zu bitten, deinen Job am Delphi wieder aufzunehmen."

Kitty blickte trotzig durch die Windschutzscheibe. „Ich werde nie wieder für Jack Taylor arbeiten."

„Und was ist mit seinen persönlichen Gefühlen für dich? Da du bisher weder bereit warst, seine Anrufe entgegenzunehmen, noch persönlich mit ihm zu sprechen, habe ich es getan, und ich kann dir versichern, dass dieser Mann dich wie verrückt liebt."

„Dieser Mann ist verrückt danach, Sex mit mir zu haben", korrigierte Kitty sie schroff.

Sue tat so, als hätte sie den Einwand nicht gehört. „Und deine panische Angst, ihm gegenüberzutreten oder auch nur seine Stimme zu hören, beweist doch nur, dass du ebenfalls etwas für ihn empfindest. Wann willst du endlich aufhören, den Kopf in den Sand zu stecken, und stattdessen den Tatsachen ins Auge sehen?"

„Du hast Grün, Mum."

Sue stieß entnervt die Luft aus und trat aufs Gaspedal, worauf der Subaru ruckartig nach vorn schoss. Kitty wurde unsanft gegen ihren Gurt geschleudert und merkte plötzlich, wo sie sich befanden.

„Nach links!", rief sie erschrocken. „Mum, du musst hier links abbiegen."

„Wieso denn?" Sue fuhr geradeaus über die Kreuzung. „Der Weg über die Congress Street ist doch viel kürzer."

„Ich will aber das Delphi nicht sehen!" Ihr Herz pochte so heftig, dass sie es wie eine dröhnende Trommel in ihrem Kopf hörte. Sie drehte den Kopf zur Seite und schloss demonstrativ die Augen.

Sue lenkte den Wagen in eine Parklücke und betrachtete ihre Tochter mit einer Mischung aus Verzweiflung und liebevollem Verständnis. „Was willst du eigentlich wirklich, Kitty?", fragte sie sanft.

„Den Job in New York."

„Das glaube ich dir nicht."

Kitty öffnete wieder die Augen und lehnte sich frustriert gegen die Kopfstütze. „Versuch doch, mich zu verstehen, Mum", sagte sie leise. „Natürlich möchte ich lieber mein eigenes Geschäft haben, aber das kann ich mir im Moment nicht leisten. Deswegen gehe ich nach New York, um etwas Geld anzusparen und Pläne zu machen. Und dann fange ich noch mal ganz von vorn an."

„Und Jack? Willst du ihn auch?"

Kitty atmete tief durch. Seit ihrer Rettung hatte sie noch keine einzige Träne vergossen, und sie hatte auch jetzt nicht vor zu weinen. Die Giroux verfügten über fantastische Selbstheilungskräfte. Sie würde darüber hinwegkommen. Ganz bestimmt.

„Ja, ich will ihn", bekannte sie offen. „Aber es würde nie mit uns funktionieren. Jack ist nicht der Typ, der sich an eine Frau bindet. Er hat selbst zugegeben, dass er nicht weiß, was Liebe ist. Im Moment glaubt er, dass er nur mich will, aber das wird nicht lange anhalten."

Ihre Mutter schien davon nicht so überzeugt zu sein. „Nach meiner Erfahrung kauft kein Mann der Welt so viele Blumen, wenn er es nicht wirklich ernst meint. Unsere ganze Mülltonne ist ja schon voll davon."

„Das hat überhaupt nichts zu bedeuten. Jack hat sein halbes Leben damit verbracht, eine Frau nach der anderen zu verführen. Ich wette, er hat bei jedem zweiten Blumenhändler in Portland ein Kundenkonto."

„Aber ich habe sein Gesicht gesehen", beharrte Sue. „Glaub mir, der arme Kerl ist schon ganz verzweifelt."

Kitty lachte bitter auf. „Wahrscheinlich weil er Angst hat, eine Niederlage einstecken zu müssen. Tut mir leid, wenn ich dich schockiere, Mum, aber dein wunderbarer Jack, auf den du anscheinend so große Stücke hältst, hat mich nach Strich und Faden belogen, damit ich mit ihm schlafe. Und ich war so dumm, mich auch noch in ihn zu verlieben."

Bei ihren letzten Worten begannen ihre Augen, verdächtig zu glänzen. Mit einem mitfühlenden Seufzer strich Sue ihr das Haar zurück und steckte es ihr behutsam hinter die Ohren. Die Geste war so vertraut und liebevoll, dass Kitty die Tränen nicht länger zurückhalten konnte.

„Ach, Liebling ..." Sue löste ihren Sicherheitsgurt und zog ihre Tochter in ihre Arme. „Es tut mir leid, dass er dich angelogen hat."

„Es ist immer wieder dasselbe", schluchzte Kitty. „Ich versage in der Liebe wie in allem anderen auch. So wie heute, um nur ein Beispiel zu nennen. Ich musste zum Arzt, um mir einen neuen Gips machen zu lassen, weil der erste natürlich nass geworden ist." Sie wischte sich schniefend mit dem Ärmel übers Gesicht. „Warum muss ausgerechnet ich immer so ein verdammtes Pech haben?"

Sue drückte sie noch einmal an sich, dann griff sie ins Handschuhfach, holte ein Päckchen Papiertaschentücher heraus und reichte Kitty eins. „Das hat mit Pech überhaupt nichts zu tun, Liebes. Dein Gips ist nass geworden, weil du meintest, unbedingt ein Bad nehmen zu müssen, und dein Fuß vom Wannenrand abgerutscht ist. Und deine Ehe mit Sam hat nicht funktioniert, weil du ihn geheiratet hast, obwohl du genau wusstest, dass deine Gefühle für ihn nicht stark genug waren. Wir bestimmen unser Schicksal selbst, Kitty. Ich weiß, dass dir einige schlimme Dinge passiert sind, aber so geht es uns allen. Es kommt darauf an, wie wir uns verhalten, wenn wir in eine schwierige Situation geraten."

Kitty faltete das Taschentuch auseinander und schnäuzte sich kräftig. Die Tränen liefen ihr noch immer über die Wangen, aber sie fühlte sich nicht mehr ganz so verzweifelt. „Das ist ein schöner Gedanke, Mum, aber …"

„Kein Aber", unterbrach Sue sie bestimmt. „Es ist die Wahrheit. Nimm mich, zum Beispiel. Mein Mann hat mich verlassen und mit zwei Kindern zurückgelassen, und trotzdem hat sich mein Leben doch ziemlich erfreulich entwickelt, oder etwa nicht?"

„Aber er hat dich verlassen und ist nie zurückgekommen", hielt Kitty ihr entgegen. „Jack kann sich entschuldigen, sooft er will, ich kann ihm einfach nicht mehr vertrauen. Eines Tages würde er verschwinden, genauso wie Dad es getan hat."

Sue legte den ersten Gang ein und warf einen prüfenden Blick in den Rückspiegel. „Wäre dein Vater in der Lage gewesen, sich zu entschuldigen, wäre er wahrscheinlich gar nicht erst gegangen."

Eine plötzliche Welle der Liebe durchströmte Kitty, als sie beobachtete, wie ihre Mutter aus der Parklücke heraussetzte und sich in den fließenden Verkehr einfädelte. Sie trug ein zehn Jahre altes Jackett und eine Zwölf-Dollar-Jeans von Woolworth, aber sie war die wunderbarste und tapferste Frau, der sie je begegnet war.

Eine Weile hing sie schweigend ihren Gedanken nach, bis Sue urplötzlich das Steuer herumriss und den Subaru abrupt zum Stehen brachte. Während Kitty erneut nach vorn geschleudert wurde, hörte sie hinter sich kreischende Bremsen und wütendes Hupen.

„Was ist denn los, Mum?", fragte sie verwirrt.

Sue deutete durch die Windschutzscheibe. „Ich weiß, du willst das Delphi nicht sehen, aber *das* solltest du dir unbedingt anschauen."

Kitty beugte sich vor und starrte ungläubig auf das Kinogebäude, das direkt vor ihnen lag. Auf der großen Leuchttafel über dem Eingang, die für die Filmankündigungen vorgesehen war, stand in riesigen schwarzen Buchstaben:

JACK TAYLOR LIEBT KITTY GIROUX

Einen atemlosen Moment lang hörte die Welt auf, sich zu drehen. In dieser kurzen Zeitspanne schien Kitty alles möglich zu sein, sogar, dass die fünf Worte, die vor ihren Augen flimmerten, wirklich wahr waren.

Dann drückte der Fahrer hinter ihnen erneut auf die Hupe, und die Welt nahm wieder ihren normalen Lauf auf. Dies war das richtige Leben und keine Hollywoodschnulze, auch wenn Jack es sich noch so sehr wünschte.

„Lass uns fahren, Mum", sagte Kitty mit ausdrucksloser Stimme.

Sue war noch immer sichtlich erschüttert. „Also, wenn du mich fragst, sieht mir das nicht nach dem Werk eines Mannes aus, der keine Ahnung hat, was Liebe ist."

„Nein, es sieht aus wie das Werk eines Mannes, der immer genau das tut, wonach ihm gerade ist, ohne über die Konsequenzen nachzudenken", erwiderte sie. „Jack mag vielleicht glauben, dass er mich liebt, aber er tut es nicht. Können wir jetzt fahren? Ich muss noch packen."

Wir alle bestimmen unser Schicksal selbst ...

Die Worte ihrer Mutter gingen Kitty nicht mehr aus dem Kopf. Inzwischen war sie zu dem Schluss gekommen, dass sie nicht nur in diesem Punkt recht hatte, sondern noch in einem anderen.

Gerade jetzt liebte Jack Taylor sie wirklich.

Diese Erkenntnis hätte sie eigentlich glücklich machen sollen, aber das tat sie nicht, und Kitty wusste auch, warum. Wenn so etwas wie Pech nicht existierte, wenn jeder sein Schicksal selbst gestaltete, dann hatten all die Fehlschläge ihres Lebens nur eine Ursache: sie selbst und ihre Zweitklassigkeit.

Sie hatte es ja nicht einmal geschafft, einen so ruhigen, verlässlichen Mann wie Sam zu halten. Wie sollte sie sich da auf längere Sicht gegen all die begehrenswerten Frauen behaupten, die in Jacks Leben auftauchten? Sie waren überall: in Restaurants, auf der Straße – ja sogar in der Notaufnahme des städtischen Krankenhauses.

Sie würde nie aufregend oder schön oder sexy genug sein, um jemanden wie Jack Taylor auf Dauer an sich zu binden, und im Grunde ihres Herzens hatte sie das immer gewusst. Sogar in dem Moment, als sie beschlossen hatte, sich auf eine Beziehung mit ihm einzulassen.

Ihre Empörung darüber, dass Jack sie belogen hatte, verbarg nur das eigentliche Problem. Natürlich hatte er sie belogen. Sie hatte ihm gesagt, dass sie keinen Sex mehr mit ihm haben würde, sobald sie befreit wären. Er hatte gern Sex mit ihr, also hatte er dafür gesorgt, dass sie nicht befreit wurden.

Seine Unaufrichtigkeit hatte sie zwar tief verletzt, aber der eigentliche Grund, warum sie Jack aus ihrem Leben verbannt hatte, war ein anderer: Sie hatte es getan, weil sie panische Angst davor hatte, nicht gut genug zu sein, um echte Liebe in ihm zu wecken.

Flüchtig registrierte sie, wie unten die Hintertür geöffnet und wieder geschlossen wurde. Kurz darauf hörte sie ihre Mutter sagen: „Ach, die schönen Blumen! Schade nur, dass sie wahrscheinlich wieder im Mülleimer enden werden. Warten Sie einen Moment, ich will sehen, was ich tun kann, um sie herunterzulocken, aber ich fürchte, dass es mir nicht gelingen wird. Sie hat sich fest in den Kopf gesetzt, nie wieder ein Wort mit Ihnen zu wechseln."

„Ich weiß, aber es wäre wirklich wichtig, wenigstens kurz mit ihr zu reden."

Beim Klang von Jacks Stimme begann Kittys Puls zu rasen. Sie ermahnte sich streng, ihren Koffer weiter zu packen, versuchte jedoch gleichzeitig, jedes Wort mitzubekommen, das unten gesprochen wurde.

„Ich hätte nie gedacht, dass ich das einmal sagen würde, aber ich bekomme allmählich den Eindruck, dass ich im Umgang mit Frauen nicht sehr geschickt bin."

Ihre Mutter lachte. „Sie ist einfach nur dickköpfig. Genau wie ihr Vater."

„Ich habe schon überlegt, ihr einen Brief zu schreiben, aber den würde sie vermutlich ungelesen zerreißen."

Kitty schluckte trocken. Das Bedürfnis, Jack zu sehen, war so heftig, dass sie am liebsten laut aufgeschrien hätte.

Und wenn ich es einfach darauf ankommen ließe? Vielleicht würde ich diesmal ja nicht versagen.

„Wie geht es ihrem Knöchel?"

„Sie hat heute einen neuen Gips bekommen, aber die Giroux von …"

Ja, Mum, wir wissen es. Sie verfügen über fantastische Selbstheilungskräfte.

Kitty hielt es für dringend geraten, etwas zu unternehmen, bevor ihre Mutter ihm noch erzählte, wie ihr Vater sich in den Fuß geschossen hatte, und sie auf ewig blamierte.

„Ich bin hier oben, Jack", rief sie und humpelte eilig aus ihrem Zimmer. „Kannst du heraufkommen? Das Treppensteigen macht mir ziemliche Mühe."

Die Stille, die darauf folgte, war fast mit Händen zu greifen.

Dann kam er aus der Küche gestürzt und jagte die Treppe herauf. Auf der letzten Stufe blieb er stehen und sah ihr wie gebannt in die Augen.

„Hi", sagte er atemlos.

Ein Hauch seines vertrauten Aftershaves stieg Kitty in die Nase. Das Herz klopfte ihr bis zum Hals, und ihre Knie fühlten sich so weich an, dass sie befürchtete, die Beine würden gleich unter ihr nachgeben.

„Hi", erwiderte sie befangen.

„Wie geht es dir?"

„Ganz gut."

Das Gefühl, ihn wiederzusehen, war kaum zu beschreiben. Es war eine Mischung aus Angst, Aufregung und einer so intensiven Freude, dass es ihr fast das Herz zerriss.

„Kitty, Jack!", rief ihre Mutter von unten. „Ich habe einige Besorgungen zu machen. Wenn ich zurückkomme, mache ich euch einen Tee, aber es wird sicher eine Weile dauern."

Die Tür schlug hinter ihr zu, dann war es ganz still.

„Deine Mutter ist eine großartige Frau", brach Jack schließlich das spannungsgeladene Schweigen.

„Sie ist nicht gerade subtil."

Eine Weile sahen sie einander einfach nur an.

Jack biss sich unschlüssig auf die Lippe, dann brach es aus ihm heraus: „Kitty, es tut mir so wahnsinnig leid, dass ich dich wegen des Telefons belogen habe. Es war absolut unverzeihlich, und ich verstehe vollkommen, dass du jetzt wütend auf mich bist."

„Warum hast du es mir nicht gesagt?", fragte sie, obwohl sie die Antwort bereits kannte.

„Weil ich dich davon überzeugen wollte, auch außerhalb des Delphi eine Beziehung mit mir zu haben."

„Und du dachtest, das könntest du erreichen, indem du mich einfach austrickst?"

„Ich weiß ja selbst, dass es ein Fehler war", pflichtete Jack ihr kleinlaut bei. „Im Grunde wusste ich es auch damals schon, aber ich wollte dich nicht verlieren, und da habe ich es einfach nicht über die Lippen gebracht." Er hob die Hände und ließ sie hilflos wieder sinken. „Was kann ich noch sagen? Ich habe totalen Mist gebaut, und das tut mir aufrichtig leid. Aber du weißt ja, dass ich noch eine Menge über die Liebe zu lernen habe."

In Kittys Bauch begannen Schmetterlinge zu tanzen. „Ich auch", hörte sie sich leise sagen.

Sie standen gute zwanzig Zentimeter voneinander entfernt, aber es fühlte sich an, als wären es höchstens fünf. Jacks Körperwärme umfing sie, und eine seltsame Schwere breitete sich in ihr aus.

„Kitty, ich …“ Jack verstummte, als er sah, dass sie sich nur noch mit Mühe auf den Beinen halten konnte. „Wo ist dein Zimmer?“, fragte er und hob sie ohne Umstände auf seine Arme.

Kitty deutete wortlos mit dem Kopf auf die halb geöffnete Tür. Sie konnte kaum atmen, geschweige denn reden. Sie hätte weinen mögen, so gut fühlte es sich an, von seinen kräftigen Armen gehalten zu werden und das Gesicht an seine breite Brust zu schmiegen.

Er trug sie in ihr kleines Zimmer und blieb vor ihrem Bett stehen, machte jedoch keine Anstalten, sie herunterzulassen. „Du kannst dir gar nicht vorstellen, wie sehr ich es vermisst habe, dich zu spüren“, murmelte er und drückte das Gesicht in ihr Haar, um ihren Duft einzuatmen.

Sie war in Jacks Armen.

Sie war im Himmel.

Sie war genau da, wo sie sich am sichersten fühlte, auch wenn eine kleine Stimme in ihrem Kopf sie warnte, dass es viel zu schön sei, um wahr zu sein.

Kitty ließ die Finger durch Jacks weiches Haar gleiten und stellte sich dabei vor, wie sie beide auf ihrem Bett lagen und dort Liebe machten. Es könnte mit einem einfachen Kuss beginnen …

Als sie merkte, wie er sich unvermittelt anspannte, folgte sie seinem Blick, der auf ihren halb gepackten Koffer gerichtet war.

„Du willst verreisen?“

„Ja, ich …“ Sie versuchte, die Betroffenheit in seinen Augen zu ignorieren, und räusperte sich, um ihre Stimme wieder in den Griff zu bekommen. „Ich habe einen Job in New York angenommen.“

„Aber ich brauche dich hier, Kitty! Für das Delphi und … für mich …“

Bevor sie etwas entgegnen konnte, verschloss er ihren Mund mit einem Kuss, der ihr mehr als alle Worte bewies, wie sehr er sie vermisst hatte. Mit einem leisen Seufzer gab Kitty dem Drängen seiner Zunge nach und öffnete ihre Lippen.

Es war, als wäre ein Damm gebrochen. Plötzlich wollte sie alles. Sie wollte ihn ganz spüren, Haut an Haut, wollte ihn so fest an sich pressen, wie es nur möglich war, und ihn tief in sich aufnehmen, bis ihre Körper unauflöslich miteinander verbunden waren.

„Bitte bleib hier, Kitty“, flüsterte er heiser, als er sich kurz von ihr löste, um wieder zu Atem zu kommen. „Ich würde verrückt werden, wenn ich dich nicht mehr sehen könnte.“

Sie glaubte ihm. Das verzehrende Verlangen, das sie in seinen Augen las, verriet ihr, dass er es wirklich ernst meinte. Aber um den Job in New York abzusagen und stattdessen auf Jack und ihr Glück zu vertrauen, brauchte sie mehr als nur Begehren. Sie musste sicher sein, dass er mehr in ihr sah als nur eine leidenschaftliche Affäre.

Jack, dem ihr Stimmungswechsel nicht entgangen war, setzte sie vorsichtig auf dem Bett ab. „Ich habe es in den Sand gesetzt, stimmt's?" Die goldenen Lichter in seinen braunen Augen waren erloschen, und ein bitteres Lächeln umspielte seine Lippen. „Du gehst nach New York, und ich kann nichts tun, um dich davon abzuhalten."

„Nein!" Sie griff rasch nach seiner Hand, bevor er sich von ihr zurückziehen konnte. „Ich meine, ja, ich habe vor, nach New York zu gehen, weil ich glaube, dass wir nicht wirklich eine Chance haben, aber ich … würde viel lieber hier bei dir bleiben."

Sofort belebten sich Jacks Züge wieder. „Du hast Angst, dass ich irgendwann genug von dir habe und dich wieder verlasse, habe ich recht?" Er setzte sich neben sie auf die Bettkante und hielt beschwörend ihren Blick fest. „Aber das würde ich niemals tun, Kitty, ich könnte es gar nicht. Für mich gibt es auf der ganzen Welt keine andere Frau als dich."

„Ich muss sicher sein, dass es die Wahrheit ist, Jack. Mit einer bloßen Affäre kann ich mich nicht zufriedengeben."

Er schien einen Moment lang mit sich zu ringen, dann sagte er: „Ich weiß, es hört sich verrückt an, aber vor etwas mehr als einem Jahr hatte ich einen Traum von dir, in dem wir uns geliebt haben."

Kitty zog verwirrt die Stirn kraus. „Aber da hatten wir uns doch noch gar nicht wiedergetroffen."

„Ich weiß. Aber du warst es, obwohl es mir die ganze Zeit über nicht klar war. Ich wusste nur, dass es die unglaublichste Erfahrung war, die ich je gemacht habe. Also beschloss ich, keinen Sex mehr zu haben, bis ich die Frau aus meinem Traum gefunden hatte."

„Mit anderen Worten … *mich*?" Das klang allerdings ziemlich verrückt.

Jack nickte. „Schon als du mir bei deinem ersten Besuch im Delphi in die Augen gesehen hast, hätte ich schwören können, dass du es bist, und nachdem wir uns geliebt hatten, war ich mir endgültig sicher. Deswegen konnte ich dir das mit dem Telefon nicht erzählen. Ich habe es einfach nicht über mich gebracht, meinen Traum wieder aufzugeben, nachdem er gerade erst wahr geworden war."

Kitty starrte ihn ungläubig an. „Und wie lange hattest du bis dahin keinen Sex mehr gehabt?"

„Elf Monate, als ich dich wiedersah, und etwas mehr als ein Jahr, als wir miteinander geschlafen haben. Eine verdammt lange Zeit, aber das war es wert."

„Willst du damit sagen, dass du mir elf Monate lang treu gewesen bist, obwohl du noch gar nicht wusstest, wer ich war?"

„Genau."

„Aber Anna und Brigid und diese Krankenschwester …"

„… waren zu dem Zeitpunkt schon lange nur noch gute Freundinnen."

Kitty fehlten die Worte.

„Ich dachte, ich würde auf den besten Sex aller Zeiten warten", gestand Jack ihr reumütig, „aber in Wahrheit habe ich auf die Liebe gewartet. Ich war bloß zu vernagelt, um es zu begreifen."

In Kittys Kopf begann sich alles zu drehen. Jacks Worte klangen wie Musik in ihren Ohren, aber noch immer wagte sie es nicht, ihnen zu trauen.

„Deine Mutter sagte, du hättest alle Blumen weggeworfen, die ich dir geschickt habe, also habe ich dir stattdessen das hier mitgebracht." Er zog ein zusammengerolltes Stück Papier aus der Innentasche seiner Jeansjacke und reichte es ihr.

Als Kitty es glatt strich, sah sie, dass es eine der Zeichnungen war, die sie von ihm gemacht hatte.

„Ich trage das mit mir herum, seit man uns aus dem Delphi herausgeholt hat. Diese Zeichnung ist unglaublich, Kitty, und so war auch unsere gemeinsame Zeit. Du hast dich mir geöffnet und mich an deinem Leben teilhaben lassen. Du hast mir geholfen, mich selbst zu erkennen und zu verstehen, wer ich wirklich bin. Und deswegen kann ich dich nicht gehen lassen. Es sei denn, du befiehlst es mir."

Er umschloss ihr Gesicht mit beiden Händen und schenkte ihr ein Lächeln, das selbst einen Eisberg zum Schmelzen gebracht hätte. „Ich habe tagelang darüber nachgegrübelt, wie ich dir beweisen kann, dass ich dich liebe und mich wirklich an dich binden will. Aber inzwischen weiß ich, dass das nicht möglich ist. Ich kann dir nur sagen, dass ich den Rest meines Lebens mit dir verbringen will, und darauf hoffen, dass du mir glaubst."

Kitty konnte förmlich spüren, wie sich jeder Muskel in seinem Körper anspannte, während er atemlos auf ihre Antwort wartete. Jeder einzelne Zentimeter von ihm strömte Energie und Leidenschaft aus, und gleichzeitig wirkte er so wehrlos und verletzlich wie ein Kind.

Ach, Jack!

Dieser verrückte, wunderbare Mann hatte schon auf sie gewartet, als er noch gar nicht wusste, wer sie war. Er hatte mit allen Mitteln versucht, sie von seinen Gefühlen für sie zu überzeugen, und nachdem sie ihn rigoros aus ihrer Nähe verbannt hatte, hatte er tagelang ein lächerliches Stück Papier mit sich herumgeschleppt, nur weil er es mit ihr verband. Was für Beweise brauchte sie noch, um ihm zu glauben, dass sie mehr als gut genug für ihn war?

Kitty schloss kurz die Augen und holte tief Luft, bevor sie die Worte aussprach, die sie ihm schon ihr halbes Leben lang sagen wollte.

„Ich liebe dich, Jack. Ich habe nie einen anderen geliebt als dich, und ich werde nie aufhören, dich zu lieben."

Jacks angespannte Züge wurden weich, und seine Augen wurden verdächtig feucht. „Bedeutet das ... dass du bei mir bleibst?", fragte er heiser.

„Ja."

„Und du wirst versuchen, mir zu vertrauen?"

„Das tue ich bereits."

Sein Kuss war so atemberaubend, dass sich auch die letzten Zweifel und Ängste in Kitty auflösten. Eng umschlungen sanken sie auf das schmale Bett, in dem sie zahllose Male davon geträumt hatte, in Jack Taylors Armen zu liegen.

„Wie zieht man am besten eine Frau mit einem gebrochenen Knöchel aus?", fragte er sie nun mit etwas ratloser Miene.

„Warte, ich zeige es dir ..."

Gemeinsam streiften sie sich gegenseitig ihre Kleidungsstücke ab. Als Jack noch einmal aufstand, um sicherheitshalber die Tür abzuschließen, fing Kitty plötzlich an zu kichern.

„Was ist?", fragte er und blickte irritiert an sich herab. „Sehe ich irgendwie komisch aus?"

„Ich hätte nie gedacht, dass einmal ein so fantastisch gebauter nackter Mann in meinem Kinderzimmer stehen würde", klärte sie ihn auf. „Sollten wir den Stofftieren nicht lieber die Augen verbinden?"

Jack grinste und zuckte gleichmütig die Schultern. „Solange sie unsere einzigen Zuschauer sind, kann ich damit leben."

Dann legte er sich wieder zu ihr und bewies ihr ein für alle Mal, dass Kitty Giroux die Nummer eins in seinem Leben war.

– ENDE –

Suzanne Forster

Mein sexy Latin Lover

Roman

Aus dem Amerikanischen von
Claudia Biggen

1. KAPITEL

*In jeder Frau steckt ein Sexkätzchen. Man muss es nur entdecken
und in Aktion treten lassen ...*
    „101 Trick, wie eine Frau einen Mann zum Betteln bringt"

*N*a schön, dann bin ich eben altmodisch", verkündete Melissa Sanders und setzte ihr Cocktailglas an die Lippen.
„Ich will nun mal bis zur Hochzeitsnacht warten. Nur zu,
dann erschieß mich einfach."

Ein Strahl kaltes Wasser traf Melissa genau zwischen den Augen.

„He, ich habe doch bloß Spaß gemacht!", protestierte sie und tastete auf dem Tisch nach einer Serviette, während ihre drei Freundinnen schallend lachten. Melissa machte gute Miene zu bösem Spiel und lächelte, obwohl ihr Wasser von der Nase tropfte.

Sobald sie wieder klar sehen konnte, musterte sie ihre langjährige Freundin Kathy Crawford. Sie hatte zwar bemerkt, dass Kathy in ihrer vollgestopften Tasche herumgekramt hatte. Doch sie hatte nicht erwartet, dass diese die Spritzpistole herausziehen würde, die sie zum Selbstschutz mit sich führte. „Was sollte diese Attacke?"

Kathy grinste Melissa herausfordernd an. „Ich sage, heirate den Kerl, wenn das unbedingt nötig ist", erklärte sie. „Jedenfalls musst du dich mit diesem tollen Typen einlassen, Melissa. Du hast die Wette verloren."

„Falls du ihn finden kannst", erklärte Melissa, „werde ich das gleich hier an Ort und Stelle erledigen. Würde euch das glücklich machen?"

„Ja", riefen alle drei wie aus einem Munde.

„Also, ihr solltet euch wirklich schämen." Melissa tat so, als würde sie von ihrem hübschen Sommerkleid einen Fleck wegwischen. Ihre Freundinnen hatten sie schon den ganzen Abend wegen ihres Sexlebens aufgezogen. Da sie keines hatte, hatten sie entschieden, etwas dagegen zu unternehmen. Um sie zu verkuppeln, hatten sie sich fast jedem Mann im Restaurant genähert und ihn angefleht, sie für eine Nacht zu heiraten.

Melissa hatte sich längst an die manchmal derben Scherze ihrer Freundinnen gewöhnt. Sie waren alle vier seit ihrer Kindheit befreundet und befanden sich gegenwärtig auf ihrer jährlichen Flucht vor dem Alltag in der mexikanischen Stadt Cancún. Doch zu Melissas Überraschung war dann einer der Männer, ein umwerfender Kellner namens Antonio, vor ihr auf die Knie gesunken, und hatte ihr einen Antrag gemacht. Melissa hatte sich geärgert, aber sie war auch ein wenig beschwipst und – nun ja, sie fühlte sich auch geschmeichelt. Hauptsächlich, um es ihren Freundinnen zu zeigen, nahm sie seinen Antrag an. Antonio schien sich darüber zu freuen. Offenbar hatte er gehört, dass sie mit niemandem schlafen würde, mit dem sie nicht verheiratet war, und liebte Herausforderungen. Möglicherweise war er auch von ihren Freundinnen dazu überredet worden. Doch als er sich über ihre Hand beugte und sie küsste, war es Melissa ganz heiß geworden.

Zum Glück für sie ließ Antonio ihre Hand wieder los, verbeugte sich kurz und verschwand. Wahrscheinlich hielt er das Ganze für einen gelungenen Scherz, doch Melissa war immer noch durcheinander.

Schon bei ihrer ersten Begegnung hatte dieser Mann sie tief beeindruckt. Davon wussten ihre Freundinnen nichts, doch Antonio hatte sie vor drei Tagen angesprochen, während sie barfuß am Strand spazieren gegangen war. Sie hatte sehnsüchtig das Meer betrachtet und plötzlich einen Fremden bemerkt, der in ihre Richtung kam. Sein Hemd bauschte sich im Wind, er hatte eine Schürze um die Hüften gebunden und sah aus, wie ein Mann, der einen Auftrag zu erfüllen hatte. Erst als er bei ihr ankam, und ihr sagte, es hätte Haialarm gegeben, wurde ihr klar, dass er nur ihretwegen an den Strand gegangen war. Seine angenehme Stimme klang ihr immer noch im Ohr.

„Der Anblick des Wassers ist trügerisch", hatte er sie gewarnt. „Gehen Sie nicht hinein, nicht einmal bis zur Wade."

Verwundert über seine unerklärliche Sorge um ihre Sicherheit, sah sie ihn an. Dieser Mund, diese strahlenden Augen, die so dunkel waren, dass sie fast schwarz wirkten … allein sein Anblick konnte einem den Boden unter den Füßen wegziehen. Wahrscheinlich wäre sie bei den Haien sicherer.

„Danke", sagte sie, als er sie bei der Hand nahm und vom Wasser wegführte.

„Was haben Sie hier draußen gesucht?", fragte er.

Irgendetwas an ihm brachte Melissa dazu, die Wahrheit zu sagen. „Mein Leben", erwiderte sie mit einem flüchtigen Lächeln.

Der Blick, mit dem er sie jetzt musterte, raubte ihr beinahe den Atem. Ihr Verstand konnte nicht genau erfassen, was sie sah, außer dass Antonio eine unglaublich männliche Ausstrahlung hatte. Sie entdeckte bei ihm den Wunsch, sie zu beschützen und etwas anderes, das sie nicht benennen konnte. Melissa grub die Zehen in den Sand. Antonio ließ ihre Hand los. Melissa wollte nicht, dass er ging, aber sie hatte keinen

Grund ihn aufzuhalten. Schließlich war er bloß gekommen, um sie zu warnen. Er würde wieder verschwinden, als hätte sie ihn sich nur erträumt, außer, dass dieser Mann besser war als ihre schönsten Fantasien.

„Suchen Sie nicht zu lange", sagte er. „Sie könnten Ihr Leben sonst verpassen."

Am nächsten Morgen waren sie sich erneut begegnet, und sie hatte ihn gefragt, was er damit gemeint hatte. Er hatte nur gelächelt und geantwortet, sie habe hübsche Füße und sollte immer barfuß gehen.

„Melissa, träumst du wieder?"

Melissa sah auf und entdeckte drei Augenpaare, die neugierig auf sie gerichtet waren. „Dank Kathy trockne ich mich immer noch ab." Sie hörte auf, ihr Gesicht abzutupfen und leerte ihr Glas.

Es war Samstagabend und das bezaubernde Restaurant am Wasser hatte sich rasch gefüllt. Die Gäste verteilten sich auf dem gefliesten Innenhof, in dem karmesinrote Bougainvilleen wuchsen und wo die Freundinnen auf einem leicht erhöhten Teil an einem Tisch saßen. Von dort aus blickte man auf eine idyllische Bucht, und die jungen Frauen hatten vor, nach ein paar Cocktails hier zu Abend zu essen. Allerdings schienen die Freundinnen sich jetzt nur noch für Melissas Liebesleben zu interessieren.

„Ihr habt doch gehört, dass ich Ja gesagt habe", erklärte Melissa ihren Begleiterinnen kühn, nachdem sie sich vergewissert hatte, dass Antonio wirklich weggegangen war. „Ihr seid alle Zeugen. Wenn er nicht kalte Füße bekommen hätte, hätte ich ihn geheiratet, selbst wenn es nur für eine Nacht gewesen wäre."

Ihre Freundinnen gaben spöttische Laute von sich, und Melissa tat so, als sei sie gekränkt.

„Ihr glaubt mir nicht? Ihr denkt, ich wäre nicht fähig, jemals spontan etwas völlig Verrücktes zu tun?"

Kathy stand auf und hob ihr Glas. „Auf die keusche Jungfrau", verkündete sie, „die einen Mann ohne Kondom nicht einmal küssen würde."

Die anderen pflichteten Kathy bei, und so gern Melissa auch protestiert hätte, es wäre unsinnig gewesen. Die Mädchen kannten sie, und Kathy kannte sie am besten von allen. Sie waren zusammen aufgewachsen und auf dieselben Schulen gegangen.

Melissa und Kathy hatten einander immer alles erzählt und taten das auch jetzt noch. Melissa hatte jede von Kathys Romanzen miterlebt. Sie wusste, dass ihre Freundin mit ihren achtundzwanzig Jahren mit fünf verschiedenen Männern geschlafen hatte, einschließlich eines One-Night-Stands. Und Kathy wusste wiederum, dass Melissa noch keine Erfahrungen hatte.

Oder genauer: *fast* noch keine. Ein sexuelles Erlebnis hatte es gegeben, aber das war etwas anderes. Melissa hatte geglaubt, sie würde Roger Boswell heiraten, und er war zuerst damit einverstanden gewesen zu warten. Doch sobald sie offiziell verlobt waren, hatte er sie gedrängt, mit ihm zu schlafen, denn es sei ja möglich, dass sie sexuell nicht zusammenpassen. Schließlich hatte sie nachgegeben, und das erste Mal war zu einer Katastrophe geworden. Melissa war fürchterlich nervös gewesen und nichts hatte geklappt. Am nächsten Tag hatte Roger sie fallen lassen, und natürlich hatte sie sich selbst dafür die Schuld gegeben. Doch hätte der richtige Mann nicht gewartet oder wäre zumindest verständnisvoller gewesen?

Dickköpfig hielt sie an dieser Idee fest, aber seitdem war weder der Richtige gekommen noch hatte sie weitere sexuelle Erfahrungen gemacht, was ziemlich frustrierend für sie war.

Auch die anderen Frauen hatten ihre Gläser erhoben, doch Melissa wollte keinen Trinkspruch auf ihr klägliches Liebesleben.

„Tut wenigstens so, als würdet ihr mir etwas zutrauen." Sie zog einen Schmollmund. „Ich könnte mich als Luder entpuppen."

„Natürlich könntest du das!" Pat Stafford hob ihr Glas noch ein Stückchen höher. Pat war früher auf der Highschool Cheerleader gewesen. Sie war schlank, blond und auch heute noch hübscher, als nach Melissas Meinung erlaubt sein sollte.

„Nach journalistischer Auffassung bist du bereits die Königin der Luder", versicherte Kathy. „Wenn man an alle diese erotischen Artikel denkt, die du für ‚Women Only' schreibst."

Bei der Erwähnung ihres geheimen Lebens als Autorin von Artikeln für Frauenzeitschriften, in denen sie beschrieb, wie man sexuelle Erfüllung finden konnte, zuckte Melissa zusammen. Auch wenn ein paar Texte ziemlich gewagt waren, so stammte alles, was sie schrieb aus ihren eigenen unerfüllten Fantasien. Manche Frauen täuschten Orgasmen vor. Sie täuschte eben den ganzen Sex vor. Wahrscheinlich hätte sie wie ein ängstliches Kaninchen Reißaus genommen, wenn Antonio es ernst gemeint hätte. Obwohl sie es eigentlich leid war, davonzulaufen und sich wie eine Schwindlerin zu fühlen.

Aber natürlich hatte er seinen Antrag nicht ernst gemeint. Das Ganze war ein verrückter Scherz gewesen, auch wenn Melissa die Vorstellung gefiel, er wäre bereit, für eine Nacht mit ihr so weit zu gehen. Eigentlich war das immer schon eine ihrer Lieblingsfantasien gewesen. Sie hatte sich schon oft gefragt, wie es wohl wäre, wenn ein starker Mann sie so sehr begehrte, dass er alles tun würde für die Gelegenheit, seine heimlichen Wünsche mit ihr zu befriedigen. Allein bei der Vorstellung wurde ihr ganz heiß, und erregende Schauer rannen ihr über den Rücken.

Renee Tyler, die temperamentvollste Frau im Quartett, meldete sich zu Wort. „Vergesst die Männer. Besorgen wir uns lieber Schokolade. Das ist sowieso besser als Sex."

Erneut hoben alle die Gläser. „Hört, hört!"

Zum Glück war Melissas Glas leer. Noch ein Schluck, und ich liege unter dem Tisch, dachte sie. Im Moment war sie nicht mal imstande, ihren Seidenschal zu finden, den sie mitgenommen hatte, und nach Sonnenuntergang wurde es immer recht frisch draußen.

„Jetzt könnte ich ein Stück Käsekuchen vertragen", meinte Renee schwärmerisch. „Lasst uns aufbrechen, Señoritas."

„Eine Sekunde noch." Melissa ging in die Hocke, um unter dem Tisch zu suchen. Wo konnte ihr Schal bloß sein?

„Melissa", flüsterte Kathy und stupste sie an.

„Was ist denn?" Melissa tastete auf dem kühlen Fliesenboden nach dem Schal. Unter dem Tisch war es dunkel, und Seide war glatt. Doch endlich fand sie ihn.

„Sieh mal, wer da ist! Pst, Melissa."

Jemand kreischte, und Melissa stieß heftig mit dem Kopf gegen den Tisch. Als sie einen Moment später über die Tischkante spähte, entdeckte sie, dass Antonio zurückgekommen war. Jetzt trug er ein weißes Smokinghemd und eine schwarze Hose und er war in Begleitung eines anderen Mannes, der verdächtige Ähnlichkeit mit einem Priester hatte.

Antonio lächelte sie an, und eine Sekunde lang dachte sie daran, wieder unter dem Tisch zu verschwinden. Doch ihre Freundinnen beobachteten aufmerksam, wie sie reagierte.

„Hallo, Melissa", sagte Antonio.

Sie winkte ihm mit den Fingern zu. „Hi", schaffte sie zu sagen. Merkwürdigerweise schien sich der Boden unter ihr zu bewegen. Gab es Erdbeben in Cancún?

„Das ist Hochwürden Domenici." In Antonios melodischer dunkler Stimme klang nur der Anflug eines Akzents mit. „Er hat angeboten, uns zu helfen."

„Uns helfen? Wobei?", flüsterte sie, weil ihre Stimme versagte.

„Zu heiraten natürlich."

Melissa versuchte aufzustehen, obwohl sie sich ziemlich sicher war, sie würde das nicht schaffen. Das alles musste ein Scherz sein, hinter dem vermutlich ihre Freundinnen steckten. Wie weit würden sie noch gehen?!

Kathy wich zur Seite, als Antonio die Hand nach Melissa ausstreckte. „Hochwürden, diese schöne Frau und ich wollen heute Nacht eins werden."

Scherz oder nicht, Melissa war entsetzt. Doch sie war auch entzückt. Antonio half ihr beim Aufstehen. Sie schwankte nur ganz leicht, als er ihr eine dunkelrote Rose reichte. Außerdem hatte er einen weißen Schleier aus zarter Spitze mitgebracht.

„Für Melissa", sagte er, „die Antwort auf die Träume eines Mannes."

„Träume" war genau das richtige Wort. Sie kam sich wirklich wie im Traum vor. Die melodischen Klänge einer Mariachiband drangen aus dem Restaurant, und Melissa hörte ihre Freundinnen im Hintergrund miteinander reden. Doch sie verstand nicht, was sie sagten. Antonios Größe zwang sie, den Kopf in den Nacken zu legen, um ihn anzusehen und dadurch wurde ihr schwindelig – oder lag das an den Cocktails?

Zum ersten Mal nahm Melissa sich die Zeit, ihn gründlich zu betrachten. Er besaß einen unglaublich sinnlichen Mund und dunkle Augen, in denen man sich verlieren konnte. Die Mädchen mussten ihn zu diesem Schauspiel überredet haben. Denn was konnte ein Mann wie er sonst von ihr wollen? Obwohl, ein Mauerblümchen war sie auch nicht gerade. Sie hatte gute Zähne, glänzendes dunkles Haar und lange Beine, was aber mehr klang, als würde man ein Pferd beschreiben. Allerdings konnte sie noch immer dieselben Jeans anziehen, die sie während der Highschool getragen hatte. Was machte es da aus, dass sie sich flach auf den Rücken legen und die Luft anhalten musste, um den Reißverschluss zu schließen?

Sie bezweifelte, dass Antonio jemals Probleme hatte, seine Hose zu schließen. Oder den Reißverschluss zu öffnen. Bei diesem Gedanken musste sie lächeln. Was sie sah, gefiel ihr sehr. Seine Hose passte, als sei sie maßgeschneidert. Schmale schwarze Satinbänder liefen an den Außennähten entlang, und wenn er sich bewegte, straffte sich der Stoff leicht. Die obersten Knöpfe seines schneeweißen Smokinghemdes standen offen, und ein Stück seiner sonnengebräunten Haut war sichtbar.

Kathy hätte ihn wahrscheinlich als „lecker" beschrieben, und Melissa zweifelte nicht daran, dass jede ihrer Freundinnen gerne mit ihr getauscht hätte, selbst wenn dann der Scherz auf ihre Kosten gegangen wäre. Aber Antonio hatte sie, Melissa, gewählt, und der Grund war ihr jetzt egal.

Einen Augenblick später stellte sie überrascht fest, dass Antonio sie vom Tisch wegführte. Merkwürdigerweise schien sie nicht einmal den Wunsch zu haben, ihn aufzuhalten. Ganz im Gegenteil, mit diesem Mann wäre sie überall hingegangen und hätte alles gemacht. Wie war das möglich?

Sie warf einen Blick über die Schulter nach hinten und lächelte ihren Freundinnen nervös zu.

„Wo geht ihr hin?", fragte Kathy.

„In die Mission", erwiderte Antonio.

„In die Mission", wiederholte Melissa. „Ich habe die Wette verloren, wisst ihr noch?"

„Aber du kannst ihn doch nicht einfach heiraten", sagte Renee. „Ihr braucht eine Lizenz und …"

„Alles, was ich brauche, ist sie." Antonio drehte sich zu den drei sprachlosen Frauen um und erklärte mit ruhiger, aber bestimmter Stimme: „Ihr habt jeden Mann in diesem Restaurant angefleht, sie zu heiraten und eine Frau aus ihr zu machen. Aber deshalb habe ich ihr keinen Antrag gemacht. Aus irgendeinem Grund seht ihr das nicht, doch sie ist eine wunderschöne, begehrenswerte Frau, nach der sich jeder heißblütige Mann sehnt, und ich will sie."

Melissa war so erstaunt wie jeder andere auf der Terrasse. Vielleicht war das Ganze doch kein Scherz? Sie sah ihre Freundinnen an, und ein eigenartiges Unbehagen erfasste sie. Sie schienen nicht zu wissen, was sie tun sollten, und sie wusste das ebenfalls nicht. Sie hatten gewettet, sie könnten einen netten Mann dazu überreden, sie für eine Nacht zu heiraten. Nun, Antonio war mehr als nett, er war umwerfend und er wollte sie offenbar wirklich.

Jetzt wäre der Zeitpunkt, ein paar Fragen zu stellen und herauszufinden, was hier vorgeht, sagte sich Melissa. Wenn ihr Kopf wieder klar war, vielleicht würde dann dieser Ansturm verrückter Gefühle verschwinden, und sie würde wieder vernünftig denken können. Obwohl, möglicherweise wollte sie gar nicht wirklich, dass der Gefühlsansturm verschwand. Ihr ganzes Leben hatte sie auf solche Empfindungen gewartet.

Plötzlich verstand sie, warum eine Frau sich von einem Impuls hinreißen ließ. Darüber schrieb sie zwar Artikel, aber sie hatte nicht gedacht, dass sie diese Erfahrung einmal selbst machen würde. Eigentlich war sie immer nur eine Beobachterin und keine Akteurin. Sie lebte durch andere und träumte nur von leidenschaftlichen Abenteuern.

Aber das, was sie jetzt erlebte, war faszinierender als alle ihre Fantasien. Deshalb ging Melissa mit Antonio Hand in Hand aus dem Restaurant. Deshalb wollte sie nicht anhalten, nicht einmal für eine Sekunde. Zum ersten Mal im Leben würde sie das tun, was sie schon immer hatte tun wollen: Sie würde spontan sein.

Melissa schlug die Augen auf. Vage erinnerte sie sich daran, dass sie vom Alkohol ganz benebelt gewesen war und sich eine Sekunde lang hatte hinlegen wollen. Das war alles. War sie ohnmächtig geworden? Die Rum Mocambos schmeckten wie Fruchtpunsch, aber sie wirkten verheerend.

Allerdings, was auch passiert war, sie hatte nicht geträumt, obwohl es draußen hinter den Vorhängen noch dunkel war. Sie lag auf einem Bett, in den Armen eines Mannes, und sie beide waren vollständig angezogen. Letzteres kam ihr merkwürdig vor. Wie konnten sie vollständig angezogen sein, wenn …

Sie hob den Kopf. „Antonio?"

Er war wach und betrachtete sie, als hätte er das seit Stunden getan. Melissa durchforschte ihr Gehirn nach Einzelheiten. Es hatte eine Hochzeitszeremonie in einer kleinen mexikanischen Mission stattgefunden, bei der kein Wort Englisch gesprochen worden war. Doch das hatte sie die ganze Zeit überhaupt nicht gekümmert. Antonio hatte ihr einen wunderschönen filigranen Goldring an den Finger gesteckt und anschließend hatte sie ein Schriftstück unterschrieben, das in Spanisch verfasst war und durchaus eine Heiratsurkunde gewesen sein konnte.

Antonio hatte alles so arrangiert, dass es unglaublich echt wirkte, aber natürlich war das nicht der Fall. Kein Priester würde zwei Menschen trauen, die sich nicht kannten und nicht einmal dieselbe Sprache redeten. Und sie, Melissa, konnte unmöglich wegen eines Dokuments, von dem sie nicht einmal wusste, was es war, an einen Fremden gebunden sein. Die ganze Sache war einfach nur ein romantisches Abenteuer, das dazu geführt hatte, dass …

„Wir sind im Bett", erklärte sie. Anscheinend befanden sie sich in einem Hotelzimmer, das so aussah, als könnte es sich eigentlich ein gewöhnlicher Kellner nicht leisten. Die wunderschön gearbeiteten schmiedeeisernen Pfosten des breiten Bettes wanden sich nach oben und trugen einen Baldachin aus rotem Satin. Eine karmesinrote Wolke wogte über ihren Köpfen und eine weiche Bettdecke mit Leopardenmuster lag unter ihnen. Überall brannten Duftkerzen, die dem Raum eine romantische Note verliehen und nach Vanille dufteten. Auf einer Kommode stand sogar eine Schale mit exotischen Früchten.

Verführten Latinos ihre Frauen mit Essen?

„*Sí, cama*", sagte er und klopfte mit der flachen Hand auf die Bettdecke. „Das ist Spanisch und bedeutet Bett."

„Haben wir ... ich meine, natürlich haben wir ... Wir sind *en una cama*. Aber haben wir ..."

„Die Ehe vollzogen?"

Hatte er genickt? Melissa war sich nicht sicher. Sie wusste nur, dass sie dahinschmolz, wenn er sie so ansah wie jetzt.

„Wäre nett, wenn ich mich erinnern könnte", sagte sie.

„Wie solltest du dich erinnern? Du hast geschlafen", erwiderte er mit seiner tiefen weichen Stimme.

„Wir haben es gemacht, während ich schlief?"

Er lachte. „Du musst sehr schöne Träume gehabt haben."

„Dann ist also nichts passiert? Du hast mich nur beim Schlafen beobachtet?"

„Ich habe dir beim Träumen zugesehen und dich in den Armen gehalten."

Seinem Ton nach zu schließen, war das offenbar ein großer Unterschied für ihn. Der Mann war unglaublich romantisch.

Sie zupfte an ihrem Sommerkleid. „Antonio, wir sind beide angezogen."

„Das kommt daher, dass wir unsere Kleider nicht ausgezogen haben."

„Aber du hast mich geheiratet." Sie deutete auf den Ring an ihrem Finger. „Warum solltest du das tun, und dann keinen Sex mit mir haben?"

Sein Blick verdunkelte sich, wenn das überhaupt möglich war. „Ich habe dich aus vielen Gründen geheiratet, einer davon war, weil ich entdecken wollte, wie deine Leidenschaft geweckt werden kann. Aber ich habe dich auch geheiratet, um zu beweisen, dass deine Freundinnen sich irren. Sie mögen glauben, sie würden dich kennen. Doch das stimmt nicht."

„Und du kennst mich?"

„Nein, aber …“ Er neigte den Kopf. „Wie soll ich das erklären? Lass es mich mal so ausdrücken: Dein Lächeln hat mich angelockt wie ein Wunschbrunnen, und ich möchte herausfinden, wie tief er ist.“ Er liebkoste ihre Lippen mit dem Finger. „Ich möchte, dass keiner von uns beiden diese Nacht jemals vergisst.“

„Eine Nacht? Nur eine Nacht?“

„Alles fängt mit einer Nacht an, Melissa.“

Sie lachte, weil ihr nicht einfiel, was sie sonst tun sollte. „Bist du sicher, dass ich tatsächlich aufgewacht bin? Vielleicht träume ich immer noch.“

Kneif ihn, dachte sie. Wenn er schreit, ist er echt. Aber dazu kam sie nicht, denn er nahm sanft, aber bestimmt ihre Hand. Melissa überlegte, ob er sie lieben würde, als wäre ihr Körper ein köstliches Mahl, das er genüsslich verzehren wollte. Das wäre gar nicht so schlecht. Das hatte noch niemand mit ihr gemacht.

„Was lässt dein Herz schneller schlagen?“, wollte er wissen.

Sie bemühte sich, keine Reaktion zu zeigen, als er ihre Hand so drehte, dass ihr Puls nach oben wies. Gespannt wartete sie, was Antonio nun tun würde.

Mit den Lippen berührte er die Stelle, wo ihr Pulsschlag zu spüren war.

„Mein Handgelenk zu küssen scheint zu funktionieren“, meinte sie leise, und ihre Stimme klang dabei leicht heiser.

Ganz ruhig bleiben, Melissa, sagte sie sich. Wenn sie über diese Sachen schreiben wollte, sollte sie einiges davon ausprobieren. All die aufregenden Dinge, die sie sich sonst immer bloß ausdachte. Heiße Lippen auf nackter Haut. Die Hand eines Mannes, der sie langsam und verführerisch liebkoste. Der erste Schrei der Lust, den er ihr entlockte.

„Wollen wir wetten, dass das mit dem Ellbogen auch geht?“, fragte er lächelnd.

Sie schüttelte den Kopf. „Nicht genau so …“ Doch rasch erkannte sie ihren Irrtum.

Antonio überzog die Innenseite ihres Arms mit Küssen und liebkoste sie dabei spielerisch mit den Zähnen. Ihre Haut kribbelte, als er die Lippen auf die zarte Haut ihrer Armbeuge presste. Hitze durchströmte Melissa, und ihr wurde schwindelig.

Als sie in Antonios Arme sank, flüsterte er zärtlich: „Willkommen zu Hause.“

Melissas Kleid rutschte hoch, aber das merkte sie kaum. Sie war voller Leidenschaft, und das schien auch auf Antonio zuzutreffen. So also fühlte sich ungezügelte Lust an. Melissa hatte nicht geahnt, dass man so plötzlich davon überfallen werden konnte. Das war so ähnlich wie beim Niesen. Anfangs war alles in Ordnung, und von einer Minute auf die andere suchte man nach einem Taschentuch.

Im Augenblick hatte sie das Gefühl, sie brauchte gleich eine ganze Packung Taschentücher. Sie wollte küssen und beißen. Sie wollte geküsst und gebissen werden.

„Warum hast du mich geheiratet?", fragte er und betrachtete dabei aufmerksam ihr Gesicht.

Nun, er wollte anscheinend lieber reden.

Melissa versuchte, sich ihre Enttäuschung nicht anmerken zu lassen, und zuckte mit den Schultern. „Weil ich mich gerne in so viel Schwierigkeiten bringe wie nur möglich."

„Du hast mich geheiratet, um dich in Schwierigkeiten zu bringen?"

„Ja, ganz bestimmt."

„Welche Art Schwierigkeiten?"

„Die Art, in die man kommt, wenn man Dinge tut, die man sich immer nur vorstellt zu tun."

Er sah sie forschend an. „Was hat dich bisher davon abgehalten?"

„Ich war noch nie in Schwierigkeiten dieser Art. Ich bin nicht sicher, ob ich wüsste, wie man da wieder rauskommt."

„Dann wollen wir dich erst mal reinbringen."

Sachte strich er mit den Fingern über ihre Brustspitzen. Seine Dreistigkeit machte Melissa augenblicklich sprachlos, und von Neuem durchströmte es sie heiß. Antonio fuhr mit dem Finger am Ausschnitt ihres Kleides entlang. Bis jetzt hatte er sie noch nicht einmal geküsst, und er ging schon aufs Ganze!

Schauer der Erregung liefen ihr über den Rücken. Hingerissen beobachtete Melissa, wie Antonios gebräunte Hände ihre von einer feinen Röte überzogene Haut streichelten. Ihre Brustwarzen richteten sich auf. Sie versuchte nicht, Antonio aufzuhalten, was die Spannung nur noch erhöhte. Schon immer hatte sie sich gefragt, wie es wohl wäre, wenn ein Mann mit ihr machen würde, was er wollte. Wenn sie ein willenloses Spielzeug wäre, das nur seiner Lust diente, zumindest ein paar Stunden lang.

Was würde das für einen Artikel ergeben! *Lass dich vom Mann verführen, lass ihn küssen, spielen und berühren, dann fühlt er Tag und Nacht die Kraft der Leidenschaft.*

Nun, schlechte Gedichte zu machen, das kostete viel zu viel Energie. Außerdem konnte sie sich bei den sensationellen Empfindungen, die Antonios Zärtlichkeiten in ihr auslösten, kaum auf etwas anderes konzentrieren.

Antonio schien auch ganz in das vertieft zu sein, was er tat. Ganz offensichtlich gefiel es ihm, zu beobachten, wie sie nach Atem rang, wenn er sie berührte. Sie erbebte, als er Küsse in die kleine Mulde zwischen ihren Brüsten hauchte. Melissa fragte sich, ob sie wohl heute Nacht die höchste Lust erleben würde, von der sie bisher immer nur geträumt hatte. Sie spürte immer noch die Stelle auf ihrem Handgelenk, wo Antonio sie mit Mund und Zunge liebkost hatte. Das hatte so herrlich gekitzelt.

Sie stöhnte auf, als sie erneut erregende Schauer durchströmten.

Antonio begegnete ihrem Blick. „Du erinnerst mich an ein Kätzchen", sagte er. „Große, unschuldige Augen, scharfe kleine Krallen und sehr neugierig. Was möchtest du denn als Nächstes tun?"

Melissa hätte lieber Ähnlichkeit mit einer Wildkatze gehabt, aber immerhin war das hier schon mal ein Anfang. „Wie wäre es, wenn du mich küsst?" Es war sehr lange her, dass sie mit einem Mann heiße Küsse getauscht hatte, und sie wollte endlich ihre Kenntnisse auf diesem Gebiet erweitern. Vielleicht sollte sie dieses ganze Abenteuer einfach als Recherche abschreiben, und wenn das nicht ging, dann würde sie sich wenigstens nicht länger wie eine Schwindlerin vorkommen und hätte endlich eigene aufregende Erfahrungen, auf die sie zurückgreifen konnte.

Melissa beschloss, etwas mehr zu riskieren. „Oder Rollenspiele?"

„Rollen und spielen?" Er schien nicht zu verstehen, wovon sie sprach. Obwohl er gut Englisch sprach, stieß er hier offenbar an seine Grenzen.

„Vielleicht sollte ich dir einfach zeigen, was ich meine", erklärte sie. „Kann ich mir ein Laken nehmen?"

Gemeinsam zogen sie ein Laken heraus. Es war ein wunderschönes Stück aus schwarzer Seide. Melissa fielen gleich ein halbes Dutzend Kostüme ein, die sich daraus machen ließen.

„Geh nicht weg", sagte sie zu Antonio und verschwand mit dem Laken nach nebenan ins Bad. In dem mit Marmor gefliesten Raum befand sich ein großer Spiegel, in dem Melissa sich unwillkürlich betrachtete, während sie sich auszog. Sie hatte eigentlich eine ganz nette Figur, aber Melissa sah sich nicht oft an, wenn sie nackt war. Ihr Bauch war flach, ihre straffen Brüste hatten keinen Push-up-BH nötig. Ihr Po war auch nicht schlecht, und ihre Waden waren hübsch geformt, zweifellos dank Yoga.

In diesem Moment fiel Melissa wieder ein, dass sie sich fast nackt im Badezimmer einer Hotelsuite befand, und ein Mann auf einer mit Leopardenmuster bedruckten Decke auf sie wartete. Träumte sie, oder war es Wirklichkeit? War sexuelle Erfüllung immer so aufregend? Melissa wollte Erfahrungen sammeln, aber die ganze Situation war verrückt. Der Alkohol war schuld daran und außerdem hatte sie sich auch noch am Tisch im Restaurant den Kopf gestoßen. Man konnte sie leichtsinnig, betrunken und frivol nennen. Aber vielleicht war jetzt ihre Gelegenheit herauszufinden, wer sie wirklich war.

Sie zog sich bis auf den Slip aus, verknotete die Enden der Decke über einer Schulter, sodass sie aussah wie eine schwarze Seidentoga, und ließ das Ende wie eine Schleppe auf den Boden hängen. Einen Augenblick lang dachte sie bereits daran, eine Brust entblößt zu lassen, aber um so mutig zu sein, hätte sie sich noch einmal den Kopf stoßen müssen. Trotzdem, so wie heute hatte sie sich mit ihren achtundzwanzig Jahren noch nie benommen. Einen Augenblick später öffnete sie dann die Badezimmertür, hob die Arme über den Kopf und berührte links und rechts den Türrahmen, als wäre sie dort festgebunden.

Antonio rollte sich auf die Seite, stützte das Kinn auf die Faust und betrachtete sie interessiert. Er hätte gut das Model auf der Mittelseite von „Playgirl" sein können, obwohl er dafür zu wenig Haut zeigte.

„Habt Erbarmen, Lord", sagte Melissa leise. Beinahe hätte sie gekichert, aber sie nahm sich zusammen und fuhr fort: „Schändet mich nicht und werft mich in den Vulkan."

Antonio sah auf. „Wie bitte?"

„Ich sagte, schändet mich nicht und werft mich in den Vulkan. Du bist der Häuptling, und ich bin die einzige Jungfrau, die noch im Dorf übrig ist. Du musst mich opfern, um die Götter des Vulkans zu besänftigen."

Er hob eine Augenbraue. „Könnte ich dich nicht einfach nur schänden?"

„Nein! Es muss ein blutiges Opfer geben."

„Das klingt sehr hart, findest du nicht?"

„Nein, eigentlich ist es wundervoll, verstehst du, weil du es nicht tun kannst. Du kannst mich nicht in den Tod stürzen, deshalb opferst du dich selbst. Oh", meinte sie, „ich liebe das. Das ist so edel. Das passt so gut zu dir, Antonio."

Er setzte sich auf und schwang die nackten Füße vom Bett. „Ich begrüße das in mich gesetzte Vertrauen, schöne Jungfrau, aber so edel bin ich gar nicht und ich habe eine bessere Idee. Lass uns das Spiel einfach halten. Ich könnte dich so lange reizen, bis du mich darum bittest, über dich herzufallen."

„Was ist das für eine Fantasie?"

Antonio begann sein Hemd aufzuknöpfen. „Das ist die Fantasie der anständigen und zurückhaltenden Dame, die vorgibt, gegenüber Zärtlichkeiten und lüsternen Vorschlägen immun zu sein. Ich bin der Pirat, der sein Bestes tut, um zu beweisen, dass das nicht stimmt."

„Nicht schlecht." Außer dass Melissa selbst eine heiße Idee hatte. Sie nahm eine selbstbewusste Pose ein und warf ihm eine Kusshand zu. Als Nächstes schüttelte sie ein wenig die Schultern. Diese Bewegung ließ ihre Brüste wippen. Während Antonio gebannt auf ihr Dekolleté sah, fasste sie unter die Decke und zog ihren Slip ein Stück nach unten.

Antonio sah sie gebannt an.

Ermutigt durch sein Interesse, ließ sie die Hüften kreisen, zog das Laken ein wenig hoch und entblößte dabei helle Haut.

Antonio verfolgte jede ihrer Bewegungen. „Wie nennt man diese Fantasie?"

„Ich spiele das schamloses Flittchen."

„Das gefällt mir."

Seine Stimme klang heiser vor Erregung und steigerte Melissas Vergnügen.

Er stand auf. Sein Hemd war jetzt ganz offen, und der weiße Stoff bildete einen Kontrast zum dunklen Ton seiner Haut. Antonio sah einfach umwerfend aus. Das ist nicht fair, dachte Melissa.

Doch jetzt war wieder sie an der Reihe. Zeig ihm, was du kannst, und spiel weiter, befahl sie sich.

Sie enthüllte noch mehr Bein und ließ die Hüften kreisen, bis ihr Slip so tief rutschte, dass er ihre Beine nach unten glitt.

Antonio betrachtete sie verlangend. Seine Mundwinkel zuckten leicht.

Mit zwei großen Schritten war er bei ihr. Melissa hielt kurz den Atem an. Sie erwartete, dass er sie in die Arme nehmen und leidenschaftlich küssen würde. Stattdessen lächelte er nur und begann sanft ihre Schultern zu streicheln.

„Du spielst mit mir", meinte sie.

Er musterte sie von Kopf bis Fuß, und herausfordernd hielt sie seinem Blick stand.

„Gefällt dir, was du siehst?", fragte sie.

„Oh, ja."

„Dann nimm es dir, wenn du kannst."

Sie wollte aus ihrem Slip treten, aber die Berührung seiner Lippen ließ sie innehalten. Antonio umarmte sie und legte seine Hand auf ihre am Türrahmen. Die andere Hand schob er unter das Laken.

Melissa keuchte. Jetzt spielte sie nicht mehr.

Antonio stöhnte leise, als er ihre nackte Haut berührte.

Melissa zitterte wie ein Blatt im Wind, als sie seinen Kuss erwiderte. Wellen der Lust durchströmten sie. Das war besser als ein Traum. Solche aufregenden Gefühle konnte man sich nicht vorstellen. Man musste sie empfinden und ihnen nachgeben.

Antonio legte eine Hand auf ihren Rücken und zog sie fester an sich. Dann wanderte er mit der Hand tiefer, näherte sich ihrem nackten Po und Melissa gab sich völlig seinen süßen Küssen hin.

Er schob die Zunge zwischen ihre halb geöffneten Lippen, und Melissa seufzte erwartungsvoll. Doch lange, bevor sie bereit war, den Kuss zu beenden, zog er sich zurück. Sie suchte seinen Blick und entdeckte darin Leidenschaft. Antonio war ebenfalls erregt, und das machte ihr Mut. Er war zwar noch nicht völlig entflammt, aber das würde schon noch kommen.

Sie wollte, dass das geschah. Sie brauchte die Bestätigung. Damit würde sie beweisen, dass sie ihre Ängste überwinden und sich ihren Wünschen hingeben konnte.

Doch zurück zum Spiel. Nun würde der langsame Angriff auf seine Sinne beginnen, und Melissa nahm sich vor, gnadenlos zu sein. Sie würde ihn locken, sich ihm dann aber wieder entziehen. *Gib ihm kleine Kostproben, aber lass ihn sich nie satt essen.* Das würde keine leichte Aufgabe sein.

Sie war bereit, das Laken fallen zu lassen und sich völlig nackt zu präsentieren. Wie schön wäre es dann, die Brüste an ihm zu reiben und zu beobachten, was das bei Antonio auslöste. Melissa schluckte, während sie sich vorstellte, wie er sie küssen und streicheln würde, wenn sie nackt im Türrahmen stand. Wer war dann wohl wem ausgeliefert?

„Hat dich schon jemals eine Frau verrückt vor Lust gemacht?", fragte sie.

„Noch nie."

„Gut." Sie hob das Knie und ließ es über die Innenseite seines Schenkels nach oben gleiten. „Dann will ich die Erste sein."

Sie bemühte sich, nicht überrascht zu wirken, als sie spürte, wie seine Erregung wuchs. Diese Nacht schien dazu geeignet zu sein, ihre Fantasien auf vielfältige Weise zu erfüllen. In einem Artikel hatte Melissa einst die Vorzüge eines von der Natur großzügig ausgestatteten Mannes beschrieben, aber sie hatte noch nie eigene Erfahrungen damit gemacht. Ihr Pirat würde langsam und geduldig mit ihr sein müssen, obwohl sie nicht die Absicht hatte, ihm das gerade jetzt zu sagen.

Sie rieb aufreizend ihr Bein an ihm. „Ist das schamlos genug für dich?"

„Am liebsten würde ich dich gleich hier an Ort und Stelle vernaschen."

Seine Stimme klang kehlig und rau, so erregt war er, während Melissa fast keinen Ton mehr herausbrachte. „Womit würdest du gerne anfangen?"

„Wie wäre es denn mit dieser bezaubernden Stelle?" Er berührte ihre Wange mit den Lippen.

Ihr Puls raste, und sie fühlte ein eigenartiges Ziehen zwischen den Schenkeln. „Das kannst du doch besser", sagte sie. Aber sie hörte sich nicht besonders überzeugend an, und Antonio musste ihre Unsicherheit gespürt haben. Er ließ seine Finger über ihren Po wandern und schob sie dann zwischen ihre Beine.

An ihrer intimsten Stelle spürte Melissa ein Prickeln, das sich in ihrem ganzen Körper ausbreitete.

„Wie ist das?", fragte er, während er sie so wundervoll streichelte, dass Melissa auf einmal weiche Knie bekam, und dachte ihre Beine würden gleich nachgeben.

„Nicht schlecht", brachte sie mühsam hervor.

In den nächsten Augenblicken erlebte sie unglaublich lustvolle Gefühle, die alle von Antonios zärtlichem Streicheln und seinen liebkosenden Lippen ausgelöst wurden. Schließlich ließ er ihre Hand los, und Melissa erwartete, dass er ihr jetzt das Laken wegziehen würde. Doch stattdessen kniete er nieder und hob das Laken langsam hoch, als wäre es ein Theatervorhang. Zuerst kamen ihre nackten Füße zum Vorschein, dann ihre Knöchel, ihre schlanken Waden und die zarte rosa Haut in ihren Kniekehlen.

Er zog das Laken so nach hinten, dass ihre Beine zum Teil frei blieben. Dann begann er ihre Knöchel zu streicheln und wanderte langsam höher. Melissa erschauerte, als er mit den Fingerspitzen über ihre Schienbeine strich. Himmlisch. Sie wollte nicht, dass er aufhörte, trotzdem war es zum Wahnsinnigwerden, wie er jede Berührung bis zur Endlosigkeit ausdehnte.

Sie spannte sich an, als er ihre Schenkel enthüllte. Viel mehr werde ich nicht aushalten können, dachte sie, dabei hatte Antonio doch gerade erst angefangen. Er schob das Laken zur Seite, sodass Melissa bis zur Taille enthüllt war, und betrachtete Melissa, als wollte er sie darauf vorbereiten, was als Nächstes kam. Dann presste er die Lippen auf das Dreieck zwischen ihren Beinen. Melissa erschauerte vor Entzücken. Mit den Händen hielt sie sich immer noch am Türrahmen fest. Wenn sie das nicht getan hätte, hätte sie die Hände in Antonios dichtes Haar geschoben. Wann hatte sie die Kontrolle über die Situation verloren? War ihr eigentlicher Plan nicht gewesen, ihn verrückt vor Verlangen zu machen?

Er umfasste ihren Po und hielt sie fest. Dann begann er sie forschend mit der Zunge zu liebkosen, und brachte Melissa damit beinahe zum Höhepunkt. Sie spürte Antonios heißen Atem auf ihrer Haut, und ihre Erregung wuchs ins Unermessliche.

„Öffne deine Beine für mich", forderte er sie zärtlich auf.

Melissa trat aus dem Slip und ließ Antonio gewähren. Fast hätte sie vor Lust geschrien, so schön war es, seine Zunge und seine Lippen auf ihren empfindlichsten Stellen zu spüren. Doch gerade als sie am Rand der Ekstase schwebte, hörte er auf.

„Nicht schlecht", sagte sie mit zittriger Stimme.

Er lachte, nahm Melissa auf die Arme und trug sie zum Bett. Das Laken hinterher. Er legte sie aufs Bett und betrachtete sie einen Augenblick bewundernd, bevor er zu ihr kam. Aufreizend langsam zog er das Laken hoch, das ihren flachen Bauch bedeckte, und entblößte dann ihre Brüste. Jeden Zentimeter Haut, den er enthüllte, bedeckte er mit Küssen und umwirbelte mit der Zunge genüsslich ihre harten Brustwarzen.

Antonio hörte erst auf, als ihr Körper ganz nackt war und das Laken hinter ihrem Kopf lag. Auf einmal wurde Melissa bewusst, dass ihre Arme sich darin verfangen hatten. Ihr Atem beschleunigte sich. Antonio hatte das offenbar beabsichtigt. „Du bist ein Teufel", flüsterte sie.

Sie beobachtete, wie er aufstand, seinen Gürtel löste und die Hose öffnete, und er beobachtete, wie sie ihn beobachtete. Atemlos sah sie zu, wie er sich vor ihr auszog und sich dabei voll der Tatsache bewusst war, dass sie ihn mit großen Augen erstaunt anschaute. Als er die Boxershorts abgestreift hatte, stieß Melissa den Atem aus, den sie die ganze Zeit angehalten hatte. Antonio war mehr als beeindruckend gebaut.

Ohne Eile ging er zu ihr. „Glaubst du, du bist jetzt genug in Schwierigkeiten?", fragte er.

Dann begann er Melissa so geschickt zu erregen, bis sie nichts mehr tun konnte, als hemmungslos zu stöhnen und um Gnade zu flehen. Noch nie hatte sie ein solches Abgleiten in pure, ungezügelte Lust erlebt, die alles andere in den Hintergrund treten ließ. Sie war sich ganz genau des Augenblicks bewusst, als Antonio sich zwischen ihre Beine legte und eindrang. Ekstatisch warf sie den Kopf zurück, und das wundervolle Gefühl trieb ihr Tränen in die Augen.

Ihre erste Erfahrung, als sie ihre Jungfräulichkeit verloren hatte, konnte man nur als hektisch, schmerzvoll und frustrierend beschreiben. Doch das Liebesspiel mit Antonio stellte selbst ihre erotischsten Träume in den Schatten. Melissa bat ihn, sich schneller zu bewegen und noch tiefer einzudringen, um sie von ihrer unerträglichen Spannung zu erlösen. Doch als Pirat kannte er natürlich keine Gnade. Er nahm sich Zeit für den Weg zum Gipfel, und liebte Melissa mit so viel Geduld und Finesse, dass sie überglücklich war und gleichzeitig von einer fieberhaften Ungeduld erfüllt.

Danach lag sie müde und erschöpft in Antonios Armen. Aber sie war nicht besiegt, sie brauchte nur eine kleine Pause, bevor sie weitermachte. Als Antonio sich entkräftet auf dem Bett ausstreckte, setzte sie sich rittlings auf ihn und stellte die aufregendsten Dinge mit ihm an, um seine Begierde von Neuem zu wecken.

Nachdem sie beide gemeinsam zum Höhepunkt gekommen waren, schliefen sie vor Erschöpfung ein. Irgendwann in der Nacht küsste Antonio sie auf den Nacken und flüsterte ihr einen letzten Hochzeitsschwur zu. „Ich verspreche, ich werde dich in Schwierigkeiten bringen, solange wir beide leben."

Mit einem leisen Seufzer erwachte Melissa. Sobald sie den Mann neben sich im Bett liegen sah, wurde ihr bewusst, dass sie nicht geträumt hatte. Antonio war da. Sie hatte ihn geheiratet. Oder vielleicht hatte sie das auch nicht, aber er war tatsächlich da. Liebe Güte, was hatte sie bloß gemacht? Er hätte ein Serienmörder sein können, und sie wäre ahnungslos ins Verderben geraten. Alles war so verwirrend. Sie fühlte sich immer noch benommen, aber wenn sie sich recht erinnerte, war sie mit diesem Mann intimer geworden als mit jedem Traumliebhaber, und dabei kannte sie ihn kaum. Manchmal schütteten Menschen Fremden ihr Herz aus. Hatte sie das getan?

Nein, sie hatte nicht ihr Herz ausgeschüttet. Sie hatte ihre erotischsten Fantasien mit ihm geteilt.

Wie war das passiert? Hatte sie unter Drogeneinfluss gestanden? War sie entführt worden? In die Sklaverei verkauft worden? War sie eine Geisel, die man einer Gehirnwäsche unterzogen hatte?

Deine Fantasie geht mal wieder mit dir durch, Melissa, schalt sie sich und befahl sich, vernünftig zu bleiben.

Vorsichtig, um Antonio nicht zu wecken, stieg sie aus dem Bett und sah sich nach ihren Kleidern um. Sie waren nirgends zu entdecken. Doch da fiel ihr ein, dass sie sich im Badezimmer ausgezogen hatte. Irgendwie war sie immer noch durcheinander.

Nie wieder würde sie Rum Mocambos trinken. Niemals wieder.

Im mannshohen Spiegel im Badezimmer prüfte sie, ob sie irgendwelche verräterischen Spuren am Körper hatte. Ihre Haut war an manchen Stellen gerötet. Waren das Knutschflecke an der Innenseite ihres Schenkels? Alle möglichen verrückten Fragen gingen ihr durch den Kopf, während sie sich eilig anzog. Erneut stieg Entsetzen in ihr auf. Am besten verschwand sie, bevor Antonio aufwachte und ihre schlimmsten Ängste bestätigte. Falls sie wirklich die Dinge getan hatte, an die sie sich erinnerte, wollte sie das gar nicht so genau wissen.

Melissa dachte daran, eine Nachricht zu hinterlassen, aber dazu war keine Zeit. Etwas sagte ihr, sie müsse weg sein, bevor er aufwachte und sie entdeckte. Sonst würde sie vielleicht nicht gehen. Himmel, was war das denn für ein verrückter Gedanke? Antonio besaß eine unglaubliche Überzeugungskraft, aber jetzt war sie, Melissa, nüchtern und bei Verstand. Selbstverständlich würde sie gehen. Keine Frage.

Sie zog die Träger ihres Kleides gerade und blieb mit etwas am Finger hängen. Der Ring. Beinahe wäre sie mit dem Ring gegangen. Sie zog ein paar Mal an dem schmalen Reif und merkte, dass sie ihn nicht leicht abbekommen würde. Verzweifelt seifte sie sich die Hand ein, aber das half nichts. Melissa zog und zerrte und zuckte vor Schmerz zusammen, als der Ring in ihren Knöchel schnitt. Verzweifelt wurde ihr klar, dass sich der Ring nicht vom Finger ziehen ließ. Sie musste später einen Weg finden, Antonio den Ring wieder zukommen zu lassen.

Als sie aus dem Bad kam, lag Antonio auf dem Bauch. Er hatte das Kopfkissen auf den Boden geworfen und sich umgedreht, sodass die Decke gerade noch seinen knackigen Po bedeckte. Melissa sagte sich, sie würde am besten gar nicht zu ihm hinsehen, als ihr Blick auf ein Blatt Papier auf dem Schreibtisch fiel. Es handelte sich um die Heiratsurkunde. Rasch nahm sie sie an sich und steckte sie in die Handtasche. Die Journalistin in ihr gewann die Oberhand. Eines Tages würde sich aus dieser Geschichte eine gute Story machen lassen, falls sie jemals den Mut hätte, darüber zu reden.

Sie schlüpfte zur Tür hinaus in das rötliche Licht der Morgendämmerung und war sich immer noch unsicher, ob die merkwürdige Wärme, von der ihr Körper durchdrungen war, wirklich vom Sex kam oder einfach nur davon, dass sie so lebhaft geträumt hatte. Als sie bei ihrem Hotel ankam, merkte sie, dass sie den Schal vergessen hatte, den sie unter dem Tisch gesucht hatte, als Antonio mit dem Priester aufgetaucht war. Vielleicht war es vorbestimmt, dass sie diesen Schal verlor. Wie ihren Verstand. Oder ihr Herz. So viel von dem, was passiert war, verwirrte sie und machte ihr Angst, aber eines wusste sie genau: Wegen des Schals würde sie nicht zurückgehen.

2. KAPITEL

Was ist verführerischer für einen Mann? Eine heiße Fantasie oder ein heißer Körper? Falls Sie auf die heiße Fantasie tippen, haben Sie recht, und Ihr Mann ist wahrscheinlich sehr glücklich.
   „101 Trick, wie eine Frau einen Mann zum Betteln bringt"

Kansas City, zwei Jahre später

Melissa Sanders befand sich in der Storchenposition, als das Telefon im Schlafzimmer läutete. Sie hatte das linke Bein gehoben, das Knie gebeugt und hielt ihren Fuß fest. Das klang einfach, war es aber nicht. Den anderen Arm streckte sie nach oben. An dieser Yogaposition arbeitete sie seit sechs Monaten, und zum ersten Mal hatte sie es geschafft zu stehen, ohne zu schwanken wie ein Baum im Wind.

Lass das Telefon läuten, dachte sie. Dies hier war ein Meilenstein. Sie wollte die Position halten für mindestens zwei – vielleicht sogar drei Minuten. Das war zwar nur ein Bruchteil der Zeit, die Tara schaffte, ihre Yogalehrerin, aber trotzdem eindrucksvoll.

„Melissa, bist du da? Hier spricht Jeanie von Searchlight Publishing. Ich muss mit dir reden! Rufe mich bitte sofort an, wenn du nach Hause kommst. Ich habe großartige Neuigkeiten!"

Langsam aus dem Zentrum des Seins ausatmen. Atem ist gleichzusetzen mit göttlicher Lebenskraft.

Melissas göttliche Lebenskraft entwich zischend, wie die Luft aus einem geplatzten Reifen. Viel zu rasch hatte sie die Position gelöst, und mit einem Mal fühlte sich der Bereich am unteren Lendenwirbel ziemlich verspannt an. Hatte sie etwa eine Muskelzerrung?

„Ich komme schon!", rief sie, obwohl sie wusste, dass Jeanie sie nicht hören konnte. Sie presste den Handballen auf die schmerzende Stelle und überlegte, ob sie etwas zum Einreiben im Medikamentenschrank hatte. Im Augenblick fühlte sie sich nicht wie dreißig, sondern eher wie hundertfünf.

So rasch wie möglich humpelte sie zum Nachttisch. Aber als sie den Hörer des Telefons abnahm, war nur noch der Wählton zu hören. Jeanie hatte längst aufgelegt. Diese Frau machte alles extrem schnell, einschließlich reden, aber das musste sie wohl auch. Sie arbeitete für

Melissas Verleger und leitete die Werbekampagne für „101 Trick, wie eine Frau einen Mann zum Betteln bringt".

Mein erstes Buch, dachte Melissa stolz und lächelte trotz der Schmerzen. Sie war immer noch ein wenig verwundert über ihr Glück. Lange Zeit hatte sie sich ihren Lebensunterhalt damit verdient, freiberuflich Artikel für Frauenzeitschriften zu schreiben. Die Artikel hatten sie bekannt gemacht, und sie war eingeladen worden, wegen ihrer lockeren Texte über Sexualität, die sie für „Women Only" verfasst hatte, Searchlight ein Exposé für ein Buch zu schicken. Doch niemals hätte sie sich träumen lassen, dass der Verlag ihr Manuskript tatsächlich kaufen würde. Das war jetzt ein Jahr her, und genau vor einer Woche war ihr Buch erschienen.

Melissa wählte Jeanies Telefonnummer und Jeanie antwortete nach dem ersten Läuten.

„Sitzt du gerade, Melissa? Vielleicht wäre das besser", meinte die Werbeagentin.

„Schon gut, ich sitze auf dem Bett. Falls ich umfalle, lande ich weich. Was ist los?"

„Deine Verkaufszahlen sind phänomenal, und das Marketing will das ausnutzen. Sie schicken dich zwei Wochen lang auf eine Lesereise durch mehrere Städte, und ich begleite dich. Ist das nicht das Beste?"

„Zwei Wochen?"

„Mindestens. Du fliegst am Donnerstag nach New York, aber das Aufregendste kommt noch. Du wirst nächsten Freitagmorgen in „Wake Up, Amerika" sein. Kannst du dir das vorstellen?"

„Donnerstag? Heute in zwei Tagen?" Melissa war noch nie in New York gewesen. Abgesehen von ihrem jährlichen Ausflug mit ihren Freundinnen verreiste sie überhaupt nicht. Als Schriftstellerin arbeitete sie von zu Hause aus, und die meisten Recherchen machte sie über das Internet. Außerdem waren die Ausflüge, die sie im Geist unternahm, exotisch genug.

„Das ist schon okay", erklärte Jeanie. „Ich hole dich am Flughafen ab und bringe dich ins Hotel. Freitag früh werde ich dich dann für die Show abholen."

Melissa war viel zu aufgewühlt, um auf dem Bett sitzen zu bleiben. Ein schmerzhafter Stich im Rücken ließ sie aufstöhnen, als sie aufstand.

„Melissa? Gibt es ein Problem?"

„Ich habe mich verletzt, Jeanie. Wo sitzt eigentlich die Milz? Am Rücken bei den Nieren? Ich glaube, ich habe meine gequetscht."

„Arme Melissa. Dir tut immer irgendetwas weh. Ich glaube, die Milz ist so etwas wie der Blinddarm, oder? Beides ist nicht wirklich notwendig. Außerdem kommt es nicht infrage, dass du verletzt bist. Wir haben dich bereits für alle möglichen Talkshows gebucht. Die Fluggesellschaft schickt dir die Bestätigung für die Tickets per E-Mail, also fang gleich an zu packen. Es wird schon alles gut gehen."

„Hör mal, ich habe mich wirklich verletzt …"

Aber Jeanie hatte bereits aufgelegt, noch bevor Melissa weiterreden konnte. Wahrscheinlich stimmte es, dass sie die Tendenz hatte, medizinische Symptome zu übertreiben. Ihre Freunde hatten aufgehört, in ihrer Hörweite über Krankheiten zu sprechen, weil sie unweigerlich in den nächsten Tagen unter diversen Symptomen leiden würde. Ihre verflixte Vorstellungskraft brachte sie ständig in Schwierigkeiten. Andererseits lebte sie aber schließlich davon. Sie verbrachte ihre Zeit damit, sich Möglichkeiten auszudenken, das Liebesleben anderer Frauen aufregender zu gestalten. Sie, die seit zwei Jahren keinen Sex mehr gehabt hatte, und das eine Mal davor war nur ein verrückter Zufallstreffer gewesen.

Das Telefon läutete erneut, und sie machte einen Satz. „Au!" Sie musste sich wirklich besser in den Griff bekommen, wenn sie sich nicht noch mehr wehtun wollte.

„Entschuldige", sagte Jeanie, „ich habe das Wichtigste vergessen. Die Marketingabteilung will, dass du Antonio mitbringst."

„Antonio?"

„Deinen großartigen Ehemann, du Dummerchen. Der Mann, dem du das Buch gewidmet hast."

Melissa sank auf das Bett. Das konnte nicht wahr sein. Es gab keinen Ehemann, jedenfalls keinen, wie Jeanie sich das vorstellte. Vor zwei Jahren hatte sie einen Mann wegen einer Wette geheiratet, und die einzige Nacht mit ihm hatte sie zu diesem ersten Buch inspiriert. Aber das war keine richtige Ehe gewesen, sondern lediglich eine Nacht überbordender Leidenschaft. Der Mann hatte sie im besten Sinne des Wortes verrückt gemacht. Es hatte Momente gegeben, da hatte sie sich nicht einmal an ihren eigenen Namen erinnern können.

Jedenfalls hatte sie das Buch zum Thema Wiederbelebung von Sex in der Ehe ihrem Mann gewidmet, um der Sache Glaubwürdigkeit zu verleihen. Denn wer gab schon etwas auf die Ratschläge einer Frau, die niemals verheiratet gewesen war?

„Deine Leser werden ganz wild darauf sein, ihn kennenzulernen", erklärte Jeanie jetzt. „Jeder bei Searchlight will ihn treffen. Ich meine, er ist schließlich der Mann, der dir Orgasmen verschafft, indem er dir etwas ins Ohr flüstert, richtig? Steht das nicht in Kapitel acht – ‚Wie verwandelt man ihn in einen traumhaften Liebhaber in nur einer Nacht'?"

„Ja", erwiderte Melissa schwach. „Kapitel acht."

Sie vergaß ihre Milz. In den nächsten Sekunden erwog sie alle möglichen Entschuldigungen, die ihr gerade einfielen: Sie sei schwanger, sie läge im Sterben, sie sei lesbisch. Sie strengte ihre ganze Einbildungskraft an, aber nichts von allem ergab Sinn. Nichts, außer der Wahrheit.

„Jeanie, leg jetzt nicht auf, okay? Ich muss dir etwas erzählen."

„Ach du liebe Güte, noch mehr Geheimnisse aus dem Ehebett? Ihr beide werdet in den Talkshows die Sensation sein."

Melissa befeuchtete sich die Lippen. „Jeanie, bitte höre mir zu." Sie machte eine kurze Pause, bevor sie die Bombe platzen ließ. „Es gibt keinen Ehemann. Antonio existiert nicht." Melissa hörte nicht nur ihr eigenes Herz klopfen, sondern auch einen dumpfen Schlag. Zum Glück stellte sich heraus, dass nichts passiert war.

„Ich bin okay", meldete sich Jeanie gleich wieder und holte tief Atem. „Ich bin bloß zu schnell aufgesprungen. Aber wie kann es keinen Antonio geben? Du hast ihm das Buch gewidmet! Er hat dir zärtlich die Beine rasiert, Melissa! Er hat an deinen Ellbogen gesaugt und dir die Unterwäsche mit den Zähnen ausgezogen. Seit einem Jahr träume ich von diesem Mann, und jetzt erzählst du mir, er existiert nicht?"

„Ich kann das erklären." Sie versuchte genau das. Sie erzählte Jeanie jede Einzelheit. Sie berichtete über die Wette, über die verrückte eine Nacht, über den unglaublichsten Sex ihres Lebens – nun, sie erzählte fast alles. Sie erwähnte nicht, dass sie in dieser Nacht das einzige Mal Sex hatte, der es wert war, erwähnt zu werden.

„Nicht alles war Erfindung", erklärte Melissa. „Irgendwie haben wir schon geheiratet."

„Du hast ihn geheiratet und ihn nie wieder gesehen?"

Melissa hörte gedämpfte Schritte durchs Telefon und stellte sich vor, wie Jeanie nervös auf und ab ging. Ihre arme Agentin versuchte natürlich verzweifelt, die Werbetour zu retten. Gute Verkaufszahlen waren nicht leicht zu erreichen – und nicht nur Melissas Glaubwürdigkeit stand auf dem Spiel, sondern auch Jeanies und die des Verlags.

„Vielleicht können wir die Sache doch noch irgendwie hinbiegen", meinte Jeanie.

„War es eine offizielle Eheschließung? Gab es irgendwelche Dokumente?"

„Na ja, ich habe etwas unterschrieben. Ein Dokument in Spanisch, das schon irgendwie offiziell aussah. Aber das war in Mexiko. Ich bin keine Bürgerin von Mexiko. Hier wäre es doch nicht gültig, oder?" Bitte sag jetzt Nein, betete sie im Stillen.

„Hast du das Papier noch? Und sag jetzt bloß nicht mehr ‚irgendwie'."

Melissa seufzte. „Ja, irgendwo."

„Fax es mir bitte sofort und dazu alle Informationen, die du über diesen Mann hast. Sein voller Name, seine Nationalität, den Namen des Restaurants, wo er gearbeitet hat und wann du ihn das letzte Mal gesehen hast. Schick mir alles."

„In Ordnung, aber warum?"

„Weil ich die Absicht habe, diesen geheimnisvollen Mann zu finden, und zwar schnell."

„Hältst du das für eine gute Idee?" Doch nur noch das Freizeichen war zu hören. Jeanie war Antonio bereits auf den Spuren, und wahrscheinlich konnte sie, Melissa, gar nichts dagegen tun.

Sie ließ sich auf das Bett fallen und betrachtete den feinen goldenen Ring an ihrem Finger, den sie seit zwei Jahren trug. Er hatte sich nicht mehr abnehmen lassen, aber sie hatte es auch nicht übers Herz gebracht, den Ring zu zerstören.

Vielleicht hatte der Ring sie verhext. Denn was hatte sie sich überhaupt dabei gedacht, so zu tun, als hätte sie einen Ehemann? Falls Jeanie Antonio nicht fand, würde ihr Buch ein Flop werden. Der Verlag würde sie möglicherweise sogar wegen falscher Darstellungen gerichtlich belangen. Aber wenn ihre Werbeagentin Antonio fand, was würde dann von ihr erwartet werden? Sollte sie so tun, als wären Antonio und sie immer noch verheiratet und das glückliche Paar, über das sie geschrieben hatte?

Eigentlich hatte sie dieses Buch geschrieben, um die Empfindungen und Gefühle loszuwerden, die sie seit jener Nacht vor zwei Jahren verfolgten. Doch das hatte nicht funktioniert. Deshalb fürchtete Melissa sich davor, Jeanie könnte Antonio finden. Sie hatte ja keine Ahnung, was er nach all dieser Zeit für sie empfand. Was wäre, wenn er wütend auf sie war? Mit einem Wort konnte er ihre Karriere zerstören. Das war ein erschreckender Gedanke. Andererseits fand Melissa die Vorstellung, ihn wiederzusehen, faszinierend. Schließlich war er der Auslöser ihrer wildesten Fantasien und die Quelle unbeschreiblicher Lust. Seine Zärtlichkeiten waren unauslöschlich in ihrer Erinnerung gespeichert.

Antonio – du liebe Güte!

Melissa sprang auf und eilte in ihr Arbeitszimmer. Sie musste nach der Heiratsurkunde suchen, aber zuerst musste sie in einem Exemplar ihres eigenen Buches nachsehen, was sie sonst noch so geschrieben hatte.

„Mir geht es gut. Ich kann das machen", erklärte Melissa. Sie saß mit Jeanie in der Künstlergarderobe der Fernsehsendung „Wake Up, America" und berührte beruhigend die krampfhaft gefalteten Hände ihrer Agentin. „Mir gefällt die Idee, Paare aus dem Publikum herauszupicken und ihnen provokante Fragen zu ihrem Sexleben zu stellen. Das wird bestimmt lustig", behauptete sie, obwohl sie in Wahrheit dieser Sache schon ein wenig misstrauisch gegenüberstand.

„Bist auch auf einige harte Fragen vorbereitet?", wollte Jeanie wissen. „Im letzten Teil wird Bobbi Wortmeldungen von Zuschauern entgegennehmen, aber nicht einmal sie weiß, welche Themen dann angesprochen werden. Den Produzenten der Show ist das Überraschungsmoment sehr wichtig."

„Ich glaube nicht, dass ich überrascht werden kann", meinte Melissa trocken. „Schließlich habe ich das verflixte Buch selbst geschrieben."

„Wo ist denn Ihr Ehemann, Mrs Sanders? Was willst du darauf antworten?"

„Er ist geschäftlich in London. Ich hoffe, er ist bald wieder bei mir." Melissa lächelte und zeigte Jeanie den Ring an ihrem Finger. „Siehst du, ich bin auf alles vorbereitet. Ich trage sogar einen Ehering."

„Super mitgedacht", erwiderte Jeanie. „Das ist nicht einmal mir eingefallen."

Leises Unbehagen breitete sich in Melissa aus, als sie den goldenen Ring betrachtete, der im Licht der Lampen glänzte. Doch sie beschloss, seine Geschichte für sich zu behalten. „Aber du hast an alles andere gedacht", versicherte sie Jeanie. „Alles wird wunderbar laufen."

Natürlich litt Melissa unter Lampenfieber, aber Jeanie schien nervöser zu sein als sie selbst. Melissa mochte gar nicht darüber nachdenken, was alles auf dem Spiel stand. Sie konzentrierte sich einfach nur darauf, wie froh sie war, dass das Buch nicht zurückgezogen worden war. Antonio war noch immer nicht gefunden worden, aber die Marketingabteilung hatte entschieden, auch ohne ihn weiterzumachen. „Wake Up, America" war viel zu wichtig, um sich diese Gelegenheit entgehen zu lassen, und Melissa hatte schließlich alle davon überzeugt, sie würde glaubhaft erklären können, warum ihr Ehemann nicht anwesend war.

Hoffentlich bleibt Antonio verschwunden, dachte sie. Für sie wäre das viel sicherer.

Die Garderobentür ging auf, und die tüchtige junge Frau, die für die Studiogäste der Sendung zuständig war, gab Melissa ein Zeichen. „Kommen Sie! Sie sind dran!"

Melissa drückte Jeanies Hand. „Ich kann das", flüsterte sie. „Ich werde dir keine Schande machen."

Jeanie erwiderte den Händedruck, und ein wenig Farbe kehrte in ihre fahlen Wangen zurück. Sie strich über Melissas Kleidung, wischte über die Schultern ihres blauen Nadelstreifenanzugs und richtete den gestärkten Kragen ihrer schlichten Bluse. Sie fuhr Melissa sogar über das glänzende braune Haar. Das Ganze geschah vermutlich aus einem Reflex heraus, aber Melissa war froh, dass Jeanie wieder mehr sie selbst war. Jeanie war Mitte dreißig und eine gute PR-Agentin, weil sie auf der einen Seite eine brillante Verkaufsstrategin war und auf der anderen ein mütterlicher Typ.

Die Angestellte nahm Melissa bei der Hand und führte sie rasch zur Studiotür. Melissa hörte jemanden rückwärts zählen, und dann wurde sie sanft unter tosendem Applaus ins Aufnahmestudio geschoben. Die Lichter waren unglaublich hell, aber Melissa entdeckte eine Frau, die wie Bobbi Start aussah und die sich von einem Sofa erhob und ihr zuwinkte. Bisher hatte sie ihre Gastgeberin nur auf dem Fernsehbildschirm gesehen. Jetzt sah sie aus, als wäre sie meilenweit weg.

Ob das ein erstes Symptom von Hysterie war?

Wie durch ein Wunder gelangte Melissa innerhalb weniger Sekunden bei Bobbi an, ohne zu stolpern oder zu fallen und ohne mit dem Jackett irgendwo hängen zu bleiben.

„Hier ist unsere Sex-Expertin!" Bobbi eilte zu Melissa und umarmte sie, als sie auf das Podest stieg. Bobbis überschwänglicher Empfang hätte sie beide fast zu Fall gebracht, aber genau so etwas liebte das Publikum. Die Zuschauer klatschten und jubelten und gaben Melissa das Gefühl, jeder sei ihr freundlich gesonnen. Kein Wunder, dass die Show ein Hit war. Bobbi begrüßte jeden Gast auf diese Weise. Zierlich, lebhaft und voll grenzenlosem Selbstvertrauen war die frühere Kunstturnerin und Olympiasiegerin das neue Gesicht im Morgenfernsehen. Mit ihr war „Wake Up" auf Platz zwei in den Einschaltquoten gerückt und der erste Platz war bereits in Sicht.

„Wer braucht schon Kaffee, wenn der Tag mit Bobbi Start beiginnt?" Das war der Slogan der Show.

„Melissa, Melissa, Melissa", sagte Bobbi schwärmerisch, nachdem sie sich gesetzt hatten. „Sie schlimmes Mädchen! Ihr Buch öffnet einem wirklich die Augen. Oder sollte ich lieber sagen, es öffnet den Geist?" Sie hielt ein Exemplar von „101 Trick" hoch.

Melissa errötete leicht vor Freude. „Ja, man kann sagen, dass es den Geist öffnet", erwiderte sie. „Mein Ziel ist es, mit diesem Buch Frauen zu helfen, ihre Zwänge loszuwerden, wenn es um ihr Liebesleben geht. Ich finde, wenn es um unser sexuelles Vergnügen geht, sollten wir ebenso kreativ sein wie bei der Schnäppchenjagd. Stellen Sie sich nur vor, wie glücklich jeder wäre und auch wie schlank. Schließlich werden durch Sex fast siebenhundert Kalorien in der Stunde verbrannt. Das ist besser als Training auf dem Laufband."

Bobbi lachte vergnügt. „Aber wer kann schon eine Stunde lang Sex machen?"

Sie kennt Antonio nicht, dachte Melissa und lächelte strahlend in die Kamera.

„Wir könnten doch spaßeshalber einige Personen aus dem Publikum über ihr Sexleben ausfragen", schlug Bobbi vor. „Gibt es hier ein Paar, das Lust hat, uns einige Fragen zu beantworten?"

Überall im Studio schossen Hände in die Höhe, aber einer der Assistenten war schon bei einem Pärchen, das bereits vor der Show interviewt worden war. Der Assistent stellte das Paar vor. Sie waren beide über dreißig, seit zehn Jahren verheiratet und sexuell in einer Sackgasse angelangt.

Nervös musterte Melissa die Zuschauermenge. Sie hatte sich einen Fragenkatalog ausgedacht, der in ihrem Buch enthalten war, aber ihr war nie die Idee gekommen, eine solche Befragung in der Öffentlichkeit mit normalen Menschen durchzuführen. Sie begrüßte das Paar mit einem Lächeln, als sei es völlig normal, wenn sie nun gleich Fragen zu intimen Details in ihrem Leben stellte.

„Verwöhnen Sie sich bei der körperlichen Liebe gegenseitig auch mit einem Nachspiel?", fragte sie. „Mit anderen Worten, sprechen Sie miteinander, nachdem Sie sich geliebt haben und sagen Sie dem anderen, was Ihnen gefallen hat?"

Der Mann errötete, aber die Frau antwortete. „Was ich gerne hätte, wäre erst mal wieder Sex", erklärte sie.

Die Zuschauer lachten, und Melissa merkte, dass sie ebenfalls schmunzelte. „Kein Grund zur Sorge", erklärte sie. „Das klingt, als seien die sexuellen Batterien leer. Was Sie brauchen, ist so etwas wie eine Starthilfe." Sie rieb sich die Hände, als wollte sie sie aufwärmen. „Um wieder Schwung in Ihr Sexleben zu bringen, können Sie etwas probieren, das ich erotische Blitzhilfe nenne. Das macht Spaß, ist stimulierend und wird Ihnen helfen, Ihre eigenen geheimen Vorlieben zu entdecken."

„Was ist denn eine erotische Blitzhilfe?", fragte Bobbi.

Auch der Mann schien verwirrt zu sein. „Ich habe schon mal was blitzen lassen", sagte er verunsichert. „Da war mal jemand an der Tür, der eine Meinungsumfrage machte und an dem Tag war es höllisch heiß. Ich hatte meinen Bademantel an und wedelte damit herum, um einen Luftzug zu erzeugen und ..."

Rasch fiel ihm Bobbi ins Wort. Offensichtlich wollte sie den Zuschauern weitere Details ersparen. „Ich vermute, Melissa spricht davon, dass man sich vorstellt, welche Art körperlicher Liebe man gerne mit seinem Partner hätte. Richtig, Melissa?"

„Ja, richtig." Melissa wandte sich an die Zuschauer. „Und hier ist eine Hausaufgabe für Sie alle. Das nächste Mal, wenn Sie in einem Stau sind oder in einer Warteschlange stehen, nutzen Sie diese Zeit, um davon zu träumen, was Sie gerne mit Ihrem Partner erleben würden. Das kann etwas aus einem Film sein, oder etwas, das Sie in einem Buch gelesen haben, aber benutzen Sie Ihre Fantasie. Man kann sich zum Beispiel vorstellen, wie einem der Partner das Haar kämmt, aber vielleicht hätten Sie es lieber, wenn er Ihnen mit der Haarbürste den Po massiert."

„Gerade, wenn es interessant wird!", seufzte Bobbi enttäuscht, als die Musik eingespielt wurde, mit der der erste Webeblock begann. „Wir müssen kurz unterbrechen, aber bleiben Sie dran. Als Nächstes erfahren die Ladies, wie man ‚ihn' dazu bekommt, Männchen zu machen und um ein Leckerli zu betteln."

Sobald die Kameras nicht mehr liefen, herrschte auf dem Set rege Aktivität. Ein ziemlich mürrischer junger Mann füllte Melissas Wasserglas und schenkte Bobbi Tee nach. Das Blumengesteck wurde zurechtgezupft, Kissen wurden aufgeschüttelt. Eine Tontechnikerin überprüfte die Mikrofongalgen, und mehrere Mitglieder der Redaktion fanden sich ein, um etwas zu besprechen.

Melissa sah fragend zu Bobbi, und diese reckte anerkennend den Daumen hoch, während sie ihre Notizen durchging. „Der nächste Teil sollte noch besser werden", meinte sie. „Wie ich sehe, haben wir eine große Überraschung auf Lager. Meine Producer sind echte Genies."

Die Maskenbildnerin kam, um Melissas Nase zu pudern, deshalb bekam sie keine Gelegenheit herauszufinden, wovon Bobbi sprach. Aber Melissa war nicht sonderlich beunruhigt. Die Dinge schienen sehr gut zu laufen. Sogar das Ehepaar war gut gewesen, ohne es darauf angelegt zu haben.

„... drei, zwei, eins ..."

Melissa konnte kaum einen Schluck Wasser trinken, bevor sie schon wieder auf Sendung waren. Bobbi hielt erneut ihr Buch hoch, und eine der Kameras zoomte es. Das Titelbild war auf dem Monitor, und der Name Melissa Sanders erschien auf dem Bildschirm.

„Lassen Sie uns über Kapitel fünf sprechen, Melissa. Einige dieser Spiele klingen fast wie ein Jahrmarktsvergnügen: die wilde Achterbahn-fahrt, die Lustschaukel, der Liebesexpress. Und dann gibt es da noch den erotischen Klebstoff und die Samtzunge. Werden Sie uns eines dieser Spiele beschreiben?", fragte Bobbi und zwinkerte Melissa dabei zu.

„Nun, die Lustschaukel funktioniert so, dass einen der Partner auf einer Schaukel anstößt, aber nicht mit den Händen."

„Liebe Güte", lachte Bobbi. „Das klingt, als brauchte man dazu gute Koordinationsfähigkeiten. Und was ist mit dem Szenario ‚die Unzer-trennlichen'? Darüber müssen Sie uns unbedingt mehr erzählen."

Auch Melissa lachte. „Tut mir leid, da müssen Sie schon das Buch lesen. Dieses Spielchen ist viel zu heiß für eine Tagessendung im Fern-sehen."

„In Ordnung, aber dann verraten Sie uns wenigstens, welches dieser Spiele Ihren Mann dazu brachte, nach mehr zu betteln. War es vielleicht Samtzunge?"

Melissa errötete. Das Erlebnis, das sie dazu inspiriert hatte, war ihr selbst nach zwei Jahren noch sehr lebhaft in Erinnerung.

„Eigentlich hat Antonio mit diesem Spiel angefangen", erklärte sie, „aber ich bin nicht sicher, ob ich näher darauf eingehen sollte."

Bobbi stand auf und sah zur Flügeltür, aus der Melissa gekommen war. „Nun, dann", verkündete sie in einem Ton, der die Neugier sämt-licher Zuschauer weckte, „vielleicht wird uns Antonio selbst darüber berichten."

„Wie bitte?" Melissa starrte Bobbi an, die jetzt direkt in die Kamera sprach.

„Ja, liebes Publikum, wir haben eine Überraschung für Melissa. Sie weiß nichts davon, aber wir haben ihren Ehemann aus London hierhergebracht, wo er geschäftlich unterwegs war. Wir dachten, jeder würde gerne den Mann treffen, der das Spiel Samtzunge erfunden hat."

Bobbi streckte einen Arm aus. „Willkommen, Antonio Bond!"

Niemand war verblüffter als Melissa, als ein großer, sehr attraktiver Mann erschien. Sein glänzendes schwarzes Haar war ein bisschen länger, als es gerade Mode war, doch er schien sowieso kein Typ zu sein, den irgendwelche Trends kümmerten. Die Strähne, die ihm in die Stirn fiel, verlieh ihm einen leicht verwegenen Touch und unterstrich die Aura gepflegter Männlichkeit.

Er trug eine lässig geschnittene Hose, ein schwarzes Hemd und geflochtene Ledersandalen. Sein Bartschatten betonte seine markante Kinnpartie. Dieser Mann war nicht mehr der Kellner, der vor Melissa auf die Knie gesunken war und ihr einen Heiratsantrag gemacht hatte. Aber er hatte dieselbe starke Ausstrahlung, die Melissa das Gefühl vermittelte, ihr würde gleich der Boden unter den Füßen weggezogen.

Zuerst ging Antonio zu Bobbi und schüttelte ihr die Hand, dann wandte er sich Melissa zu, die es bis jetzt nicht geschafft hatte, aufzustehen. Ihre Blicke begegneten sich, und Antonio musterte sie. Er schien es nicht eilig zu haben. Offenbar brachten ihn die blinkenden roten Lichter auf dem Set und die laufende Uhr nicht durcheinander. Mit unverhohlenem Interesse beobachtete er Melissas Bemühungen, aufzustehen.

Dann nahm er ihre Hand, zog Melissa mit einem Ruck hoch und sagte für alle hörbar: „*Cara*, mir kommt es wie Jahre vor, seit ich dich gehalten habe."

Die Zuschauer seufzten, als er sie in die Arme nahm, und Melissa konnte kaum atmen. Ihr Puls schlug so heftig, dass es schmerzte. Sie hatte Angst, war aufgeregt und – konnte es sein, dass sie auch irgendwie so etwas wie Freude empfand?

Unhörbar für alle anderen flüsterte er ihr jetzt etwas zu, das sie aber auch nicht ganz verstand. Es klang so wie „Glaub nicht, du kannst jemals wieder vor mir weglaufen."

Erstaunt blickte sie zu ihm hoch, doch er lächelte sie nur flüchtig an. Dieser Mann war einfach viel zu schön. Melissa fiel ein, wie er vor zwei Jahren heiße Küsse auf ihrem vor Lust zitternden Körper verteilt hatte. Warum passierte ihr das? Und das auch noch live im Fernsehen!

„Er ist noch so schön wie an dem Abend, als ich ihn dir an den Finger gesteckt habe", sagte Antonio nun und küsste ihren goldenen Ring. Melissa erstarrte. Es war der Ring. Sie war verhext. Sie würde Antonio niemals entfliehen, solange sie diesen Ring am Finger trug. Sie merkte, wie ihre Einbildungskraft mit ihr durchging und bemühte sich verzweifelt, vernünftig zu bleiben. Zauberei und Flüche waren reiner Aberglaube. Es lag an *ihm*, nicht am Ring. *Er* war ihr Problem.

Sie brauchte Abstand zu Antonio, aber im Augenblick fühlte sie sich, als säße sie auf einem Karussell. Wenn er sie nicht festgehalten hätte, wäre sie umgefallen. Das ganze Studio schien sich zu drehen, und ihre Gedanken wirbelten. Was hatte Antonio zu ihr gesagt? Und – noch wichtiger – was wollte er von ihr? Vielleicht ging jetzt wieder ihre Fantasie mit ihr durch, aber konnte es sein, dass er sie erpressen wollte? War er hinter Geld her? Er war Melissa nicht wie jemand vorgekommen, der so etwas tat, aber wie gut kannte sie überhaupt seinen wahren Charakter?

Jeanie hätte sich das alles überlegen sollen, bevor sie ihn aufspürte. Warum hatte sie ihr eigentlich nicht gesagt, dass sie ihn gefunden hatte?

Antonio setzte sich neben sie, und noch nie in ihrem Leben war sie gezwungen gewesen, sich so rasch zusammenzunehmen und ihren Verstand einzuschalten. Sie hatte gewusst, dass Jeanie ihn suchen wollte, aber sie war nicht darauf vorbereitet gewesen, ihm auf diese Weise zu begegnen. Ehrlich gesagt, hatte sie nicht wirklich damit gerechnet, dass er überhaupt auftauchen würde. Sie hoffte bloß, dass er Anweisungen bekommen hatte und wusste, wie er sich verhalten sollte.

Doch eigentlich hatte Melissa selbst keine Ahnung, was sie jetzt sagen sollte, und besonders nicht zu ihm. *Habt Erbarmen, Lord. Schändet mich nicht und werft mich in den Vulkan.* Wie würden die Zuschauer wohl darauf reagieren?

„Ich stelle fest, Melissa ist ehrlich überrascht", verkündete Bobbi. „Sehen Sie sie sich bloß an. Sie sieht aus … Sind Sie in Ordnung, Melissa?"

„Ich bin sprachlos", schaffte Melissa zu erwidern.

Bobbi wandte sich an die Zuschauer. „Irgendwie habe ich Schwierigkeiten, mir vorzustellen, dass Antonio um irgendetwas bettelt. Was sagen Sie?" Verschiedene Leute nickten.

„Nennen Sie mich bitte Tony", sagte er. Er bedachte Bobbi mit einem flüchtigen Lächeln, bevor er Melissa einen durchdringenden Blick zuwarf. „Ich finde, meine Frau sollte das beantworten. Hast du mich jemals betteln hören, Melissa?"

Sie blinzelte ihm zu. „Nun, natürlich." Dann wandte sie sich an Bobbi. „Mein Buch basiert auf persönlichen Erfahrungen." Sie würde sich von diesem Mann nicht einschüchtern lassen. Von ihm wurde erwartet, gemäß ihrem Buch ein sehr zufriedener Ehemann zu sein. Notfalls musste sie selbst das irgendwie klarstellen.

Er beugte sich zu ihr und raunte ihr zu: „Sag die Wahrheit, wenn du dich traust. Und übrigens, laut deinem Buch kann ich dich zum Höhepunkt bringen, indem ich dir kleine süße Dinge zuflüstere. Funktioniert das? Vielleicht solltest du die Zuschauer besser glauben lassen, das wäre so. Du willst doch schließlich dein Buch verkaufen."

Melissa zuckte zusammen, aber nicht vor Lust. Alle Augen waren auf sie gerichtet. Sie dachte kurz daran, Meg Ryan in dem Film „Harry und Sally" zu imitieren. Aber das würde wahrscheinlich lächerlich wirken. Sie konnte bei der körperlichen Liebe keine solchen Geräusche von sich geben, außer wenn Antonio sie liebte, aber diese Genugtuung wollte sie ihm jetzt nicht geben. Sie musste sowieso ständig an die heiße Nacht mit ihm denken.

Beinahe konnte sie hören, wie er gestöhnt hatte, als er unter das schwarze Seidenlaken gegriffen und zum ersten Mal ihre nackte Haut berührt hatte. Wieder glaubte sie den Duft seines erhitzten Körpers wahrzunehmen, und ihr Puls beschleunigte sich.

Irgendwie musste sie diesen Film in ihrem Innern stoppen. Um Zeit zu gewinnen, griff sie nach ihrem Wasserglas. Doch ihre Hand zitterte so sehr, dass sie das Glas kaum gerade halten konnte. Da kam ihr eine Idee. Doch konnte sie etwas so Verrücktes tun? Ja, sie konnte das tun. Sie musste es sogar. Es war die einzige Möglichkeit, ihn aus der Fassung zu bringen und wieder die Kontrolle zurückzugewinnen.

Sie holte tief Luft, lächelte Tony nervös an und – kippte den Inhalt des Glases auf seinen Schoß. Das Wasser war eiskalt, aber er zuckte mit keiner Wimper. Er saß einfach regungslos da, während das Publikum gespannt wartete.

Bobbi sprang auf und suchte nach etwas, womit man das Wasser aufwischen konnte, und die Maskenbildnerin eilte mit einem Handtuch herbei. Sie wollte es Tony geben, doch Melissa schnappte es sich.

„Schon gut!" Sie hielt das Handtuch fest und wandte sich an Bobbi und die Zuschauer. „Wir spielen ein Spiel, das man ‚Ups!' nennt. Die Dame schüttet etwas in den Schoß des Herrn, und dann trocknet sie ihn ab. Das kann sehr aufregend sein, nicht wahr, Tony?"

Seine Miene verdüsterte sich. „Ich weiß nichts über ‚Ups!', aber wir haben schon ein paar Spielchen gespielt", erklärte er in grimmigem Ton. „Das Spiel, das mir am besten gefallen hat, war das von der entflohenen Braut und dem wütenden Bräutigam, der sich rächt, sobald er sie gefunden hat."

Melissa schluckte nervös. Sie hatte wenig Zweifel daran, dass er wütend war, und sie bezahlen musste, für das, was sie getan hatte. Aber das war nicht die einzige Sache, die ihr im Augenblick in den Sinn kam. Jeder Studiogast hatte ein Exemplar ihres Buches geschenkt bekommen, und Melissa hoffte nur, niemand würde merken, dass ein Spiel namens „Ups!" gar nicht darin vorkam.

3. KAPITEL

Streit zwischen Liebenden wird oft unterbewertet. Wie nach einem Gewitter wird dadurch die Luft gereinigt und außerdem das Sexualleben aufgefrischt.
  „101 Trick, wie eine Frau einen Mann zum Betteln bringt"

*N*ach der Show brach die Hölle los. Tony stand hinter einem Wandschirm und zog sich eine trockene Hose an, die die Maskenbildnerin für ihn aufgetrieben hatte. Auf der anderen Seite hörte er Melissa auf und ab gehen und dabei leise schimpfen, sie wäre betrogen worden und Jeanie würde noch etwas von ihr zu hören bekommen. Nach Tonys Meinung musste Melissa erst noch lernen, was es hieß von jemandem betrogen zu werden, aber das hatte Zeit, bis sie allein waren.

Allein mit Melissa … Er konnte es kaum erwarten.

Die Tür ging auf und jemand betrat die Studiogarderobe. „He, eine tolle Sendung!"

Tony erkannte die Stimme von Jeanie. Aber Melissa schien ihre Begeisterung nicht zu teilen. Entrüstet schrie sie auf.

„Warum hast du mich nicht vorgewarnt?", wollte sie von Jeanie wissen.

Ihr Ärger bereitete Tony ein gewisses Gefühl der Genugtuung. Wenn er erst zum Zuge kam, würde sie noch mehr schreien, aber aus einem anderen Grund. Und er würde zum Zug kommen.

„Die Producer wollten, dass er als Überraschungsgast auftritt", erklärte Jeanie. „Was konnte ich da tun?"

Tony schloss den Reißverschluss der Hose und kam hinter dem Wandschirm vor. Die beiden Frauen gingen wie zwei Kampfhähne umeinander herum. Ihm war gar nicht bewusst, dass sie ihn bemerkt hatten, bis Melissa mit dem Finger in seine Richtung wies.

„Eine Überraschung?", sagte sie. „Er ist keine Überraschung. Er ist ein schrecklicher Fehler aus meiner Vergangenheit. Wie konntest du mir so etwas nur antun?"

Reumütig schlug Jeanie die Hände zusammen. „Tut mir leid, aber ohne ihn wärst du nicht in die Sendung gekommen, Melissa. Sie wollten deinen Auftritt schon streichen. Ich habe ihn im letzten Augenblick aufgetrieben, und sie haben mir das Versprechen abgenommen, dir nichts zu verraten."

„Und damit warst du einverstanden? Du kanntest die Geschichte von ihm und mir und warst trotzdem einverstanden?"

„Ich dachte, im Nachhinein würdest du das gut finden. Schließlich geht es um den Verkauf deines Buches. Alles, was wir machen, ist doch darauf ausgerichtet."

Im Augenblick war Tony auf keine der beiden Frauen besonders gut zu sprechen, aber er war mehr auf der Seite derjenigen, die ihm nicht gerade Eiswasser auf die Hose geschüttet hatte. Melissa hat sich verändert, dachte er. Offensichtlich hatte sie gelernt, viel mehr für die eigenen Interessen einzustehen.

Sein Heiratsantrag vor zwei Jahren war zunächst nur ein galanter Akt gewesen, um ihre Freundinnen zum Schweigen zu bringen. Aber als er vor Melissa niedergekniet war und den ungläubigen Ausdruck in ihren Augen gesehen hatte, hatte er beschlossen, die Sache durchzuziehen. Sie glaubte nicht, dass irgendein Mann sie begehren könnte. Und das wiederum konnte er nicht glauben.

Sie war schön. Ihre zarte Haut hatte einen rosigen Schimmer, und in ihren großen Augen lag immer ein leicht erstaunter Ausdruck. Als er Melissa am Strand getroffen hatte, war sie ihm wie ein schüchternes Mädchen erschienen. Doch später hatte sie alle Vorsicht außer Acht gelassen und ihn völlig durcheinandergebracht. Sie hatte sein Herz erobert und er war seitdem nicht darüber hinweggekommen, dass sie einfach verschwunden war.

Die Frau, die sich um die Talkshowgäste kümmerte, steckte in diesem Moment den Kopf zur Tür herein und machte Jeanie ein Zeichen.

„Der Wagen ist da", erklärte sie und winkte Melissa und Tony zu sich heran. „Er bringt uns ins Hotel, wo wir über alles reden können."

„Welches Hotel?", fragte Melissa.

„Das Hotel, in dem ihr wohnt."

„Er und ich wohnen nicht im selben Hotel", erklärte Melissa und warf Tony einen Blick zu, der besagte, dass das alles seine Schuld sei.

„Das ist nur für den äußeren Anschein", erklärte Jeanie. „Die Leute sollen glauben, ihr seid verheiratet – und übrigens, das seid ihr auch."

„Was?"

„Verheiratet."

Melissa wurde blass. „Die Eheschließung ist rechtsgültig? Willst du das damit sagen?"

Sie zieht an dem Ring, als wollte sie ihn abnehmen, dachte Tony. Der Ring befand sich seit vielen Jahren im Besitz seiner Familie, und es rankte sich eine interessante Legende darum, falls man an solche Dinge glaubte. Tony hatte sich jedenfalls immer gewundert, warum Melissa den Ring mitgenommen hatte. Irgendwie hatte er nicht glauben können, dass sie ihn gestohlen hatte. Andererseits war es jetzt auch schwer vorstellbar, warum sie ihn die ganze Zeit getragen hatte.

Jeanie nickte würdevoll. „Ja. Ihr habt beide die Heiratsurkunde mit euren Namen unterschrieben."

Melissa gab einen erstickten Laut von sich. „Wie ist das möglich? Ich hielt das Ganze für einen Scherz, und die Urkunde war in Spanisch. Ich wusste gar nicht, was ich da unterschrieb."

„Kein Richter wird dir das abkaufen, Melissa. Du hast mit Tony vor dem Priester gestanden, hast das Ehegelübde abgelegt und mit deinem Namen unterschrieben. Du wusstest, dass es keine Beerdigung war."

In diesem Augenblick empfand Tony schon ein wenig Mitleid für Melissa. Als er nach so langer Zeit wieder von ihr gehört hatte, war das ebenfalls ein Schock für ihn gewesen. Er hatte Verpflichtungen, die Reisen nach New York eigentlich nicht erlaubten – bindende Verpflichtungen sowohl geschäftlicher als auch privater Natur. Melissa hatte die Urkunde unterschrieben, aber ihr Nachname war unleserlich gewesen. Offensichtlich machte das die Eheschließung nicht ungültig, aber das war der Grund gewesen, weshalb er Melissa nicht hatte finden können. Das wusste sie allerdings nicht, und er hatte nicht die Absicht, ihr das zu sagen. Er war hier, weil das notwendig war. Ihre Werbeagentin hatte ihm ein Angebot gemacht, das er nicht ausschlagen konnte. Aber es gab noch einen anderen Grund. Er wollte wissen, wieso eine Frau sich einem Mann völlig hingeben konnte, dann jedoch plötzlich ohne ein Wort einfach verschwand.

„Melissa, alles in Ordnung mit dir?", erkundigte sich Jeanie.

Sie hatte die Hände auf die Brust gelegt und atmete keuchend. „Ich bekomme keine Luft", sagte sie. „Da stimmt etwas nicht."

Ärgerlich schüttelte Jeanie den Kopf. Offenbar hatte sie so etwas schön öfter erlebt. „Melissa, dir geht es gut. Jetzt lass uns hier weggehen. Der Wagen wartet."

Das Keuchen wurde lauter, und für Tony hörte sich das nach einem Atemproblem an, das er als Kind manchmal gehabt hatte. Er stellte sich rasch hinter Melissa, legte ihr eine Hand über den Mund und hielt ihr mit der anderen die Nase zu. Dabei presste sich sein Unterarm gegen ihre Brüste, und Tony spürte deutlich ihren Herzschlag. Das war keine Absicht, denn er versuchte lediglich, sie vor einer Ohnmacht zu bewahren. Doch anscheinend war sie nicht erfreut über seine gute Tat. Innerhalb weniger Sekunden entwand sie sich ihm und wirbelte zu ihm herum.

„Was fällt dir ein?"

„Ich versuche nur zu helfen", erwiderte er. „Das ist ein altes Mittel, das meine Mutter oft benutzte. Du scheinst jetzt viel besser zu atmen."

Jeanie gab ein ersticktes Geräusch von sich, das sich wie Lachen anhörte, aber Melissa fand das gar nicht lustig. Sie verschränkte die Arme vor der Brust.

Tony spürte immer noch auf der Haut, wie sich ihre Brüste gegen seinen Arm gepresst hatten. Vor zwei Jahren hatte Melissa seine Berührung gewollt. Sie hatte sogar darum gebettelt, und er hatte seine Macht ausgekostet und sie warten lassen.

„Lass uns gehen." Er nahm ihren Arm. „Ich helfe dir."

Ihre Augen funkelten vor Wut, als sie ihm den Arm entzog. „Ich brauche keine Hilfe, danke. Warum wirfst du mich nicht einfach über die Schulter wie ein Höhlenmensch und schleppst mich weg?" Als ihr klar wurde, was sie da gesagt hatte, hob sie rasch abwehrend die Hand. „Wag es ja nicht!"

Tony lächelte wehmütig. Sie hatte keine Ahnung, wie gern er sie über die Schulter geworfen und weggetragen hätte. Seit sie weggelaufen war, hatte er sich mit der Frage gequält, warum. Sie hatte ihm ein Geschenk gegeben – eine Nacht wie im Paradies – und dann hatte sie ihm wieder alles genommen. Zwei Jahre lang hatte er versucht, sich diese Frau aus dem Kopf zu schlagen. Zwei Jahre lang hatte er von ihrem sinnlichen Körper und ihrem hübschen Gesicht geträumt.

Er und Melissa Sanders hatten noch etwas nachzuholen. Sie hatten noch eine Rechnung offen.

Die schwarze Limousine glitt durch die regennassen Straßen von Manhattan, vorbei an hupenden Taxis, unaufmerksamen Fußgängern und hektisch radelnden Fahrradkurieren. Es war Mittag, eine der Hauptverkehrszeiten des Tages, und ausgerechnet jetzt ging ein Gewitterregen nieder. Regenrinnen flossen über, und die Stadtbusse spritzen alles nass, was sich in ihrem Kielwasser befand.

Der Himmel schien alle Schleusen geöffnet zu haben, und die Gemüter erhitzten sich rasch. Sirenen heulten, Taxifahrer kurbelten die Scheiben herunter und fluchten und schimpften in allen möglichen

Sprachen. Aber in der schwarzen Limousine sagte niemand etwas außer Jeanie, die mit mehreren Agenten telefonierte und verschiedene Termine zu koordinieren versuchte.

Melissa war sehr froh, dass die Talkshow vorbei war und sie heute keine weiteren Verpflichtungen mehr hatte. Morgen Vormittag musste sie Bücher signieren, und am Nachmittag hatte sie zwei direkt aufeinanderfolgende Interviews. Wahrscheinlich würden es noch mehr Termine werden, sobald Jeanie mit ihren Telefonaten fertig war. Aber zumindest hatte Melissa jetzt Zeit, das Problem in Ordnung zu bringen, das Tony Bond darstellte.

Jeanie gab sich große Mühe, eine fröhliche Miene aufzusetzen. „Die Sendung war ein toller Erfolg", hatte sie verkündet, sobald sie in den Wagen gestiegen waren. „Das Publikum ist beinahe von den Sitzen gesprungen."

„Wenigstens waren ihre Sitze trocken", bemerkte Tony trocken.

„Unfälle passieren", wandte Melissa ein. „Ich musste das Beste aus der Situation machen, oder?"

Glücklicherweise hatte sich Jeanie zwischen das zankende Paar gesetzt, und so warf Tony Melissa nur einen bedrohlichen Blick zu.

„Ausgezeichnet", sagte Jeanie gerade zu irgendjemand am anderen Ende der Leitung. „Sie wollen Melissa und Tony zwei Stunden früher für Make-up und Garderobe? Sie werden da sein. Vielen Dank."

Strahlend beendete sie dann das Gespräch. „Ihr beide seid heiß! Ist das nicht wundervoll? Offenbar haben alle möglichen Fernsehleute im ganzen Land ,Wake up' angeschaut, weil alle verrückt nach euch sind. Ihr seid gerade zu vier weiteren Shows eingeladen worden und mit sechsen bin ich in Verhandlung."

„Nicht so schnell", sagte Melissa. „Darüber müssen wir erst reden."

„Das werden wir auch." Jeanie steckte ihr Handy in ihren großen Louis-Vuitton-Rucksack. „Aber zuerst muss ich euch warnen, Kinder. Seit Jahren habe ich keine so heftigen Reaktionen nach dem Auftritt eines Autors erlebt. Hier passiert etwas, das viel größer ist, als wir drei es uns im Augenblick vorstellen können. Falls irgendjemand in diesem Wagen ans Aussteigen denkt, dann sage ich jetzt bloß eines: auf keinen Fall."

„Vielen Dank, dass du den Druck von mir genommen hast", sagte Melissa gereizt.

Tony dagegen schien mehr als bereit, zu verhandeln. „Ich will in Zukunft vor der Show über etwaige Spielchen gefragt werden", erklärte er Jeanie. „Ich will keine Überraschungen mehr wie dieses Ups-Spiel. Ohne diese Zusage kann ich mich nicht mit den Bedingungen einverstanden erklären, die du mir vorgeschlagen hast."

„Welche Bedingungen?", wandte Melissa sich an Jeanie. „Welche Vereinbarung hast du mit ihm getroffen? Warum hat man mich nicht informiert?"

„Wie ich dir vorhin schon im Studio gesagt habe, durfte ich dir nichts verraten", erwiderte Jeanie in nachsichtigem Ton, als wollte sie sagen, Melissa solle sich entspannen, sie hätte alles unter Kontrolle. „Und was Tony betrifft", fügte sie dann hinzu, „wir haben ihn schließlich mitten aus einem sehr beschäftigten Leben gerissen. Da mussten wir Wege finden, um ihn zu entschädigen."

Melissa musterte die beiden misstrauisch. „Und welche Wege sind das?"

Jeanie zuckte mit den Schultern. „Ich kann jetzt wirklich nicht über die Einzelheiten unserer Abmachungen mit Tony reden."

Tony hatte mit keiner Wimper gezuckt, aber seine Miene und sein gesamtes Benehmen kamen Melissa ein wenig zu betont unschuldig vor. Er und Jeanie steckten unter einer Decke, und das ärgerte sie. Wie konnte eine PR-Agentin ihrer Autorin dermaßen in den Rücken fallen? Natürlich hatte die ganze Sache angefangen, weil sie, Melissa, ihr Buch Tony gewidmet hatte, aber das rechtfertigte noch lange keine Verschwörung.

„Nun, vielleicht habe ich auch ein paar Bedingungen", sagte Melissa und überlegte sich rasch, was sie alles fordern konnte. „Wenn von uns tatsächlich erwartet wird, dass wir im selben Hotelzimmer wohnen, dann muss das eine Suite sein. Ich möchte mein eigenes Schlafzimmer und Bad. Außerdem erwarte ich täglich eine Übersicht über unseren Zeitplan mit sämtlichen Hintergrundinformationen, mit wem wir es bei den Interviews zu tun haben. Zusätzlich brauchen Tony und ich ganz offensichtlich Zeit, um einzustudieren, wie wir ein glückliches Ehepaar darstellen sollen. Und als Letztes, wenn alles vorbei ist, will ich eine Scheidung."

„Kein Problem, einschließlich der Scheidung", erklärte Jeanie liebenswürdig.

Melissa musterte sie scharf. Sie hatte nicht erwartet, dass das so einfach werden würde. Irgendwie hatte sie mit Protest gerechnet, wenigstens von Tony. Doch auch er schien mit allem einverstanden zu sein. Vielleicht hätte sie noch eine Kleinigkeit hinzufügen sollen, zum Beispiel so etwas wie: Und in der Zwischenzeit absolut kein Sex! Vielleicht hätte sie damit seine Aufmerksamkeit erregt.

„Diese Lesetour dauert zwei Wochen, richtig?", sagte Tony und fragte damit etwas, was er offensichtlich schon wusste.

Jeanie nickte. „Allerdings hätte Searchlight gerne, dass ihr euch beide anschließend drei Monate lang für Interviews zur Verfügung haltet."

Melissa schnappte nach Luft.

Sowohl Jeanie als auch Tony sahen zu ihr, und zumindest Jeanie zeigte etwas Betroffenheit. „Ihr braucht nicht zusammenzuleben", erklärte sie, „aber ihr solltet für gemeinsame Auftritte in der Öffentlichkeit bereit sein."

„Wie wäre es mit zwei Monaten?", schlug Tony vor.

„Ein Monat", krächzte Melissa, sobald sie ihre Stimme wiederfand.

„Wir lassen diesen Punkt noch offen", meinte nun Jeanie. „Aber der Zeitraum, den wir schließlich vereinbaren, gilt. Falls ihr danach eine rasche Annullierung eurer Ehe wollt, dann soll es sein. Ich vermute, ihr wollt doch beide eine Annullierung, oder?"

„Natürlich", sagten Melissa und Tony wie aus einem Mund.

Jeanie war hörbar erleichtert. „Zumindest sind wir uns in dem Punkt einig."

In diesem Moment meldete der Fahrer durch die Sprechanlage, dass sie beim Hotel Da Vinci angekommen waren.

Melissa saß an der Straßenseite. Sie nahm ihre Handtasche und machte sich bereit, rasch zum Hoteleingang zu laufen. Der Fahrer kam mit einem Regenschirm nach hinten und öffnete für sie die Tür. Es goss immer noch in Strömen, und wenn sie ihren nagelneuen Hosenanzug und die schicken Stiefel retten wollte, würde sie sich beeilen müssen. Unglücklicherweise fuhr genau in dem Augenblick, als sie ausstieg, ein Taxi vorbei, und Melissa wurde von Kopf bis Fuß nass gespritzt. Als sie schließlich unter dem schützenden Baldachin vor dem Hoteleingang ankam, war sie bis auf die Haut durchnässt, und natürlich stand dort Tony, vollkommen trocken und sehr elegant aussehend. Einige Leute hatten eben einfach immer Glück.

„Manchmal gleichen sich die Dinge rasch aus, nicht wahr?", sagte er und musterte sie.

„Mistkerl", zischte sie. „Ich werde keinen Sex mit dir haben, also denk nicht einmal daran."

Erstaunt blickte er sie an. „Ich habe seit zwei Jahren nicht mehr daran gedacht. Warum sollte ich das jetzt tun?"

„Als ob ich dir das glauben würde! Du hast jeden einzelnen verflixten Tag daran gedacht, genau wie ich."

„Wirklich?" Mit einem Mal erhellte sich seine Miene.

Melissas Puls beschleunigte sich. Jetzt besaß sie seine volle Aufmerksamkeit.

„Jeden verflixten Tag?", wiederholte er. „Darüber musst du mir mehr erzählen."

Nach einem ausgiebigen heißen Bad mit Jasminöl, das Melissa sofort nach ihrer Ankunft in der Hotelsuite genommen hatte, bekam sie Hunger. Der Teller mit Appetithappen und die Flasche Weißwein fielen ihr ein, die mit freundlichen Grüßen von Searchlight im Wohnzimmer der Suite auf sie warteten. Jeanie hatte sich noch am Aufzug mit den Worten verabschiedet, Melissa und Tony hätten sich bestimmt viel zu sagen, und war gegangen.

Melissa schlüpfte in einen flauschigen Bademantel und verließ das Badezimmer. Fast war sie überrascht, dass niemand draußen vor der Tür auf sie wartete, und sie kam sich ein wenig albern vor. Wahrscheinlich wollte Tony die Nacht vor zwei Jahren genauso hinter sich lassen, wie sie. Aber warum war er dann hier? Sie konnte sich nicht vorstellen, warum er sich die Mühe machte, außer es ging um Geld oder um eine Art Rache. Mit dem Lohn eines Kellners kam er sicher nicht weit – doch vielleicht war er nicht länger Kellner. Es gab so viel, was sie nicht über Tony Bond wusste. Allerdings, wollte sie überhaupt mehr über ihn erfahren?

Sie schlich in das Wohnzimmer der Suite und entdeckte Tony, der vor dem Panoramafenster stand und auf den Central Park hinausblickte. Er hatte den Wein schon entkorkt, sich ein Glas eingeschenkt und die Flasche wieder in den Kühler gestellt.

Vielleicht lag das an seiner Haltung, aber Melissa erinnerte sich gar nicht mehr daran, wie groß und eindrucksvoll er war. Im Zimmer stand eine Kentiapalme, die bestimmt mindestens einen Meter achtzig maß. Doch Tony überragte sie. Allerdings hatte sie, Melissa, sich natürlich überwiegend in der Horizontalen befunden, als sie vor zwei Jahren mit ihm zusammen gewesen war.

Rasch schob sie diesen Gedanken beiseite und konzentrierte sich wieder auf die Gegenwart. Tony hatte einen herrlich durchtrainierten Körper. Kellner mussten ja jede Menge tragen, aber nicht genug, um solche Bizepse zu entwickeln. Seine Armmuskeln schimmerten goldbraun im Licht der Nachmittagssonne, und sogar seine nackten Füße hatten diesen herrlichen Farbton, der wunderschön mit dem weißen Teppich kontrastierte.

Er stand mit dem Rücken zu ihr, aber ein ganz anderes Bild erschien vor ihrem inneren Auge. Sie sah im Geiste, wie er sich zu ihr umdrehte und auf sie zukam. Ein nackter Mann, muskulös und goldbraun vom Kopf bis zu den Zehen. Er war erregt und sah sie an.

Melissa zwang sich, diese Vorstellung abzuschütteln. Sie durfte nicht mit Tony allein sein. Ständig wurde sie an früher erinnert. Vielleicht konnte sie sich ein Glas Wein einschenken und wieder verschwinden. Wenn sie leise genug war, würde er das nicht einmal merken.

„Schleichst du dich wieder weg?"

Melissa erstarrte. Ihr war unklar, wie er sie sehen konnte, bis sie ihr Spiegelbild in der Fensterscheibe entdeckte. Er hatte vom ersten Augenblick an gewusst, dass sie da war.

„Wegschleichen?"

Er drehte sich um und sah sie ernst an. „Du weißt genau, was ich meine."

Natürlich wusste sie das. „Ich bin nicht weggeschlichen. Ich bin weggegangen."

„Ohne eine Nachricht? Ohne ein Wort?"

Sie zögerte, weil sie nach Worten suchte. „Du hast Recht, ich hätte eine Nachricht hinterlassen sollen. Eigentlich wollte ich das auch, aber ich war … nun, ziemlich verlegen und ich dachte, du wärst das vielleicht auch. Ich wollte uns beiden die Peinlichkeit ersparen."

Glaubte er ihr? Sie hoffte das, weil ihr nämlich gerade klar geworden war, dass das die Wahrheit war. „Ich wusste nicht, wie ich dir gegenübertreten sollte, und ich dachte, dir ginge es genauso."

Verblüfft sah er sie an. „Weil wir uns geliebt hatten?"

„Na ja, wir hatten ja nicht gerade nur die Missionarsstellung ausprobiert."

Ohne dass sie es wollte, stieg wieder die Erinnerung in ihr hoch, wie sie auf dem Bett gelegen und fast geschrien hatte, weil er sie so wunderbar gestreichelt hatte.

„Wir haben unserer Fantasie freien Lauf gelassen", erwiderte er. „Vielleicht war das ein bisschen abenteuerlich und riskant für eine Frau wie dich."

„Ein *bisschen* riskant?"

„Melissa, ich habe vor dir niedergekniet und um deine Hand angehalten. *Das* war riskant."

Erstaunt betrachtete sie ihn. „Das war doch bloß eine Geste. Du wollest einfach nur nett sein."

„Ich heirate nicht alle Frauen, zu denen ich nett bin. Tatsächlich habe ich keine Einzige von ihnen geheiratet außer dir."

„Warum hast du mich geheiratet?" Mit einem Mal schien die Erde zu beben. Es war unheimlich, aber es passierte ständig, wenn sie mit Tony zusammen war.

„Ich bin nicht sicher", sagte er ausweichend.

„Alles ging so schnell", erwiderte sie. „Du hast dich sehr ritterlich verhalten. Du hast versucht mich zu retten, stimmt's?"

Er runzelte die Stirn. „War das falsch?"

„Wahrscheinlich nicht, aber es ist wohl kaum die Basis für eine Ehe."

„Da habe ich schon schlechtere Gründe gehört."

Was sollte das bedeuten? Melissa verstand ihn nicht. Ihr Gefühl sagte ihr, er sei eine Art Don Quixote, der Menschen in Not rettete, und sie, Melissa hatte in dieser Nacht vor ihren Freundinnen gerettet werden müssen.

„Warum bist du hier?", fragte sie ihn.

Er kam auf sie zu. Da er im Gegenlicht zu ihr stand, konnte sie seinen Gesichtsausdruck nicht erkennen. „Vielleicht bin ich neugierig. Wäre das ein ausreichender Grund für dich? Ich habe eine Frau am Strand gesehen und geglaubt, sie zu kennen. Ich hatte das Gefühl, niemand sonst wisse, wer sie sei, und ich verspürte den Wunsch, das Rätsel zu lösen."

Melissa wollte etwas entgegnen, aber erneut klang ihre Stimme unsicher, und sie räusperte sich. „Woher solltest du mich kennen?"

„Eine bessere Frage wäre, wie sollte ich nicht? Etwas in dir hat förmlich danach gerufen, erkannt zu werden. Ich bin überrascht, dass das niemand anders gemerkt hat."

„Du hast mich schon einmal rätselhaft genannt. Was meinst du damit?"

„Vielleicht habe ich schon zu viel gesagt."

„Du willst meine Frage also nicht beantworten?", meinte sie gereizt. „Wenn das so ein Spiel sein soll, dann möchte ich nicht mitspielen."

„Ich habe spontan deine Bedürfnisse erkannt. Ich spürte deine Unzufriedenheit und wie sehr du dich nach etwas sehntest, was du nicht hattest. Etwas hinderte dich daran, es zu bekommen. Das war das Rätselhafte an dir. Ich habe nicht verstanden, warum du dich nicht bemüht hast, zu bekommen, was du wolltest."

„Ich habe mich bemüht", widersprach sie. „Darin bin ich Expertin, wenn du dich erinnerst. Ein ganzes Buch habe ich darüber geschrieben, wie Frauen sich ihre Wünsche erfüllen."

Er lächelte. „Das ist ein Teil des Rätsels."

„Also reizen dich Rätsel?"

„Nein, das heimliche Verlangen ist es, was mich reizt. Es geht um unerwiderte Liebe und verlorene Träume. Aber am meisten interessieren mich Frauen, die Angst davor haben, ihre Träume zu verwirklichen."

Verblüfft blickte Melissa ihn an. So hatte er sie also gesehen. In seinen Augen hatte sie verzweifelt um Aufmerksamkeit gebettelt und musste gerettet werden. Vielleicht sogar sexuell befreit werden. Sie wandte sich von ihm ab, weil sie sich schrecklich ärgerte. Aber eigentlich war sie damals in dieser Nacht vor zwei Jahren ja wirklich verzweifelt und voller Sehnsucht gewesen. Trotzdem, sie hätte gut ihr ganzes Leben verbringen können, ohne dass er davon erfuhr.

Sie schenkte sich ein Glas Wein ein und trank einen großen Schluck. „Ich würde diese Nacht wirklich gerne hinter mir lassen, falls das möglich ist."

„Warum? Sie ist passiert."

Ihr wurde warm vom Wein. „Bloß weil etwas passiert ist, muss man nicht ständig darüber reden und alles endlos analysieren. Manchmal ist es besser, das nicht zu tun. Ich werde jetzt ins Bett gehen."

Sie machte sich nicht die Mühe, sich noch einmal umzudrehen, sondern verließ einfach das Zimmer. Wahrscheinlich täuschte sie sich sowieso in Tony. Unerwiderte Liebe? Sehnsüchtige Frauen? Don Quixote bekam immer mehr Ähnlichkeit mit Don Juan, was sie eigentlich nicht wirklich überraschen sollte. Ohne Erfahrung konnte niemand so gut im Bett sein.

Sie persönlich mochte lieber jemanden, der gegen Windmühlen kämpfte. Aber die große Frage war, wieso es sie überhaupt kümmerte, was Tony für ein Mensch war.

4. KAPITEL

Eines meiner Lieblingsspiele ist das Spiel „Glücklicher Gärtner".
Was könnte schöner sein, als wenn die Blumen gedüngt und die
Büsche gestutzt werden?
„101 Trick, wie eine Frau einen Mann zum Betteln bringt"

*M*rs Sanders, haben Ihr Mann und Sie sich immer gut im
Bett verstanden?"
Melissa hob eine Augenbraue und lächelte vielsagend.
Das Publikum dieser Autorenlesung sollte glauben, sie würde aus so
vielen möglichen Antworten wählen, dass sie sich gar nicht entscheiden
konnte, welches köstliche Detail sie erzählen sollte. Aber in Wirklichkeit suchte sie angestrengt nach etwas, was sie guten Gewissens erzählen konnte, weil es nicht völlig gelogen war.

„Gut ist nicht annähernd das richtige Wort", sagte sie. „Verrückt,
wild, impulsiv, erotisch, romantisch oder gefährlich leidenschaftlich
würde es eher treffen."

Die Fragerin wirkte sichtlich überrascht und setzte sich wieder.

Andere Hände wurden gehoben.

Das wird immer schlimmer, stellte Melissa fest. Die Leute dachten
wohl, weil sie ein Buch über Sexualität geschrieben hatte, könnten sie
sie alles fragen. Laut Jeanie war die Besucherzahl erstaunlich hoch verglichen mit anderen Lesungen. Außerdem befanden sich Reporter in
der Menge, darunter sogar jemand von der „New York Times".

Der Organisator hatte zwanzig Stuhlreihen in einen großen Halb-
kreis vor einem Podium angeordnet, auf dem Melissa stand. Tony saß
an einem Tisch neben dem Podium, auf dem mehrere Stapel ihrer Bücher darauf warteten, von ihr signiert zu werden. Melissa hatte kurz
über „101 Trick" gesprochen, einen Auszug daraus vorgelesen und die
Zuschauer gerade aufgefordert, ihr Fragen zu stellen. Alle Stühle waren besetzt, und im hinteren Teil des Raumes drängten sich noch mehr
Menschen, unter denen sich auch ihre Werbeagentin befand.

Viele Hände wurden in die Höhe gestreckt. Viel zu viele, als dass
Melissa sie hätte übergehen können.

Sie nickte einer Frau mit einem Strohhut zu, hauptsächlich deshalb,
weil sie harmlos wirkte.

„Sind Sie und Ihr Mann wirklich so verrückt, wie Sie es in Ihrem
Buch beschreiben?", fragte die Frau mit dem Strohhut. „Haben Sie

wirklich dieses Spiel mit der Perlenkette gespielt, und macht Tony die Gartenarbeit, von der in dem Buch die Rede ist?"

„Die Gartenarbeit?"

„Die Büsche stutzen", erklärte die Frau mit unschuldiger Miene. „Haben Sie sich nicht so ausgedrückt?"

Tony gab einen erstickten Laut von sich, den Melissa aber ignorierte. Einige Zuschauer schnappten nach Luft, andere lachten. Melissa zwang sich, mitzulachen. Sie hob die Hände, um wieder für Ruhe zu sorgen. „Das sind nur ein paar lustige Vorschläge", erklärte sie. „Sie stehen in dem Kapitel ‚Dinge, von denen Ihre Mutter nicht will, dass Sie sie wissen‘."

Ein junger Mann sprang von seinem Sitz auf und fragte grinsend: „Haben Sie irgendwo auf Ihrem Körper Tonys Namen tätowiert?"

Jeanie winkte hektisch, um Melissas Aufmerksamkeit zu erregen, und formte mit den Lippen das Wort ‚Ja‘.

„Nein", erwiderte Melissa in bestimmten Ton. Sie wartete auf die nächste Frage, doch das Publikum erwartete anscheinend eine ausführlichere Antwort. Schließlich gab sie seufzend nach. „Das bedeutet nicht, dass ich nicht eine Stelle reserviert hätte – aber bitten Sie mich jetzt nicht, zu zeigen, wo."

Jeanie grinste und hielt beide Daumen nach oben.

Ein Mann, der ziemlich weit hinten stand und etwas auf einen Notizblock schrieb, hob die Hand. „Ihr Buch rät Frauen, ihren Partnern beim Ausziehen zuzusehen", sagte er. „Außerdem steht darin, man soll mit seinem Lebensgefährten die Unterwäsche tauschen, weil das sehr reizvoll für die Sinne wäre."

„Das ist richtig", antwortete sie. „Das hat etwas mit dem Gefühl auf der Haut zu tun und mit den Düften des anderen."

„Tragen Sie heute Tonys Boxershorts?"

Melissa lächelte flüchtig. „Ich stelle erfreut fest, Sie haben das Buch gelesen."

„Heißt das Nein?", fragte der Mann.

„Ich verrate nur so viel: Wir tragen beide Stringtangas", antwortete sie.

Tony sah zu ihr hoch, und Melissa errötete. Nun gut, das war geflunkert. Aber das ließ sich in einer solchen Situation ja wohl kaum vermeiden. Vor allem, wenn der Fragende offensichtlich Journalist war und über sie schreiben wollte.

„Könnten wir sie sehen?", hakte der Frager nach.

„Wir möchten nicht verhaftet werden", mischte Tony sich ein, bevor Melissa noch etwas erwidern konnte, und sein Blick brachte den Mann dazu, einen Rückzieher zu machen.

Offensichtlich war das ein Sensationsreporter. Noch mehr Leute meldeten sich zu Wort, doch Melissa hatte jetzt keine Lust mehr, persönliche Fragen zu beantworten. „Genug von Tony und mir", erklärte sie. „Wir sind hier, um über Ihre Männer zu reden, meine Damen. Sie müssen doch ein paar Fragen haben."

Die Frau mit dem Strohhut hob erneut die Hand. „Sollte eine Frau jemals Nein zu einem Mann sagen?"

„Natürlich. Regelmäßig. Lassen Sie ihn warten. Warten Sie selbst. Durch die Vorfreude, die so entsteht, wird die Leidenschaft gesteigert."

„Können Sie mir ein Beispiel geben?"

Melissa kannte ein wunderschönes Beispiel. Leider konnte sie es nicht erzählen. Tony war ein Meister darin gewesen, sie in ihrer Hochzeitsnacht warten zu lassen. In jener Nacht hatte sie um Erlösung gebettelt, doch er hatte den Moment der Erfüllung immer wieder hinausgezögert. Er hatte ihr sogar zugeflüstert, sie solle mit dem Höhepunkt warten, während er ihr sagte, was er noch alles mit ihr tun würde. Melissa hatte nicht geschafft zu warten, und sein wissendes Lächeln hatte ihr verraten, dass er genau das beabsichtigt hatte.

Als sie jetzt zu ihm sah, lächelte er wieder genauso wie damals. Las er ihre Gedanken? Ahnte er, was in ihr vorging? Melissa wurde es ganz heiß, und mit einem Mal war ihre Kehle wie ausgedörrt. Zum Glück wählte Jeanie diesen Moment, um etwas zu sagen.

„Wie wäre es mit ein paar Fragen an den Mann, der Melissa Sanders zu dem Buch inspiriert hat?", meinte sie.

Melissa blieb keine Gelegenheit, diesem Vorschlag zuzustimmen, denn sofort sprang eine sehr attraktive braunhaarige Frau auf und lächelte Tony verführerisch zu. „Würden Sie mir auch etwas ins Ohr flüstern?"

Alle außer Melissa lachten.

„Tut mir leid", erwiderte Tony. „Mein Mund ist bereits vergeben, genau wie Melissas Ohr."

Melissa war nicht sicher, ob ihr diese Antwort gefiel, aber mit einem Mal hatte sie das Gefühl, tausend Schmetterlinge flatterten in ihrem Bauch.

Eine Frau mit einem Notizblock und einer sehr energischen Stimme begann zu sprechen. „Was machen Sie eigentlich beruflich, Mr Bond?"

„Ich treibe mich ein bisschen in der Küche herum."

„Tatsächlich?" Sie grinste. „Sie können sich jederzeit auch in meiner Küche herumtreiben. Wo ist denn Ihr bevorzugter Ort für Sex?"

Er lachte. „Natürlich in der Küche."

„Wie praktisch", bemerkte die Frau. „Kochen Sie auch?"

„Kochen ist eine Art Vorspiel", antwortete er. „Dadurch werden die Sinne auf unvergleichliche Weise angeregt."

„Mr Bond, was haben Sie für eine Nationalität?"

Melissa hatte nicht bemerkt, wer die Frage gestellt hatte, aber offensichtlich war nicht nur sie auf die Antwort neugierig.

„Ich fürchte, ich bin ein Mischling", antwortete Tony. „Meine Mutter stammt aus Südamerika, mein Vater ist Europäer." Er klopfte sich auf die Brust. „Hier drinnen sind zu viele Nationen vereint, um sie zu zählen."

Melissa sah auf die Uhr, denn sie hoffte, die Zeit für Fragen wäre vorbei und gleich würde das Signieren der Bücher beginnen. Doch die brünette Frau gab noch nicht auf. Erneut stand sie auf. Sie warf Tony einen intensiven Blick zu und mobilisierte anscheinend sämtliche Verführungskünste, die ihr im Augenblick zur Verfügung standen.

Melissa spürte einen Stich im Innern, und ihr Puls beschleunigte sich.

„Was macht einen Mann wie Sie so unglaublich sexy?", wollte die Frau wissen.

Tony schien keine passende Antwort parat zu haben. Er schwieg so lange, dass Melissa zu ihm sah und feststellte, dass er sie ebenfalls anblickte. Sein Gesichtsausdruck ließ sie den Atem anhalten.

Was um alles in der Welt würde er jetzt gleich sagen?

Einen Augenblick lang hielt Melissa Tonys Blick stand, dann wandte sie sich ab und betrachtete die schweigende Menge. Die große Zahl der erwartungsvollen Gesichter ließ sie hektisch nach passenden Worten suchen. Jeanie gab ihr ein Zeichen, sie solle die Fragestunde beenden.

Sie räusperte sich und dankte dem Publikum für seine Aufmerksamkeit. „Wenn Sie ein von mir signiertes Exemplar meines Buches möchten, zeichne ich es gerne für Sie ab, und auch wenn Sie daran kein Interesse haben, kommen Sie doch hoch und sagen Sie Hallo."

Die Krise war abgewendet. Zumindest glaubte Melissa das.

Tony stand auf, noch bevor jemand anders sich von seinem Platz erhoben hatte. „Diese Dame hat mir eine Frage gestellt", sprach er die strahlende brünette Frau an. „Sie wollte wissen, was einen Mann wie mich so sexy macht."

Fassungslos starrte Melissa ihn an. Aller Augen waren jetzt auf ihn gerichtet.

„Die Antwort ist einfach", sagte er. „Wenn ich sexy bin, ist sie der Grund dafür."

„Wer, die heiße Brünette?", rief ein Mann.

Vereinzelte Zuschauer lachten. Melissa spürte einen stechenden Schmerz oberhalb des Brustbeins. Sie fühlte sich, als wäre sie erdolcht worden. Warum tat er ihr das an?

„Ja, die heiße Brünette." Er wandte sich an Melissa. „Meine Frau."

Das sagte er in einem Ton, der Melissa aufhorchen ließ. Tonys dunkle Augen funkelten verheißungsvoll, und ihr Herz setzte einen Schlag lang aus. Was hatte er vor? Seine Kinnmuskeln waren angespannt, als würde er mit heftigen Gefühlen ringen.

Er nahm ihre Hand und zog sie an die Lippen. Ein Raunen ging durch den Raum. Melissa verstand die Reaktion der Frauen. Tony konnte so unglaublich romantisch sein. Er drehte ihre Hand und hauchte einen Kuss auf die Innenfläche. Beinahe hätte Melissa selbst geseufzt.

Dann drehte er sich wieder zum Publikum und sprach erneut die brünette Frau an, die sich ihrer Verführungskünste jetzt gar nicht mehr so sicher zu sein schien wie noch wenige Sekunden zuvor. Melissa wollte nicht selbstgefällig sein, aber ja, das war ein wunderschöner Augenblick, und sie hatte Tony mehrere solcher Momente zu verdanken.

„Das hat sehr wenig mit mir zu tun", erklärte er der Frau. „Welcher Mann ist schon sexy ohne eine Frau, die ihn dazu inspiriert? Das liegt alles an dieser besonderen Frau, die mit ihrem Lächeln das Herz eines Mannes Feuer fangen lässt."

Die Frau zuckte die Achseln. Offenbar sah sie ein, dass die Schlacht verloren war, aber nicht der Krieg. „Okay, also was ist Ihr Geheimnis?", fragte sie Melissa.

Tony nahm eines von Melissas Büchern und hielt es hoch. „Ihre Geheimnisse sind hier drin."

Melissa stimmte in das allgemeine Gelächter ein, das nun folgte. Aber tief im Innern war sie sich nicht sicher, was sie von Tonys Auftreten halten sollte. Wahrscheinlich sehnte sich jetzt jede Frau im Publikum nach einem Mann wie ihm, nach einem Mann, der seine Frau über eine verlockende Fremde stellte und diese damit auf ihren verdienten Platz verwies. Wer würde sich nicht nach einem solchen Mann sehnen, wenn seine Gefühle echt waren? Melissa hätte alles dafür gegeben, so verehrt zu werden. Aber irgendwie hatte Tony geschickt wieder ihr Buch ins

Spiel gebracht, Das war ein brillanter Schachzug gewesen, aber mehr vermutlich nicht.

Melissas Vorstellungskraft arbeitete auf Hochtouren, was in so einer Situation allerdings nie gut war. Kleine Zweifel wurden zu großen, und innerhalb von Sekunden hatte sie sich beinahe vollständig selbst davon überzeugt, dass Tonys Verhalten nur wieder eine seiner großzügigen Gesten gewesen war und es gar nicht um sie gegangen war, sondern nur um das Buch. Was wiederum bedeutete, es ging nur ums Geld.

Höflich, aber kühl entzog Melissa Tony die Hand mit dem Hinweis, sie müsse nun Bücher signieren. Der Ring, den er ihr gegeben hatte, funkelte hell im Licht. Melissa widerstand der Versuchung, an ihm zu ziehen. Sie bekam diesen Ring seit zwei Jahren nicht vom Finger, weshalb sollte das ausgerechnet jetzt funktionieren? Außerdem hätte das doch ein wenig merkwürdig ausgesehen, wenn sie Tony bei einer Signierstunde den Ring zurückgegeben hätte.

Jeanie stellte zwei Stühle hinter den Tisch und bedeutete Melissa, sie solle sich setzen. Leider wollte ihre Agentin, dass Tony ebenfalls die Bücher zeichnete.

„Du verstehst schon, sozusagen als Team", meinte Jeanie. Sie schenkte Melissa ein strahlendes Lächeln.

Melissa ging um den Tisch herum und erinnerte Jeanie hinter vorgehaltener Hand daran, dass „101 Trick" ein dickes Buch mit hundertfünfzigtausend Wörtern war, und Tony nicht einmal ein Komma darin gesetzt hätte.

„Aber er hat dich zum Schreiben inspiriert, oder nicht?", flüsterte Jeanie. Lauter fügte sie hinzu. „Und ich wette, die Damen, die gerade für ein Autogramm anstehen, werden sich über Tonys Unterschrift sehr freuen."

„Ja!", riefen die wartenden Frauen im Chor.

„Natürlich", stimmte Melissa mit einem gezwungenen Lächeln zu.

Jeanie stellte sich hinter Melissa und Tony. „Du willst doch Bücher verkaufen, oder?", flüsterte sie Melissa zu, während sie ihr ein Glas Wasser einschenkte.

Darauf wäre Melissa schon eine bissige Antwort eingefallen, aber sie hielt sich zurück. In Wahrheit wollte sie natürlich Bücher verkaufen, und eigentlich war ihr nicht klar, warum sie nicht total glücklich darüber war, wie viele Leute sich anstellten, um ein Exemplar zu kaufen. Beinahe jeder im Saal schien da zu sein, und Tony war zweifellos mit der Grund dafür.

Also gut, überlegte sie, während sie das erste Buch signierte und dabei mit einer temperamentvollen jungen Mutter plauderte, die sagte, sie könne gar nicht erwarten, das Kapitel zu lesen, das sich um all die Dinge drehte, die man ihr nicht zutraute zu tun. *Also gut, deshalb bin ich hier.* Sie war Melissa Sanders, eine Autorin, die davon überzeugt war, eine wichtige Botschaft für ihre Leserinnen zu haben. Was kümmerte es sie, wenn Tony auch da war? Diesen Mann hatte sie zwei Jahre lang nicht gesehen. Was spielte es überhaupt für eine Rolle, was er tat, oder warum er es tat? Solange er beim Verkauf des Buches half, war das genug.

Richtig? Richtig!

„Lassen Sie die Tigerin in sich zu", sagte sie und schrieb diese Worte in das Buch. Dann reichte sie es an Tony weiter, der „Viel Spaß beim Gärtnern!" dazuschrieb. Der jungen Mutter schien das zu gefallen.

Herrliche Düfte brachten Melissa dazu, das Schlafzimmer zu verlassen. Die Radiointerviews am Nachmittag waren lang und anstrengend gewesen. Jeanie hatte im Anschluss daran vorgeschlagen, essen zu gehen. Aber Melissa hatte nur noch an die Suite und das herrliche Badezimmer dort denken können und abgelehnt. Tony war mit ihr ins Hotel gekommen und hatte vorgeschlagen, den Zimmerservice kommen zu lassen. Doch Melissa hatte Müdigkeit vorgetäuscht, und jeder war in sein Zimmer gegangen.

Gebadet und bereit zum Schlafengehen, dachte Melissa nun doch daran, den Zimmerservice kommen zu lassen, als der würzige Duft nach Zwiebeln und Pilzen in heißer Butter durch die Türritzen in das Schlafzimmer drang. Sie beschloss, ihrer Nase zu folgen, und stellte fest, dass die Düfte aus der Küche der Suite kamen.

Ihr Seidenkimono raschelte bei jedem Schritt, und die Marmorfliesen fühlten sich kalt unter ihren nackten Füßen an. Dieser Duft war unwiderstehlich, und Melissa hatte Hunger.

Zu der Suite gehörte eine voll eingerichtete Küche mit eingebautem Grill, Geräten aus poliertem Chrom, Kupferpfannen und -töpfen und glänzenden Arbeitsflächen aus Granit. In Wandnischen angebrachte Lampen erhellten sanft den Raum. Doch das Erste, was Melissa bemerkte, als sie eintrat, war eine Platte mit Vorspeisen und zwei Gläser mit Rotwein auf einer Theke, vor der zwei Barhocker standen.

Dann entdeckte sie Tony hinter der Küchentheke. Er war gerade dabei, etwas klein zu hacken.

„Was riecht denn da so gut?", fragte Melissa.

Er drehte sich um, und seine Miene erhellte sich.

Melissa durchquerte den Raum und setzte sich an die Theke und dachte, dass der Mann dahinter verflixt gut aussah. Er trug eine bequeme Hose und ein offenes Hemd.

„Probier mal den Wein", forderte er sie auf, nahm sein Glas und umrundete die Theke. „Das ist ein guter Cabernet." Er hielt das Glas hoch. „Samtig und ein wenig fruchtig."

Melissa hob ihr Glas und stieß mit ihm an.

„Aber auch frech und ein bisschen unverschämt", fügte er hinzu, als sie einen Schluck trank. „Genau wie die Frau, die ihn gerade trinkt."

Melissa verschluckte sich beinahe, weil sie lachen musste, und hob drohend den Finger. „Das ist nicht fair", sagte sie, als sie wieder Luft bekam. „Du darfst niemanden zum Lachen bringen, der gerade trinkt."

„Ein schlechter Zeitpunkt", gab er zu und schob ihr die Platte mit den Appetithappen zu. „Bitte, bediene dich. Ich verspreche, ich werde keine Scherze mehr machen."

Ihr lief das Wasser im Mund zusammen, als sie die verlockenden spanischen Tapas betrachtete. Da gab es Empanadas, geröstete Chilischoten, die, wie Tony erklärte, mit drei verschiedenen Sorten Käse gefüllt waren, und ein paar andere köstlich aussehende Leckerbissen, die Melissa nicht kannte.

„Danke", sagte sie und nahm sich eine goldbraune Empanada. „Das hast du alles rasch herbeigezaubert, oder?", scherzte sie.

Doch Tony blieb ernst. „Alles ist noch ofenwarm", erklärte er. „Ich habe heute Morgen die Rezeption angerufen und gesagt, welche Zutaten ich brauche. Alles war im Kühlschrank, als wir heute Abend zurückkamen."

„Wow", meinte Melissa ehrlich beeindruckt und biss in den saftigen Blätterteig. Sie hatte schon früher Empanadas gegessen, aber diese schmeckten sensationell. Sie waren mit zartem Schweinefleisch, Zwiebeln, grünem Pfeffer und Rosinen gefüllt und mit einer Spur Kreuzkümmel gewürzt. „Köstlich", sagte Melissa. „Genau wie der Wein."

Erneut stießen sie an und diesmal brachte Tony einen Toast aus. „Darauf, dass wir uns nach zwei Jahren besser kennenlernen", sagte er.

„Und du denkst, wir fangen heute damit an?"

„Wenn du willst."

Sie begegnete entschlossen seinem Blick. Vielleicht sollte sie wirklich damit aufhören, ihm ständig aus dem Weg zu gehen. Sie trank einen

Schluck, während sie die ganze Zeit an Tonys wunderschönen, sinnlichen Mund denken musste.

Als sie beinahe ihr Glas geleert hatte und Tony ihr nachschenkte, fühlte sie sich angenehm entspannt. Erstaunlich, was für einen Einfluss ein bisschen Alkohol auf die Stimmung haben konnte. Tony saß jetzt auf dem Barhocker neben ihr, aber ihr kam es so vor, als seien sie sehr weit voneinander entfernt, obwohl ihre Knie sich gelegentlich streiften.

„Ich habe eine schwierige Frage", sagte er.

Ihr Blick fiel auf den Ring und da sie zu wissen glaubte, was er fragen wollte, kam sie ihm zuvor. „Wenn ich ihn abbekommen würde, würde ich ihn dir zurückgeben."

„Was denn?"

„Den Ring natürlich."

Er runzelte die Stirn. „Der Ring gehört dir. Ich habe ihn dir gegeben."

„Aber er sieht wertvoll aus, wie ein Familienerbstück." Sie strich über das zierliche geflochtene Goldband. „Bist du nicht neugierig, warum ich ihn trage?"

„Ich weiß, warum du ihn trägst. Was mich wirklich neugierig macht, ist der Grund, weshalb eine Frau die Unterwäsche eines Mannes tragen wollen sollte."

Sie sah ihn an. „Ist das die schwierige Frage?"

„Nun, ich möchte auf etwas Bestimmtes hinaus."

„In Ordnung, aber kannst du dir nicht vorstellen, warum sie das vielleicht möchte?"

Er spielte mit einer Gabel. „Nun, normalerweise würde ich sagen, weil ihr das Intimität erlaubt, sogar ohne Berührung. Sie kann den Stoff auf ihrer Haut fühlen und das verrät ihr, wie sich das Wäschestück für ihn anfühlt. Solange sie seine Shorts trägt, wird sie ständig an ihn denken. Das geht gar nicht anders."

„Oder nimm sein T-Shirt", erklärte Melissa, und bemühte sich, dabei nicht auf Tonys Hemd zu schauen. „Eine Frau kann am Duft feststellen, ob ein Hemd von ihrem Partner getragen wurde oder nicht. Ihre Sinne können ihn erkennen, selbst wenn sie dazu mit dem Verstand nicht in der Lage ist. Das hat man wissenschaftlich erforscht. Vertrautheit hat Einfluss auf unser Gehirn. Dadurch entsteht Verbundenheit."

„Halt, ich glaube dir ja", sagte er. „Ehrlich."

Er stand auf und ging zum Tisch, wo ein hübsch eingewickeltes Geschenk lag, das Melissa bisher völlig übersehen hatte.

„Das ist für dich", sagte Tony.

Überrascht nahm sie das Geschenk entgegen und bedankte sich. Als sie es auswickelte, kam eine rote ovale Schachtel zum Vorschein, auf der der Name eines Geschäftes für Herrenwäsche gedruckt war. In der Schachtel befanden sich zwei knappe schwarze Stringtangas.

Tony beugte sich vor und sagte leise: „Jetzt brauchst du nicht mehr zu schwindeln wegen der passenden Tangas."

„Ich trage sie, wenn du meine Wäsche trägst", meinte sie herausfordernd.

Er nahm einen Tanga und dehnte ihn. „Können wir sie auch einfach nur als Schleudern benutzen?"

„Feigling", erwiderte sie.

Er hob die Augenbrauen und musterte ihren eng anliegenden Kimono. „Diese Frau ist also wirklich ein schamloses Flittchen?"

Melissa hob herausfordernd das Kinn. „Hast du je daran gezweifelt?"

„Mehrmals. Zum Beispiel, als du nicht unter der Decke hervorkommen wolltest und zu schwach warst, um dich zu rühren."

„Ich war nicht schwach, ich war ohnmächtig vor Lust. Alle guten Flittchen wissen, wie wichtig es ist, vor Lust in Ohnmacht zu fallen."

„Dann willst du mir also erzählen, alles sei nur gespielt gewesen?"

Sie riss ihm den Stringtanga aus der Hand und lächelte. „Ich schätze, das wirst du niemals erfahren, nicht wahr? Übrigens, wann ist denn das Essen fertig?"

„Ich sehe mal nach." Er stand auf, und Melissa folgte ihm in die Küche. Langsam merkte sie, wie ihr der Wein in den Kopf stieg.

„Für den ersten Gang unternehmen wir eine Reise nach Norditalien", erklärte er. „Es gibt Ravioli mit einer Füllung aus Hähnchenfleisch, Steinpilzen und Birnen. Für die helle Soße habe ich Weißwein genommen und das Ganze mit einem Schuss Birnennektar verfeinert, um den Geschmack abzurunden."

„Birne?", sagte sie. „In Ravioli?"

„Du wirst es mögen, vertrau mir."

Ihm vertrauen. Allein die Vorstellung ließ sie erschauern. Doch eigentlich war das ein ziemlich schönes Gefühl. Melissa genoss es, Tony so nahe zu sein und dabei trotzdem locker bleiben zu können. Wenn die Situation durch die merkwürdige gemeinsame Vergangenheit nicht so vorbelastet gewesen wäre, wären sie vielleicht Freunde geworden. Oder ein Liebespaar. Melissa konnte sich das gar nicht anders vorstellen.

„Jetzt habe ich eine Frage an dich", sagte sie, während sie ihn dabei beobachtete, wie er jede Birne in die Hand nahm, um festzustellen, welche reif genug war. „Was ist so verführerisch am Kochen?"

„Was ist dabei nicht verführerisch? Hast du jemals einen Pfirsich geschält und in Spalten geschnitten? Hast du gespürt, wie dir dabei der Saft von den Fingern tropft?" Er sah sie an. „Ich finde, ein Wok macht mit die sinnlichsten Geräusche, die ich je gehört habe. Das Öl brodelt und zischt, wenn es sich erhitzt. Das erinnert mich an heißen Sex."

Melissa wagte nicht, etwas zu sagen. Ihre Stimme hätte nicht natürlich geklungen. Atemlos hörte sie ihm zu.

„Beim Kochen werden alle Sinne angeregt", fuhr er fort. „Denk daran, wie sich Pasta al dente auf der Zunge anfühlt, oder an den verlockenden Duft einer Gemüsesuppe."

Eigentlich sollten wir lieber über geschäftliche Dinge reden, überlegte Melissa. Wie sie sich auf der Lesetour verhalten sollten. Noch an diesem Morgen waren ihr diese Themen schrecklich wichtig erschienen. Doch jetzt schienen sie kaum mehr zu zählen. Viel wichtiger war im Augenblick, mehr über Tony zu erfahren. Jetzt war vielleicht die einzige Gelegenheit dazu. Woher kommt der Sinneswandel, fragte sie sich. Liegt das am Wein?

Ihr Herz raste. Egal, was Tony heute gesagt hatte, nicht sie inspirierte ihn, sondern er sie. Mit einem Mal wurde Melissa bewusst, dass sie sich erneut lieben würden. Möglicherweise sogar noch heute Nacht, obwohl Tony das nicht wusste. Er versuchte nicht bewusst, sie zu verführen. Er kochte einfach nur.

Er plante das alles nicht. Sie war diejenige, die plante.

5. KAPITEL

Verführung ist eine verloren gegangene Kunst, doch ein Mann sollte mit aller Raffinesse verführt werden, die einer Frau zur Verfügung steht.
„101 Trick, wie eine Frau einen Mann zum Betteln bringt"

*L*assen Sie die Tigerin heraus, die in Ihnen steckt." Melissa war kurz davor, ihren eigenen Rat zu beherzigen. Sie drängte ihre Leserinnen, ihre von der Natur gegebene Sinnlichkeit zu akzeptieren, doch sie hatte das erst ein einziges Mal in ihrem Leben getan. Dieses Abenteuer war zwar stürmisch und leidenschaftlich gewesen, aber nicht besonders erfolgreich. Sonst hätte sie den Schauplatz kaum klammheimlich verlassen, so wie eine Verbrecherin vom Tatort flüchtet. Vielleicht war das der Grund, weshalb sie daran dachte, noch einen Versuch zu wagen.

Allerdings konnte das auch einfach daran liegen, dass sie wieder beschwipst war. Alkohol und Tony Bond schienen eine umwerfende Wirkung auf sie zu haben.

Tony stand jetzt mit dem Rücken zu ihr. Er wusch gerade verschiedene Früchte in der Edelstahlspüle, und Melissa beobachtete ihn dabei. Sie war völlig fasziniert von den beeindruckenden Muskeln, die sich unter seinem Hemd abzeichneten und sie hatte noch nie einen Mann erlebt, der sich mit mehr Selbstverständlichkeit in der Küche bewegte. Tony schien sich darin wohlzufühlen, als gehörte sie ihm. Sein Selbstvertrauen wirkte fast einschüchternd, aber auch andere Charaktereigenschaften wurden deutlich, während Melissa ihm zusah. Geduld zum Beispiel, um nur eine zu nennen.

Tony übereilte nichts, nicht einmal das Entfernen der lästigen Klebeetiketten auf einem Apfel. Danach nahm er sich Zeit, das Obst gründlich zu waschen. Fast schien es, als würde er die Früchte mit den Händen liebkosen.

Genauso verhält er sich im Bett, erinnerte sie sich. Selbstbewusst, sicher und geduldig. Immer lange genug an einer Stelle verweilend, bis sie, Melissa, reagierte und als ob er nichts anderes auf der Welt zu tun hätte, als dafür zu sorgen, dass sie vor Lust erschauerte.

„Ich möchte dich etwas fragen." Sie spielte mit der Ecke einer Serviette.

„Und was ist das?" Er drehte sich nicht zu ihr um, was Melissa ganz recht war. Ihr war es lieber, er merkte nicht, dass sie ihre Serviette faltete, denn dann hätte er erkannt, wie nervös sie war.

„Ich habe mich gefragt, warum du das heute bei der Autorenlesung gesagt hast. Du weißt schon, als du mich deine Frau genannt hast."

„Du bist meine Frau." Er warf ihr über die Schulter einen Blick zu. „Außerdem schien das in diesem Augenblick richtig zu sein."

„Wie meinst du das?"

„Ich schätze, dadurch habe ich mich dir nahe gefühlt." Nach einer kurzen Pause fügte er hinzu: „Aber wenn dir das unangenehm ist, werde ich so etwas nie wieder sagen."

Melissa lächelte. Seine Gründe waren wirklich überzeugend. „Das macht mir nichts aus."

„Ich würde dich auch gerne etwas fragen." Er hob ein wenig die Stimme, um das Wasserrauschen zu übertönen.

Sie hörte auf, an der Serviette herumzuzupfen. „Und das wäre?"

„Warum hast du das Buch geschrieben?"

Diese Frage war ihr schon oft gestellt worden. „Ich wollte Frauen helfen, ihre eigenen sexuellen Bedürfnisse zu entdecken. Ob du es glaubst oder nicht, viele Frauen brauchen so etwas wie eine Erlaubnis, Lust zu empfinden, und ich will sie dazu bringen, sie sich zu geben."

Tony drehte das Wasser ab und trocknete sich die Hände an einem flauschigen Handtuch ab. Ein Edelstahlsieb mit Früchten stand in der Spüle. Er nahm es und trug es zur Küchentheke. „Dann hast du dir in unserer gemeinsamen Nacht selbst die Erlaubnis gegeben, Lust zu fühlen?"

„In gewisser Weise ja."

„Du ganz alleine? Steckt diese Idee dahinter? Oder hat der Mann auch noch etwas damit zu tun?"

Melissa musste lachen. Männer und ihre empfindlichen Egos! „Natürlich hattest du etwas damit zu tun." Sie war sich nicht einmal sicher, ob diese Nacht mit jemand anderem überhaupt möglich gewesen wäre. Doch das brauchte er nicht zu wissen.

Ihr Blick fiel auf ihr aufgeschlagenes Buch, das auf der Anrichte lag. „Du liest gerade ,101 Trick, wie eine Frau einen Mann zum Betteln bringt'?"

„Es ist sehr umfangreich." Er nahm ein Schneidebrett und zog ein scharfes Messer aus dem Block neben ihm. „Besonders, wenn du dich von nur einer Nacht hast inspirieren lassen."

Allmählich verstand Melissa, worauf er hinauswollte. „Stimmt, wir haben nur eine Nacht zusammen verbracht. Trotzdem war das, was wir getan haben … nun, mit welchen Worten soll ich das beschreiben?"

„Außergewöhnlich? Alles andere überstrahlend? Ein geradezu übersinnliches Erlebnis?" Er grinste.

„Ja, das trifft alles zu. Trotzdem war es bloß eine Nacht. Wir haben viel gemacht, aber nicht genug, um ein ganzes Buch zu füllen."

Tony begann die frisch gewaschenen Pfirsiche, Birnen, Äpfel und Pflaumen in einer Reihe auf die Anrichte zu legen. „Also, woher stammt der Rest?"

Melissa hatte seine Hände beobachtet, jetzt betrachtete sie sein Gesicht. Mit gerunzelter Stirn musterte er eine der Früchte, als hätte er gerade eine verdorbene Stelle entdeckt. Der sonst immer selbstbewusste Mann in Küche und Schlafzimmer war jetzt tatsächlich ein klein wenig unsicher.

„Warum fragst du?"

Beiläufig zuckte er die Schultern, als sei das keine große Sache. „Eine Frau, die so schön ist wie du, hat natürlich viele Liebhaber gehabt."

Melissa zögerte kurz, dann sage sie: „Es gab keine anderen Liebhaber." Das eine hässliche Erlebnis vor Tony spielte keine Rolle, obwohl es technisch gesehen schon zählte. „Seit der Nacht mit dir war ich mit keinem anderen Mann mehr zusammen."

Seine Miene wurde ein bisschen weicher.

„Meine Leser wären wahrscheinlich schrecklich enttäuscht, wenn sie herausfänden, dass ich nicht die wilde, leidenschaftliche Frau bin, für die sie mich halten."

„Und was ist mit all den Spielchen und Techniken im Buch?"

„Die meisten davon habe ich erfunden." Ganz bestimmt würde sie ihm nicht erzählen, dass sich ihre Gedanken ständig um ihn gedreht hatten, während sie dieses Buch geschrieben hatte.

„Auf einige dieser Spiele bin ich schon neugierig." Er nahm eine große Orange aus einer Schale neben ihm und rollte sie hin und her. Gleichzeitig wies er mit dem Kopf auf das aufgeschlagene Buch.

Melissa zog es zu sich heran und las die Kapitelüberschrift. „Ah ja", sagte sie. „,Winkel und Ecken', also das stammt nicht von mir. Oder jedenfalls nicht ganz. Ich habe es vielleicht ein wenig ausgeschmückt."

„Das Buch braucht noch ein Wörterverzeichnis mit Erklärungen. Ich weiß, was Winkel und Ecken sind, aber ich glaube, du gibst all diesen Wörtern eine ganz spezielle Bedeutung."

Durch seine Stimme, die irgendwie einladend klang, fühlte sich Melissa ermutigt. Jedenfalls ging sie zu Tony ans andere Ende der Küchentheke.

„Vielleicht sollte ich dir eine oder zwei Lektionen erteilen." Verführerisch lächelte sie ihn an. „Betrachte das als Übung", sagte sie. „Du musst schließlich über diese Dinge Bescheid wissen, wenn wir in der Öffentlichkeit erscheinen."

Interessiert betrachtete Tony sie. „Ist das so?" Seine Stimme klang jetzt sehr tief. „Dann nur zu."

Melissa nahm ein Schälmesser zur Hand. Mit einem einzigen Streich schnitt sie die Orange, die er hin und her gerollt hatte, in zwei Hälften. Ein frischer, aromatischer Duft umhüllte sie beide, als Melissa eine Hälfte in die Hand nahm. „Bei ,Winkel und Ecken' geht es darum, den Körper des Partners bis ins letzte Detail zu erkunden", erklärte sie in ihrer schönsten Talkshow-Stimme. „Dabei stößt man auf empfindliche Stellen, die man häufig nicht beachtet."

„Klingt gut", meinte er.

Sie nahm seine Hand und hielt sie so, dass die Innenfläche nach oben zeigte. „Möglich", erwiderte sie sanft und presste etwas Orangensaft in seine gerundete Handfläche. „Jetzt pass auf und lerne. Du wirst später geprüft werden."

Tony grinste, was umwerfend aussah, und Melissa spürte einen erregenden Schauer im Innern.

Sie hob seine Hand zu ihrem Mund. „Entweder nimmt man die Fingerspitzen oder die Zunge", sagte sie, und ihre Stimme war kaum mehr als ein Flüstern. Melissa kam sich vor wie ein Kätzchen vor einer Schüssel mit Sahne, als sie langsam mit der Zungenspitze den Saft von Tonys Handfläche leckte. Dabei war kein Alkohol im Spiel, aber der Saft hätte genauso gut starker Wein sein können, so berauschend war die Wirkung.

Was tue ich da bloß? Was tue ich da bloß?

Ihr Pulsschlag beschleunigte sich, aber sie bekam keine Antwort auf ihre stumme Frage – und wahrscheinlich hätte sie sowieso nicht zugehört. Melissa wollte viel lieber weitermachen als aufhören, egal, wie riskant das war und obwohl sie wusste, was schon einmal passiert war.

Genau wie bei so vielen ihrer Fantasien war Tony der Auslöser auch für dieses Spiel gewesen. Damals hatte sie irgendwann in der tiefsten Nacht den Saft einer Papaya auf seinen nackten Körper geträufelt und jeden einzelnen Tropfen davon aufgeleckt.

Die Erinnerung an die Lust, die sie Tony mit Lippen und Zunge bereitet hatte, war selbst nach dieser langen Zeit noch sehr lebhaft. Melissa schloss die Augen und nahm nacheinander jeden seiner Finger in den Mund. Sanft saugte und lutschte sie daran. Sie merkte, dass Tony schneller atmete, und sie konnte sich gut vorstellen, woran er jetzt gerade dachte.

Er berührte ihr Kinn und hob es mit einem Finger an. „Jetzt bin ich an der Reihe." Sein Blick schien ihre Haut zu versengen.

Melissa befeuchtete sich die Lippen. Sie hatte immer noch den Geschmack der Orange und seiner Finger auf der Zunge, als Tony eine reife Pflaume nahm. Er zerschnitt sie und bat Melissa dann, den Kopf zurückzulegen. Dann umfasste er zärtlich ihren Nacken und rieb die Schnittstelle der Pflaume über ihre Lippen, sodass sich der süße rote Saft bedeckt darauf verteilte.

Er beugte sich vor und sagte leise: „Das bedeutet natürlich nichts, verstehst du?"

„Natürlich nicht. Wir üben nur", antwortete sie kaum hörbar.

Die Berührung seiner Zunge war federleicht, als er ihre Lippen ableckte, und trotzdem hätte sie fast laut aufgestöhnt. Eigentlich küsst mich Tony nicht wirklich, er kostet mehr, sagte sie sich. Doch die Berührung war stark genug, um ein erregendes Prickeln in ihr zu erzeugen und Melissa daran zu erinnern, was für wundervolle Dinge Tony und sie vor zwei Jahren miteinander angestellt hatten.

Sie sehnte sich danach, dass er sie an sich zog und so verlangend küsste, wie er das damals in der Hochzeitssuite getan hatte. Wie schön wäre es, wenn sie sich an seinen tollen Körper schmiegen könnte und Tony sie in seinen starken Armen halten würde. Spürte er, dass sie förmlich darauf brannte, ihrer Leidenschaft freien Lauf zu lassen? Bestimmt war es ihr anzumerken. Aber wenn er ihre Sehnsucht wahrnahm, dann hatte er sich auf bemerkenswerte Weise unter Kontrolle.

Er löste sich von ihren Lippen, und Melissa seufzte. Sie wollte mehr, aber offenbar hatte Tony andere Pläne. Er strich ihr das Haar hinters Ohr, und dann fuhr er mit der aufgeschnittenen Pflaume von ihrem Ohrläppchen über ihren Hals. Ihre Haut prickelte, und als Melissa Tonys warmen Atem an der empfindliche Stelle hinter dem Ohrläppchen spürte, durchströmte sie ein heißer Schauer.

Mit den Lippen zog er die sanfte Linie ihres Halses nach und saugte leicht an ihrer Haut. „Das muss eine Ecke sein", sagte er leise.

Melissa war zu atemlos, um etwas dagegen einzuwenden. Für sie war das ganz bestimmt ein geheimer Winkel, aber solange Tony mit dem weitermachte, was er gerade tat, konnte er es nennen, wie er wollte. Ihre Brüste sehnten sich jetzt ebenfalls danach, berührt zu werden. Sie schloss die Augen und stellte sich vor, wie Tony die Knospen sanft mit den Daumen rieb, so wie er es in ihrer Hochzeitsnacht getan hatte.

Langsam und genüsslich leckte Tony den Saft von ihrem Hals. Das Aroma der köstlichen reifen Pflaume schien immer intensiver zu werden, und Melissa glaubte dahinzuschmelzen vor Verlangen.

Aber sie wollte nicht, dass Tony merkte, wie verrückt sie nach ihm war, bis er nicht genauso verrückt nach ihr war. In diesem Punkt musste Ausgewogenheit herrschen, sonst konnte es ziemlich peinlich werden. Ihn zu fragen war unmöglich, seinen Gesichtsausdruck konnte sie leider nicht sehen, weil Tony gerade mit der Pflaume über ihre Halsbeuge strich.

Plötzlich fiel Melissa auf, dass ihr Arm tatenlos an ihrer Seite hing. Sie bewegte ihn leicht und streifte scheinbar zufällig Tonys Erektion, die ihr mehr über ihre Wirkung verriet als alles andere. Tony war verrückt nach ihr. Wenn er noch verrückter werden würde, würde möglicherweise der Reißverschluss seiner Hose platzen.

Tony stöhnte, als sie beiläufig die Wölbung in seiner Hose streifte.

Melissa spürte, wie er die Hand, die er in ihr Haar geschoben hatte, zur Faust ballte. Er bog ihren Kopf nach hinten und als sie die Augen öffnete, sah sie Leidenschaft und Verlangen in seinem Blick.

Alle Nerven in ihrem Körper waren angespannt. Mit jeder Faser fieberte sie dem Kuss entgegen, den sie erwartete. Ihr war klar, dass sie Tony nicht aufhalten würde, wenn er sie hochheben, auf den Küchentresen legen und sie nehmen würde.

Doch seine Lippen pressten sich nicht auf ihre, und schließlich merkte Melissa, dass Tony sie jetzt anders ansah. Noch immer schimmerte Leidenschaft in seinen Augen, aber auch ein anderer Ausdruck war dazugekommen. Er hatte sich wieder unter Kontrolle.

„Wir üben gerade, richtig?", sagte er.

Seine Frage setzte ihrer Übung offiziell ein Ende, und das wussten sie beide. „Ja, natürlich", sagte sie und lächelte ein wenig zu strahlend.

„Ich glaube, Jeanie fände das gut, meinst du nicht? Vielleicht können wir in unserer nächsten Talkshow um frisches Obst bitten."

Melissa hoffte, ihre Stimme klang gefasster, als sie sich fühlte. Innerlich war sie völlig durcheinander und hatte Schwierigkeiten, Worte zu formulieren.

Sehr rasch lösten sie sich voneinander. Tony legte die Pflaume auf das Schneidebrett und griff nach einem Handtuch. Während er zur Spüle ging, um sich die Hände zu waschen, versuchte Melissa verzweifelt, sich zu sammeln. Die Situation war peinlich geworden, obwohl sie gerade das hatte vermeiden wollen und sie wusste nicht, wann oder warum das passiert war.

War Tony genauso betroffen wie sie? Er schien ihr fast ebenso geschickt aus dem Weg zu gehen, wie sie das bei ihm gemacht hatte. Doch auch wenn sie gerade eine recht grobe Abfuhr bekommen hatte, hatte sie das Gefühl, das noch mehr dahintersteckte. Für sich genommen war dieser Gedanke allerdings ein Fortschritt, denn Melissa hatte sich die meiste Zeit ihres Lebens vorgestellt, Männer würden sie abweisen, weil sie nicht hübsch genug sei oder ihr irgendetwas anderes fehlte. Doch Tony hatte sich zu ihrer ständigen Überraschung nie so verhalten, als fände er sie nicht attraktiv. Ganz im Gegenteil.

Vielleicht war er einfach nur edel und wollte eine Wiederholung dessen vermeiden, wodurch sie überhaupt erst in diesen Schlamassel geraten waren. Diese Idee gefiel ihr zwar ein bisschen besser als die Vorstellung, abgewiesen worden zu sein, aber es tröstete sie nicht besonders.

Sie ging zurück auf die andere Seite des Tresens. Merkwürdigerweise fühlte Melissa sich nicht einmal annähernd so zurückgewiesen wie sie erwartet hätte. Eins gab ihr jedoch zu denken: Wenn sie ihren eigenen Mann nicht dazu brachte, um Sex zu betteln, welches Recht hatte sie dann, anderen Frauen zu sagen, wie sie das anstellen sollten?

Tony stand in seinem dunklen Zimmer und sah auf die Stadt hinab. Unter den Straßenlaternen standen Pferdekutschen und warteten auf Kundschaft. Heute Abend war nicht viel los. Abgesehen von gelegentlichen Touristen mietete niemand eine Kutsche. Die betuchten Bewohner von Manhattan nahmen sich entweder ein Taxi oder eilten zu Fuß zu ihren Zielen.

Doch nicht einmal ein Fußmarsch nach Maine hätte ihn, Tony, abkühlen können. Er war seinem Ziel keinen Schritt näher gekommen, wobei es nicht um Rache ging.

Trotzdem war der Kampf nicht fair, denn er, Tony, war im Vorteil. Jeanie hatte ihn davon überzeugt, diese Werbetour würde eine Katastrophe werden, wenn Melissa die Wahrheit über seine Situation erfuhr, und er hatte der Einschätzung der PR-Agentin vertraut. Sie hatte ihm erzählt, Melissa hätte eine Chance auf hart verdienten Erfolg, und er wollte nicht derjenige sein, der ihr diese Gelegenheit verdarb. Bei diesem Spiel hatte auch er einiges zu verlieren, aber das war etwas anderes. Er wusste, was vor sich ging. Er wusste, weshalb er in ihrer Beziehung die Bremse ziehen musste, aber Melissa hatte keine Ahnung. Wahrscheinlich hätte er es heute Abend gar nicht so weit kommen lassen sollen. Doch Melissa war so süß in ihrer Erregung, und das machte ihn ganz verrückt.

Trotzdem hätte er sich von Anfang an beherrschen müssen. Als er von der Lesung ins Hotel zurückgekommen war, hatte er ein Dutzend Anrufe auf seinem Handy registriert und einige davon waren dringend. Es gab Menschen, die auf ihn zählten und auf ihn warteten. Er durfte sie nicht fallen lassen. Auch wenn er keinen Wunsch verspürte, auch nur einen der Anrufe zu beantworten, sondern das nur aus Pflichtgefühl tat.

Das sagte ihm einiges. Er wusste, dass er ein Problem hatte. Immer noch. Nachdem Melissa aus Cancún verschwunden war, hatte er sich lange eingeredet, sie sei weggelaufen, weil sie zu der Art Frauen gehörte, die einen Mann eine Nacht lang liebten und sich dann aus dem Staub machten. Eine Frau, die kein Interesse an Bindungen oder Verpflichtungen hatte. Das war die einfachste Erklärung für ihre plötzliche Flucht, und dadurch konnte er ihr auch die ganze Schuld geben.

Doch ein Teil von ihm hatte immer gewusst, dass das nicht der Wahrheit entsprach. Melissa hatte Angst gehabt. Nie zuvor hatte sie etwas Ähnliches erlebt, außer vielleicht in ihrer Vorstellung. In dieser Nacht hatte sie einer Sehnsucht nachgegeben, die sie schon lange gehegt hatte. Das war die einzige Erklärung für ihr unglaublich erotisches Verhalten. Wahrscheinlich hatte sie sich danach dafür geschämt, sich vielleicht sogar schmutzig gefühlt. Was für eine Tragödie!

Tony hatte jeden lustvollen Laut genossen, den sie von sich gegeben hatte, und er hatte sie dafür geliebt, dass sie ihre Verletzbarkeit gezeigt hatte.

Jahrelang hatte er sie sich zurückgewünscht. Vielleicht tat er das noch immer.

Doch jetzt war ihm noch etwas anderes klar geworden. Melissa Sanders versuchte gar nicht, andere Frauen dazu zu ermutigen, ihre

Sexualität anzunehmen. Sie versuchte immer noch, sich selbst dazu zu ermutigen. Sie musste sich etwas beweisen, und deshalb sollte er sie besser meiden. Je stärker sie wurde, desto schwächer wurde seine Willenskraft – und keiner von ihnen beiden konnte das Chaos brauchen, das dadurch entstehen würde.

6. KAPITEL

Das stärkste Aphrodisiakum ist immer noch die Vorstellungskraft.
„101 Trick, wie eine Frau einen Mann zum Betteln bringt"

Am nächsten Morgen wurde heftig an die Tür der Hotelsuite geklopft, und Tony wusste, noch bevor er öffnete, wer auf der anderen Seite stand. So wie Jeanie geklopft hatte, kam sie herein – rasch und entschlossen.

„Schön, euch zu sehen." Jeanie strahlte Melissa und Tony an. „Ich habe wichtige Neuigkeiten. Es gibt eine kleine Programmänderung. Heute habt ihr frei, aber morgen werdet ihr beiden live im Fernsehen eines von Melissas Spielchen vorführen."

„Oh nein, das kommt nicht infrage", sagten Tony und Melissa gleichzeitig.

„Oh, doch, das werdet ihr", erklärte Jeanie unbekümmert. „Ich habe mich bereits um alles gekümmert."

Sie händigte jedem eine sauber getippte Seite zusammen mit einem Exemplar von Melissas Buch aus. „Geht die Kapitel durch, die ich markiert habe und studiert sie, als würdet ihr eine Prüfung ablegen. Ich habe alle wichtigen Stellen mit Farbmarkern untermalt und euch so die ganze Arbeit abgenommen. Alles, was ihr noch tun müsst, ist lernen, wiederholen und üben, üben, üben. Das ist der Schlüssel zu einem erfolgreichen Auftritt. Ihr müsst entspannt und natürlich aussehen, während ihr vor der Kamera agiert. Die Show, in der ihr morgen live auftretet, ist ein wichtiger Meilenstein auf dem Weg nach oben."

Jeanie ging zur Tür, drehte sich aber noch einmal um. „Melissa, morgen werde ich die Kleidung für dich auswählen. Und jetzt genießt eine kleine Pause. Bis morgen dann."

Nachdem sie die Suite verlassen hatte, überlegte Tony ernsthaft, ob er die Tür zusperren sollte. „Jeanie schien ein wenig angespannt zu sein, findest du nicht?", fragte er.

Melissa, die gerade ihre Seite durchlas, war blass geworden. „Ich habe das Gefühl, uns wird es gleich genauso gehen."

„Warum denn?" Tony wartete nicht auf eine Antwort, sondern überflog die eigenen Anweisungen. Er merkte, wie auch aus seinem Gesicht alle Farbe wich.

„Wir können das nicht im Fernsehen tun", stieß Melissa aus. „Man wird uns einsperren."

„Die Unzertrennlichen? Sie will, dass wir so tun, als klebten wir an der Hüfte aneinander?"

Melissa wusste genau, was von den Spielchen auf Jeanies Liste zu erwarten war. Unmöglich konnte man die ohne einige ziemlich anregende Berührungen und sehr engen Körperkontakt durchführen. So etwas war bestimmt großartig für das Fernsehen, aber eine wahre Tortur für jemanden, der einsame Nächte in einer Hotelsuite vor sich hatte.

„Tony, ich fürchte, wir kommen da nicht heraus", sagte sie und erklärte ihm damit etwas, was er bereits wusste. „Ich hasse es zwar zuzugeben, aber Jeanie hat Recht. Wir können nicht dem Publikum empfehlen, sich auf solche Experimente einzulassen, wenn wir selbst nicht dazu bereit sind. Ich fürchte nur, wenn unser Auftritt nicht echt wirkt, wird sich das Buch nicht mehr verkaufen."

„Hast du Angst, wir kommen auf dem Bildschirm nicht wie das leidenschaftlichste Ehepaar der Welt rüber?"

Sie musste lachen. „Na ja, nach gestern Abend versuchen wir uns vielleicht zu schützen."

Tony steckte die Hände in die Taschen. „Also, was gestern Abend angeht", begann er, „ich möchte, dass du eines weißt: Mein Rückzug hatte nichts damit zu tun, dass ich dich nicht mehr anziehend finde."

„Was war dann der Grund?"

Er zuckte mit den Achseln. „Vielleicht wollte ich nicht noch einmal durchmachen, was wir schon durchgemacht haben. Ein Desaster reicht."

„So denkst du also darüber?"

„Es wurde einiger Schaden angerichtet", erwiderte er.

Seine düstere Miene ließ sie ahnen, dass mehr Schaden angerichtet worden war, als er bereit war, zuzugeben. Sie war nicht diejenige, die verlassen worden war, aber ihr war nie der Gedanke gekommen, Tony hätte vielleicht gewollt, dass sie blieb. Da er auch nie Anstrengungen unternommen hatte, sie zu finden, hatte sie angenommen, ihm läge sowieso nichts an ihr.

Mit einem Mal kam ihr eine Idee. „Glaubst du, wenn wir genug üben, könnten wir so viel Routine entwickeln, dass uns die Spielchen nichts mehr ausmachen? Du weißt schon, wie ein schlimmes Wort, das keinen Schock mehr auslöst, wenn man es oft genug gehört hat."

„Ich glaube, das ist nicht ganz dasselbe", entgegnete Tony.

Sie stand auf. „Dann müssen wir eben eine Vereinbarung treffen. Wenn wir üben, darf kein Sex im Spiel sein. Wir dürfen nicht einmal an Sex denken. Lass uns einfach die Sache hinter uns bringen, wie Schauspieler oder Politiker."

„Kein Gedanke an Sex? Das kann ich nicht garantieren."

„Okay, wir können daran denken, aber mehr nicht."

„Einverstanden. Lass uns gleich anfangen."

Wie zwei Tänzer, die zum ersten Mal zusammen trainieren, gingen sie in die Mitte des Raumes.

„Ich gehöre dir", sagte Tony und stützte die Hände in die Seiten.

„Das Spiel ‚die Unzertrennlichen' ist eigentlich recht einfach." Melissa bemühte sich, routiniert und professionell zu klingen. „Man spielt es am besten unter der Dusche, aber diesen Teil müssen wir eben auslassen. Trotzdem dürfen wir nicht vergessen, dass man beim Spielen normalerweise nackt ist."

Tony schaute sie interessiert an. „Das kann ich mir vorstellen."

Melissa überging seine Bemerkung. „Wenn wir wirklich unter der Dusche wären, würden wir uns einseifen. Das müssen wir jetzt eben vortäuschen. Du seifst dich ein, und ich mich."

Auf Tonys Stirn erschien eine Falte. „Das macht aber keinen Spaß."

Melissa warf ihm einen warnenden Blick zu. „He, das kann sehr verführerisch sein. Das ist die Phase der Vorfreude."

„Wenn du darauf bestehst."

Melissa bestand darauf. „Nach dem Einseifen fangen wir an, einander anzufassen. Man darf sich vorne und hinten berühren, aber die primären erogenen Zonen sind tabu."

„Die wären?"

„Nun, bei der Frau die Brustwarzen und der Schambereich. Ich darf nicht dein ...", sie wollte so tun, als berühre sie das alles nicht, aber ohne dass sie etwas dagegen tun konnte, wanderte ihr Blick automatisch zu der Stelle zwischen seinen Schenkeln, „... Glied berühren."

„Ich glaube nicht, dass mir dieses Spiel gefällt." Tony tat so, als würde er schmollen.

„Man braucht Geduld, aber darin bist du ja gut. Es geht darum, den Körper seines Partners auf langsame Weise zu ertasten."

„Dann darf ich dich also mit den Händen berühren?"

„Ja, aber nicht nur." Melissa seufzte. „Am besten zeige ich dir einfach, wie es geht. Mit welchem Teil meines Körpers ich dich auch berühre, er muss dort bleiben, bis das Spiel beendet ist. Ungefähr so."

Sie trat ganz nah an ihn heran, sodass sie den leicht würzigen Duft seines Rasierwassers wahrnahm, und fing an, ihn zu mustern. Sie nahm sich Zeit, ihn von oben bis unten zu betrachten, weil die Spielregeln das so erforderten. Zuerst riskierte jeder bloß Blicke und betrachtete den anderen interessiert. Das war keine große Sache. Sie konnten das gefahrlos tun.

Melissa wusste, dass Tony erwartete, sie würde ihn mit der Hand berühren, doch sie entschied sich, etwas anderes auszuprobieren. Stattdessen drückte sie ihre rechte Wade gegen seine linke Wade.

„Siehst du? Jetzt klebe ich an dir."

Tony sah nieder auf ihre verbundenen Beine. „Das könnte lustig werden", meinte er. „Dann muss ich jetzt also gar nicht meine Hände benutzen? Ich kann jedes Körperteil nehmen, das ich will?"

Mit klopfendem Herzen nickte Melissa. Jetzt war sie an der Reihe, gründlich von Kopf bis Fuß gemustert zu werden, und Tony ließ sich ebenfalls dabei Zeit.

„Vielleicht versuche ich mal das." Er drückte seinen rechten Oberschenkel an ihren linken. Jetzt mussten sie beide die Beine ein wenig spreizen, um das Gleichgewicht zu halten, doch dabei blieben sie an den Beinen verbunden.

„Was ist mit der Seife?", wollte Tony nun wissen. „Warum sind wir überall eingeseift, wenn wir uns nicht streicheln können?"

„Nun warte doch mal." Ihre Stimme begann bereits unsicher zu werden. Wenn sie Tony so nahe war, schien sie nicht genug Luft zum Atmen zu bekommen. Als Nächstes unternahm sie einen sehr mutigen Schritt. Sie fasste um Tony herum und legte ihre Hand auf seine rechte Pobacke. Sie spürte, wie sich ein fester Muskel unter ihrer Berührung zusammenzog und erinnerte sich daran, wie sie schon einmal seine wunderschöne Rückseite liebkost und dabei das Spiel seiner Muskeln beobachtet hatte.

Bis jetzt hatte Tony ganz ruhig und gelassen gewirkt. Aber das schien sich nun zu ändern. Sein Blick wirkte abwesend, als würde er sich ebenfalls etwas Verbotenes vorstellen.

„Ich darf dich überall anfassen?", fragte er noch einmal, und seine heisere Stimme verriet, dass er erregt war.

„Überall, außer an den Stellen, die ich vorhin erwähnt habe." Falls sie nicht bald wieder zu Atem kam, würde ihr nichts anderes übrig bleiben, als sich mit Zeichensprache zu verständigen.

Offenbar hatte Tony entschieden, ein mutiger Schritt verdiente den nächsten. Er hob die Hand und umfasste ihre linke Brust. Sanft hob er sie an und drückte sie leicht. Melissa trug keinen BH, und so war ihre nackte Haut nur durch den dünnen Stoff ihres T-Shirts von seiner Hand getrennt. Beinahe hätte Melissa um Gnade gefleht. Damals in Cancún war sie irgendwann in der Nacht an einen Punkt angelangt, wo sie fast zum Höhepunkt kam, wenn Tony ihre Brustspitze nur mit der Zunge reizte. Jetzt fragte sich Melissa, was wohl geschehen würde, wenn Tony mit den Fingern über ihre empfindlichen Knospen streichen würde.

Es dauerte nicht lange, bis sie beide so kompliziert miteinander verbunden waren, wie das überhaupt nur möglich war. Alles, womit sie noch agieren konnten, waren ihre Lippen. „Du bist an der Reihe", sagte Melissa. „Wahrscheinlich solltest du mich jetzt küssen."

„Wohin?"

„Wohin du kommst."

Seine Möglichkeiten waren ziemlich begrenzt. Er konnte ihre Stirn, ihre Wange und ihre Lippen erreichen, vielleicht auch noch ihren Hals. Aber sie hoffte, er blieb von ihrem Hals weg. Es machte sie ganz verrückt, wenn er sie dort küsste.

Tony hatte sich entschieden. Er presste seinen Mund auf ihren und küsste sie. Melissa war sich nicht sicher, ob das nicht gegen die Regeln verstieß, aber statt zu protestieren, erwiderte sie den Kuss.

Sie löste sich kurz von seinen Lippen. „Jetzt kommt die Seife ins Spiel", sagte sie leise. „Wir dürfen uns sanft aneinanderreiben. Nur ein kleines bisschen, höchstens einen Zentimeter hin und her, nicht mehr. Okay?"

Jeder Nerv in ihrem Körper schien Feuer zu fangen, als Tony sich bewegte. Mit der Handfläche massierte er ihre Brust, und Melissa rieb sich vorsichtig an ihm. Das war herrlich, aber es war auch anstrengend, die Position zu halten. Ihre Knie zitterten leicht. Tony rieb ihre Brustspitze aufreizend langsam mit dem Daumen und löste damit eine Flut lustvoller Gefühle aus.

Wir müssen einfach ein paar Regeln brechen, dachte Melissa.

Als Tony mit der Hüfte gegen sie stieß, taumelte Melissa. Er versuchte, sie zu halten, und drückte sie dabei fest an sich. Sehr deutlich nahm Melissa wahr, wie erregt Tony war. Sie brauchte ihn nicht zu sehen, sie konnte es genau spüren. Das war ganz entschieden ein Regelverstoß!

Melissa kam sich wie berauscht vor. Ihre Haut prickelte, ihr Gesicht war gerötet, und sie fühlte sich benebelt an, als hätte sie Alkohol getrunken.

„Vergiss nicht zu atmen", sagte er.

„Atmen? Wie geht das?" Leise seufzend löste sie sich von ihm. Mehr von diesem Spiel würde sie einfach nicht aushalten, und Tony schien es genauso zu gehen. Beide traten einen großen Schritt zurück, und Melissa vermied es, ihn anzusehen.

„Da gibt es ein Problem", erklärte er.

„Nur eines?"

„Nun, ein ziemlich großes."

Melissa blickte auf. Seine Erektion war einfach nicht zu übersehen. „Groß genug, um einen Hut daran aufzuhängen", hatte sie einmal in einem Artikel für eine Zeitschrift geschrieben, der den Titel trug „Zehn Zeichen, dass er an Ihnen interessiert ist". Ein merkwürdiges Geräusch formte sich in ihrer Kehle. War das Lachen? Wo kam das denn her?

„Nun, wenn so etwas passiert", meinte sie dann, „kann sich jedenfalls niemand beschweren, wir würden keine Hitze erzeugen. Eigentlich finde ich, du solltest dich auch so verhalten, wenn wir auf Sendung sind. Stell dir bloß Jeanies Reaktion vor."

„Nachdem sie mich für lange Zeit ins Gefängnis gesperrt haben oder vorher?"

Melissa musste schon wieder lachen. Sie erinnerte sich gar nicht daran, wann sie das letzte Mal so viel Spaß gehabt hatte.

„Willst du noch ein anderes Spiel ausprobieren?"

„Und riskieren, dass mir die Sicherung durchbrennt? Vielen Dank, aber ich glaube, ich gehe jetzt besser unter die kalte Dusche."

„Feigling!", rief sie ihm hinterher, als er zur Tür ging. Zumindest hatte sie nun aber freie Sicht auf seine bemerkenswerte Rückseite.

Melissa und Tony saßen Seite an Seite auf einem Ledersofa neben dem Schreibtisch des Gastgebers der Talkshow. Larry Gunderson war früher Komiker gewesen. Er hatte einen unglaublichen Überbiss und schielte leicht. Seine Pupillen bewegten sich ständig, selbst wenn er einen direkt ansah.

Larry hatte ihnen alle üblichen Fragen gestellt, und entweder Tony oder Melissa hatten darauf mit versteckten Andeutungen geantwortet, auf die das Publikum mit Gekicher oder atemloser Spannung reagiert hatte. Alle schienen sehr angetan, selbst Jeanie, die während der ersten fünf Minuten händeringend hinter der verglasten Studiotür gestanden hatte. Jetzt strahlte sie oder lachte sogar mit.

Larry beugte sich vor, als würde er Melissa und Tony etwas zuflüstern. „Mir wurde gesagt", verkündete er, „dass Sie damit einverstanden wären, eines Ihrer Spiele zu demonstrieren." Er wandte sich grinsend ans Publikum. „Was denkt ihr, Leute? Wollt ihr sehen, wie ein Mann im amerikanischen Fernsehen um Sex bettelt?"

Gejohle und begeisterte Pfiffe ließen ihn aufstehen. Mit einer großzügigen Geste wies er auf einen Vorhang, der sich daraufhin öffnete und den Blick auf eine Duschkabine in einem Badezimmer freigab.

„Fühlen Sie sich wie zu Hause", erklärte er Melissa und Tony. Dann drehte er sich zur Kamera und meinte: „Hier in der Larry Gunderson Show läuft die Action. Wir haben sogar hautfarbene Latexanzüge für unsere Sexexperten bereitgelegt. Können Sie gar nicht erwarten, zu sehen, was jetzt kommt? Dann bleiben Sie dran. Wir sind gleich nach der Werbung wieder da."

Die Anzüge waren eine Überraschung für Melissa und natürlich gab es nur einen Wandschirm, hinter dem Tony und sie sich umziehen konnten. Warum sollte ein verheiratetes Paar auch zwei getrennte Wandschirme brauchen? Melissas Anzug sah aus wie ein zweiteiliger Tankini, und hinter dem Schirm drehte sie sich von Tony weg. Rasch zog sie das Unterteil unter ihrem Rock hoch, der bis zur Taille geschlitzt war. Doch als sie sich mit dem Oberteil beschäftigte, fühlte sie plötzlich kalte Luft an der Rückseite.

„He!" Über die Schulter warf sie Tony einen Blick zu. Er hatte sich das Latexunterteil ihres Anzugs geschnappt, und sie konnte sich nicht wehren, weil ihre Arme in ihrem engen Top gefangen waren, das sie versuchte, unter ihrer Jacke auszuziehen. In Tonys Augen lag ein mutwilliges Glitzern, das sah sie genau. Er schien zu allem bereit zu sein. Natürlich hatte er seinen Anzug schon an und schien jetzt ausschließlich an ihrer Zwangslage interessiert zu sein. Während Melissa sich aus Jacke und Top wand, strich er mit den Lippen über ihren Nacken. „Brauchst du Hilfe?"

„Ich komme zurecht."

„Das sehe ich", flüsterte er.

„Tony, was tust du da?"

„Ich flüstere dir ins Ohr – und mache Pläne, dich sexuell zu belästigen."

„Im amerikanischen Fernsehen?"

„Überall, Melissa, überall. Am liebsten würde ich dich in den nächs-

ten Wandschrank ziehen, die Tür verschließen und dich nie mehr raus-
lassen."

Melissa wusste nicht, was plötzlich mit ihm los war.

Als sie Sekunden später in dem aufgebauten Badezimmer standen
und wieder auf Sendung waren, bekam Melissa ein Zeichen, den Zuse-
hern jetzt das Spiel zu erklären. Zu diesem Zweck war am Träger ihres
Tankinis ein Mikrofon befestigt worden. Sie musste nur deutlich sprechen, was aber gar nicht so einfach war, wenn man von einem Mann
mit Blicken förmlich verschlungen wurde.

„An jeder Stelle, die wir vom anderen berühren, kleben wir fest",
brachte sie schließlich heraus.

Tony stellte seine Wade an ihre und als Melissa ihm daraufhin die
Hand auf den Po legte, johlte das Publikum begeistert. Die beiden hatten verabredet, sich weitgehend an das zu halten, was sie geprobt hatten,
außer dass Tony Melissa nicht an der Brust berühren sollte. Zweifellos
würden die Zuschauer das gut finden, aber Melissa fand es nicht passend, auch nicht für eine Late-Night-Show.

Außerdem wollte sie jede Möglichkeit vermeiden, in aller Öffentlichkeit schwach zu werden. Ihr wäre es absolut peinlich gewesen, vor
dem Publikum lustvoll zu stöhnen, doch sie konnte nicht ausschlie-
ßen, dass sie das tun würde, wenn Tony sie an einer intimen Stelle berührte. In seiner Gegenwart vergaß sie immer wieder alles andere um
sich herum.

„Du bist dran", forderte sie ihn auf.

Er beugte sich zu ihr. „Ich kann es gar nicht erwarten, Hand an dich
zu legen", sagte Tony leise.

Das Raunen, das durchs Publikum ging, verriet, dass seine Worte
vom Mikrofon aufgefangen worden waren. Melissa achtete kaum auf
die Geräusche im Hintergrund. Sie war viel zu verblüfft über das, was
er jetzt machte. Ihre Brüste sollten nicht berührt werden, aber er legte
sanft die Hand auf ihre Brust, und fast hätten ihre Beine nachgegeben,
als sie die Wärme seiner Handfläche auf der Haut spürte. Reagierte sie
so heftig, weil er sie überrascht hatte oder weil sie bei ihm einfach immer schwach wurde?

Tony war gefährlich für sie. Was war nur in ihn gefahren?

Irgendwie schaffte Melissa es, den Laut zu unterdrücken, der sich
in ihrer Kehle bildete, und wappnete sich. Doch als er die Finger um
ihre Brust schloss, verlor Melissa eine Sekunde lang den Kontakt zu
seinem Körper – ein Verstoß gegen die Regeln, aber sie konnte nichts

dagegen machen. Jeder Nerv in ihr schien zu vibrieren, und sie wurde von süßem, überwältigendem Verlangen erfüllt. Wie machte Tony das nur?

Melissa hatte keine Ahnung, was als Nächstes kommen würde. Oh ja, laut Regieanweisung sollten sie sich jetzt küssen. Wurde von ihr erwartet, jetzt etwas zu sagen oder zu tun? Oder sollte sie sich einfach bis zur Besinnungslosigkeit von diesem verführerischen, rücksichtslosen Mann küssen lassen?

„Tony ...“ Sie hob das Gesicht, und ihre Lippen berührten sich.

Er seufzte, doch Melissa achtete nicht mehr auf die Reaktion des Publikums. Nichts existierte mehr außer Tony. Er hob sie hoch und zog sie an sich, sodass ihre Körper sich von den Lippen bis zu den Beinen berührten. Sie hatten die Regeln gebrochen, aber da Melissa sich plötzlich nicht einmal mehr daran erinnern konnte, welches Spiel sie spielten, war ihr das egal.

Tony versprach ihr leise, dass er sie lieben würde, sobald sie zurück in ihrer Suite waren. Vielleicht sogar schon in der Limousine.

„Ja“, hauchte sie. „Ja, tu das.“

Raschelnd fiel der Vorhang, und man hörte Larry Gunderson sagen: „Ich glaube, mehr brauchen wir nicht zu sehen, Leute. Die Show ist vorbei. Gehen wir los und kaufen das Buch.“

Auf dem Rückweg ins Hotel sprach Jeanie ununterbrochen. Sie war begeistert von der Show, gratulierte Melissa und Tony und wollte den Abend feiern. Die Show war live ausgestrahlt worden, und es war schon spät. Melissa, die kaum ein Wort sagte, entschuldigte sich, sie sei müde, und Tony schloss sich ihr an.

Als sie beide zu zweit mit dem Aufzug nach oben fuhren, knisterte die Luft förmlich vor Spannung zwischen ihnen.

Tony öffnete die Tür, und Melissa trat in den dunklen Vorraum der Suite. Sie machte sich nicht die Mühe, das Licht anzuschalten, als Tony hinter sich die Tür ins Schloss fallen ließ. Melissa warf ihre Handtasche auf den Boden und drehte sich zu ihm um. Rasch und heftig zog Tony sie an sich und küsste sie leidenschaftlich.

Melissa streifte ihre hochhackigen Sandaletten ab und presste sich noch verlangender an Tony als vorhin in der Show. Sie versuchte nicht einmal so zu tun, als würde seine Berührung sie nicht erregen, denn allein seine Nähe machte sie verrückt vor Leidenschaft.

Rasch und ohne zu sprechen, zogen sie sich gegenseitig aus. Worte hätten nur gestört. Sie schienen sich beide einig zu sein, dass das, was jetzt passieren würde, unvermeidlich war.

Vorfreude erfüllte Melissa. Wie oft hatte sie davon geträumt, dass Tony sie finden, und wild und leidenschaftlich lieben würde, ganz egal, wo sie sich gerade befanden. Fast so wie jetzt hatte sie sich das vorgestellt. Und diesmal würde er keinen Rückzieher machen. Diesmal nicht.

7. KAPITEL

Betrachten Sie eine Abfuhr nicht als Zurückweisung, sondern als Herausforderung.

„101 Wege, wie eine Frau einen Mann zum Betteln bringt"

Tony war kurz davor, die Beherrschung zu verlieren. Melissas nackter Körper hatte die Wirkung einer verbotenen Droge auf ihn, und sein Verstand sagte ihm, er solle sofort mit dem aufhören, was er da tat. Aber dazu war er viel zu erregt. Er hatte das Gefühl, durch seine Venen ströme flüssige Lava.

Er spürte Melissas Fingernägel auf dem Rücken, und dann presste sie auch schon hungrig die Lippen auf seinen Mund. Ein Schauer der Erregung durchströmte Tony, und begierig erwiderte er ihren Kuss. Hier ging es nicht länger um eine bewusste Entscheidung, aber vielleicht war das nie der Fall gewesen.

Sie sanken auf den Boden und streckten sich auf dem Teppich aus. Melissa schmiegte sich verlangend an ihn, und Tony genoss es, sie endlich wieder in den Armen zu halten und ihre weichen Rundungen zu spüren. Das war es, wovon er so lange geträumt hatte, das war es, was er brauchte – zu fühlen, wie sie sich bei ihm ganz ihrer Lust hingab, so wie sie es in ihren Artikeln und in ihrem Buch beschrieb.

Sie rollten auf dem Teppich umher, und ihr Haar streifte ihn wie ein kühler seidener Schleier. Immer wieder wechselten sie die Stellung, mal war Melissa auf ihm, mal unter ihm. Das weiche Mondlicht, das durch das Fenster hereinfiel, setzte ihre Kurven wunderbar in Szene und tauchte alles in ein unwirkliches silbriges Licht. Als Melissa den Kopf in den Nacken legte, küsste Tony ihren schlanken Hals. Ihre kleinen festen Brüste wirkten wie kleine helle Hügel, und die aufgerichteten Spitzen schienen darum zu betteln, ebenfalls geküsst zu werden.

Er nahm eine Knospe in den Mund und umspielte sie mit der Zunge. Melissa schrie überrascht auf. Vorsichtig sog Tony an der Knospe, doch das genügte Melissa nicht, sie wollte intensiver liebkost werden. Sie bog den Rücken, sodass sie ihm ihre Brüste darbot wie Pfirsiche, die den perfekten Genuss versprachen. Sie schien jede Kontrolle über sich verloren zu haben und sich ganz ihrer Leidenschaft hinzugeben.

Sie drehten sich auf die Seite, und Tony strich ihr das Haar aus dem Gesicht. Diese Frau gab ihm das Gefühl, mächtig und gleichzeitig verletzlich zu sein. Er kam sich wie ein König und gleichzeitig auch wie ein Bettler vor.

Melissa setzte sich rittlings auf ihn. Sie fühlte sich wild und schön, wenn sie mit Tony zusammen war. Seit sie vor zwei Jahren eine wundervolle Nacht mit ihm verbracht hatte, hatte sie kein so sinnliches Verlangen mehr erlebt, wie es sie jetzt durchströmte. Sie spürte seine wachsende Erregung und war wie elektrisiert, als die Spitze seines Gliedes die Innenseite ihres Schenkels streifte.

Das Verlangen, ihn in sich zu spüren, war übermächtig. „Nimm mich", bettelte Melissa.

Tony war so stark erregt, dass es fast schmerzte. Er bewegte sich und drang mit einem kraftvollen Stoß ein. Tony stöhnte leise, weil er immer noch an ihrer Knospe saugte, und ein prickelnder Schauer rann Melissa über den Rücken. Sie spürte Nervenenden vibrieren, von denen sie nicht einmal gewusst hatte, dass sie existierten.

Ohne sich von ihr zu lösen, drehte Tony sich so, dass sie auf dem Rücken lag und er auf ihr. Melissa stieß einen entzückten Laut aus und schloss die Augen. Sie legte die Hände um seine Hüften, um Tony noch tiefer in sich hineinzuziehen, als könnte sie ihm gar nicht nah genug sein. Und dann kam der Höhepunkt. Wieder und wieder durchströmten sie lustvolle Wellen und rissen sie mit. Es war wild und schön, ein Rausch der Sinne, der in vollkommener Befriedigung gipfelte.

Tony zog sich ein wenig zurück. Ein süßer Schmerz breitete sich in ihm aus. Es war wunderbar, sie zu lieben, er fühlte sich, als wäre er erst mit ihr zusammen ein Ganzes. Eine ungeheure Spannung hatte sich in ihm aufgebaut, und als sie sich nun machtvoll entlud, hielt er Melissa fest umarmt.

Erschöpft rollte er sich mit ihr auf die Seite. „Liebe Güte", keuchte er, „was ist gerade passiert?"

„Ich weiß es nicht."

Tony streckte den Arm aus, und Melissa kuschelte sich an seine Schulter. Sie schloss die Augen und lauschte seinem Herzschlag, während die Hitze, die sie beide durchflutet hatte, sich in wohlige Wärme verwandelte. Ohne dass sie es merkte, schlief sie ein.

Einige Zeit später spürte sie, wie sie hochgehoben und ins Schlafzimmer getragen wurde. Es war noch dunkel, und Melissa hatte keine Ahnung, wie spät es war, als Tony sie ins Bett legte und die Decke über sie zog. Dann trat er zurück, und Melissa schlug die Augen auf. Wie war das möglich, dass sie jetzt nicht die Nacht zusammen verbrachten, nachdem sie sich so nahe gewesen waren, wie eine Frau und ein Mann es nur sein konnten?

„Wir reden am Morgen miteinander", sagte er.

Sein Ton beunruhigte sie. „Was ist denn los?", fragte sie.

„Das kann bis morgen warten. Jetzt schlaf weiter."

„Nein!" In der Dunkelheit konnte sie seinen Gesichtsausdruck nicht erkennen. „Tut es dir leid, dass wir uns geliebt haben?"

„Mir tut nichts leid. Aber ich weiß nicht, was mit uns passiert ist, und ich fühle mich verantwortlich. Sex sollte auf einer gegenseitigen Entscheidung basieren und nicht aus einem zufälligen Impuls heraus stattfinden."

„Ich fand den Impuls sehr schön." Sie streckte die Arme nach ihm aus. „Tony, komm zurück. Du bist doch nicht alleine dafür verantwortlich, was geschehen ist. Ich wollte es auch."

„Versuch noch ein wenig zu schlafen."

Seine Stimme klang sanft, aber das Klicken der Schlafzimmertür verriet Melissa, dass sie alleine war. Verzweifelt sank sie auf das Kissen. Noch nie in ihrem Leben hatte sie sich einsamer gefühlt. Zweifellos fühlte Tony sich zu ihr hingezogen. Er begehrte sie. Das Problem war nur, er wollte diese Anziehung nicht.

Tony streckte sich auf seinem Bett aus. Die plumpe Art, mit der er Melissa gerade hingehalten hatte, mochte er gar nicht. Aber ihm blieb keine andere Wahl. Was hätte er ihr unter den gegebenen Umständen sagen sollen? Er hatte sich geschworen, es nicht so weit kommen zu lassen – und er brach niemals Schwüre. Zumindest hatte er es bis jetzt noch nicht getan.

Wann hatte er die Kontrolle über die Situation verloren? Das war nicht langsam geschehen, sondern abrupt, wie ein Sturz von einer Klippe. In einem Augenblick war alles noch in Ordnung gewesen, und im nächsten hatte er das Gefühl, in die Tiefe zu stürzen. Wie machte Melissa das bloß? Mit anderen Frauen hatte er noch nie etwas Ähnliches erlebt. Er hatte sich immer im Griff gehabt. Er bestimmte, wo es langging und in welchem Tempo sich eine Beziehung entwickelte. Aber wenn er mit Melissa zusammen war, verfiel er auf die verrücktesten Sachen.

Zum Beispiel hatte er ihr einen Heiratsantrag gemacht.

Und er hatte Versprechen gebrochen.

Als sie sich im Studio umgezogen und sich bemüht hatte, möglichst keine nackte Haut zu zeigen, hatte ihn das unglaublich erregt. Sie hatte sich gewunden, gezerrt und mit dem Latex-Tankini gekämpft, und das war viel verführerischer gewesen, als wenn sie sich einfach nackt ausgezogen hätte. Sogar erfasste ihn Erregung, wenn er nur daran dachte. Was war bloß ihr Geheimnis?

Am nächsten Morgen war Melissa zu dem Schluss gekommen, dass Tony entweder in jeder Stadt eine wohlhabende Freundin hatte, die ihn aushielt, oder ein Geheimagent war, den ein Verleger geschickt hatte, um Jeanie und sie beim Betrug an den Lesern zu erwischen. Letzteres ergab mehr Sinn. Gigolos heirateten keine mittellosen Autorinnen, wie Tony das vor zwei Jahren mit großer Begeisterung getan hatte. Natürlich konnte er damals ihr kreatives Potenzial erkannt und vorhergesehen haben, dass sie durch eine Nacht mit ihm dazu inspiriert werden würde, einen Bestseller zu schreiben. Dann wäre er allerdings ein Hellseher.

Tony hatte ihr gesagt, sie würden heute miteinander reden, und sie wusste eigentlich schon, was er vorhatte, ihr zu sagen. Doch sie würde ihm zuvorkommen. Tony Bond hatte sie das letzte Mal zurückgewiesen.

Sie schlug die Decke zurück und ging ins Badezimmer. Nach einer ausgiebigen Dusche trug sie etwas Mascara auf und einen dezenten Lippenstift. Sie flocht ihr Haar zu einem dicken Zopf, weil sie auf keinen Fall verführerisch aussehen wollte, entschied sich dann allerdings für ein tief ausgeschnittenes Sommerkleid, in dem sie viel Bein zeigte. Tony sollte ruhig sehen, was er nie wieder haben würde.

Er saß auf dem geräumigen Balkon und las Zeitung, sah jedoch nicht auf, als Melissa zu ihm trat. Auf dem Tisch stand ein silbernes Tablett mit knusprigen Croissants und Brötchen, eine Karaffe mit Orangensaft, Butter, Marmelade, Honig, Wurst und Käse und eine Kanne Kaffee. Offenbar hatte er bereits Frühstück bestellt.

Melissa räusperte sich und wartete. Doch er sah immer noch nicht hoch.

Na, ist das nicht lustig? dachte sie. Der Mann liest beim Frühstück die Zeitung, und die kleine Frau wartet darauf, beachtet zu werden.

Endlich warf er ihr über den Sportteil der „New York Times" einen Blick zu, und sie vergaß ihre Verärgerung. Wie konnten Augen an einem hellen sonnigen Tag nur so dunkel sein? In Tonys Augen konnte eine Frau sich verlieren ... und genau das war geschehen.

„So etwas wie gestern Nacht", erklärte sie, „darf nie wieder passieren."

Er richtete den Blick wieder auf die Zeitung. „Da hast du verflixt noch mal Recht. Man kann dir nicht trauen."

„Wie bitte?" Empört starrte sie auf die Zeitung. Als Tony nicht antwortete, ging sie zu ihm und legte die Hand auf die Zeitung. „Man kann mir nicht trauen?"

„Das habe ich gesagt."

„Ich habe nicht allein auf dem Boden herumgeturnt, Mr Tiger Lover. Uns beiden kann man nicht trauen."

Er stand auf und zog einen Stuhl für sie unter dem Tisch heraus. Das war sehr höflich, aber da es Melissa besser gefiel, wenn sie ihn bei dieser Unterhaltung überragte, blieb sie stehen. Jetzt bot er ihr Kaffee und Brötchen an, aber sie würde sich nicht bestechen lassen. Tony setzte sich wieder, nahm sich ein warmes Croissant aus einem Körbchen und bestrich es großzügig mit Butter.

Melissa wartete, bis er sich auch Kaffee nachgeschenkt hatte. Dann meinte sie: „Und, was wollen wir dagegen tun?"

„Wogegen?"

„Gegen unsere Hormone, natürlich. Wir fühlen uns rein körperlich voneinander angezogen, das ist wie bei einem tropfenden Wasserhahn. Sobald das Wasser abgestellt ist, tropft auch nichts mehr."

Während sie redete, beobachtete sie, wie die Butter auf dem warmen Croissant schmolz und ein wenig davon auf Tonys Finger tropfte. Er fing die Butter mit der Zunge auf. Eine Sekunde lang schloss er die Augen, als würde er den Geschmack und das Gefühl gleichermaßen genießen.

Melissa hatte plötzlich ein seltsames Kribbeln im Bauch. Sie wusste genau, wie weich seine Zunge war.

„Du glaubst, die Anziehung zwischen uns ist rein körperlich?" Er biss in das Croissant und begann zu kauen. Selbst wenn er aß, war es ein Genuss, ihn zu betrachten.

„Ja", erwiderte sie. „Ganz bestimmt."

„Und wie schlägst du vor, stellen wir das Wasser ab, um bei deinem Bild zu bleiben?"

„Ich weiß es nicht", erklärte sie. „Deshalb bin ich ja hier und sehe zu, wie du Butter von den Lippen leckst. Als Anfang könntest du vielleicht aufhören das zu tun. Und außerdem wäre es nett, wenn du nicht mehr den Henkel deiner Kaffeetasse streichelst."

Er runzelte die Stirn. „Ich darf nicht mehr essen und trinken?"

„Hier geht es nicht um essen oder trinken, sondern darum, was du mit deinen Händen tust. Von einem erwachsenen Mann erwartet man einfach nicht, dass er den Finger in den Mund steckt, okay? Außerdem hältst du die Dinge nicht, du liebkost sie. Ich behaupte ja nicht, dass du das mit Absicht tust, oder dass du dir bewusst bist, dass ich dich beobachte, obwohl manchmal … wenn deine Hand zum Gürtel des Morgenmantels wandert, frage ich mich das schon."

Er hielt ihrem Blick stand, während er herausfordernd den Morgenmantel über seinem Schoß zusammenschob. Natürlich überlegte Melissa in diesem Augenblick sofort, was sich unter seinem Morgenrock abspielte. Wahrscheinlich beabsichtigte Tony genau das. Er legte es darauf an, sie durcheinanderzubringen.

„Na, jetzt brauche ich mich nicht mehr zu fragen", sagte sie. „Du machst das wirklich absichtlich."

„So wie du absichtlich mit dem Träger deines BHs spielst? Ich bin nicht der Einzige, der sich an erotischen Stellen berührt."

Verflixt, sie fingerte tatsächlich am BH-Träger und wusste nicht, wie sie damit aufhören sollte. „Das ist eine nervöse Angewohnheit und überhaupt nicht sexy."

„Ich empfinde das aber als unbeschreiblich sexy. Gerade jetzt bin ich verrückt vor Eifersucht auf deinen BH."

Sie starrte ihn verblüfft an. Tony musterte den Ausschnitt ihres Sommerkleides so ungeniert, dass Melissa errötete und ihre Brustspitzen hart wurden. „Hör mal", erinnerte sie ihn, „ich habe dir keine erotischen Dinge ins Ohr geflüstert. Weißt du noch, was du gestern Abend zu mir gesagt hast? Das war absolut unanständig, und wir waren live in der Larry Gunderson Show."

„Aber ich war nicht derjenige, der einen Rock mit hohem Schlitz anhatte, oder?"

„Jeanie hat das Outfit für mich ausgewählt und ich fand es sehr passend."

Er griff nach seiner Kaffeetasse. „Setzt du dich jetzt hin und frühstückst?"

„Nein, aber wenn ich es täte, würde ich nicht mit meiner Tasse spielen."

Er hob eine Augenbraue. „Und ich spiele nicht mit meinen Perlen oder lasse meine Pumps von den Zehenspitzen baumeln."

„Du trägst Perlen und hast Pumps? Diese Information reicht, um den lecken Wasserhahn zu stopfen."

„Melissa, treib es nicht zu weit, sonst …", sagte er mit tiefer erotischer Stimme.

„Siehst du jetzt, was ich meine? Du solltest so etwas nicht sagen. Du musst damit aufhören, an meinem Ohr zu knabbern und mich anzufassen. Diese Berührungen, die kaum zu spüren sind, die sind am schlimmsten." Ihr wurde heiß, als sie sich daran erinnerte. „Aber vor allem musst du damit aufhören, mich anzuschauen, als wolltest du mich gleich genüsslich verspeisen."

„Dann solltest du vielleicht keinen Saft mehr von meiner Handfläche lecken."

„Da wollte ich dir nur etwas zeigen!"

„Dann hast du also nicht mit mir geflirtet?"

Er hielt das für Flirten? Sie hatte alles darangesetzt, ihn zu verführen. Sie trat hinter ihn an das eiserne Balkongitter und sah auf das Häusermeer von Manhattan. Als sie sich wieder umdrehte, stellte sie fest, dass Tonys Blick auf ihr ruhte.

„Okay", sagte sie. „Wir legen jetzt ein paar Grenzen fest, und wenn einer von uns sie überschreitet, dann wird das ernsthafte Konsequenzen haben."

„Welche denn?"

„Das weiß ich nicht, aber sie werden schrecklich sein. Ich fange an. Regel Nummer eins: keine glühenden Blicke mehr aus deinen Schlafzimmeraugen, als wolltest du mich gleich vernaschen."

„Einverstanden. Und du lässt dafür keine hochhackigen Schuhe mehr von deinen Zehen baumeln."

„Und du flüsterst mir keine schmutzigen Sachen mehr ins Ohr."

„Einverstanden. Aber du darfst mich dafür nicht mehr Tiger Lover nennen oder lüstern meinen Körper mustern."

„Das sind zwei Bedingungen, und außerdem habe ich deinen Körper noch nie lüstern gemustert." Sie verschränkte die Arme.

Tony stand auf. Anscheinend waren sie in eine Sackgasse geraten, doch Melissa hatte noch eine letzte Regel für sie beide.

„Keine Berührungen mehr, keine Küsse und kein Sex, außer in der Öffentlichkeit. Bist du damit einverstanden?"

Sie hatte gerade zu Ende gesprochen, als Jeanie auf den Balkon gestürmt kam.

„Was ist denn hier los?", fragte sie und musterte beide. „Warum hat mir niemand die Tür aufgemacht? Ich habe ewig geklopft."

Tony bot Jeanie ein Brötchen an, aber sie ließ sich nicht ablenken.

„Was geht zwischen euch beiden vor?"

„Nichts", behauptete Tony.

„Alles ist prima, Jeanie", erklärte Melissa.

Jeanie verengte den Blick, während sie von einem zum anderen schaute. „Okay, dann wird euch meine gute Nachricht ja freuen. Wir werden sämtliche Einschaltquoten toppen." Sie hielt inne und musterte die beiden noch einmal. „Okay, hier ist irgendetwas anders als sonst. Habt ihr beiden euch gestritten?"

Melissa wollte gerade etwas erwidern, als Jeanie bereits den Kopf schüttelte. „Ach du meine Güte", sagte sie leise. „Ihr beiden hattet Sex! Ihr habt es getan, nicht wahr. Ihr hattet Sex miteinander."

8. KAPITEL

Wenn Sie hin und weg sind, dann schnurren Sie für ihn.
„101 Trick, wie eine Frau einen Mann zum Betteln bringt"

Woher weißt du denn, dass wir Sex hatten?", fragte Tony Jeanie. „Strahlen wir?"

Melissa warf ihm einen warnenden Blick zu. „Sag nicht so etwas, sonst denkt sie noch, sie hat Recht."

Jeanie schüttelte den Kopf. „Natürlich habe ich Recht", erklärte sie. „Jeder kann das sehen. Ihr beide strahlt genug Hitze aus, um die Polkappen zu schmelzen. Die globale Erwärmung ist allein eure Schuld."

„Das war ein Unfall", meinte Melissa. „Das sollte nicht passieren, und das wird es auch nie wieder."

„Die globale Erwärmung?"

„Nein, der Sex."

Jeanie zwinkerte ihr zu. „Ihr braucht euch doch nicht zu rechtfertigen", sagte sie. „Ihr seid beide erwachsene Menschen und könnt tun und lassen, was ihr wollt. Außerdem ist das mit dem Sex gar nicht so schlecht, bezogen auf meine Neuigkeit."

„Ach ja, die Neuigkeit", stöhnte Tony.

Jeanie nahm sich ein Croissant und brach sich ein bisschen davon ab.

„Nun sag schon", forderte Melissa sie auf. Auch sie nahm sich jetzt ein Croissant und begann nervös daran herumzuzupfen.

„Okay, ihr seid als ein besonders interessantes Paar ausgewählt worden, dessen faszinierende Beziehung für eine kurze Zeit gefilmt werden soll."

„Wie kurz?"

„Nun ja, vierundzwanzig Stunden lang."

„Vierundzwanzig Stunden? Sagtest du vierundzwanzig Stunden?"

„Gemessen an der Erdgeschichte ist das nur der Bruchteil einer Sekunde."

„Unser Terminplan ist aber schon voll", entgegnete Melissa.

„Darum habe ich mich bereits gekümmert", versicherte Jeanie. „Die Leute vom Fernsehen würden gerne heute Nachmittag kommen und euch interviewen. Außerdem will man euch bei ganz alltäglichen Dingen filmen, um zu zeigen, wie eure Beziehung funktioniert."

„Wir haben aber keine Beziehung!", widersprach Melissa. „Wir tun nur so, hast du das etwa vergessen?"

„Und was war letzte Nacht?", fragte Jeanie triumphierend.

Melissa hob die Arme und machte eine hilflose Geste. „Tony, sprich du mit ihr", bat sie. „Sag ihr, warum wir das nicht tun können."

Tony lehnte sich auf seinem Stuhl zurück und rieb sich mit der Hand über das Kinn. „Sicher, sobald ich herausgefunden habe, was wir nicht tun können. Jeanie, erklär doch bitte mal genauer, was man von uns will."

„Nun, wie ich schon sagte, man will euch in euren eigenen vier Wänden filmen, das heißt natürlich hier in der Suite. Millionen Zuschauer wollen wissen, wie ihr die Leidenschaft am Brennen haltet, und sie hoffen natürlich, sie können euch das nachmachen", erklärte Jeanie begeistert.

„Melissa und ich haben aber gerade einige Grundregeln für unsere Beziehung festgelegt und Leidenschaft dabei ausgeschlossen."

Jeanie begann hin und her zu gehen. „Die Kunst beim Filmen ist, die Fantasie der Zuschauer mit Andeutungen anzuregen und nicht alles bis ins kleinste Detail zu zeigen. Die Produzenten sagen voraus, dass vierzig Prozent aller Zuschauer sich die Sendung über euch ansehen werden. Das sind zwanzig Millionen Menschen! Selbst wenn nur die Hälfte zusieht, sind das mehr Leute, als wir mit unseren anschließenden Aktionen auf der Leserreise insgesamt erreichen."

„Vielleicht ist das trotzdem keine so gute Idee", bemerkte Tony.

„Also gut, wie wäre es damit?", sagte sie. „Ihr macht die Sendung, und eure Verpflichtungen für die Tour sind damit beendet. Ich werde sämtliche weiteren Termine absagen, wenn ihr das wollt."

Jetzt war Tonys Neugierde geweckt.

Er warf Melissa einen Blick zu, und sie fühlte einen Stich im Innern. Offensichtlich wollte er frei sein von seinen Verpflichtungen … und von ihr. Sein Heiratsantrag fiel ihr ein. Damals in Cancún hatte er nicht frei sein wollen. Damals hatte er sich an sie binden wollen. Ärgerlich schob sie diese Gedanken weg. Warum dachte sie überhaupt an die Vergangenheit? Das brachte doch nichts. Im Übrigen wollte sie schließlich auch frei sein, oder?

Trotzig hob sie das Kinn. „Also gut, ich bin damit einverstanden, wenn Tony es auch ist."

Jeanie sah Tony an, der stumm nickte. „Wunderbar, Kinder. Ich werde mich gleich um die Einzelheiten kümmern. Ihr habt eine kluge Entscheidung getroffen."

„Glauben Sie an Liebe auf den ersten Blick?"

Bat, der Regisseur, richtete seine Frage sowohl an Melissa als auch an Tony. Seit fünfzehn Minuten beantworteten sie alle möglichen Fragen, während die Kameras liefen. Zuvor waren verschiedene Einstellungen aufgenommen worden. Melissa und Tony beim Essen, Melissa und Tony beim Kuscheln auf dem Sofa – das war aufregender gewesen, als den beiden lieb war –, Melissa und Tony beim gemeinsamen Duschen. Sie hatten das heiße Wasser aufgedreht und das Badezimmer unter Dampf gesetzt, bevor sie in die Duschkabine gestiegen waren. Eine sehr erotische Situation und wenn nicht ein Kamerateam im Badezimmer gestanden hätte, wären sie beide sicher rückfällig geworden, davon war Melissa überzeugt.

Jetzt saßen sie beide, in Bademäntel gehüllt, im Wohnzimmer der Suite auf dem Sofa, weil Bat sie darum gebeten hatte.

„Nun", begann Melissa die Frage zu beantworten, „ich glaube jedenfalls nicht daran, dass Amor Pfeile schießt."

„Das wäre aber besser", fiel Tony ihr ins Wort. „Denn zumindest mir ist genau das passiert."

„Erzählen Sie mehr davon", bat der Regisseur interessiert, und auch Melissa horchte auf.

„Melissa weiß das nicht", erwiderte Tony und legte die Hand auf ihr nacktes Knie, „aber ich habe sie zuerst gesehen. Sie verbrachte mit ein paar Freundinnen ihren Urlaub in Cancún, aber jeden Morgen ging sie alleine spazieren und kam an meinem Restaurant vorbei."

„Ihr Restaurant?" Bat gab einem der Kameraleute ein Zeichen, näher heranzufahren.

„Das Restaurant, in dem ich arbeitete", sagte Tony. „Ich bin extra früh gekommen, um sie nicht zu verpassen. Sie sah so unglücklich aus."

Melissa betrachtete die Hand auf ihrem Knie. „Ich habe unglücklich ausgesehen?"

„Ihr beiden habt noch nie darüber gesprochen?" Bat hängte seine Sonnenbrille in den Ausschnitt seines T-Shirts.

„Ich wollte sie nicht erschrecken", fuhr Tony fort. Er schien ganz gefangen in seiner Erinnerung. „Mir kam es so vor, als hätte ich nur eine einzige Gelegenheit und wenn ich etwas Falsches täte, wäre Melissa weg, wie ein Reh im Wald."

„Und Sie waren der Jäger?"

„Das klingt komisch, aber es stimmt."

„Ich habe unglücklich ausgesehen?" Er hatte sie tagelang vor dem Morgen beobachtet, an dem sie sich kennenlernten?

Tony richtete den Blick auf sie, und Melissa stellte wieder einmal fest, wie lange Wimpern er hatte und wie ausdrucksvoll seine Augen waren. Fast hätte man glauben können, was er erzählte.

„Ich wusste nicht, wie ich mich dir nähern sollte", sagte er. „Obwohl ich froh bin, dass ich es getan habe, denn an dem Abend, als du in mein Restaurant kamst, wusste ich, dass ich recht hatte."

„Womit denn? Dass ich unglücklich war?"

„Damit, dass ich mich auf den ersten Blick in dich verliebt hatte."

Melissa wusste nicht, was sie darauf erwidern sollte. Sie sah ihn einfach nur an. Warum machte er das? So etwas sollte man nicht leichtfertig erzählen. Mit solchen Scherzen konnte man jemanden sehr verletzen.

Nach einer Ewigkeit, wie es Melissa vorkam, gab Bat den Kameraleuten ein Zeichen für einen Schnitt.

„Okay", meinte er, „es ist schon spät und meine Leute brauchen eine Pause. Ich übrigens auch, aber ihr beiden werdet nicht alleine sein. Die Kameras bleiben die ganze Nacht an. Wie wäre es mit etwas Bettgeflüster hier auf dem Sofa? Ich fände es gut, wenn ihr eure Bademäntel anbehalten würdet, bis ihr ins Bett geht. Auf diese Weise sieht es so aus, als würdet ihr nackt schlafen."

Tony und Melissa waren ebenfalls müde. Der Tag war anstrengend gewesen und sie hatten keine Lust mehr, sich auf dem Sofa zu unterhalten. Ohne große Worte gingen sie beide ins Schlafzimmer. Hier gab es keine Kameras, und Tony und Melissa legten sich nebeneinander in das große Bett.

„Du hast das alles nicht so gemeint, nicht wahr?", sagte sie. „Ich meine über die Liebe auf den ersten Blick. Das hast du bloß für die Kameras gesagt."

„Eigentlich schon."

Melissa ließ den Kopf aufs Kissen fallen und seufzte. „Das habe ich mir gedacht."

„Nein, ich habe es so gemeint, wie ich es sagte, Melissa. Ich habe mich an diesem ersten Morgen in dich verliebt."

Sie blieb bewegungslos liegen. „Das hast du mir nie gesagt."

„Das hätte ich, wenn du geblieben wärst."

„Ich konnte nicht bleiben", erklärte sie ihm. „Ich musste auch nicht gerettet werden, und du bist nicht Don Quixote, selbst wenn du das glaubst."

Er senkte die Stimme. „Darf ich erfahren, was das bedeuten soll?"

„Du hast gesagt, ich hätte unglücklich ausgesehen. Das ist ein sonderbarer Grund, um sich von jemand angezogen zu fühlen. Bist du sicher, dass das Liebe war und nicht Mitleid?"

„Melissa, bist du wütend auf mich, weil ich mich in dich verliebt habe?"

„Ich verstehe einfach nicht, weshalb."

„Wer weiß schon, warum Menschen sich verlieben? Du warst die unwiderstehlichste unglückliche Frau, die ich je gesehen habe."

„Ja, sicher", erwiderte sie und wünschte, sie könnte ihm glauben. Aber was sollte sie davon halten, dass er sie erst liebte, dann zurückwies und jetzt wieder wollte? Wenn er sich so sehr in sie verliebt hatte, warum konnte er sich dann nicht entscheiden? Vielleicht um sich zu schützen, so wie sie es ja auch tat. Oder schützte er jemand anderen? Doch wie auch immer, sie spürte, dass er ihr nicht alles sagte.

„Also gut", meinte sie schließlich, „sagen wir, ich kaufe dir diese Liebe auf den ersten Blick ab. Das ist aber zwei Jahre her. Was empfindest du heute für mich?"

9. KAPITEL

Es gibt einen Grund, weshalb man von „Liebe machen" spricht.
Wenn nämlich Herz und Körper beteiligt sind, dann werden Sie
sexuelle Höhenflüge erleben.
„101 Trick, wie eine Frau einen Mann zum Betteln bringt"

*N*icht Melissas Frage machte Tony für einen Augenblick
sprachlos. Es war die Antwort, die ihm schon auf der
Zunge gelegen hatte. Er konnte nicht glauben, was ihm
da durch den Kopf ging. Das war verrückt und unmöglich. Er brachte
keinen Ton heraus, und vielleicht war das auch gut so, denn vermutlich
hätte er nur wirres Zeug geredet.

Melissa sah so aus, als würde sie es vor Spannung nicht mehr lange
aushalten. Ihre Augen wurden immer größer. Liebe Güte, war sie bezaubernd. Angezogen oder ausgezogen, sie war unwiderstehlich auf
eine Art und Weise, die nichts mit ihrem Aussehen zu tun hatte.

„Ich liebe dich." Er räusperte sich, weil seine Stimme ganz rau war.
„Ich bin verrückt geworden, Melissa. Man sollte mich nicht mehr frei
herumlaufen lassen. Ich liebe dich so sehr. Leute wie mich sollte man
in Zwangsjacken stecken."

Melissa runzelte die Stirn und sah plötzlich aus, als hätte sie Schmerzen. „Über so etwas sollte man keine Scherze machen."

„Ich scherze nicht", versicherte er. „Ich war nie ernster, Melissa,
das schwöre ich. Ich verehre dich, ich bin verrückt nach dir, ich liebe
dich."

Eine Weile sah sie ihn ungläubig an. Dann drehte sie sich von ihm
weg. „Du liebst mich nicht. Das hast du wahrscheinlich nie getan",
erklärte sie mit erstickter Stimme. „Das Geld muss der Grund sein.
Deshalb bist du hier. Alles andere ergibt keinen Sinn."

„Wie bitte? Wovon redest du?"

„Pst! Die Wände hier sind dünn, und die Kameras laufen wahrscheinlich noch."

„Die Wände sind mir egal, Melissa. Und ich mache mir absolut nichts
aus Geld", sagte er. „Das musst du mir einfach glauben."

„Warum bist du dann hier?"

Das durfte er ihr nicht sagen, obwohl ihn das ärgerte. Er hätte Jeanie niemals dieses Versprechen geben dürfen, aber damals war es ihm
sinnvoll erschienen. Sein Bedürfnis, es Melissa heimzuzahlen, war eine

rein persönliche Angelegenheit gewesen, und er hatte niemals ihrer Karriere schaden wollen.

Nachdenklich betrachtete er ihre hochgezogenen Schultern und traf schließlich eine Entscheidung. „Deinetwegen", antwortete er. „Ich musste an jedem Tag an dich denken."

Einen Augenblick lang schien sie den Atem anzuhalten. Tony berührte sie sanft an der Schulter, und Melissa drehte sich um. Doch ihre Miene war immer noch sorgenvoll. Eine Träne glänzte auf ihrer Wange.

„Komm hierher", forderte er sie auf und zog sie an sich.

Eine Sekunde lang sträubte sie sich, doch dann gab sie nach. „Du bist nur meinetwegen gekommen? Du hast keine Vereinbarungen mit Jeanie getroffen?"

„Jedenfalls nicht solche Vereinbarungen, wie du glaubst. Ich bin hier, weil ich das wollte." Eigentlich war das nicht das, was er sagen wollte, aber ihm fiel nichts anderes ein. Alles, was im Augenblick für ihn zählte, war Melissa. Er konnte nicht sofort alle Folgen abschätzen, die sich daraus für seine Zukunft ergeben würden. Aber ihm war klar, dass sich alles in seinem Leben ändern würde.

Seine Kehle war plötzlich rau, als hätte er Sand geschluckt. „Außer dir gibt es keinen Grund auf der Welt, weshalb ich hier sein wollte, Melissa. Du bist der Grund."

Seufzend schmiegte sie sich an ihn. „Ich glaube, ich liebe dich auch", sagte sie und ihre Stimme zitterte leicht. „Sogar, wenn du mich nicht liebst, liebe ich dich."

Ihr Geständnis berührte ihn tief. Er schloss die Augen und versuchte sich dieses Gefühl einzuprägen. Seit dem Morgen, als er sie vor zwei Jahren zum ersten Mal sah, hatte er nicht mehr so empfunden.

Er hob mit dem Finger ihr Kinn und blickte ihr zärtlich in die Augen. „Was ich jetzt sage, ist nicht für die Kameras", erklärte er. „Ich liebe dich, Melissa. Darüber muss ich nicht nachdenken. Ich weiß es."

Sie schien etwas sagen zu wollen, stieß jedoch nur einen erstickten Laut aus. Dann berührte sie seinen Mund. Ihre Brüste pressten sich an seinen Oberkörper, und Tonys Verlangen erwachte.

Er küsste Melissa, und sie strich mit den Fingern über die Innenseite seines Schenkels.

Tonys Erregung wuchs. Mehr Ermutigung war nicht nötig. „Sag mir, was du dir wünschst", bat er sie. „Welches Spiel sollen wir spielen? Dein Wunsch ist mir Befehl", sagte er, während er sich und ihr den Bademantel abstreifte.

„Keine Spiele", erwiderte sie leise. „Ich will einfach nur dich und will keinen Augenblick mehr warten."

Für den Bruchteil einer Sekunde dachte er daran, das Liebesspiel hinauszuzögern. Aber eigentlich sehnte auch er sich so sehr nach ihr, dass er nicht mehr warten wollte.

„Wir dürfen keine Geräusche machen", flüsterte sie, als er sich zwischen ihre Beine legte.

„Dann stehe ich lieber auf und mache diese verflixten Kameras funktionsuntüchtig."

„Nein!" Sie hielt ihn fest und drängte sich an ihn. „Geh nicht weg."

Tony stieß einen heiseren Laut aus und drang mit einer schnellen Bewegung ein. Es war wunderbar, von ihr umschlossen zu werden. Sie war so weich, so anschmiegsam. Ihre Körper passten so gut zusammen, als wären sie füreinander geschaffen.

Das Paradies konnte nicht schöner sein. Nichts konnte schöner sein. Er vergaß alles um sich herum außer Melissa.

Sie legte die Beine um seine Taille und gab, ohne sich dessen bewusst zu sein, den Rhythmus vor. Melissa hatte ein Buch mit erotischen Tipps geschrieben, aber es war unmöglich, die Gefühle zu beschreiben, die er jetzt empfand. Liebe musste man selbst erleben. Liebe ließ sich nicht auf einem Blatt Papier festhalten.

Plötzlich bäumte Melissa sich unter ihm auf. Ihr ganzer Körper war angespannt, sie war kurz vor dem Höhepunkt. Doch Tony verlangsamte das Tempo, um ihr Liebesspiel noch etwas mehr auszudehnen.

Melissa wand sich protestierend unter ihm. „Ich komme gleich", sagte sie und seufzte verzückt. „Bitte …"

Als sie sich an ihn klammerte und nur noch heisere Laute ausstieß, verlor er auch die Kontrolle und folgte ihr zum Gipfel der Lust.

Melissa rief seinen Namen, und Tony war einfach nur glücklich.

Den Kopf auf seine Schulter gelegt, schlief sie fast sofort ein. Tony lauschte ihren regelmäßigen Atemzügen. Er war froh, dass sie genug Vertrauen zu ihm hatte, um sofort einzuschlafen. Das gab ihm das Gefühl, etwas Richtiges und Gutes getan zu haben trotz dieser ganzen verrückten Werbetour. Doch Melissa wusste nicht, was noch kommen würde, und er konnte es ihr nicht erzählen. Er konnte nur hoffen, dass alles gut ging.

Die Filmcrew würde wahrscheinlich sehr früh zurückkommen, doch Tony hatte eine Programmänderung für sie, ob dem Regisseur das nun gefiel oder nicht. Eigentlich hatte er für mehrere Leute Neuigkeiten, und er zweifelte ernsthaft daran, ob ihnen das gefallen würde, angefangen bei Jeanie.

Endlich fühlte er sich erleichtert und atmete auf. Bis zum Morgen waren es noch viele Stunden, aber Tony konnte kaum erwarten, seine Pläne in die Tat umzusetzen.

Melissa erwachte in einem sonnenhellen Zimmer. Im ersten Moment wusste sie nicht, wo sie war. Doch dann erinnerte sie sich.

„Tony?"

Er war nirgends zu sehen, und es war merkwürdig still. Ein ungutes Gefühl beschlich sie.

Rasch ging sie ins Badezimmer, duschte sich und zog sich an, bevor sie das Schlafzimmer verließ. Die Suite wirkte verlassen. Eine Sekunde lang empfand Melissa eisiges Entsetzen, doch dann entdeckte sie Tony auf dem Balkon. Sein weißes Polohemd leuchtete in der Sonne, und er trug Khakishorts, sodass man seine braunen Beine sah. Er beugte sich über einen Block und schrieb irgendetwas, doch sobald er Melissa sah, klappte er den Block zu und legte ihn beiseite.

„Ich habe dich vermisst", begrüßte sie ihn.

Tony breitete die Arme aus, und Melissa schmiegte sich an ihn. „Die letzte Nacht war sehr schön", sagte sie. „Hab ich dir heute Morgen auch gefehlt?"

„Sehr. Aber ich wollte dich nicht aufwecken." Er zog einen Stuhl für sie heran. „Komm, setze dich her und iss etwas."

Er schenkte ihr Kaffee ein und setzte sich neben sie.

„Wo ist denn Bat heute Morgen?"

„Als ich aufgestanden bin, habe ich eine Nachricht von ihm gefunden, dass er sich die Bänder der letzten Nacht bereits angesehen hat und alles hat, was er braucht."

„Er hat alles, was er braucht?", sagte Melissa leise. „Was soll das heißen?"

„Dass du nicht länger flüstern musst", erklärte Tony. „Niemand ist hier außer uns."

„Glaubst du, wir waren gestern Nacht laut?"

„Selbst wenn wir das waren, wird das niemand erfahren. Wir werden uns das Filmmaterial ansehen und alle peinlichen Stellen herausschneiden lassen. Bat hat auch ohne die letzte Nacht genügend Material."

„Denkst du, damit wird er einverstanden sein?"

„Ihm wird nichts anderes übrig bleiben, wenn er keinen Prozess am Hals haben will."

Er klang, als ob er das ernst meinte, und Melissa konnte sich nicht vorstellen, dass Bat eine Verzögerung für die Sendung wollte. Sie entspannte sich ein wenig und trank einen Schluck Kaffee.

Tony sah auf die Uhr. „Leider muss ich gleich los. Ich habe einen Termin mit Jeanie in ihrem Büro."

„Du musst mit Jeanie reden? Warum machst du das nicht hier?"

Tony nahm ihre Hand und küsste ihre Fingerspitzen. „Das hat mit meinen Vereinbarungen mit dem Verlag zu tun. Aber ich verspreche dir, ich bin bald zurück."

„Was ist los, Tony? Willst du mir das nicht sagen?"

„Ich werde dir alles sagen. Ich werde dir meine ganze Lebensgeschichte erzählen, sobald ich mit Jeanie gesprochen habe."

Er stand auf, und Melissa folgte ihm zur Tür. „Bekomme ich wenigstens einen Hinweis?", fragte sie ihn. „Hat das Gespräch irgendetwas mit deinem Geheimnis zu tun?"

An seiner Reaktion merkte sie, dass sie ins Schwarze getroffen hatte. Aber Tony nahm nur ihre linke Hand und sagte: „Ich verspreche dir, alles wird gut. Ein Geheimnis verrate ich dir aber gleich. Dieser Ring", er betrachtete das goldene Band an ihrem Finger, „lässt sich nicht abnehmen, solange wir uns lieben."

Melissa sah den Ring nun ebenfalls an. „Hast du das gerade erfunden, damit ich mich besser fühle?"

„Nein, das habe ich nicht erfunden. Der Ring gehört seit vielen Jahren meiner Familie. Meine Mutter gab ihn mir, bevor sie starb, und sie erzählte mir, was ihr vorher ihre Mutter erzählt hat, nämlich dass der Ring ewige Liebe bedeutet." Er küsste ihre Hand. „Natürlich habe ich das damals nicht geglaubt."

„Natürlich nicht."

„Aber als du ihn nicht vom Finger bekommen konntest, habe ich angefangen, mich zu wundern."

Sie widerstand dem Impuls zu lachen. „Ich weiß, das ist albern, aber ich habe mich auch schon gefragt, ob der Ring uns wieder zusammengebracht hat."

„Ich auch", gab er zu. Er küsste sie zum Abschied. „Nun entspanne dich und frühstücke. Unsere Verpflichtungen sind vorbei. Du hast heute nichts anderes zu tun, als auf meine Rückkehr zu warten."

„Ich hätte lieber, dass du mich noch einmal liebst."

„Das werde ich auch."

Sie lachte. „Also gut, ich glaube du hast mich überredet."

„Nur immer herein!", rief Jeanie und winkte Tony in ihr kleines Büro. „Was kann ich für dich tun?"

Jeanie war keine Frau, die um den heißen Brei herumredete, deshalb beschloss er, gleich auf den Punkt zu kommen. „Ich will unsere Vereinbarung lösen", begann er. „Melissa hat ein Recht zu erfahren, was los ist, und ich will es ihr sagen."

Jeanie lehnte sich auf ihrem Stuhl zurück und dachte kurz nach. Schließlich meinte sie: „Du liebst sie, nicht wahr?"

Er kam gar nicht dazu zu antworten, denn Jeanie hatte sich sowieso schon ihre eigene Meinung gebildet.

„Melissa weiß praktisch nichts von dir, Tony. Hast du vor, ihr zu sagen, dass du überhaupt kein Kellner bist? Dass du Restaurants rund um die Welt besitzt und ..."

„Natürlich werde ich ihr das sagen. Ich werde ihr alles sagen."

Sie hob eine Augenbraue. „Sie wird nicht gerade glücklich darauf reagieren."

„Das muss ich in Kauf nehmen."

„Verstehe, aber ich will nicht, dass sie verletzt wird, Tony. Das hat nichts mit dem Buch oder Searchlight zu tun. Ich mag Melissa. Ich möchte, dass es ihr gut geht."

„Du liebe Zeit, Jeanie, das tue ich auch."

„Wäre es dann nicht leichter, du würdest einfach gehen und sie in Ruhe lassen? Willst du sie wirklich in deine Angelegenheiten hineinziehen?"

„Ich will mit ihr zusammen sein, egal wie schwierig das wird." Er war fest entschlossen, aber ihm war klar, dass seine Situation heikel war und Melissa verletzt werden konnte.

„Ich weiß, was du denkst, Jeanie", sagte er. „Aber ich werde alles tun, um sie zu beschützen. Ich werde nicht zulassen, dass jemand ihr wehtut."

„Das hoffe ich." Sie musterte ihn nachdenklich. Dann stand sie auf und schüttelte ihm die Hand. „Pass gut auf sie auf, hörst du? Wenn mir irgendwelche Beschwerden zu Ohren kommen, bekommst du es mit mir zu tun."

Die Türglocke der Suite ertönte, und Melissa eilte durch das Wohnzimmer zum Eingang. Tony musste seine Codekarte verloren haben.

Sie riss die Tür auf. „Das ging aber rasch", sagte sie. „Oh, Entschuldigung, ich dachte, Sie wären ..."

Vor der Tür stand eine Frau. Melissa wusste einen Augenblick lang nicht, was sie sagen sollte, besonders weil diese Frau so aussah, als würde sie gleich anfangen zu weinen. Sie verschränkte die Arme, hob das Kinn und blinzelte trotzig.

„Kann ich Ihnen helfen?", fragte Melissa.

„Bitte, darf ich mit Antonio sprechen?"

„Sie meinen Tony? Er ist ausgegangen. Gibt es etwas, das ich tun kann?"

Die mandelförmigen dunklen Augen der Frau blitzten wütend. „Ich glaube, Sie haben schon genug getan. Ich möchte mit Antonio sprechen, bitte."

Eigenartig, dass sie ihn Antonio nannte. Melissa fragte sich, ob sie es hier mit einem übereifrigen Fan zu tun hatte. So etwas passierte schon einmal, wenn Leute in das Licht der Öffentlichkeit rückten, und Tony hatte bereits auf der Tour bewiesen, wie beliebt er bei den Damen war. Andererseits sprach diese Frau mit einem südamerikanischen Akzent. Vielleicht handelte es sich um ein Missverständnis, und sie suchte nach einem anderen Antonio.

„Sind Sie sicher, dass Sie im richtigen Zimmer sind?", fragte Melissa. „Das ist ein großes Hotel. Soll ich die Rezeption für Sie anrufen und die Zimmernummer nachprüfen?"

„Sind Sie Melissa Sanders und haben Sie ein Buch geschrieben mit dem Titel ‚Wie eine Frau einen Mann zum Betteln bringt'?"

„Ja, das habe ich, aber ich weiß immer noch nicht, wovon Sie sprechen."

„Ich spreche von Ihrem Ehemann." Ihr Kinn zitterte, und sie schien wieder den Tränen nahe zu sein. „Er ist nämlich zufällig mein Verlobter."

„Ihr Verlobter?" Im ersten Moment wollte Melissa den Kopf schütteln. Noch nie hatte sie etwas dermaßen Lächerliches gehört. Die Frau musste verrückt sein.

Bleib ruhig, befahl Melissa sich. Wenn du ruhig bleibst, bleibt sie das auch. Wenn du nicht in Panik gerätst, wird sie das auch nicht tun. Sie nickte ihr beruhigend zu, während sie die Gefährlichkeit der Situation abzuschätzen versuchte. Im Augenblick wirkte die Frau mehr verletzt als wütend. Melissa musste jetzt einfach nur den Sicherheitsdienst rufen, ohne das Misstrauen der Frau zu erregen. Das sollte keine große Sache sein, doch Melissa war inzwischen sehr aufgewühlt. Ihre Ängste waren mit voller Macht zurückgekehrt. Irgendetwas Entsetzliches ging hier vor.

Eine erotische Massage, Rollenspiele, Sexspielzeug ... das alles ist zweitrangig. Wenn Sie höchste Lust erreichen wollen, zählt allein Ihr Herz. Das Herz ist es, was allem Bedeutung gibt.
„101 Trick, wie eine Frau einen Mann zum Betteln bringt"

*M*elissa überlegte, welche Möglichkeiten sie hatte. Sie konnte die Tür zuschlagen und versperren. Aber falls die Frau versuchte, sie zu blockieren, würde es ein Handgemenge geben. Im Augenblick sah die Frau zwar viel zu verwirrt aus, um einen Kampf anzufangen, aber das konnte sich schlagartig ändern. Enttäuschte Fans konnten sehr gewalttätig werden. Melissa entschied sich für eine weniger riskante Maßnahme.

„Wenn Sie hier eine Minute warten", sagte sie, „versuche ich, Tony telefonisch zu erreichen. Was soll ich ihm ausrichten?"

„Sagen Sie ihm, hier sei Natalie de la Cruz, seine Verlobte. Fragen Sie ihn, was ich wegen der Hochzeit tun soll. Wir wollten nächsten Monat heiraten", erwiderte sie mit zittriger Stimme, während ihr die Tränen über die Wangen liefen. Sie holte ein zartes Spitzentuch aus einer Tasche, die sehr teuer aussah, und wischte sich die Tränen ab.

Melissa hätte kein Mitleid haben sollen, aber es fiel ihr schwer zu ertragen, wenn jemand litt. „Miss de la Cruz", sagte sie, „kommen Sie doch herein und setzen Sie sich, während ich Tony anrufe. Vielleicht geht es Ihnen dann besser."

Die Frau musterte Melissa, als wäre sie unsicher, ob man ihr trauen konnte. Endlich nickte sie, aber als ihr Blick auf Melissas Hand fiel, erschrak sie. „Woher haben Sie diesen Ring?"

Melissa sah auf ihren Ehering. Im ersten Moment wollte sie erwidern, das sei ein Freundschaftsring oder ein Erbstück von einer Verwandten, nur um ja nicht die Wahrheit zu sagen. Doch sie schwieg.

Obwohl ihr immer noch die Tränen in den Augen standen, präsentierte Natalie de la Cruz Melissa voller Stolz die Hand, wie verlobte Frauen es überall auf der Welt tun. Ein großer Diamant funkelte an ihrem Ringfinger. „Tony hat mich am Valentinstag gefragt, ob ich ihn heiraten will", sagte sie. „Die Hochzeit wird auf Tattershall Castle in Lincolnshire stattfinden."

„Wie schön für Sie." Melissa wünschte, sie hätte vorhin die Tür zugeschlagen.

Natalie ging an ihr vorbei. Ihre hohen Absätze machten ein lautes Geräusch auf dem Fliesenboden im Eingangsbereich, und sie versuchte nicht zu verbergen, dass sie sich gründlich umsah, offenbar mit dem Vorsatz, jemanden zu finden, der sich hinter einer Tür versteckte.

Melissa folgte ihr ins Wohnzimmer. „Hier ist niemand außer mir."

„Werden Sie Antonio jetzt anrufen?" Natalies eleganter weißer Seidenanzug raschelte, als sie sich zu Melissa umdrehte.

„Ja, natürlich. Das werde ich sofort tun." Melissa hatte jedoch nie die Absicht gehabt, Tony anzurufen, und wollte es auch jetzt nicht. Sie wollte den Sicherheitsdienst des Hotels benachrichtigen, damit der sich mit Natalie de la Cruz befasste.

Sie ging zum Küchentresen und hob den Telefonhörer ab. „Nehmen Sie doch bitte Platz und machen Sie es sich bequem. Ich brauche nur eine Minute."

Natalie zögerte und sah dann, wie Melissas Finger sich dem roten Knopf an der Wandtäfelung näherte. „Was tun Sie denn da?" Mit fliegenden Haaren eilte sie zu ihr. „Sie wollen den Sicherheitsdienst rufen. Nur zu. Man wird kommen und mich hinausbegleiten. Aber dadurch sind Sie mich nicht los, Mrs Sanders, weil ich nämlich die Wahrheit sage."

Also gut, wenn Plan A nicht greift, dann Plan B, dachte Melissa und legte den Hörer wieder auf. „Miss de la Cruz, möchten Sie vielleicht gerne Tee?"

„Danke, ich möchte nichts."

„Wirklich nicht? Ich kann Ihnen gute englische Kekse anbieten." Wie sieht Plan C aus, überlegte Melissa und spürte, dass ihr Lächeln gefror. „Da ich nicht weiß, wann Tony zurückkommt, werde ich ihm später sagen, er soll Sie anrufen. Sie könnten ihm eine Nachricht mit Ihrer Nummer hierlassen. Wäre Ihnen das recht?" Melissa wies auf den Briefblock vom Hotel neben dem Telefon.

„Ich werde keine Nachricht schreiben, und ich werde nicht gehen."

Das Benehmen dieser Frau war jetzt einfach unhöflich. Melissa begann sich zu fragen, ob sie jemand dazu angestiftet hatte. War das ein Scherz? Vielleicht mit einer versteckten Kamera? Nun, wie auch immer, Melissa gingen allmählich die Ideen aus. „Ich wünschte, ich könnte Ihnen helfen, aber …"

„Mir helfen?" Natalie de la Cruz' dunkle Augen funkelten ärgerlich, und sie ballte die Hände zu Fäusten. „Betrachten Sie es als Hilfe, mir den Verlobten zu stehlen? Ich habe Sie beide in London im Fernsehen gesehen. Meine ganze Familie hat es gesehen. Jetzt trösten mich alle, aber hinter meinem Rücken machen sie sich über mich lustig. Ich bin zum Gespött der Leute geworden."

Melissa war mit ihrer Geduld am Ende. Sie ging geradewegs zur Tür. „Ich muss Sie jetzt bitten zu gehen", erklärte sie. „Wenn Sie das nicht tun, werde ich den Sicherheitsdienst rufen."

Melissa bereitete sich auf einen Ausbruch vor. Doch Natalie fing wieder an zu weinen. Diesmal sank sie auf das Sofa und brach in krampfartiges Schluchzen aus. Das Spitzentaschentuch reichte nicht einmal annähernd aus, um ihre Tränen zu trocknen. „Ich gehe nicht, bis … bis ich ihn ge… gesehen habe", stieß sie hervor. „Er hat seit Tagen nicht angerufen oder geschrieben. So lasse ich nicht mit mir umgehen."

Melissa hatte gedacht, die Frau würde ihr etwas vormachen, doch niemand außer einer meisterhaften Schauspielerin hätte diese Emotionen spielen können. Ihre Qual war ganz deutlich zu sehen. Trotzdem war es durchaus möglich, dass sie unter Wahnvorstellungen litt.

„Bitte bleiben Sie sitzen", sagte Melissa. „Ich werde uns Tee machen. Ich weiß nicht, wann Tony zurückkommt, aber wenn das so wichtig ist, können Sie bis dahin bleiben. Bestimmt wird er alles aufklären."

Melissa brauchte nur ein paar Minuten, um Tee zu kochen, aber diese Zeit reichte, um unerwünschte Zweifel in ihr entstehen zu lassen. Sie wollte gar nicht darüber nachdenken, ob ihre Besucherin die Wahrheit sagte. Tony hatte von Anfang an irgendein Geheimnis gehabt.

Melissa kehrte ins Wohnzimmer mit einem Tablett zurück, auf dem Tee und Kekse standen. Sie schenkte eine Tasse ein und bot sie Natalie an. „Wie haben Sie Tony eigentlich kennengelernt?"

Natalie balancierte die Untertasse auf den Knien, trank einen Schluck und seufzte. „Das war nicht annähernd so interessant wie die umwerfende Begegnung mit Ihnen." Als sie weitersprach, klang ihre Stimme leicht bitter. „Aber ich habe ihn in einem Restaurant kennengelernt, genau wie Sie."

Melissa ließ beinahe ihre Tasse fallen. „Woher wissen Sie, dass wir uns in einem Restaurant kennengelernt haben?"

„Das hat mir Antonio erzählt."

Melissa stellte vorsichtig ihre Tasse auf den Tisch. Natalie konnte diese Einzelheit tatsächlich nur von Tony wissen. Bis gestern war noch nie in der Öffentlichkeit darüber geredet worden, wie sie sich kennengelernt hatten. Doch die Aufnahmen von gestern waren noch gar nicht gesendet worden.

Vielleicht erzählte diese Frau doch die Wahrheit?

Die Tür wurde geöffnet, bevor Melissa noch eine weitere Frage stellen konnte. Beide Frauen sahen auf, als Tony lächelnd die Suite betrat. Sein Blick war auf Melissa gerichtet, während er den Eingangsbereich durchquerte und ins Wohnzimmer ging. Natalie schien er überhaupt nicht wahrzunehmen.

„Antonio?"

Verwirrt blieb er stehen und sah von Melissa zu der Frau, die gerade gesprochen hatte.

„Natalie", sagte er ungläubig, und sein Gesicht verdüsterte sich.

Melissa wurde es übel. Er kannte diese Frau.

Natalie stellte ihre Tasse auf den Tisch und stand auf. „Tut mir leid, Antonio, aber ich musste kommen. Bist du böse auf mich?"

Seiner Miene nach zu urteilen, hätte er sie am liebsten angeschrien. Aber er blieb ruhig und sagte: „Heute Morgen habe ich einen Brief an dich angefangen."

Natalie wies auf Melissa. „Sie schien nichts von mir zu wissen. Warum hast du ihr nichts gesagt?"

„Ich hatte gute Gründe, Natalie. Dieselben Gründe, weshalb wir beide uns darüber einig waren, niemandem zu sagen, warum ich hergekommen bin. Wir waren uns einig, Natalie."

Ihre Wangen wurden rot vor Ärger. „Ich habe niemandem etwas gesagt. Das hast du getan. Du hast dich im Fernsehen mit dieser Frau gezeigt und mit ihr erotische Spielchen vorgeführt."

Darauf reagierte Tony überrascht. „Seit wann zeigt man im Britischen Fernsehen denn amerikanische Talkshows?"

„Auch in Europa kann man CNN empfangen. Nun, wie auch immer, anscheinend brauchen die Leute auf der ganzen Welt Ratschläge, um ihr Liebesleben aufzupeppen. Ihr beide habt der Menschheit einen großen Dienst erwiesen."

„Du wusstest, ich würde mich als Melissas Ehemann ausgeben. Ich habe dir die Situation erklärt, bevor ich abreiste."

Als Ehemann *ausgeben*? Melissa fühlte sich, als hätte Tony sie geohrfeigt.

Natalies Reaktion war ähnlich heftig. Sie funkelte Tony an, als wollte sie gleich auf ihn losgehen. „Sag ihr, wie viel ich dir bedeute, Antonio."

„Natalie, warum bist du hier? Warum machst du das?"

„Sag ihr, wie du um meine Hand angehalten hast." Sie hielt ihre Hand hoch. „Und wie du mir diesen Ring gekauft hast."

Um Tonys Mund erschien ein harter Zug. „Der Ring ist ein Erbstück deiner Familie, Natalie. Ich habe ihn nicht gekauft."

„Aber wir sind verlobt und werden heiraten! Sag ihr das, verdammt noch mal!"

„Tony …" Melissa brachte kaum seinen Namen heraus.

Er war blass geworden. „Es ist wahr, Melissa", sagte er. „Natalie und ich sind verlobt. Aber ich wollte nicht, dass du es auf diese Weise erfährst. Gerade habe ich mit Jeanie gesprochen, und ich bin zurückgekommen, um dir alles zu erzählen."

„Jetzt hören Sie es", triumphierte Natalie. „Es ist alles wahr, was ich gesagt habe. Seine Ehe mit Ihnen ist ein Schwindel gewesen, aber mit mir ist er wirklich verlobt."

Melissa konnte das immer noch nicht glauben. „Stimmt das wirklich, Tony? Du wirst sie heiraten? Wolltest du deshalb eine Annullierung unserer Ehe?"

„Gib mir eine Chance, dir zu erklären, wie das alles passiert ist, Melissa. Aber lass mich jetzt erst mal Natalie zu ihrem Hotel bringen."

Natalie ging zu ihm und hakte sich bei ihm unter. „Komm, Liebling, lass uns gehen. Unten wartet ein Wagen auf uns." Sie legte die Finger um seine Faust.

Tony befreite seine Hand und wandte sich erneut an Melissa. „Bitte hör mich an, bevor du mich verurteilst. Ich habe dich nicht absichtlich betrogen. Es gibt vieles, was du nicht weißt."

Melissa schaffte es nicht einmal zu nicken. „Weiß sie von uns?"

„Sie weiß von unserer Vergangenheit … aber nicht von unseren Zukunftsplänen. Ich brauche ein bisschen Zeit mit ihr. Ist das in Ordnung für dich? Es ist nur fair, dass ich ihr erkläre, was passiert ist."

„Sicher", sagte Melissa. „Aber warum hast du mir nichts gesagt?" Ihre Kehle brannte, und sie hatte das Gefühl, man hätte ihr einen Stich mitten ins Herz versetzt.

„Das war Jeanies Bedingung. Nur so war sie einverstanden, für eine rasche Annullierung der Ehe zu sorgen, sobald die Tour vorbei ist. Sie sagte, du würdest niemals mitmachen, wenn du wüsstest, dass ich verlobt bin."

Melissa blickte ihn nur stumm an.

„Es tut mir so leid, dass du es auf diese Weise erfahren hast", fuhr er fort. „Aber es tut mir nicht leid, was passiert ist. Ich wollte dir alles sagen. Ich wollte, dass du alles weißt."

Sie nickte, obwohl sie gar nichts hörte, außer dem Verkehrslärm draußen auf der Straße. Jemand musste die Balkontür offen gelassen haben. Das Nächste, was ihr wieder bewusst wurde, war, dass sie sich in Tonys Armen befand und er mit ihr redete.

„Alles wird gut", sagte er leise. „Melissa, ich verspreche das."

Melissa konnte ihn nicht festhalten, wie sie das gerne getan hätte. Ihre Arme gehorchten ihr nicht. Nichts hatte sie unter Kontrolle. „Tony, ich habe Angst."

Er drückte sie an sich, streichelte ihr Haar. In diesem Augenblick räusperte Natalie sich drinnen.

„Ich muss ihr von uns erzählen", sagte er. „Und ich muss das jetzt tun. Ich hätte niemals so lange warten dürfen."

„Ja, rede mit Natalie", mumelte Melissa benommen. „Mir geht es gut."

„Warte hier, solange ich weg bin. Hörst du, Melissa? Geh nicht weg. Ich liebe dich."

Er ließ sie los, und sie sank auf den Stuhl, der hinter ihr stand.

Melissa sah den beiden nicht nach. Das hätte sie nicht ertragen. Sie hörte nur die Tür ins Schloss fallen.

Ihr tat alles weh. Seine Verlobte war eine der schönsten Frauen, die sie je gesehen hatte, und ganz offensichtlich liebte sie Tony wie verrückt. Warum sollte ein Mann jemals eine andere Frau wollen als Natalie?

Sie begann an ihrem Ehering zu drehen und zu ziehen. Wenn sie den Ring abbekam, würde der Schmerz in ihrem Innern vielleicht nachlassen. Ihr Knöchel tat weh, als sie den Ring mit Gewalt darüberschob.

Der Ring fiel ihr aus der Hand und wurde von dem dicken weißen Teppich verschluckt.

Melissa kniete nieder und tastete den Teppich Zentimeter für Zentimeter ab. Das war ein Unfall, dachte sie. Sie hatte ihn nicht absichtlich fallen lassen.

„Antonio, bevor du irgendetwas sagst, lass bitte mich sprechen. Da gibt es etwas, das du unbedingt wissen musst und das nicht warten kann."

Tony gefiel Natalies Ankündigung überhaupt nicht, aber er fühlte sich verpflichtet, ihr zuzuhören. Er würde gleich etwas tun müssen, das ihrer beider Leben völlig ändern würde, und er wusste, wie viel Leid dabei herauskommen würde. Natalie verdiente jetzt seine ungeteilte Aufmerksamkeit und auch sein Verständnis.

„Glenlivet on the rocks?" Sie reichte ihm ein Glas mit seinem Lieblingsscotch. Sie hatte sogar leise Jazzmusik eingeschaltet, weil er die gern hörte. Ihr Hotelzimmer war eine geräumige Suite mit teuren Möbeln und einem wundervollen Blick auf die Stadt. Überall standen Vasen mit frischen Blumen.

„Danke." Tony probierte die gelbgoldene Flüssigkeit, schmeckte aber gar nichts. Im Augenblick überlegte er, warum er für Natalie nicht empfand, was er eigentlich hätte empfinden müssen. Sie war unbeschreiblich schön. Aber ihn hatte das immer kalt gelassen. Seit ihrer Kindheit waren sie und er Freunde gewesen. Sie waren zusammen aufgewachsen, und ihre Familien hatten immer wieder versucht, sie miteinander zu verkuppeln. Tony hatte sich dem widersetzt, bis ihm der Tod seiner Mutter letztes Jahr bewusst gemacht hatte, dass es Zeit wurde, sich von der Vergangenheit zu lösen und eine Entscheidung über seine Zukunft zu treffen.

Doch er hatte die falsche Entscheidung aus den falschen Gründen getroffen.

Natalie hob ihr Glas und stieß mit ihm an. „Auf uns", sagte sie und lächelte unsicher.

„Natalie, es gibt kein ‚uns'", sagte er sanft.

„Wie meinst du das?"

„Ich bin mit hierhergekommen, um dir zu sagen, dass sich alles geändert hat."

„Was, verdammt noch mal, meinst du damit?"

„Es wird keine Hochzeit geben."

Sie trat einen Schritt zurück. Ihre dunklen Augen blitzten, und sie war rot geworden.

Plötzlich erkannte Tony, dass sie nicht nur ziemlich schockiert war, sondern glühenden Hass empfand. Jemand hatte mal gesagt, niemand sei zorniger als eine verschmähte Frau. Wie wahr …

Mit bebender Stimme sagte sie: „Ich werde dich nicht gehen lassen, Antonio."

Melissa wartete auf dem Balkon. Sie saß am Tisch unter dem Sonnenschirm und merkte irgendwann, dass ihre uneingecremten Knie schutzlos der grellen Sonne ausgesetzt waren. Sie würde einen Sonnenbrand bekommen. Mit großer Kraftanstrengung rückte sie ihren Stuhl in den

Schatten. Du liebe Güte, war es heiß! Sie sollte aufstehen und sich einen Eistee machen. Ihre Kehle war trocken wie nach einem Marsch durch die Wüste.

Sie schaute auf die Uhr und überlegte, warum Tony so lange wegblieb. Fast zwei Stunden waren vergangen. Melissa konnte sich gut vorstellen, wie Natalie hysterisch wurde und Tony sich verpflichtet fühlte, bei ihr zu bleiben, bis sie sich beruhigte. Wenn man überlegte, was er ihr zu sagen hatte, konnte das schon einige Zeit in Anspruch nehmen. Natalie hatte nicht sehr in sich gefestigt gewirkt, und Tony war viel edler, als für ihn gut war.

Sie erschauerte. Eigentlich war es gut, dass es so heiß war. Dadurch wurde sie vom Denken abgehalten und auch davon, sich zu bewegen. Bei so einem Wetter konnte man nichts tun, als herumsitzen und warten, wie die Vögel, die benommen von der Hitze auf dem Balkongeländer hockten. Nicht einmal eine Krankheit fiel Melissa ein, die für ihr Erschauern verantwortlich sein konnte, was fast schade war, denn nichts konnte einen besser ablenken als eine eingebildete Krankheit. Doch das Einzige, was Melissa im Augenblick wehtat, war der Fingerknöchel, über den sie den Ring gezerrt hatte. Die Haut dort war rot und brannte.

Nach einer Ewigkeit, wie es ihr schien, läutete das Telefon, und Melissa stand auf und nahm den Hörer ab.

„Melissa, hier spricht Jeanie. Tony hat mich gerade vom Kennedy Airport angerufen."

Beinahe wäre Melissa der Hörer aus der Hand geglitten. „Flughafen? Was macht er denn dort?"

„Er geht zurück nach London."

„Er geht?", flüsterte Melissa. „Mit Natalie?"

Jeanie räusperte sich. „Ja, Liebes, ich fürchte schon."

Melissa hatte das Gefühl, ein schweres Gewicht würde auf ihr lasten. Einen Augenblick lang konnte sie weder denken noch atmen oder irgendetwas tun. Das Gewicht schien schwer genug, um sie zu erdrücken. Doch dann war es verschwunden, und sie fing an zu zittern.

„Natürlich ist er gegangen", sagte sie, krampfhaft bemüht, ruhig zu bleiben. „Welcher Mann würde nicht mit so einer exotischen Schönheit überall hingehen?"

„Melissa, du bist die exotische Schönheit. Außerdem ist er nicht mit ihr mitgegangen, weil sie schön ist."

„Warum dann?"

„Ich wünschte, ich wüsste es. Er liebt sie nicht, da bin ich mir sicher. Als er mich vom Flughafen aus anrief, stand sie entweder direkt neben ihm oder er konnte mich nicht gut hören. Er bedankte sich, weil ich versucht hätte zu helfen, aber er hat auf keine meiner Fragen geantwortet."

„Welche Fragen?"

„Na ja, zum Beispiel, was er verflixt noch mal macht? Oder ob er den Verstand verloren hätte."

„Tony weiß, was er macht. Er weiß es." Melissa schluckte heftig. „Warum hat er dich angerufen und nicht mich?"

„Ich weiß nicht, aber er bat mich dir zu sagen, wie tief er es bedauert, nicht zurückkommen zu können. Er sagte, er würde sein Versprechen halten, und eines Tages würdest du ihn verstehen. Er sagte außerdem, er würde auch sein Versprechen mir gegenüber halten, obwohl ich keine Ahnung habe, wie er das gemeint hat."

„Welches Versprechen hat er dir denn gegeben?"

„Nicht zuzulassen, dass man dir wehtut."

Melissa war kurz davor, in hysterisches Gelächter auszubrechen. „Und mir hat er versprochen, dass alles gut werden würde. Da hat er uns wohl beide zum Narren gehalten, nicht wahr?"

„Das muss alles schrecklich für dich sein. Es tut mir so leid für dich, Liebes."

„Mir auch, Jeanie", erwiderte Melissa. Mehr bekam sie nicht heraus. Ihre Augenlider brannten, doch sie erlaubte sich nicht, zu weinen. Nicht Stolz hielt sie vom Weinen ab, sondern ihre Angst. Denn zu weinen bedeutete, dass sie den Schmerz anerkannte. Doch sie wusste, ihr Schmerz war so groß, dass sie daran zugrunde gehen würde, wenn sie ihm nachgab.

„Darf ich dich fragen, was du jetzt vorhast?"

Melissa setzte sich vorsichtig auf das Sofa im Wohnzimmer. Alles tat ihr weh. Sie fühlte sich ernsthaft krank. „Zurückgehen nach Kansas, was sonst?"

„Warum bleibst du nicht noch eine Weile in New York? Bis jetzt habe ich noch nicht alle Termine abgesagt, und es wäre leicht, neue auszumachen. Zumindest bist du dann beschäftigt und sitzt nicht grübelnd in deiner Wohnung herum. Du kannst sogar in der Suite bleiben, wenn du willst."

„Ich kann nicht in dieser Suite bleiben, Jeanie."

„Bedeutet das, du bleibst in New York? Ich veranlasse sofort deinen Umzug in ein anderes Hotel. Im ‚Peninsula' ist es sehr nett."

Jeanie hatte aufgelegt, noch bevor Melissa widersprechen konnte. Wie oft war das schon passiert? Wie betäubt blieb sie sitzen und schüttelte den Kopf. Sollte sie jetzt Jeanie anrufen oder lieber ihre Koffer packen? Sie entschied sich für Letzteres. Irgendwohin würde sie schließlich gehen, und um mehr wollte sie sich jetzt nicht kümmern.

Die letzten Strahlen der Sonne schienen ins Wohnzimmer, als Melissa aufstand. Ihr Blick fiel auf einen kleinen Gegenstand, der im Sonnenlicht aufblitzte.

Sie seufzte vor Erleichterung – oder vor Angst?

Etwas Goldenes glitzerte auf dem weißen Teppich.

„Jetzt ist alles vorbei und du kannst nach Kansas zurückkehren, Liebes." Jeanie tätschelte Melissas Hand. „Falls du das willst."

Eigentlich hätte sie jetzt strahlen sollen, aber danach war es Melissa nicht zumute. Sie blickte aus dem Fenster der Limousine und wünschte, Jeanie hätte sie nicht daran erinnert, dass sie bald im Hotel sein würde und einige Entscheidungen treffen musste. Gerade hatte sie ihre letzte Autorenlesung beendet, und damit war die Werbetour offiziell abgeschlossen.

„Vielleicht sollte ich wirklich nach Kansas zurückgehen."

„Bist du sicher, dass du das willst?"

Melissa zuckte die Schulten. „Was sollte ich sonst tun?"

Jeanie sah sie besorgt an. „Falls du es noch nicht gemerkt hast: Du hast ein heißes Buch geschrieben. Die Welt liegt dir zu Füßen. Lass dich feiern. Such dir eine Bleibe hier in New York und geh auf Partys, auf denen du wichtige Leute triffst. Du kannst bei mir wohnen, bis du ein Apartment gefunden hast. Ich habe genügend Platz."

„Und was ist mit der Tatsache, dass mein Ehemann mich verlassen hat? Dass er unsere Ehe annullieren will, damit er jemand anderes heiraten kann? Was wird mit den Verkaufszahlen des Buches passieren, sobald das rauskommt?"

„Sicher, die Annullierung könnte einen Skandal auslösen", räumte Jeanie ein. „Irgendwann finden die Medien das heraus, und wir müssen uns darauf vorbereiten. Aber das ist nicht unbedingt ein Nachteil. Die Tatsache, dass dein Ehemann dich betrügt, macht das Buch selbst nicht schlecht."

Melissa konnte kaum glauben, was sie da hörte. Natürlich würde eine Annullierung sich auf den Verkauf ihres Buches auswirken. „Ehrlich gesagt", erwiderte sie, „mache ich mir nicht mehr das Geringste aus dem

Buch. Aber das ist anscheinend alles, was dich interessiert. Außerdem hat nicht Tony mich betrogen, sondern du."

Melissas Ausbruch überraschte sie beide. Melissa war von Tonys plötzlicher Abreise vor zwei Wochen dermaßen überwältigt worden, dass sie bis zu diesem Augenblick gar nicht gemerkt hatte, wie wütend sie auf Jeanie war.

„Dafür habe ich mich entschuldigt", verteidigte Jeanie sich rasch. „Sogar mehrmals."

„Das weiß ich. Ich wünschte bloß, du hättest mir von Tonys Verlobung erzählt. Dann wäre nichts passiert, Jeanie. Ich hätte mich niemals mit ihm eingelassen und würde mich jetzt nicht so überfahren fühlen." Ihr Kummer drohte sie zu überwältigen, und ihr Mundwinkel begann zu zucken. „Ach, vergiss es einfach. Lass uns das Thema wechseln, okay? Können wir bitte über irgendetwas anderes reden?"

Jeanie wirkte ziemlich erschrocken. „Ich habe das nicht gemerkt, Melissa. Ich konnte sehen, dass er in dich verliebt war, aber ich wusste nicht, dass du so tiefe Gefühle für ihn hast. Dir schien es immer gut zu gehen."

Melissa schluckte. „Natürlich geht es mir gut." Das war eine Lüge, doch sie musste es sagen. Jeanie schien endlich zu begreifen, was sie getan hatte, aber sie war schließlich nicht schuld daran, dass Melissa sich verliebt hatte.

„Was kann ich tun?", fragte Jeanie. „Wie kann ich dir helfen? Bitte, sag etwas."

Melissa schüttelte den Kopf. Niemand konnte ihr helfen. „Ich will nicht in New York leben, so viel steht fest. Ich will so weit wie möglich von allem weg, was mich an diese Sache erinnert, selbst wenn das bedeutet, dass ich ans Ende der Welt gehen muss."

Melissa wollte an dem Ring an ihrem Finger ziehen, und merkte, dass er gar nicht mehr da war. Viele Leute empfanden Phantomschmerzen in Gliedern, die sie seit Jahren nicht mehr hatten. Manchmal hielt das ein Leben lang an. War es ihr Schicksal, für den Rest ihres Lebens einen Ring zu spüren, der nicht mehr da war?

Sie starrte wieder aus dem Fenster und kämpfte mit den Tränen. „Ich verstehe das einfach nicht. Wenn du gehört hättest, was er zu mir gesagt hat, Jeanie ... seine leidenschaftlichen Versicherungen, dass er mich liebe, seine Versprechen ..."

„Melissa, denk nicht mehr daran. Damit erreichst du nur, dass es dir schlecht geht."

„Das tut es doch auch schon so."

Jeanie seufzte. „Vielleicht ging es irgendwie um Ehre. Vielleicht ist Tony in Europa Verpflichtungen eingegangen, an die er sich gebunden fühlt."

„Er hat versprochen, mit mir zusammen zu sein. Er sagte, er würde alles tun, damit wir zusammen sein könnten."

„Vielleicht war ihm das nicht möglich."

„Dann hätte er mir das selbst sagen müssen."

„Vielleicht ging auch das nicht."

Melissa wischte die Tränen weg und drehte sich zu Jeanie um. „Weißt du irgendetwas? Verschweigst du etwas?"

„Ich wünschte, das wäre der Fall, Liebes. Dann würde ich es dir sofort sagen. Ich schwöre. Aber ich bin genauso am Rätselraten wie du. Was tust du denn da?", fragte sie, als Melissa sich vorbeugte.

„Ich suche etwas." Melissas Tasche stand auf dem Boden neben ihren Füßen. Wertvolle Dinge bewahrte sie in einem Extrafach mit Reißverschluss auf. Es dauerte nicht lange, bis sie den Ring fand.

Ihr Konflikt wegen Tony und des Rings war so groß, dass sie etwas tun musste. Tony hatte ihr gesagt, der Ring ließe sich nicht vom Finger ziehen, weil ihre Liebe niemals enden werde. Aber sie hatte den Ring abgestreift, und ihre Liebe hatte geendet. Er heiratete eine andere, und sie durfte nicht länger an einem Ehering hängen, der nicht echt war. Sogar wenn ihr das nicht bewusst gewesen war, hatte sie insgeheim wahrscheinlich gehofft, alles würde doch noch gut werden. Sie hatte Angst, die Sache zu beenden und sich mit ihrem Schmerz auseinanderzusetzen. Doch genau das musste sie tun, wenn sie sich davon befreien wollte. Mit ihrem Verhalten dehnte sie ihren Kummer bloß aus.

„Ich will nicht länger Rätsel raten, Jeanie. Ich will mein Leben weiterleben. Gib mir Tonys Adresse, und ich werde ihm den Ring zurückschicken."

11. KAPITEL

Schau nicht zu lange suchend aufs Meer hinaus. Das, wonach du suchst, befindet sich möglicherweise genau hinter dir.
„101 Trick, wie eine Frau einen Mann zum Betteln bringt"

*A*uf Melissa, durch deren Fantasie sich mein Liebesleben enorm verbessert hat!" Kathy Crawford hob ihren Lemon Drop Martini hoch und prostete Melissa zu, die ihr gegenüber am Tisch saß.

Renee Tyler schloss sich an. „Ratet mal, wer seinen Vibrator dank Kapitel dreizehn in den Ruhestand geschickt hat."

Pat Stafford gab etwas Entsprechendes von sich, und überhaupt, die Toasts wurden immer gewagter.

Melissa lächelte, als ihre treuen Freundinnen auf sie tranken. Alle vier saßen sie bei „Maggiano's", einem italienischen Restaurant in Kansas City, wo sie Melissas Heimkehr feierten. Eigentlich war sie schon seit über drei Wochen zurück, aber es war schwierig gewesen, einen Tag zu finden, an dem alle vier Zeit hatten.

Seit Melissa Tony zuletzt gesehen hatte, war bereits doppelt so viel Zeit verstrichen; genau sechs Wochen mit dem heutigen Tag. Die Wochen, die sie mit ihm verbracht hatte, kamen ihr jetzt wie ein unwirklicher Fiebertraum vor.

„Ist mir ein Vergnügen", erklärte Melissa mit einer leichten Neigung des Kopfes. „Im wahrsten Sinne des Wortes."

Die Feier beim Italiener ging bis Mitternacht, und Melissa war ganz gerührt, als sie ihren Freundinnen eine Gute Nacht wünschte. Sie hatte Eltern, die sie liebten, und Freunde, die sich um sie kümmerten. Sie hatte ein Buch geschrieben, das das Leben einiger Menschen änderte und machte sich bereits Notizen für ein neues Buch.

Sie hatte viele Gründe, um dankbar zu sein und zuversichtlich in die Zukunft zu blicken – und mit der Zeit würde sie das vielleicht auch schaffen, auch wenn sie sich jetzt gerade wieder traurig und allein fühlte. Im Augenblick hätte sie sich am liebsten in ihrem Bett verkrochen und geschlafen, bis die Wolken vorbeigezogen waren und auch für sie die Sonne wieder schien, egal, wie lange das dauerte.

Als sie vor das Haus fuhr, in dem sie wohnte, bemerkte sie eine große Limousine, die den Parkplatz mehrerer Autos einnahm, und hinter den Glastüren im Gebäude wartete jemand, den sie kannte.

Ihr Herz begann heftig zu schlagen, noch bevor sie aus dem Taxi stieg. Was machte Natalie de la Cruz hier in Kansas?

„Miss Sanders", begrüßte Natalie Melissa, als diese die Lobby betrat. „Zum Glück sind Sie hier. Kann ich mit Ihnen sprechen? Ich weiß, es ist spät, aber es ist wichtig."

„Natürlich." Melissa zögerte kurz und überlegte, ob sie es wagen sollte, Natalie hoch in ihre Wohnung zu bitten. Die schöne Natalie de la Cruz sah mitgenommen und ein wenig derangiert aus. Ihre hübschen Gesichtszüge wirkten angespannt, und ihr Haar war zerzaust. Doch Natalie war Melissas einzige Verbindung zu Tony. Vielleicht war ihm irgendetwas passiert.

Keine fünf Minuten später saß Natalie auf Melissas Wohnzimmersofa und zupfte nervös an ihrer tief ausgeschnittenen Bluse herum, während Melissa ihnen beiden Cognac einschenkte.

Melissa reichte Natalie einen Cognacschwenker mit zwei Fingerbreit der goldgelben Flüssigkeit und setzte sich neben sie. „Ist alles in Ordnung?"

Natalie trank einen Schluck. Sie bewegte das Glas hin und her. Oder wiegte sie sich selbst hin und her? Ihre Nerven schienen ziemlich angespannt zu sein.

„Ich habe einen schrecklichen Fehler gemacht", sagte sie schließlich. „Und ich habe Tony verlassen." Sie fing an zu zittern. Sogar ein weiterer großzügiger Schluck Cognac half nicht dagegen.

„Sie meinen, es war ein Fehler, ihn zu verlassen?", fragte Melissa ein wenig verwirrt.

„Nein, ich musste ihn verlassen, sonst hätte er es getan."

Jetzt fingen Melissas Hände an zu zittern.

Natalie sah hoch. „An dem Tag, als ich zu Ihnen in die Hotelsuite kam, habe ich etwas Schreckliches gemacht. Tony hat es emotionale Erpressung genannt, und wahrscheinlich hat er Recht. Ich habe ihm mit der einzigen Sache gedroht, von der ich glaubte, sie würde wirken, und so war es auch."

Sie sah Melissa so durchdringend an, dass diese schließlich fragte: „Mit mir?"

„Ja, mit Ihnen. Ich sagte ihm, ich würde Sie ruinieren, außer er käme noch am selben Tag mit mir nach London. Ich drohte damit, eine Pressekonferenz einzuberufen, und zu erzählen, dass eure Ehe ein Schwindel sei, weil Sie Tony wegen einer Wette geheiratet und ihn jahrelang nicht gesehen hätten."

Wieder trank sie einen kräftigen Schluck. „Mehr war nicht nötig. Er erklärte sich einverstanden, mich zu begleiten und Ihnen nichts über seine Gründe zu erzählen. Darauf habe ich bestanden, weil ich Sie genauso sehr verletzten wollte, wie ich ihn zurückhaben wollte." Natalies Unterlippe zitterte leicht. „Doch natürlich war die Sache vom ersten Moment zum Scheitern verurteilt. Seine Bereitwilligkeit hätte mir verraten sollen, wie sehr er Sie liebt, und dass er alles tun würde, um Sie zu schützen. Aber damals war ich zu wütend, um das zu erkennen." Trotzig zeigte Natalie ihre Hand. „Sehen Sie, kein Ring. Es ist offiziell. Tony und ich sind fertig miteinander."

„Das tut mir leid." Melissa nahm einen kräftigen Schluck aus ihrem Glas.

„Das braucht es nicht. Eine Verbindung zwischen uns wäre auch ohne Sie nicht gut gegangen."

Natalie stand auf und ging zu einem Bücherregal. Mit dem Rücken zu Melissa blieb sie stehen und überflog die Ansammlung von Magazinen, in denen Artikel von Melissa erschienen waren.

„Tony und ich sind zusammen aufgewachsen", erklärte Natalie. „Unsere Väter waren Geschäftspartner, und alle dachten, dass Tony und ich einmal heiraten würden. Ich war mehrere Jahre jünger, ziemlich naiv und von dieser Vorstellung völlig verzaubert. Ich glaube, Tony sagte nichts dagegen, weil er den Erwartungen seiner Eltern entsprechen wollte. Aber als seine Eltern ihn bedrängten, lehnte er sich gegen sie auf."

„Warum denn? Hielt er Sie für zu jung?"

„Ich wünschte, das wäre der Grund gewesen. Aber er sagte, ich sei für ihn wie eine Schwester, und weigerte sich, mich zu heiraten. Sein Vater warf ihn raus, und keiner von uns sah ihn wieder, bis letztes Jahr seine Mutter krank wurde. Er kam, kurz bevor sie starb, und sie bat ihn zu heiraten und den Familiennamen weiterzugeben. Das war ihr letzter Wunsch."

„Und da hat er um Ihre Hand angehalten?"

Natalie seufzte. „Ja, und natürlich habe ich Ja gesagt. Ich war immer noch naiv. Ich dachte, wir würden uns schon arrangieren. Aber man kann niemanden zur Liebe zwingen. Tony war mit einer Heirat einverstanden, selbst nach allem, was ich angedroht hatte, Ihnen anzutun. Doch er entfernte sich innerlich immer mehr von mir und verhielt sich sehr distanziert." Sie zögerte kurz, bevor sie weiterredete. „Eines Tages bin ich aufgewacht, und mir war klar, dass er mich nie so lieben würde, wie ich geliebt werden wollte. Auf die Art, wie er Sie liebt."

Etwas veranlasste sie, sich herumzudrehen und Melissa anzusehen. Vielleicht war sie erleichtert, weil sie jetzt alles erzählt hatte. „Aus unserer Beziehung wäre bestenfalls eine Vernunftehe geworden. Im schlimmsten Fall hätte er irgendwann angefangen, mich zu hassen. Das wollte ich nicht."

Melissa wünschte, sie hätte mehr zu bieten als Mitgefühl. Natalie hatte viel mehr Schaden angerichtet, als ihr überhaupt bewusst war. Doch sie war ebenfalls tief verletzt worden, und bestimmt war es ihr nicht leichtgefallen, nach Kansas zu fliegen und ihren Fehler zuzugeben.

Melissa wollte ihr danken, aber Natalie winkte ab. „Ich muss mich bedanken", erklärte sie. „Mit dieser Last hätte ich nicht leben können."

„Was werden Sie jetzt tun?", fragte Melissa.

„Wer weiß? Eines Tages wird es jemand anderes geben. Aber vielleicht lese ich zunächst mal Ihr Buch."

„101 Trick?" Melissa fürchtete um die Männer in Natalies Zukunft.

Natalie warf einen Blick auf ihre teure Armbanduhr. „Mein Wagen wartet draußen. Wenn ich den Nachtflug nach New York noch erwischen will, muss ich mich beeilen."

Als Melissa Natalie zur Tür brachte, fiel dieser noch etwas ein. Sie drehte sich um. „Beinahe hätte ich vergessen, Ihnen das hier zu geben", sagte sie und fasste in die Jackentasche. „Es kam mit der Post, nachdem Tony schon ausgezogen war. Er weiß nicht, dass Sie ihn zurückgeschickt haben."

Melissa erkannte das Kästchen sofort und öffnete es. Fast hätte sie gelacht. Der schmale Goldring funkelte im Licht der Deckenlampe. Sie würde diesem Schmuckstück wohl nie entkommen.

„Hier, nehmen Sie das auch", sagte Natalie. „Das ist ein Brief, den Tony angefangen hat an mich zu schreiben, als er gemerkt hat, dass er Sie liebt." Sie zog ein zerknittertes Blatt Papier aus der Tasche.

Melissa nahm den Brief und erkannte auf dem Bogen den Namen des Hotels, in dem sie mit Tony gewohnt hatte.

„Sie finden Tony in einem bezaubernden alten Restaurant in Brüssel", sagte Natalie und nannte den Namen. „Wenn Sie ihn immer noch lieben, wissen Sie, was zu tun ist."

„Was? Ich soll dorthin gehen?"

„Natürlich! Er sehnt sich verzweifelt nach Ihnen, Melissa. Aber er wird nie den ersten Schritt machen. Er glaubt, er hätte Ihr Leben ruiniert und Sie wären besser ohne ihn dran."

Mit diesen Worten ging Natalie hinaus. Hatte Tony ihr Leben ruiniert? Nun, er war ohne eine Erklärung verschwunden, aber hatte sie ihm das nicht auch angetan? Vielleicht war das eine Art Ausgleich. Alles war so verwirrend. Was sollte sie bloß tun?

Sie ging zum Sofa, nahm das Kästchen auf den Schoß und begann den Brief zu lesen.

Natalie, während Du diese Zeilen liest, werde ich auf dem Weg nach London sein, um Dich zu treffen und zu versuchen, Dir zu erklären, was passiert ist. Ich weiß, Du hast in der letzten Zeit nichts von mir gehört, und dafür entschuldige ich mich. Mir ist klar, dass wir miteinander reden müssen. Aber wie soll ich Dir meine Gefühle erklären? Wie soll ich Dir erklären, was alles passiert ist, seit ich weggefahren bin? Bitte lass es mich versuchen, auch wenn es bestimmt schwer für Dich ist, zu verstehen. Als Erstes sollst Du wissen, dass Du mir immer viel bedeutet hast. Ich wünschte, ich könnte Dich so lieben, wie Du es verdienst. Aber diese Gefühle empfinde ich nicht für Dich. Wenn das möglich gewesen wäre, hätte ich Dir gerne mein Herz geschenkt. Aber ich kann es niemandem mehr geben, denn ich habe es vor zwei Jahren verloren …

Weiter war Tony mit dem Brief nicht gekommen, aber für Melissa war auch kein weiteres Wort mehr nötig.

Wildrosen rankten sich über das Dach des kleinen strohgedeckten Landhauses und bildeten einen Baldachin aus rosa Blüten. An den Fenstern waren hübsch verzierte Läden angebracht. Ein Tourist, der über die mit Kopfstein gepflasterte Straße spazierte, hätte das malerische alte Gebäude niemals als exklusives Restaurant erkannt. Das Haus sah aus, als würde es aus einem Märchen der Brüder Grimm stammen.

Rue des Fleurs Nummer vierzehn, die Straße der Blumen, sogar die Adresse klang märchenhaft.

Melissa hätte das Restaurant übersehen, wenn nicht ein Schildermaler davor gearbeitet hätte. Gerade war er damit fertig geworden, den Namen des Restaurants auf das obere Fenster der gläsernen Eingangstür zu schreiben, und arbeitete jetzt weiter an einem Schriftzug darunter. Melissa konnte nicht lesen, was er schrieb, aber sie vermutete, dass es sich um den Namen des Besitzers handelte.

Ein handgeschriebenes Schild hing in einem Fenster und verkündete, dass das Restaurant geöffnet hatte. Es war zwei Uhr nachmittags.

Drinnen saßen Leute, aber Melissa konnte nicht erkennen, ob es sich um Kellner oder Gäste handelte. War Tony unter ihnen? Ihr Pulsschlag beschleunigte sich bei diesem Gedanken. Was würde sie tun, wenn sie ihn sah? Wahrscheinlich aufhören zu atmen. Oder ihr würde das Herz stehen bleiben, sodass man sie ins Krankenhaus bringen musste. Dort würden die Ärzte versuchen, ihr Leben zu retten, während Tony auf dem Flur auf und ab ging und mit Tränen in den Augen darum flehte, dass sie durchkam. Auf diese Weise würde sie ihren Mann endlich dazu bringen, dass er bettelte …

Beruhig dich, befal sie sich selbst. Ihre Fantasie ging wieder mal mit ihr durch.

Der Schildermaler öffnete zuvorkommend die Tür für sie, als sie sich näherte.

„Merci", sagte sie und trat ein. Die Leute im Restaurant waren Gäste. Einige aßen noch oder hatten ein Glas Wein vor sich. Ein köstlicher Duft nach Knoblauch und Gewürzen strömte aus der Küche, und Melissa merkte mit einem Mal, wie hungrig sie war. Sie war die ganze Nacht durch geflogen und hatte nur sehr wenig geschlafen und gegessen. Ganz spontan hatte sie einen Flug gebucht und war sofort aufgebrochen. Aber jetzt, wo sie hier war, wusste sie überhaupt nicht, was sie tun sollte.

Im Restaurant sah es genauso hübsch aus wie von außen. Alle Tische waren mit langen weißen Tüchern gedeckt und mit kleinen Rosensträußen dekoriert. Die Tische waren durch kunstvoll geschnitzte Raumteiler, die mit Vorhängen bespannt waren, voneinander getrennt. Alles, selbst das Geschirr, schien handgefertigt zu sein. Aber von Tony war nichts zu sehen. Melissa hoffte, dass er überhaupt noch hier arbeitete, denn offenbar führte er ein Nomadenleben.

Sie entdeckte einen Tisch neben einer großen Topfpflanze, die ihr etwas Sichtschutz bieten würde. Von dort aus konnte man gut beobachten, ohne gleich gesehen zu werden. Mit gebeugtem Kopf ging sie zu dem Tisch und setzte sich. Die Speisekarte war mit kunstvoller Schrift auf Büttenpergament geschrieben und groß genug, um sich dahinter zu verstecken.

Melissa kannte kaum eines der aufgeführten Gerichte, aber sie tat so, als würde sie alles genau studieren. Nach kurzer Zeit hörte sie jemanden auf sich zukommen.

„Que voudriez-vous?", fragte der Kellner mit tiefer, samtiger Stimme.

„Ich spreche kein Französisch."

„Was darf ich Ihnen bringen, Mademoiselle?"

Melissa spähte unter der Speisekarte hervor auf die Schuhe des Kellners. Er trug geflochtene Ledersandalen. Sie sah zwar die Füße nicht gut genug, um sie wiederzuerkennen, aber die Stimme erkannte sie. Bei ihrem Klang war ihr sofort ein heißer Schauer über den Rücken gelaufen.

„Was empfehlen Sie mir?", fragte sie.

„Den Schmortopf mit Meeresfrüchten. Darf ich Ihnen davon etwas bringen?"

Melissa blieb weiter hinter der Speisekarte verborgen. „Nein, danke. Muscheln mag ich nicht so gerne."

„Haben Sie vielleicht etwas anderes gefunden, was Sie gern mögen?"

„Ja, das habe ich."

„Was möchten Sie gerne, Mademoiselle?"

Mit sanfter Stimme erklärte sie: „Eigentlich möchte ich gerne dich auf einem Fleischspieß, dafür dass du mich verlassen hast. Wenn das nicht möglich ist, könntest du mir dann noch einmal einen Heiratsantrag machen?"

Sie ließ die Speisekarte sinken, und Antonio sah sie völlig verblüfft an. Melissa hatte die Beine übereinandergeschlagen und ließ einen ihrer Pumps von den Zehen baumeln, während sie mit ihrer Halskette spielte.

„Wie oft muss ein Mann dich denn heiraten?" Er fing an zu lachen. „Sag mir, wie oft, meine verlorene und wiedergefundene Frau?" Er warf seine Schürze beiseite, nahm Melissa bei den Händen und zog sie hoch. „Lächle für mich", forderte er sie auf und hielt sie auf Armeslänge von sich, damit er sie besser ansehen konnte. „Lächle, damit mir warm ums Herz wird."

Melissa lächelte unter Tränen. Sie war unendlich glücklich und gleichzeitig auch stolz. Ein Gefühl, das ihn vermutlich überrascht hätte. Er würde nie erfahren, wie viel Mut es sie gekostet hatte, diese Reise zu unternehmen, ohne zu wissen, was sie erwartete und ob er sie überhaupt sehen wollte. Vor zwei Jahren war sie vor ihm weggelaufen und zwar so weit weg, wie sie nur konnte. Doch heute stellte sie sich ihren Ängsten. In den vergangenen Wochen hatte sie viel erlebt und viel durchgemacht. Daran war sie gereift und jetzt war sie endlich so weit, sich für die Liebe zu öffnen.

Er wischte ein paar Tränen von ihren Wangen, und auch seine Augen hatten einen verräterischen Glanz.

„Ich will unsere Beziehung", sagte sie leise. „Ich will dich. Ich habe keine Angst mehr vor meinen Gefühlen."

„Aber ich habe große Angst vor meinen." Lachend schüttelte er den Kopf. „Ist das nicht großartig?"

„Das ist wundervoll."

Die Sonnenstrahlen, die durch die Fenster schienen, ließen den Raum golden erstrahlen und erinnerten Melissa an etwas. „Sieh mal." Sie hielt die Hand hoch, um ihm den Ring zu zeigen. „Anscheinend hat er uns wieder zusammengebracht."

„Nimm ihn nie wieder ab. Ich will, dass er uns für immer und ewig zusammenhält."

Sie nickte. „Wir wollen doch die Legende nicht zerstören."

Mit einem Mal merkte Tony, dass die Leute sie beobachteten. Er führte Melissa in eine ruhige Ecke, wo sie zärtlich seine Wange berührte und dann die Arme um ihn schlang, weil sie einfach nicht widerstehen konnte. Sie wollte nicht seinen Job gefährden, aber sie musste ihm nahe sein. Sie sehnte sich nach ihm.

Gerade als sie ihm etwas Erotisches ins Ohr flüstern wollte, löste er sich von ihr und fragte: „Hast du Hunger? Möchtest du gerne etwas essen nach der langen Reise?"

Was sie wirklich wollte, war er und eines der dicken Federbetten, in denen man in diesem Land angeblich schlief. Doch offenbar wollte er ihr etwas zu essen machen, und Kochen war tatsächlich ein aufregendes Vorspiel, wenn Tony der Koch war.

„Ja, ich bin am Verhungern – und dieses Restaurant ist wunderschön", versicherte sie ihm.

„Es gefällt dir?" Mit einer ausladenden Geste wies er auf den Raum, als wollte er ihr voller Stolz seinen Arbeitsplatz zeigen.

Melissa sah sich noch einmal in dem geschmackvoll eingerichteten Lokal um. Wildrosen rankten sich um die Fenster und Türen. Der Schildermaler vollendete gerade den letzten Pinselstrich. Nun stand der Name des Besitzers auf der Glastür.

DNOB OINOTNA

Melissa war es immer schwergefallen, Spiegelschrift zu lesen, aber als sie Tony ansah, spielte ein geheimnisvolles Lächeln um seine Mundwinkel. Was sollte das bedeuten? Würde er ihr als Nächstes erzählen, er sei in Wirklichkeit gar kein Kellner? Aber das war ihr egal. Er war der Mann, den sie liebte, der Mann, dem ihr Herz gehörte. Für immer und ewig.

– ENDE –

Anne Mather

Verzaubert auf Jacinto

Roman

Aus dem Amerikanischen von
Sylvia Galeen

1. KAPITEL

*D*u warst mit ihr befreundet, stimmt's?"

Quinn zögerte nur kurz. „Meine Mutter", korrigierte er. Natürlich war er auch mit ihr befreundet gewesen, viel besser, als ihm jetzt in der Erinnerung lieb sein konnte. Aber das ging Hector Pickard nichts an.

„Wie lange ist das her?"

Quinn stand auf und schlenderte betont gleichmütig zum Fenster. Von dem exklusiv gelegenen Büro bot sich ein fantastischer Blick auf die Firmengebäude von Canary Wharf. Doch Quinn nahm sie überhaupt nicht wahr.

„Oh, lange", antwortete er schließlich. „Mindestens zehn Jahre. Eine ganze Zeit, bevor sie die … Probleme mit Intercontinental hatte. Ich hab keine Ahnung, was sie jetzt macht." Er hielt inne. „Sie ist einfach verschwunden."

„Aber ich."

„Was?"

„Ich weiß, wo sie ist. Oder …", Hector hob die Arme, als wolle er einen Einwand abwehren, „… glaube es zumindest."

Quinn drehte sich um und sah ihn ungläubig an. „Wo? Woher weißt …?"

„Nun, ich habe so meine Quellen." Hector lächelte zufrieden. „Du bist nicht der einzige Journalist, der für mich arbeitet, Marriott. Und einige würden alles tun, um dich aus deinem bequemen Sessel zu vertreiben. Selbst wenn es ein wenig jenseits der Legalität läge."

Quinn sah ihm direkt in die Augen. „Sprich weiter."

Hector genoss seine Überlegenheit. Meistens fühlte er sich dem jüngeren Mann gegenüber in der schwächeren Position. Doch diesmal hatte er die besseren Karten.

„Unsere Serie ist bislang ein Riesenreinfall, das weißt du so gut wie ich!", rief er aus. „Sieh dir doch an, was wir bis jetzt hatten. Eine Handvoll ausgemergelter Schauspieler, deren Karrieren von Anfang an zum Scheitern verurteilt waren. Ein Exboxer, der uns seinen Sport als intelligenzfördernd verkaufen wollte, obwohl er das wandelnde Gegenbeispiel dafür ist. Nicht zu vergessen die drei alternden Schmierenpolitiker, für deren Affären sich kein Mensch interessierte."

Jetzt musste Quinn lächeln. „Da spricht der Produzent. Interessierst du dich noch für irgendetwas anderes außer für Zuschauerzahlen?"

Hector blieb ernst. „Sei nicht so scheinheilig, Marriott. Ich weiß, dass du von Anfang an gegen dieses Projekt warst …"

„Es war ja auch wirklich nicht besonders originell, oder?"

„… aber das befreit dich nicht von jeglicher Verantwortung fürs Scheitern."

„Tatsächlich?" Quinn verschränkte die Arme vor der Brust. „Hector, das Mädchen, das uns den Tee bringt, hätte dir sagen können, dass dieses Format abgenutzt ist und keinen Zuschauer mehr vor den Bildschirm lockt."

„So, hätte sie?" Hectors Gesichtsausdruck wurde eine Spur böswilliger. Die Serie war seine Idee gewesen. Er war nicht bereit, Quinn einen Freibrief auszustellen, bloß weil der sie nicht unterstützt hatte. Hector war nicht besonders groß, aber er konnte sehr aggressiv aussehen, wenn er wollte. Jetzt war so ein Moment. „Nun, dann sollte sie vielleicht besser meinen Platz einnehmen. Oder du? Es wäre nicht das erste Mal, dass ein ehrgeiziger Produktionsassistent glaubt, er wisse besser Bescheid als alle anderen."

„Das habe ich nicht gesagt." Quinn seufzte. Hector hatte ihn immer gut behandelt. Er hatte nicht vor, ihre Beziehung zu zerstören. „Ich glaube nur, wir brauchen einen neuen Blickwinkel. Das Privatleben von ehemals Prominenten, deren große Tage lang zurückliegen, zieht einfach keine Zuschauer an."

„Falsch." So schnell war Hector nicht bereit aufzugeben. „Ich gebe zu, die Gesichter, die wir bis jetzt hatten, waren nicht geeignet, das Publikum zu faszinieren. Aber die zweite Serie wird anders. Du wirst nicht behaupten wollen, dass die Leute sich nicht für Marilyn Monroe interessieren würden, wenn sie noch am Leben wäre, oder?"

„Nein", gab Quinn zu. „Aber Marilyn ist tot."

„Tatsächlich?"

Quinn ließ sich von Hectors Ironie nicht verunsichern. „Nur deswegen macht sie immer noch Schlagzeilen. Ich bezweifle, dass das Interesse so groß wäre, wenn sie alt geworden wäre. Es sind die Kürze ihres Lebens und die Umstände ihres Todes, die sie immer wieder in die Nachrichten bringen."

Hector gab nach. „Na schön, ich gebe zu, Marilyn Monroe war kein gutes Beispiel. Aber das widerlegt nicht die Idee. Ich wette, du könntest einige geeignetere Namen nennen, wenn du nur wolltest." Er kniff die Augen zusammen. „Ich habe dich schließlich nicht wegen deines Stammbaums eingestellt."

„Ich dachte, du hättest mich engagiert, weil ich gut in meinem Job
bin." Eine Spur von Verachtung schwang in Quinns Stimme mit. „Erzähl mir nicht, meine Herkunft hätte dich so beeindruckt. Oder hast
du etwa erwartet, dass du von mir vertrauliche Informationen über
meine Freunde bekommst?"

„Nein." Hector machte eine Pause. „Ich möchte nur, dass du dich
mit Julia Harvey triffst."

Julia Harvey. Quinn straffte die Schultern. „Nein."

„Warum nicht?"

„Sie ist ... sie war die Freundin meiner Mutter."

„Aber keine enge Freundin. Sie gehört nicht zur Familie. Quinn, ich
würde dich nie bitten, über deine besten Freunde Geschichten zu erzählen." Hector hielt einen Moment inne. „Außerdem ist Julia Harvey
schon so lange verschwunden, dass sie weder für dich noch für deine
Mutter eine Bedrohung darstellen kann."

„Nein", wiederholte Quinn. „Ich meine es ernst. Such dir jemand
anders. Ich möchte damit nichts zu tun haben."

„Du hast bereits damit zu tun", entgegnete Hector ungeduldig. „Ich
habe keine Zeit, mir jemand anders zu suchen. Gut möglich, dass sie
schon Verdacht geschöpft hat. Wenn du mir diese Chance vermasselst,
Quinn, werde ich dir das nie verzeihen."

„Moment mal." Quinn sah ihn misstrauisch an. „Du sagst, du hast
sie bereits gefunden. Wozu brauchst du mich dann noch?"

Damit hatte er einen wunden Punkt getroffen. „Ich hab gesagt, ich
weiß, wo sie ist", berichtigte Hector zerknirscht. Er machte eine un-
geduldige Handbewegung. „Zumindest haben wir eine heiße Spur.
Neville hat sie nicht getroffen. Aber das heißt nicht, dass sie nicht da
ist. Es heißt nur, dass er sie nicht erkannt hat."

„Du hast also schon versucht, ein Interview mit ihr zu bekommen?"

„Sagte ich das nicht?" Hector machte eine abwehrende Geste. „Was
ist daran so schlimm? Niemand, der so berühmt ist, kann erwarten,
sich für alle Zeiten verstecken zu können."

„Hör zu, Hector ..."

„Nein, du hörst zu, Quinn." Jetzt sah er den jüngeren Mann aggressiv an. „Ich kann deine Einwände verstehen. Weil sie und deine Mutter
einmal befreundet waren, glaubst du, ihr noch etwas schuldig zu sein."
Er schüttelte den Kopf. „Julia Harvey hat die Unterstützung der Öffentlichkeit sehr bereitwillig akzeptiert, als es ihr passte. Sie kann nicht
einfach ohne jede Erklärung verschwinden."

Quinn hatte Mühe, sich zu beherrschen. „Du meinst, das gibt dir das Recht, ihr nachzuschnüffeln? Weil ihre Arbeit öffentlich war, hältst du ihr Leben ebenfalls für öffentliches Eigentum?"

„Schone dein Herz, Quinn, das tut dir nicht gut. Wenn du meine ehrliche Meinung hören willst, ja, sie hat ihr Recht auf Anonymität aufgegeben, als sie die erste Stufe ihrer Karriereleiter erklommen hat. Es geht um Geld, Quinn, viel Geld. Warum sollte eine Frau, die haufenweise Dollars verdient, das alles ohne Grund aufgeben?"

„Vielleicht hatte sie einen guten Grund." Quinn konnte allerdings keinen nennen. Jahrelang hatte er darüber nachgedacht, ohne je zu einem Ergebnis zu kommen.

„Zum Beispiel?", fragte Hector. „Eine unheilbare Krankheit vielleicht?" Er schnaufte verächtlich. „Nun, immerhin lebt sie noch."

„Selbst wenn …"

„Oder ein Unfall, der sie entstellt hat? Ich kann mir nicht vorstellen, dass man das hätte geheim halten können."

Quinn atmete tief durch. „Also, wie lautet deine Erklärung?"

Hector zuckte die Schultern. „Ich habe keine. Eben das lässt mir keine Ruhe. Eine Frau, die mit allen großen Stars des Filmgeschäfts zusammengearbeitet hat, verschwindet einfach. Zehn Jahre lang ist sie eine der bestbezahlten Schauspielerinnen aller Zeiten. Sie kann sich ihre Rollen aussuchen, ebenso wie ihre männlichen Partner. Dann hat sie diesen großen Krach mit Intercontinental. Kein Mensch weiß, wieso. Und plötzlich flüchtet sie aus dem Rampenlicht." Er schnippte mit den Fingern. „Einfach so. Findest du nicht, dass ihre Fans eine Erklärung verdient haben? Dich interessiert es vielleicht nicht, Quinn, aber uns gewöhnliche Sterbliche dafür umso mehr."

Quinn biss die Zähne zusammen. Das war ein Punkt für Hector. Eine geheimnisvolle Geschichte wie diese zog immer das Interesse der Zuschauer an. Die neuen Folgen von „Timeslip" mit jemandem wie Julia Harvey zu beginnen, war eine Garantie für hervorragende Einschaltquoten. Gerüchte über ihren Tod waren in den letzten Jahren nie ganz verstummt. Es wäre eine Sensation, das Gegenteil zu beweisen. Und …

„Interessiert?" Hector spürte, dass Quinns Widerstand nachließ. Sein überlegenes Lächeln trug wenig dazu bei, den Zorn des jüngeren Kollegen zu besänftigen. Aber Quinns Neugier war geweckt. Kannte Hector wirklich ihren derzeitigen Aufenthaltsort? Oder war die Geschichte von Neville Hagers Kontaktversuch nur ein Köder gewesen?

Quinn atmete tief durch. Seit zehn Jahren hatte er die Frau nicht mehr gesehen. Zehn Jahre, in denen sie ihn an der Nase herumgeführt hatte. Warum zögerte er? Er war kein unerfahrener Jüngling mehr, und er war ihr nichts schuldig.

„Nun?" Hector sah ihn erwartungsvoll an.

Quinn wusste, dass er den Auftrag nicht ablehnen konnte. Schließlich war der Erfolg der neuen Serie auch seine Angelegenheit. „Wo ist sie?", fragte er vorsichtig.

Hector wandte den Blick nicht ab. „Du machst es also?"

„Habe ich eine Wahl?"

„Jeder ist frei zu wählen, mein Junge."

Quinn presste die Lippen zusammen. Oh ja, natürlich. Aber nicht, wenn man seinen Job behalten wollte. „Ich tu, was ich kann", sagte er und strich sich nervös übers Haar. „Aber ich verspreche nichts. Vielleicht weigert sie sich, sich mit mir zu treffen."

„Das bezweifle ich." Hector schmunzelte. „Nach allem, was ich gehört habe, bist du genau ihr Typ, dunkelhaarig, gut aussehend. Jammerschade, dass du noch so klein warst, als sie mit deiner Mutter befreundet war. Du könntest heute wahrscheinlich fantastische Geschichten erzählen."

Quinn zeigte keine Reaktion, obwohl seine Gedanken rasten. Als Julia damals verschwunden war, hatte sich seine Mutter große Sorgen gemacht und sich mit Selbstvorwürfen gequält. Von der Beziehung ihres Sohnes mit Julia hatte sie keine Ahnung.

Oh, wie er das gehasst hatte! Er hatte genug mit seinen eigenen Gefühlen zu tun. Mit seiner Mutter über Julia zu diskutieren war wirklich das Letzte, was er wollte.

Wenn Lady Marriott nur nicht so ein großer Fan gewesen wäre. Wenn sie ihren Mann nicht überredet hätte, das große Fest zu organisieren, auf dem die beiden Frauen sich kennengelernt hatten.

Hector erhob sich von seinem Schreibtischstuhl und schlug Quinn aufmunternd auf die Schulter. Unter anderen Umständen hätte sein Enthusiasmus vielleicht ansteckend gewirkt. Jetzt verstärkte er nur Quinns Selbstzweifel.

„Also, wo ist sie?", fragte Quinn kurz angebunden. Die Reise würde vergeblich sein, da war er sich sicher. Julia Harvey würde sich nie auf Hectors Vorhaben einlassen.

„San Jacinto", antwortete Hector triumphierend. „Eine kleine Insel in der Nähe der Kaiman-Inseln." Er schenkte sich ein Glas Scotch ein und testete das Aroma. „Keine Schande, wenn du noch nie davon gehört hast. Sie scheint in all den Jahren wie eine Einsiedlerin dort gelebt zu haben."

Zur Mittagszeit saß Quinn in einem Restaurant an der Bar. Vor ihm lag die Mappe mit Informationen über Julia Harvey, die Hector ihm gegeben hatte. Die frühesten Zeitungsberichte stammten noch aus den siebziger Jahren. Damals war sie in einer Produktion der Schauspielschule aufgefallen. „Begnadete Schauspielerin", „geborene Künstlerin" waren keine seltenen Formulierungen in den frühen Kritiken.

Mit ihrem wachsenden Erfolg waren die Berichte dann nüchterner geworden. Es erschienen die unvermeidlichen Geschichten über ihr Liebesleben. Gerüchte, sie habe Affären mit allen ihren männlichen Partnern gehabt, machten die Runde. Bösartige Schmierfinken bezichtigten sie sogar des Ehebruchs.

All das hatte die Zuneigung des Kinopublikums nicht beeinträchtigen können – und diejenigen, die glaubten, sie besser zu kennen, ebenso wenig, dachte Quinn bitter und bestellte ein weiteres Bier. Wie auch immer die Wahrheit hinter den Schlagzeilen aussehen mochte, Julia Harvey war stets der unberührbare, makellose Star geblieben.

Es waren Dutzende Bilder in der Mappe. Quinn wollte sie sich eigentlich nicht ansehen, war dann aber doch wieder von Julias Schönheit gebannt. Haar, dessen Farbe irgendwo zwischen Gold und Silber lag, zarte, helle Haut, klare, grüne Augen und volle Lippen – die Natur hatte Julia Harvey großzügig ausgestattet. Warum hatte sie aufgegeben? Was hatte sie veranlasst, ihre Karriere zu beenden? Was auch immer ihr Geheimnis sein mochte, sie hatte es zehn Jahre lang erfolgreich gehütet. Wie konnte Hector annehmen, dass sie es jetzt preisgeben würde?

„Ich hab dich warten lassen. Entschuldige bitte, Schatz."

Susan Aitken setzte sich auf den Barhocker neben ihm und gab ihm einen zarten Kuss auf die Wange. Draußen lag die Temperatur um den Gefrierpunkt. Froh, wieder im Warmen zu sein, rieb sie sich die Schultern.

„Macht nichts." Quinn lächelte ihr zu, was ihm überraschend schwerfiel. Er deutete zum Barkeeper. „Was möchtest du?"

„Oh, das Übliche, denke ich", antwortete sie. Während er bestellte, schaute sie über seine Schulter. „Was liest du da?"

Quinn unterdrückte den Impuls, die Mappe vor ihr zu verbergen, und schob sie zu ihr hinüber. Dann leerte er sein Glas und bestellte ein weiteres Bier. Er trank mehr als sonst zur Mittagszeit. „Pickard will ein Porträt über sie machen, falls wir sie finden können", erläuterte er.

Als Susan sich über die Mappe beugte, fiel ihr kastanienbraunes Haar nach vorn. Anders als bei Julia Harvey mit ihrer üppigen Sinnlichkeit lag Susans Reiz in ihrer Zierlichkeit, ihrem schmächtigen Körperbau und den feinen Gesichtszügen. „Kleine Venus" nannte ihr Vater sie. Damit war sie recht gut beschrieben.

„Julia Harvey", wunderte sie sich. „Ich dachte, sie wäre tot."

Quinn zuckte die Schultern. „Viele Leute glauben das."

Sie sah ihn an. „Aber sie lebt?"

„Anscheinend ja." Quinn spürte, wie er ungeduldig wurde. „Nach Hectors Informationen lebt sie auf einer entlegenen Insel in der Karibik. Ich weiß nicht, wie er das herausgefunden hat, und will es auch gar nicht wissen. Ich soll mich mit ihr treffen und sie für eine Zusammenarbeit gewinnen."

„Du?", fragte Susan sehr überrascht. „Aber warum? Das gehört nicht zu deinen Aufgaben."

„Nein", gab er zu. Er war unsicher, wie viel er ihr verraten sollte. „Aber meine Mutter war ein großer Fan von ihr."

„Nur deine Mutter?"

„Was willst du …", begann er, als ihm klar wurde, dass sie einen Scherz gemacht hatte. Erst die Heftigkeit seiner Reaktion rief bei ihr den Anflug wirklicher Besorgnis hervor. „Sie gehört eher zur Generation meiner Mutter als zu meiner", erklärte er mehr trotzig als überzeugt. „Was du wieder denkst."

Susan verzieh ihm sofort. „Nun, Männer haben schon Geringere als sie angebetet", beschwichtigte sie. „Aber welche Bedeutung es haben soll, dass deine Mutter ein Fan war, kann ich trotzdem nicht erkennen."

„Sie waren … Freundinnen", gab Quinn widerstrebend zu. „Oder gute Bekannte, wie auch immer. Julia Harvey hat einige Wochenenden auf Courtlands zugebracht."

„Tatsächlich?" Susan war ehrlich erstaunt. „Davon hast du mir nie etwas erzählt."

„Warum hätte ich?" Schon wieder befand er sich ungewollt in der Defensive. „Es war lange, bevor wir uns kennenlernten. Und seitdem hat niemand mehr etwas von ihr gehört."

„Deine Mutter auch nicht?"

Während sie an ihrem Wein nippte, sah sie ihn weiter aufmerksam an. Jetzt bereute Quinn, dass er die Mappe mit ins Restaurant genommen hatte. Aber er war einfach zu neugierig gewesen. „Nein", sagte er, nahm die Mappe und klemmte sie unter den Arm. „So eng waren sie nicht befreundet. Ich glaube, Julia ging nach Hollywood, um einen Film mit Intercontinental zu machen …"

„Die Intercontinental Studios?", unterbrach ihn Susan.

Er nickte. „Dann gab es Streit, und sie verschwand einfach."

„Wie aufregend!" Susan sah ihn mit strahlenden Augen an. „Und … weißt du, was passiert ist?"

„Nein." Es gelang Quinn, einigermaßen uninteressiert zu klingen. „Ich glaube, meine Mutter schrieb ihr mehrere Briefe, hat aber nie eine Antwort bekommen. Wir wissen nicht einmal, ob sie die Briefe überhaupt erhalten hat."

Susan stellte das Glas ab. „Wie geheimnisvoll."

„Ja, das stimmt", gab er zu. Dann fragte er, entschlossen, das Thema zu wechseln: „Was möchtest du essen?"

„Ein Sandwich reicht mir." Susan hatte sich genug aufgewärmt und zog die Handschuhe aus. „Und wo, sagtest du, lebt sie jetzt?"

„Irgendwo bei den Kaiman-Inseln", antwortete Quinn ungeduldig. Warum konnten sie das Thema Julia Harvey nicht endlich beenden? „Ich nehme auch ein Sandwich. Was für eins möchtest du? Ei oder Rindfleisch?"

„Rindfleisch, bitte", sagte sie. Quinn hoffte, dass sie ihm seine Ungeduld nicht übel nahm. Sie hatte sich sonst nie besonders für seine Arbeit interessiert. Im Gegenteil, sie wunderte sich immer wieder, warum er so hart arbeitete, obwohl er es nicht nötig hatte. Susan dagegen suchte das Vergnügen, wann und wo immer sie konnte. Das war der einzige wunde Punkt in ihrer Beziehung.

„So", sagte er, nachdem er die Bestellung aufgegeben hatte. „Lass uns einen Tisch suchen." Er nahm die Mappe und die Gläser. „Da drüben ist einer." Sie setzten sich einander gegenüber. „Und was hast du heute Morgen gemacht?", fragte er und ignorierte ihren beleidigten Gesichtsausdruck. Er konnte es sich eigentlich denken. Wahrscheinlich hatte sie sich nach einem gemütlichen Bummel durch die Kaufhäuser mit einer Freundin zum Kaffeetrinken getroffen.

Susan zuckte die Schultern. „Nichts Besonderes."

„Shopping?"

„Ich mache auch noch andere Sachen", gab sie gekränkt zurück.

Quinn musste lächeln. „Natürlich", erwiderte er sanft. „Ich habe vergessen, heute ist Dienstag. Da gehst du ja immer in den Fitness-Club. Kein Wunder, dass du so rosige Wangen hast."

„Wenn ich gerötete Wangen habe, dann nur, weil ich sauer bin", sagte sie knapp. „Ständig beschwerst du dich, dass ich mich nicht für deine Arbeit interessiere. Und jetzt, wo ich mal nachfrage, tust du so, als ginge es um Staatsgeheimnisse."

„Susi …"

„Wer interessiert sich schon für Julia Harvey?"

„Hector glaubt, alle."

„Nun, ich jedenfalls nicht." Sie rümpfte die Nase. „Für mich ist sie eine alte Filmschauspielerin, weiter nichts."

„Sie war schon recht einzigartig", widersprach Quinn.

Susan quittierte seine Worte mit einem giftigen Blick. „So? Ich dachte, du wärst damals zu jung gewesen."

Er seufzte. „Sei nicht so garstig, Susi. Das steht dir nicht."

„Nun …" Sie schüttelte den Kopf. „Ich kann nichts Besonderes darin sehen, in Filmen mitzuspielen. Angeblich drehen sie höchstens eine Minute am Stück. Du musst nicht einmal deinen Text auswendig können. Dad sagt, sie werden für nichts weiter als klebrige Marmelade mit so viel Geld bezahlt."

Er muss es ja wissen, dachte Quinn. Es kam nicht oft vor, dass er mit den Ansichten von Maxwell Aitken, einem der einflussreichsten Geschäftsleute im Land, übereinstimmte. Aitken stand an der Spitze von „Corporate Foods", einer erfolgreichen Supermarktkette. Wenn sich jemand mit Marmelade auskannte, dann er. Ein Filmexperte war er deswegen noch lange nicht.

Aber Quinn hatte keine Lust, die Diskussion fortzusetzen. „Wirklich?", fragte er gespielt erstaunt. „Wahrscheinlich hat er recht. Und es tut mir leid, wenn ich grob zu dir war."

Susan war sofort wieder besänftigt. „Nein, du warst nicht grob." Sie strich ihm über die Hand. „Du wirkst nur etwas gereizt. Ist es, weil du keine Lust hast, diese Frau zu treffen? Setzt Pickard dich unter Druck, weil er von der Verbindung zwischen ihr und deiner Mutter weiß?"

„So ungefähr", bestätigte er und lächelte versöhnlich. „Können wir jetzt über etwas anderes reden? Ich habe nur eine halbe Stunde Zeit. Wir nehmen heute den letzten Teil von der Gefängnisdokumentation auf."

„Ihr dreht im Gefängnis?", fragte sie und schauderte leicht.

„Nein, im Studio. Patrick George kommt, um mit Vertretern der Organisation zu diskutieren, die sich um die Rechte der Gefangenen kümmert. Es wird bestimmt interessant. Er vertritt ziemlich radikale Positionen, soweit ich weiß."

Susan sah ihn ungläubig an. „Ich verstehe nicht, wie du bei so etwas mitmachen kannst. Als du letzte Woche das Gefängnis besucht hast, habe ich Angst um dich gehabt. Deine Eltern sähen es bestimmt lieber, wenn du dich mit den Ländereien beschäftigen würdest. Irgendjemand muss sich doch um Courtlands kümmern, wenn dein Vater eines Tages in den Ruhestand geht."

Quinn lehnte sich zurück. „Ob du's glaubst oder nicht, aber diese Frage bereitet mir keine schlaflosen Nächte." In dem gedämpften Licht wirkten seine Augen eher schwarz als grau, mit einem leicht spöttischen Funkeln darin. „Wenn du die zukünftige Gutsherrin werden möchtest, solltest du dich besser an Matthew halten. Du könntest bitter enttäuscht werden, wenn du glaubst, dass ich mich jemals ändere."

Sie presste die Lippen zusammen. „Aber du bist der älteste Sohn! Von dir wird es erwartet."

„Gesegnet sind die, die da sind ohne Erwartungen, denn sie werden nicht enttäuscht werden", bemerkte er trocken.

Susan seufzte. „Wer hat das gesagt?"

„Ich glaube, ich war das gerade."

Sie warf ihm einen vorwurfsvollen Blick zu. „Du weißt genau, was ich meine."

„Oh, Pope, glaube ich. Ja, Alexander Pope, 1688 bis 1744. Dichter und Gelehrter."

Susan schien sich eine bissige Entgegnung zurechtzulegen. In diesem Moment wurden die Sandwiches serviert und verhinderten eine undamenhafte Entgleisung. „Du bist so klug", sagte sie stattdessen. „Ich verstehe wirklich nicht, was du an einem Wirrkopf wie mir überhaupt findest."

„Ist das dein Ernst?" Er warf ihr einen frivolen Blick zu.

Sie biss in ihr Sandwich und kicherte. „Oh, Quinn, hör auf, mich so anzusehen. Du sollst dein Sandwich verspeisen, nicht mich."

2. KAPITEL

*H*arold sprang vor Schreck hoch, als Elizabeth plötzlich aufschrie. Wahre Heldinnen tun so etwas nicht, dachte er. Dabei hatte das Auftauchen des Drachen ihn mindestens ebenso überrascht. Jetzt beruhigte er sich allmählich wieder. Der Drache war anscheinend freundlich. Mögen musste er ihn deswegen noch lange nicht. Er war so groß, weiß und voller Schuppen. Aber wie sollte Harold Elizabeth überzeugen, dass sie keine Angst zu haben brauchte, wenn er selbst bis in die Pfoten zitterte? Trotz allem war sie nur ein Mädchen ...

So weit also zur weiblichen Emanzipation, dachte Julia, legte die Hände in den Nacken und bog den schmerzenden Rücken. Aber Harold, rechtfertigte sie sich, war schließlich der Held der Geschichte. Die Leser, die sie vor Augen hatte, würden sich an dem bisschen Chauvinismus kaum stören.

Mit dem neuen Buch stieß sie in Neuland vor und war noch nicht sicher, ob sie sich in der richtigen Richtung bewegte. Und seit der mürrische kleine Mann vor ihrer Tür gestanden hatte, konnte sie sich auf gar nichts mehr richtig konzentrieren. Dabei war es auch so schon schwer genug, sich in eine Geschichte mit einem männlichen Helden hineinzudenken.

Immerhin, Jake gefiel sie bisher. Der Gedanke beruhigte Julia und half ihr, die Erinnerung an den mysteriösen Zwischenfall beiseitezuschieben. Wegen Jake probierte sie überhaupt nur etwas Neues. Ihrem Agenten wäre es bestimmt lieber, wenn sie ein Penny-Parrish-Buch nach dem anderen schrieb, bis ihre jugendlichen Leserinnen davon genug hatten. Julia dagegen fand, zwanzig waren mehr als genug, um sich an etwas anderem zu probieren.

Die Hitze trug auch nicht dazu bei, die Arbeit zu erleichtern. Das Thermometer zeigte fast dreißig Grad. Obwohl Julia seit kaum mehr als einer Stunde am Computer saß, klebten die Shorts schon an ihren Beinen.

Sie las die letzten Zeilen noch einmal. Vielleicht hätte sie lieber über einen Feuer speienden Drachen schreiben sollen? Nein, ein Schneedrachen war einfach origineller. Außerdem entwickelte sich Xanadu zu einem ausgesprochen sympathischen Charakter – selbst wenn er Elizabeth zum Schreien brachte. Sie lächelte.

Ein Blick auf die Uhr verriet Julia, dass es schon elf war. Zeit für eine Tasse Kaffee. Sollte Harold ruhig noch eine halbe Stunde über seine nächsten Schritte nachdenken. Altenglische Schäferhunde waren ohnehin nicht für ihre Entschlussfreudigkeit bekannt.

Immer noch ein wenig steif, ging Julia durch das Wohnzimmer in die geräumige Küche, die sie sich im heimeligen Farmhausstil eingerichtet hatte. Auf moderne Ausstattung hatte sie deswegen nicht verzichtet. Alle nötigen Geräte waren vorhanden.

Was das Kochen betraf, war sie mittlerweile zu einer regelrechten Expertin geworden. Etwas später hatte sie auch ihr Backtalent entdeckt. Es bereitete ihr großes Vergnügen, mit ihren größtenteils selbst angebauten Zutaten zu experimentieren.

In der ersten Zeit, bevor sie entdeckt hatte, dass sie mit dem Schreiben von Kinderbüchern Geld verdienen konnte, hatte sie viel Zeit totschlagen müssen. Die Sorge um einen kleinen Jungen konnte nicht all ihre Energien absorbieren, die sie als viel beschäftigte Schauspielerin zu entwickeln gelernt hatte. Der Wechsel von der Öffentlichkeit ins zurückgezogene Privatleben war ihr schwerergefallen als erwartet. Dennoch hatte sie den Schritt nie bedauert.

Schon lange vor ihrem Entschluss, alles aufzugeben, hatte Julia die wachsende Unzufriedenheit mit ihrem Leben gespürt. Trotz des Erfolges und der vielen Freunde war es doch letztlich alles oberflächlich geblieben.

Der Tod ihrer Mutter war ein wichtiger Wendepunkt. Denn sie hatte Julia ermuntert, auf die Schauspielschule zu gehen, während sie noch daran dachte, an der Universität zu studieren und später zu heiraten. Ruhm und Reichtum hatten Julia nicht besonders interessiert.

Das hatte sie allerdings nicht daran gehindert, das Leben als Filmstar anfangs in vollen Zügen zu genießen. Die Interviews, die Partys, die berühmten Leute – der jungen, unschuldigen Julia Harvey erschien das alles wie ein Wunder. Sie war der Liebling der Fotografen und schien nichts verkehrt machen zu können.

Dann kam der Ruf nach Hollywood. Gerüchte über ihr Privatleben machten die Runde. Sooft Julia die Geschichten auch dementierte, sie wurden trotzdem gedruckt. Die gleichen Reporter, die ihr vorher zu Füßen gelegen hatten, schienen sich jetzt an ihrem Erfolg zu stören. Ohne dass sie es wollte, wurde ihr Ruf von Film zu Film anrüchiger.

Sie lernte jedoch schnell, damit umzugehen. Angriffe wehrte sie bald mit der gleichen Lässigkeit ab, mit der sie Komplimente akzeptierte.

Das Gerücht, sie habe mit all ihren männlichen Partnern Affären gehabt, entpuppte sich im Übrigen als ausgesprochen gute Publicity. Die Studios gaben sich daher keine Mühe, es zu bestreiten.

Als ihre Mutter starb, nahm ihr das viel von ihrer Motivation. Ohne deren unmittelbaren Einfluss konnte Julia ihr Leben mit größerem Abstand betrachten und musste keine Rollen mehr annehmen, bloß weil ihre Mutter es von ihr erwartete. Sie musste ihr nichts mehr beweisen und konnte frei entscheiden.

Natürlich war das nicht der einzige Grund gewesen, die Schauspielerei aufzugeben. Ohne die anderen Einflüsse hätte sie womöglich nie die Kraft dazu gefunden. Sie hatte sich an das Leben eines Stars gewöhnt. Reichtum, Bewunderung, Macht konnten süchtig machen. Und wie alle anderen hatte auch Julia ihren Vorteil daraus zu ziehen gewusst.

Nachdem sie Kaffee aufgesetzt hatte, ging Julia durch die offene Tür auf die von Weinreben überwachsene Veranda. Sie schaute aufs Meer hinaus, nahm die wunderbare Aussicht, wegen der sie die Villa ursprünglich gekauft hatte, jedoch nicht wirklich wahr. Ihr war bewusst, dass ihre Beschäftigung mit der Vergangenheit durch diesen Reporter ausgelöst worden war. Sie befürchtete, ihn nicht zum letzten Mal gesehen zu haben. Die Tatsache, dass er sie nicht erkannt hatte, beruhigte sie nur wenig.

Sie seufzte und lenkte den Blick auf die Brandung, die in einigen hundert Metern Entfernung die Felsen überspülte. Es ist wunderschön, dachte sie – wie schon so oft, seit sie und Jake hierher gezogen waren. Die Gegend war friedlich und unverdorben.

Sie stützte die Hände aufs Geländer und bemerkte, dass die Farbe schon wieder abblätterte. Sie hatte es erst vor wenigen Monaten gestrichen. Die Sonne war in dieser Gegend unerbittlich.

Doch das war nichts gegen die Gefahren, die ihrem Zuhause jetzt drohten. Wieder musste Julia an den Mann denken, der sie aus ihrer Ruhe aufgeschreckt hatte. Wie hatte er sie gefunden? Von Benny konnte er ihre Adresse nicht erfahren haben. Der hatte sein Versprechen gehalten und sie niemandem verraten.

Anfangs hatte sie ständig in Angst gelebt, hatte jeden Tag damit gerechnet, erkannt zu werden. Sie hatte nicht geglaubt, ihrem früheren Leben so ohne Weiteres entkommen zu können. Irgendwann musste sie sich verraten, irgendjemand würde sie finden.

Aber die Jahre vergingen ohne Zwischenfälle. Benny war inzwischen tot. Bis vor Kurzem war sie überzeugt gewesen, dass die Welt sie längst vergessen hatte. Julia Harvey gab es nicht mehr, nur noch Julia Stewart, die Kinderbuchautorin und Hobbykünstlerin.

Eine innere Stimme sagte ihr, dass die ungestörte friedliche Zeit vorbei war. Vielleicht war es ihr gelungen, diesen Mann – Neville Sowieso – davon zu überzeugen, dass sie keine Julia Harvey kannte. Aber er war nur ein harmloser Bürohengst. Aus London komme er, hatte er gesagt. Sie würden jemand anderen schicken, der älter sei und sich besser erinnere.

Sie hatte sich inzwischen allerdings ganz schön verändert. Früher hatte sie, ohne lange zu überlegen, tausend Dollar für eine Schönheitsbehandlung hingeblättert. Heute war ihr Haar unfrisiert und von der Sonne gebleicht. Die zarte Haut, die Millionen Kinobesucher verrückt gemacht hatte, hatte einen dunkleren Ton angenommen. Julia war immer noch schlank, aber seit Jakes Geburt waren ihre Hüften breiter und ihre Brüste voller geworden.

Sie sah genau so aus, wie es ihrem jetzigen Leben entsprach, eine siebenunddreißig Jahre alte, allein erziehende Mutter ohne den geringsten Anflug von Glamour. Was auch immer dieser Reporter erwartet haben mochte, sie hatte ihn enttäuscht. Es hatte keine Mühe bereitet, ihn glauben zu lassen, dass sie unmöglich diejenige sein konnte, nach der er suchte.

Julia strich sich das Haar aus dem Nacken und schüttelte den Kopf, um sich etwas Kühlung zu verschaffen. Vielleicht sollte ich doch eine Klimaanlage einbauen lassen, überlegte sie. Obwohl sie es genoss, alle Fenster und Türen offen zu haben. Wenn allerdings die Medien wieder über sie herfielen, wäre sie womöglich gezwungen, sich zu verbarrikadieren.

Sofern sie sich nicht entschied, vorher von hier zu verschwinden.

Die Kaffeemaschine schaltete sich geräuschvoll aus und lenkte Julia von ihren finsteren Gedanken ab. Im Hausinneren fühlte sich der Terrakotta-Fußboden fast kalt an. Die Luft war vom Duft der Zierpflanzen und Kräuter erfüllt, die die Fenster schmückten.

Der Anblick der Kräuter erinnerte sie daran, dass sie noch diese Woche nach George Town fahren musste. Zwar gab es auch auf San Jacinto in der Nähe des Hafens einen bunten Markt, aber vieles war nur auf Grand Cayman zu bekommen, wohin man mit der Fähre drei Stunden brauchte. Das kleine Segelboot, mit dem Julia und Jake sich an den Wochenenden vergnügten, war für so eine Einkaufsfahrt nicht geeignet. In der Regel besuchte Julia gemeinsam mit ihrer Haushaltshilfe Maria alle paar Wochen die Hauptstadt der Kaiman-Inseln. Es war immer ein kleines Fest, durch die Läden zu schlendern und in einem der vielen Restaurants zu Mittag zu essen.

In George Town war auch Jakes Schule. Die Woche über lebte er dort bei der Familie des Schulleiters und kam nur an den Wochenenden nach Hause.

Es hatte ihm zuerst nicht gefallen. Julia hatte ihn früher selbst unterrichtet, und er hatte nicht verstanden, warum sie nicht einfach so weitermachen konnten. Aber Julia wollte, dass er mehr Kontakt mit Gleichaltrigen hatte. Das zurückgezogene Leben auf San Jacinto konnte ihm auf Dauer nicht gut bekommen.

Sie nahm den Becher mit dem Kaffee und ging zurück an den Computer. Noch vor wenigen Wochen hatte sie voller Begeisterung an der neuen Geschichte geschrieben. Jetzt fiel es ihr schwer, sich auf die Arbeit zu konzentrieren. Nervosität, Unruhe, Angst – egal, wie sie es nannte, sie war unausgeglichen. Dunkle Vorahnungen belasteten ihr Gemüt, von denen sie sich nicht frei machen konnte.

Am Ende der folgenden Woche fühlte sich Julia schon viel besser. Sie hatte wieder einige Nächte durchgeschlafen und war zu dem Schluss gekommen, dass sie sich zu viele Sorgen gemacht hatte. Ein Mann war gekommen und hatte Fragen gestellt – na und? Sie hatte ihm die passenden Antworten gegeben. Er hatte keinen Grund wiederzukommen.

Heute schaltete sie den Computer schon am späten Nachmittag aus. Normalerweise arbeitete sie bis zum Abendessen, doch heute war Freitag, und sie musste Jake von der Fähre abholen. Die Freitage waren immer etwas Besonderes. Ihr Sohn kam nach Hause, und sie konnte sich auf ein gemeinsames Wochenende mit ihm freuen. Wenn er in ihrer Nähe war, arbeitete sie so gut wie nie.

Die Dämmerung hatte bereits eingesetzt, als sie das Haus verließ. Aber sie hätte den Weg in die kleine Stadt auch mit verbundenen Augen gefunden, so oft, wie sie ihn schon gefahren war. Dennoch genoss sie die Strecke immer wieder.

Julias Villa lag am südwestlichen Ende der Insel, etwa fünf Meilen von der Stadt entfernt. Die Straße führte zunächst ins Landesinnere, vorbei an Palmen und blühenden Sträuchern, fand aber bald wieder zur Küste zurück. Dort reflektierten die Felsen und Klippen das Licht der untergehenden Sonne in fantastischen Farben. Der schmale Weg war stellenweise von Unkraut überwuchert. Wasser war reichlich vorhanden auf San Jacinto, und die Vegetation gedieh prächtig auf dem fruchtbaren Boden. Vor allem an den wild wachsenden Orchideen konnte sich Julia nie satt sehen.

Während der Fahrt begegnete sie keinem anderen Fahrzeug, obwohl sie an mehreren Häusern vorbeikam. Der Inselarzt, Henry Lefevre, und seine Frau Elena waren ihre nächsten Nachbarn. Kurz darauf kam sie an der Jacob-Plantage vorbei. Bernard Jacob pflanzte Zuckerrohr und Süßkartoffeln an. Daraus fertigte er einen hochprozentigen Schnaps, den er in die Vereinigten Staaten exportierte.

West Bay, das kleine Dorf, in dem Maria lebte, lag ebenfalls auf dem Weg. Wenn Jake zu Hause war, verbrachte er hier viel Zeit und spielte mit den beiden Söhnen und drei Töchtern von Maria. Julia war froh, dass er diese Spielgefährten hatte. Das erleichterte sein Leben als Einzelkind etwas.

Er hatte nie verstehen können, warum sie kein zweites Kind bekommen hatte. Er hätte gern einen Bruder oder eine Schwester gehabt, Julia wusste das. Aber sie hatte nicht vor, den gleichen Fehler ein zweites Mal zu begehen.

In der Stadt herrschte geschäftiges Treiben. Die Ankunft der Fähre, die nur drei Mal in der Woche fuhr, sorgte immer für Aufregung bei den Inselbewohnern. Es kamen nur wenige Besucher nach San Jacinto, die von den Insulanern dafür umso herzlicher empfangen wurden.

Julia dagegen ging den Neuankömmlingen möglichst aus dem Weg. Glücklicherweise waren die Touristen gezwungen, in einem der beiden Gasthäuser nahe beim Hafen zu wohnen. Zwar konnten sie Autos mieten, aber Julias Grundstück war so abgelegen, dass sich so gut wie nie jemand zu ihr verirrte.

Am Eingang der Bucht war die Fähre bereits zu sehen. Julia parkte den offenen Wagen neben der Kaimauer und genoss einige Minuten lang die Aussicht. Hinter den Klippen sank die Sonne langsam tiefer und zauberte ein sich ständig veränderndes Farbenspiel auf den Himmel. Nacheinander waren alle Variationen von Rot zu sehen, rosa Wölkchen kündigten die bevorstehende Nacht an. Eine sanfte Brise wehte die Hitze des Tages davon.

„Erwarten Sie jemanden, Mrs Stewart?"

Ezekiel Hope, der Betreiber eines der beiden Hotels, lehnte sich gegen die Motorhaube. Julia stieg aus und gesellte sich zu ihm. Damals, als die Villa noch nicht fertig war, hatte sie selbst im „Old Rum House" gewohnt. Die zweite Hälfte ihrer Schwangerschaft hatte sie dort auf der Veranda verbracht und sich in einem der Korbstühle gesonnt.

„Nur meinen Sohn", sagte sie und legte sich einen Pullover über die Schultern. Die Fähre näherte sich jetzt dem Anleger. „Erwarten Sie Besucher? Es müsste doch jetzt die Zeit sein."

„Nur einen", antwortete Ezekiel. Unter dem dünnen Stoff des T-Shirts zeichnete sich sein kräftiger Bizeps ab. Zeke, wie er von allen genannt wurde, war stolz auf seinen muskulösen Oberkörper. Obwohl er schon weit über sechzig war, kam er selbst mit unangenehmen Gästen immer noch gut allein zurecht.

Julia ließ sich von seiner Antwort nicht aus der Ruhe bringen. Sie unterdrückte auch den Impuls, sich näher nach dem Besucher zu erkundigen. Soweit sie wusste, hatte der Mann – Neville? Richtig, Neville Hager war sein Name gewesen – auch im „Old Rum House" gewohnt.

„Hatten Sie vor einigen Wochen nicht selbst Besuch, Mrs Stewart?" Zekes Bemerkung ließ sie aufhorchen. „Er suchte nach einer Miss Harvey, wenn ich mich richtig erinnere." Er zuckte die Schultern. „Ich sagte ihm, es gebe auf der ganzen Insel keine Miss Harvey. Aber er glaubte, dass Sie ihm vielleicht weiterhelfen könnten."

„Konnte ich aber nicht", antwortete Julia kurz angebunden.

Zeke sah sie schuldbewusst an. „Ich weiß. Und ich hoffe, Sie nehmen es mir nicht übel, dass ich ihm von Ihnen erzählt habe. Sie sind die einzige Engländerin auf San Jacinto. Von irgendjemandem hätte er es so oder so erfahren. Es ist schließlich kein Geheimnis, oder? Ich meine, da Sie doch schon so lange hier leben."

„Schon so lange", wiederholte sie und schaute nervös zur Fähre. Ob Jake sie hier finden würde? Bis die übrigen Passagiere ausgestiegen waren, wollte sie sich lieber im Hintergrund halten.

Zu Julias Erleichterung ließ Zeke sie allein, als die Gangway ausgefahren wurde und die ersten Reisenden das Schiff verließen. Viele von ihnen waren Inselbewohner, die von einem Tagesausflug nach Grand Cayman zurückkehrten. An den Tagen, an denen die Fähre fuhr, konnte man gegen Mittag in George Town ankommen, in Ruhe einkaufen und am späten Nachmittag wieder nach Hause fahren. Einige Frauen aus dem Ort, die mit Plastiktüten beladen von Bord gingen, hatten die Gelegenheit offensichtlich genutzt.

Julia entdeckte Jake sofort. Wie alle anderen Kinder hatte er dunkles Haar, das sich aber nicht zu Locken kräuselte. Zurzeit trug er es oben länger als an den Seiten, sodass seine Ohren reizend hervorstanden. Vor allem aber hob ihn die Schuluniform mit dem weißen Hemd und den braunen Shorts aus der Menge heraus. Die Krawatte hatte er sich lose um den Hals gelegt, der Kragen war offen, und die Jacke trug er lässig über der Schulter.

Sie wollte ihm gerade entgegengehen, als ihr der Mann auffiel, der hinter Jake die Gangway herunterkam. Unter den vielen sonnengebräunten Menschen stach seine relativ helle Gesichtshaut hervor. Das musste der Gast sein, von dem Zeke gesprochen hatte. Immerhin, es war nicht Neville Hager. Seine Zeitung hatte sich offenbar entschlossen, jemand anderen zu schicken.

Reiß dich zusammen, Julia! dachte sie. Wahrscheinlich ist er ein gewöhnlicher Tourist, der zum Tauchen hergekommen ist.

Sie unterdrückte den Impuls, stehen zu bleiben, und ging weiter in Richtung Anleger. Jake kam ihr winkend entgegen. Seine Umhängetasche schlug ihm gegen die Beine, als er das Tempo beschleunigte. Julia bemerkte, dass er dringend eine neue brauchte. Er stopfte alles Mögliche hinein, Schulbücher, Computerspiele, nicht zu vergessen die schmutzige Wäsche, die Julia wie üblich zusammengeknüllt ganz unten finden würde.

„Hallo, Mama", sagte er und umarmte sie zur Begrüßung. Dann gab er ihr die Tasche und ging weiter zum Auto. Mehr Aufmerksamkeit konnte sie von ihm nicht erwarten, bevor sie nicht zu Hause waren und gegessen hatten.

„Julia?"

Julias ganze Aufmerksamkeit war auf ihren Sohn gerichtet, als sie die leise, ungläubige Stimme hinter sich hörte. Für einen Moment hatte sie tatsächlich den Mann vergessen, der hinter Jake das Schiff verlassen hatte.

Die Stimme klang nicht vertraut. Sie hätte nicht darauf reagieren müssen. Dennoch drehte sie sich beinahe instinktiv um. Er hatte sie in einem schwachen Moment erwischt.

„Das gibt's nicht! Du bist es wirklich!", sagte der Mann, als ob er es immer noch nicht ganz glaubte.

Der Boden unter Julias Füßen schien zu schwanken. „Hallo, Quinn", entgegnete sie erstaunlich gelassen, während für sie eine Welt zusammenbrach. „Du siehst gut aus. Machst du Ferien auf San Jacinto?"

3. KAPITEL

Quinn saß auf der Veranda des „Old Rum House" und trank den stärksten Schnaps seines Lebens. Genau das brauchte er jetzt. Es war unglaublich! Kaum dass er von Bord ging, lief er Julia Harvey in die Arme.

Die Düfte exotischer Gewürze und Kräuter drangen in seine Nase. Zusammen mit den Geräuschen im Inneren des Hotels kündeten sie von den Vorbereitungen fürs Abendessen. Mr Hope – Zeke – hatte ihn gefragt, ob frische Papaya und Muscheln in Ordnung seien. Quinn konnte sich kaum erinnern, was er geantwortet hatte. Seine Gedanken kreisten immer noch um die Frau, der er auf dem Kai begegnet war und die so fremd und vertraut zugleich gewirkt hatte. Er hoffte, dass er nicht ganz so verblüfft ausgesehen hatte, wie er es gewesen war.

Wenigstens gab es keine Gäste, die ihm eine Unterhaltung aufzwingen wollten. Außer ihm wohnte nur noch ein junges Paar hier im Hotel. Sie waren vor wenigen Tagen angekommen und verbrachten hier offenbar ihre Flitterwochen. Im Moment saßen sie auf einer Couch am anderen Ende der Veranda und unterhielten sich mit gedämpften Stimmen, immer wieder unterbrochen durch ein Schweigen, das für sich sprach. Quinn kam sich auf einmal unglaublich alt vor.

Er trank einen weiteren Schluck und ermahnte sich insgeheim, dass er hier nicht auf Kontaktsuche war. Hectors Informationen hatten sich als richtig erwiesen. Damit musste er erst einmal fertig werden, und das fiel ihm alles andere als leicht.

Zuerst hatte er an Hectors Geschichte einige Zweifel gehabt und die ganze Aktion eher als eine Art Schnitzeljagd betrachtet. Aber er war auch neugierig gewesen. Und gegen eine Reise in die Karibik im Februar war nichts einzuwenden. Lediglich Susan hatte die Sache nicht besonders gefallen.

Und jetzt? Er war sich über seine Gefühle im Unklaren. Nachdem er Julia getroffen hatte, wusste er nicht, ob er überhaupt weitermachen wollte. Sie hatte ihm mit vollendeter Höflichkeit deutlich genug zu verstehen gegeben, dass er der letzte Mensch war, dem sie begegnen wollte.

Er musste sie angesehen haben wie einen Dinosaurier, obwohl sie mit den Urwelttieren nicht die geringste Ähnlichkeit hatte. Im Gegenteil, sie sah atemberaubend schön aus. Quinn konnte immer noch nicht fassen, wie jung und unverstellt sie wirkte.

Wie alt war sie jetzt? Sie musste mindestens fünfunddreißig sein, aber sie wirkte wie Mitte zwanzig. Das Haar trug sie jetzt länger, mit gold- und honigfarbenen Schattierungen, die wohl die Karibiksonne hineingezaubert hatte. Sie hatte auch etwas zugenommen, sodass ihre Figur harmonischer wirkte. Auch die dunklere Hautfarbe stand ihr besser als das Magnolienweiß, auf das die Studios früher so großen Wert gelegt hatten.

Quinn trank einen Schluck und schüttelte den Kopf, als könne er damit das Durcheinander in seinem Gehirn beseitigen. Julia Harvey. Und ihr Sohn. War das womöglich der Grund für ihr Verschwinden? Eine Heirat, nichts weiter? Aber warum hatte sie so ein Geheimnis daraus gemacht? Sie wäre nicht die erste Frau gewesen, die aus Liebe eine erfolgreiche Karriere aufgab.

Aus Liebe …

Quinn nahm das leere Glas und schlenderte ins Hotelfoyer. An der Rezeption war niemand, aber von rechts hörte er das Klirren von Gläsern und Calypso-Musik. Er wandte sich in die Richtung und befand sich kurz darauf in der Hotelbar.

Hier verkehrten offenbar vor allem Einheimische. Zwei hatten bereits an der Bar Platz genommen, wo Zeke sie bediente. Er schaute zu Quinn, als dieser hereinkam. Dann sah er das leere Glas und lächelte verstehend.

„Möchten Sie noch mehr davon, Mr Marriott?", fragte er und deutete auf das Glas.

Die Versuchung war groß, doch Quinn schüttelte den Kopf. Er vermutete, dass es für die Insulaner ein besonderes Vergnügen war, unerfahrene Gäste betrunken zu machen. Er entschied sich für ein mexikanisches Bier.

„Das Abendessen wird gleich fertig sein." Zeke wischte mit einem Lappen über die Theke. „Sind Sie hungrig, Mr Marriott?"

Anstatt zu antworten, setzte Quinn einen leidenden Gesichtsausdruck auf. In erster Linie war er müde. Zu Hause war es jetzt schon weit nach Mitternacht. Zwar hatte er im Flugzeug versucht, etwas zu schlafen. Dennoch fühlte er sich erschöpft. Er hatte sich die Reise anders vorgestellt. Gleich zu Beginn war ihm die Initiative aus der Hand genommen worden. Das nagte an seinem Selbstbewusstsein.

Warum hatte er die Gelegenheit nicht beim Schopf ergriffen? Warum hatte er nicht gleich an Ort und Stelle zugegeben, dass er ihretwegen gekommen war? Sie vermutete es wahrscheinlich ohnehin. Stattdessen hatte er etwas von einer Erholungsreise gefaselt.

Er hatte sich auf eine komplizierte Suche eingestellt. Als er dann gleich bei der Ankunft praktisch über sie stolperte, nahm ihm das allen Wind aus den Segeln. Es erinnerte ihn an das erste Mal, als er sie gesehen hatte. Damals hatte sie ihn ähnlich verblüfft …

Quinn seufzte im Stillen. Er hatte sich wie ein Idiot benommen. Ihr Anblick hatte ihn so durcheinandergebracht, dass er sich für einen Moment klein und unerfahren wie früher gefühlt hatte. Bevor er sich eine angemessene Reaktion hatte überlegen können, war sie schon weg gewesen.

„Haben Sie vor zu tauchen, Mr Marriott?"

Zekes Stimme weckte ihn aus seinen trüben Gedanken. „Ich … ja, vielleicht", antwortete er zögernd. Hager hatte aus seinen Nachforschungen kein Geheimnis gemacht, das wusste Quinn. Er hielt jedoch eine vorsichtigere Vorgehensweise für angemessen. Julia hatte sicherlich gute Gründe, anonym auf San Jacinto zu leben. Bevor er keine Gelegenheit gehabt hatte, in Ruhe mit ihr zu reden, war es vernünftiger, kein Wort über sein Vorhaben zu verlieren.

Er rief sich noch einmal ins Gedächtnis, was sein Kollege ihm erzählt hatte: Er habe keine Julia Harvey auf der Insel gefunden, sondern nur eine Engländerin, die möglicherweise mit ihr verwechselt worden sei. Dummerweise hatte Hager ihren Namen nicht genannt.

Auf einmal kam Quinn ein Gedanke, der ihm einen Schauer durch den Körper jagte: Hatte Neville sich womöglich mit Julia getroffen, ohne sie zu erkennen? Falls er sich nur an den alten Fotografien orientiert hatte, war das durchaus denkbar. Quinn wollte nicht in der Haut seines Kollegen stecken, wenn Hector das herausfand.

„South Point", nahm Zeke den Gesprächsfaden wieder auf. „Dort finden Sie die besten Tauchgründe. Bei Harry, ich meine ‚Harry's Hire n Dive', bekommen Sie alles an Geräten, was Sie brauchen. Auch ein Auto. Das brauchen Sie, wenn Sie auf der Insel herumkommen wollen."

„Oh … ja, natürlich." Tatsächlich hatte sich Quinn über die Frage der Fortbewegung noch keine Gedanken gemacht.

„Dachte ich's mir." Zeke nickte zufrieden. „Noch ein Bier, Mr Marriott?"

Entgegen seinen Erwartungen schlief Quinn ausgezeichnet. Am nächsten Morgen wachte er erfrischt auf. Der leichte Druck im Kopf, den der starke Rum hinterlassen hatte, verschwand nach einer kurzen Dusche. Quinn zog schwarze Jeans und ein passendes T-Shirt an und fühlte sich bereit für die Herausforderungen des Tages. Obwohl er sich über die weiteren Schritte noch nicht im Klaren war, war seine Stimmung schon viel optimistischer.

Eines war sicher: Was für einen Eindruck auch immer Julia gestern von ihm bekommen haben mochte, er war kein unerfahrener Teenager mehr. Sie würde bald merken, dass er nicht mehr so leicht zu beeindrucken war wie noch vor zehn Jahren.

Bevor er zum Frühstück hinunterging, rief er Susan an. In London war es jetzt Mittag. Er erwischte sie zu Hause, gerade als sie nach Courtlands aufbrechen wollte.

Quinns Mutter hatte darauf bestanden, dass sie das Wochenende bei ihnen verbrachte. Sie hoffte wahrscheinlich, dass er Susan nach seiner Rückkehr abholen und sie auf diese Weise die Neuigkeiten über Julia brühwarm erfahren würde.

Isabel Marriott hatte Julias Entscheidung, aus dem Rampenlicht zu fliehen, immer verteidigt. Zwar hatte es sie enttäuscht, nicht ins Vertrauen gezogen worden zu sein. Doch sie war überzeugt, dass Julia gute Gründe dafür hatte.

„Es ist bestimmt ein Mann", hatte sie ihrem Sohn gegenüber einmal vermutet, ohne zu wissen, was das für ihn bedeutete. „Was für einen Grund könnte sie sonst haben? Ich wüsste zu gern, wer es ist."

Quinn hatte sich verpflichtet gefühlt, ihr von seiner Reise zu erzählen. Sie hatte seine Bedenken geteilt und die Ansicht vertreten, dass man Julias Wunsch, anonym zu bleiben, respektieren solle. Dieser Teil der Arbeit ihres Sohnes, der ihn in die Nähe eines Detektivs rückte, hatte ihr noch nie gefallen. Sie wünschte sich manchmal, er wäre mehr wie sein Bruder Matthew, zufrieden damit, Jagdhunde zu züchten und sich um den Grundbesitz zu kümmern.

„Schatz!" Susan nahm nach dem ersten Klingeln ab. Für einen Moment hatte er ein schlechtes Gewissen, weil er nicht schon am Abend zuvor angerufen hatte. Aber nach der Begegnung mit Julia hatte ihm nicht der Sinn danach gestanden. Außerdem, entschuldigte er sich, war es auch schon zu spät gewesen. „Bist du gut angekommen?"

Quinn bejahte. „Ich will gleich frühstücken. Es ist ein wunderschöner Morgen, jetzt schon weit über zwanzig Grad. Von meinem Zimmer habe ich einen herrlichen Blick auf die Hafenbucht."

„Du Glückspilz!" Ihre Stimme hatte einen leicht missbilligenden Unterton. „Ich wünschte, ich hätte mitkommen können."

„Ich auch", sagte er, obwohl es nicht ganz stimmte.

„Wirklich?" Jetzt klang sie schon versöhnlicher.

„Natürlich!", rief er aus. „Aber es ist nun mal eine Geschäftsreise, Susi. Ich werde kaum Freizeit haben. Hector will, dass ich schon am Mittwoch wieder zurück bin."

„Ja, du hast wohl recht. Und, hast du schon was erreicht?"

„Ich bin ja gerade erst angekommen", antwortete Quinn ausweichend. „Wann fährst du nach Courtlands?"

„In ungefähr einer halben Stunde, denke ich." Es entstand eine Gesprächspause. „Rufst du mich nachher dort an?"

„Heute vielleicht nicht mehr", wehrte er ab. „Ich weiß nicht, wann ich wieder in die Nähe eines Telefons komme." Das war nicht gelogen. „Ich versuche es morgen um diese Zeit noch einmal. Wenn du nicht da bist, hinterlasse ich auf jeden Fall eine Nachricht."

„Wo soll ich schon hingehen?", klagte Susan. „Oder glaubst du, Matthew könnte mit mir durchbrennen? Dazu müsste ich ihn erst mal von seinen geliebten Hunden weglocken. Ich hoffe nur, deine Mutter hat noch andere Gäste fürs Wochenende. Ansonsten könnte es ganz schön langweilig werden."

Beim Frühstück war Quinn allein auf der Veranda. Nach einigen Croissants und mehreren Tassen starken schwarzen Kaffees fühlte sich er ausreichend gestärkt, um mit dem Tagewerk zu beginnen. Gerade wollte er aufstehen, als Zeke vorbeikam. Für einen Augenblick dachte er daran, dass der Hotelbesitzer ihm wahrscheinlich viel Arbeit ersparen könnte. Aber er entschied sich erneut, den Zweck seiner Reise vorläufig geheim zu halten. Neville hatte gesagt, dass die Frau, mit der er gesprochen hatte, am anderen Ende der Insel lebe. Das wollte Quinn erst mal überprüfen.

„Gehen Sie schwimmen, Mr Marriott?", fragte Zeke.

Quinn nutzte die Gelegenheit, um sich nach „Harry's Hire n Dive" zu erkundigen. Ein Fortbewegungsmittel brauchte er auf jeden Fall, wie auch immer sein weiteres Vorgehen aussehen würde.

Eine halbe Stunde später fuhr Quinn die steile Straße hinauf, die aus der Stadt hinausführte. Der schlecht befestigte Weg erforderte seine ganze Aufmerksamkeit und verhinderte, dass er in trübsinnige Gedanken verfiel.

Dennoch entging ihm nicht der herrliche Blick, der sich auf die kleine Stadt bot. Von hier oben wirkten die rosa gefleckten Dächer der Häuser wie Farbtupfer zwischen dem üppigen Grün der Gärten. Es war ein

Überfluss an Licht, Farben und exotischen Düften, die Quinns Sinne anregten. Unten glitzerte das Wasser der Bucht. Von oben brannte die jetzt schon ziemlich heiße Sonne auf seine Schultern.

Selbst diese zauberhafte Szenerie konnte jedoch nicht den Unruheherd in seinem Innern abkühlen. Die Aussicht, Julia bald wiederzusehen, machte ihn nervös. Er erklärte es sich mit dem Erfolgsdruck, unter dem er stand.

Die Steigung ließ nach, und die Straße folgte eine Weile der Küstenlinie. Hier und da sah Quinn kleine Buchten, die offenbar nur mit dem Boot zu erreichen waren, mit weißen Stränden, die aussahen, als hätte sie kein Mensch jemals betreten. An felsigeren Stellen konnte er Korallenbänke erkennen. San Jacinto schien wirklich ein wahres Tauchparadies zu sein.

Die Straße führte jetzt ins Innere der Insel und unter schattigen Bäumen entlang, die ein wenig Schutz vor der Sonne gewährten. Es wurde immer heißer, und er bereute, keine Hautschutzcreme mitgenommen zu haben. Der Wechsel vom englischen Winter in dieses tropische Klima war nur schwer zu verkraften.

Als er das Dorf West Bay erreichte, hatte er eine Art Vorahnung. Auf einmal war er sicher, auf dem richtigen Weg zu sein. Eine Art sechster Sinn signalisierte ihm, dass er sich kurz vor dem Ziel befand.

Vor einem Laden spielten einige Kinder. Quinn hielt an. Wenn Julia wirklich in der Nähe wohnte, würde der Ladeninhaber es wissen. Es war zumindest einen Versuch wert.

Der Mann im Laden zeigte sich jedoch wenig hilfsbereit. Obwohl Quinn eine Flasche Sonnenöl kaufte und zwanglos übers Wetter plauderte, bekam er nur eine abweisende Antwort, als er sich nach Julia und dem Jungen erkundigte.

„Es kommen viele Touristen hierher", sagte der Mann. Dabei hatte Quinn ausdrücklich nach einer Frau gefragt, die schon lange hier lebte. „Schönen Tag noch."

Die Kinder sahen ihn neugierig an, als er aus dem Laden kam. Quinn vermutete, dass sie in der Zwischenzeit seinen Wagen begutachtet hatten.

„Hallo", rief er ihnen zu. Er war es nicht gewöhnt, mit Kindern zu reden. Aber er wollte jede mögliche Chance nutzen. „Kennt ihr vielleicht einen Jungen, der hier in der Nähe wohnt?"

Ein Mädchen, vielleicht zehn oder elf Jahre alt, ernannte sich selbst zur Sprecherin der Gruppe. „Unsere Mutter sagt, dass wir nicht mit

Fremden sprechen sollen", erklärte sie naseweis, bevor eines ihrer Geschwister ihr zuvorkommen konnte.

Quinn seufzte. „Das ist sehr vernünftig", meinte er und verbarg seinen Ärger hinter einem milden Lächeln. Er musste es halt woanders versuchen.

Eins der kleineren Kinder, ein hübscher Junge mit einem Bürstenhaarschnitt, kam zur Fahrertür. Quinn war bereits eingestiegen. „Warum wollen Sie das wissen?", fragte er, ohne sich um die Ermahnungen des Mädchens zu kümmern. „Kennen Sie ihn?"

„Nicht richtig." Er spürte, wie seine Zuversicht plötzlich zurückkehrte. „Ich bin ein alter … Freund seiner Mutter. Gestern erst habe ich sie gesehen, als sie sich mit dem Jungen bei der Fähre getroffen hat."

„Er kommt fürs Wochenende nach Hause", sagte ein kleines Mädchen, vielleicht fünf Jahre alt, worauf der Junge sie missbilligend ansah. „Doch", fügte sie trotzig hinzu, ohne sich von dem Blick einschüchtern zu lassen. „Jake kommt immer freitags nach Hause. Und Mrs Stewart holt ihn immer von der Fähre ab, das weißt du ganz genau."

„Halt dich da raus, Celestine", fuhr sie der Junge an. Quinn hielt ihn für ihren Bruder. „Emi hat uns gesagt, wir sollen nicht mit Fremden sprechen. Du solltest lernen, deine große Klappe zu halten."

„Du aber auch", entgegnete Celestine. In ihren Augen schimmerten Tränen, für die sich Quinn verantwortlich fühlte.

„Ich bin älter als du", verteidigte sich der Junge. „Und ich bin kein dummes Mädchen. Mädchen wissen nie, was richtig und falsch ist."

„Schon gut", versuchte Quinn zu schlichten. Er zog einige Dollarnoten aus der Tasche und drückte sie dem Jungen in die Hand. „Kauf ein paar Süßigkeiten", sagte er. „Für euch alle. Und vielen Dank für deine Hilfe, Celestine. Ich weiß das wirklich zu schätzen."

„Aber Sie wissen doch noch gar nicht, wo Jake wohnt", protestierte das kleine Mädchen, während Emi ihrem Bruder die Geldscheine wegnahm und zu zählen begann. „Es heißt Nascence Bay", fügte sie hinzu. Dann drehte sie sich zu ihrem wütenden Bruder um. „Das ist nur fair", erklärte sie und deutete auf das Geld in Emis Hand.

Quinn entschied, dass es höchste Zeit war zu verschwinden. Er fühlte sich wie der letzte Klatschreporter, der nicht einmal davor zurückschreckte, Kindern gegen Geld Informationen zu entlocken.

Dank der Hinweise von Celestine fand Quinn das Grundstück der Stewarts nur zehn Minuten später. Ohne die Auskünfte der Kinder wäre das Schild „Renaissance Bay" auf dem Briefkasten für ihn bedeutungslos gewesen.

Der Weg war durch kein Tor versperrt. Touristen, die sich hierher verirrten, wurden wahrscheinlich durch die dicht stehenden Bäume, die die Straße wie einen Tunnel umschlossen, ausreichend abgeschreckt. Nichts deutete darauf hin, dass sich am Ende ein Haus befand.

Quinn fühlte sich jetzt, so kurz vorm Ziel, auf einmal unwohl. Wenn ihr Ehemann nun zu Hause war und mit Gewalt drohte? War das ganze Vorhaben diesen Einsatz wert?

Die Bäume wurden durch Büsche abgelöst, dann tauchte unvermittelt ein lang gestreckter, niedriger Bungalow auf. Weil er auf einem abschüssigen Hang gebaut war, sah Quinn ihn erst im letzten Moment. Er richtete sich im Fahrersitz auf. Was für ein perfektes Versteck! Kein Wunder, dass niemand sie bisher gefunden hatte.

Als er den Wagen im Schatten einer Palmengruppe abstellte, nahm er aus dem Augenwinkel eine Bewegung wahr. Es war jedoch nur ein dicker Kater, der ins Gebüsch flüchtete. Immerhin, einen Wachhund schien es hier nicht zu geben. Dennoch hatte Quinn das Gefühl, beobachtet zu werden.

Er stellte den Motor ab und sah sich um. Hier hatte sich jemand mit viel Mühe und Sorgfalt ein kleines tropisches Paradies geschaffen. Der Rasen um das Haus war von farbenfrohen Kräuterbeeten umgeben. Geschmackvoll angelegte Pfade aus unregelmäßig geformten Steinplatten führten zwischen ihnen hindurch. Obstbäume verbreiteten den Geruch von Limonen und Zitronen.

Unter einem von Weinreben bewachsenen Laubengang hindurch führte ein Weg zur Rückseite des Hauses. Quinn zögerte. Er wünschte, es würde ihm jemand zur Begrüßung entgegenkommen. Schließlich ging er ums Haus herum.

Hinter der Villa kam er dann auf einen gepflasterten Hof, der mit scharlachroten Geranien in Blumentöpfen geschmückt war. Überall waren Blumen, selbst die Pfeiler der Veranda waren von Blüten bedeckt.

Das gedämpfte Geräusch der Brandung verriet, dass das Meer nicht weit war. Quinn drehte sich um und sah einen fast perlweißen, von Palmen gesäumten Strand. Die Wellen brachen sich weiter draußen im Meer an einem Riff, sodass sich das Wasser in der Lagune nur noch sanft kräuselte.

„He, haben Sie nicht gestern mit meiner Mutter gesprochen?"

Die Stimme des Jungen riss Quinn aus seinen Gedanken. Die Schönheit der Umgebung hatte ihn für einen Augenblick vergessen lassen, weswegen er hier war. Er drehte sich um und sah den Jungen, der sich an das Geländer der Veranda lehnte. Er musste schon die ganze Zeit dort gesessen haben, verborgen hinter der Blütenpracht.

Mit der Hand schützte Quinn die Augen vor dem Sonnenlicht und ging in Richtung Veranda. „Ja, genau", antwortete er auf Jakes Frage. „Deine Mutter und ich sind … alte Freunde. Ich war gerade in der Nähe und dachte, ich schau mal vorbei." Er deutete zum Meer. „Ich habe eben den Ausblick bewundert. Er ist fantastisch."

Jake stieß sich vom Geländer ab und ging zur Treppe. In Shorts und ärmellosem T-Shirt wirkte er schmächtiger als am Vorabend. Quinn konnte nur wenig Ähnlichkeit mit der Mutter feststellen. Er fragte sich, ob der Vater vielleicht ein Einheimischer war. Aber außer der sonnengebräunten Haut und dem kräftigen dunklen Haar deutete nichts darauf hin.

„Sind Sie mit dem Auto gekommen?", fragte Jake.

„Ja, ich habe eins gemietet", antwortete er, während er versuchte, sich wieder auf seinen eigentlichen Auftrag zu konzentrieren. „Ist deine Mutter da?"

„Ja, sie ist da."

Julia musste schon eine Weile im Schatten gestanden und Quinn beobachtet haben. Jetzt stellte sie sich zu ihrem Sohn und legte ihm schützend eine Hand auf die Schulter. Wie er trug sie Shorts. Ihre langen Beine waren so schlank, wie Quinn sie in Erinnerung hatte.

Sein Blick glitt aufwärts über die blümchengemusterten Seidenshorts, zu der orangefarbenen ärmellosen Baumwollbluse. Sie hatte sie vor dem flachen Bauch verknotet, so dass ein zentimeterbreiter Streifen bloßer Haut zu sehen war.

Erst als Quinn ihr in die Augen schaute und ihrem harten Blick begegnete, wurde ihm bewusst, wie ungeniert er sie angesehen hatte. Schon wieder war er in Gedanken abgedriftet, hatte die Veränderungen gesucht und gefunden, die die vergangenen zehn Jahre an Julia hinterlassen hatten. Er verstand, dass jemand, der sie vorher nie gesehen hatte, sich täuschen lassen konnte. Er selbst fand sie attraktiver als je zuvor.

Die Kälte ihres Blicks verschlug ihm die Sprache. Ihm stand keine leichte Aufgabe bevor. Ihr Misstrauen war unübersehbar.

„Julia", brachte er schließlich hervor, bevor er den letzten Rest an Glaubwürdigkeit verlor. „Ich hoffe, du hast nichts dagegen, dass ich so unangemeldet hier auftauche. Ich war gestern Abend so überrascht, dich zu treffen."

„Tatsächlich?"

Sie glaubte ihm offensichtlich nicht. Nach der Vorarbeit von Neville Hager war das kein Wunder. Quinn fiel ein, dass er nicht wusste, ob sein Kollege irgendwelche Gründe für seine Nachforschungen genannt hatte. Wenn Julia wusste, worum es ging, konnte er alle weiteren Hoffnungen begraben.

„Ja", behauptete er und machte eine ausladende Geste. „Ein tolles Haus. Ich wusste gar nicht, dass San Jacinto so schön ist."

„Was willst du, Quinn?"

Ohne sich um die irritierte Reaktion ihres Sohnes zu kümmern, sah sie Quinn kühl und herausfordernd an. Das waren die Augen, die er erinnerte, blassgrün, mit langen blonden Wimpern, über Wangen, so zart wie Pfirsiche. Und dieser Mund …

„Ich … was soll ich schon wollen?", sagte er rasch, um ihren Verdacht nicht weiter zu schüren. „Es ist zehn Jahre her, Julie. Als ich dich gestern gesehen habe … also, ich war ganz schön durcheinander. Was hast du all die Jahre nur gemacht? Findest du nicht, dass du …" Er stockte, als ihm das Wort „mir" in den Sinn kam. „… dass du deinen Fans eine Erklärung schuldest?"

„Ich habe keine Fans", entgegnete sie ihm kühl. Dennoch klang ihre Stimme so melodisch wie früher. „Du verschwendest deine Zeit, Quinn. Ich habe dir nichts zu sagen. Wie ich deinem Partner schon erklärt habe, Julia Harvey lebt hier nicht."

„Neville Hager ist nicht mein Partner!"

Wenn die Situation nicht so ernst gewesen wäre, hätte Julia über Quinns wütenden Gesichtsausdruck wahrscheinlich gelacht. Die Worte, die seine Verbindung mit dem anderen Mann bewiesen, waren ihm unbeabsichtigt herausgerutscht. Unter anderen Umständen hätte sie vielleicht sogar Mitleid mit ihm empfinden können.

Aber die Art, wie er sie angesehen hatte, machte sie wütend. Wie konnte er es wagen, sie wie ein Straßenmädchen abschätzig zu mustern?

„Mist!", zischte er jetzt und zog die Stirn in Falten. Dann warf er Jake einen flüchtigen Blick zu. „Tut mir leid, entschuldige bitte. Aber was soll das heißen: Julia Harvey lebt hier nicht?"

„Meine Mutter heißt Julia Stewart", mischte sich Jake ein, offenbar um sie zu verteidigen. Aus Angst, in Gegenwart ihres Sohnes zu viel zu verraten, gab sie nach.

„Komm herein", sagte sie kühl. Zwar schauderte ihr bei dem Gedanken, Quinn Marriott in ihrer Wohnung zu haben. Im Moment war Jake jedoch wichtiger.

Obwohl das Wohnzimmer sehr hoch und geräumig war, füllte Quinn es sofort mit seiner Präsenz. Er wirkte größer als früher und auch bedrohlicher. Julia ärgerte sich, dass sie sich so verletzlich fühlte.

„Soll ich etwas zu trinken holen?", fragte Jake. Quinn schien interessiert, doch Julia schüttelte den Kopf.

„Pflück lieber ein paar Erdbeeren fürs Mittagessen", schlug sie vor. Er wollte protestieren, aber ihr Blick machte deutlich, dass sie jetzt nicht darüber streiten wollte. „Mr Marriott und ich haben etwas zu besprechen. In Ordnung?"

Jake verhehlte nicht seine Enttäuschung. „Bleibt er zum Mittagessen?"

„Das bezweifle ich", behauptete sie und schaute ihren Sohn noch strenger an. „Jake, willst du, dass ich böse werde? Ich möchte allein mit Mr Marriott sprechen."

Der Junge zuckte enttäuscht die Schultern und gehorchte. Doch die Kränkung war ihm deutlich anzumerken. Quinns Gegenwart verursachte bereits die ersten Schäden.

„Nun", sagte Julia, als sie sich ihm wieder zuwandte. Sie überlegte, ob sie ihm einen Platz auf dem Sofa anbieten sollte, und entschied sich dagegen. „Wie ich deinem Partner – oder deinem Kollegen, wenn dir das lieber ist – bereits erklärt habe: Ich habe mit Julia Harvey nichts zu tun. Jake hatte ganz recht, ich bin Julia Stewart, Hausfrau und Mutter. Das ist alles."

Quinn sah sie aufmerksam an. „Bist du verheiratet?"

Was sollte sie darauf antworten? Die Wahrheit war zu befremdlich. Und zu gefährlich. Aber jetzt war es zu spät, sich eine passende Geschichte auszudenken.

„Nein", erklärte sie und entschied sich für eine leicht abgeänderte Version dessen, was sie Jake erzählt hatte. „Wir hatten beide kein Interesse daran. Eine Abtreibung wollte ich auch nicht. Da mich mein bisheriges Leben sowieso zu langweilen begann, wurde ich eben Mutter."

„Einfach so?"

„Einfach so."

„Aber du hast deinen Namen geändert."

„Na klar, wie hätte ich sonst untertauchen können?"

Quinn runzelte die Stirn. „Weiß Jakes Vater, wo du bist?"

Das war einfacher. „Ja."

„Hast du eigentlich nie befürchtet, er könnte jemandem davon erzählen?"

„Nein."

„Ich kann's kaum glauben." Er schüttelte den Kopf. „Du hast nie zu erkennen gegeben, dass du unzufrieden warst."

Julia stieß einen tiefen Seufzer aus. „Meinst du, ich hätte dann so ohne Weiteres verschwinden können? Keine Minute wäre ich unbeobachtet gewesen, wenn irgendjemand etwas von meinen Plänen geahnt hätte."

Quinn sah sie aufmerksam an. „Irgendjemand ... Meinst du damit mich?"

„Dich!" Sie lachte. In ihrer Heiterkeit schwang Hysterie mit, doch davon durfte er nichts merken. „Du warst nicht der einzige Mann in meinem Leben, Quinn. Eigentlich warst du auch kein Mann, sondern ein sexbesessener Jüngling mit einer Vorliebe für ältere Frauen."

Sie erwartete, dass er es abstreiten würde. Der junge Quinn, den sie gekannt hatte, hätte gewiss so reagiert. Aber er beging denselben Fehler nicht noch einmal. Er war jetzt wachsamer und zeigte viel mehr Selbstbeherrschung, als sie erwartet hatte.

„Dieser Mann", sagte er und brachte das Gespräch zum Ausgangspunkt zurück, „Jakes Vater." Sein Blick war fest auf sie gerichtet. „Warum warst du so sicher, dass er dich nicht verraten würde?"

„Weil er genauso viel zu verlieren hatte wie ich", erklärte sie rasch. Das Gespräch war ihr unangenehm. „Hör zu, könnten wir das Thema wechseln? Warum bist du hergekommen?"

Quinn antwortete nicht gleich, sondern nutzte die Gelegenheit, um sich im Zimmer umzusehen. Julia beruhigte sich bei dem Gedanken, dass an den fellbezogenen Sofas mit den handgenähten Kissen nichts war, was ihn stutzig machen konnte. Ebenso wenig an den chinesischen Teppichen auf dem Fußboden, dem kleinen Fernseher oder der Hi-Fi-Anlage. Das Zimmer war komfortabel und geschmackvoll, aber nicht übertrieben luxuriös eingerichtet. Ein Zuhause, auf das sie stolz sein konnte, mit genügend Platz, sodass sie sogar tanzen konnte, wenn ihr danach war.

Auch die Bilder an den Wänden waren nicht von großem Wert. Die meisten stammten von Künstlern aus der Umgebung. Einige waren von ihr selbst. Nichts Besonderes, allenfalls an Touristen als Erinnerungsstücke zu verkaufen. Ihre eigentliche Erfüllung hatte Julia im Schreiben gefunden. Diese Kritzeleien hatten eher therapeutische Bedeutung gehabt.

„Hat Hager dir das nicht erzählt?" Quinns Frage unterbrach ihre Gedanken. „Was er vorhatte", erklärte er, als er ihren fragenden Blick sah. „Hat er dir nicht gesagt, weshalb er nach Julia Harvey suchte?"

Julia seufzte und hob die Hände. „Nein, nicht genau. So weit sind wir gar nicht gekommen. Aber wollen Reporter jemals etwas anderes als Klatschgeschichten? Sie reden immer großspurig von der Freiheit der Presse, aber was sie wirklich interessiert, sind Skandale."

„Das ist eine Unterstellung", protestierte Quinn. „Glaubst du, ich sei deswegen hier?"

„Warum sonst?" Sie konnte die Bitterkeit in ihrer Stimme nicht verbergen. „Da du ihn offensichtlich kennst, scheinst du für die gleiche Zeitung zu arbeiten."

„Er arbeitet für keine Zeitung", entgegnete er und warf einen Blick hinter sich. „Darf ich mich setzen?"

Sie sah ihn überrascht an. „Was meinst du damit?"

„Ich meine, ich würde gerne meine Beine etwas ausruhen."

Julia ignorierte den Scherz. „Für wen arbeitet er dann, wenn nicht für eine Zeitung? Ich kann mir nicht vorstellen, dass Arnie Newman immer noch sauer auf mich ist."

„Arnie Newman?", fragte Quinn. Dann dämmerte es ihm. Arnold Newman war der Chef von Intercontinental Studios gewesen. Mit ihm hatte Julia den großen Streit gehabt, bevor sie verschwand. „Nein. Sein Ärger dürfte kaum länger als bis zum nächsten Kinoerfolg vorgehalten haben."

Das stimmte wahrscheinlich. Dennoch taten die Worte weh. Ihre Entscheidung hatte sie nie bereut und tat es auch jetzt nicht. Was sie verletzte, war die Beiläufigkeit, mit der Quinn darüber hinwegging.

Allerdings war sie ihm gegenüber schon immer zu dünnhäutig gewesen. Sie ärgerte sich über diese Empfindlichkeit, die nicht von Anfang an bestanden hatte. Damals, als Isabel – Lady Marriott – das Treffen mit ihrem ältesten Sohn arrangiert hatte, hatte sich Julia von dessen unverhohlener Bewunderung geschmeichelt gefühlt, ohne sie weiter ernst zu nehmen. Alle Männer, denen sie begegnet war, hatten behauptet, sie innigst zu lieben. Doch dann hatte sie sich in einer Weise zu

Quinn hingezogen gefühlt, die ihr Urteilsvermögen zusehends einschränkte …

„Du irrst dich, wenn du glaubst, dass du mich auf diese Weise verletzen kannst", sagte sie kühl. „Ich weiß so gut wie alle anderen, dass meine Glanzzeit vorbei ist. Also sag mir einfach, was du willst."

Quinn atmete hörbar aus. „Ich bin nicht dein Feind, Julie."

Sie hob den Kopf. „Mein Name ist Julia. Oder Mrs Stewart, wenn dir das lieber ist. Können wir jetzt endlich reden? Mein Sohn wird gleich zurück sein. Es wäre mir lieber, wenn er dich dann nicht mehr hier antreffen würde."

Er presste die Lippen zusammen. „Hör zu, ich kann deinen Ärger ja verstehen …"

„Oh, tatsächlich?" Sie bezweifelte es.

„Und ich wollte nicht herkommen, das kannst du mir glauben."

„Nein?"

„Nein. Ach, Julie, ich hab mich um diesen Auftrag nicht gerissen. Ich tu meine Arbeit, nichts weiter. Eine Arbeit, die du mir nicht gerade erleichterst."

Julia zog erstaunt die Augenbrauen hoch. „Hast du etwas anderes erwartet? Quinn, wenn ich gewollt hätte, dass du weißt, wo ich bin, hätte ich dir eine Karte geschickt. Kannst du nicht begreifen, dass ich mich nicht weiter dazu äußern will?"

Seine Gesichtszüge verhärteten sich. „Du brauchst deswegen nicht gleich aggressiv zu werden."

„Ach nein?" Es verschlug ihr fast den Atem. „Obwohl du mir nachschnüffelst und meinen Frieden bedrohst?"

„Ich habe dir nicht nachgeschnüffelt …" Er verstummte plötzlich, als würde er befürchten, sein Temperament könnte mit ihm durchgehen und die Situation noch weiter verschlimmern. „Oh, Julia, werd endlich erwachsen."

In seinen Worten lag eine gewisse Ironie, denn eigentlich wäre es an Julia gewesen, das zu sagen. Doch während sie zusah, wie er sich enttäuscht durchs Haar strich, wurde ihr bewusst, dass ihre Rollen sich in gewisser Weise vertauscht hatten. Natürlich war sie immer noch neun Jahre älter. Aber die lange Isolation hatte sie verletzlicher gemacht. Sie hoffte, dass er das nicht bemerkte.

„Wir haben das nicht nötig", sagte Quinn, nachdem er sich wieder beruhigt hatte.

Sie fragte sich, ob ihre aggressive Reaktion wirklich vernünftig war.

Vielleicht kam sie auf kühle, berechnende Weise eher zum Ziel? Erfahrung darin hatte sie genug. Allerdings war es früher, als nichts anderes von ihr erwartet wurde, viel einfacher gewesen, kühl zu sein.

„So?", entgegnete sie und lockerte ein wenig die Bluse, als sie bemerkte, wie die Spitzen ihrer Brüste sich unter dem Stoff abzeichneten.

„Nein." Sein Blick folgte den nervösen Bewegungen ihrer Finger. Mit einer Hand massierte er sich den Nacken. „Und wenn jemand Grund hat, sich gekränkt zu fühlen, dann ich. Du warst es, die mich sitzen gelassen hat und ohne ein Wort einfach fortgegangen ist."

Julia schluckte. Sie spürte die Röte in ihrem Gesicht und hoffte, Quinn würde es auf die Hitze zurückführen. „Ich denke, wir sollten die Vergangenheit ruhen lassen", schlug sie vor. „So bedeutend war unsere … Beziehung nun auch wieder nicht."

„Für dich vielleicht nicht", erwiderte er bitter. „Mag sein, dass ich zu viel erwartete, als ich hoffte, du würdest dich bei mir melden. Aber meine Mutter hätte eine Erklärung verdient. Sie hat nach deinem plötzlichen Verschwinden lange auf eine Nachricht gewartet."

„Nun … ich hatte meine Gründe", erklärte sie etwas hilflos. Das Gespräch bewegte sich in eine Richtung, die ihr äußerst ungelegen war. „Es tut mir leid. Aber ich hatte keine andere Wahl."

„Und jetzt?"

„Was jetzt?"

„Wirst du mich hinauswerfen?"

Julia biss sich auf die Lippe. „Fragst du mich als … Isabels Sohn oder als Zeitungsreporter?"

Quinn hob beschwörend die Hände. „Ich hab doch gesagt, ich bin kein Zeitungsreporter." Er atmete tief ein. „Ich arbeite fürs Fernsehen."

„Fernsehen!", rief sie aus. „Und du meinst, das macht es erträglicher?"

„Ich meine überhaupt nichts. Aber ob es dir gefällt oder nicht, wir müssen miteinander reden." Er lächelte. „Und sei es auch nur wegen der guten, alten Zeit."

Die gute, alte Zeit … Julia stieß einen tiefen Seufzer aus. „Quinn …"

„Ja?"

In Quinns Blick entdeckte sie jetzt eine Behutsamkeit, die sie ins Wanken brachte. „Na schön", sagte sie. „Vielleicht war ich ein wenig unfreundlich. Aber du musst mich verstehen. Mir bedeutet das alles sehr viel."

„Ich weiß."

„Wirklich?" Sie war immer noch skeptisch.

„Ich kann es mir ungefähr vorstellen."

„Das bedeutet nicht, dass ich bereit bin, mit dir zusammenzuarbeiten."

„Nein." Die Enttäuschung war ihm anzusehen. „Das hast du deutlich gemacht." Er deutete auf einen Stuhl. „Darf ich mich jetzt setzen?"

Es gab keinen Grund, es ihm zu verweigern. Sie hatte sich bereit erklärt, mit ihm zu reden. Wenn Jake unterdessen zurückkommen sollte, war das auch keine Katastrophe. Außerdem gab es sowieso keine Alternative. Wenn sie jetzt nicht versuchte, die Angelegenheit mit Quinn zu klären, würde sie die nächsten Monate in der ständigen Erwartung verbringen, dass der nächste Reporter kam.

Also nickte sie und sah zu, wie er es sich auf ihren selbst genähten Kissen bequem machte. Als er lässig die Beine übereinanderschlug, fiel ihr auf, dass er keine Strümpfe trug. Vor allem wunderte sie sich aber, wie er es bei dieser Hitze in so eng anliegender Kleidung aushielt. Die schwarze Jeans schmiegte sich wie eine zweite Haut um seine langen Beine, sodass sich die kräftigen Muskeln deutlich abzeichneten. Und nicht nur die Muskeln …

Julia schluckte, als sie sich selbst beim Träumen ertappte, und wandte sich abrupt in Richtung Küche. „Du hast doch nichts gegen einen Kaffee?" Sie hoffte, dass ihre Stimme nicht ihre Unsicherheit verriet. Wie hatte sie der Jüngling damals verrückt gemacht! Um nichts in der Welt sollte das jetzt auch dem Mann gelingen.

„Gern."

Zu ihrer Enttäuschung begleitete Quinn sie in die Küche. Während sie den Kaffee zubereitete, lehnte er sich an den Türpfosten und betrachtete interessiert die Pflanzen und Kräuter. Was mochte er jetzt denken? Amüsierte ihn ihre Häuslichkeit? Schüttelte er insgeheim den Kopf darüber, dass sie ihre Karriere für die zweifelhaften Freuden eines Hausfrauendaseins aufgegeben hatte?

„Die ist hübsch", sagte er zu ihrer Überraschung und strich vorsichtig über die Blätter einer Orchidee, die sie geknickt im Garten gefunden und im Topf wieder aufgepäppelt hatte. „Ich wusste gar nicht, dass du so ein Händchen für Pflanzen hast. Hast du das alles selbst angebaut?"

Sie drehte sich um und reichte ihm den Kaffeebecher. „Es gibt vieles, was du nicht weißt", sagte sie. „Gehen wir auf die Veranda? Da ist es etwas kühler."

Als Quinn den Becher nahm, berührten sich kurz ihre Hände. Er zeigte keine Reaktion. Offensichtlich hatte er seine Gefühle unter Kontrolle. „Trinkst du keinen mit?", fragte er. Dann lächelte er jungenhaft. „Oder ist das eine Entschädigung für das ausgefallene Mittagessen?"

„Oh, du kannst gerne mit uns essen, wenn du magst", erwiderte sie rasch, unschlüssig, ob sie damit einen besonders raffinierten Schachzug oder eine große Dummheit beging. Aber er hatte Jake gesehen und mit ihm gesprochen. Sie hatte nichts zu verbergen. Und einen anderen Weg, mit der Situation fertig zu werden, gab es ohnehin nicht.

„Bist du sicher?"

Seine Stimme hatte einen ironischen Unterton, doch sie ließ sich davon nicht beeindrucken. „Warum nicht? Es ist das Mindeste, was ich dir anbieten kann. Ich möchte deine Mutter nicht beleidigen."

Er unterdrückte eine bissige Entgegnung und ließ Julia zur Veranda vorgehen.

Jake kam mit einer Schüssel voll reifer Erdbeeren zurück. Sein rot verschmierter Mund verriet, dass er beim Pflücken einige gleich gegessen hatte. „Reicht das?", fragte er. Während er die Schüssel seiner Mutter zeigte, schaute er Quinn an. „Ich hab Ihr Auto gesehen", sagte er und hielt dabei die Schüssel so schräg, dass einige Früchte herausfielen. „Ich kann auch fahren. Mom hat's mir beigebracht. Ich bin mit unserem Wagen am Strand gefahren."

„Mr Marriott interessiert sich nicht für deine Geschichten, Jake", ermahnte Julia ihren Sohn in unangemessen scharfem Ton. „Und wasch dir das Gesicht. Du hast überall Erdbeersaft."

Quinn sagte nichts, als Jake beleidigt abzog, doch seine Missbilligung konnte Julia trotzdem spüren. Dabei lag es nur an ihm. Nur seinetwegen fühlte sie sich so angespannt und reagierte so übertrieben heftig.

„Bleibt Mr Marriott zum Mittagessen?", fragte Jake von der Tür aus. Julia brauchte ihre ganze Selbstbeherrschung, um nicht schon wieder zu schimpfen und die Einladung zurückzuziehen.

„Ich habe ihn eingeladen, ja", erklärte sie schließlich steif.

Jake stieß erfreut eine Faust in die Luft. „Toll!", rief er und verschwand, bevor seine Mutter noch etwas erwidern konnte.

Er hinterließ ein unangenehmes Schweigen, dem Julia entfloh, indem sie die Erdbeeren in die Küche brachte. Sie stützte sich auf den kühlen Rand der Spüle und versuchte sich zu beruhigen. Was war nur mit ihr los?

Dann fiel ihr ein, dass sie Quinn nicht zu lange draußen warten lassen konnte. Sie rieb sich die Hände an ihren Shorts und ging wieder hinaus.

Er hatte es sich in einem der Liegestühle bequem gemacht, ein Bein lässig auf das Verandageländer ausgestreckt. Sein Blick war auf den Ozean gerichtet, sodass sie ihn einen Moment betrachten konnte, ohne dass er es bemerkte.

Es war seltsam, wie vertraut ihr sein Profil immer noch war. Die tief liegenden Augen mit den langen Wimpern, die schmalen Wangenknochen neben der leicht gekrümmten Nase. Es war die Folge einer Schlägerei in der Schule, hatte er ihr einmal erzählt. Das kräftige, männliche Kinn mit dem schmallippigen Mund wirkte hart und sinnlich zugleich.

Und doch war alles an ihm anders. Die Augen strahlten Wissen und Erfahrung aus. Im Gesicht zeigten sich Linien, die in der Jugend noch nicht zu sehen gewesen waren. Und sein überlegenes Lächeln verriet viel Lebenserfahrung.

Ob er verheiratet war? Die Frage kam ihr unvermittelt in den Sinn. An der Hand, die entspannt auf seinem Schenkel ruhte, konnte sie keinen Ring entdecken, doch das bedeutete nichts. Nicht alle verheirateten Männer demonstrierten ihren Familienstand auf diese Weise. Außerdem konnte ihr das eigentlich gleichgültig sein.

Sie hatte vor zehn Jahren ihre Entscheidung getroffen. Es gab keinen Anlass, diese zu revidieren.

Als hätte er ihre Gedanken gelesen, drehte Quinn sich auf einmal um. Julia richtete ihre Aufmerksamkeit rasch auf die Fingernägel einer Hand. Dennoch fing er für einen Moment noch den Blick auf, mit dem sie ihn betrachtet hatte.

„Genug gesehen?", fragte er, als sie zu ihrem Stuhl ging, als wäre nichts gewesen. „Komm schon, Julie, meinst du, ich hätte nicht gespürt, wie du mich angesehen hast? Manche Dinge ändern sich nie. Ich habe deine Gegenwart gefühlt."

„Aber es hat dir offenbar besonderes Vergnügen bereitet, es nicht zu verraten", entgegnete sie. Es ärgerte sie, dass er sie schon wieder in Verlegenheit gebracht hatte. Sie zögerte, sich neben ihn zu setzen, tat es dann aber doch. Das ist immer noch besser, dachte sie, als wenn womöglich Jake sich den Platz aussucht.

Quinns Antwort kam völlig unerwartet. „Was möchtest du hören?", fragte er mit leiser, fast zärtlicher Stimme. „Dass ich dich auch angesehen habe? Dass du schöner bist als je zuvor? Du weißt, dass es so ist. Ich finde dich genauso sexy wie früher."

Quinn zuckte vor seinen eigenen Worten zusammen. Er benahm sich wie ein Schuljunge, der noch nicht ganz trocken hinter den Ohren war. Dabei war er hier, um seine Arbeit zu erledigen, und nicht, um Julia Komplimente zu machen.

Zu seiner und wohl auch ihrer Erleichterung kam Jake zurück und entschärfte die peinliche Situation.

„Können wir jetzt Burger machen, Mom?" Quinn empfand die Stimme des Jungen wie die ersten Regentropfen, die Erleichterung von der Schwüle ankündigen. Die Atmosphäre auf der Veranda war gespannt wie vor einem Gewitter. Er hätte sich nur wenig gewundert, wenn Funken aufgeblitzt wären.

„Ich denke schon."

Julias Stimme klang angestrengt. Gewiss war sie verärgert über Quinns persönliche Bemerkung. Als er ihr einen flüchtigen Blick zuwarf, fühlte er sich jedoch bestätigt. Sie war noch schöner als früher, wenn das überhaupt möglich war. Die Vorstellung, nah bei ihr zu liegen, den Kopf zwischen ihren Brüsten gebettet, war nur schwer beiseitezudrängen.

„Mögen Sie Burger, Mr Marriott?"

Angesichts der Fantasien, denen Quinn gerade nachhing, war Jakes Frage wie ein Schlag ins Gesicht. „Mmh, jederzeit", antwortete er betont heiter und war froh, dass niemand seine Gedanken lesen konnte. Der Junge lachte ihn fröhlich an. Er hatte den Charme von seiner Mutter geerbt.

„Toll", sagte er und sah Julia erwartungsvoll an. Die beschloss offenbar, die weitere Auseinandersetzung auf später zu verschieben.

„Ich komme", sagte sie, immer noch mit einer leichten Anspannung in der Stimme. Sie stützte sich auf die Stuhllehnen und stand auf.

„Kann ich helfen?"

Julia warf ihm einen kalten Blick zu, der ihn erschauern ließ. „Du?", fragte sie eisig. „Nein, danke. Warte hier. Jake wird alles Nötige tun."

„Oh, Mom!"

Der Junge hatte sich das offensichtlich anders vorgestellt. Wahrscheinlich hatte er sich in der Zwischenzeit auf der Veranda mit ihrem Besucher unterhalten wollen. Quinn fragte sich, wie oft er auf dieser Insel wohl Fremden begegnete. Ob Julias selbst gewähltes Exil ihn auch von der Außenwelt isoliert hatte?

„Wir werden beide mithelfen", entschied Quinn, achtete nicht auf Julias verärgerten Gesichtsausdruck und erhob sich. Er strahlte Jake an. „Ich krieg einen ganz ordentlichen Burger hin. Und meine Pommes frites sind auch nicht schlecht."

„Es gibt Salat dazu", erklärte Julia frostig.

Er tat so, als hätte er es nicht gehört. Er mochte ihren Sohn. Er mochte sie. Sie würde es schon noch merken.

Quinn putzte den Salat, während Jake den Tisch deckte. Das Esszimmer, von dem aus man den Garten sehen konnte, war einfach, aber geschmackvoll eingerichtet. Quinn sah sich einen Moment um, nachdem er die Salatschüssel in die Mitte des runden Tisches gestellt hatte. Wer immer diese Wohnung gestaltet hatte, hatte ein sicheres Gefühl für Farben.

„Ist diese Demonstration von Häuslichkeit darauf zurückzuführen, dass eine Frau den wilden Mann gezähmt hat?", fragte Julia spöttisch, als er in die Küche zurückkam. Sie war gerade damit beschäftigt, die Burger zu wenden, und drehte ihm halb den Rücken zu. Der Anblick ihrer schlanken Arme und der Brüste, die sich unter der Bluse abzeichneten, weckten erneut sein Begehren. Wie sie dastand, strahlte sie pure, weibliche Sinnlichkeit aus. Nur mit Mühe widerstand Quinn dem Verlangen, ihr über den Po zu streicheln.

„Nein", antwortete er knapp. Seine Stimme zitterte leicht. Frauen in Shorts hatte er noch nie besonders attraktiv gefunden. Aber bei Julia schmiegte sich der weiche, seidige Stoff geradezu liebevoll um ihre Rundungen. Darunter schien sie weiter nichts zu tragen.

Er flüchtete sich hinter die Frühstückstheke und versuchte seine Gedanken in eine andere Richtung zu lenken. Er benahm sich wie ein frühreifer Jüngling, der noch nie Sex mit einer Frau – noch nie Sex mit ihr – gehabt hatte! Dabei war die jetzige Situation denkbar ungeeignet für solche Anwandlungen.

„Nein?", wiederholte Julia und warf ihm einen forschenden Blick zu. „Du bist nicht verheiratet?"

„Noch nicht", erklärte er. Sie konnte nicht wissen, wie er sich im Moment fühlte. Ihre Fragen, beruhigte er sich, sollten einfach vom eigentlichen Grund seines Besuches ablenken.

„Lebst du mit jemandem zusammen?"

Er zögerte. „Es gibt da eine Frau", gestand er endlich und glaubte, ein triumphierendes Lächeln um ihre Mundwinkel erkennen zu können. Sie schien diese Antwort erwartet zu haben. „Wie ist es mit dir?"

Julia warf ihm einen flüchtigen Blick zu. Doch diesmal glaubte er, in ihren Augen Schmerz erkannt zu haben. An was für Erinnerungen mochten seine Worte gerührt haben?

„Ich … habe Freunde", antwortete sie.

Quinn empfand es wie einen Schlag in die Magengrube. Er wollte von ihren „Freunden" nichts wissen. Egal, ob Männer oder Frauen, sie alle waren ihr gewiss wichtiger, als er es jemals gewesen war. Warum hatte er sich nicht vorher überlegt, was diese Reise für ihn bedeuten würde? Er hatte sich tatsächlich eingebildet, mit der Vergangenheit abgeschlossen zu haben. Dabei hatte er sie nur vorübergehend außer Sichtweite geschoben.

„Mmh, das riecht gut", sagte er in einem Versuch, das Thema zu wechseln. Wenn Hector Pickard ihn so sehen würde! Er musste sich zusammenreißen, bevor er das ganze Vorhaben zum Scheitern brachte.

„Wer ist sie?" Julias Frage traf ihn unvorbereitet. Einen Moment lang sah er sie verständnislos an. „Die, von der du eben geredet hast. Kenne ich sie? Es ist doch nicht dieses alberne Mädchen, das deine Mutter für dich ausgesucht hatte?"

„Madeline?" Immerhin, über sie konnte er ohne Gefühlswallungen sprechen. „Nein, sie hat Andy Spencer geheiratet. Er ist Profipolospieler. Vielleicht hast du von ihm gehört."

Sie schüttelte den Kopf. „Ich glaube nicht." Die Erinnerung brachte die Andeutung eines Lächelns auf ihre Lippen. „Sie war immer ganz verrückt nach Pferden. Ich fand, wenn sie lachte, klang es oft wie ein Wiehern."

„Stimmt." Jetzt musste Quinn auch lächeln. „Erinnerst du dich, als wir …"

„Der Tisch ist fertig gedeckt, Mom." Jake kam herein und strahlte Quinn an. „Lassen Sie mich nach dem Essen mal mit Ihrem Auto fahren, Mr Marriott?"

„Wolltest du nicht zu den Thomas gehen?", wandte seine Mutter ein, bevor Quinn etwas sagen konnte.

Jake verzog das Gesicht. „Nicht, wenn wir Besuch haben", widersprach er. „Es ist unhöflich, dann wegzugehen. Das sagst du selbst immer, wenn Onkel Bernard vorbeikommt."

Ein Schatten huschte über Julias Gesicht. Quinn fragte sich, ob Onkel Bernard vielleicht manchmal ein eher unwillkommener Gast war.

„Aber heute ist Sammys Geburtstag", erklärte sie geduldig. „Ich glaube, da können wir eine Ausnahme machen." Sie sah Quinn an. Der kurze Moment des gegenseitigen Vertrautseins schien auf einmal wieder Jahre zurückzuliegen. „Setzt euch doch schon hin", schlug sie vor. „Ich komme gleich mit dem Essen."

Das Essen verlief in recht entspannter Atmosphäre. Außer Burgern und Salat hatte Julia noch französisches Brot und Rotwein serviert. Die Erdbeeren, die Jake gesammelt hatte, gab es als Nachtisch.

Jakes Anwesenheit trug viel dazu bei, die Situation aufzulockern. Solange er da war, gab es kein peinliches Schweigen. Er stellte ständig Fragen und erzählte ungehemmt von sich und seinem Leben. Auf diese Weise erfuhr Quinn auch einiges über Julia. Sie arbeitete jetzt offenbar als Kinderbuchautorin. Als er das hörte, schüttelte er überrascht den Kopf.

„Ich habe von dir gehört", sagte er erstaunt. „Ich erinnere mich, wie deine Bücher in einem Special über Kinderliteratur besprochen wurden. Hector – das ist mein Chef, Hector Pickard – hatte damals überlegt, eine Serie über Kinderbuchautoren zu produzieren."

„Was ist ein ‚Special‘?", fragte Jake. Die Art, wie er dabei die Augenbrauen zusammenzog, weckte in Quinn eine Erinnerung. An wen oder was, konnte er jedoch nicht sagen.

„Das ist eine einmalige Fernsehsendung zu einem bestimmten Thema", erklärte er. Bevor er weitererzählen konnte, unterbrach ihn der Junge.

„Sie arbeiten fürs Fernsehen?", rief er begeistert aus. „Wahnsinn! Ich wünschte, ich könnte einmal zusehen."

„Das wird kaum möglich sein", warf Julia ein. „Mr Marriott arbeitet in London, was sehr, sehr weit weg ist. Du solltest dich jetzt umziehen. Ich bring dich rüber nach West Bay, bevor ich den Abwasch mache."

„Ich will nicht nach West Bay", maulte Jake. „Ich will hierbleiben und mehr über Mr Marriotts Arbeit hören." Er sah seine Mutter bittend an und schaute dann zu Quinn, als erhoffte er sich von ihm Unterstutzung. „Ich wette, Mom würde toll aussehen im Fernsehen. Sie hat früher in Filmen mitgespielt."

„Ich weiß." Quinn warf Julia einen Blick zu. Doch seine Hoffnung, Jakes Begeisterung könnte sie milder stimmen, erfüllte sich nicht.

„Die Leute bei Film und Fernsehen leben nicht in der Wirklichkeit", sagte sie und rückte ihren Stuhl zurück. „Ich war froh, dieser Kunstwelt entkommen zu sein. Das habe ich dir oft genug erzählt, Jake. Den gleichen Fehler werde ich kein zweites Mal begehen."

„Aber Mom …"

„Jake, Mr Marriott ist ein viel beschäftigter Mann. Er hat keine Zeit, sich den ganzen Nachmittag mit dir zu unterhalten." Sie räumte das Geschirr zusammen und stand auf. „Und jetzt mach dich fertig. Er wird uns sicherlich auch bald verlassen."

Tatsächlich hatte Quinn keinen Grund, länger zu bleiben. Julia hatte ihm deutlich genug zu verstehen gegeben, dass sie nicht interessiert war, was auch immer er ihr vorschlagen wollte. Er hatte getan, was er konnte. Wenn Hector damit nicht zufrieden war, sollte er jemand anderen schicken.

Aber er wollte noch nicht gehen. Und das hatte nichts mit Hector zu tun.

„Ich hab's nicht eilig", sagte er und ignorierte Julias warnenden Blick. „Ich dachte, wir könnten heute Abend gemeinsam essen gehen." Er wandte sich an Jake. „Wenn deine Party vorbei ist."

„Ich fürchte, das wird nicht gehen", widersprach Julia hastig und wandte sich in Richtung Küche. „Jake, zum letzten Mal", fügte sie hinzu, bevor sie verschwand. Der Junge sah Quinn enttäuscht an und gehorchte. Quinn blieb allein am Tisch sitzen.

Es war noch etwas Wein übrig. Er schenkte sich den Rest ein. Ehe er zum Hotel zurückfahren konnte, musste er ohnehin noch warten. Sie würde ihn schon nicht hinauswerfen. Und er wollte noch einige Antworten von ihr haben.

Er leerte das Glas und stand auf, um es in die Küche zu bringen. Julia stand an der Spüle und wusch das Geschirr. Er griff sich ein Handtuch.

„Ich komm schon zurecht", erklärte sie kühl.

Doch Quinn ließ sich nicht abweisen. „Sicher", bestätigte er. „Sag mir, wann bist du darauf gekommen, Bücher zu schreiben? War das bevor oder nachdem du dich entschlossen hattest, mit der Schauspielerei aufzuhören?"

Die Frage überraschte sie. „Nun … hinterher natürlich."

„Natürlich ist daran überhaupt nichts", entgegnete er und stellte einen Teller auf den Tisch. „Es wäre nicht das erste Mal, dass eine Schauspielerin nebenbei noch andere Dinge macht. Außerdem war ich nie in deine Pläne eingeweiht, falls du dich erinnerst."

Eine leichte Röte zeigte sich an ihrem Hals, und Quinn wurde bewusst, dass sie ihm ganz spontan, ohne Berechnung geantwortet hatte. Er war enttäuscht, als der Junge auftauchte und ihn daran hinderte, weiter nachzufragen.

„Muss ich wirklich gehen, Mom?"

„Ja, und dabei bleibt es." Sie wischte sich die Hände mit einem Papiertuch ab. „Hast du Sammys Geschenk?"

„Hier ist es." Er hob ein Paket von der Garderobe. Dann versuchte er einen letzten Kompromiss. „Könnte Mr Marriott nicht heute Abend bei uns essen? Es macht ihm bestimmt nichts aus, wenn du nicht in die Stadt fahren willst."

Julia war kurz davor, die Geduld zu verlieren. Quinn sah ein, dass er den Jungen nicht gegen sie benutzen durfte, und schüttelte den Kopf. „Ein andermal, Jake", sagte er sanft. „Genieß die Party. Wir sehen uns bestimmt wieder."

„Wann?"

Julia gab die Antwort: „Das nächste Mal, wenn Mr Marriott wieder nach San Jacinto kommt." Doch in ihrer Stimme schwang deutlich die Hoffnung mit, dass das nie passieren würde. Sie sah Quinn an. „Gehen wir?"

„Wenn du nichts dagegen hast, würde ich mich gerne noch ein wenig auf die Veranda setzen." Er war noch nicht bereit zu gehen. „Der Wein", fügte er als Erklärung hinzu. „Schließ ruhig das Haus ab. Ich sitze einfach da und genieße die Aussicht."

Sie hätte ihn wohl am liebsten von ihrem Grundstück verwiesen, vermied es aber, vor ihrem Sohn eine Szene zu machen. Stattdessen griff sie sich die Autoschlüssel und verließ gemeinsam mit Jake das Haus, ohne ein weiteres Wort zu verlieren oder die Türen zu verschließen.

Jake winkte, als sie davonfuhren. Quinn winkte zurück, bezweifelte jedoch, dass der Junge ihn sehen konnte. Seine Mutter schien jedenfalls bemüht, ihm die Sicht zu versperren.

Allein in der Küche, widerstand Quinn dem Verlangen, sich ein wenig umzusehen. Er war zwar aus beruflichen Gründen hier, doch er war kein Schnüffler. Sie hatte ihn allein im Haus zurückgelassen und ihm damit ein Vertrauen entgegengebracht, das er nicht enttäuschen wollte.

Es war aber gewiss nichts dagegen einzuwenden, wenn er sich ins Wohnzimmer setzte, wo sie sich vorhin schon aufgehalten hatten.

In London hatte Julia ein luxuriöses Apartment bewohnt, genau so, wie man es von einem Filmstar erwartete. Quinns Mutter war allerdings schon damals der Ansicht gewesen, dass das eigentlich nicht ihr Stil sei. Jetzt stand er im Eingang zu ihrem Wohnzimmer und betrachtete die chinesischen Wandteppiche, die gemütlichen Sofas und die vielen Bilder an den Wänden. Ihr jetziges Zuhause war von der Londoner Wohnung so verschieden, wie es nur sein konnte. Hatte Julia ihr damaliges Leben so gehasst, dass sie jetzt alle Spuren verwischen musste?

Quinn dachte an den Mann, der ihr diese Freiheit ließ. Und der sich so wenig für seinen Sohn interessierte, dass er in seinem Leben keine Rolle spielen wollte. Was für Gründe konnte er nur dafür haben?

Er musste verheiratet sein und in einem besonderen Verhältnis zu Julia stehen. War es vielleicht Arnold Newman selbst? War ihr deswegen als Erstes sein Name eingefallen?

Quinn erstarrte. Nein, das konnte nicht sein. Arnold Newman war ein alter Mann, weit über sechzig. Und Julia war viel zu erfolgreich gewesen, um sich auf ein Verhältnis mit ihm einzulassen.

Oder?

Er ging quer durchs Wohnzimmer auf eine Tür zu, die zu einem anderen Raum führte. Trotz all seiner hohen Ideale, er musste hineinsehen.

Es war offensichtlich ihr Arbeitszimmer. An den Wänden reihten sich Buchregale aneinander. Auf dem Schreibtisch stand ein Computer inmitten von Papierstapeln. Quinn zögerte kurz, dann ging er hinein. Er glaubte sich zu erinnern, dass Julia Stewart für ihre Detektivgeschichten mit Penny Parrish bekannt war.

Als er einen Blick auf das Manuskript warf, sah er sofort, dass dies etwas anderes war. Penny Parrish hatte keinen Hund namens Harold oder begegnete Schneedrachen. Diese Geschichte war für ein jüngeres Publikum. Und sie war spannend und einfühlsam geschrieben, mit der nötigen Prise Humor. Die Kinder, dachte Quinn, würden Harold ebenso lieben wie die Erwachsenen, die ihnen die Geschichte vorlasen.

Ohne den Blick von dem Manuskript zu wenden, setzte er sich hin und vergaß die Zeit. Das eigenwillige Verhältnis zwischen Harold und Elizabeth und die Sehnsucht des Drachen nach Liebe zogen ihn in den Bann. Bald hatte er vergessen, dass West Bay nicht weit entfernt war und er hier eigentlich nicht sitzen sollte.

„Was fällt dir ein!"

Quinn fuhr zusammen. Er hatte Julia nicht kommen hören, nicht einmal ihren Wagen. Jetzt stand sie wutentbrannt an der Tür. Er fühlte sich wie ein Dieb, der auf frischer Tat ertappt worden war.

„Ich, äh …", sagte er stockend. Dann fasste er sich wieder. „Das ging aber schnell."

„Offenbar nicht schnell genug." Sie kam ins Zimmer und riss ihm das Manuskript aus der Hand. „Das ist ja wohl das Letzte, hier in meinen privaten Papieren herumzustöbern. Wolltest du nicht auf die

Veranda? Um dich auszuruhen? Ich hätte es wissen müssen. Traue keinem Reporter!"

„Ich hab dir doch gesagt, ich bin kein Reporter", verteidigte er sich. „Es tut mir leid, wenn du mein Interesse missverstehst. Was soll ich sagen? Normalerweise lese ich keine Märchen, aber diese Geschichte ist einfach großartig."

Sie presste die Lippen zusammen. „Soll das etwa eine Entschuldigung sein?"

„Nein, es ist die Wahrheit. Die Kinder werden das Buch lieben. Du bist unglaublich talentiert."

„Ich nehme an, das überrascht dich."

„Nein." Quinn stand auf. „Warum sollte es?"

„Weil etwas mehr dazu gehört als die Fähigkeit, fremde Texte aufzusagen", erklärte sie knapp. „Schauspielerinnen sind normalerweise nicht für ihre Bildung bekannt. Auch dein Produzent dürfte kaum an meiner Intelligenz interessiert sein."

Er seufzte. „Julia …"

„Würdest du bitte gehen?" Sie sah ihn wütend an. Dann, als fürchte sie, die Beherrschung zu verlieren, drehte sie ihm den Rücken zu. „Hau ab! Verschwinde aus meinem Leben! Das bist du mir schuldig – dafür, dass ich deiner Mutter nicht mehr über dich erzählt habe."

5. KAPITEL

*J*ulia hatte eine unruhige Nacht.

Sie erklärte es sich zuerst mit der ungewöhnlichen Hitze. Als sie jedoch um vier Uhr morgens im Nachthemd vors Haus trat und die kühle Morgenluft spürte, wusste sie, dass das nicht stimmte. Ihre Schlaflosigkeit hatte andere Gründe. Gründe, die sie nicht wahrhaben wollte. Doch wenn sie jemals wieder in Ruhe und Frieden leben wollte, musste sie eine Entscheidung treffen.

Warum war Quinn bloß gekommen? Sie hätte dem anderen Mann, Neville Hager, gegenüber gleich reinen Tisch machen sollen. Ihr war zwar klar gewesen, dass sie sich nicht so leicht würden abspeisen lassen, nachdem sie ihr so dicht auf der Spur waren. Aber sie hatte nicht im Traum damit gerechnet, dass Quinn hier auftauchen und ihre Idylle zerstören würde.

Sie wusste immer noch nicht, was er eigentlich vorhatte. Nach ihrem gestrigen Streit war er gegangen, aber aufgegeben hatte er bestimmt nicht. Solange er noch auf der Insel war, konnte sie sich nicht frei fühlen. Und wenn Jake heute Abend mit der Fähre wegfuhr, war sie völlig allein.

Wenn Jake nur schon älter wäre, dachte sie, und sie alles mit ihm besprechen könnte. Seine Unterstützung wäre eine so große Hilfe. Vielleicht hätte er aber auch kein Verständnis für ihre Motive, würde ihr sogar Vorwürfe machen.

Sie war nahe daran gewesen, Quinn die ganze Wahrheit zu erzählen. Die Versuchung, ihn damit zu konfrontieren und seine selbstgefällige Fassade einzureißen, war groß gewesen.

Doch er hatte ihr nicht die Gelegenheit dazu gegeben. Vielleicht hatte er gespürt, dass sie kurz davor gewesen war aufzugeben – wie auch immer, er hatte sie nicht weiter gedrängt und war gegangen, bevor Julias wankendes Kartenhaus vollständig in sich zusammenfiel.

Zumindest dafür sollte sie dankbar sein. Was hätte ihr die Wahrheit gebracht? Die Situation hatte sich gegenüber damals nicht wesentlich geändert. Er war immer noch Lord Marriotts Sohn, sie die ältere Frau.

Sie hätte es besser wissen müssen. Sie hätte schon viel früher darauf kommen können, dass Liebe und Glück sich nur selten miteinander vertrugen. Ihre eigenen Eltern hatten sich scheiden lassen. Ihr hätte von Anfang an klar sein müssen, dass es keinen Sinn hatte, nach den Sternen zu greifen …

In jenem Sommer, als Julia von Isabel zum ersten Mal nach Courtlands eingeladen worden war, war Quinn siebzehn gewesen.

Die beiden Frauen hatten sehr rasch Freundschaft geschlossen. Bei einer von Lady Marriott unterstützten Wohltätigkeitsveranstaltung begegneten sie sich zum ersten Mal. Isabel erwies sich als großer Fan von Julias Filmen und war von entwaffnender Natürlichkeit. Sie mochte vielleicht zehn Jahre älter als Julia sein, doch die Begeisterung, mit der sie alles anpackte, was sie sich vornahm, ließ sie um vieles jünger wirken. In einer Welt, in der Unaufrichtigkeit an der Tagesordnung war, hatte Julia die Offenheit und Ehrlichkeit der älteren Frau als ungewöhnlich und erfrischend empfunden.

Sie bezweifelte, dass ihre Freundschaft jemals den Zuspruch Lord Marriotts – sie konnte sich nie daran gewöhnen, ihn beim Vornamen, Ian, zu nennen – gefunden hatte. Er war um einiges älter als seine Frau, und die Welt des Films, aus der Julia kam, mochte ihm als nicht ganz standesgemäß erscheinen.

Dennoch trafen sich Julia und Isabel sooft es nur ging. Noch häufiger sprachen sie miteinander am Telefon und redeten über ihre Probleme mit einer Offenheit, die Julia seit ihrer Kindheit nicht mehr erfahren hatte.

Bei einem dieser Telefongespräche hörte Julia zum ersten Mal Quinns Namen. Natürlich wusste sie, dass Isabel zwei Söhne hatte, die aufs Internat gingen. Aber ihre Namen waren bis dahin ebenso wenig erwähnt worden wie die Probleme, die der Ältere seinen Eltern bereitete.

„Sein Vater erwartet von ihm, dass er in Cambridge Jura studiert, und er weiß das auch", erklärte Isabel. „Für jemanden in seiner Position ist es die ideale Wahl. Aber er scheint sich für den Besitz nicht verantwortlich zu fühlen."

Der Besitz. Courtlands.

Julia kannte den Namen. Es war der Landsitz der Marriotts in Suffolk, wo Lord Marriott den Großteil seiner Zeit verbrachte. Anders als seine Frau, vermied er es nach Möglichkeit, nach London zu reisen. Zwar war er Mitglied mehrerer Aufsichtsräte, doch sein größtes Vergnügen war es, durch die Felder und Moore seines Besitzes zu streifen.

„Und er – Quinn, sagst du? – möchte nicht Jura studieren?"

„Nein." Isabel klang entmutigt. „Er möchte überhaupt nicht nach Cambridge, sondern hat die verrückte Idee, sich bei einer Kunstschule in London zu bewerben. Werbung, Public Relations oder so etwas würde ihn reizen, sagt er. Ich habe versucht ihm zu erklären, dass das völlig ungeeignet ist für den zukünftigen Eigentümer von Courtlands. Aber er hört mir gar nicht zu."

„Wie alt ist er?", fragte Julia mitfühlend. Isabel machte sich offenbar große Sorgen, denn für gewöhnlich überließ sie die Erziehung der Söhne ihrem Mann.

„Bald achtzehn", antwortete sie mit einem Anflug von Ungeduld in der Stimme. „Wenn Matthew der Ältere wäre, wäre alles viel einfacher. Er ist Ian viel ähnlicher als Quinn."

Einige Wochen nach diesem Gespräch wurde Julia für ein Wochenende nach Courtlands eingeladen.

„Sag, dass du kommst", drängte Isabel. „Die Jungen werden auch da sein. Wer weiß, vielleicht gelingt es dir, Quinn zur Vernunft zu bringen? Er bewundert dich jedenfalls sehr."

An einem sonnigen Mainachmittag, die Bäume standen in voller Blüte unter einem strahlend blauen Himmel, kam Julia mit dem Zug in Ipswich an. Bei dem ungewöhnlich warmen Wetter trug sie eine weite Baumwollhose und Leinenschuhe. Ein übergroßes T-Shirt und die dunkle Sonnenbrille sollten neugierige Blicke abwehren, und das hellblonde Haar steckte unter einer Samtmütze, sodass sie hoffen konnte, nicht erkannt zu werden. Die ganze Tarnung entpuppte sich jedoch als vergeblich, als ein junger Mann sie am Arm berührte und freundlich anlächelte.

„Miss Harvey?", fragte er. „Meine Mutter hat mich geschickt, um Sie abzuholen. Ich bin Quinn Marriott." Als sie nicht gleich reagierte, fügte er hinzu: „Isabels Sohn."

„Quinn?", wiederholte Julia zaghaft. Sie war sich nicht sicher, wen sie erwartet hatte, aber gewiss nicht diesen selbstbewussten jungen Mann. Er war mindestens zehn Zentimeter größer als sie und hatte nichts Jungenhaftes an sich.

„Ist das Ihr ganzes Gepäck?"

Während er sich zu ihrer Reisetasche beugte, schaute sie verwirrt auf sein kräftiges dunkles Haar. Seine Schultermuskeln spannten sich eindrucksvoll, als er die Tasche ergriff und sich aufrichtete. Er sah sie erwartungsvoll an.

„Oh, ja", sagte sie rasch. „Ja, das ist alles." Dann schob sie die Sonnenbrille etwas hinunter, um ihn besser betrachten zu können. „Sind Sie wirklich Quinn? Ich hatte Sie mir … nun, jünger vorgestellt."

„Ich bin siebzehn", erwiderte er, als wäre das eine Erklärung, und lächelte. „Und ich hatte Sie mir älter vorgestellt." Eine leichte Röte schien sich auf seinem Gesicht zu zeigen. „Ich habe alle Ihre Filme gesehen, Miss Harvey. Aber ich muss sagen, dass Sie mir jetzt noch weitaus besser gefallen als auf der Leinwand."

„Tatsächlich?"

Seine Komplimente machten Julia verlegen. Sie hatte nicht erwartet, dass ihre Filme einem siebzehnjährigen Jungen gefallen könnten. Interessierten sich junge Männer in dem Alter nicht eher für Action?

„Hier entlang", sagte Quinn und ging in Richtung Ausgang. Während sie neben ihm herlief, dachte sie über passende Worte nach, um das Gespräch fortzusetzen. Doch sie war immer noch verwirrt: Hatte sie es nun eher mit einem Jugendlichen oder mit einem Erwachsenen zu tun?

„Oh, Verzeihung", unterbrach er ihre Gedanken. „Ich habe Sie gar nicht gefragt, ob Sie eine gute Reise hatten."

„Oh, ja. Doch", antwortete sie und bemühte sich, sich an die letzten Stunden zu erinnern. „Die Züge sind so schnell geworden. Es ist fast wie Fliegen." Sie wartete einen Moment. „Finden Sie nicht auch?"

„Ich bin noch nicht oft geflogen", gestand er. „Nur einige Male nach Österreich und einmal in die Schweiz. Zum Skilaufen." Er schaute Julia an. „Sie haben wahrscheinlich schon so oft den Atlantik überquert, dass es Sie nur noch langweilt, oder?"

„Hm, ein bisschen schon", gab sie zu. Sie wollte nicht wie eine Aufschneiderin wirken. Tatsächlich wurde sie der ständigen Fliegerei zunehmend überdrüssig. Die Arbeit bereitete ihr zwar Freude. Doch zugleich empfand sie immer deutlicher eine Leere in ihrem Leben.

Quinn blieb neben einem alten Bentley stehen, der vor dem Bahnhof im Halteverbot parkte. Er steckte den Strafzettel, der unter dem Scheibenwischer klemmte, ein und öffnete ihr die Beifahrertür.

„Sie fahren selbst?", fragte sie unsicher, als er seine langen Beine unter das Steuer zwängte.

„Trauen Sie mir nicht?", entgegnete er. Dann, als fürchte er, die Frage könnte als unverschämt aufgefasst werden, fügte er hinzu: „Ich habe die Fahrprüfung bestanden. Außerdem fahre ich seit fünf Jahren mit den Fahrzeugen auf unseren Besitztümern. Aber erzählen Sie es bitte nicht meinem Vater."

Julia lächelte. „Ich gebe zu, dass Sie einen sehr sicheren Eindruck machen." Sie verließen das Bahnhofsgelände. „Ist das der Wagen Ihres Vaters?"

„Mmm." Er nickte bedächtig. „Er ist jedenfalls genauso altertümlich."

„Quinn!" Es sollte missbilligend klingen, doch Julia empfand bereits zu viel Sympathie für den jungen Mann, als dass sie ihm wirklich böse sein konnte.

„Nun, zumindest seine Ideen", schränkte er ein. „Ich meine, wir nähern uns dem Ende des zwanzigsten Jahrhunderts. Da sollte ein Mensch doch frei über sein eigenes Leben verfügen können."

Julia befeuchtete die Oberlippe. „Und Sie können das nicht?"

„Allerdings nicht!", rief er aus. „Entschuldigung, aber das ist im Moment ein wunder Punkt. Mein Vater möchte, dass ich mir langweilige Jura-Vorlesungen in Cambridge anhöre. Ich möchte dagegen lieber in London Kunst studieren."

„Ich verstehe."

„Ja?" Er wandte sich ihr kurz zu und sah sie hoffnungsvoll an. „Natürlich, das ist ja Ihr Gebiet. Meine Mutter hat erzählt, Sie hätten Ihre Ausbildung auch in London absolviert."

„Den Schauspielunterricht, ja", sagte sie rasch. Sie musste aufpassen, wenn Quinn sie nicht als Verbündete gegen seine Eltern einspannen sollte. Sie schaute interessiert aus dem Fenster. „Ganz schön viel los. Ist das schon der Wochenendverkehr?"

„Möglich." Er akzeptierte den Themenwechsel. „Wir kommen nicht besonders oft in die Stadt. Meine Mutter erledigt ihre Einkäufe meistens in London, und um das Übrige kümmert sich Mrs Stubbs."

„Aha."

Durch die geöffneten Autofenster konnte Julia das Meer riechen. Ipswich war nicht nur der Regierungssitz von East Suffolk, sondern auch eine geschäftige Hafenstadt. Aus dem Reiseführer, den sie während der Bahnfahrt gelesen hatte, hatte Julia erfahren, dass die ersten Menschen sich schon in der Steinzeit hier angesiedelt hatten.

„Wissen Sie", sagte Julia, als sie die Randbezirke der Stadt hinter sich ließen, „vielleicht sollten Sie die Erfahrung Ihres Vaters nicht so gering schätzen. So furchtbar langweilig muss ein Jurastudium in Cambridge gar nicht sein. Und es steht Ihnen ja frei, danach eine zweite Ausbildung zu machen."

Quinn atmete nun tief ein. „Ich vermute, meine Mutter hat Sie schon bearbeitet." Er bremste, als sie sich einem Zebrastreifen näherten. „Keine Sorge, Miss Harvey. Ich werde ein braver Sohn sein." Er schmunzelte. „Aber erzählen Sie meiner Mutter bitte nichts davon."

Das Geständnis verblüffte Julia sehr. Isabels Befürchtungen schienen sich als unbegründet herauszustellen. Bisher jedenfalls machte Quinn den Eindruck, als würde er meinen, was er sagte.

Während sie noch darüber nachdachte, richtete sie den Blick unbewusst auf seine Schenkel. Die kräftigen Muskeln zeichneten sich unter den Jeans deutlich ab, als er auf die Bremse trat. Ihr Blick wanderte höher …

Sie richtete sich abrupt in ihrem Sitz auf, als ihr bewusst wurde, wohin sie schaute. Was war nur über sie gekommen, dass sie ihn wie einen potenziellen Liebhaber musterte? Sie hatte sich noch nie für Teenager interessiert. Doch von ihm ging eine merkwürdige Anziehungskraft aus.

Es musste seine Größe sein. Die kräftigen Beine und die langen, sonnengebräunten Finger, die das Lenkrad lässig hielten, hatten etwas Verführerisches. Er mochte ein Jüngling sein, doch er wirkte erwachsen. Sie war sicher nicht die erste Frau, die das bemerkte.

„Glauben Sie mir nicht?"

Sie wandte sich ihm zu. „Wie bitte?"

„Dass ich nach Cambridge gehen werde", erklärte er.

Julia vermutete mit Unbehagen, dass ihm ihre Irritation nicht entgangen war. „Oh, im Gegenteil. Ich bin sicher, Ihre Mutter wird begeistert sein." Sie setzte ein mütterliches Lächeln auf, um ihre Unterstützung für Isabel zu unterstreichen. „Es ist nicht immer leicht, die eigenen Kinder davon zu überzeugen, dass man nur ihr Bestes im Sinn hat. Aber oft genug danken junge Leute ihren Eltern später für die gleichen Dinge, für die sie sie früher abgelehnt haben."

Quinn schaute sie kurz an und lächelte verständnisvoll. Hatte er ihre Absichten erraten? In diesem Moment wünschte sich Julia, Isabel hätte sie vom Bahnhof abgeholt. Sie hatte nicht erwartet, dass es so schwierig werden würde.

„Wie viele Kinder haben Sie, Miss Harvey?" Das klang nach einer Fangfrage, doch sie wollte sich nicht darauf einlassen.

„Keine", antwortete sie fröhlich. „Aber ich habe trotzdem meine Erfahrungen. Ich habe gesehen, was passieren kann, wenn Eltern und Kinder sich zerstreiten."

„Dann halten Sie mich also noch für ein Kind?", beharrte er.

Hätte sie das Thema doch nie angesprochen! „Es ist sicherlich völlig unwichtig, was ich denke", erklärte sie ausweichend. „Ist es nicht ein herrlicher Tag? Viel schöner als in London."

Zu ihrer Erleichterung schien er sich damit zufriedenzugeben. Inzwischen lag die Stadt weit hinter ihnen, und blühende Sträucher säumten die schmale Landstraße. Julia roch die salzige Meeresluft und hörte das Geschrei der Möwen, Reiher und Schwalben.

Doch sie war nicht entspannt genug, um die zauberhafte Landschaft wirklich genießen zu können. Von dem Optimismus, mit dem sie London verlassen hatte, war nicht viel geblieben. Dafür schien es eigentlich keinen Grund zu geben. Dennoch hatte sie das Gefühl, dass sie besser nicht hergekommen wäre.

Es hatte doch wohl nichts damit zu tun, dass der junge Mann neben ihr sie so nervös machte? Das war einfach zu lächerlich. Nach all den fabelhaften Männern, mit denen sie zusammengearbeitet hatte, brachte sie der Anblick eines Siebzehnjährigen aus der Fassung!

Julia war durchaus nicht die Frau, für die die meisten ihrer Fans sie hielten. Abgesehen von einer verunglückten Liebesaffäre als Teenager, war sie vergleichsweise unerfahren. Die Gerüchte über die Affären mit ihren männlichen Partnern beim Film waren alle frei erfunden. Julia vermutete, dass die Studios sie selbst in Umlauf setzten, weil sie die Filme aufregender machten.

„Sind Sie jetzt sauer?"

Quinns leise Frage schreckte Julia aus ihren Gedanken. Ja, sie war sauer, aber nicht auf ihn. Sie ärgerte sich über sich selbst, weil sie sich von Gefühlen hatte überwältigen lassen, die gar nicht erst hätten entstehen dürfen.

„Nein", antwortete sie nach einer kurzen Pause. „Warum sollte ich?"

„Ich war vielleicht etwas zu grob", erklärte er. „Natürlich weiß ich, dass Sie nie verheiratet waren und keine Kinder haben. Ich lese schließlich Zeitung."

„Dann sollten Sie auch wissen, dass Sie nicht alles glauben dürfen, was die Zeitungen schreiben", belehrte sie ihn und hoffte, dass er ihr die innere Unruhe nicht anmerkte. „Wie weit ist es noch bis Courtlands? Oh …" Sie deutete auf eine Landzunge vor ihnen. „Ist das das Meer?"

Quinn runzelte die Stirn und sah in die angegebene Richtung. „Was?", fragte er. „Oh, ja, das ist das Meer." Dann schaute er wieder zu Julia. „Es stimmt also nicht, dass Sie zurzeit ohne Mann sind?"

Sie seufzte: „Ich habe immer Männer um mich, Quinn", erwiderte sie nicht ganz wahrheitsgetreu. „Könnten wir jetzt das Thema wechseln? Ich glaube nicht, dass Ihre Mutter mit diesem Gespräch einverstanden wäre."

6. KAPITEL

*J*ulia hatte dunkle Vorahnungen, als sie ihren Sohn am Nachmittag zur Fähre brachte.

Es war kein guter Tag gewesen. Anders als sonst hatte sie das Wochenende mit Jake nicht genießen können. Zwar hatten sie zum Frühstück Pfannkuchen gegessen und den Vormittag gemeinsam im Segelboot verbracht. Aber Julia war nicht ganz bei der Sache gewesen, und Jake war das nicht entgangen.

„Du magst Mr Marriott wohl nicht besonders?", fragte er während der Fahrt zur Stadt. Es war das erste Mal, dass er den Besucher vom Vortag erwähnte.

„Ich … habe nichts gegen ihn", wich sie aus. „Ich mag nur keine Presseleute um mich haben. Vor allem deswegen bin ich nach San Jacinto gezogen."

„Kennst du ihn aus der Zeit, als du Schauspielerin warst?"

Über diesen Abschnitt in Julias Leben wusste Jake nur wenig. Sie hatte die Bedeutung ihrer früheren Filmkarriere immer heruntergespielt, und er interessierte sich ohnehin mehr für ihre Tätigkeit als Kinderbuchautorin. Bevor Quinn kam, hatte er sie nie gefragt, warum sie damals England verlassen hatte.

„Es ist lange her", erklärte sie ihm jetzt etwas widerstrebend. „Bevor du geboren wurdest. Hast du an deine Sportsachen gedacht? Ich hatte sie dir ins Zimmer gelegt."

„Hab ich." Ihre Antwort hatte ihn offensichtlich nicht befriedigt. „Kennt ihr euch aus England? Ist er deswegen gekommen? Weil er auch Schauspieler war?"

Julia seufzte. Auf diesen Moment hatte sie gewartet, seit sie Quinn beim Verlassen der Fähre gesehen hatte. „Mr Marriott ist kein Schauspieler", antwortete sie. „Er hat es dir doch selbst gesagt, er arbeitet beim Fernsehen. Als Reporter, vermute ich. Die sind so ähnlich wie Zeitungsreporter, nur dass sie ihre Geschichten auf dem Bildschirm erzählen."

„Toll." Jake war beeindruckt. „Bist du auch im Fernsehen aufgetreten?"

„Ganz selten. Ich hab in einigen Filmen mitgespielt, weiter nichts. Das habe ich dir doch schon erzählt."

Er kratzte mit dem Fuß am Gangschaltungsgehäuse. Julia fragte sich, ob alles einfacher gewesen wäre, wenn Quinn – oder irgendjemand –

sie früher gefunden hätte. Jetzt, mit zehn Jahren, war Jake alt genug, um Unstimmigkeiten in ihren Schilderungen zu bemerken.

„Kannte er denn meinen Vater?", fragte er nach einer Weile. Die Röte in seinem Gesicht verriet, dass er wusste, wie heikel die Frage war. Er stellte überhaupt selten Fragen und nahm Julias Erklärungen erstaunlich widerspruchslos hin. War sie jetzt gezwungen, dieses Vertrauen zu zerstören?

„Ich … bin mir nicht sicher", sagte sie und schalt sich selbst für die Zweideutigkeit ihrer Antwort. Wenn Jake nun auf die Idee kam, Quinn nach seinem Vater zu fragen? Und wenn Quinn Verdacht schöpfte? Warum hatte das alles nicht noch ein paar Jahre warten können?

Jake rümpfte die Nase und schien nachzudenken. „Aber woher wusste er, wo er uns findet?"

„Er wusste es nicht." Das Getriebe knirschte, als sie herunterschaltete, um die steile Strecke zum Hafen hinunterzufahren. „Du warst doch dabei. Ich hab ihn getroffen, als ihr beide von der Fähre kamt."

Als sie jetzt auf die malerisch gelegene Stadt herabschaute, mochten sich die gewohnten Geborgenheitsgefühle nicht einstellen. San Jacinto war keine Zuflucht mehr. Sie konnte sich nicht mehr einreden, ihre Vergangenheit hinter sich gelassen zu haben. Jetzt konnte sie nur noch versuchen, den Schaden möglichst gering zu halten.

„Ob er vielleicht auch mit der Fähre zurückfährt?", fragte Jake auf einmal mit Optimismus in der Stimme. „Das könnte doch sein, Mom, oder? Vielleicht ist er nur fürs Wochenende gekommen, genau wie ich."

Julia hoffte es nicht und tadelte sich im nächsten Moment dafür. Es war so oder so egal. Selbst wenn Quinn abgereist war, würde er wiederkommen. Er war noch nicht fertig mit ihr.

Zu Jakes Enttäuschung und Julias vorübergehender Erleichterung wartete kein bekannter Engländer am Fähranleger. Außer Jake gab es noch zwei Passagiere, doch die kümmerten sich nicht um Julia. Sie waren viel zu sehr mit sich beschäftigt. Julia vermutete, dass sie hier ihre Flitterwochen verbracht hatten und jetzt nach einer unvergesslichen Reise nach Hause zurückkehrten.

Während der Rückfahrt nach Renaissance Bay fühlte Julia sich einsamer als sonst. Sie hasste diese Sonntagabende mit der Aussicht auf fünf weitere Tage ohne ihren Sohn. Jake gegenüber verbarg sie diese Gefühle allerdings. Für ihn war es wichtig, von der Insel wegzukommen. Er sollte nicht so ein Einsiedler werden wie sie.

Sie sah Quinns Auto, als sie aus der letzten Kurve vor ihrem Haus kam. Obwohl es schon fast dunkel war, war die helle Karosserie im letzten Licht der Dämmerung noch gut zu erkennen. Vom Fahrer war allerdings weit und breit nichts zu sehen. Falls er wieder in ihr Haus eingedrungen war, würde sie diesmal sofort die Polizei rufen. Zwar gab es nicht viele Polizisten auf San Jacinto, doch Henry Lafeyette war kräftig genug, um die Sache notfalls auch allein zu klären.

Bevor sie aus dem Wagen ausstieg, musterte sie sich kurz im Spiegel. Auf die vage Aussicht hin, Quinn zu begegnen, hatte sie eine weite Baumwollhose und eine dazu passende Jacke angezogen. Sie fühlte sich sicherer, wenn sie gut gekleidet war.

Sie strich die Falten aus der Jacke, kontrollierte den Sitz der Bluse und warf einen letzten Blick auf die Frisur. Dann ging sie entschlossen an der Villa vorbei zum hinteren Eingang.

Er stand am Rand des Hinterhofs und schaute aufs Meer hinaus. Seine Kleidung war dunkel, sein Haar kräuselte sich im Wind. Wie er so dastand, die Hände tief in den Hosentaschen vergraben, sodass sich seine breiten Schultern eindrucksvoll abzeichneten, bot er einen Anblick, den Julia mehr oder weniger erwartet hatte. Womit sie jedoch nicht gerechnet hatte, war die plötzliche Beschleunigung ihres Pulsschlags.

Er hörte sie kommen. Sie hatte gerade die Ecke des Hauses erreicht, als er sich zu ihr umdrehte. Seinem abschätzenden Blick entging kein Detail. Aber entgegen ihren Erwartungen war er nicht im Geringsten eingeschüchtert. Sein Gesicht drückte nur Verachtung aus.

Es fiel Julia schwer, die Fassung zu bewahren. „Was willst du?", fragte sie. Sie fürchtete, die Antwort bereits zu kennen.

Ohne die Hände aus den Taschen zu nehmen, kam er auf sie zu. Sie unterdrückte den Impuls zurückzuweichen. Falls es zu Gewalttätigkeiten kam, war es besser, wenn es hier draußen geschah.

„Hast du gedacht, ich würde nicht kommen?", fragte er kuhl. „Du kannst doch nicht wirklich geglaubt haben, dass du so davonkommst? Dir muss doch klar gewesen sein, dass ich dahinterkommen würde."

Julias Kehle war wie zugeschnürt, und die Beine drohten ihr den Dienst zu versagen.

„Ich frage mich nur, was du damit erreichen wolltest?" Quinns Stimme hatte jetzt einen schärferen Klang. „Oder war es nur reine Bosheit? Du hattest keinen Grund dafür. Der Mann, der deinen Aufenthalt verraten hat, lebt nicht mehr."

Julia blinzelte verwirrt. Selbst wenn sie nicht so durcheinander gewesen wäre, hätte sie kaum verstanden, wovon er überhaupt redete. Ihre inneren Vorbereitungen für genau so eine Situation waren auf einmal wie weggeblasen. Sie war nur froh, dass Jake nicht da war.

„Ich glaube nicht …"

„Oh, gib dir keine Mühe, es abzustreiten!", unterbrach Quinn zornig. „Das schlechte Gewissen steht dir ins Gesicht geschrieben. Ich will nur wissen, ob du es allein getan hast. Oder hat Hope dir geholfen? Ich sollte ihn anzeigen dafür, dass er meine Rechte verletzt hat."

Sie sah ihn verständnislos an. „Was … was für Rechte?", fragte sie zögernd. Vielleicht war noch nicht alles verloren.

„Die Rechte eines jeden Hotelgastes", erwiderte Quinn noch rätselhafter. „Was hast du dir davon versprochen, meine Sachen zu durchsuchen?"

Julia fühlte sich schwindlig. „Deine Sachen durchsuchen?", wiederholte sie. „Ich … ich verstehe nicht. Ich habe deine Sachen nicht angerührt. Wovon redest du überhaupt?"

Er seufzte ungeduldig, nahm die Hände aus den Hosentaschen und packte Julia an den Oberarmen. „Beruhige dich", sagte er, als ihr Kopf in den Nacken fiel. „Lass uns hineingehen. Du solltest etwas trinken."

„Nein."

Sie versuchte sich aus seinem Griff zu befreien, von seinen Händen, die ihr nur allzu vertraut waren. Genau wie der Duft seines Rasierwassers, der ihr jetzt in die Nase stieg. Sie wollte ihn nicht in ihrem Haus haben. Sie wollte nicht, dass er sie berührte. Und vor allem wollte sie nicht darüber nachdenken, was für ein Unheil sie möglicherweise angerichtet hatte.

„Ich sagte, beruhige dich!", rief Quinn ungeduldig. Dann hob er Julia einfach hoch und trug sie über den Hinterhof. „Wir werden das jetzt ein für alle Mal klären", sagte er, als er die Stufen der Veranda hinaufstieg. Vor der Tür, die in die Küche führte, setzte er sie ab, ließ aber einen Arm auf ihren Schultern. „Wo sind die Schlüssel? In deiner Handtasche?"

„Ich habe keine Handtasche", antwortete sie. Ihre Stimme zitterte immer noch. „Du weißt genau, dass nicht abgeschlossen ist. Tu nicht so, als hättest du es nicht längst festgestellt."

„Hab ich nicht", erwiderte er kurz angebunden, stieß die Glastür auf und schob Julia hinein. Dann knipste er die Lampen an, die die verschiedenen Arbeitsflächen anstrahlten. „Ich nehme an, du wolltest es mir heimzahlen, weil ich dein Manuskript gelesen habe."

Es gelang ihr endlich, sich seinem Griff zu entziehen. Sie stellte sich ans andere Ende der Küche. Der Abstand gab ihr wieder etwas mehr Sicherheit. „Ich hab dir gesagt, ich habe keine Ahnung, wovon du redest." Sie schüttelte den Kopf. „Ich war gerade im Hafen und habe Jake zur Fähre gebracht."

„Ich weiß, wo du herkommst." Quinn schloss die Tür, wandte sich zu Julia um und verschränkte die Arme vor der Brust. „Ich meine nicht jetzt. Ich meine letzte Nacht."

Sie befeuchtete ihre Lippen. Allmählich wurde ihr klar, dass sie irgendetwas falsch verstanden hatte und er nicht gekommen war, um ihr wegen ihres Sohnes Vorwürfe zu machen. „Letzte Nacht?", wiederholte sie ausdruckslos.

„Ja, letzte Nacht." Als er merkte, wie bleich sie immer noch war, murmelte er etwas Unverständliches. „Hör zu", fuhr er fort, „du solltest etwas trinken. Wo hast du deinen Whisky?"

„Ich trinke nicht", erwiderte sie hastig. „Jedenfalls keinen Whisky. Und ich werde keinen Wein aufmachen, nur um dein … schlechtes Gewissen zu beruhigen."

„Mein schlechtes Gewissen?", knurrte er. „Warum sollte ich mich schuldig fühlen? Du bist diejenige, die mir etwas zu erklären hat. Ich habe mir nur Sorgen gemacht."

„Sorgen? Um mich?" Julia wollte Verachtung in ihre Worte legen, doch ihre schauspielerischen Fähigkeiten ließen sie im Stich. Stattdessen klang sie, als würde sie gleich in Tränen ausbrechen.

Quinn schimpfte leise vor sich hin, als er auf sie zukam. „Um Himmels willen, Julia, setz dich, bevor du umkippst." Er beachtete ihre schwache Abwehr gar nicht, sondern drehte sie herum und schob sie ins Wohnzimmer. „Also", fragte er, während sie noch immer versuchte, gegen ihre Schwäche anzukämpfen, „wo hast du deinen Brandy? Versuch nicht, mir weiszumachen, du hättest keinen."

„Ich will keinen Brandy", sagte sie und fiel mehr auf das Sofa, als dass sie sich setzte. Sie befürchtete, dass Alkohol ihren Zustand nur noch verschlimmern würde.

„Na schön. Aber ich." Er ging zurück in die Küche und durchsuchte lautstark die Schränke.

Sie gab nach. „Er steht im Esszimmer", erklärte sie widerstrebend.

„Danke."

Seine Antwort war ironisch, aber Julia war zu sehr mit sich beschäftigt, um darauf zu achten. Während Quinn im Esszimmer das Licht einschaltete und den Brandy aus dem Schrank holte, versuchte sie sich wieder unter Kontrolle zu bekommen. Offensichtlich hatten sie bisher aneinander vorbeigeredet. Wenn er sie als Einbrecherin bezeichnete, musste er dafür einen Grund haben.

Er kam mit dem Brandy und zwei Gläsern zurück. Sie verzichtete darauf, etwas zu trinken. Allein der Duft wirkte belebend genug. Aber als sich Quinn zu ihr aufs Sofa setzte, spürte sie wieder die innere Unruhe.

„Geht's dir jetzt besser?", fragte er und zog dabei eine Augenbraue hoch.

„Mir geht's gut", behauptete sie. Das war übertrieben. Immerhin musste sie die Knie zusammenpressen, damit sie nicht zitterten.

„Also …" Er streckte ein Bein aus und klopfte sich einen Staubfussel von der Hose. „Wo liegt das Problem?"

Sie schluckte. „Du scheinst zu glauben, dass ich dein Hotelzimmer durchsucht habe."

„Genau." Er musterte sie aufmerksam. „Ganz schöne Zeitvergeudung, was?"

„Das wäre es bestimmt gewesen." Sie atmete tief durch. „Wenn ich es getan hätte."

„Was soll das heißen?" Er verzog den Mund zu einem ironischen Lächeln. „Julia, jemand hat gesehen, wie letzte Nacht eine Frau aus meinem Zimmer kam."

„Tatsächlich?" Es gelang ihr, ebenfalls ironisch zu klingen. „Wie ungewöhnlich!"

Quinn seufzte tief. „Warum streitest du es ab?" Er hob das Glas und trank einen Schluck Brandy. „Gut, als ich herkam, war ich wütend. Aber jetzt bin ich bereit, darüber zu reden. Du hattest wahrscheinlich deine Gründe, und die möchte ich gern erfahren."

„Nein", sagte sie verärgert. Allmählich kehrte ihre Selbstsicherheit zurück. „Da gibt es nichts zu bereden. Ich war es nicht. Gestern Abend war ich hier und habe mit meinem Sohn zu Abend gegessen."

„Und danach?"

„Danach bin ich ins Bett gegangen. Wofür hältst du mich, Quinn? Warum, in aller Welt, sollte mir daran gelegen sein, unsere Verbindung noch länger aufrechtzuerhalten?"

„Wer war es dann?", fragte er mürrisch.

Julia schüttelte den Kopf. „Das ist dein Problem, nicht meins." Sie zuckte ungeduldig die Schultern. „Warum sollte jemand dein Zimmer durchsuchen? Ist etwas gestohlen worden?"

„Nein", gab er zu. „Es fehlt nichts."

„Nichts?" Sie sah ihn überrascht an. „Warum dann …?"

„Ich war sicher, dass du es warst." Er leerte sein Glas in einem Zug und schenkte sich gleich nach. „Ich dachte, du wolltest wissen, wie ich dich gefunden habe."

„Oh." Sie schluckte. „Nun, das interessiert mich tatsächlich", gestand sie. „Aber deswegen würde ich nicht einbrechen."

„Mmh."

Er beobachtete sie aus den Augenwinkeln. Julia fragte sich, ob sie wohl aufstehen und noch mehr Lampen einschalten sollte. Doch sie fürchtete, dass ihr die Beine den Dienst versagen könnten. Im Moment war die Stehlampe neben dem Sofa die einzige Lichtquelle. Das verlieh der Situation eine unangenehme Intimität.

„Warum kann es nicht jemand vom Zimmerservice gewesen sein?", fragte Julia, um das Schweigen zu beenden.

Quinn zuckte die Schultern. „Es war spät", sagte er, als wäre das schon eine ausreichende Erklärung. Dann schien er noch einmal darüber nachzudenken. „Ach, ich weiß nicht. Vielleicht war es wirklich das Zimmermädchen. Normalerweise kommt sie früher, aber sie könnte gestern einfach spät dran gewesen sein. Vielleicht habe ich mich geirrt. Vielleicht bekomme ich allmählich Verfolgungswahn."

In seinen dunklen Augen spiegelte sich jetzt ein Gefühl, das Julia nicht einordnen konnte. Erschrocken hielt sie den Atem an. Er sah auf einmal so jung aus, wieder ganz so, wie sie ihn von früher kannte.

„Wie auch immer", sagte er, während sie versuchte, etwas mehr Abstand zwischen sich und ihn zu bringen. „Ich glaube, ich muss mich schon wieder entschuldigen. Ich wollte nicht grob werden."

Ihr Mund war wie ausgetrocknet. „Schon … schon gut."

„Nein, nichts ist gut." Zu ihrem Entsetzen rückte er näher und drückte dabei das Kissen zusammen, das bisher verhindert hatte, dass ihre Beine sich berührten. Er nahm ihre Hand und streichelte mit dem Daumen ihr Handgelenk. „Ich weiß, dass unser Wiedersehen bis jetzt nicht sehr ermutigend verlaufen ist, Julie. Aber ich war auch ziemlich aufgeregt." Auf seinen Lippen zeigte sich die Andeutung eines Lächelns. „Man begegnet nicht jeden Tag der Frau, die einen alles gelehrt hat, weißt du."

„Ich habe nicht …"

„Doch, du hast. Aber das müssen wir jetzt nicht weiter erörtern."
Sie hatte den Kopf gesenkt, konnte jedoch förmlich spüren, wie er ihre
Wange mit seinem Blick streifte. „Ich konnte dir nie erzählen, wie es
mir ging, nachdem du so einfach verschwunden warst." Er seufzte
wehmütig. „Ich war am Boden zerstört. Das musst du mir glauben,
Julie. Ich konnte einfach nicht fassen, wie du mir so etwas antun konntest. Wie du uns so etwas antun konntest."

Julia unternahm einen zaghaften Versuch, ihre Hand wegzuziehen.
Doch Quinn hielt sie fester, als sie erwartet hatte. Sie musste endlich
aufhören, sich wie eine zickige Jungfrau zu benehmen, wenn er nicht
noch Verdacht schöpfen sollte. Außerdem, was konnte eine so harmlose Berührung schon für Schaden anrichten?

Eine Menge, warnte sie eine innere Stimme. Diese kräftigen Finger
konnten erstaunlich zärtlich sein. Sie erinnerte sich, wie sehr deren Berührung sie damals erregt hatte. Jetzt kam es ihr unglaublich vor, dass
sie dem jungen Quinn solche Freiheiten gestattet hatte. Das lag allerdings auch daran, dass er ihr nie wirklich so jung vorgekommen war.

„Erinnerst du dich, wie ich dich das erste Mal in deiner Wohnung
besucht habe?", fragte er sanft. Mit dem Daumen strich er jetzt über
ihre empfindsame Handfläche, während sein Blick auf ihren Nacken
gerichtet war. „Du warst so erstaunt, mich zu sehen."

„Es war eine Überraschung", brachte sie mühsam hervor.
„Quinn …"

„Damals hast du mich nicht weggeschickt", erinnerte er sie im gleichen Tonfall. Sie spürte mehr, als dass sie sah, wie er die Hände wechselte und den Daumen, mit dem er sie gestreichelt hatte, an seine Lippen
hob.

„Ich hätte es tun sollen." Sie nutzte die Gelegenheit, ihre Hand wegzuziehen. „Quinn, was versprichst du dir davon, in Erinnerungen zu
schwelgen? Ich jedenfalls würde die Vergangenheit lieber vergessen.
Wolltest du dich nicht für etwas entschuldigen?"

„Tu ich das nicht?"

„Nein." Sie zwang sich, ihn direkt anzusehen. „Ich glaube, es ist
besser, wenn du jetzt gehst. Wir könnten sonst noch etwas sagen, das
wir später bedauern."

„Oh, das glaube ich nicht. Ich bedaure überhaupt nichts."

„Ich schon." Julia schluckte. Das war zumindest nicht gelogen.
„Quinn, bitte."

„Bitte was?"

Entschlossen erhob sie sich vom Sofa. Sie brauchte Abstand zu ihm, sowohl geistig als auch körperlich. Doch Quinn tat ihr nicht den Gefallen, sitzen zu bleiben. Er legte ihr die Hand auf die Schulter, um sie am Fortgehen zu hindern, und fragte: „Julie, wovor hast du Angst? Du weißt, ich könnte dir nie etwas zu Leide tun."

Das war eindeutig zu nah. „Ich habe keine Angst", erklärte sie. „Aber es ist zehn Jahre her, Quinn. Menschen verändern sich."

„Sie hören auf, sich zu lieben? Meinst du das?" Die Hand auf der Schulter war ihr unangenehm. Er tat ihr nicht weh, aber er drängte sie. Sie spürte seinen heißen, unregelmäßigen Atem.

„Wir haben uns nie geliebt", behauptete sie. Doch sie sah ihn dabei nicht an.

Dabei hatte sie ihn wirklich nicht geliebt. Sie war verrückt nach ihm gewesen, ja. Genau wie er nach ihr. Mehr nicht. Eine kurze und, wie sich herausstellte, bittere Affäre. Und gewiss nichts, was sie noch einmal erleben wollte.

„Ich habe dich geliebt", sagte er. Dabei senkte er den Kopf und berührte ihr Ohr mit der Zunge. Das war das Letzte, was sie in diesem Moment erwartet oder sich gewünscht hätte.

Sie entzog sich seinem Griff und ging einen Schritt zur Seite. „Quinn, das ist lächerlich!" Jetzt, da das Sofa zwischen ihnen stand, konnte sie ihn wieder ansehen. „Glaub bloß nicht, ich würde mich von dir zum Narren machen lassen, nur weil ich damals fortgegangen bin."

Quinn zuckte zurück. „Glaubst du wirklich, dass ich das vorhabe? Dich zum Narren zu machen?"

„Ich weiß nicht, wie du es sonst nennen willst." Sie presste einen Moment die Lippen zusammen. „Du wirst mir hoffentlich nicht weismachen wollen, dass du die letzten zehn Jahre nach mir gesucht hast. Unser … Verhältnis war schon lange zu Ende, bevor ich nach Los Angeles ging."

„Weil ich dich gefragt hatte, ob du mich heiraten wolltest."

Die Erinnerung daran traf Julia wie ein Messerstich. Vor jenem Moment hatte sie geglaubt, alles im Griff zu haben. Vor jenem Moment hatte sie nie über die Zukunft nachgedacht.

Ihre Schauspielerfahrung half ihr, ein Lächeln aufzusetzen. „Stimmt", sagte sie. „Ich wage kaum, mir die Reaktion deines Vaters vorzustellen, wenn er davon erfahren hätte."

„Hör auf damit!"

Quinns scharfer Tonfall ließ sie erschrocken zusammenfahren. Bis jetzt schien er sich vollkommen unter Kontrolle gehabt zu haben. Aber Julias Worte mussten einen empfindlichen Nerv getroffen haben. Auf einmal war alle Gelassenheit aus seinem Gesicht verschwunden.

Sie sah ihn ungläubig an, während sie sich bemühte, sich nichts von dem Gefühlsorkan anmerken zu lassen, der in ihrem Innern tobte. Er spielte ihr nichts vor. Sie hatte ihn wirklich ziemlich verletzt!

Mitgefühl war allerdings das Letzte, was sie jetzt für ihn empfinden wollte. Zurückhaltung war angemessen, vielleicht auch Geduld. Aber Mitgefühl war gefährlich. Von da war es nur ein kleiner Schritt zum Bedauern.

Außerdem hatte sie ihn schon halb davon überzeugt, dass für sie alles nur eine amüsante Affäre, eine willkommene Abwechslung gewesen war. Diesen Vorteil durfte sie nicht verspielen. „Was ist los mit dir, Quinn?", fragte sie mit leichtem Spott. „Gefällt dir die Wahrheit nicht? Schließlich hast du damit angefangen."

Ein Schatten legte sich auf sein Gesicht. „Mehr hat es dir nicht bedeutet? Ein kleines Zwischenspiel? Eine nette Affäre, die du gleich darauf bedauert hast?"

Sie atmete tief durch. „Allerdings. Was sonst?" Sie zuckte die Schultern. „Das heißt nicht, dass ich es nicht genossen hätte."

Quinn sah sie aus zusammengekniffenen Augen an. „Genossen?", wiederholte er grimmig. „Du hast es genossen, einen unschuldigen Jungen in einen liebestollen Idioten zu verwandeln?"

„So war es nicht." Julia sprach hastiger, als sie plötzlich bemerkte, dass die Distanz zwischen ihnen geringer geworden war. Mit jedem seiner Worte war Quinn ihr etwas näher gekommen. Sie wich zurück. „Wenn du einen falschen Eindruck bekommen hast, kann ich nichts dafür."

„Einen falschen Eindruck? Julie, als wir das erste Mal miteinander geschlafen haben, war ich praktisch unerfahren."

„Aber ein Unschuldsengel warst du auch nicht." Hinter sich spürte sie jetzt die Wand, die den Wohnraum von ihrem Arbeitszimmer trennte. „Ich war nicht die erste Frau, mit der du im Bett warst."

„Oh doch, das warst du." Quinn stand unangenehm dicht vor ihr. Sie konnte die Wärme seines Körpers spüren und deutlich die kleinen Schweißperlen erkennen, die sich unterhalb seiner Kehle gebildet hatten. „Oder glaubst du etwa, meine ersten ungeschickten Versuche mit Frauen, von denen ich erzählt hatte, hätten im Bett stattgefunden?"

Julia machte eine abwehrende Geste. „Darüber möchte ich jetzt wirklich nicht diskutieren." Ihr Herz schlug heftig, und im Rücken drückte die Wand. Auf einmal war sie sich ihrer Verletzlichkeit bewusst. Ohne Jakes Gegenwart gab es für Quinn keinen Grund, sich zurückzuhalten. Sie schüttelte den Kopf. „Es tut mir leid, wenn du das Gefühl hast, ich hätte dich ausgenutzt. Immerhin habe ich einen Schlussstrich gezogen, bevor irgend… irgendwelcher Schaden entstehen konnte."

„Das glaubst auch nur du", sagte er. „Und wenn ich dir nun verrate, dass ich nach deinem Verschwinden einen Nervenzusammenbruch hatte?"

„Das ist nicht wahr."

„Ach, tatsächlich?" Ohne besondere Eile hob er den Arm und strich ihr mit dem Handrücken über die Wange. „Es war dir doch völlig egal, wie's mir ging."

Nein, das war mir nicht egal!

Einen Moment lang wusste Julia nicht, ob sie die Worte laut ausgesprochen hatte. In Quinns Gesicht konnte sie jedoch keine Veränderung bemerken. Er war zu sehr mit sich und seinen Gefühlen beschäftigt, um ihre Verwirrung zu bemerken. Sie atmete tief ein und drehte den Kopf zur Seite, um seiner Berührung zu entkommen. Doch er ließ die Finger einfach zu ihrem Hals gleiten, wo eine wild pulsierende Schlagader ihre Erregung verriet.

„Quinn …", brachte sie mit Mühe hervor, „… das ist nicht sehr feinfühlig."

„Feinfühliger geht es gar nicht", widersprach er und zog am Ausschnitt ihres Tops. Das elastische Material gab nach, sodass der Ansatz ihrer Brüste zu sehen war, die sich unter dem seidenen Stoff nur allzu deutlich abzeichneten.

Sie wollte seine Hand beiseiteschieben, aber er widerstand ihren Versuchen. Stattdessen packte er ihre Hand und drückte sie sanft auf ihre Brust, sodass sie ihre eigene Erregung fühlen konnte. Die erotischen Empfindungen wirkten in dieser Situation völlig unangebracht. Julia stieß einen leisen Protestschrei aus. „Lass das, Quinn. Ich gebe dir deine Story, wenn du das willst. Aber tu mir das nicht an."

„Warum nicht?" Er ließ sie die Hand wegziehen und begann ihre Taille zu streicheln. „Ich denke, du bist mir mehr als eine billige Erklärung schuldig. Du hast mein Leben ruiniert, ob du's glaubst oder nicht! Ich habe lange Jahre und viele andere Frauen gebraucht, um dich endlich aus meinem Kopf zu vertreiben."

Julia erschauerte. All ihre Vorstellungen, wie sie mit der Situation fertig werden wollte, waren längst zerstört. Sie wusste nicht, wie lange Quinn sie noch so quälen wollte. Doch je länger es dauerte, desto schwächer wurde sie.

„Aber das ist jetzt alles Vergangenheit", brachte sie endlich mit erstickter Stimme hervor. „Du sagst selbst, dass du mich aus deinem Kopf vertrieben hast. Warum dann das Ganze? Warum willst du dein Leben erneut zerstören?"

„Wie kommst du darauf, dass ich mein Leben zerstöre?", fragte er spöttisch. Er hatte sich jetzt wieder völlig unter Kontrolle. Er beugte sich zu ihr und schloss genießerisch die Augen, als er den Duft ihres Parfüms einsog. „Oh Julie, du glaubst nicht, wie lange ich auf diesen Moment gewartet habe. Dich so zu erleben, mir ausgeliefert. All die Jahre sind auf einmal wie weggeblasen."

Sie wandte den Kopf ab. „Du hast mich nicht jahrelang gesucht", widersprach sie.

Sein Gesichtsausdruck wurde etwas ernster. „Nein", gab er zu und schaute auf Julias Taille, wo er langsam die Bluse aus der Hose zog. „Diesmal war es ziemlich einfach." Seine Hände berührten ihre nackte Haut und sandten Schauer durch ihren Körper. „Bevor dein ehemaliger Agent starb, hatte er keine Zeit mehr, die Dateien auf seinem Computer zu löschen. Irgendjemand fand dort die entsprechenden Informationen und verkaufte sie an meinen Chef."

So waren sie ihr also auf die Spur gekommen. Sie hatte geglaubt, dass ihre Vergangenheit zusammen mit Benny gestorben wäre. Aber Computerdateien alterten nicht und waren leicht zu knacken.

„Das ist … ohne jede … Bedeutung", sagte sie, während er ihre Taille mit beiden Händen umfasste. Als er mit den Daumen am Hosenbund zu spielen begann, presste sie sich noch stärker gegen die Wand.

Dann, als wäre ihm dieses Spiel auf einmal langweilig geworden, ließ Quinn sie plötzlich los und stützte sich an der Wand ab. Seine Hände ruhten links und rechts von ihrem Kopf und hielten sie weiterhin gefangen, ohne dass er sie direkt berührte.

In mancher Hinsicht war das noch schlimmer als vorher. Er war ihr jetzt so nahe, dass er die intimsten Details in ihrem Gesicht erkennen, all die kleinen Veränderungen, die neuen Fältchen registrieren konnte.

Umgekehrt konnte sie ihn natürlich auch genau betrachten. Doch seine markanten Gesichtszüge steigerten nur ihre Verwirrung. Seine Wärme, sein Duft, seine ganze Männlichkeit waren eine Herausforderung für ihre Sinne. Er hatte schon immer diese Wirkung auf sie gehabt, von Anfang an. Wie hatte sie sich verachtet für dieses Schwächegefühl, das er in ihr hervorrufen konnte!

Als würde er ihre Gedanken spüren, richtete er den Blick auf ihren Mund. Ohne die Hände zu bewegen, senkte er den Kopf, rieb seine Lippen sanft an ihren, biss sie zärtlich. Bis jetzt hatte sie die Hände zur Abwehr hochgehalten. Aber diese Berührung veränderte alles. Die Wärme seines Körpers weckte Gefühle und Begierden, die über zehn Jahre geruht hatten. Jeder einzelne Nerv in ihr drängte danach nachzugeben.

Sie schloss die Augen. Die letzte Barriere war damit gefallen, die letzte Chance vertan, der Welle der Emotionen etwas entgegenzusetzen.

Quinns Selbstkontrolle geriet ins Wanken. Julia spürte deutlich, wie sein Verlangen wuchs, während er mit zarten Küssen weiter ihre Begierde schürte. Bis jetzt hatte er sich immer noch an der Wand abgestützt und sich Julia gerade weit genug genähert, um sie zu erregen. Als er bemerkte, was für ein gefährliches Spiel er trieb, war es zu spät.

Julias Widerstand brach endgültig zusammen. Sie öffnete leicht den Mund. Als sie seine Zunge berührte, konnte auch Quinn sich nicht mehr beherrschen. Mit dem ganzen Gewicht seines Körpers drückte er sie gegen die Wand.

„Oh", stöhnte er, bevor sie begriff, was passierte. „Du ... du Miststück!" Dann presste er den Mund auf ihre Lippen.

7. KAPITEL

*M*it zittrigen Händen steuerte Quinn den Wagen zum Hotel zurück. Die Begegnung mit Julia hatte ihn völlig aus der Fassung gebracht, hatte ihn so erregt, dass er fast die Kontrolle über sich verloren hätte.

Von der Herfahrt erinnerte er sich an beeindruckende Klippen, die an dieser Stelle steil abfielen. Auch wenn er sie jetzt in der Dunkelheit nicht sehen konnte, genügte doch eine kleine Bewegung des Handgelenks, um ihn in die Tiefe stürzen zu lassen.

Aber das war es nicht, was er wollte, so verlockend der Gedanke im Moment auch erscheinen mochte. Sie hatte sein Leben schon einmal ruiniert. Ein zweites Mal würde er es nicht zulassen. Er hatte alles, was das Leben lebenswert machte. Die Komplikationen, die Julia hervorrief, hatte er nicht nötig. Es war reine Begierde, sonst nichts.

Quinn wusste nicht, was er erwartet hatte, als er herkam. Jedenfalls nicht das, was er dann vorfand. Julia hatte sich sehr verändert. Sie war nicht mehr die exzellent gekleidete Schauspielerin, die aus jeder Menge herausstach. Das Alter und die Mutterschaft hatten ihre Schönheit reifen lassen, hatten ihre Ecken und Kanten geglättet und ihr eine neue, ebenso intensive Ausstrahlung gegeben.

Sie wird immer wunderschön sein, dachte er fast bedauernd. In ihrer Gegenwart war er wie gebannt, konnte an niemand anderen denken.

Deswegen hätte er sich nie damit einverstanden erklären dürfen, hierherzukommen. Er hätte sich von vornherein weigern sollen. Sein Seelenfrieden war wichtiger als jeder Job!

Aber er war zu selbstsicher, zu arrogant, zu überzeugt von seiner Unverwundbarkeit gewesen. Vielleicht hatte er gespürt, dass er mit dem Feuer spielte, doch er war sicher gewesen, sich nicht zu verbrennen.

Und er war neugierig gewesen. Ja, genau: neugierig. Er hatte alle Gedanken an Julia so lange unterdrückt, dass er der Gelegenheit, ihnen freien Lauf zu lassen, nicht widerstehen konnte.

Schon am ersten Tag, als er sich mit Susan in der Bar getroffen hatte, hatte er den Auftrag mit Geheimnistuerei getarnt, hatte die Frau, die ihm am nächsten stand, von seinen Gedanken ausgeschlossen. Als sie vorschlug, ihn nach San Jacinto zu begleiten, hatte er alles Erdenkliche getan, um sie davon abzubringen.

Und warum? fragte er sich jetzt. Hatte er damals schon vermutet, dass die Dinge komplizierter waren, als sie schienen? Seine Zurückhaltung gegenüber dem Auftrag war die eine Seite gewesen. Zugleich hatte ihn die Aussicht, Julia wiederzusehen, begeistert.

Aber erst nachdem er sie berührt hatte, wurde ihm klar, wie viel er sich bis dahin selbst vorgemacht hatte. Bei den ersten Begegnungen auf dem Pier und in ihrer Wohnung am nächsten Tag hatte er die möglichen Gefahren noch nicht erkannt. Natürlich war das Wiedersehen eine Art Schock gewesen, und er war verblüfft, wie attraktiv sie immer noch war. Doch dabei hatte er sich ständig unter Kontrolle gehabt.

Bis zu diesem Abend. Bis er sie berührte. Bis er ihre Wärme spürte und ihm klar wurde, dass er noch so viel mehr wollte. Was war er doch für ein Narr! Sie so zu verspotten und zu quälen. Zuerst schien es, als würde er auf diese Weise einen Triumph erringen. Einige Minuten war sie ihm vollständig ausgeliefert. Allein, ohne den Schutz ihres Sohnes, verletzlich.

Julia war sich dessen vielleicht gar nicht bewusst, aber ihr Körper reagierte auf Quinns Nähe, wie er es immer getan hatte. Das wirkte auf ihn wie eine Droge. Nichts wünschte er sich so sehr, als ihre Brüste anzufassen und die geschwollenen Knospen sanft mit den Fingern zu drücken. Er wollte sie mit dem Mund berühren. Es fehlte nicht viel, und er hätte Julia das Top vom Leib gerissen, um den Anblick genießen zu können.

Doch dazu war er dann doch nicht skrupellos genug. Auf einmal war der Gedanke da, das Ganze mit ihrem Mund zu machen. Was sprach dagegen, sie zu küssen? Warum sollte er ihr nicht auf diese Weise seine Verachtung zeigen?

Aber zu spüren, wie ihre Lippen unter seiner Berührung erzitterten, ihre erregten Atemzüge zu spüren, zu merken, wie ihr Widerstand nachließ, in Hingabe umschlug, bis sie schließlich die Zärtlichkeiten erwiderte – all das hatte eine unerwartete Wirkung auf ihn. Dass zwischen Folterer und Gefoltertem nur eine schmale Grenzlinie verlief, hatte er von Anfang an gewusst. Doch er hatte nicht damit gerechnet, dass ihre Rollen sich vertauschen könnten.

Als sie seine Zunge sanft in ihren Mund sog, brachen alle seine Pläne in sich zusammen. Jeder einzelne Nerv seines Körpers schien auf einmal unter Hochspannung zu stehen. Oh, wie er sie begehrte! Es kostete ihn all seine Kraft, sich nicht auf sie zu stürzen. Sein ganzer Körper verlangte danach, sich mit ihrem zu vereinen.

Er hatte ihr wehtun wollen, so wie sie ihm wehgetan hatte – und es immer noch tat. Aber es war alles hoffnungslos außer Kontrolle geraten. Zu spät begriff er, dass er sie nie hätte berühren dürfen.

Dabei war er gewarnt gewesen. Schon beim ersten Besuch hatte er deutlich gespürt, wie sein Körper auf ihre Nähe reagierte. Da hätte ihm klar sein müssen, was sie ihm antun konnte. War er so unsensibel, dass er unbedingt den Beweis brauchte?

Nun, jetzt hatte er ihn. Wütend schlug er mit der Hand aufs Lenkrad. Was war er nur für ein Narr! Es spielte keine Rolle, dass er sich im letzten Moment hatte verdrücken können. Sie beide wussten ganz genau, was da passiert war.

Es war einfach nicht fair. Warum musste sich das Schicksal wiederholen? Genau wie damals, vor zehn Jahren …

In jenem langen, heißen Sommer hatte Julia viel Zeit auf Courtlands zugebracht. Sie hatte Urlaub vom Filmemachen genommen, und Quinns Mutter hatte sie fast jedes Wochenende eingeladen. Vielleicht hatte sie sich gewundert, dass Quinn ebenfalls beinahe jedes Wochenende da war. Sie hatte es sich jedenfalls nicht anmerken lassen.

Je länger er sie kannte, desto klarer wurde ihm, dass er mehr als nur Freundschaft wollte. Tatsächlich verbrachten sie viel Zeit miteinander. Aber Julia ermutigte ihn nie zu irgendwelchen Annäherungsversuchen. Sie schien sein wachsendes Interesse zu spüren und tat alles, um es klein zu halten. Obwohl sie seine Gesellschaft duldete, blieb sie stets außerhalb seiner Reichweite.

Trotzdem war ihm nicht entgangen, dass sie ihm gegenüber nicht ganz so uninteressiert war, wie sie tat. Manchmal ertappte er sie dabei, wie sie ihn merkwürdig besorgt ansah. Doch wenn er den Blick erwiderte, schaute sie rasch woanders hin.

Ende August feierte Quinn seinen achtzehnten Geburtstag. Julia kam nicht, obwohl sie eingeladen war. Es hieß, sie habe anderweitige Verpflichtungen, aber das glaubte er nicht. Er vermutete, dass sie ihm aus dem Weg ging. Jetzt, da er ganz offiziell kein Junge mehr war, fiel es ihr schwerer, ihn auf Abstand zu halten.

Oder hatte er sich das alles nur eingebildet? Im Rückblick staunte er jetzt über seine Selbstsicherheit und Arroganz. Was hatte sie denn getan, dass er annehmen konnte, sie finde ihn attraktiv? Von Anfang an war er ein arroganter Mistkerl gewesen.

Quinn sah Julia nicht mehr, bevor er das Studium in Cambridge begann. Obwohl er sich an den verschiedenen Veranstaltungen für neue Studenten beteiligte, musste er ständig an sie denken. Die Vorstellung, sie vielleicht nie wiederzusehen, war ihm unerträglich, und so verließ er eines Tages ohne besonderen Anlass die Universität und fuhr in die Stadt.

Es war verrückt. Bis zu jenem Abend hatte er nicht genau gewusst, wo sie wohnte. Gewiss, er kannte ihre Adresse. Die hatte er aus dem Büro seiner Mutter, bevor er Courtlands verließ. Aber sich tatsächlich dorthin zu begeben, war etwas ganz anderes.

Im Nachhinein musste er zugeben, dass die ganze Aktion etwas überstürzt gewesen war. Julia hätte nicht zu Hause sein oder sich auch einfach weigern können, ihn zu empfangen. Sie hätte seine Mutter anrufen können, um ihr von den Eskapaden des Sohnes zu berichten. Aber sie tat nichts von alledem. Sie ließ ihn herein.

Es war unmöglich zu erkennen, was sie wirklich fühlte, als sie die Tür öffnete. „Oh, Quinn", sagte sie, als hätte sie ihn erwartet. „Schön, dich zu sehen."

Sie trug eine cremefarbene Seidenbluse und eine Leinenhose. Das Haar, damals noch kürzer, fiel in silberblonden Locken bis knapp auf die Schultern. Ihr Make-up war perfekt.

Er dachte zuerst, dass sie ausgehen wollte. In Wirklichkeit war sie gerade nach Hause gekommen. Durch einen glücklichen Zufall hatte er genau den richtigen Zeitpunkt für seinen Besuch gewählt.

„Meine Haushaltshilfe hat heute frei", sagte sie, als sie ihn in ein riesiges Wohnzimmer führte. Es bestand aus verschiedenen Ebenen, und an zwei Wänden reichten die Fenster vom Boden bis zur Decke. Der Blick auf London in der Dämmerung musste großartig sein. Im Moment interessierte sich Quinn aber mehr für die nähere Umgebung.

Zuerst fiel sein Blick auf einen großen Kamin aus poliertem Marmor, der mit allen nur erdenklichen Blumen geschmückt war. Davor standen sich Sofas aus creme- und burgunderfarbenem Samt gegenüber. Es gab Stühle und Tische, einen bequemen Lesesessel und eine große Hi-Fi-Anlage. Der wunderschön verzierte Schrank, in dem Karaffen und Kristallgläser aufgereiht waren, hätte seiner Mutter bestimmt gefallen.

Am anderen Ende des Raums bildeten einige Stühle und ein Schreibtisch mit einem Computer eine Art Arbeitsecke. Als Julia die Richtung von Quinns Blick bemerkte, machte sie eine entschuldigende Geste.

„Meine Sekretärin arbeitet hier, wenn ich nicht da bin", erklärte sie. „Das Apartment ist sehr gut ausgestattet, aber ich habe nicht genug Platz für ein eigenes Büro."

„Es ist fantastisch", sagte er. Während er hinter ihr die schmalen Stufen hinabstieg, sah er sich weiter um. Dann bemerkte er, wie jungenhaft das geklungen haben mochte. „Ich meine ... das ist alles sehr beeindruckend." Er wünschte, er hätte nicht Jeans und Turnschuhe angezogen. Neben ihr sah er wie ein Kind aus. Und bei all seiner Aufgeregtheit fühlte er sich auch so.

„Freut mich, dass es dir gefällt."

Plötzlich erkannte Quinn, dass sie nervös war.

„So ..." Sie streckte die Hand nach einer Tür aus, die sich hinter ihr in der Wand befand. „Kann ich dir etwas zu trinken anbieten? Eine Cola vielleicht?"

„Ich bin achtzehn", erwiderte er. „Aber ... nein, danke."

„Ach so." Sie zögerte einen Moment. „Also, was kann ich für dich tun?"

„Für mich tun?", wiederholte er enttäuscht. „Gar nichts. Ich wollte dich einfach nur sehen."

„Wirklich?", fragte sie nun und verschränkte die Arme vor der Brust. „Das ist sehr schmeichelhaft, Quinn. Aber du hattest sicherlich noch einen anderen Grund." Sie überlegte. „Bist du knapp bei Kasse? Hast du Geldprobleme?" Sie sah sich um. „Ich will sehen, was ich tun kann ..."

Quinn stieß ein sehr unfeines Wort hervor, das er sogleich bedauerte. „Ich will kein Geld!", rief er dann, als er sich wieder einigermaßen unter Kontrolle hatte. „Warum bist du nicht zu meiner Geburtstagsfeier gekommen? Du warst eingeladen." Kaum hatte er aufgehört zu reden, hätte er sich am liebsten auf die Lippe gebissen. Er benahm sich schon wieder wie ein beleidigtes Kind. Warum konnte er in ihrer Gegenwart nicht gelassen bleiben? Mit niemandem sonst hatte er dieses Problem.

„Ich habe gearbeitet", sagte sie schließlich nach einigem Zögern.

„Sonst wärest du gekommen?" Er stand breitbeinig vor ihr, die Hände in den Gesäßtaschen, und wirkte dadurch aggressiver, als er tatsächlich war. Vielleicht konnte er auf diese Weise etwas aus ihr herauslocken?

„Vielleicht", antwortete sie endlich, als Quinn bereits fürchtete, sie hätte seine Verunsicherung bemerkt. „Du hast mich sicher nicht vermisst. Deine Mutter hat mir erzählt, dass über hundert Gäste dagewesen seien."

„Na und? Die anderen interessieren mich nicht. Ich wollte, dass du kommst."

„Ach, Quinn!" Julia wandte sich von ihm ab und strich mit den Fingern über die Rückenlehne des Sofas. „Das ist sehr lieb von dir, und … Du weißt, ich mag dich sehr … euch alle. Aber die Vorstellung, wir beide … Du hast dich da anscheinend in etwas verrannt."

„Wirklich?"

Er betrachtete sie, wie sie ihm den Rücken zukehrte, und fühlte sich zutiefst enttäuscht. Natürlich, es war verrückt gewesen, hierherzukommen. Julia kam nach Courtlands, um seine Mutter zu sehen, nicht seinetwegen.

„Es tut mir leid, wenn du einen anderen Eindruck bekommen hast", sagte sie. „Ich bin immer gern mit dir zusammen gewesen, das stimmt. Wenn du das Gefühl hast, ich hätte dich ausgenutzt, dann verzeih mir bitte. Aber ich habe nie gedacht … nie davon geträumt …" Sie drehte sich um und sah ihn wieder an. „Quinn, glaub mir, ich werde dir immer eine gute Freundin sein."

Er nahm die Hände aus den Taschen. „Danke. Das macht mich wirklich glücklich. Vielen Dank."

„Quinn …"

„Ich weiß." Seine Stimme klang bitter. Dabei war ihm zum Heulen zumute. „Es war blödsinnig, hierherzukommen." Er machte eine Pause. „Hätte ich eine Chance gehabt, wenn ich reich und berühmt wäre?"

Julia straffte sich. „Das hat damit überhaupt nichts zu tun! Quinn, kannst du dir vorstellen, was deine Mutter sagen würde, wenn sie dich so hören könnte?"

In ihrem Gesichtsausdruck war etwas, das Quinns Aufmerksamkeit erregte. „Was hat meine Mutter damit zu tun?", fragte er ganz ruhig.

„Eine ganze Menge, würde ich sagen", erklärte sie.

Er atmete tief durch. „Das heißt, wenn meine Mutter nicht wäre, wäre alles ganz anders? Dann könnten wir Freunde sein?"

„Wir sind Freunde. Das habe ich doch gerade gesagt." In ihrer Stimme schwang Unsicherheit mit. Dann sah sie ihm wieder in die Augen. „Also, wenn ich dir wirklich nichts anbieten kann …"

„Meinst du, wir könnten … mehr als Freunde sein?", beharrte er.

„Nein", sagte sie knapp. „Das meinte ich nicht." Sie überlegte einen Moment. „Du bist noch ein Junge, Quinn. Du verstehst es nicht."

„So?" Er beobachtete sie aufmerksam. „Findest du mich nicht attraktiv?"

„Ach, Quinn!" Sie verschränkte die Arme vor der Brust und schaute zur Decke. „Wie könnte ich einen siebzehnjährigen Jungen …"

„Achtzehn", unterbrach er sie, doch sie achtete nicht darauf.

„… attraktiv finden. Man würde mich wegen Verführung Minderjähriger anklagen." Sie schaute ihn kurz an, dann wich sie seinem Blick aus. „Quinn, bitte hör auf damit. Ich möchte deine Freundschaft nicht verlieren. Wir hatten doch so viel Spaß miteinander."

„Spaß?" Quinn verzog das Gesicht. „In den letzten sechs Monaten hast du mich nur auf Abstand gehalten. Ich glaube, du hast Angst vor mir. Angst davor, was passieren könnte, wenn du dich entspannst."

„Das bildest du dir ein."

„Meinst du?"

Julia presste die Lippen zusammen. „Ich glaube, es hat keinen Sinn, diese kindische Unterhaltung fortzusetzen. Du solltest jetzt besser gehen."

Es kostete Quinn große Willensanstrengung, stehen zu bleiben und Julia den Weg zum Ausgang zu versperren. Dies hier war nicht Courtlands, niemand konnte überraschend hereinplatzen. Sie hatte gesagt, dass ihre Haushaltshilfe heute freihatte. Was immer jetzt geschah, war nur zwischen ihnen beiden.

Etwa eine Armlänge von ihm entfernt blieb sie stehen und sah ihn kühl an. Offensichtlich hielt sie ihn für keine wirkliche Gefahr.

Er bewegte sich nicht. Wenn sie an ihm vorbeiwollte, musste sie die Initiative ergreifen. Er stellte sich vor, wie sie versuchte, sich vorbeizudrängen, und erinnerte sich an die schönen Momente, in denen sie miteinander getanzt hatten.

„Findest du das nicht albern?", fragte sie schließlich mit scharfer Stimme. Doch ihr unruhiger Blick verriet, dass sie sich ihrer Verletzlichkeit sehr bewusst war. Körperlich hatte sie gegen Quinn keine Chance.

Anstatt zu antworten, strich er mit dem Handrücken sanft über ihre Wange. Die Haut war seidenweich und schien unter der Berührung zu erglühen. Nie zuvor hatte er es gewagt, ihr so nahe zu kommen.

„Lass das!" Julia schlug seine Hand zur Seite und sah ihn zornig an. „Geh mir aus dem Weg, Quinn. Mach dich nicht lächerlich. Lass mich vorbei."

Er hatte in den vergangenen Monaten großen Respekt vor ihr entwickelt und wollte ihr instinktiv gehorchen. Noch vor wenigen Stunden hätte er alles getan, was sie wollte. Doch jetzt hatte sich etwas geändert. Er wusste auf einmal, dass er ihren Respekt nicht gewinnen würde, wenn er tat, was sie wollte.

„Versuch's doch."

„Oh, das ist einfach lachhaft!", rief sie und drehte sich um. Offensichtlich wollte sie um das Sofa herumgehen, um von dort aus zur Tür zu gelangen.

Ohne lange nachzudenken, folgte Quinn ihr. Von hinten schob er den Arm über ihre Schulter und berührte dabei ihr Kinn.

„Bist du verrückt geworden!", protestierte sie, als er mit der Zunge die zarte Haut hinter ihrem Ohr berührte. Er spürte, wie sich ihr Pulsschlag beschleunigte. Dann knabberte er mit den Lippen an ihrem Ohrläppchen. Sie stieß einen unterdrückten Schrei aus.

Aber sie unternahm keinen Versuch, ihm zu entkommen. Ihr Atem ging rasch, doch sie ließ zu, dass er sie an seine Brust zog. Für einen Moment spürte Quinn ihre Lippen auf seinem Unterarm, ohne sich sicher sein zu können, ob es nicht Zufall war.

„Magst du es nicht?", fragte er leise.

Als Antwort bekam er ein hilfloses, leises Stöhnen. „Darum geht es nicht", brachte sie endlich hervor. „Du ... wir sollten das nicht tun. Ich bin viel zu alt für dich."

„Warum lässt du mich das nicht entscheiden?", schlug Quinn mit belegter Stimme vor. Ihre Worte hatten einen wunden Punkt getroffen. Er hielt sie in den Armen, gewiss, und war sich fast sicher, dass sie alles tun würde, was er wollte. Aber mit seinen bisherigen Erfahrungen, die er auf den Rücksitzen von Autos gesammelt hatte, fühlte er sich für diese Situation nicht besonders gut vorbereitet.

„Quinn ..."

So überzeugt er selbst von sich sein mochte, sie war es noch lange nicht. Er war dabei, seinen Überraschungsvorteil zu verspielen. Ohne lange nachzudenken, drehte er ihren Kopf zu sich. „Sei still", verlangte er und küsste sie.

Beim Geschmack ihrer Lippen wurde ihm schwindlig. Er hatte schon so lange daran gedacht, sie zu küssen, in so vielen Nächten davon geträumt, dass er halb damit gerechnet hatte, die Wirklichkeit würde enttäuschend sein. Doch so war es nicht. Es war sogar viel besser, als er es sich vorgestellt hatte. Mit sanftem Verlangen drückte sie ihre Lippen gegen seine und legte den Kopf in den Nacken, damit sie besser zueinanderfanden.

Mit den Fingern strich er ihr zärtlich über die Schläfen und ihr seidenweiches Haar. Die Daumen stützten behutsam ihr Kinn. Dennoch waren ihre Körper immer noch Zentimeter voneinander entfernt. Nur ihre Knie berührten sich.

Sie legte die Hände auf seine Taille und hatte den Mund leicht geöffnet. Ihre Berührung jagte ihm prickelnde Schauer durch den Körper. Dann drückte sie ihre Brüste an seinen Oberkörper.

Sie trug keinen BH. Er fühlte es sofort, und eine Hitzewelle durchlief ihn. Es kostete ihn Anstrengung, sich nicht an sie zu pressen, aber er wollte jetzt nicht die Beherrschung verlieren.

„Oh, Quinn", hörte er sie dann flüstern und erwartete, dass sie ihn als Nächstes von sich stoßen würde. Doch dann schlang sie die Arme um ihn und begann mit dem nackten Fuß seine Wade zu streicheln.

„Ooh", stöhnte er, als ihm auf einmal klar wurde, dass nicht nur ihm die Kontrolle entglitt. Er schob die zitternden Hände unter ihre Bluse, fühlte ihre Taille und küsste sie auf den Hals.

Sie schob die Hände in sein Haar, liebkoste seinen Nacken und jagte ihm wohlige Schauer über den Rücken. Er staunte, mit welcher Leichtigkeit sie erogene Zonen fand, von deren Existenz er selbst bis dahin nichts geahnt hatte. Die Berührung ihrer Fingerspitzen an seinem Hals genügte, um ihn fast verrückt zu machen.

„Wollen wir uns nicht doch hinsetzen?", schlug sie mit heiserer Stimme vor. Als sie ihn auf das Sofa zog, leistete er keinen Widerstand. Er war wie benommen von ihren Zärtlichkeiten.

Es war nur noch ein kleiner Schritt, die Hände unter die Bluse zu ihren Brüsten gleiten zu lassen. Mit vor Aufregung feuchten Handflächen fühlte er die harten Knospen und genoss es, wie sie auf die zärtliche Berührung reagierten. Als er den Kopf senkte, um sie zu küssen, bog Julia sich ihm verlangend entgegen.

Sie begann sein Hemd aufzuknöpfen, streifte es ihm von den Schultern und fuhr mit den Fingernägeln über seinen Rücken, dann schob sie die Hände in sein Haar und zog seinen Kopf zu sich hoch, sodass sie ihn küssen konnte.

Ihm war klar, dass er sich lächerlich machen würde. Seine bisherigen Erlebnisse mit Mädchen seines Alters waren immer zu Ende gewesen, bevor sie richtig begonnen hatten. Dann fiel ihm noch etwas ein: Er hatte nichts dabei, um sich und Julia zu schützen.

Eigentlich war das nicht weiter überraschend. Seit Monaten träumte er davon, mit Julia zu schlafen. Sie in den Armen zu halten, zu küssen – das waren alles nur Fantasien gewesen, an deren Verwirklichung er nicht im Ernst geglaubt hatte.

Jetzt, als sie seinen Gürtel öffnete und sich am Knopf seiner Hose zu schaffen machte, musste er es glauben. Es gab kein Zurück mehr. Unter Julias Berührungen war es ohnehin schwierig geworden, noch einen klaren Gedanken zu fassen. Schwierig? „Unmöglich" war wohl näher an der Wahrheit …

8. KAPITEL

*I*ch weiß, Vane. Es tut mir leid."

Julia hatte Mühe, zu Wort zu kommen. Seit sie den Hörer abgenommen hatte, um ihrem Agenten anzukündigen, dass *Harold und der Schneedrache* nicht zum Ende des Monats fertig werden würde, hatte sie keine Gelegenheit gehabt, es zu erklären.

„Irgendetwas stimmt nicht, oder?" Vane Roberts war klug genug, um zu spüren, dass Julia ihm etwas verschwieg. „Ist Jake krank? Hat er Probleme in der Schule? Sag mir, wenn du Hilfe brauchst. Aber erzähl mir nicht, du hättest eine Schreibblockade. Das glaube ich dir einfach nicht."

Sie seufzte. „Jake geht's gut", sagte sie und war froh, wenigstens in diesem Punkt aufrichtig sein zu können. „Ich fühle mich einfach unausgeglichen, das ist alles. Vielleicht brauchen wir beide eine neue Umgebung."

„Eine neue Umgebung?" Vane klang ungläubig. „Meinst du ein anderes Haus? Ich dachte, das jetzige wäre dein Traumhaus."

„Nein, kein neues Haus", unterbrach ihn Julia. „Ich dachte an eine andere Insel. Eine totale Veränderung." Sie versuchte optimistisch zu klingen. „Es könnte meiner Inspiration zu neuen Höhenflügen verhelfen."

„Also, ich habe an deiner Inspiration jedenfalls nichts auszusetzen", erwiderte Vane. „Und welche andere Insel? Antigua? Barbados?"

„Ich glaube, die Fidschiinseln müssen sehr schön sein." Sie erwartete eine heftige Reaktion und wurde nicht enttäuscht. „Oder vielleicht Tahiti?"

„Tahiti?" Ihr Agent hatte Mühe, das Wort auszusprechen. „Julia, das meinst du nicht ernst!"

„Warum nicht? Solange du meine Manuskripte pünktlich bekommst, ist es doch egal, wo ich lebe."

„Und wann werde ich dieses Manuskript bekommen?", fragte Vane und kehrte damit zum Ausgangspunkt zurück. „Hast du überhaupt eine Idee, was alles mit so einem Umzug verbunden ist? Woher willst du wissen, dass du auf Tahiti besser arbeiten kannst? Es ist eine französische Insel. Spricht Jake Französisch? Oder du?"

„Ich habe nicht gesagt, dass ich nach Tahiti will", erwiderte Julia rasch. Sie hatte über diese Frage überhaupt noch nicht nachgedacht. Seit Quinn zuletzt aus ihrem Haus gestürmt war, hatte sie ohnehin Mühe, klare Gedanken zu fassen.

„Na, wenigstens etwas", bemerkte er. „Wirklich, Julia, ich weiß nicht, was mit dir los ist. Wenn ich es nicht besser wüsste, würde ich vermuten, dass ein Mann dahintersteckt. Aber du mit deiner hoch geschätzten Unabhängigkeit würdest dich bestimmt von keinem Kerl davonjagen lassen."

Julia seufzte. „Du kannst dir wohl gar nicht vorstellen, dass ich einfach Lust auf eine Veränderung haben könnte, oder? Ich lebe hier jetzt schon fast zehn Jahre. Was spricht gegen einen Tapetenwechsel?"

„Wenn es nur um einen Tapetenwechsel ginge, würde ich dir wahrscheinlich sofort zustimmen", erklärte Vane, jetzt schon deutlich ungehaltener. „Gönn dir einen Urlaub. Aber mach erst Harold fertig. Bitte!"

Am Ende legte Julia den Hörer auf, ohne irgendwelche Versprechungen abgegeben zu haben. Sie wollte nicht wirklich umziehen. Sie hatte sich hier gut eingelebt, und Jake kam in der Schule gut zurecht. Früher oder später würde sie sich natürlich über seine weitere Erziehung Gedanken machen müssen, aber das drängte noch nicht.

Diese Insel hatte in den letzten Jahren eine heilsame Wirkung auf sie gehabt. Sie hatte gelernt, sich anzupassen und sich zu entspannen. Und wenn man sie nicht entdeckt hätte, wäre sie höchstwahrscheinlich geblieben.

Aber nun hatte man sie gefunden, und sie musste weitere Angriffe auf ihr Privatleben befürchten. Zwar war Quinn mit vor Wut rotem Kopf davongeeilt, doch das bedeutete nicht, dass er nicht zurückkommen würde. Im Gegenteil, nach allem, was passiert war, würde er es sich jetzt erst recht beweisen wollen. Wut war die Schwester der Rache.

Sie seufzte. Es war ein schwacher Trost, dass der Besuch nicht ganz in seinem Sinne verlaufen war. Er ärgerte sich bestimmt schwarz darüber, wie er schließlich doch noch schwach geworden war. Das geschah ihm nur recht. Am Ende wurde sie zuletzt lachen.

Bisher war ihr allerdings nicht zum Lachen zumute. Quinns Sarkasmus und die Art, wie er sie durchs Wohnzimmer gescheucht hatte, waren keine angenehmen Erinnerungen. Sie konnte immer noch seine Begierde wecken, na schön. Er war eben ein Mann, dem seine Freundin fehlte. Darauf brauchte sie sich nichts einzubilden. Dabei war er so wild gewesen …

Sie fasste sich an den Hals, als ihr auf einmal klar wurde, dass sie guten Grund hatte, sich bedroht zu fühlen. Quinn war ein gefährlicher

Mann und war sich dessen vielleicht gar nicht bewusst. Was, wenn er von Jake erfuhr …?

Es war bereits hell, als Julia die Augen öffnete.

Für einen Moment fehlte ihr jegliche Orientierung. Sie wusste nicht, was in der vergangenen Nacht passiert und wie sie ins Bett gekommen war, konnte sich nicht erinnern, sich ausgezogen und das Licht ausgemacht zu haben. Und wieso lag sie nackt im Bett?

Nun, kalt war ihr jedenfalls nicht. Sie streckte ein Bein aus – und zog es erschrocken wieder zurück, als sie ein anderes, fremdes Bein spürte. Der Sekundenbruchteil der Berührung reichte aber aus, um zu bemerken, dass es behaart war. Sie teilte das Bett mit einem Mann!

Mit welchem Mann?

Dann fiel es ihr wieder ein. Sie wollte es nicht wahrhaben, wollte es nicht glauben. Doch als sie den Kopf zur Seite drehte, wurden ihre schlimmsten Befürchtungen bestätigt.

Quinn lag neben ihr auf dem Bauch, einen Arm unter dem Kissen. Er schlief noch. Sein Haar war zerzaust, der Mund leicht geöffnet, und die Wimpern hoben sich wie ein dunkler Fächer von seinen Wangen ab. Er sieht ungewöhnlich hübsch aus, dachte sie und erschrak. Ungewöhnlich hübsch und ungewöhnlich *jung*. Was hatte sie getan?

Sie bekämpfte die aufkeimende Panik mit einigen kontrollierten Atemzügen. Nackt, wie sie war, durfte sie nicht hier liegen bleiben. Quinn konnte jeden Augenblick aufwachen, und sie befürchtete, dass sie ihm dann nicht würde widerstehen können. Während die Erinnerung an den vergangenen Abend allmählich deutlicher wurde, kam ihr ihr eigenes Verhalten immer unwirklicher vor.

Sie musste der Tatsache ins Auge sehen, dass sie völlig enthemmt gewesen war. So etwas war ihr noch nie passiert. Aber kein Mann hatte sie jemals so erregt wie Quinn. In seinen Armen hatte sie Gefühlsstürme erlebt, die ihr bis dahin unbekannt gewesen waren.

Wie war das passiert? Warum hatte sie nicht die Gleichgültigkeit empfunden, die sie früher immer beschützt hatte? Als erfahrener Liebhaber hatte er sich schließlich nicht gerade erwiesen, aber nicht einmal das hatte Julia zur Vernunft gebracht.

Denn mit seinen Händen und seinem Mund hatte er ihren Körper erregt wie noch kein anderer zuvor. Seine Begierde, seine Hitze, seine Leidenschaft – sie wollte alles befriedigen. Zum ersten Mal in ihrem Leben hatte sie sich vollständig hingegeben, ohne Einschränkungen.

Und sie hatte so viel zurückbekommen. Sie schloss für einen Moment die Augen, als sie sich daran erinnerte. Quinn war so eifrig, so energisch, so einfallsreich gewesen, dass von seiner Unerfahrenheit bald nichts mehr zu spüren gewesen war.

Selbst jetzt konnte sie seine Kraft noch in sich spüren. Sie, die sich immer für immun gegenüber den Verlockungen des Fleisches gehalten hatte, war unter seinen Händen zu keiner Verteidigung fähig gewesen, hatte alles mit sich machen lassen – und auf ihre Art geantwortet.

Eine Hitzewelle durchlief sie, als sie sich daran erinnerte, wie sie ihn mit ins Bett genommen hatte. Sie musste verrückt gewesen sein. Und – ihr Mund war plötzlich wie ausgetrocknet – wann hatte sie zuletzt die Pille genommen?

Dieser Gedanke brachte sie endgültig aus dem Bett. Ausgerechnet sie, die nie müde wurde, die Wichtigkeit von *Safer Sex* zu predigen, hatte völlig unüberlegt gehandelt. Schlafe mit niemandem, ohne dich zu schützen – war das nicht immer ihr Motto gewesen? Sie musste Quinn zugute halten, dass er protestiert hatte. Aber da war sie schon nicht mehr in der Lage gewesen, sich deswegen zu sorgen.

Sie schüttelte den Kopf. Jetzt war es zu spät, sich darüber Gedanken zu machen. Da sie die Pille seit einiger Zeit nahm, hatte sie sicher nichts zu befürchten. Und Quinn machte nicht den Eindruck, als würde er wahllos mit vielen Frauen schlafen. Dazu war er zu intelligent. Er wusste wahrscheinlich besser als sie über die Gefahren Bescheid.

Leise öffnete sie die Tür. Was sie jetzt brauchte, war ein starker Kaffee. Danach würde sie sich besser fühlen und vielleicht sogar begreifen, was gestern Abend passiert war. Es passte einfach nicht zu dem Bild, das sie von sich hatte.

Julia hatte die Kaffeemaschine eingeschaltet und sah gedankenverloren aus dem Fenster, als Quinn hinter ihr auftauchte. Als Erstes spürte sie, wie sich seine Arme um ihre Taille legten. Dann presste er sich an ihren Rücken, und sie hielt den Atem an. Er hatte nichts an, das war offensichtlich. Zärtlich küsste er ihren Hals.

„Ich habe dich vermisst", sagte er. „Komm zurück ins Bett."

Sie ließ den Kopf auf seine Schulter sinken und gab sich für einen Moment den liebevollen Berührungen hin. Dann gewann die Vernunft die Oberhand, und sie entzog sich seiner Umarmung.

„Lass das", forderte sie, während sie ihm weiter den Rücken zuwandte. Sie war sich nicht sicher, wie sie reagieren würde, wenn sie ihn ansah. „Du solltest dich anziehen. Deine Sachen liegen im Wohnzimmer, glaube ich." Dann wurde ihre Stimme etwas fester. „Hast du heute Morgen keinen Unterricht?"

„Unterricht?" In Quinns Stimme war ein Anflug von Ironie. „Du meinst bei dir?"

„Nein. Nicht bei mir." Julia wollte sich umdrehen, überlegte es sich dann aber anders. „Du müsstest doch jetzt eigentlich im College sein, oder? Deine Eltern gehen bestimmt davon aus, dass du da bist."

Er stöhnte. „Oh, ich verstehe", sagte er bitter. „Mach die Stimmung kaputt, indem du von den Eltern sprichst. Das willst du doch, stimmt's?"

Sie straffte die Schultern. „Ich möchte jetzt nicht darüber reden", entgegnete sie. „Aber da du schon davon angefangen hast: ja. Es ist mir lieber, wenn du nicht glaubst, dass das, was letzte Nacht passiert ist, mehr war als … als …"

„Eine einmalige Affäre?"

„Nun … ja."

„Warum?"

Sie drehte sich zu ihm um. Für einen Moment war sie sprachlos. Er war so schön anzusehen, so ohne jede Scham. Wie konnte sie sagen, was gesagt werden musste, wenn ihre Gefühle verrückt spielten?

„Ich glaube, du verstehst sehr gut, was ich sagen will", brachte sie schließlich stockend hervor. Doch ihre Hoffnung, ihn beim schlechten Gewissen packen zu können, erfüllte sich nicht. Lächelnd kam er ihr noch näher. Als sie seine Absicht erriet, lag sie bereits in seinen Armen.

„Ich glaube, du möchtest das Gleiche wie ich", sagte er, löste den Gürtel ihres Morgenmantels und ließ die Hände über ihre nackte Haut gleiten. Sanft drückte er sie an sich. „Hier. Fühlt sich das nicht besser an?" Er schaute an sich herab, wo ihre Körper sich berührten, und lächelte triumphierend. „Meinst du nicht auch, wir sollten wieder ins Bett gehen?"

So begann ihre Affäre.

So oft sich Julia später auch ermahnte, dass es so nicht weitergehen dürfe, es half nichts. Sie war wie besessen von ihm. Obwohl sie wusste, dass es falsch war – gegen ihre Liebe konnte sie sich nicht wehren.

Nie zuvor war sie so verliebt gewesen. Das war ihr von Anfang an klar und machte ihr Angst. Denn die Ekstase, die Magie würden irgendwann aufhören.

Früher oder später würde Quinn anfangen, sich zu langweilen. Früher oder später würde er eine Freundin in seinem Alter finden, und das würde ihre Trennung bedeuten. Er würde es satt haben, ihre Beziehung geheim zu halten, und würde jemanden finden, den auch seine Eltern akzeptieren konnten.

Quinn wollte das natürlich nicht wahrhaben. Er widersprach ihr hartnäckig und versuchte alles, um sie zu überzeugen. Und tatsächlich schien er von Woche zu Woche verliebter zu sein. Schließlich schlug er sogar vor, seiner Familie von ihrem Verhältnis zu erzählen.

Doch da spielte Julia nicht mit. Sooft er auch protestierte, sie blieb bei ihrer Überzeugung. Durchsetzen konnte sie sich damit allerdings nur, indem sie drohte, ihn nicht mehr zu sehen. Er wusste, dass sie das wahr machen konnte, wenn seine Mutter die Wahrheit erfuhr.

Es war alles andere als einfach, ihre Beziehung vor Isabel zu verbergen. Besonders, wenn Julia nach Courtlands eingeladen wurde und keinen überzeugenden Grund hatte abzusagen. Wie bei jenem entscheidenden Weihnachtsfest, als Isabel darauf bestanden hatte, dass sie praktisch zur Familie gehöre …

Julia schüttelte den Kopf, als sie sich an die „Weihnachtsüberraschung" von damals erinnerte. Vier Tage vor dem Feiertag hatte der Arzt ihr bestätigt, dass sie schwanger war. Es musste passiert sein, als sie das erste Mal mit Quinn geschlafen hatte.

Es wurde die schlimmste Woche, die sie jemals durchstehen musste. Seit der Beziehung mit Quinn hatte sie nur ein Wochenende auf Courtlands verbracht, aber damals hatte sie sichergestellt, dass er nicht da war. Diesmal stand er gleich am ersten Abend nach ihrer Ankunft in ihrer Zimmertür. Es seien so viele Gäste da, behauptete er, dass niemand bemerken würde, was sie taten. Julia wollte ihn fortschicken, konnte sich aber nicht durchsetzen. Wieder einmal verbrachte er die Nacht in ihrem Bett, während sie in seinen Armen alle Sorgen vergaß.

Am nächsten Morgen war ihr klar, was sie tun musste. Die restlichen Feiertage versuchte sie ihn davon zu überzeugen, dass ihre Affäre vorbei sei. Nachts verschloss sie ihre Zimmertür. Zwar kam er wieder zu ihr, doch diesmal blieb sie stark.

Die Angst, wie die Marriotts reagieren würden, wenn sie erfuhren, dass sie ein Baby von Quinn erwartete, hatte ihr die Kraft gegeben, ihn zu verleugnen. Einen Plan, was sie tun wollte, wenn sie Courtlands verließ, hatte sie damals noch nicht gehabt. Ihr war nur klar, dass sie handeln musste, bevor ihr Körper sie verriet. Sie wollte das Baby, das stand nicht zur Debatte. Wie sie damit umgehen sollte, war eine andere Frage.

Es war nicht besonders schwierig, Quinn auf Abstand zu halten, bis sie nach Los Angeles aufbrach. Er musste sich auf Prüfungen vorbereiten, und sie drehte in Brighton die letzten Szenen für einen Fernsehfilm. Wahrscheinlich dachte er daran, nach den Prüfungen ihre Beziehung wieder aufzunehmen. Dass Julia das Land verlassen könnte, kam ihm gewiss nicht in den Sinn.

Am Ende gelang ihr das Abtauchen wie in einer perfekten Bühneninszenierung. Arnold Newman, der Direktor der Intercontinental Studios, hatte sie nach Hollywood eingeladen, um ihr eine Rolle in seinem neuen Film anzubieten. Sie war mit ihm immer gut zurechtgekommen. Er war ein Tyrann, aber fair. Wer für Intercontinental arbeitete, musste nichts Kleingedrucktes fürchten.

Als sie ihm allerdings erzählte, dass sie mit der Schauspielerei aufhören wollte, war er vor Wut fast explodiert. Er konnte nicht verstehen, wie irgendjemand in ihrer Position auf so einen Gedanken kommen konnte. Anfangs glaubte er noch, sie mit Geld umstimmen zu können.

Es gelang ihm nicht. Daraufhin hatte Arnold ihr mit großem Nachdruck zu verstehen gegeben, was für eine undankbare Person sie sei. Die wahren Gründe, warum sie ihre Karriere aufgab, konnte Julia ihm natürlich nicht verraten.

Dann war ihr Streit öffentlich bekannt geworden. Irgendjemand aus dem Büro musste es der Presse gesteckt haben. Julia war überzeugt, dass er dafür kein schlechtes Honorar kassiert hatte. Die Nachricht, dass Arnold Newman seinen größten Star hinausgeworfen hatte, verbreitete sich in der Filmwelt wie ein Lauffeuer. Julia wurde von Reportern belagert, sodass ihre Hotelsuite in Los Angeles praktisch zu einem Gefängnis wurde. Konkurrierende Studios machten ihr Angebote, doch sie wollte nur noch weg.

Der Einzige, der in ihre Pläne eingeweiht war, war Benny Goldsmith. Benny war seit zehn Jahren ihr Agent und in dieser Zeit auch ihr Freund geworden. Nachdem sie ihn zur absoluten Diskretion verpflichtet hatte, erklärte sie ihm ihr Dilemma. Es gab keine Möglichkeit für ein gemeinsames Leben mit Quinn. Sie war zu berühmt – zu berüchtigt. Und Quinn war zu verletzlich, zu jung.

Benny organisierte schließlich alles. Er kümmerte sich um ihre Finanzen und hielt ihr die Presse vom Leib. Mit seiner Hilfe kam sie nach

San Jacinto ins „Old Rum House", wo sie etwas von einem Trauerfall erzählte, um ihr Alleinsein zu erklären.

Als dann das Baby kam, war Julia nicht mehr so leicht wiederzuerkennen. Sie hatte zugenommen in jenen Monaten, als sie sich um die Bauarbeiten in der Villa kümmerte. Daran war nicht nur das Baby schuld. Es hatte so gut getan, nicht mehr ständig auf die Kalorien achten zu müssen, und ihr Appetit hatte sich entsprechend entwickelt.

Jake war in der Villa zur Welt gekommen. Die letzte Woche vor der Geburt hatte eine Krankenschwester sich um Julia gekümmert. Die Geburt verlief umkompliziert, und Julia genoss es, Mutter zu sein. Das Baby zu stillen wurde zu einem der Höhepunkte in ihrem Leben.

Und hier war sie geblieben, bis ein ehrgeiziger Fernsehproduzent auf die Idee kam, seine Quoten in die Höhe zu treiben, indem er sie aufspürte. Julia ahnte, was für ein Trommelfeuer an Fragen von Zeitungen und Studios Benny in der ersten Zeit nach ihrem Verschwinden wohl ertragen haben musste. Sein Tod hatte sie sehr getroffen. Dass damit das Geheimnis aufgedeckt werden würde, das er im Leben so erfolgreich bewahrt hatte, hatte sie nicht erwartet.

Sie hatte keine Wahl gehabt. Egal, was Quinn jetzt dazu sagen würde, sie hatte richtig gehandelt. Quinn würde als zukünftiger Lord Marriott Courtlands erben. Wie viel Isabel auch immer von Julia gehalten haben mochte, einer Heirat mit ihrem Sohn hätte sie niemals zugestimmt …

Quinn war bereits wach, als der Wecker klingelte. Er streckte sich übers Bett, um das nervtötende Geräusch abzustellen. Dann ließ er sich zurück ins Kissen fallen und richtete den Blick an die Decke.

Seit über einer Stunde lag er schon so da, betrachtete die Muster, die vom Licht der Straßenlaternen projiziert wurden, und beobachtete, wie allmählich die Dämmerung kam. Es war offenbar ein trüber Tag, kein Sonnenstrahl erhellte den Raum. Nur das stete Rauschen des Straßenverkehrs verriet, dass es schon nach sieben Uhr sein musste.

Es war Zeit aufzustehen, aber der vor ihm liegende Tag erfüllte ihn mit Verzweiflung. Seit er vor drei Wochen aus San Jacinto zurückgekehrt war, hatte er jeden Tag mit dieser Depression zu kämpfen. Sie kam über ihn, sobald er die Augen öffnete, und verließ ihn nicht vor dem frühen Abend. Auch dann gelang es ihm nur mithilfe von Alkohol, seine Stimmung aufzubessern.

Er hätte nicht zurückkommen sollen. Jedenfalls nicht, ohne nicht noch einmal mit Julia zu sprechen. Als er aus ihrer Villa gestürmt war, hatte er sich zwar geschworen, sie nie wieder sehen zu wollen. Später, mit einem kühleren Kopf, hatte er jedoch eingesehen, dass das ein Fehler gewesen war. Er hatte nur ihr Bild in seinem Gedächtnis verfestigt. Bevor er das nicht auslöschte, würde er niemals frei sein.

Einen Tag nachdem er so eine lächerliche Vorstellung abgegeben hatte, war er zu so viel Objektivität allerdings nicht in der Lage gewesen. Er hatte es nicht erwarten können, die Fähre nach George Town zu besteigen und mehrere tausend Meilen zwischen sich und Julia zu bringen. Irgendwie hatte er die verrückte Idee, dass er sie würde vergessen können, wenn er erst einmal zurück in London wäre.

Dabei war es noch nie leicht gewesen, Julia zu vergessen. Als sie vor zehn Jahren aus seinem Leben verschwunden war, war er am Boden zerstört gewesen. Sechs Monate war er wie ein Zombie herumgelaufen, unfähig, sich auf irgendetwas zu konzentrieren, am allerwenigsten auf sein Studium. Er bekam Ärger mit seinen Dozenten, schwänzte die Vorlesungen und verlor jeden Halt.

Wie seine Eltern sich dieses Verhalten erklärten, hatte er nie erfahren. Sein Vater war natürlich außer sich und drohte damit, den Geldhahn zuzudrehen. Aber sie fragten ihn nie nach den Gründen seiner Krise.

Wahrscheinlich hielten sie es für den üblichen Jugendprotest gegen die Autorität.

Seiner Mutter, die ihm etwas mehr Sympathie entgegenbrachte, konnte er zwar nicht die Wahrheit erzählen. Doch es tat gut, wenigstens die Sorgen wegen Julia mit ihr zu teilen. Hier fand Quinn ein Ventil für seine Unruhe. Nach und nach war seine Enttäuschung erst in Wut umgeschlagen, dann in Resignation, bis sein Kopf endlich wieder frei war.

Damals hatte er sogar den furchtbaren Gedanken durchgespielt, dass sie tot sein könnte. Jetzt erkannte er, dass er damit wahrscheinlich leichter zurechtgekommen wäre. Sie wieder zu treffen hatte dagegen alle Wunden neu aufgerissen …

Stöhnend rollte Quinn sich aus dem Bett und schaute trübsinnig aus dem Fenster. Es regnete, das passte zu seiner Stimmung.

Was sollte er bloß tun?

Er wusste, was er hätte tun sollen, nachdem er aus der Karibik zurückgekehrt war. Er hätte Hector erzählen sollen, dass er Julia gefunden hatte, anstatt ihm Lügengeschichten aufzutischen. Aber wieder hatte ihm die eigene Beteiligung an der Geschichte einen Streich gespielt. Er hatte alles getan, um Hector von der Fährte wegzulocken. Ja, behauptete er, sie hat tatsächlich einmal dort gelebt, aber jetzt nicht mehr. Die Frau, mit der Neville gesprochen hatte, hatte die Wahrheit erzählt.

Es war verrückt. Warum schützte er die Frau, die ihn so niederträchtig behandelt hatte? Warum setzte er seine Karriere und seine Glaubwürdigkeit aufs Spiel? Mit Julias Dank brauchte er nicht zu rechnen. Und Hector würde ihn auf der Stelle feuern, wenn er je davon erfuhr.

Seiner Mutter die gleiche Geschichte zu erzählen war auch nicht gerade leicht gewesen. Sie war so begierig gewesen, Neuigkeiten zu hören, und zeigte Quinn damit erneut, wie sehr Julias Treulosigkeit sie damals getroffen hatte. Nur mit schlechtem Gewissen verschwieg er ihr die Wahrheit.

Susan hatte sich dagegen gleichgültig gezeigt. Sie hatte ohnehin keinen großen Wert darin erkennen können, einen Star aus der Vergangenheit wieder ins Gespräch zu bringen. Wenn Hector doch bloß auch dieser Meinung gewesen wäre! Dann wäre Quinn die Last der Lügen erspart geblieben.

Sein Bruder Matthew war nie in einen solchen Schlamassel geraten. Seit er alt genug war, um auf einem Pferd zu sitzen, hatte Matt sein größtes Vergnügen darin gefunden, mit einem halben Dutzend Jagd-hunde über die Ländereien zu reiten. Er war so, wie sein Vater sich Quinn gewünscht hätte, zufrieden mit seinem vorgezeichneten Schicksal.

Quinn verachtete seinen Bruder deswegen nicht. Seine Bedürfnisse waren anders, aber nicht besser. Und in letzter Zeit wuchsen seine Zweifel, ob er wirklich den richtigen Berufsweg gewählt hatte. Genau genommen seit seiner Rückkehr von San Jacinto, als er festgestellt hatte, dass er doch nicht so ein dickes Fell hatte.

Sensibilität war allerdings etwas, das Hector alles andere als will-kommen heißen würde. Quinns Chef war in erster Linie ein Nachrich-tenmann. Der Respekt vor den Gefühlen anderer Menschen stand weit unten auf seiner Prioritätenliste. Skrupel waren für ihn ein Luxus, den man sich nicht leisten durfte.

Aber wie hätte Quinn Julias Aufenthaltsort verraten können? Er fragte es sich zum ungezählten Male. Wie hätte er ihre Anonymität zerstören können? Was hätte er ihr damit angetan? Und ihrem Sohn?

Jake …

Er fragte sich, wie der Junge wohl über das Verhalten seiner Mutter denken würde, wenn er alt genug wäre, es zu verstehen. Im Moment war es für ihn ganz in Ordnung, ohne Vater oder Geschwister zu leben. Doch das konnte sich schon in wenigen Jahren ändern.

Quinn runzelte die Stirn. Jake mochte jetzt acht oder neun sein. In spätestens vier bis fünf Jahren würde er beginnen, unangenehme Fragen nach seinem Vater zu stellen. Wo war er? Warum interessierte er sich nicht für seinen Sohn?

Quinn seufzte und schlug mit der Faust gegen den Fensterrahmen. Nun gut, er hatte jedenfalls getan, was er konnte, um sie zu schützen. So verrückt es im Rückblick auch erscheinen mochte, er hatte nicht anders handeln können. Irgendetwas an Julia – und Jake – weckte noch immer seine Sympathie. Oder war da noch mehr? Er würde es nie er-fahren.

Die Türglocke riss Quinn aus seinen Gedanken. Er schaute auf die Uhr auf dem Nachttisch. Es war gerade Viertel vor acht. Bestimmt war es Susan. Jeden anderen Gast hätte der Pförtner angemeldet.

Wahrscheinlich hat sie versucht, die Tür zu öffnen, dachte er mit grimmigem Vergnügen. Vor sechs Monaten hatte er ihr die Schlüssel gegeben. Doch letzte Nacht hatte er die Kette vorgelegt, sodass sie nicht hereinkonnte.

Einen Augenblick lang dachte er daran, einfach nicht zu öffnen. Er verwarf die Idee gleich darauf. Doch bevor er die Tür erreichte, schellte die Klingel noch ein zweites Mal. Deutlicher ließ sich kaum demonstrieren, wie seine Beziehung zu Susan in letzter Zeit gelitten hatte.

„Wo warst du? In der Dusche?", fragte sie, als er im Morgenmantel und mit zerzaustem Haaren die Tür öffnete. „Oder", fügte sie schüchtern hinzu, während sie mit einer Hand über sein Kinn strich, „hast du im Bett auf mich gewartet?"

Nichts lag Quinn ferner, doch er versüßte seine Antwort mit einem etwas angestrengten Lächeln. „Wenn ich nur die Zeit dazu hätte", sagte er und ging in Richtung Küche. „Ich mache gerade Kaffee. Möchtest du auch einen?"

„Wenn es deine Zeit erlaubt." In Susans Stimme schwang jetzt Bitterkeit mit. Auch ihr Gesichtsausdruck zeigte Verärgerung. „Und wo warst du letzte Nacht? Ich dachte, du wolltest zu Karens Party kommen. Ich war mit dem Taxi hingefahren und musste einen ihrer Brüder bitten, mich nach Hause zu bringen."

„Oh, Mist!", rief Quinn. „Es tut mir leid." Die Party hatte er völlig vergessen. Er hatte mehrere Stunden in einer nahe gelegenen Bar verbracht. Wann er nach Hause gekommen war, wusste er nicht, aber es war sehr spät gewesen. „Ich war … unterwegs."

„Ich weiß. Ich habe bereits mehrmals versucht, dich anzurufen. So, wie du aussiehst, scheinst du die Nacht durchgemacht zu haben."

Er schaltete die Kaffeemaschine ein und drehte sich zu Susan um. „Nein", sagte er vorsichtig. „Ich schätze, ich war um Mitternacht zu Hause. Ich bin einfach nur müde, das ist alles."

„Du hättest anrufen können."

„Um Mitternacht?" Jetzt fühlte er sich sicherer. „Wärest du zu Hause gewesen?"

Susan befeuchtete sich die Lippen. „Wahrscheinlich nicht." Sie zögerte. „Du hättest trotzdem zu Karen kommen können. Viele ihrer Gäste sind erst später gekommen."

„Ich war müde." Zu spät fiel ihm ein, dass er einfach hätte behaupten können, angerufen zu haben. Aber er war schon in genügend Lügen verstrickt. Er wollte sie nicht unnötig verletzen.

„Nun …" Susan stützte sich mit den Ellbogen auf die Frühstücksbar. „Ich muss dir wohl vergeben. Obwohl es peinlich ist, wenn die Leute mich fragen, ob wir noch zusammen sind. Ist dir aufgefallen, dass du seit deiner Rückkehr von San Jacinto kein einziges Mal am St. George's Square geschlafen hast?" Sie biss sich auf die Oberlippe und fuhr dann etwas zögerlich fort: „Hat dir jemand erzählt, was auf Courtlands passiert ist? Hältst du deswegen … Abstand? Es hatte nichts zu bedeuten, ehrlich. Ich schwöre, ich liebe dich immer noch."

Quinn blinzelte verwirrt. Während er noch überlegte, wie er Susan am schonendsten beibringen konnte, dass sie ihre Beziehung vorübergehend auf Eis legen sollten, schien sie bereits die Initiative an sich gerissen zu haben. Wovon redete sie? Was war auf Courtlands passiert? Er sah sie verständnislos an, doch sie missdeutete seinen Gesichtsausdruck.

„Deine Mutter hat's dir erzählt, stimmt's?" Sie presste die Hände auf die Bar und straffte den Rücken. „Aber … nun, du kannst mir nicht die ganze Schuld geben. Es hat mich wirklich verletzt, als du einfach so abgereist bist. Du wolltest mich nicht dabeihaben, das hab ich von Anfang an gespürt."

Er ignorierte die Regungen seines schlechten Gewissens. „Susi, das war doch nur ein Job."

Sie seufzte. „Ich hätte dir schon nicht im Weg gestanden. Außerdem wusstest du ganz genau, dass ich nichts Besseres vorhatte. Deswegen hast du mich ja nach Courtlands geschickt."

Sein Gesichtsausdruck verhärtete sich. „Ich habe dich nicht nach Courtlands ‚geschickt'. Ich dachte, ein Wochenende auf dem Land würde dir guttun."

Susan zuckte die Schultern. „Das hat es ja auch", gab sie zu. „Und Matthew war so süß. Ich habe mich wirklich willkommen gefühlt."

„Matt?", fragte Quinn ungläubig.

„Es hatte wirklich nichts zu bedeuten, Quinn, ganz bestimmt nicht. Aber als wir uns in der Bibliothek begegneten, ging's mir ganz schön schlecht."

Allmählich begann er zu verstehen. „Erzähl mir davon", schlug er vor.

„Da gibt es nicht viel zu erzählen", erklärte sie. „Deine Mutter kam herein, als wir auf dem Sofa lagen." Sie schüttelte den Kopf. „Wir haben uns nur geküsst. Er hat mich nicht verführt oder so etwas."

„Es klingt eher so, als hättet ihr beide euer Teil dazu beigetragen", vermutete Quinn. Er war erstaunt über die Gefühle, die die Neuigkeit in ihm auslöste: Erleichterung, mit einem Anflug von Dankbarkeit für seinen Bruder.

„Das kannst du wohl sagen", erwiderte sie beleidigt. „Dir ist es ja egal, wie's mir geht. Eine Frau hat Bedürfnisse, Quinn. Sie braucht Aufmerksamkeit. In letzter Zeit scheinst du allerdings mit deinem Computer mehr Spaß zu haben als mit mir." Nachdem sie einmal angefangen hatte, schien Susan sich ihren ganzen Kummer von der Seele reden zu wollen. „Du kannst mir keinen Vorwurf machen, wenn ich mich zu jemand anderem hingezogen fühle. Wenn du dich etwas mehr um unsere Beziehung gekümmert hättest, wäre ich gar nicht erst in Versuchung geraten."

Quinn schaute auf die Tassen, die er auf der marmornen Bar abgestellt hatte. „Also hat es doch etwas bedeutet." Er hob den Blick und sah ihr ins Gesicht. „Und wenn meine Mutter euch nicht gestört hätte, hätte man wohl darüber streiten können, wer wen verführt hat?"

„So war es nicht."

„Nein?"

„Nein." Sie schniefte.

„Magst du Matt? Ich meine, magst du ihn richtig gern?"

Sie überlegte einen Moment. „Er ist anders als du", sagte sie dann zweideutig.

Quinn verzog das Gesicht. „Allerdings", gab er zu. „Aber ich vermute, er passt besser zu dir. Besonders, wenn er Courtlands erbt. Das ist es doch, was du willst, oder?"

Susan musste nach Luft schnappen. „Nein!"

Er sah sie aufmerksam an. „Und wenn ich dir erzähle, dass ich überlege, ihm den Besitz zu überlassen, dann wäre dir das also egal?"

„Das kannst du nicht tun!" Sie war ehrlich erschrocken.

„Vielleicht doch." Er zögerte. „Ich denke schon seit einer Weile darüber nach. Du weißt, es hat mir nie besondere Freude bereitet, mich um die Ländereien zu kümmern. Matt ist für dieses Leben viel besser geeignet, das habe ich schon immer gesagt. Ich möchte etwas ganz anderes machen."

„Und was?"

„Ich weiß noch nicht genau. Ich hätte Lust, Fernsehdokumentationen zu produzieren. Schreiben wollte ich auch schon immer. Wahrscheinlich wäre es das Beste, beides zu kombinieren. Das Leben auf Courtlands hat mich jedenfalls nie gereizt."

Sie sah ihn fassungslos an. „Das glaube ich dir nicht."

„Warum nicht?" Er nahm die Kaffeekanne von der Warmhalteplatte.

„Du bist der zukünftige Lord Marriott. Du kannst das doch nicht einfach alles aufgeben."

„Doch, kann ich." Quinn schenkte den Kaffee ein und staunte, wie wenig er dabei zitterte. Angesichts der Alkoholmenge, die er in der vorangegangenen Nacht getrunken hatte, war das nicht selbstverständlich. „Glaub mir, Susi. Ich bin nicht dazu geschaffen, Tweedanzüge zu tragen und einen Range Rover zu fahren."

„Das sagst du nur, weil deine Mutter dir von Matt und mir erzählt hat."

Er zog die Augenbrauen hoch. „Meine Mutter hat mir nichts erzählt. Von deiner Affäre …"

„Es war keine Affäre!"

„… mit Matt habe ich jetzt erst von dir erfahren."

Sie schluckte. „Du Mistkerl!"

Sein Blick verdunkelte sich. „Habe ich etwas anderes behauptet?"

Susan zögerte mit ihrer Antwort. „Nein", gab sie dann widerwillig zu. „Aber du hast genau gewusst, was ich dachte, und hast mich nicht gebremst."

Quinn sagte nichts dazu. Ehrlicherweise hätte er zugeben müssen, dass er ihr Geständnis benutzt hatte, um seine eigenen Interessen zu verfolgen. Die Beziehung mit Susan ging zu Ende, daran ließ sich nicht herumdeuteln. Nachdem er Julia wiedergesehen hatte, waren seine Gefühle nicht mehr dieselben.

Der Kaffeegeruch rief bei ihm auf einmal Übelkeit hervor. Er wollte, dass Susan ging. Sein Leben, das bisher so einfach und geordnet gewesen war, befand sich jetzt gefährlich nahe am Abgrund.

Susan presste die Lippen zusammen und sah ihn mit glänzenden Augen an, aus denen jeden Moment Tränen fließen konnten. Quinn fühlte sich wie ein Schuft. Er wollte ihr nicht wehtun, aber er würde es nicht vermeiden können.

„Also, warum hast du keine Nacht bei mir verbracht, seit du nach dieser Frau gesucht hast?", fragte sie.

Mit dieser Frage hatte er am allerwenigsten gerechnet. „Vielleicht habe ich gespürt, dass sich zwischen uns etwas verändert hat." In Wirklichkeit war er so sehr mit seinen Gefühlen beschäftigt gewesen, dass er über ihre keine Sekunde lang nachgedacht hatte.

Sie sah ihn skeptisch an. Offenbar glaubte sie ihm nicht, und er konnte es ihr nicht einmal übel nehmen. Ein guter Lügner war er noch nie gewesen.

Als sie wieder sprach, war sie kaum zu verstehen. „Du hast sie gefunden, stimmt's?", sagte sie und brachte sein Lügengebäude endgültig zum Einsturz. „Du hast Julia Harvey gefunden und hast es für dich behalten."

„Susi …"

„Nein, streite es nicht ab!", rief sie. „Kein Wunder, dass du seit deiner Rückkehr so merkwürdig bist." Sie runzelte die Stirn. „Liebst du sie? Ist es das? Gib dir keine Mühe, es zu leugnen. Ich kann's in deinen Augen sehen."

„Du irrst dich …"

Das Klingeln des Telefons erlöste Quinn aus der Bedrängnis. Ein Apparat stand in der Küche, und er griff sofort zum Hörer. Es war ihm egal, wer dran war. Hauptsache, er bekam etwas Zeit zum Nachdenken.

„Quinn." Es war die Stimme seiner Mutter. Sie klang scharf, mit einem Anflug von Begeisterung. „Quinn, schalte sofort deinen Fernseher ein."

„Mutter …" Er hatte nicht die geringste Lust fernzusehen, was auch immer gerade lief.

„Mach schon", drängte sie. „Den Sender, für den du arbeitest. Da ist etwas, das du dir ansehen solltest."

Mit einem resignierten Seufzer legte er den Hörer auf, holte die Fernbedienung und schaltete auf seinen Sender.

Hinterher konnte er nicht sagen, wie lange er wortlos auf den Bildschirm geschaut hatte. Es kam ihm wie Stunden vor, doch es konnten nur wenige Minuten gewesen sein. Er war wie erstarrt.

Susans Keuchen brachte ihn wieder in die Wirklichkeit zurück. „Das gibt's nicht, es ist Julia Harvey!", rief sie aus. Dann bemerkte sie seine Verwirrung. „Aber was macht sie in England? Wusstest du davon?"

10. KAPITEL

*W*ann kommst du wieder nach Hause, Mom?"
Jakes Stimme klang traurig und weit weg. Julia musste
schlucken, bevor sie wieder sprechen konnte. „Bald, mein
Schatz, bald", erklärte sie. „Geh am Montag brav zur Schule. Am nächsten Wochenende hole ich dich dann selbst wieder ab."

„Versprochen?"

„Versprochen. Maria bringt dich morgen zur Fähre. Du wirst mich
gar nicht vermissen."

„Doch." Julia hörte ein Schniefen und hoffte, dass Jake nicht anfing
zu weinen. Für sie war es leichter gewesen, alles Nötige zu arrangieren
und abzureisen, während er in der Schule war. Der Abschied von ihm
wäre hart gewesen, zumal sie ihm dann hätte erklären müssen, warum
er zu Hause bleiben musste.

„Wie war das Wochenende?", fragte sie, um ihn auf andere Gedanken zu bringen. „Du hast bestimmt besseres Wetter. Hier regnet es den
ganzen Tag und ist furchtbar kalt."

Er schniefte noch mal. „Trotzdem wäre ich gerne mitgekommen.
Maria sagt, dass du im Fernsehen auftrittst. Wirst du auch Mr Marriott
sehen?"

Nicht, wenn es sich vermeiden lässt, dachte Julia. „Ich glaube kaum",
sagte sie. „Er hat bestimmt viel zu tun."

„Wenn ich mitgekommen wäre, hätte er mir bestimmt die Fernseh-
studios gezeigt", meinte Jake vorwurfsvoll. „Das hat er mir versprochen, falls ich jemals nach London komme." Er hielt einen Moment
inne. „Warum durfte ich nicht mitkommen? Würden die Leute mich
nicht auch sehen wollen?"

„Doch, natürlich." Sie gab sich größte Mühe, die Gefühle ihres Sohnes nicht zu verletzen. „Aber es würde dir nicht gefallen, Jake, wirklich
nicht. Ich muss im Hotel wohnen, und du würdest dich tödlich langweilen."

„Würde ich nicht."

Er wollte nicht lockerlassen, doch Julia konnte nichts daran ändern.
Es gehörte zu ihrem Abkommen mit „Westwind", dass sie ihren Sohn
von der Presse fernhalten konnte. Die Schmutzarbeit hatte Quinn jemand anderem überlassen, typisch. Das Mädchen, das einige Tage nach
ihm bei ihr aufgetaucht war, hatte sie nie zuvor gesehen.

„Wie auch immer", sagte sie jetzt. „Ich bin bald wieder zu Hause und werde dir alles erzählen. Würdest du mir jetzt bitte Maria geben, mein Schatz? Ich muss noch etwas mit ihr besprechen."

„Bist du im Studio gewesen?", beharrte Jake.

Sie unterdrückte ein Seufzen. „Nur ganz kurz", erklärte sie. „Die Sendung, in der ich auftreten soll, wird erst nächste Woche ausgestrahlt. Bis dahin halten sie mich wie eine Gefangene. Jetzt lass mich bitte mit Maria sprechen."

Er ignorierte ihre Bitte. „Ich hätte nichts dagegen, im Fernsehen aufzutreten. Wenn die Leute dich auf der Straße erkennen – das ist toll."

„Es ist überhaupt nicht toll, glaub's mir." Julia wünschte sich, dieses Telefongespräch gar nicht erst angefangen zu haben. Sie fühlte sich emotional und körperlich ohnehin schon ausgezehrt.

„Aber du warst berühmt, Mom. Sammy sagt, seine Eltern hätten über dich gesprochen und gesagt, dass du einer der berühmtesten Filmstars der Welt warst."

Auch das noch! „Sammys Eltern haben übertrieben", versicherte sie. „Und jetzt hol bitte Maria ans Telefon, bevor ich böse werde."

Julia hatte es nicht vermeiden können, Maria und ihrem Mann einiges über ihre Vergangenheit zu verraten. Und sie war nicht sonderlich überrascht, dass sie das Geheimnis nicht für sich behalten hatten. Es war jedoch zu spät, sich deswegen Gedanken zu machen. Jetzt musste sie diese Angelegenheit ein für alle Mal hinter sich bringen. Sie hatte lange genug darauf gewartet, dass es passierte. Hinterher würde sie sich gewiss erleichtert fühlen.

Erst einmal musste sie allerdings diesen Abend überstehen. Hector Pickards Einladung zum Abendessen hatte sie abgelehnt. In der Lobby wartete eine Schar Reporter. Das bedeutete, bis zur Ausstrahlung der Sendung würde sie bleiben müssen, wo sie war.

Erschöpft schaute sie sich in dem luxuriös eingerichteten Wohnzimmer ihrer Suite um. Ihr ganzes Leben lang schien sie sich ständig vor irgendetwas versteckt zu haben. So konnte es nicht weitergehen.

In diesem Moment klingelte das Telefon. Julias Nerven waren zum Zerreißen gespannt. Sie erwartete keinen Anruf. Es konnte nur jemand vom Fernsehsender sein. Andere Anrufer hätten die Mitarbeiter des Hotels abgewimmelt.

Am anderen Ende der Leitung erklang die vertraute Stimme der Telefonistin. „Mrs Stewart?"

„Ja?" Julia hatte darauf bestanden, unter ihrem neuen Namen hier zu wohnen.

„Sie haben einen Besucher, einen Mr Pickard von ‚Westwind Television'. Soll ich ihn hinaufschicken?"

Pickard? Was wollte der hier? „Geben Sie mir fünf Minuten Zeit. Dann schicken Sie ihn rauf." So, wie sie war, konnte sie ihn nicht empfangen, in Leggings und viel zu großem T-Shirt. Das war zwar bequem, entsprach aber gewiss nicht dem Bild, das Pickard sich von ihr machte. Er wollte sie schick und gestylt, wie die Julia Harvey im Frühstücksfernsehen.

Sie seufzte. Sie hatte es gehasst, wie sie ihr für diesen Auftritt das Haar frisiert und das Gesicht geschminkt hatten. Zum ersten Mal seit Jahren hatte sie sich wieder wie die Puppe gefühlt, die ihre Mutter aus ihr hatte machen wollen. Nein, sie würde sich nicht umziehen. Hector Pickard konnte sie ruhig sehen, wie sie wirklich war.

Lediglich das Haar bürstete sie sich und band es mit einem Seidenband zusammen. Als es an der Tür klopfte, öffnete sie, ohne zu zögern. Dennoch hätte sie besser einen Blick durch den Türspion geworfen. Als sie ihren Irrtum bemerkte, hatte Quinn bereits einen Fuß in der Tür.

Vom ersten Moment an, als er Julia auf dem Bildschirm gesehen hatte, war Quinn klar gewesen, dass er der letzte Mensch war, den sie sehen wollte. Zweifellos gab sie ihm die Schuld daran, dass sie hier war.

Aber er musste sie sehen, um jeden Preis. Er musste wissen, ob sein Verdacht richtig war. Es schien ihm einfach immer noch so unglaublich.

Kein Wunder, dass sie bei ihrer ersten Begegnung so erschrocken reagiert hatte. Bestimmt hatte sie damit gerechnet, dass ihr Sohn ihm bekannt vorkommen würde. Aber er war so mit ihr beschäftigt gewesen, dass er das Offensichtliche nicht wahrgenommen hatte.

Hector brachte ihn auf den richtigen Gedanken. Hector mit seinem Gerede, wer der Vater des Kindes sein mochte. Pickard würde keine Ruhe finden, bevor er es herausgefunden hatte.

Weder Quinns plötzliche Schweigsamkeit noch der verwirrte Ausdruck in seinen Augen waren ihm aufgefallen, so sehr war er damit beschäftigt gewesen, ihm den Vertrauensbruch vorzuhalten und ihn aufzufordern, den Schreibtisch zu räumen und das Büro zu verlassen.

Was hatte Hector noch gesagt, das ihm schlagartig die Augen geöffnet hatte? Es waren nur wenige, harmlose Worte gewesen, die drohten,

Quinns Leben grundlegend zu ändern. Jake war *zehn*, nicht acht oder neun, wie er eigentlich angenommen hatte. Julia musste bereits schwanger gewesen sein, als sie damals verschwand …

„Ich schreie!"

Julias Drohung war in ihrer Situation so lächerlich, dass Quinn sie nur verächtlich ansehen konnte. „Tu dir keinen Zwang an", sagte er. „Ich gehe inzwischen in die nächstgelegene Zeitungsredaktion und erzähl denen, was ich weiß. Warum du einverstanden warst, hierherzukommen, zum Beispiel. Du möchtest doch nicht, dass sie sich mit Jakes Herkunft beschäftigen, oder?"

Sie schluckte. Mit Genugtuung sah er, dass er ihr einen gehörigen Schrecken eingejagt hatte. Was war sie nur für eine Frau? Und was kümmerte es ihn?

„Das würdest du nicht tun", behauptete sie, ging dabei aber unwillkürlich einen Schritt zurück. Er nutzte die Gelegenheit, um ganz hereinzukommen. Obwohl sie die Hand hob, um zu protestieren, schloss er die Tür.

„Bist du dir da sicher?", fragte er und lehnte sich mit verschränkten Armen gegen den Türrahmen. Es kostete ihn große Anstrengung, entspannt zu wirken.

„Dein Chef wird auch ein Wort mitreden wollen", entgegnete sie. „Er wird gleich hier sein. Bilde dir also nicht ein, du könntest mir etwas anhaben."

„Das glaube ich kaum."

Die Ironie in seiner Stimme ließ sie ihren Fehler erkennen. „Du meinst doch nicht etwa …"

„… dass ich Hector Pickard bin? Doch, genau das."

Julia schrie erschrocken auf und versuchte sich zu einer Tür zu flüchten, hinter der Quinn das Badezimmer vermutete. Er kam ihr jedoch zuvor und packte sie schmerzhaft am Haar. „Das halte ich für keine gute Idee", sagte er verärgert. „Wir müssen uns unterhalten. Also, setz dich hin."

Sie verzog das Gesicht, als sie seine Alkoholfahne roch. „Du bist ja betrunken", sagte sie angewidert. „Sonst hättest du dich wohl auch nicht hergetraut."

„Um mit einer Schwindlerin wie dir fertig zu werden, muss ich mir keinen Mut antrinken." Er ließ sie los. „Und jetzt tu, was ich sage, bevor ich dir den Hals umdrehe."

„Oh, ich zittre vor Angst", entgegnete sie trotzig. Das war ironisch gemeint, doch sie zitterte tatsächlich. Ihre einzige Chance bestand im Gegenangriff: „Ich staune, dass du es überhaupt wagst, hierherzukommen – nach allem, was du mir angetan hast."

„Ich dir angetan?" Er konnte nicht umhin, ihren Kampfgeist zu bewundern. „Du hast Nerven, mir auch noch Vorwürfe zu machen."

„Was ist los?", fragte sie, bevor er weiterreden konnte. „Hat jemand anders die Lorbeeren für deine Arbeit geerntet?"

Quinn sah sie wütend an. Glaubte sie wirklich, dass er für ihre jetzige Lage verantwortlich sei? Sie hätte bei seinem letzten Gespräch mit Hector dabei sein sollen, dann würde sie anders darüber denken.

„Hör zu …", begann er, verstummte aber sofort darauf. Nein, er hatte es nicht nötig, sich zu verteidigen. *Sie* hatte *sein* Leben ruiniert, nicht umgekehrt. Sie war eine selbstsüchtige, egoistische Frau, und er verachtete sie dafür.

Nein, das tust du nicht, korrigierte ihn eine spöttische innere Stimme. Tatsächlich fiel es ihm schwer, dieses Gefühl der Ablehnung aufrechtzuerhalten. Wie immer, wenn er in ihrer Nähe war, hatte er vor allem das Bedürfnis, sie zu berühren. Er konnte nichts dagegen machen.

„Nein, du hörst zu." Julias schwankende Stimme erlöste ihn aus dem Sog der heimtückischen Sehnsüchte. „Wenn du jetzt sofort gehst, werde ich vergessen, dass du jemals hier warst. Ich werde auch Mr Pickard nichts erzählen. Nur verschwinde endlich!"

Ihr Ton trug nicht dazu bei, Quinns Laune zu verbessern. „Du bist durchgedreht", sagte er und glaubte zum ersten Mal den Ausdruck von Angst in ihren Augen zu erkennen. „Wir haben doch noch gar nicht angefangen, Julie. Jetzt sei ein braves Mädchen und bring mir erst mal was zu trinken."

Sie sah ihn kühl an. „Ich bin kein Mädchen."

„Und brav bist du auch nicht", konterte er. „Aber was soll's? Ich weiß, dass diese Suiten mit Getränken bestens ausgestattet sind. Also bring mir eine Flasche Scotch, bevor ich die Geduld verliere."

„Du hattest schon genug."

In Quinns Augen funkelte mühsam unterdrückte Wut. „Nein, hatte ich nicht. Sonst würdest du nicht mehr so gut aussehen."

„Du bist ekelhaft."

„Ich werde gleich noch ekliger, wenn du mir nicht endlich einen Drink besorgst", forderte er lautstark. „Ich bin mit meiner Geduld am Ende."

Julia sah ein, dass ihr im Moment keine Wahl blieb, und deutete auf einen Schrank neben der Tür. „Bedien dich."

Mit einem großen Glas Whisky in der Hand fühlte Quinn sich schon etwas besser. Seine Nerven waren allerdings immer noch bis zum Äußersten angespannt. Er brauchte Julia in ihren engen Leggings nur anzusehen, und schon entwickelte sein Körper ein Eigenleben. Warum brachte er das alles nicht endlich hinter sich? Er hatte nichts zu verlieren.

Sie hatte sich in die Ecke des Sofas vor dem Fenster gekauert, die Knie bis ans Kinn gezogen und die Arme darum geschlungen. Ob ihr bewusst war, was für einen aufreizenden Anblick sie bot? Eine Weile sah er sie nur an, wobei er leicht schwankte. Ihr schien sein Blick unangenehm zu sein.

„Ich weiß nicht, was du von mir erwartest", sagte sie und straffte sich unwillkürlich, als er auf sie zukam. „Was du machst, ergibt keinen Sinn. Es ist schließlich nicht meine Schuld, dass ich hier bin."

„Meine auch nicht", erwiderte Quinn. Er beobachtete sie ununterbrochen, während er einen weiteren Schluck Whisky trank. Dann setzte er sich, ohne auf ihre abweisende Reaktion zu achten, neben sie aufs Sofa. „Deinetwegen bin ich meinen Job los."

Julia sah ihn mit großen Augen an. „Wie meinst du das?"

„Ich bin gefeuert, arbeitslos."

„Aber wie ist das passiert? Mr Pickard wollte doch, dass du mich hierherbringst."

„Oh ja, allerdings." Er lehnte sich zurück. „Aber ich hab den Mund gehalten. Ich hab ihm erzählt, ich hätte dich nicht gefunden. Und Hector hat mich mein eigenes Grab schaufeln lassen!"

„Aber, wie …"

„Er hat mir nicht getraut", antwortete Quinn, bevor Julia ihre Frage beenden konnte. „Ich kann ihm nicht einmal einen Vorwurf daraus machen. Besonders professionell habe ich mich nicht gerade verhalten." Er lächelte bitter. „Aber er hatte auch nicht mit dir zu tun. Und du bist eine so kluge Frau. Du wusstest von Anfang an genau, was du tust."

„Oh, natürlich." Sie presste die Lippen zusammen. „Deswegen bin ich hier."

„Nein." Er runzelte die Stirn. „Diesen Fehler haben wir gemeinsam begangen. Der gute alte Hector war raffinierter, als wir dachten." Sein Gesichtsausdruck wurde noch düsterer. „Seine Spione waren schon einige Tage vor mir auf der Insel. Er hat die Sache generalstabsmäßig geplant."

Sie blinzelte. „Spione?"

„Das Paar im Hotel", erklärte er. Julia sah ihn weiter verständnislos an. „Im Hotel wohnte ein Paar, das dort anscheinend die Flitterwochen verlebte. Sie waren schon da, als ich ankam."

„Dann arbeitete das Mädchen, das zu mir kam – Lisa Allott – nicht für dich?"

Er schüttelte den Kopf. „Sie arbeitete für Hector. Ich schätze, sie hat auch mein Zimmer durchsucht."

Die Überraschung stand ihr immer noch ins Gesicht geschrieben. „Aber warum?"

„Hector traute mir nicht. Und nach dem Flop mit Hager konnte er sich keinen weiteren Misserfolg leisten."

Sie zog die Augenbrauen zusammen. „Und wieso hat er dich dann überhaupt noch losgeschickt?"

„Weil ich dich kannte. Er musste sicher sein, dass du es wirklich bist, bevor die beiden zum Einsatz kommen konnten. Wenn ich mich so verhalten hätte, wie vereinbart, wären sie überflüssig gewesen. Aber Hector vermutete wohl, dass ich ein Gewissen habe – zu Recht."

„Oh, Quinn!" Julias Verhalten machte eine erstaunliche Wandlung durch. Ihr Blick wurde weicher und jagte heftige Schauer durch Quinns Körper. „Meinetwegen hast du deinen Job verloren!", rief sie und legte eine Hand auf sein Knie. „Kein Wunder, dass du wütend bist. Es tut mir leid, ich hatte ja keine Ahnung."

Sie bedauerte ihn und klang dabei völlig aufrichtig. War das möglich?

Er hätte jetzt ihre Hand wegstoßen und ihr deutlich sagen sollen, was er von ihrem Falschspiel hielt. Hätte ihr erklären sollen, dass Hector sich noch harmlos verhalten hatte, verglichen mit ihr. Doch die Berührung löste Erinnerungen aus, die er nicht ignorieren konnte, und der Gedanke, ihre Schwäche auszunutzen, formte sich in seinem Kopf. Vielleicht ist es verrückt, dachte er, als er das Glas zur Seite stellte und seine Hand auf ihre legte. Aber warum sollte sie es leicht haben und er nicht? Es würde ohnehin viel befriedigender sein, ihr alles zu erzählen, was er wusste, nachdem er sie verführt hatte. Oder vielleicht währenddessen …

„Quinn …"

Sie versuchte ihre Finger aus seinem Griff zu lösen. Sosehr sie ihn auch bedauern mochte, ihre letzte unangenehme Begegnung hatte sie nicht vergessen.

„Julia", sagte er sanft und hob ihre Hand trotz ihres Widerstandes an seine Lippen. „Vergibst du mir?"

Die Worte taten ihre Wirkung. Sie entspannte sich etwas. „Oh, Quinn", flüsterte sie. Er küsste ihre Fingerspitzen, eine nach der anderen. „Natürlich vergebe ich dir. Aber ... findest du das nicht etwas unpassend?"

„Warum?"

„Warum?" Wieder schwang eine Andeutung von Ängstlichkeit in ihrer Stimme mit. „Hatten wir uns nicht darauf geeinigt, die Vergangenheit ein für alle Mal ruhen zu lassen?"

„Du meinst, als ich dich ‚Miststück' genannt habe?", fragte er und biss sanft in ihren Daumen. „An dem Abend hab ich mich ganz schön dumm benommen, fürchte ich."

„Dumm würde ich nicht sagen", erklärte sie diplomatisch. „Du warst verärgert."

„Und wie", bestätigte er. Für einen Moment fühlte er die Wut erneut in sich aufsteigen. Dann wurde seine Stimme wieder sanfter. „Aber nur, weil ich dich wollte."

„Quinn, bitte ..."

Jetzt konnte sie ihre Angst nicht mehr verbergen. Er überlegte, was sie wohl tun würde, wenn ihr klar wurde, dass er nicht im Geringsten daran dachte, ihren Wünschen zu entsprechen. Ihr Atem hatte sich bereits beschleunigt, und ihre Brüste hoben und senkten sich in rascher Folge.

„Ganz ruhig", forderte er sie mit heiserer Stimme auf. „Ich bin kein Junge mehr, Julie. Ich kenne mich aus. Du wirst überrascht sein ..."

„Hör auf!"

Quinn lächelte zufrieden. „Das meinst du nicht ernst", flüsterte er und strich ihr zärtlich übers Kinn. „Bist du nicht auch neugierig, wie es heute zwischen uns wäre?"

„Nein!", bestritt sie entsetzt.

Er hatte nicht die Absicht nachzugeben. „Natürlich bist du's", behauptete er. Er ließ die Hand auf den Kragen ihres Sweatshirts gleiten. „Darf ich das aufknöpfen?"

„Lass das!", rief sie und versuchte mit ihrer freien Hand den Ausschnitt zusammenzuhalten.

Unbeeindruckt öffnete Quinn den ersten Knopf. „Hast du denn gar kein Mitgefühl, Julie?", fragte er.

„Das hatte ich ..."

„Siehst du."

„… bis du meine Gastfreundschaft missbraucht hast!", schrie sie. „Bring mich nicht so weit, dass ich dich hasse, Quinn."

Er lächelte ironisch. „Nein", erklärte er. „Das ist nicht meine Absicht." Er öffnete einen weiteren Knopf. „Ich habe etwas ganz anderes vor."

„Wenn du mich zwingst, mit dir zu schlafen …"

„He!" Er sah ihr ruhig in die Augen, während er den letzten Knopf öffnete. „Wer zwingt hier wen?", protestierte er. Dann wurde seine Aufmerksamkeit abgelenkt. „Du trägst einen BH? Du hast dich ja wirklich ganz schön verändert."

„Lass mich gehen, Quinn."

„Das werde ich, keine Sorge." Er entdeckte den Haken, der den Büstenhalter zusammenhielt, und löste ihn. „So. Na, ist es so nicht viel besser?"

Julia zuckte zurück, als Quinn ihre nackte Haut berührte, doch die Reaktion ihres Körpers ließ sich nicht mehr verbergen. Ihre Brüste waren größer, die Spitzen dunkler, als er in Erinnerung hatte, aber noch genauso fest und wunderschön wie früher.

Seine Finger zitterten, als er sie ganz von dem Stoff befreite. Die Versuchung, das Gesicht darin zu bergen, war überwältigend. Er versuchte dagegen anzukämpfen, doch es war hoffnungslos.

Ob der Alkohol dabei eine Rolle spielte, wie er später behauptete, oder nicht – von dem Moment an, als ihre Lippen sich berührten, war er verloren, fortgeschwemmt von den Wogen seiner eigenen Begierde. Er würde Julia nicht mehr gehen lassen, egal, was sie tat.

Ihren erstickten Protestschrei nahm er kaum noch wahr. Er glaubte vielleicht, sie nicht lieben zu können. Aber er begehrte sie so sehr, dass es schmerzte.

Gedankensplitter jagten ihm durch den Kopf, Anschuldigungen, gehässige Schimpfwörter. Er versuchte sich zu erinnern, dass er das alles nur tat, um sie zu bestrafen, und dass die Magie dieser Gefühle nicht von Dauer sein konnte. Doch das waren nur haltlose Ideen ohne Substanz. Was für eine Rolle spielte schon die Wahrheit in ihrer Beziehung? Sie hatte ihn von Anfang an belogen. Und so weit er sehen konnte, log sie immer noch.

Im Moment waren Lügen und Verleumdungen jedoch allesamt bedeutungslos. Während er mit der Zunge ihre Lippen liebkoste, in ihren Mund eindrang und ihn zu erforschen begann, war er vollkommen seiner eigenen Leidenschaft ausgeliefert. Mit einer Hand riss er sich das Hemd aus der Hose und stöhnte zufrieden, als er Julias Wärme auf seiner nackten Brust spürte.

„Oh …"

Er hätte nicht sagen können, ob er gestöhnt hatte oder sie. Die Hände in ihrem Haar, drückte er sie in die Kissen und erstickte jeden Protest mit dem Gewicht seines Körpers. Es war himmlisch, so auf ihr zu liegen, und das Verlangen, süß und drängend zugleich, wuchs in ihm. Dann hob sie die Beine, sodass er zwischen ihnen zu liegen kam.

„Oh, Julie …"

„Quinn …", keuchte sie. Ihre Stimme war genauso heiser wie seine. Er wusste, jetzt gab es kein Zurück mehr, und drückte das Gesicht zwischen ihre Brüste.

Diese Berührung erregte ihn noch mehr. Er hatte keine Zeit, die roten Spuren zu betrachten, die seine unrasierten Wangen auf ihrer zarten Haut hinterließen. In grenzenloser Leidenschaft suchte er mit den Lippen eine Knospe und begann daran zu saugen. Erst als Julia hemmungslos zu stöhnen begann und ihre Hände sich um seinen Kopf schlossen und wieder öffneten, richtete er seine Aufmerksamkeit auch auf die andere Knospe.

Julia wand sich unter ihm und brachte ihn damit zur Raserei. Er tastete nach dem oberen Ende ihrer Leggings und zog sie ihr über die Hüften. Er ließ das Gesicht auf ihren flachen Bauch gleiten, packte den Saum des Spitzenhöschens mit den Zähnen und zog es weg.

„Bitte …"

Sie fasste ihn an den Schultern und zog ihn zu sich. Er sah sie mit vor Leidenschaft dunklen Augen an. „Ja", flüsterte er heiser, zog ungeduldig an seinem Gürtel und warf das Hemd zur Seite. „Ja", wiederholte er, als er in ihren Augen das gleiche Drängen nach Erfüllung sah. Dann drang er kraftvoll in sie ein.

Zeit und Raum waren vergessen. Der Strudel seines Verlangens zog ihn tiefer und tiefer, bis er mit dem stetigen Pulsieren seines Blutes eins zu werden schien. Es waren Himmel und Hölle zur gleichen Zeit. Himmlisch war es, mit der Frau zu schlafen, deren Bild ihm seit zehn langen Jahren nicht aus dem Kopf gegangen war. Die Hölle war es, zur gleichen Zeit zu wissen, dass es nicht von Dauer sein konnte. Er konnte es auf Dauer nicht aushalten. Seinen Körper drängte es bereits nach Erleichterung. Nur durch größte Willensanstrengung konnte er den Moment noch länger hinauszögern. Doch schließlich musste er nachgeben, musste sich gehen lassen, und als er es tat, hatte er das Gefühl, die entfesselten Kräfte würden ihn umbringen.

„Julie", stöhnte er, als die ansteigenden Wellen der Leidenschaft, die ihren Körper hin und her geworfen hatten, seinen Widerstand endgültig brachen. Er spürte, wie sie sich vor Lust unter ihm wand und zuckte, und in einem berauschenden Höhepunkt fanden sie gleichzeitig die ersehnte Erfüllung.

*S*chweren Herzens packte Julia ihren Koffer. In wenigen Stunden startete das Flugzeug nach George Town. Sie hätte sich eigentlich erleichtert fühlen müssen und freute sich, ihren Sohn wiederzusehen. Dennoch wollte sie England nicht verlassen.

Die einstündige Fernsehsendung am Abend zuvor war ohne Probleme über die Bühne gegangen. Insgesamt war das Interview nicht halb so schlimm gewesen, wie sie befürchtet hatte. Nachdem sie ihre Identität als Kinderbuchautorin Julia Stewart enthüllt hatte, hatte das Interesse an ihrer Vergangenheit deutlich nachgelassen. Damit war vielleicht noch nicht alles vorbei, doch das Schlimmste hatte sie gewiss überstanden.

Quinns Besuch hatte allerdings alles geändert. Er war offenbar nur zu ihr gekommen, um sie zu verletzen. Dennoch hatte seine Gegenwart lang verschüttete Gefühle wiederbelebt.

Sie ließ den Koffer stehen und ging unruhig im Zimmer hin und her. Oh, es hatte so gutgetan, wieder mit ihm zusammen zu sein. Bei keinem Mann fühlte sie sich so glücklich wie bei Quinn. Aber sie konnte ihn nicht lieben. Wenn er nur etwas älter gewesen wäre und nicht Lord Marriotts ältester Sohn, hätte sich vielleicht alles ganz anders entwickelt. Sie hätte alles getan, um mit ihm zusammenzubleiben.

Julia straffte sich, als es an der Tür klopfte. Einen Moment lang fragte sie sich, ob ihre Gedanken an Quinn ihn hergelockt hatten. Wenn er es tatsächlich war, sollte sie ihm dann alles erzählen? So schwer es ihr auch fallen mochte, die Antwort war: ja.

Sie musterte sich flüchtig im Spiegel und verzog das Gesicht angesichts des Trainingsanzugs, den sie fürs Kofferpacken angezogen hatte. Wenn es sein musste, konnte sie den notfalls sehr rasch ablegen. Sie schob die letzten Zweifel beiseite und ging zur Tür.

Es war Isabel.

Julia war verblüfft, auch enttäuscht, und sah Quinns Mutter an, als hätte sie sie nie zuvor gesehen. Dabei hatte sich Isabel so gut wie nicht verändert. Ihr Haar glänzte kastanienbraun, und sie bot dieselbe elegante Erscheinung wie früher.

Eine Weile sahen sich die beiden Frauen an, ohne etwas zu sagen. Julia fragte sich, ob Isabel sich wohl auch an alles erinnerte, was einmal zwischen ihnen gewesen war. Sie waren einmal so enge Freundinnen gewesen.

Als würde ein Damm brechen, stieß Isabel endlich einen leisen Schrei aus. „Oh, Julia", sagte sie mit unterdrückter Stimme und schloss ihre alte Freundin in die Arme. So standen sie ungezählte Minuten, und zum ersten Mal seit Jahren flossen heiße Tränen über Julias Wangen. In all den Jahren hatte sie niemanden gehabt, dem sie sich anvertrauen konnte, niemanden, dem sie ihre Sorgen erzählen konnte.

Glücklicherweise kam niemand über den Flur, während sie sich so ihren Gefühlen hingaben. Schließlich hatte Julia sich wieder so weit in der Gewalt, um ihre Freundin hereinzubitten.

„Was für eine Begrüßung", sagte sie, während Isabel die Tür schloss. „Ich bin froh, dass du gekommen bist."

„Ich auch", sagte Isabel. Jetzt glaubte Julia, eine gewisse Angespanntheit in ihrem Blick zu erkennen. Ihr Lächeln wirkte angestrengt, als sie sich im Hotelzimmer umsah. „Sehr hübsch."

„Sehr teuer", erklärte Julia. „Glücklicherweise muss ich es nicht bezahlen. Willst du dich nicht setzen? Möchtest du etwas trinken?"

„Nein, danke." Isabel setzte sich auf einen Stuhl und schlug die Beine übereinander. Sie wartete, bis Julia sich ihr gegenüber hingesetzt hatte, ehe sie fortfuhr: „Ich habe die Sendung gestern Abend gesehen. Du warst sehr gut."

„Danke." Julia fragte sich, ob das wirklich der Grund war, weswegen Quinns Mutter zu ihr gekommen war. Hatte sie sie im Fernsehen gesehen und wollte jetzt den alten Kontakt wiederbeleben?

„Also …" Isabel spreizte die Hände auf den Stuhllehnen. „Du siehst großartig aus. Wie immer."

„Ich sehe furchtbar aus", entgegnete Julia rasch und spürte, wie sie errötete. Sie erwartete, dass dem Kompliment noch etwas folgen würde. In Isabels Gesicht war keine Herzlichkeit.

„Keine falsche Bescheidenheit", widersprach sie. Mit dem Fingernagel folgte sie dem Muster im Polster. „Du kennst deine Stärken so gut wie jeder andere. Entweder hast du keine Sorgen – oder kein Gewissen."

Julia schluckte. „Es tut mir leid …"

Isabels Gesichtszüge entspannten sich. „Ja, mir auch", sagte sie mitfühlend. „Ich bin nicht gekommen, um dir Vorwürfe zu machen, Julia. Das musst du mir glauben. Aber irgendjemand musste mit dir reden, bevor du abreist. Da Quinn dazu offenbar nicht in der Lage ist, war es meine Aufgabe."

Julia erschauerte. „Ist mit Quinn alles in Ordnung?"

Isabel warf ihr einen vieldeutigen Blick zu. „Das kommt auf den Blickwinkel an", erklärte sie. „Doch bevor du weiterredest, möchte ich dir etwas zeigen."

Isabel zog ein Foto aus der Tasche und gab es Julia. Es war eine Schwarzweißaufnahme. Die Person, die sie zeigte, hätte Jake sein können, wäre da nicht der eindeutig britische Hintergrund mit Wiesen und Mooren gewesen. Es war natürlich Quinn in seiner Schuluniform, der direkt in die Kamera schaute.

Julias Hand zitterte, als sie das Bild betrachtete. Isabel atmete tief ein. „Du erkennst ihn, nicht wahr?"

Julia zögerte nicht mit der Antwort. „Es ist Quinn."

„Ja." Isabel nahm das Foto wieder an sich. „Vor ungefähr achtzehn Jahren. Ich habe es in seinem Schlafzimmer in Courtslands gefunden. Er hatte in der Dachkammer herumgestöbert, bevor er den Kollaps hatte."

„Kollaps?!" Erschrocken sprang Julia auf, doch Isabel blieb ganz ruhig.

„Keine Sorge", sagte sie. „Er hat nur zu viel getrunken. Nach allem, was wir bisher aus ihm herausbekommen konnten, scheint er der Vater deines Kindes zu sein. Ist das wahr?"

Julia wünschte sich, jetzt selbst zusammenbrechen zu können. Es wäre so viel einfacher, das Bewusstsein zu verlieren. Im Moment konnte sie nicht einmal Isabels Worte richtig in sich aufnehmen. Sie fühlte sich wie gelähmt.

„Ist das wahr?" Isabel sah sie an. Ihr Blick war nicht kalt, nicht vorwurfsvoll, aber auch nicht hilfreich. Im Gegenteil, in ihren Augen schien sich Schmerz widerzuspiegeln, als könnte sie nicht glauben, dass Julia ihr so etwas antun könnte.

„Ich ..." Julia rang nach Worten. „Isabel ..."

„Ist es wahr?"

„Ja."

Jetzt war es heraus. In einem Gefühl der Verzweiflung schlang Julia die Arme um sich. Isabel würde ihr nie vergeben. Und Quinn ...

„Oje ..." Isabel war kaum zu hören. Es war, als hätte Julias Geständnis sie all ihrer Lebensenergie beraubt. Sie legte die Hände auf die Knie, ließ die Schultern zusammensacken und wirkte zum ersten Mal alt.

Julia wollte etwas sagen, wollte die Frau trösten, die immer gut zu ihr gewesen war. Doch sie konnte nur daran denken, dass Quinn es gewusst hatte. Seit wann? Und warum hatte er es ihr nicht gesagt? Und was hatte er jetzt wegen Jake vor?

Isabel hob den Kopf. „Warum hast du es uns nicht gesagt?", fragte sie mit müder, leidender Stimme. „Findest du nicht, dass wir ein Recht hatten, es zu erfahren? Dieses Kind ist Ians und mein Enkelsohn. Du hättest Quinn sagen sollen, dass du genug von ihm hattest, statt einfach davonzulaufen."

„Das konnte ich nicht."

„Warum nicht?"

„Das weißt du genau." Julia straffte sich. „Er war euer Sohn!"

„Er ist immer noch mein Sohn", korrigierte Isabel. „Na und? Er hatte ein Recht zu erfahren, dass du schwanger warst."

Julia schnappte nach Luft. „Du willst mir doch nicht weismachen, dass du unsere Beziehung gutgeheißen hättest?"

Isabel sah sie kühl an. „Nein, das habe ich nicht."

„Na also, dann …" Julia unterbrach sich. „Was soll das heißen, du hast es nicht?" Sie schüttelte den Kopf. „Du konntest doch unmöglich davon gewusst haben."

Isabel seufzte müde. „Ach, Julia, du hast doch selbst einen Sohn. Glaubst du nicht, du würdest es merken, wenn er verliebt wäre?"

Julia blinzelte verwirrt. „Du hast nicht … du konntest nicht …"

Isabel stand auf. „Meine liebe Julia, ich habe von Anfang an geahnt, was los war. Du hast nicht bemerkt, wie er dich angesehen hat, aber ich. Und wie häufig er auf einmal nach Courtlands kam – es war offensichtlich."

Julia schüttelte den Kopf. „Warum hast du es dann eigentlich nicht verhindert?"

„Wie?"

„Ich weiß nicht. Du hättest mich nicht mehr einladen können, zum Beispiel."

„Glaubst du wirklich, das hätte etwas bewirkt?" Isabel wirkte jetzt traurig, resigniert. „Quinn hat dich doch sowieso in London besucht, nicht wahr? Wenn ich mich eingemischt hätte, hätte ich wahrscheinlich auch noch meinen Sohn verloren."

Julia fühlte sich völlig benommen. „Ian …"

„Ian hat nichts davon gewusst." Isabel zuckte die Schultern. „Jetzt weiß er es natürlich, aber damals konnte ich es verhindern. Nachdem du verschwunden warst, musste ich mit Quinns Reaktion zurechtkommen. Ich ließ seinen Vater in dem Glauben, dass es nur mit Drogen zu tun habe."

Julia biss sich auf die Unterlippe. „Hasst du mich?"

Isabel machte eine hilflose Geste. „Wie kann man jemanden hassen, den man nicht einmal richtig kennt?", sagte sie traurig. „Was du getan hast, war grausam, aber wahrscheinlich hattest du deine Gründe. Was mich viel mehr interessiert, ist, was du jetzt vorhast."

„Oh, Isabel." Julia spürte, wie ihr erneut Tränen in die Augen traten. „Was kann ich denn tun? Sag es mir, und ich werde es tun." Sie zögerte einen Moment und sprach dann mit festerer Stimme weiter. „Du willst Jake sehen. Das verstehe ich. Ich … ich werde mit ihm herkommen. Sag mir nur, wann."

„So einfach ist es nicht."

„Nein?"

„Nein." Die ältere Frau schüttelte den Kopf und wandte sich ab. „Ich glaube nicht, dass Quinn ihn sehen will. Im Moment versucht er mit aller Kraft, euch beide aus seinem Leben auszuschließen und zu vergessen."

Das war ein Tiefschlag. Julia taumelte, als wäre sie tatsächlich mit der Faust getroffen worden. Wenn sie so etwas auch erwartet hatte, es tat dennoch weh.

Als sie nichts sagte, drehte sich Isabel wieder zu ihr um. „Das scheint dich nicht sonderlich zu überraschen", sagte sie. „Du wolltest es so, nicht wahr? Quinn hat uns erzählt, dass du ihm die Herkunft des Jungen verschwiegen hast. Wenn Pickard, dieser furchtbare Kerl, ihn nicht darauf aufmerksam gemacht hätte, dass du schon zum Zeitpunkt deines Verschwindens schwanger gewesen sein musstest, wäre er vielleicht nie darauf gekommen. Dieses alte Foto war nur der letzte Beweis."

Julia hielt den Atem an. „Ich wollte ihm sagen …"

„Warum hast du es nicht getan?"

„Weil … weil …" Weil er mich berührt hat, weil wir uns geliebt haben, weil ich erkannt habe, wie sehr er mich verletzen kann …

„Weil du wütend auf ihn bist?", vermutete Isabel. „Weil du diesen Abschnitt in deinem Leben aus dem Gedächtnis löschen möchtest?"

„Nein …"

„Warum dann?"

„Weil ich ihn liebe", erklärte Julia gequält. „Weil Jake der einzige Teil von ihm ist, der mir gehört."

Isabel sah sie lange an, ohne ein Wort zu sagen. „Das soll ich glauben?", fragte sie schließlich. „Mein Sohn trinkt sich zu Tode, weil du ihn liebst?"

„Das kann nicht sein."

„Was denkst du denn, warum er sonst zusammengebrochen ist?"

„Nun, du hast gesagt, dass er trinkt …"

„Allerdings, und wie. Ich glaube, seit Pickard ihn gefeuert hat. Vielleicht interessiert es dich, dass er deinetwegen seinen Job verloren hat. Er hat deinen Aufenthaltsort für sich behalten. Jemand anders ist nach San Jacinto gefahren, um dich aufzuspüren. Wenn Quinn nicht versucht hätte, dich zu beschützen, hätte er vielleicht nie davon erfahren."

Julia befeuchtete sich die Lippen. Sie konnte kaum glauben, dass sie Isabel ihre Liebe zu Quinn gestanden hatte. Jetzt gab es keine Möglichkeit mehr, das rückgängig zu machen.

Isabel hob die Hand. „Hast du gar nichts zu sagen? Findest du nicht, dass Quinn eine Chance verdient? Du hast gesagst, du liebst ihn. Gut, und ich sage: Beweise es. Geh zu ihm, Julia. Lass ihn entscheiden."

12. KAPITEL

*E*s war fast wie damals, als Julia zum ersten Mal nach Courtlands gekommen war. Jetzt war natürlich eine frühere Jahres-
zeit, aber wieder war es ein außergewöhnlich warmer Tag. So
warm, dass sie den Taxifahrer bat, sie am Tor abzusetzen.

Der Weg zum Haus war von Tulpen flankiert, und auf den Weiden
tummelten sich einige Fohlen. Die Stuten, die Matthew gezüchtet hatte,
spielten mit ihren Jungen und vermittelten Frühlingsgefühle.

Doch Julia war dafür jetzt nicht empfänglich. Das bevorstehende
Treffen mit Quinn lastete ihr auf der Seele. Isabel hatte erzählt, dass er
jede Gesellschaft mied und selten nüchtern war. Sie wussten nicht mehr,
was sie tun sollten.

Aber wusste sie es?

Sie schob die Haare hinters Ohr und sah sich vor dem Haus
skeptisch um. Es wirkte verlassen. Julia wusste, dass Quinns Mutter
und sein Bruder fort waren. Isabel hatte Julia versprochen, ihren
Besuch beim Butler anzukündigen und ihm zu erklären, weswegen
sie kam.

Es klang alles sehr gut. Trotzdem war Julia nervös. Sie konnte immer
noch nicht ganz fassen, dass sie tatsächlich hier war. Ebenso wenig
konnte sie sich vorstellen, dass Quinn sie sehen wollte. Er wollte sie
aus seinem Leben verbannen, das hatte er selbst gesagt. Hatte Isabel
auch überlegt, wie es wäre, wenn er Julia zurückwies? Oder war es ihr
egal, solange Quinn nur seine Chance bekam?

Das vornehme alte Gebäude wirkte freundlich im Licht der Nachmittagssonne. Zwischen dem Efeu, der an der Hauswand hinaufwuchs,
schimmerten die Fensterscheiben. Aus den Schornsteinen stieg Rauch
empor. Links führte ein Weg ums Gebäude herum zu den Ställen, den
Hundezwingern und, wenn sie sich recht erinnerte, zu einem großen
Gewächshaus.

„Kann ich Ihnen behilflich sein?"

Julia war so in Gedanken versunken, dass sie den Mann in Arbeits-
kleidung erst bemerkte, als er sie ansprach. Wahrscheinlich hielt er sie
für eine verirrte Spaziergängerin.

„Ähm … ich möchte zu Mr Marriott", erklärte sie, obwohl es ihn
nichts anging. „Mr Quinn Marriott. Ich … er erwartet mich."

Der Mann runzelte die Stirn. Er sah gut aus, mochte vielleicht knapp
über vierzig sein. Er musterte Julia misstrauisch. „Kenne ich Sie nicht?",

fragte er und schob die Hände in die Hosentaschen. „Mensch, Sie sehen aus wie dieser ehemalige Filmstar, Julia Harvey."

Sie zögerte. „Ja", sagte sie. „Das ist mir schon öfter gesagt worden. Aber wenn Sie mich jetzt entschuldigen …"

„Sie *sind* es. Sie sind Julia Harvey!", rief er aus, nahm die Mütze vom Kopf und strahlte. „Ich habe Sie neulich im Fernsehen gesehen. Sie sind früher oft hergekommen, um Lady Marriott zu besuchen. Ich habe manchmal zugesehen, wenn Sie mit Quinn Tennis gespielt haben."

„Schon möglich", seufzte Julia.

„Ganz sicher." Er deutete auf sich. „Charlie Hensby, ich bin hier schon seit zwanzig Jahren Gärtner."

„Tatsächlich?" Sie wollte nicht unhöflich sein, aber noch weniger wollte sie, dass Quinn aus dem Fenster schaute und sie entdeckte. Das Letzte, was sie jetzt brauchen konnte, war, dass er sich weigerte, auch nur mit ihr zu reden. Ihr Selbstbewusstsein hatte Grenzen.

„Ja, tatsächlich." Der Mann schien den ganzen Tag dort stehen bleiben und in Erinnerungen schwelgen zu wollen. Doch dann schien er Julias Ungeduld zu spüren und lachte. „Nun, wenn Sie zu Quinn wollen, brauchen Sie gar nicht erst ins Haus zu gehen."

„Was meinen Sie?"

Einen schrecklichen Moment lang befürchtete sie, er würde ihr erzählen, dass Quinn nach London zurückgekehrt wäre. Aber Charlie Hensby deutete nur hinters Haus.

„Er ist in den Ställen. Es ist keine zehn Minuten her, dass ich ihn dort gesehen habe. Er kümmert sich um Matts Jagdpferde. Soll ich Sie hinführen?"

„Nein." Julia lehnte lächelnd ab. „Danke, Mr Hensby. Ich kenne den Weg."

Die Ställe waren in Form eines L angeordnet, das teilweise ein Gatter umschloss, in dem die Pferde herumgeführt und nach den Übungen abgekühlt wurden. Von Quinn war jedoch keine Spur zu entdecken.

Am Ende des Stalls führte eine Tür zum Heuschober und zu den Verschlägen für die Fohlen. Julia verspürte wenig Lust, das Innere des halbdunklen Gebäudes zu betreten. Aber sie musste sichergehen, dass Quinn wirklich nicht da war.

Kaum hatte sie die Schwelle überschritten, da stand Quinn auf einmal vor ihr. Er hatte gerade Heu in einen Verschlag geschaufelt. Hinter ihm sah sie eine hochschwangere Stute das Getreide verzehren.

„Was willst du?", fragte er. Sie hatte Isabels Erzählungen für Übertreibungen gehalten, doch jetzt nahm sie einen deutlichen Alkoholgeruch in seinem Atem wahr. Er schien nicht überrascht, sie zu sehen.

„Was für eine freundliche Begrüßung", erwiderte sie.

„Hast du etwas anderes erwartet?" Seine Augen waren von den Lidern halb verdeckt. Er wirkte müde. Und zynisch. Hatte sie ihm das angetan? Oder bildete sie sich das nur ein?

Sie holte tief Luft. „Du wusstest, dass ich komme? Hat deine Mutter …?"

„Meine Mutter hat mir überhaupt nichts erzählt." Er presste die Lippen zusammen. „Du hast sie offenbar auf deine Seite gezogen. Ich habe nur zufällig mit angehört, wie unser Butler Fellowes einen Anruf entgegennahm."

„Von Isabel?"

Er zuckte die Schultern. „Das war ziemlich offensichtlich."

Julia befeuchtete sich die Lippen. „Wenn … wenn du nicht wolltest, dass ich herkomme, hättest du es ihr sagen sollen."

„Damit du mir vorwerfen kannst, ich sei unvernünftig?" Er steckte die Gabel ins Heu. „Ich möchte wissen, was du zu sagen hast. Warum sollte ich es dir leicht machen? Die letzten zehn Jahre ist alles nach deinem Willen gegangen."

„Ist es nicht …"

„Ach nein?" Er strich sich das Haar nach hinten. „Entschuldige bitte, ich kann mich nicht erinnern, nach meinen Gefühlen gefragt worden zu sein."

Sie schluckte. „Du meinst … wegen Jake?"

Quinns Augen waren dunkel, sein Blick war vorwurfsvoll. „Ich dachte, zwischen uns wäre mehr gewesen als nur die Möglichkeit eines ungewollten Kindes."

„Jake ist nicht ungewollt!"

„Aber sein Vater ist es."

„Nein …"

„Was soll das heißen: nein?" Er machte einen Schritt auf sie zu, wandte sich aber gleich wieder ab und steckte die Hände in die Gesäßtaschen, als wäre es eine abschreckende Vorstellung für ihn, Julia zu berühren. „Wie konntest du das tun, Julie? Wie konntest du mir nicht nur das Recht auf mein Kind verweigern, sondern ohne Vorwarnung und Erklärung einfach verschwinden?"

„Ich … ich hielt es für das Beste."

„Für dich", sagte er scharf.

„Nein, für uns alle!", rief Julia. „Quinn, du warst noch ein Junge. Und du weißt, was deine Eltern von unserer Beziehung gehalten hätten."

„Oh, fang nicht wieder damit an." Er war wütend. „Du wolltest Schluss machen und warst froh, eine passende Ausrede zu haben."

„Nein."

„Hör endlich auf, ständig Nein zu sagen." Quinn fluchte. „Julie, wenn du zu mir nicht ehrlich sein kannst, sei es wenigstens dir selbst gegenüber. Du hattest genug von mir, genug davon, ständig Partys absagen zu müssen und die Männer zu versetzen, mit denen du lieber ausgegangen wärst!"

„Das ist nicht wahr."

Julia sah ihn gequält an. Er drehte sich zur Seite und streifte seinen Stiefel an der Spreu ab, die den Stallboden bedeckte. Staub wirbelte auf und tanzte im Sonnenlicht, das durch ein schmales Fenster hereinfiel.

„Wie auch immer", sagte Quinn schließlich. „Es ist sowieso egal. Ich nehme an, meine Mutter hat sich schon mit dir getroffen. Was sie dir erzählt hat, weiß ich nicht. Aber ich werde dir jedenfalls das Sorgerecht für Jake nicht streitig machen. Der Junge soll keine unnötige Aufregung haben. Bis er alt genug ist, um seine eigene Entscheidung zu treffen, werde ich dir nicht in die Quere kommen."

Julia hielt den Atem an. „Das … das ist alles, was du willst?"

Er drehte sich um, um sie anzusehen. „Frag mich nicht", verlangte er. „Frag mich nicht, was ich will. Ich könnte es dir womöglich verraten."

Sie blinzelte verwirrt. „Ich verstehe nicht …"

„Nein, allerdings. Das tust du wirklich nicht", sagte er scharf. „Du bist so beschäftigt damit, mir zu versichern, dass dir alles furchtbar leid tut. Du merkst überhaupt nicht, was ich für dich empfinde."

„Was du für mich empfindest?", wiederholte sie zaghaft. „Soll das heißen … ich bedeute dir noch etwas?"

„Nein", erklärte er und zerstörte brutal ihre Hoffnungen. „Nein, du bedeutest mir nichts. Es sei denn, du verstehst das negativ. Meine Gefühle gehen mehr in Richtung Hass und Verachtung!" Er achtete nicht darauf, wie sehr Julia von seinen Worten getroffen wurde. „Du hast mich betrogen, Julie. Du hast mir zehn Jahre des Lebens mit meinem Sohn gestohlen. Er weiß nicht einmal, wer sein Vater ist! Und du fragst mich, ob du mir noch etwas bedeutest. Ich sollte dir den Hals umdrehen!"

Selbst an dem Abend im Hotel hatte er ihr nicht so viel Angst eingejagt wie jetzt. Dabei machte sie sich um sich selbst noch die geringsten Sorgen. Ihre Furcht galt ihm und der leeren Zukunft, die sich vor ihm erstreckte – einer Zukunft ohne jede Hoffnung …

Sie musste von hier weg. Es war ein Fehler gewesen, hierherzukommen. Sie hatte Quinns Verhalten völlig falsch verstanden, es falsch verstehen *wollen*. Niemals würde er ihr vergeben. Genauso wenig, wie sie sich selbst vergeben konnte.

„Ich muss jetzt gehen", sagte sie kurz angebunden.

Quinn wirbelte herum. „Gehen?", fragte er ungläubig.

Julia nickte und deutete zur Tür. „Es ist wohl besser so." Sie spürte, wie ihre Gefühle sie allmählich überwältigten. Jeden Moment konnte sie in Tränen ausbrechen.

Quinn nahm die Hände aus den Taschen. „Nein."

„Ich glaube, wir haben alles besprochen. Falls … falls du deine Meinung über Jake ändern solltest, würde ich das verstehen. Deine Anwälte …"

„Vergiss die Anwälte!", rief er. „Ich will nicht, dass du gehst."

Einen Moment lang sah sie ihn verblüfft an. Dann wurde ihr bewusst, dass sie ihm erneut eine Blöße bot, und sie wandte sich zur Tür. „Es tut mir sehr leid", brachte sie mit tränenerstickter Stimme hervor. „Ich kann nicht …", sagte sie und ging weiter.

Er stieß einen Schrei aus. Sie hörte seine Schritte hinter sich und blieb stehen. Es hatte keinen Sinn wegzulaufen. Sie musste das jetzt durchstehen.

Er kam dicht an sie heran, berührte sie jedoch nicht. Sie konnte seinen Atem im Nacken spüren.

„Warum?", fragte er heiser. Er musste ihr nicht erklären, was er meinte.

„Du weißt, warum", antwortete sie. „Ich war … ich bin zu alt für dich."

„Nein …"

„Deine Mutter meinte das – und sie denkt immer noch so, wenn sie ehrlich ist."

„Meine Mutter hat damit nichts zu tun."

„So hast du nicht immer gedacht."

„Doch. Du weißt, dass ich meinen Eltern von uns erzählen wollte. Ich wollte dich heiraten!"

Julia wischte sich die Tränen von den Wangen. „Es wäre nicht von Dauer."

„Was?"

„Du. Ich. Ich dachte, wenn du älter wirst …"

„… würde ich mich verändern?"

„Ja."

„Nun, jetzt weißt du, dass ich mich nicht verändert habe."

Sie atmete tief ein. „Das ist nicht wahr …"

„Es ist wahr." Er legte ihr die Hände auf die Schultern und drehte sie zu sich herum. „Was glaubst du, warum ich dich habe herkommen lassen?" Er sah sie mit dunklen Augen an. „Und vor allem: Warum bist du gekommen?"

Ihr schwindelte. „Das weißt du doch!"

„Nein, ich weiß es nicht." Er beugte den Kopf, um eine Träne von ihrer Nasenspitze zu küssen. „Ich hatte gehofft, es zu wissen. Als ich dich gesehen habe … so kühl, so elegant, so wunderschön … ich konnte nicht glauben, dass du irgendeinen anderen Grund hattest als …"

„Schuld?", schlug sie vor.

Er nickte. „So ähnlich. Ganz schön arrogant, was?"

„Oh, Quinn …" Ihr Blick war voller Liebe. „Glaubst du, dass du mir jemals vergeben kannst?"

Er legte ihr die Hände auf die Wangen. „Ich bin bereits dabei, es zu versuchen", sagte er, während er mit den Daumen Tränen aus ihrem Mundwinkel strich. „Aber ich muss dir auch etwas gestehen."

Julia hielt den Atem an. „Du bist verlobt mit der Frau, von der du erzählt hast …?"

„Nein", erwiderte Quinn ungeduldig. „Susan hat mir schon vorgeworfen, in dich verliebt zu sein, lange bevor ich es selbst wahrhaben wollte."

„Dann …"

„Du bist es, Julie", flüsterte er und berührte ihren Mund sanft mit den Lippen. „Jake … ich kenne ihn kaum, bis jetzt. Eines Tages werde ich ihn sicher lieben, und er sieht mir wirklich sehr ähnlich. Aber alle Qualen, die ich durchlitten habe, waren nur deinetwegen. Du warst es, die ich wollte – die ich immer noch will." Er biss sie zärtlich auf die Lippe. „Ich liebe dich, Julie. Kannst du dir vorstellen, ein Leben mit mir zu verbringen und mir zu zeigen, dass du genauso fühlst?"

„Oh, Quinn …" Sie legte ihm die Arme um den Nacken. „Ich war ja so dumm!"

Er drückte sie an sich und schmiegte das Gesicht an ihren Hals. „Da werde ich dir ausnahmsweise nicht widersprechen", sagte er leise.

„Aber wir werden doch weiter hier wohnen?"

Jake hatte offensichtlich andere Prioritäten als sie, stellte Julia fest, als sie ihren Sohn einige Tage später auf die Neuigkeiten vorbereitete. Schuldbewusst warf sie Quinn einen Blick zu.

„Vorläufig ja", versicherte sie. Jake musste das Tempo der weiteren Entwicklung bestimmen. Die Tatsache, dass Quinn seine Mutter nach San Jacinto zurückbegleitet hatte, hatte er eher gleichgültig zur Kenntnis genommen. Zuerst war er natürlich begeistert gewesen. Doch als ihm dann klar wurde, dass Quinn nicht gekommen war, um ihn und seine Mutter nach London mitzunehmen, hatte die Freude nachgelassen.

„Und Mr Marriott bleibt auch hier?"

„Quinn", korrigierte Quinn und warf Julia einen beruhigenden Blick zu. „Ja. Wenn du damit einverstanden bist."

„Ich glaub schon." Jake sah Quinn zweifelnd an. „Aber du lebst doch in London, oder?"

„Ich habe dort gelebt." Quinn übernahm jetzt die weiteren Erklärungen. „Ich habe mein Apartment allerdings erst mal behalten. Vielleicht können wir dort mal eine Weile wohnen, wenn du Ferien hast."

Jake bekam große Augen. „Bestimmt?"

Quinn nickte. „Bestimmt."

Dann runzelte Jake wieder die Stirn und wandte sich an seine Mutter. „Also muss ich weiter zur Schule gehen?"

„Natürlich", sagte Julia.

„Aber du bleibst hier? Du gehst nicht noch einmal fort, während ich in der Schule bin?"

„Nein. Das verspreche ich dir." Julia seufzte und wollte noch etwas sagen. Doch Quinn fiel ihr ins Wort.

„Ich passe auf", bekräftigte er. „Und am Wochenende können wir uns gemeinsam vergnügen. Du musst mir zeigen, wie man segelt. Wenn du willst, können wir auch ein wenig kicken."

„Fußball?" Jake strahlte.

„Ich bin nicht gerade Maradona", erklärte Quinn lächelnd. „Aber so ganz schlecht bin ich auch nicht."

„He." Jake sah zu seiner Mutter. „Das ist super!"

„Ich bin froh, dass es dir gefällt", sagte sie leicht gerührt. „Hauptsache, ich muss nicht mitspielen."

„Du gehst ins Tor", schlug Quinn vor und erntete dafür ein amüsiertes Kichern seines Sohns. „Ein bisschen Bewegung wird dir guttun."

„Willst du damit etwa sagen, ich sei dick?“, rief sie beleidigt.

Anstatt zu antworten, sah Quinn sie nur lächelnd an. Auf einmal wurde ihr wieder bewusst, dass sie von nun an immer zusammen sein würden, und ihr Herzschlag beschleunigte sich.

„Nein“, sagte Quinn jetzt. „Ich finde, du siehst toll aus.“

„Find ich auch“, bestätigte Jake. „Kann ich Quinn das Dingi zeigen, bevor wir Tee trinken?“

„Nun?“

Nachdem Jake ins Bett gegangen war, saßen Quinn und Julia auf der Veranda. Er küsste zärtlich ihre nackte Schulter, als er die Frage stellte.

„Es war gut“, sagte sie sanft. „Er mag dich gern.“

„Ja, das glaube ich auch.“ Die Erleichterung war ihm nun deutlich anzumerken.

„Was ist mit dir?“, fragte sie. „Magst du ihn auch?“

„Was für eine Frage!“ Er rieb die Nase an ihrem Hals. „Natürlich mag ich ihn. Er ist unser Kind, oder? Ich wünschte nur …“

„Ich weiß.“ Julia lehnte sich an ihn und streichelte ihm die Wange. „Aber … vielleicht könnten wir noch ein Kind haben.“

„Davon gehe ich eigentlich aus, du nicht? Sooft, wie wir in der letzten Zeit miteinander geschlafen haben, ohne uns um irgendwelche Verhütung zu kümmern. Übrigens durchaus mit Absicht, was mich betrifft.“

Sie lachte. „Warum?“

„Um sicherzugehen, dass wir zusammenbleiben.“

„Etwas anderes kommt gar nicht infrage“, erklärte sie entschieden. „Glaubst du wirklich, dass ich dich noch einmal fortgehen lassen würde?“

Quinn küsste sie, spielte mit ihrer Zunge und drang dann tiefer in ihren Mund ein. „Und weil ich es liebe, in dir zu sein“, sagte er. „Habe ich dir erzählt, wie ich mich dabei fühle?“

„Du kannst es mir noch mal erzählen“, schlug sie vor, als er sie wieder Luft holen ließ. Sie setzte sich auf seinen Schoß. „Tu ich dir auch nicht weh?“

„Wenn, dann gefällt es mir“, versicherte er und rückte sich zurecht, sodass sie seine harte Männlichkeit spüren konnte. „Und? Wie fühlst du dich jetzt?“

„Großartig“, sagte sie. „Selbst wenn Hector Pickard persönlich hier auftauchte und erklärte, er würde allen erzählen, dass Jake dein Sohn ist – dann würde ich ihm sagen: nur zu.“

Quinn küsste sie wieder. „Wirklich?"

„Natürlich. Wenn wir heiraten, wird es sowieso jeder wissen. Man muss Jake bloß ansehen, um es zu erkennen."

„Ich habe es nicht erkannt", erinnerte er sie. „Aber das kam nur, weil seine Mutter mich so abgelenkt hat."

„Und jetzt?"

„Ich muss blind gewesen sein", gab er zu und machte eine Pause. „Glaubst du, dass er uns jemals vergeben wird?"

„Kinder sind nicht nachtragend", erklärte Julia sanft. „Er wird genug zum Nachdenken haben, wenn er erfährt, dass er eine komplette Familie hat."

„Das heißt wohl, dass ich mich zu guter Letzt doch auf Courtlands niederlassen muss. Na ja, es gibt schlimmere Schicksale."

„Mir ist es egal, wo wir leben", versicherte sie. „Es interessiert mich nicht im Geringsten, eine Gutslady zu sein. Ich möchte Mrs Marriott werden."

Quinn barg das Gesicht in ihrem Haar. „Und ich finde es großartig, Vater zu werden. Ich möchte, dass Jake weiß, woher er stammt. Courtlands könnte eines Tages ihm gehören. Das Recht kann ich ihm nicht verwehren."

„Wir lassen ihn entscheiden", schlug sie vor. „Und wenn du bis dahin Matthew dort leben lassen willst, bin ich damit ganz einverstanden."

„Was für eine verständnisvolle Ehefrau", scherzte Quinn. „Hast du auch Verständnis für andere Bedürfnisse?"

„Wenn es sein muss", entgegnete Julia und lachte. „Aber ich glaube, du musst mich über die Schwelle tragen. Dies ist die erste Nacht unseres gemeinsamen Lebens …"

– ENDE –

„In Touch" mit MIRA!

→ Das **Verlagsprogramm** elektronisch abrufbar

→ Interaktiv dabei sein: **Buchbesprechungen, Gewinnspiele, Aktionen, Leseproben** und vieles mehr.

→ Folgen Sie uns auf **Twitter, Facebook, Instagram, Pinterest** und **google+**

→ www.mira-taschenbuch.de

MIRA TASCHENBUCH

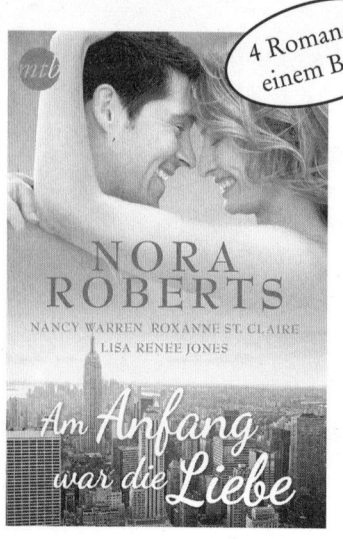

4 Romane in einem Band

Nora Roberts u. a.
Am Anfang war die Liebe

Nora Roberts:
Gegen jede Vernunft

Lebenslänglich – nichts anderes will Zackary, als er die hübsche Rachel kennenlernt. Leider verteidigt die Juristin seinen Bruder vor Gericht. Steht ihr Job ihrer Liebe im Weg?

Nancy Warren:
Sinnliche Spiele im Büro

Seit Jane von einem Kollegen belästigt wurde, trägt sie einen falschen Ehering, um ihre Ruhe zu haben. Doch diese Idee bereut sie schnell, als sie ihren attraktiven neuen Boss Spencer kennenlernt …

Band-Nr. 20057

9,99 € (D)

ISBN: 978-3-95649-217-4
eBook: 978-3-95649-469-7

496 Seiten

Roxanne St. Caire:
Darf ein Boss so zärtlich sein?

Cade ist hingerissen von seiner Praktikantin Jessie. Leider muss er befürchten, dass sie für die Konkurrenz spioniert – und nur deshalb einwilligt, ein romantisches Wochenende mit ihm zu verbringen.

Lisa Renee Jones:
Verbrenn dir nicht die Finger!

Amandas Traum wird wahr: Die Reporterin trifft den Baseballstar Brad – und beginnt einen heißen Sommerflirt mit ihm. Aber damit setzt sie nicht nur ihr Herz sondern auch ihre Karriere aufs Spiel …

SANDRA BROWN

EMILIE RICHARDS
LUCY MONROE
DIANA PALMER

4 Romane in einem Band

Gegensätze
ziehen sich an

Band-Nr. 20058
9,99 € (D)
ISBN: 978-3-95649-234-1
528 Seiten

Sandra Brown u. a.
Gegensätze ziehen sich an

Sandra *Brown*:
Unbestechliche Herzen

Gemeinsam auf der Flucht ins Ungewisse – doch die Fotografin Aislinn hat keine Angst! Sie weiß, dass Anwalt Lucas für das Gute kämpft – und die prickelnde Anziehung zwischen ihnen wird immer stärker!

Emilie Richards:
Wir reisen um die ganze Welt

Warum nicht Australien? Model Cynthia braucht Ruhe vor dem New Yorker Modezirkus und will endlich entspannen. Doch dann wirbelt der aufregende Reiseleiter Daniel alles durcheinander …

Lucy Monroe:
Wenn aus Freundschaft plötzlich Liebe wird

Ein solches Begehren hat der Milliardär Neo Stamos noch für keine andere Frau empfunden. Er weiß, dass Cassandra ihn nur als guten Freund sieht – doch er wird alles daran setzen, das zu ändern …

Diana Palmer:
Liebe mich endlich

Seit Jahren liebt Tessa ihren Chef. Doch der Privatdetektiv Clark Devlin lebt nur für seine Arbeit. Bis Tessa in Gefahr gerät und er zu ihrem heroischen Beschützer wird!

2 Romane in
einem Band

Nora Roberts
Winter Wedding Dreams

Eine königliche Hochzeit:

Hannah ist aus einem be-
stimmten Grund in Cordina:
Sie soll die königliche Familie
beschützen! Deshalb hat sie
ganz besonders ein Auge auf
den charmanten Prinz Bennett,
von dem es heißt, er sei ein kö-
niglicher Verführer. Mit der
Zeit fällt es ihr immer schwerer, seinen heißen Avancen zu
widerstehen. Dabei muss sie
sich auf ihren Auftrag konzentrieren – und darf nicht von einer Märchenhochzeit in Weiß
träumen!

Band-Nr. 25885
9,99 € (D)
ISBN: 978-3-95649-247-1
544 Seiten

Hochzeitsfieber bei den MacGregors:

Daniel MacGregor, das Oberhaupt der Familie, ist fest entschlossen, dem Glück seiner Enkeltöchter auf die Sprünge zu helfen.
Spätestens zum Fest der Liebe soll jede ihren Traummann an ihrer Seite haben. Und Daniel hat auch schon die passenden Hei-
ratskandidaten gefunden! Allerdings hat er nicht damit gerechnet, dass Laura, Gwen und Julia seinen Sturkopf geerbt haben
und alles andere als begeistert über seine Einmischung sind …